Robert Whitlow
Der Auftrag

ROBERT WHITLOW

DER AUFTRAG

Aus dem amerikanischen Englisch
von Renate Hübsch

EIN ISRAEL-THRILLER

SCM
Hänssler

SCM

Stiftung Christliche Medien

SCM Hänssler ist ein Imprint der SCM Verlagsgruppe, die zur Stiftung Christliche Medien gehört, einer gemeinnützigen Stiftung, die sich für die Förderung und Verbreitung christlicher Bücher, Zeitschriften, Filme und Musik einsetzt.

MIX
Papier | Fördert gute Waldnutzung
FSC® C014496

3. Auflage 2023

SCM Verlagsgruppe GmbH · Max-Eyth-Straße 41 · 71088 Holzgerlingen
Internet: www.scm-haenssler.de; E-Mail: info@scm-haenssler.de

Übersetzung: Renate Hübsch
Umschlaggestaltung: Oliver Berlin, www.oliverberlin.biz
Titelbild: Adobe Stock
Autorenfoto: © David Whitlow Photography
Satz: Satz & Medien Wieser, Aachen
Druck und Bindung: GGP Media GmbH, Pößneck
Gedruckt in Deutschland
ISBN 978-3-7751-6122-0
Bestell-Nr. 396.122

Für alle, die andere Menschen gern durch Gottes Augen, mit seinem Herzen und als Empfänger seiner Zusagen sehen möchten.

Aber ihr seid anders, denn ihr seid ein auserwähltes Volk.
Ihr seid eine königliche Priesterschaft, Gottes heiliges
Volk, sein persönliches Eigentum.
So seid ihr ein lebendiges Beispiel für die Güte Gottes,
denn er hat euch aus der Finsternis in
sein wunderbares Licht gerufen.
1. Petrus 2,9

Prolog

»Hana!«

Beim Klang ihres Namens ließ Hana ihre Cousins stehen und lief zu dem ausgespannten Segeltuch, unter dem Onkel Anwar saß und mit einem abgenutzten Taschenmesser eine Orange schälte. Die sechsjährige Hana war die Sommerhitze in Israel gewöhnt, und eine Temperatur von zweiunddreißig Grad hielt sie nicht davon ab, im Freien zu spielen. Aber wenn das Familienoberhaupt rief, unterbrach sie, was sie gerade tat, und antwortete sofort.

Hana trat in den Schatten und strich sich eine Strähne ihres langen schwarzen Haars aus dem Gesicht. Auf einem weißen Plastikstuhl saß Großonkel Anwar mit seinen 74 Jahren. Die vielfarbige Zeltplane war an dem weitläufigen dreistöckigen Betongebäude befestigt, das die Abboud-Familie seit etlichen Generationen ihr Heim nannte.

»Ja, Onkel!«, antwortete sie höflich. Ihre Mutter hatte ihr eingeschärft, immer ehrerbietig mit älteren Familienmitgliedern zu sprechen.

»Willkommen, Kind.«

Anwar löste ein paar Orangenschnitze und reichte sie Hana. Der gebräunte Daumen des Onkels wies verblasste Narben von Jahrzehnten harter Arbeit in den Olivenhainen rund um Nazareth auf. Hanas Vater war ein wohlhabender Geschäftsmann. Zusammen mit seinen Brüdern besaß er eine Fabrik, die Plastikwasserrohre produzierte, die in ganz Israel und der Westbank verkauft wurden. Die Familie lebte in Reineh, einem arabischen Städtchen vier Kilometer nördlich von Nazareth. Onkel Anwar war allerdings in der deutlich größeren alten Stadt wohnen geblieben, in der Jesus den größten Teil seiner Kindheit verbracht hatte.

»Die ist für dich«, sagte Anwar. »Sag mir, ist sie süß?«

Hana kannte die Antwort, aber sie biss in das Fruchtfleisch, sodass ihr der warme Saft in den Mund lief. Orangen aus Israel waren die besten auf der Welt.

»Ja, süß und saftig.«

»Hast du gewusst, dass Gott sagt, wir sollen ›schmecken und sehen‹, dass er gut ist?«

»Nein, Onkel«, erwiderte Hana und machte große Augen.

Immer wieder hatte sie ehrfürchtig und ein wenig ängstlich mitverfolgt, wie Anwar ihren älteren Brüdern und Cousins Fragen stellte, auf die es ihrer Ansicht nach keine Antwort gab.

»Er möchte, dass seine Güte für dich so wirklich ist wie der süße Saft in deinem Mund.«

»Ja«, nickte Hana.

»Weißt du, warum ich dich mit deinem Namen zu mir gerufen habe?«

»Weil du mir eine Orange geben wolltest?«

»Ja.« Über Anwars Gesicht glitt ein Lächeln. »Und weil der Allmächtige dich dazu erwählt hat, dass du jeden Tag deines Lebens in seiner Nähe lebst.«

»Wie bei dem jungen Samuel«, sagte sie und erinnerte sich an die Geschichte, die sie in der Woche zuvor in der kleinen Kirche vernommen hatte, die die Familie besuchte. Es war das erste Mal, dass sie ihren Namen in einer Erzählung der Bibel gehört hatte. Die biblische Hanna war die Mutter von Samuel.

»Stimmt genau. Als Pastor Sadr die Geschichte vorgelesen hat, habe ich an dich gedacht.«

»Nicht an meine Brüder? Die sind schließlich Jungs. So wie Samuel.«

»Gott hat auch einen Plan für Mikael und Nathanil, aber hier geht es um dich«, sagte Anwar und lehnte sich ein wenig vor. »Wenn Gott dich mitten in der Nacht aufweckt, weißt du, was du dann sagst?«

Es war den Erwachsenen in der Familie schon aufgefallen, dass Hana ein sehr waches Auffassungsvermögen besaß.

»Rede, Herr, deine Dienerin hört.«

»Gut.« Mit einem Lächeln lehnte Anwar sich zurück und teilte die Frucht in drei weitere Teile. »Bring das deinen Cousins.«

Kapitel 1

Hana sang leise vor sich hin, während sie die Vertragsdokumente in verschiedene Ordner sortierte. Jemand hatte den Raum betreten, das spürte sie und wandte sich um. In der Tür stand Janet Dean, die Assistentin, die für Hana und zwei weitere Teilhaber der Kanzlei arbeitete.

»Du singst wie ein Engel. Wie oft habe ich dir das schon gesagt?«, fragte Janet.

»Sehr oft.« Hana lächelte. »Und es beschämt und ermutigt mich jedes Mal aufs Neue.«

»War das Arabisch oder Hebräisch? Nein, lass mich raten. Sing noch ein paar Worte.«

Hana sang die nächste Zeile ihres Liedes, diesmal etwas lauter, dann brach sie ab.

»Hebräisch«, sagte Janet mit Nachdruck. »Ich weiß es, weil du diesen Kehllaut gemacht hast. Selbst der klingt wundervoll.«

»Arabisch«, entgegnete Hana. »Aber mach dir nichts draus. Die Sprachen sind sich schon ähnlich.«

»Ich rate weiter, wenn du weitersingst«, gab Janet zurück. »In der Zwischenzeit kannst du dein Hirn und deine Stimme in den Konferenzraum A bewegen. Mr Lowenstein möchte dich sprechen.«

»In zehn Minuten habe ich ein Meeting mit Mr Collins und seinem Team.«

»Wo du aber nur zuhören wirst. Gladys Applewhite sagt, es sei wichtig. Ich kümmere mich um Mr Collins.«

»Okay. Wer ist noch im Konferenzraum A?«

»Du, Mr Lowenstein und ein Anwalt namens Jakob Brodsky. Ich kann dir nicht sagen, warum er möchte, dass du mir nichts, dir nichts zur Stelle sein sollst.«

Janet redete schon weiter. »Gladys sagt, Brodsky möchte die Kanzlei für irgendeinen internationalen Fall gewinnen. Es geht wohl um Körperverletzung.«

»Körperverletzung?«, hakte Hana nach. »Ist ein Schiff gesunken, und es gab Personenschäden?«

Leon Lowensteins Kanzlei war auf internationales Seefahrtsrecht spezialisiert und hatte häufig mit Versicherungsfällen zu tun, in denen es um Millionensummen ging, wenn eine Fracht verloren ging oder an einem Schiff ein Schaden entstand.

»Mehr hat sie nicht gesagt«, antwortete Janet. Sie senkte die Stimme. »Für mich klang es eher nach Piraterie. Wäre ja auch cool, solange niemand getötet wurde oder so. Sie wollen ein Video zeigen, und Mr Lowenstein möchte, dass du es mit ansiehst. Beeil dich. Und keine Sorge wegen Mr Collins.«

Die Vorstellung, es könnte sich bei dem Fall um Piraterie handeln, war keineswegs abwegig. Kurz nachdem Hana in die Firma eingetreten war, hatte Lowenstein schon einmal damit zu tun gehabt – damals ging es um Schadensersatzansprüche aus einem Piratenüberfall vor der Küste von Somalia. Hana strich rasch den dunkelgrauen Rock glatt und zog die weiße Bluse zurecht. Sie war schlank bei einer Größe von einem Meter siebzig und mit ihrem langen schwarzen Haar, der leicht bräunlichen Haut und den dunkelbraunen Augen eine attraktive Frau.

Die Außenwand des Konferenzraums A bildete eine Fensterfront, die einen Panoramablick auf den wohlhabenden Stadtteil Buckhead im Norden von Atlanta freigab. Ein langer Glastisch stand in der Mitte des Raums.

Leon Lowenstein, untersetzt und grauhaarig, stand vor dem großen Bildschirm, der an der Wand befestigt war. Neben ihm erblickte Hana einen groß gewachsenen jungen Mann mit kurzen schwarzen Locken in einem schmal geschnittenen Anzug im europäischen Stil mit gelber Krawatte. Lowenstein begrüßte Hana mit einem Lächeln, als sie eintrat.

»Danke, dass Sie so kurzfristig kommen konnten«, sagte er. »Das ist Jakob Brodsky. Er ist Anwalt für Schadensersatz- und Haftungsrecht und spezialisiert auf Personenschäden.«

»Nennen Sie mich Jakob.« Der junge Anwalt streckte Hana die Hand entgegen.

»Hana Abboud.«

»Sie sind Israelin?«, erkundigte sich Jakob mit einem fragenden Blick auf Lowenstein.

»Aber keine Jüdin«, ergänzte Lowenstein. »Hana wird es Ihnen erklären.«

»Ich stamme aus einer arabischen Familie in Israel, aus der Nähe von Nazareth. Der kleine Ort heißt Reineh. Mein Studium habe ich an der Hebräischen Universität in Jerusalem absolviert.«

»Und seit gut eineinhalb Jahren arbeitet sie für uns im Bereich Internationales Handelsrecht«, ergänzte Lowenstein.

»Und Sie sind sicher, dass es eine gute Idee ist, dass sie jetzt dabei ist?«, fragte Jakob.

»Ja, das bin ich«, sagte der ältere Anwalt und wischte etwaige Bedenken mit einer Handbewegung fort. »Hana hat einen christlichen Hintergrund.«

Für Hana war der Gesprächsinhalt vertrautes Terrain, aber sie konnte sich nicht vorstellen, warum das für dieses Treffen mit Brodsky relevant sein sollte. Sie hatte schon allzu oft ihre Geschichte erklären müssen, wenn Menschen bei der ersten Begegnung mit ihr alle möglichen irrigen Schlüsse zogen. Sie wandte sich Jakob Brodsky direkt zu.

»Ich bin israelische Staatsbürgerin und kann in Israel wählen, Steuern zahlen und Sozialleistungen in Anspruch nehmen wie jeder andere Staatsbürger auch. Außerdem bin ich Christin und habe zwei Jahre im National-Service-Programm gearbeitet als Ersatz für den Militärdienst.« Hana bemühte sich um einen möglichst sachlichen Ton.

»Verstehe.« Jakob zuckte die Achseln und wandte sich Lowenstein zu. »Habe ich die Zusicherung, dass alles, was ich Ihnen gleich zeige, der anwaltlichen Schweigepflicht unterliegt?«

»Sicher. Aber Sie selbst waren nicht sehr diskret hinsichtlich Ihrer Beteiligung an diesem Fall«, entgegnete Lowenstein. »Meine Assistentin hat mir die Anfrage gezeigt, die Sie an das Forum Strafverteidigung geschickt haben.«

»Ich musste mein Netz weit auswerfen, um überhaupt Unterstützung zu bekommen.«

Jakob hielt einen USB-Stick hoch. »Hier ist das Videomaterial.«

Lowenstein schob den Stick in die Buchse. Hana goss sich ein Glas Wasser ein. Das Video enthielt ein Datum und die Namen »Gloria und Sadie Neumann« neben einem Foto, das Hana entfernt bekannt vorkam. Der ältere Anwalt reichte Jakob die Fernbedienung.

»Ich lasse es einmal ganz durchlaufen«, erklärte Jakob. »Einzelheiten können wir später noch einmal anschauen. Es gibt keine Audiospur.« Er drückte auf *Play*.

»Den Ort kenne ich«, sagte Hana, nachdem kaum eine halbe Minute verstrichen war. »Es ist der Platz vor der Hurva-Synagoge im jüdischen Viertel in der Altstadt von Jerusalem.«

»Richtig«, bemerkte Jakob. »Das Video stammt aus einer Überwachungskamera an einem Kiosk an der Südwestecke des Platzes. Es wurde im Mai vor vier Jahren aufgenommen.«

Jakob kannte mittlerweile jede Sekunde des elf Minuten langen Videos auswendig; dennoch zog es ihn immer noch unwiderstehlich in seinen Bann. Die Aufnahmen – in Schwarz-Weiß – waren an einem späten Freitagnachmittag entstanden. Der Platz war voller Menschen. Ultraorthodoxe jüdische Männer mit Bart und Schläfenlocken in ihren langen schwarzen Mänteln und bizarren runden Hüten liefen durch das Bild. Die unterschiedlichen Hutformen ließen erkennen, welcher rabbinischen Schule sie zuneigten. Jakob hatte in Brooklyn schon charedische Juden gesehen, aber er hatte nur eine sehr lose Verbindung zu irgendeiner Form von Religion, und die Synagoge besuchte er nie. In den fünf Jahren, seit er aus New York nach Georgia gezogen war, hatte er sich eine Praxis aufgebaut, die sich auf verzwickte Fälle konzentrierte, die andere nicht anpacken mochten. Die Chance, eine schwierige juristische Herausforderung in Angriff zu nehmen, war das, was Jakob morgens aus dem Bett trieb.

Die Kamera folgte zahllosen Menschen, die nicht anders aussahen als Passanten in einer Großstadt, die aus einer Unterführung kommen. Sechs junge israelische Soldaten kamen ins Bild: drei Männer und drei Frauen, alle mit dem Maschinengewehr über der Schulter. Jakob warf einen Blick auf die arabische Israelin, die beim Anblick der Soldaten keine Miene verzog. Wenige Sekunden später tauchte eine Gruppe von fünfzehn bis zwanzig Jugendlichen vor dem Kiosk auf.

»Das ... ist das eine Nefesh-B'Nefesh-Gruppe?«, fragte Hana.

»Was?« Jakob warf ihr einen fragenden Blick zu.

»Eine Reise durch Israel. Ein Geburtsrecht für jeden jungen Juden auf der ganzen Welt.«

»Nun, es könnte sein. Ich weiß es nicht genau.«

Zwei junge Araber, einer vielleicht neunzehn, der andere deutlich jünger, beobachteten die Jugendlichen. Einer der erwachsenen Begleiter der Teenies drehte sich um, sodass zu erkennen war, dass er eine Pistole im Holster am Gürtel trug. Aus dem Kiosk kamen vier Jugendliche mit einem Eis in der Hand, und die ganze Gruppe zog weiter. Auch die beiden jungen Araber verschwanden. Drei weitere Menschen gingen auf den Kiosk zu.

»Das ist Familie Neumann«, sagte Jakob. »Ben, Gloria und die dreijährige Sadie. Sie betreten den Kiosk.«

Die Familie verschwand aus dem Blickfeld, und eine zweite Gruppe junger Männer tauchte auf, diesmal orthodoxe Juden, die sich eingehakt hatten.

»War das am Vorabend des Sabbats?«, fragte Hana. »Sieht aus, als wollten sie zur Klagemauer.«

»Ja«, bestätigte Jakob, offensichtlich beeindruckt davon, wie gut die junge Anwältin die Szenen, die sie beobachteten, einordnen konnte. »Wir sind hier nur ein paar Hundert Meter von der Klagemauer entfernt.«

Familie Neumann kam wieder ins Bild. Gloria setzte sich und hielt der kleinen Sadie eine Eiswaffel vor den Mund. Ihr Mann entfernte sich.

»Ben geht in einen Juwelierladen in der Nähe, um eine Kette zu kaufen, die Gloria vorher entdeckt hatte. Aber sie sei zu teuer, hatte sie gesagt, und er solle sie nicht kaufen«, erläuterte Jakob.

»Stopp!« Hana rief es etwas zu laut und erhob sich. »Wenn es das ist, was ich vermute, dann will ich es nicht sehen.«

Jakob drückte die Fernbedienung, und die Szene blieb stehen, Sadie mit dem Eis vor dem offenen Mund. Der junge Anwalt warf einen Blick auf Hana, die noch immer das Bild auf dem Monitor anstarrte.

»Es ist ein Terroranschlag, oder?«, fragte sie.

»Ja. Und Sie sollten es sich mit eigenen Augen ansehen.« Jakobs Tonfall war kälter, als er beabsichtigt hatte. »Es lässt einen nicht los.«

»Ich muss Hana zustimmen«, unterbrach Lowenstein und schüttelte den Kopf. »Es ist eine Sache, über solche Ereignisse am Telefon zu sprechen, und eine andere, wenn man Augenzeuge davon wird.«

»Erinnern Sie sich an diesen Angriff?«, fragte Jakob die Anwältin.

»Nur, dass auch ein amerikanischer Tourist involviert war. Ich lebte zu der Zeit in Großbritannien. Während der paar Monate, die ich weg war, gab es in Israel sehr viele Terrorattacken.«

Jakob fiel auf, wie rasch Hana dem Geschehen das Etikett »Terroranschlag« gab.

Lowenstein wandte sich an Jakob. »Wenn Sie uns bitte für einen Moment entschuldigen«, bat er.

In Jakob stieg der Verdacht auf, dass er den Weg hierher umsonst gemacht hatte. Er trat vor, um den USB-Stick aus dem Gerät zu nehmen.

»Würden Sie uns das Material bitte hierlassen?« Lowenstein klang entschlossen.

»Es hat mich viel gekostet, es zu bekommen«, erwiderte Jakob. »Ich habe natürlich Kopien, aber ich werde nicht riskieren ...«

»Ich möchte nur kurz mit Hana sprechen. Danach wird Gladys Sie wieder hereinbitten, und wir setzen unser Gespräch fort.«

Jakob zögerte, dann zuckte er die Achseln. »In Ordnung«, meinte er schließlich und schenkte sich eine Tasse Kaffee für die Wartezeit ein. Lowenstein drückte eine Taste der Konferenzschaltung in der Mitte des Tisches.

»Gladys, führen Sie Mr Brodsky bitte für ein paar Minuten in den Konferenzraum D.«

Kapitel 2

Die Tür des Konferenzraums schloss sich.

»Mr Lowenstein, es tut mir leid, aber ...«, begann Hana.

»Nein«, unterbrach der Seniorpartner und hob die Hand. »Ich entschuldige mich, dass ich Sie nicht über den Zweck des Treffens informiert habe. Ein enger Freund, der die Familie Neumann kennt, rief letzte Woche an und bat mich, mich mit Brodsky zu treffen. Es kam mir erst in den Sinn, Sie hinzuzuziehen, als Gladys mir sagte, dass er bereits bei uns im Wartebereich sitzt.«

Mr Lowenstein war immer höflich zu Hana und gab ihr das Gefühl, in der Kanzlei willkommen zu sein. Der Seniorchef und seine Frau hatten Hana eine Woche nach ihrer Ankunft in Atlanta zum Abendessen in ihr elegantes Heim eingeladen. Später hatte Ms Lowenstein darauf bestanden, dass Hana bei einem aufwendigen Abendessen für einen der wichtigsten Mandanten der Kanzlei neben ihr saß.

Hana schaute auf den Bildschirm. Das Bild des Kindes verschwand, der Monitor schaltete in den Ruhezustand.

»Wer starb?«, fragte sie.

»Gloria Neumann wurde von einem Terroristen getötet.«

Hana presste für einen Moment die Lippen zusammen, um ihre professionelle Gelassenheit zurückzugewinnen. »Was will Mr Brodsky?«

»Er möchte Collins, Lowenstein und Capella als Co-Anwälte in den Fall einbeziehen. Diese Kanzlei nimmt normalerweise keine Klagen wegen Körperverletzung an, und wir haben keine Erfahrung mit Fällen, die unter dem Antiterrorgesetz eingehen. Aber wir haben viel Erfahrung darin, Verschleierungstaktiken der großen Konzerne zu durchleuchten, um versteckte Vermögenswerte aufzudecken. Erinnern Sie sich an den Harkins-Prozess? Wir haben drei Scheinfirmen entlarvt, eine davon war offshore, und haben über fünf Millionen Dollar für unseren Mandanten herausgeholt.«

Hana erinnerte sich an die ausgiebige Feier in der Kanzlei und die Bonusschecks, nachdem der Fall gewonnen worden war. Sie war erst seit drei Wochen in Atlanta gewesen und hatte dennoch tausend Dollar erhalten.

»Ja, Sir.«

»Und dieser Fall wird genauso enden - wir werden damit beschäftigt sein, trübe Geldgeschäfte aufzudecken. Brodsky will eine Anwaltskanzlei ins Spiel bringen, die den Rechtsstreit finanzieren kann - im Gegenzug für einen Prozentsatz dessen, was wir herausholen. Ob er es zugeben will oder nicht, aber er hat nicht die Fähigkeiten, um ein komplexes Verfahren richtig anzugehen. Heute ist nur ein erster Schritt. Ich habe es gegenüber den Teilhabern noch nicht erwähnt. Die haben aber das letzte Wort.«

Hana wusste wenig über die Firmenpolitik, aber sie vermutete, dass Lowenstein sich durchsetzen würde, egal, was die anderen Partner wünschten.

»Und ich bin mir nicht sicher, ob es durchgehen würde, selbst wenn ich den Fall übernehmen wollte«, fuhr er fort.

»Nicht?« Hana war ehrlich erstaunt.

»Na ja, mein Name auf dem Briefkopf zählt schon etwas. Aber es gibt acht Eigenkapitalpartner, und sie müssten den Verlust mittragen, wenn wir den Fall übernehmen und keinen Schadensersatz erwirken. Risiken einzugehen, ist nicht so ihr Ding.«

Hana vermutete, dass Mr Collins in die Kategorie der Risikoscheuen fiel. Frank Capella, Spezialist für Wertpapierrecht, war eher ein Glücksspieler.

Lowenstein sah auf seine Uhr. »Ich möchte Brodsky nicht zu lange warten lassen.«

»Werden Sie sich das Video ansehen?«, fragte Hana.

»Ich muss es mir ansehen, um mir eine eigene Meinung darüber zu bilden, wie ich den Fall den Partnern in der Kanzlei präsentiere. Aber es ist nicht nötig, dass Sie das tun. Das Letzte, was ich will, ist, dass Sie Albträume bekommen.«

»Vielen Dank«, sagte Hana.

»Und bitte entschuldigen Sie noch einmal, dass ich Sie nicht vorher über den Zweck des Treffens informiert habe.«

»Das ist nicht nötig, Mr Lowenstein. Terroranschläge können sich überall auf der Welt ereignen. Aber Israel ist ein so kleines Land - wenn es dort passiert, haben alle das Gefühl, es war in der Nachbarschaft.«

Der Seniorchef wies mit der Fernbedienung auf den Bildschirm. »Und dieser Anschlag zog sogar Kreise von Jerusalem bis Atlanta.«

Hana stand auf, um den Konferenzraum zu verlassen, als das Bild von Sadie Neumann wieder auftauchte. Sie warf einen Blick darauf und zögerte.

»Wie alt war Gloria Neumann?«, fragte sie.

»Einunddreißig, als der Anschlag geschah.«

In vier Monaten würde Hana ihren einunddreißigsten Geburtstag feiern. Sie würde nach Israel fliegen, um zehn Tage mit Familie und Freunden zu verbringen.

»Und Sadie ist ihr einziges Kind?«

»Ja«, sagte Lowenstein. »Brodsky hat alle Fakten schriftlich zusammengestellt - falls Sie es lesen möchten.«

Hana biss sich auf die Lippen. Sie konnte sich entweder das Video ansehen oder eine rasche Onlinerecherche durchführen, in jedem Fall hätte sie die relevanten Details in wenigen Minuten vorliegen.

»Ich will es mir eigentlich nicht ansehen, aber ich kann den Eindruck nicht loswerden, ich sollte es tun«, sagte sie. Langsam sank sie auf einen Stuhl.

Lowenstein hob die Augenbrauen. »Und Sie sind sich ganz sicher?«

Hana nickte grimmig.

Sie umklammerte die Armlehnen des Stuhls, als Lowenstein auf die Abspieltaste drückte. Das Video wurde fortgesetzt. Hana hielt den Atem an, als Sadie sich vorbeugte, um am Eis zu lecken. Das geschah ein paarmal. Hana zwang sich, gleichmäßig zu atmen. Ein Mann ging schnell an Mutter und Tochter vorbei. Hana zuckte zusammen. Nichts geschah.

Plötzlich gab es eine Bewegung, und mehrere Leute rannten an Gloria und Sadie vorbei. Gloria stand plötzlich auf, das Eis glitt ihr aus der Hand. Zwei dunkel gekleidete Gestalten, eine deutlich größer als die andere, kamen kurz ins Bild. Der größere Mann hieb auf Sadies Kopf, und Gloria konnte sich gerade weit genug herumwerfen, um den Schlag abzufangen. Durch den Kamerawinkel konnte Hana nicht erkennen, was der Mann in der Hand hielt.

Aber als er sie wieder hob, sah sie, dass er ein großes Messer umklammerte. Er zog es Gloria von rechts nach links über den Hals. Sie versuchte noch auszuweichen, als er erneut zustach. Gloria stürzte zu Boden und begrub Sadie unter sich. Der Angreifer hob das Messer noch einmal, aber bevor er Mutter oder Tochter erreichen konnte, sackte er in sich zusammen und fiel auf die am Boden liegende Gloria.

Plötzlich drehte sich der kleinere der beiden Männer um, sodass sein Gesicht deutlich zu sehen war – ein arabischer Junge, ein Teenager. Da bemerkte Hana, dass er einen Mantel trug, obwohl es im Mai in Jerusalem schwülheiß sein konnte. »Er trägt eine Selbstmordweste!«, rief sie aus.

Der Junge griff mit der rechten Hand in den Mantel und hob die linke. Im Bruchteil einer Sekunde erschienen drei Soldaten in Grenzschutzuniformen mit gezogenen Waffen. Der Junge ging zu Boden und hob die Arme ausgestreckt über den Kopf. Einer der Soldaten zog Gloria Neumann unter dem Körper des Mannes hervor, der sie niedergestochen hatte, ein anderer hob Sadie auf, deren Mund zu einem stummen Schrei geöffnet war. Mutter und Tochter waren beide blutverschmiert. Hana wollte wegschauen, konnte es aber nicht. Die Bilder endeten abrupt.

»Das war's«, sagte Lowenstein beklommen. »Gloria starb drei Stunden später im Hadassah Medical Center. Es besteht kein Zweifel: Sie hat sich geopfert, um ihre Tochter zu retten.«

»Wurde das Mädchen verletzt?«

»Sadie erlitt eine Schnittwunde an der rechten Wange. Brodsky hat ein Foto von ihr in das Paket mit den Unterlagen gelegt.«

Lowenstein schob das Foto über den Tisch. Sadie war ein hübsches Kind mit schwarzen Haaren, aber über ihre rechte Wange lief eine Narbe bis zum Mund, was dazu führte, dass das Gesicht des kleinen Mädchens leicht asymmetrisch wirkte. Auf der rechten Seite hing der Mundwinkel herab. Hana blieb am schwermütigen Ausdruck in Sadies Augen hängen.

»Wann wurde das Foto gemacht?«, fragte sie.

»Vor wenigen Monaten. Sie ist jetzt fast sieben.«

»Sie sieht älter aus. Kann man das Gesicht mit plastischer Chirurgie wiederherstellen?«

»Ich weiß nichts über den medizinischen Befund im Einzelnen. Aber sie wird von einem Kinderpsychologen betreut.«

Nach einem letzten Blick auf das Foto und einem kurzen stillen Gebet für das mutterlose Kind gab Hana Lowenstein das Bild zurück.

»Und die Täter?«

»Zwei Brüder aus der Gegend von Ramallah im Westjordanland. Ich erinnere mich nicht an den Namen der Stadt, aber vielleicht sagt er Ihnen etwas. Brodsky gab an, sie kämen aus einer wohlhabenden Familie, was mich überrascht.«

»Mich nicht. Es sind oft die besser gebildeten Leute, die der dschihadistischen Ideologie verfallen.«

Lowenstein nahm ein Blatt aus dem Ordner und setzte sich die Lesebrille auf. »Abdul Zadan, der ältere Bruder, wurde von den Soldaten erschossen. Tawfik Zadan, der jüngere, trug die Selbstmordweste, die nicht detonierte. Tawfik wurde in Gewahrsam genommen.«

»Hat sich irgendeine Gruppe zu dem Anschlag bekannt? Hamas, Hisbollah, Al-Aqsa-Brigaden, ISIS?«

Lowenstein schüttelte den Kopf. »Nein. Alle bekannten Organisationen lobten die Tapferkeit der Zadan-Brüder, aber sie übernahmen keine Verantwortung für den Anschlag. Tawfik gab eine Erklärung ab, in der er behauptete, er und sein Bruder seien auf einer Mission für Allah. Wenn keine Verbindung zu einer bestimmten Gruppe nachzuweisen ist, wird es schwer sein, eine Klage zu rechtfertigen, da der Hauptzweck des Gesetzes darin besteht, den Terroristen den Geldhahn abzudrehen.«

Hana kannte sich mit den amerikanischen Antiterrorgesetzen nur begrenzt aus. »Wie die Klagen gegen Banken aus dem Nahen Osten, bei denen Terrorgruppen ihre Geldmittel verwahrten?«, fragte sie.

»Genau.« Lowenstein nickte.

Hana hatte ihre Anwaltslizenz in Israel erworben, und ihre Aufgabe als israelische Anwältin in der Kanzlei war es, die Geschäftsbeziehungen zu den internationalen Mandanten zu pflegen. Sie war mit den Feinheiten des US-Zivilrechts nicht vertraut, aber sie wusste, dass es einen sehr langen Arm des Gesetzes brauchte, um quer über den Atlantik und das Mittelmeer in die dunklen Nischen einer Terrorzelle zu gelangen.

»Ich verstehe, warum Brodsky keine Kanzlei gefunden hat, die ihm hilft«, sagte sie.

»Stimmt, aber ich habe in meiner Karriere schon viele Situationen entwirrt, die unauflösbar zu sein schienen. Manche Ermittlungen beginnen mit sehr wenigen Informationen, mit denen man arbeiten kann.« Lowenstein unterbrach sich. »Nachdem Sie jetzt das Video gesehen haben - möchten Sie am Gespräch mit Brodsky teilnehmen?«

»Wenn Sie das wünschen.«

Lowenstein musterte sie ein paar Sekunden lang. »Nein, das wird nicht notwendig sein. Aber ich habe vielleicht später noch ein paar Fragen an Sie.«

Hana verließ den Konferenzraum. Auf dem Weg zu ihrem Büro kam sie am Konferenzraum D vorbei. Durch die Glaswand sah sie Jakob Brodsky auf seinem Stuhl sitzen, eine Tasse Kaffee vor sich auf dem Tisch. Er war gerade in irgendetwas auf seinem Handy vertieft, schaute aber auf, als sie näher kam. Ihre Blicke trafen sich. Sie sah zuerst weg.

Hana loggte sich nicht ins Internet ein, um mehr über den Angriff auf Familie Neumann zu erfahren. Auch wenn Lowenstein sie schonen wollte - sie konnte das Bild der mit Blut bedeckten kleinen Sadie Neumann mit dem vor Angst weit aufgerissenen Mund nicht aus ihrem Kopf vertreiben.

Hana konnte den Gedanken nicht ertragen, dass etwas ähnlich Schreckliches einer ihrer Nichten oder deren Müttern zustoßen könnte. Sie schloss die Augen und betete mit einem einzigen Wort, das sie von den Älteren in ihrer Familie gelernt hatte.

»Shlama, shlama.«

Es war das uralte aramäische Gebet um Frieden, in der Sprache, die auch Jesus gesprochen hatte und die nur noch hier und da in vereinzelten arabisch- oder syrisch-christlichen Gemeinden lebendig war.

Der vertraute Klang des alten Gebetswortes brachte ein wenig Frieden in Hanas Seele.

✡

Während Jakob im Konferenzraum D wartete, erhielt er zwei weitere Absagen von Kanzleien, die er für seinen Kampf um Gerechtigkeit kontaktiert hatte, in beiden Fällen ohne Begründung. Bisher war es ihm nicht gelungen, die Leidenschaft und gerechte Empörung, die er angesichts dieser Tragödie empfand, mit Erfolg zu vermitteln. Der Fall war schon vertrocknet, bevor er überhaupt reif war. Keine der großen Kanzleien, die bei Terrorismusprozessen zu den Vorreitern zählten, war bereit, sich überhaupt nur mit ihm zu treffen, nachdem sie erste Erkundigungen eingezogen hatten. Aber bisher hatte das Jakob nicht abgeschreckt.

Als er entschieden hatte, den Fall zu übernehmen, war eines der ersten Dinge, die er mit Ben vereinbarte, einen weiteren Anwalt zu engagieren.

Jakob postete Anfragen in zwanzig Anwaltsforen und versorgte die fast fünfzig Personen und Kanzleien, die sich daraufhin bei ihm meldeten, mit Informationen. Nichts davon führte zu konkreten Ergebnissen, hauptsächlich, weil Jakob nicht in der Lage war, den Namen eines Beklagten zu nennen, den man auf erhebliche Geldsummen verklagen könnte. Ein paar von Jakobs Anfragen hatten irgendwie den Weg über den professionellen Kreis der Kanzleien hinaus gefunden, und er hatte ein paar E-Mails von anderen Interessierten erhalten, darunter ein Literaturagent, der die Filmrechte an Gloria Neumanns Geschichte erwerben wollte. Die Möglichkeit, die Unterstützung von Collins, Lowenstein und Capella zu gewinnen, hatte Jakob neuen Auftrieb gegeben, herauszufinden, ob es eine Verbindung zwischen den Zadan-Brüdern und einer identifizierbaren terroristischen Organisation mit nennenswerten Vermögenswerten gab.

Jakob hatte seine Nachforschungen nicht auf das englischsprachige Internet beschränkt. Er sprach ausgezeichnet Russisch, und so richtete er einen Account ein, der es ihm ermöglichte, ins Darknet der ehemaligen Sowjetunion einzutauchen. Es war gefährlich, ein Ort der Hacker, Datendiebe und Verfechter bizarrer Verschwörungstheorien.

Er gab sich das Profil eines Russen, der mit fundamentalistischen islamischen Zielen sympathisierte, erkundete zahllose Webseiten und las schaurige Blogeinträge. Suchanfragen, die islamische Dschihadisten erwähnten, führten in der Regel zu Informationen über Einzelpersonen und Gruppen in zentralasiatischen Ländern mit überwiegend muslimischer Bevölkerung: Aserbaidschan, Tschetschenien, Kasachstan, Kirgisistan, Tadschikistan und Usbekistan. Viele Menschen in dieser Region waren kulturelle Muslime, aber andere hatten sich bewusst radikalfundamentalistischen Glaubensrichtungen angeschlossen. Die meisten Informationen, die Jakob ausfindig machte, richteten sich gegen Russland, das die Region seit Jahrtausenden beherrschte. Aber es gab auch Schmähungen gegen korrupte westliche Gesellschaften und gegen den »Eindringling« Israel, der nach islamistischer Auffassung unrechtmäßig Land besetzte, das unter islamischer Kontrolle und der Scharia stehen sollte. Immer, wenn das Thema Israel auftauchte, grub Jakob tiefer.

Jakob hatte viele verworrene Hetzschriften gelesen, die die wahren Gläubigen aufforderten, sich zu erheben und im Dschihad zu sterben. Aber es gab auch durchdachtere Videos und Posts, die auf eine bessere Organisation und mehr Geld im Hintergrund hindeuteten. Bisher hatte er acht konkrete Hinweise auf terroristische Aktivitäten aufgespürt, die gegen Juden in Israel gerichtet waren. Drei dieser Seiten, eine in Tadschikistan und zwei in Tschetschenien, feierten den Tod von Gloria Neumann, ohne sich direkt zu dem Anschlag zu bekennen. Es war erschütternd, den Namen dieser Frau in einer giftsprühenden Hasstirade zu lesen, die auf der anderen Seite der Erdkugel verfasst worden war.

In einem erschreckenden Rekrutierungsvideo aus Tschetschenien warb ein großer schlanker, europäisch aussehender Mann um die vierzig leidenschaftlich für das glorreiche Unterfangen des Dschihad – in Englisch mit amerikanischem Akzent. Der bärtige Mann rief die englischsprachigen Muslime auf, dem Ruf zu folgen, die dekadenten Gesellschaften des Westens zu verlassen und sich ganz der Verbreitung des islamischen Glaubens zu widmen, bis der Islam die ganze Welt beherrschte.

Im Jahr zuvor hatte Jakob für eine behinderte Vietnamesin, die zu

Unrecht aus ihrer Wohnung vertrieben worden war, einen Prozess gewonnen. Drei Anwaltskanzleien und das örtliche Rechtshilfebüro hatten es abgelehnt, sie zu vertreten. Jakobs Anwaltshonorar rechtfertigte kaum die Stunden, die er dafür investieren musste, aber das Urteil der Geschworenen ermöglichte es seiner Mandantin, die Anzahlung für ein kleines Häuschen zu leisten, in dem sie näher bei ihrem Sohn und ihrer Schwiegertochter wohnen konnte. Aber der Fall Neumann - der lag auf einem anderen juristischen Stern.

Leon Lowenstein war Jakobs vielversprechendste Spur gewesen. Dass es eine persönliche Verbindung zwischen Lowenstein und einem Freund von Ben Neumann gab, beflügelte Jakobs Hoffnungen. Alles, was er über Lowensteins Erfahrung und Hintergrund recherchiert hatte, steigerte seinen Optimismus. Der jüdische Anwalt war ein großzügiger Philanthrop, der genug Geld verdient hatte, um ein paar Dollars für eine gerechte Sache zu riskieren. Und was noch wichtiger war: Lowenstein war in seinem Spezialgebiet, dem Seerecht, bereits auf terroristische Aktivitäten gestoßen. Jakob hegte die optimistische Vorstellung, dass es von der Verfolgung somalischer Piraten in Hochgeschwindigkeitsbooten zu messerschwingenden Dschihadisten in Jerusalem nur ein kleiner Schritt wäre.

Das unerwartete Auftauchen der arabischen Anwältin war wie ein Warnschild gewesen, und als sie verlangte, dass er das Video stoppte, befürchtete Jakob, er hätte seine Zeit verschwendet. Es würde schwer werden, Ben die Nachricht zu überbringen, dass er noch immer keinen Erfolg vorweisen konnte. Er sah auf, als Hana in schnellem Schritt am Konferenzraum vorbeiging. Ihre Miene war undurchschaubar.

Was Jakob über den Konflikt zwischen Arabern und Juden im Nahen Osten wusste, beschränkte sich auf Stichpunkte, aber man musste kein Politikexperte sein, um zu erkennen, dass die Fronten zwischen den Gruppen verhärtet und erstarrt waren. Ja, diese Anwältin war nach eigener Auskunft israelische Staatsbürgerin und hatte Zivildienst geleistet. Das klang nach Neutralität und damit positiv, aber er war sich nicht sicher, wie viel Gewicht er dem beimessen sollte.

Die ältere Dame, die Jakob in den Konferenzraum geführt hatte, kam zurück und unterbrach seine Gedanken. »Mr Lowenstein erwartet Sie.«

Kapitel 3

»Ms Abboud und ich haben uns auch den Rest des Videos angesehen«, erklärte der ältere Anwalt. »Ben und Sadie Neumann haben einen schlimmen Verlust erlitten und verdienen eine Chance auf Gerechtigkeit.«

»Sie wollen helfen?« Jakobs Überraschung war deutlich zu hören.

»Ich bin bereit, den Fall den Teilhabern der Kanzlei vorzustellen. Das wäre der nächste Schritt.« Lowenstein legte die Hand auf den schmalen Aktenordner auf dem Tisch. »Aber ich brauche mehr als das, was Sie hier zusammengestellt haben, um sie zu überzeugen, dass unsere Kanzlei Ihren Einsatz unterstützen sollte. Wie sind Ihre vertraglichen Absprachen mit Mr Neumann?«

»Ein Drittel Erfolgsbeteiligung, wenn der Fall vor dem Prozess beigelegt wird; vierzig Prozent, wenn wir den Fall verhandeln.«

»Das ist fair angesichts der Herausforderung, die der Fall darstellt. Wie viel wollen Sie und Ben Neumann in die Prozesskosten investieren?«

Jakob räusperte sich. »Mr Lowenstein, vor allem aus diesem Grund bin ich hier. Mein Mandant und ich können einen solchen Rechtsstreit nicht finanzieren.«

»Und Collins, Lowenstein und Capella ist eine Kanzlei, keine Bank. Ihre Seite wird die nötigen Mittel auf den Tisch legen müssen.«

Jakobs Hirn arbeitete fieberhaft. Eine Tür, die nur einen Spaltbreit offen stand, war besser als eine, die verschlossen war. Er sprach rasch und aufrichtig: »Ben Neumann ist Filialleiter bei einem Herrenausstatter und verfügt nicht über nennenswerte Geldmittel. Sadie ist auf einer Privatschule. Angesichts der Kosten für Schule, Kinderbetreuung und Arztbesuche sind wohl nicht mehr als ein paar Tausend Dollar möglich.«

»Hat er nach Glorias Tod etwas von einer Lebensversicherung erhalten?«

Jakob war froh, dass er Ben bei ihrem letzten Treffen danach gefragt hatte. »Ja, davon konnte er die Beerdigung bezahlen, Glorias Studiendarlehen zurückzahlen und ein neues Auto kaufen.«

»Ich möchte trotzdem vorschlagen, dass er mindestens 40 000 Dollar für notwendige Auslagen beisteuert. Natürlich könnte Ihre Kanzlei das auch tun. Wir würden zunächst diesen Fonds aufbrauchen, bevor die Kanzlei die Finanzierung des Falles übernimmt.«

Jakob schluckte. Er hatte noch seinen Studienkredit abzuzahlen, besaß vier Kreditkarten, mit deren Kontoständen er jonglierte wie ein Zirkusclown mit brennenden Fackeln, und eine neue Wohnung. Er hatte praktisch keine Reserven, aber ein aussichtsreicher Fall stand kurz vor dem Abschluss und würde ein Honorar im Bereich von 20 000 Dollar einbringen. Vielleicht könnten Ben und er jeweils dieselbe Summe beisteuern.

»Wenn wir das tun, wie viel würde Ihre Kanzlei über die 40 000 hinaus dazugeben?«

»Ich würde meinen Partnern eine Summe von 250 000 Dollar vorschlagen. Bei einer Aufteilung des Anwaltshonorars von siebzig zu dreißig.«

Jakob nickte. »Ich denke, das ist fair. Ich wäre zufrieden mit siebzig Prozent.«

»Nein. Das heißt siebzig Prozent für uns und dreißig für Sie.«

»Aber ich würde die ganze juristische Arbeit machen!«, protestierte Jakob.

»Mr Brodsky«, erwiderte Lowenstein ungerührt, »wenn wir zustimmen, den größten Teil der Kosten für den Fall zu übernehmen, werden wir auch an jedem Aspekt dieses Falles beteiligt sein, von der Recherche über die Verhandlung bis hin zu eventuellen Berufungen.«

»Dieser Fall ist meine Sache«, sagte Jakob. »Das ist keine Abtretung.«

»Sie werden Ihren Teil des Honorars verdienen. Aber es wäre unfair, eine Honoraraufteilung vorzunehmen, die nur darauf beruht, dass Sie uns den Fall zugespielt haben.«

»Sie würden mit entsprechenden Kollegen aus meinem Team zusammenarbeiten«, fuhr Lowenstein fort. »Und ich hätte die Gesamtleitung des Falles.«

Jakob hatte nur einen mittelmäßigen Studienabschluss vorzuweisen; eine Kanzlei wie Collins, Lowenstein und Capella würde ihn daher niemals einstellen, denn sie nahmen nur die Besten jedes Jahrgangs. Mit jemandem wie Leon Lowenstein zusammenzuarbeiten und zu sehen, wie seine Kanzlei einen großen Fall anpackte, wäre nicht nur gut für Ben Neumann, es wäre auch für Jakob eine unschätzbare Erfahrung, egal, was er dabei verdiente.

»Das ist eine Menge wert«, gab er zu, presste die Lippen zusammen und erwog rasch seine Optionen. Es gab keine.

»Einverstanden.«

»Vorbehaltlich der Genehmigung durch unsere Teilhaber.«

»Ja, natürlich. Und natürlich der Zustimmung von Mr Neumann.«

»Sie machen Ihren Job, wir machen unseren«, sagte Lowenstein. »Ben und Sadie Neumann haben die bestmögliche juristische Vertretung verdient.« Er warf Jakob einen stählernen Blick zu. »Und ich meine das mit jeder Faser meiner Existenz. Sonst würden wir dieses Gespräch nicht führen. Glorias Leben war wichtig, und ihre Mörder müssen zur Verantwortung gezogen werden.«

✡

Hana speicherte den Übernahmevertrag einer Investmentfirma aus dem Silicon Valley für ein israelisches Softwareunternehmen mit Sitz in Ra'anana, einer Stadt etwa zwanzig Kilometer nördlich von Tel Aviv. Das Hin- und Herspringen zwischen Englisch und Hebräisch bei einem so komplexen Text war anstrengend. Hana brauchte eine Pause; sie stand auf und ging zu Janets Schreibtisch.

»Und, ging es nun um Piraterie?«, fragte Janet.

»Nein, viel schlimmer.«

»Kannst du es mir sagen, oder soll ich besser nicht fragen?«

Hana zögerte. Janet war eine gute Seele, die es nicht verdient hatte, unnötig mit dem belastet zu werden, was auf dem Hurva Square geschehen war.

»Ich erspare dir die Details vorerst«, sagte sie daher. »Mr Lowenstein muss mit den Teilhabern über den Fall sprechen.«

»Wow!« Janet machte große Augen.

Hana bedauerte sofort, dieses Detail verraten zu haben. »Das bleibt aber unter uns!«

»Aber natürlich. Gehst du wieder allein essen?«

»Ja.«

»In Mr Capellas Gruppe gibt es ein paar Kolleginnen, die öfter zusammen zu Mittag essen. Warte, ich kläre das mit Thalia Botts, die in diesem Team ist. Ich wette, die würden sich freuen, wenn du ...«

»Danke, aber nein«, sagte Hana mit einem Lächeln. »Was ich jetzt vor allem brauche, ist Entspannung. Eine Frauenrunde wäre gerade keine Erholung für mich.«

»Wie du meinst«, sagte Janet achselzuckend. »Aber du brauchst dringend jemanden, der dein Sozialleben auf Vordermann bringt. Ich war kaum ein halber Mensch, bis ich Donnie kennenlernte. Und er war nur ein Bruchteil dessen, was seitdem aus ihm geworden ist. Zusammen sind wir jetzt fast ein ganzer Mensch.«

Hana gluckste. »Ich bin im Lauf der Woche noch zum Abendessen verabredet.«

»Mit einem Mann?« Janets Augenbrauen schossen in die Höhe.

»Ja, mit einem Mann. Ich war vor ein paar Wochen mal in einer großen Gemeinde zum Gottesdienst, und dort habe ich ihn kennengelernt. Er möchte gern mehr über die arabische Kultur erfahren.«

»Ja, das möchte ich wetten.« Janet nickte vielsagend und fügte hinzu: »Besonders von jemandem wie dir.«

Hana entfernte sich kopfschüttelnd und nahm den Aufzug zum Parkdeck. In Israel, wo praktisch jeder Zentimeter des kleinen Landes mit öffentlichen Verkehrsmitteln erreichbar war, hatte sie nie ein Auto besessen. Doch kurz nach ihrem Umzug nach Atlanta hatte sie einen dreijährigen Leasingvertrag für einen kleinen deutschen Importwagen abgeschlossen.

Es gab fünf oder sechs Restaurants in der Nähe, in denen Hana regelmäßig zu Mittag aß. Heute entschied sie sich für einen kleinen Feinkostladen mit Mittagstisch. Der Inhaber war ein Araber, dessen Familie aus dem Libanon in die USA eingewandert war. Der Feinkostladen war überfüllt, die Leute standen Schlange vor dem Tresen. Hana trat ein und begrüßte Mahmoud Akbar in fließendem Arabisch.

»Hana, tun Sie mir das nicht an«, antwortete der kahlköpfige Mann um die fünfzig auf Englisch. »Ich bin mit dreizehn aus Beirut nach Baltimore gezogen. Alles, was ich gerade verstanden habe, war irgendwas davon, dass die Sonne für mich scheint. Dabei war es den ganzen Morgen bewölkt.«

Arabisch ist eine komplexe Sprache. Selbst für eine schlichte Begrüßung gab es unzählige Varianten.

»Ziemlich nah dran«, erwiderte Hana auf Englisch. »Es war ein Gruß und ein Segen: ›Möge die Sonne über dir aufgehen und ihre Wärme deinen schmerzenden Knochen guttun.‹«

Akbar lächelte. Er schnitt gerade Streifen von einer großen Fleischrolle, die sich auf einem Spieß vor einem vertikalen Grill drehte, während sein Mitarbeiter das geschnetzelte Fleisch rasch in aufgeschnittenes Fladenbrot schaufelte. Die Schawarma-Sandwiches waren das bei Weitem beliebteste Mittagsangebot im Laden. Akbar wischte sich die Stirn mit dem kleinen Handtuch, das in seiner Schürze steckte.

»Was darf's sein?«, fragte er.

»Frühstück und Mittagessen, bitte«, antwortete sie. »Aber nur eine kleine Portion. Ich muss heute Nachmittag arbeiten und kann mir kein Nickerchen leisten.«

»Labneh und Makanek?«

Hana nickte. »Ja, gern.«

Der Besitzer reichte das lange Messer weiter an seinen Sohn Gadi, einem mürrischen jungen Mann, der nie Interesse daran zeigte, sich mit Hana zu unterhalten, egal, in welcher Sprache. Akbar löffelte Labneh-Dip, einen mit fein gehackten Gurken, Dill, Knoblauch und Salz gewürzten Frischkäse, in eine Schüssel und gab ein paar Streifen frisch geschnittener Gurke dazu. Hana tauchte einen Gurkenstreifen in den Dip und wartete, während der Ladeninhaber ein paar der kleinen Makanek-Würstchen, einer Kombination aus Lamm- und Rindfleisch, auf den Grill legte.

»Rusty! Mehr Pommes frites in die Fritteuse, bitte«, rief Akbar einem Mitarbeiter zu. »Man sollte meinen, dass sie es merken, wenn die Pommes frites knapp werden«, schimpfte er und wandte sich wieder Hana zu.

Dann drehte er die Miniaturwürstchen auf dem Grill, und wenige Augenblicke später legte er sie in eine Schüssel und beträufelte sie mit Granatapfelsirup. Hana legte einen Zwanzigdollarschein auf den Tresen. Während sie auf ihr Wechselgeld wartete, nahm sie einen Bissen von der Wurst, deren herzhaften Geschmack der süße Sirup noch verstärkte.

»Ihre Makanek sind köstlich«, sagte Hana und wischte sich die Lippen mit einer dünnen Papierserviette ab. »So gut wie die, die ich im Libanon gegessen habe. Ich war dort einmal an einer amerikanischen Schule, um an einem Debattierwettbewerb teilzunehmen.«

Akbar beugte sich vertraulich zu ihr hinüber. »Ihr Vater war sicher sehr stolz auf Sie, damals wie heute«, sagte er leise. »Aber ich mache mir Sorgen um Gadi. Er geht abends zu irgendwelchen Meetings und will mir nicht sagen, worum es dabei geht. Und ich habe ihn dabei erwischt, wie er sich auf dem Handy religiöses Zeug ansah. Dinge, die mir nicht gefallen und mit denen ich nicht einverstanden bin.«

»Was denn für Dinge?«, fragte Hana. Ihr wurde das Herz schwer.

»Nichts Gutes.« Akbar warf über die Schulter einen Blick zu seinem Sohn. »Ich weiß, diese Inhalte stammen aus dem Wahhabismus. Als ich es ansprach, bestand er darauf, dass ich es Salafismus nenne. Vor der Öffnung heute Morgen hatten wir deshalb einen heftigen Streit.«

Hana schaute zu Gadi hinüber, der gerade sehr geschickt Schawarma-Fleisch abschnitt. Nachdem sie erst vor Kurzem das Neumann-Video angesehen hatte, ließ der Anblick des scharfen Messers in seinen Händen sie erschaudern.

»Er sagt, die Saudis glauben an diese Lehre. Und Allah hat sie so sehr gesegnet, dass sie das reichste Volk der Welt sind.«

»Ja, sie verfügen über die reichsten Ölvorkommen der Welt.«

Akbar wies nach oben. »Wer hat das Öl unter das Land gebracht, auf denen der Prophet lebte?«

Hana hatte Akbar noch nie anvertraut, dass sie Christin war. Sie wusste, dass er sie für eine weltliche Muslimin hielt, wie er selbst einer war. Sie zögerte.

Rusty, der Junge, der die Pommes frites zubereitete, rief etwas herüber.

»Ich werde für Sie und für Ihren Sohn beten«, sagte Hana schnell.

Akbar warf ihr einen verwirrten Blick zu und huschte davon. Hana trug nie eine Kopfbedeckung, und im Islam durfte keine Frau beten, ohne ein Kopftuch zu tragen. Er konnte sich daher keinen Reim darauf machen, wieso sie ihm anbot, für ihn zu beten.

Hana beendete ihre Mahlzeit, während ihr Blick weiter auf Gadi lag.

Ihr Kopf mochte unbedeckt sein, aber ihr Herz war weit geöffnet, und sie betete zum Gott des Himmels und der Erde für diesen Vater und seinen Sohn.

Kapitel 4

Auf dem Weg zurück in sein Büro hielt Jakob, um sich einen Cheeseburger zu kaufen. Als Einwanderer der ersten Generation aus der früheren Sowjetunion genoss er seine Freiheit in jeder Hinsicht, und er war nicht daran interessiert, sich selbst einzuschränken, indem er sich an jüdische Speisevorschriften hielt. Wenn er allerdings mit anderen Juden essen ging, passte er sich an; er wollte niemanden verletzen. Er wartete ab, was die anderen bestellten, bevor er seine Wahl traf. Da ihm Essen fast in jeder Form schmeckte, war es nie schwierig, etwas zu finden, das er mochte.

Seine starke Freiheitsliebe hatte Jakob von seinem Vater geerbt, einem jüdischen »Refusenik«, der jahrelang versucht hatte, dem Kommunismus zu entkommen, doch man hatte ihm die Ausreisevisa für sich selbst und seine Familie stets verweigert. Wegen seines offenkundigen Wunsches, zu emigrieren, wurde Anatoly Brodsky verfolgt und sogar zu sechs Monaten Gefängnis verurteilt. Brodsky senior hatte den ausgeprägten Starrsinn seinem jüngsten Sohn vererbt. Erst nach dem Zerfall der Sowjetunion konnte die Familie auswandern und sich in New York niederlassen. Ein großes gerahmtes Foto der Freiheitsstatue hing im Wohnzimmer ihres Familienheims auf Long Island, in dem Jakob seit seinem zehnten Lebensjahr gewohnt hatte. Seinen russischen Akzent hatte er dort rasch verloren und sprach bald wie ein geborener New Yorker.

Dass Jakob den Fall von Ben Neumann vertrat, war auf Empfehlung eines früheren Mandanten zustande gekommen, eines gewissen Ken Smith. Jakob hatte sich bereit erklärt, sich mit Ben zu treffen, und voller Anteilnahme angehört, was vor der Hurva-Synagoge geschehen war. Aber erst, als er das Überwachungsvideo auf Bens Laptop gesehen hatte, hatte er das vertraute Feuer im Bauch verspürt - für ihn immer ein Zeichen, dass er ernsthaft erwägen sollte, einen Fall zu übernehmen. Aber es gab eine Frage, die er stellen musste, bevor er sich den nächsten Schritt gestatten konnte.

»Warum wollen Sie einen Prozess anstrengen?«, fragte er Ben. »Es wird nur dazu führen, dass Ihr Verlust Ihnen umso bewusster wird.«

»Meinen Sie, das ist er nicht sowieso schon?«, hatte Ben gefragt. »Jedes Mal, wenn ich meine Tochter ansehe, sehe ich das Gesicht ihrer Mutter. Und wenn ich Sadie auf die Wange küsse, berühren meine Lippen die Narbe, die der Mörder meiner Frau dort hinterlassen hat. Ja, ich habe die Liebe meines Lebens verloren. Aber sie würde wollen, dass ich etwas tue - irgendetwas -, damit nicht noch einer Familie dasselbe Leid widerfährt wie uns. Als ich von den Antiterrorgesetzen und dieser neuen Prozessform las, wusste ich: Diese Spur muss ich verfolgen, so gut ich nur kann.«

Jakob hörte ihm aufmerksam zu. Wenn Ben Neumann die Chance dazu bekäme, könnte er seine Geschichte auf eine Weise darstellen, die auch die abgebrühtesten Geschworenen erweichen würde. Die Antiterrorgesetze waren ein US-amerikanisches Gesetzespaket, das der Kongress 1990 in Kraft gesetzt hatte. Es ermöglichte, Menschen, die »im Hinblick auf ihre Person, ihr Eigentum oder ihr Geschäft durch einen Akt internationalen Terrorismus« geschädigt wurden, beim Obersten Gerichtshof der USA eine Klage mit der Forderung einer dreifachen Entschädigung für ihren Verlust geltend zu machen. »Internationaler Terrorismus« war definiert als »Aktivitäten, die ... Gewalttaten oder Taten, die Menschenleben gefährden könnten und die Strafgesetze der Vereinigten Staaten verletzen«.

»Ken hat gesagt, dass Sie sich von Herausforderungen nicht abschrecken lassen«, sagte Ben. »Er hat mir erzählt, wie Sie immer tiefer gegraben haben, bis Sie wussten, wer für die Verletzungen seines Sohnes verantwortlich war. Die anderen Anwälte haben mir geraten, dass ich genau das brauche: jemanden, der sich in eine Sache vergräbt und herausfindet, ob die Täter allein gehandelt haben oder nicht.«

»Ich habe keine Erfahrung in diesem Rechtsgebiet«, sagte Jakob. »Und es wäre sehr teuer, eine solche Schadensersatzklage zu recherchieren und vor Gericht zu vertreten.«

»Verstehe«, sagte Ben offensichtlich enttäuscht. Er seufzte frustriert. »Aber danke, dass Sie bereit waren, mit mir zu sprechen.« Er schloss den Laptop und erhob sich.

»Gehen Sie noch nicht.« Jakob hob Einhalt gebietend die Hand. »Sehen Sie sich wenigstens einen Vertragsentwurf zwischen Anwalt und Mandant an.«

✡

Es hatte einen Unfall gegeben, und der Verkehr stockte, sodass Jakob doppelt so lange wie sonst brauchte, um seine Kanzlei zu erreichen. Sie lag in einem zweistöckigen Gebäude mit acht Apartments und einem gemeinsamen Konferenzraum im Erdgeschoss. Fünf der acht Mietparteien waren Anwälte. Außer den Juristen gab es noch einen Versicherungsagenten, einen Finanzberater und einen Heilpraktiker.

Eine Sekretärin im Erdgeschoss nahm die Anrufe für alle Mietparteien entgegen. Maddie verfügte über die beeindruckende Fähigkeit, sich in Sekundenschnelle mit dem Namen der jeweils richtigen Firma zu melden, je nachdem, welches Lämpchen an der Telefonanlage blinkte.

»Kanzlei Jakob Brodsky.« Maddie nahm gerade einen Anruf entgegen, als Jakob das Gebäude betrat. Es folgte eine kurze Pause. »Ich verbinde Sie direkt mit ihm.«

»Das war niederträchtig«, rief Jakob ihr zu, während er die Treppe hinaufrannte, immer zwei Stufen auf einmal nehmend.

Der Wettbewerb um neue Mandanten war heftig. Leute, die auf der Suche nach einem Anwalt waren, der auf Schadensersatzklage bei Körperverletzung spezialisiert war, hatten meist eine Liste von Kontakten, die sie durchtelefonierten, und hinterließen keine Nachricht. Nach dem fünften Klingeln würde sein Anrufbeantworter anspringen. Jakob verhedderte sich mit dem Schlüssel, bekam dann aber die Tür auf, hechtete zum Telefon auf seinem Schreibtisch und nahm den Hörer ab.

»Was kann ich für Sie tun?«, fragte er etwas atemlos und ließ sich in den Ledersessel sinken.

»Mr Brodsky?«

»Ja, am Apparat.«

»Hier spricht Amanda Brooks von der Brookstone-Kanzlei. Sie haben mit Natalie Fletchall in unserem Büro über den Harrison-Fall gesprochen.«

Jakob setzte sich aufrechter hin. Es war der Fall, von dem er hoffte, er würde ihm das Honorar einbringen, das er als seinen Teil zu den Kosten des Neumann-Prozesses beisteuern konnte.

»Ja«, sagte er. »Ich habe Natalie letzte Woche per E-Mail eine Forderung von 80 000 Dollar geschickt, zusammen mit der Klageschrift, die ich beim Fulton County Superior Court einreichen werde, wenn wir uns nicht einigen können. Niedriger kann ich nicht gehen, um den Fall noch vor einem Gerichtsverfahren zu klären.«

»Dann ist das ein Deal. Die Versicherungsgesellschaft möchte diese Sache gern beenden. Innerhalb einer Stunde haben Sie unsere Standardfreigabe in Ihrem Postfach. Sobald wir eine unterschriebene Kopie der Freigabe erhalten haben, schicken wir den Scheck, zahlbar an Sie und Ihren Mandanten.«

Jakob rief seinen Mandanten an, um ihm die gute Nachricht zu überbringen, und versuchte dann erfolglos, Ben Neumann zu erreichen. Er hinterließ eine knappe Sprachnachricht.

»Gute Neuigkeiten. Rufen Sie mich an.«

✡

Hana putzte sich die Zähne, um ihren Kollegen den Knoblauchgeruch zu ersparen. Dann arbeitete sie an einigen juristischen Dokumenten auf Hebräisch und sandte sie an den Mandanten in Ra'anana. Sie wollte gerade eine kurze Pause machen, als es an der Tür klopfte. Unwillkürlich antwortete sie auf Hebräisch, korrigierte sich aber sofort. Mr Collins trat ein. Der Anwalt war Mitte sechzig, kahlköpfig und übergewichtig und kam nur äußerst selten in ihr Büro.

»Tut mir leid«, begann Hana. »Ich musste eine Weile zwischen Englisch und Hebräisch hin- und herspringen.«

»Was der Kanzlei zugutekommt. Sie sagten: ›Ja, bitte.‹ Richtig?«

»Korrekt.«

Mr Collins schloss die Tür und setzte sich auf den Stuhl vor Hanas Schreibtisch.

»Ich wollte mit Ihnen über Ihr Meeting mit Leon heute Vormittag sprechen.«

Jim Collins war eher eine Schildkröte als ein Kaninchen, und Hana wusste, dass er eine Weile brauchen würde, bis er zum Anlass seines Besuchs kam.

»Hat er Sie gebeten, zu recherchieren, welchen Hintergrund und welche Erfahrung Jakob Brodsky hat?«

»Nein, aber er hat erwähnt, dass er später noch einige Fragen haben könnte.«

»Und Sie haben das Video von der Terrorattacke in Jerusalem gesehen?«

»Zuerst habe ich es abgelehnt, aber dann habe ich meine Meinung geändert.«

»Warum das?«

Hana dachte, die Antwort sei offensichtlich. »Eine Frau wurde erstochen und ihre kleine Tochter schwer im Gesicht verletzt. Der junge Araber, der es getan hat, wurde erschossen. Das ist nichts, was ich gern sehe oder in meiner Erinnerung haben möchte.«

»Leon hat Sie vor dem Meeting nicht gewarnt?«

»Gewarnt?«

»Oder Ihnen irgendwelche Informationen gegeben?«

»Nein, aber er hat sich entschuldigt. Er sagte mir, es sei eine Last-minute-Entscheidung gewesen, mich hinzuzuziehen, und da war Mr Brodsky bereits in der Kanzlei eingetroffen.«

Hana fühlte sich unwohl. Es hatte den Anschein, als wäre Mr Collins dabei, Informationen zu sammeln, um in der Teilhaberversammlung gegen seinen Kollegen zu votieren.

»Was hat Leon Ihnen sonst noch über den Fall gesagt?«

»Er erwähnte, dass es nicht einfach sein würde, einen Beklagten zu finden, geschweige denn einen, der zahlungskräftig genug wäre, um Schadensersatz zu leisten. Und dass die Entscheidung darüber, ob die Kanzlei in den Fall einsteige, bei den Teilhabern läge.«

Mr Collins nickte und sah Hana dann direkt an. »Wenn Sie eine Stimme hätten, würden Sie dafür oder dagegen stimmen?«

»Mr Collins«, protestiere Hana. »Es steht mir nicht zu ...«

»Es steht Ihnen zu, wenn ich Sie so direkt frage.« Der Seniorpartner sprach bestimmter als sonst. »Und genau das tue ich. Sie sind Araberin und israelische Staatsbürgerin. Sie haben eine Perspektive auf die Sache wie kein anderer Kollege in dieser Kanzlei. Ich möchte wissen, was Sie über den Fall denken.«

Bilder aus dem Video schossen Hana durch den Kopf: Gloria Neumann, die zu Boden sinkt, und Abdul Zadan, der auf sie stürzt. »Ich würde dagegen stimmen«, antwortete Hana.

»Warum?«

Hana war versucht, die Schwierigkeit, einen zahlungsfähigen Beklagten zu finden, als Hauptgrund für ihre Ablehnung zu nennen, aber sie wusste, das war nicht wahr. »In Israel reden wir immer davon, dass wir uns von der Gewalt, die uns umgibt, nicht davon abhalten lassen wollen, ein normales Leben zu leben«, erwiderte sie. »Ich bin nicht nach Atlanta gezogen, um dieser Welt zu entkommen. Aber ich dachte, ich könnte sie hinter mir lassen, solange ich hier arbeite. Das ist die beste Antwort, die ich Ihnen geben kann.«

Jim Collins schwieg einen Moment, dann stand er auf. »Vielen Dank. Ich respektiere Ihre Perspektive«, sagte er, verließ den Raum und schloss die Tür hinter sich.

Hana atmete tief durch und starrte eine Weile aus dem Fenster. Aber sie nahm nicht die Skyline vor dem klaren blauen Himmel wahr. Stattdessen reiste sie in Gedanken vom Norden Atlantas zum Hurva Square in Jerusalem.

Kapitel 5

Jakob trat auf den Flur vor seinem Büro, um sich ein Glas Wasser aus dem Wasserspender zu holen, als Butch Watson, einer der anderen Anwälte im Gebäude, mit einem schweren Aktenkoffer in der Hand die Treppe heraufkeuchte. Butch war dabei, sich als Treuhand- und Vermögensanwalt zu etablieren, und er traf seine Mandanten oft in den Räumen ihrer Finanzberater oder Börsenmakler.

»Warum nimmst du nicht den Aufzug?«, fragte Jakob und wies auf den schweren Koffer.

»Ich habe meiner Frau versprochen, öfter zu Fuß zu gehen«, erwiderte der breitschultrige junge Anwalt. »Seit wir wissen, dass sie mit Zwillingen schwanger ist, habe ich mehr zugenommen als sie.«

»Wann ist es denn so weit?«

»In drei Wochen«, sagte Butch. »Und ich hoffe, die Jungs können in der Offensive spielen wie ich und einen Freifahrtschein fürs College bekommen.«

Butchs überflüssige Pfunde beschwerten einen Körper, dem man noch immer ansah, dass er mal zwei Zentner stemmen konnte. Gelegentlich gingen Jakob und Butch auf ein Bier in eine Sportbar. Wenn jemand Butch zu einer Runde Armdrücken herausforderte, setzte Jakob immer auf Butch.

Jakob deutete auf den Aktenkoffer. »Guter Mandant?«

Auf Butchs Gesicht erschien ein breites Lächeln. »Ja. Und nicht nur einer. Ich habe mich gerade mit einem Börsenmakler getroffen, der im College gegen mich gespielt hat. Zum Glück haben wir uns heute besser verstanden als vor zehn Jahren, wo wir uns die Köpfe eingeschlagen haben. Ich hatte die Einzelheiten des Spiels vergessen, aber er wusste noch, dass ich damals ein Foul Penalty bekam, weil ich sein Gesichtsgitter gepackt und versucht habe, ihm den Kopf vom Hals zu reißen. Er hat darüber gelacht, denn sein Team hat damals gewonnen. Er hat versprochen, mir so viele Mandanten zu schicken, wie er kann.«

»Gratuliere.«

»Und du? Gibt es Fortschritte bei der Suche nach einem finanzkräftigen Mitstreiter in deinem Antiterrorfall?«

»Ich hatte gerade mein bisher bestes Meeting.« Jakob gab ihm eine Kurzfassung seines Gesprächs mit Leon Lowenstein.

»Du bist der Typ, der für einen großen Gewinn ein großes Risiko eingeht, jemand, der den Fünfzigmeterpass übers Spielfeld in die doppelte Deckung schleudert«, kommentierte Butch. »Ich bin eher der Zweimetertyp, der damit nur Staub aufwirbelt. Ich wünschte, ich könnte mich nur mit einem winzigen Anteil in die Aktion einkaufen, aber ich muss jeden Cent sparen, weil die Jungs ja bald da sind.«

»Die Absicht zählt«, erwiderte Jakob.

Butch setzte den Weg zu seinem Büro fort. »Aber jetzt muss ich sehen, ob ich aus meinen Fingern noch sechzig Wörter pro Minute herausleiern kann – es wartet ein Berg von Treuhandurkunden.«

Zehn Minuten später klingelte Maddie Jakob an. »Mr Ben Neumann und eine zauberhafte junge Lady sind hier, um dich zu sprechen. Er sagt, er hat keinen Termin ...«

»Ist okay. Schick sie hoch.«

Ben und Sadie Neumann kamen bereits die Treppe herauf. Sadie trug ihre Schuluniform: weiße Bluse, himmelblauer Pullover und dunkelblaue Mary-Jane-Schuhe. Ihr schwarzes Haar war zu einem Pferdeschwanz gebunden, der über einen kleinen orangefarbenen Rucksack fiel. Ihr Vater trug einen gut geschnittenen Anzug. Das dunkle Haar war mit einzelnen grauen Strähnen durchzogen.

»Ich war mit Sadie auf dem Weg zu einem Therapietermin, als ich Ihre Nachricht erhielt«, sagte Ben. »Wir müssen ohnehin hier vorbei.«

»Perfektes Timing«, antwortete Jakob. »Kommen Sie rein.«

Jakobs Büro war geräumig und ausgestattet mit erstklassigen Möbeln, die ein Innenarchitekt ausgesucht hatte. Der große Holzschreibtisch besaß eine Ledereinlage, etliche Lederstühle standen im Raum.

Sadie suchte sich einen weinroten Stuhl in einer Ecke des Raumes und kletterte hinauf. Ihre Füße baumelten ein paar Zentimeter über dem Boden.

Ben nahm ein Tablet aus dem Rucksack des Mädchens. Sie steckte sich die Kopfhörer in die Ohren, und nach ein paar Sekunden klebten ihre Augen am Bildschirm.

»Und sie wird uns nicht hören?«, wollte Jakob wissen.

Ben lächelte. »Sie haben keine Kinder, was?«

»Nein.«

»Kinder haben kein Problem damit, die reale Welt für eine imaginäre zu verlassen, vor allem, wenn sie ein elektronisches Gerät haben, das sie dorthin bringt.«

Jakob setzte sich an seinen Schreibtisch. »Heute Morgen hatte ich ein konstruktives Gespräch mit Leon Löwenstein«, begann er. »Danke, dass Sie den Kontakt hergestellt haben. Seine Kanzlei ist daran interessiert, an dem Fall mitzuarbeiten.«

»Tatsächlich?« Ben richtete sich auf.

»Er hat sich das Video angesehen und ist ebenso der Meinung, dass Sie und Sadie eine juristische Vertretung verdienen.« Jakob erklärte das angedachte Prozedere, das vorsah, dass Lowenstein den Fall seinen Partnern vorstellte.

Ben runzelte die Stirn. »Das klingt aber nicht so gut.«

»Aber wir haben eine Chance«, sagte Jakob optimistisch. »Allerdings gibt es noch eine zweite Vorbedingung, bevor wir die nächsten Schritte einleiten können. Sie und ich müssen uns verpflichten, 40 000 Dollar auf das Kanzleikonto einzuzahlen. Mr Lowenstein möchte seinen Partnern empfehlen, 250 000 Dollar zu investieren, um die Kosten für Expertisen, Ermittler, Protokolle und Reisekosten abzudecken. Jeder, den wir als

Beklagten benennen, wird sich mit allen Mitteln dagegen wehren, uns etwas zu zahlen. Denn eventuell müssen sie dann auch andere Terroropfer und deren Familien entschädigen. Ich bin bereit, 20 000 zu zahlen, wenn Sie denselben Betrag beisteuern können. Sie sehen, ich glaube an den Fall.«

Jakob wartete auf Bens Antwort. Aber sein Mandant schwieg, sein Blick ruhte auf Sadie, die noch immer gebannt auf ihr Tablet starrte.

»Sie wissen, wie viel mir daran liegt, die Sache zu verfolgen«, sagte Ben schließlich. »Und ich schätze es mehr, als ich sagen kann, dass Sie zu einem solchen Einsatz bereit sind. Aber es ist schon eine Menge Geld, das ich da aufbringen muss. Ich habe zwar noch etwas von der Lebensversicherung, aber es wird noch eine Weile dauern, bevor ich daran denken kann, mir Rücklagen zu bilden. Gloria hat unsere Familienfinanzen immer gut im Blick gehabt, und sie war nicht verschwenderisch. Ich bin da impulsiver. In den letzten Jahren habe ich jeden Penny dafür ausgegeben, Sadie so glücklich wie möglich zu machen.«

Jakob war erleichtert, dass sein Mandant das Geld aus der Versicherung nicht vollständig aufgebraucht hatte. »In aller Regel muss man bei einem Gerichtsverfahren davon ausgehen, dass es immer mehr Zeit und Geld verschlingt, als man denkt. Zusätzlich zum finanziellen Beitrag, um das Verfahren abzudecken, hat Mr Lowenstein auch zahlreiche Anwälte in seiner Kanzlei, die mir assistieren werden«, erklärte Jakob.

»Was werden Sie dabei tun?«

»Ich werde der Hauptanwalt sein, bei dem alle Fäden zusammenlaufen.«

»Haben Sie etwas Geduld mit mir«, sagte Ben nach ein paar Momenten des Schweigens. »Das ist eine schwerwiegende Entscheidung, und ich muss sie gut durchdenken.«

✡

Für den Rest des Nachmittags legte sich ein Gefühl der Schwere auf Hana. Ihr Gespräch mit Jim Collins über den Terrorangriff in Jerusalem hatte ihr ebenso viel offenbart wie dem Seniorpartner ihrer Kanzlei: Sie hatte ihren Wechsel in die Vereinigten Staaten nie als Flucht verstanden. Es war einfach eine Chance, in einer neuen Umgebung zu arbeiten, in der sie ihre juristischen Fachkenntnisse ebenso vervollkommnen konnte wie ihre Sprachkenntnisse. Aber nun musste sie ihre Motive überdenken und verborgene Tiefen in ihrer Seele ausloten.

Sie konnte sich schlecht konzentrieren und war daher froh, vom israelischen Führungsstab eine Zustimmung zu den Vertragsänderungen zu bekommen, die sie vorgeschlagen hatte. Die Nachricht leitete sie gleich an Mr Collins weiter. Nachdem sie die Mail abgeschickt hatte, ging sie nach unten in die Cafeteria im ersten Stock des Gebäudes. Die Menschen, die auf dem Gang an den Glasfenstern vorbeigingen oder um sie herum ihren Cappuccino tranken, lebten nicht mit der ständigen Bedrohung, sie könnten jeden Augenblick zu Schaden kommen. Ein paar Meter weiter unten in der Straße war eine Bushaltestelle - sie hatte keine Betonpfeiler, die sie vor Dschihadisten schützte, die sich in den Kopf gesetzt hatten, mit einem Lkw in die wartende Menschenmenge zu fahren. Entlang der Straße gab es keine Grenzpatrouillen oder Polizisten mit Maschinengewehren. An den Eingängen der Shoppingmall gegenüber waren keine Metalldetektoren mit Sicherheitsbeamten aufgestellt.

Am Ende des Tages hatte Hana zweieinhalb Stunden Arbeitszeit weniger aufzuweisen, als vorgeschrieben war.

»Bis morgen dann«, sagte sie zu Janet, als sie das Büro verließ.

»Schönen Abend. Du warst auffällig ruhig, nachdem Mr Collins reingeschneit war. Alles okay?«

»Ja, alles okay«, sagte Hana, schüttelte aber dann den Kopf. »Ich habe mein Ziel für heute nicht erreicht.«

»Hat das irgendetwas zu tun mit dem Meeting mit Mr Lowenstein heute Morgen? Gladys sagt, er habe sie nicht einbezogen, und das kommt so gut wie nie vor. Und dann taucht Mr Collins hier auf und fragt, ob du in deinem Büro bist. Du steckst doch nicht in der Tinte, oder?«

»Nein. Ich habe nichts falsch gemacht.«

»Gut«, sagte Janet sichtlich erleichtert. »Ich fühle mich nämlich verantwortlich dafür, dich zu beschützen.«

Hana beherrschte das Selbstverteidigungssystem Krav Maga, das in der israelischen Armee gelehrt wird. Bei einem möglichen Überfall auf sie in den Straßen von Atlanta würde der Angreifer vermutlich mit einem gebrochenen Arm oder einer ausgerenkten Schulter enden. Aber Hana wusste, dass Janet eine andere Art von Schutz meinte.

»Das ist sehr freundlich, und ich weiß es wirklich zu schätzen«, sagte Hana aufrichtig dankbar. »Aber ich komme schon zurecht. Bleib du auch nicht zu lange.«

✡

Vom Büro bis zu Hanas Wohnung in einer ruhigen Straße in einem älteren Wohnviertel waren es fünfzehn Minuten mit dem Auto. Ihr Häuschen bestand aus einem offenen Wohn- und Esszimmer mit voll eingerichteter Küchenecke und einem geräumigen Schlafzimmer mit angrenzendem Bad. Die meisten Möbel waren echte Antiquitäten oder hochwertige Reproduktionen. Es war grundverschieden von dem massiven Haus in Reineh, in dem Hana aufgewachsen war. In arabischen Familien war es üblich, einfach Zimmer und Stockwerke an ein bestehendes Gebäude anzubauen, wenn durch Heirat oder Kinder mehr Raum gebraucht wurde. Als Kind hatte Hana in einem Haus mit ihren Eltern, zwei Brüdern, den Großeltern väterlicherseits, einer Großtante und zwei Onkeln und Tanten und ihren acht Kindern gewohnt. Ein lautes, turbulentes Chaos.

Die stille Einsamkeit in diesem Haus in Atlanta war ein Schock gewesen, aber Hana hatte gelernt, sie zu lieben. Vor allem liebte sie die Sommerabende, wenn in der Dämmerung die Grillen, die nicht ahnten, dass sie von Millionen von Menschen umgeben waren, einander zuzirpten. Die Fenster im Wohnbereich waren vergittert, und Hana, der warme Temperaturen nichts ausmachten, schaltete die Klimaanlage aus, öffnete die vier Fenster und lauschte auf die Geräusche der Nacht.

Sie parkte ihren Wagen unter einem Ahornbaum, der jetzt im Herbst vor leuchtend roten Blättern beinahe explodierte. In ihrem ersten Herbst in dem Häuschen hatte sie ihrer Familie alle paar Tage Fotos von den wechselnden Farben der Blätter geschickt. Einer ihrer Neffen hatte den Baum »Zuckerbaum« genannt.

Hana goss eine Kanne Tee auf, fuhr ihren Laptop mit der arabischen Tastatur hoch, beantwortete einige persönliche E-Mails und checkte ihre Konten auf den sozialen Medien in Israel. Heute erhielt sie umgehend Antwort von Farah, eine ihrer Cousinen, Mutter von zwei kleinen Jungs. Eine andere Cousine, Fabia, war Mutter eines fünfjährigen Mädchens namens Khadijah. Die Schwestern hatten zwar ähnliche Namen, waren aber grundverschieden. Fabia war temperamentvoll, Farah dagegen ruhig. Hana schrieb eine kurze Frage an Farah auf Arabisch, das man wie das Hebräische von rechts nach links schreibt:

Was machst du noch so spät?

Barak hat Fieber. Ich habe ihm Medikamente gegeben und warte darauf, dass er einschläft.

Barak war der jüngere der beiden Jungs.

Farah schrieb weiter:

Ich wollte dir morgen schreiben. Heute Vormittag haben wir Onkel Anwar besucht. Er ist kränklich, und er hat ein paarmal deinen Namen genannt.

Anwar und Hanas Urgroßvater Mathiu waren Brüder. Ihr Urgroßvater war tot, und der 98-jährige Anwar war der Letzte aus seiner Generation, der noch lebte. Die beiden Männer waren die geistlichen Säulen der ganzen Sippe. In den 1950er-Jahren hatten sie mitsamt der Familie den orthodoxen christlichen Glauben, der jahrzehntelang ihre geistliche Heimat gewesen war, hinter sich gelassen und sich einer neuen protestantischen Gruppe angeschlossen, gegründet von schottischen Missionaren, die von den Hebriden nach Nazareth gekommen waren.

Anwar nahm einen besonderen Platz in Hanas Herzen ein. Sie war gerührt, dass er von all seinen vielen Verwandten ausgerechnet an sie dachte, jetzt, wo er sich darauf vorbereitete, diese Erde zu verlassen und in den Himmel überzusiedeln.

Sie tippte eine schlichte Antwort:

Warum?

Farah schrieb zurück:

Ich weiß nicht, aber als er deinen Namen sagte, habe ich etwas von der Gegenwart Gottes gespürt.

Und Hana antwortete ebenso rasch:

Was bedeutet das?

Sie wartete, aber es kam keine Antwort. Hana ging in die Küche und nahm den Teebeutel heraus. Als sie an den Computer zurückkehrte, fand sie Farahs Antwort vor:

Ich glaube, er hat für dich gebetet.

Tief in ihrem Herzen spürte sie, dass Farah recht hatte, aber dann kam ihr eine andere Möglichkeit in den Sinn. Ihre Finger flogen über die Tastatur:

Vielleicht dachte er auch an Hanna, die Jesus als den Messias erkannte, als seine Eltern ihn in den Tempel brachten.

Ein Mann, der die Bibel so gut kannte wie Anwar, lebte doch sicher in den biblischen Texten, während seine Verbindung mit diesem Leben schwächer wurde.

Nein. Du versuchst immer, die Aufmerksamkeit von dir wegzulenken.

Hana lächelte. Ihre Cousine kannte sie gut. Hana hatte außerordentliche akademische und berufliche Erfolge vorzuweisen, sie war eine moderne arabische Frau, aber dennoch trug sie einen Schleier - nicht äußerlich, aber innerlich.

Ich besuche ihn in ein paar Tagen wieder, damit er den Jungen die Hände auflegen und sie segnen kann. Ich werde ihn nach dir fragen.

Farah stellte eine weitere Frage:

Wenn Anwar stirbt, kommst du dann für die Trauerzeit zurück?

Die Beisetzung der Verstorbenen fand in Hanas Familie immer so bald wie möglich statt, ganz ähnlich wie bei ihren jüdischen Nachbarn. Verwandte wurden nicht am Grab erwartet, wenn die Umstände schwierig waren. Dann folgte eine intensive Trauerzeit von sieben bis zu zehn Tagen. Und die Tradition und der Respekt vor den Verstorbenen machte die Teilnahme an dieser Trauerzeit im Rahmen der Familie unabdingbar.

Ja.

Ihre Cousine antwortete:

Barak schläft jetzt. Manchmal denke ich an unsere nächtlichen Gespräche.

Gott mit dir.

Farah meldete sich ab.

Als Mädchen hatten Hana, Farah, Fabia und ihre Cousine Palma ein gemeinsames Schlafzimmer im dritten Stock des Familienheims geteilt. An heißen Sommerabenden lagen sie oft im Dunkeln und teilten flüsternd ihre Mädchenträume über eine glückliche Zukunft. Farah wollte schon immer Mutter und Hausfrau werden. Fabia verkündete, sie würde um die ganze Welt reisen, aber sie war nie weiter weg gewesen als bis Beirut oder Beerscheba. Hana hatte Pläne, Lehrerin in Nazareth zu werden, und kein großes Verlangen erkennen lassen, die weite Welt kennenzulernen. Und jetzt war sie die Einzige, die allein in einer Stadt auf der anderen Seite des Globus lebte, von der die Mädchen nicht gewusst hatten, dass es sie gab, als sie aus ihrem Schlafzimmerfenster auf die himmelweit entfernten Sterne blickten.

Kapitel 6

Jakob saß in der lärmenden Sportbar vor einem kalten Bier. Die NBA-Play-offs liefen, aber Jakob war nicht daran interessiert. Seine europäischen Wurzeln waren tief genug, sodass er ein eingefleischter Fußballfan war. Ben Neumann war heute Morgen gegangen, ohne sich zur Finanzierung des Prozesses zu verpflichten. Der Versuch, einen unwilligen Mandanten davon zu überzeugen, vor Gericht zu gehen, war schwerer, als ein Seil eine Rampe hinaufzuschieben. Jakobs Handy zeigte einen Anruf an: Ben.

Jakob ließ sein Bier stehen, ging nach draußen und hielt das Handy ans Ohr.

»Hey, tut mir leid, Sie nach Geschäftsschluss noch anzurufen, aber ich weiß, Sie brauchen eine Antwort für Mr Lowenstein. Ich habe Glorias Eltern angerufen und die Situation mit ihnen besprochen. Ihr Vater war schon immer dafür, vor Gericht zu gehen, aber ihre Mutter ist - wie Gloria es war - die pragmatische von den beiden. Sie befürchtet, wenn wir uns jetzt mit einer terroristischen Organisation anlegen, könnte das Sadie in Gefahr bringen.«

Über Sadies Sicherheit hatte Jakob sich auch schon Gedanken gemacht. Doch er war ein Kämpfer, der sich dem Feind stellen wollte.

»Glorias Vater hat noch eine Frage«, fuhr Ben fort. »Würde die Regierung sich einschalten, wenn wir eine Terrorzelle aufspüren, die noch nicht auf der Liste der Gefährder steht?«

»Vielleicht, aber ich bezweifle, dass sie unseren Fall direkt unterstützen würden. Ihr Interesse gilt eher der nationalen Sicherheit.«

Ein offensichtlich angetrunkenes Pärchen wankte an Jakob vorbei zu einem gelben Sportwagen. Wer von beiden auch immer vom Parkplatz fahren würde, provozierte einen Unfall geradezu.

»Glorias Vater wäre bereit, 10 000 Dollar zu den Kosten beizusteuern«, sagte Ben. »Wenn er das tut, bin ich mit einem Teil der verbleibenden Restsumme aus der Versicherung ebenfalls dabei.«

»Großartig.«

»Es gibt noch eine Bedingung«, fügte Ben hinzu. »Glorias Eltern wünschen, dass Sadies Name keinesfalls in irgendwelchen Akten auftaucht, die bei Gericht vorgelegt werden.«

»Das können wir nicht zusagen«, erwiderte Jakob rasch. »Unser Schadensmodell würde zu einem sehr großen Teil Sadies Verlust betreffen. Wenn wir das außer Acht lassen, dann bleiben nur noch Sie als Geschädigter.«

»Ich habe viel verloren.«

»Das will ich auf gar keinen Fall kleinreden. Aber für die Sympathie, die ein Gericht für ein kleines Mädchen aufbringt, dem man auf grausame Weise seine Mutter genommen hat, gibt es keinen Ersatz. Und Sadie ist diejenige, die auch die physischen Narben trägt, die lauter sprechen als ...«

»Nein, das ist nicht verhandelbar«, unterbrach Ben. »Ich habe mir die Argumente meiner Schwiegermutter angehört, und ich stimme ihr zu. Ich möchte Sadie so weit wie möglich aus dem Fall heraushalten. Ihr Name darf auch nicht erwähnt werden, wenn Sie das Überwachungsvideo irgendwo zeigen.«

»Das Gericht wird wissen wollen, was bei dem Angriff mit ihr passiert ist«, protestierte Jakob.

»Dafür können Sie mich als Zeugen befragen.«

Jakob schwieg und versuchte, rasch ein Gegenargument zu finden. Ihm fiel keins ein.

»Ich werde Leon Lowenstein davon unterrichten müssen«, warnte er Ben. »Vergessen Sie nicht, die Partner seiner Kanzlei müssen zustimmen, und wenn wir Sadie aus dem Fall heraushalten, wird das ihre Entscheidung höchstwahrscheinlich beeinflussen.«

»Dann ist es besser, das zeigt sich jetzt als später.«

Jakob trat den taktischen Rückzug an. »Okay, Sie sind der Boss. Sobald ich die 20 000 Dollar von Ihnen und Glorias Eltern auf meinem Treuhandkonto habe, rufe ich Mr Lowenstein an.«

»Schicken Sie mir eine SMS mit den Bankdaten, und morgen haben Sie das Geld«, sagte Ben. »Und vielen Dank noch mal für Ihre Geduld und Ihr Verständnis dafür, dass ich alles gut überlegen muss.«

✡

Getreu dem Wort, das Anwar ihr mitgegeben hatte, als sie noch ein kleines Mädchen war, wachte Hana häufig nachts auf, um zu beten und den Herrn zu suchen. Dass sie am Morgen müde sein würde, kümmerte sie nicht. Stattdessen schlüpfte sie voller Erwartung, was die Nachtwache für sie bereithalten würde, aus dem Bett.

Es gab historische Vorbilder für Hanas nächtliches Wachsein. Während eines großen Teils der Menschheitsgeschichte war es für die meisten Menschen normal, dass ihr Schlaf unterbrochen wurde. Die Erfindung des elektrischen Lichts verschob die Schlafenszeit immer weiter nach hinten, und die Menschheit gewöhnte sich an eine einzige Schlafeinheit innerhalb von 24 Stunden. Hana bevorzugte den Rhythmus von früher.

Es war 2.22 Uhr, als Hana aufwachte. Die Straße vor dem Haus war menschenleer. Nach den ersten Stunden erholsamen Schlafs war ihr Kopf frei, ihr Geist klar. Manchmal lief sie beim Beten durch das Haus. Oder sie saß auf dem Sofa im Wohnzimmer, las in der Bibel oder hörte Musik. Oft saß sie einfach nur in erwartungsvollem Schweigen da.

Heute Nacht dachte sie an Anwar. Er hatte eine tiefe Beziehung zu Gott, und ihn umgab eine Aura des Respekts. Hana hatte oft genug miterlebt, wie groß sein Einfluss auf andere war, auch ohne dass er etwas sagte. Stolze Menschen wurden in seiner Nähe bescheidener, bescheidene erhielten Selbstvertrauen.

Hana zog den Morgenmantel über ihr Nachthemd und setzte sich auf ein kleines Sofa, das mit samtigem blauem Stoff bezogen war. Sie zog die Beine hoch und schaltete eine Lampe an, die ein sanftes Licht verbreitete. Hana griff zu einem Tagebuch, das auf einem Tischchen lag, und schlug eine neue Seite auf. Sie setzte Anwars Namen oben auf die Seite und begann zu schreiben und zu beten, dass er seine Lebenszeit ganz ausschöpfen und dann friedlich in die Ewigkeit hinübergehen würde. Sie betete auch, dass sie den Grund, warum er ihren Namen genannt hatte, noch erfahren würde. Dann wandte Hana ihre Gedanken ihrer restlichen Familie zu. Die Liste der Verwandten, die auf ihr Gebet warteten, war lang, aber dann kam ihr plötzlich ein anderes Mädchen in den Sinn - Sadie Neumann.

Bei der Erinnerung an das Bild von Sadie in dem Überwachungsvideo stiegen Hana Tränen in die Augen. Jeder, der ein empathisches Herz besaß, würde Mitgefühl mit Sadie empfinden, aber Hanas Trauer fühlte sich an wie etwas Persönliches. Sie umklammerte ihren Stift fester, aber sie schrieb kein Gebet. Stattdessen breitete sie in ihrer Vorstellung die Arme aus, um das kleine Mädchen, dem sie noch nie persönlich begegnet war, zu umarmen. Sie schloss für einen Moment die Augen und sprach ein Gebet. Mit einem Seufzer des Mitgefühls machte sie einen schlichten Eintrag in ihr Tagebuch: »Habe für Sadie Neumann gebetet - möge sie Heilung, Trost und den Frieden, der höher ist als alle Vernunft, finden.«

✡

Kurz nach der Morgendämmerung erwachte Hana zum zweiten Mal. Sie mahlte Kaffeebohnen und machte sich einen starken Espresso. Manchmal goss sie auch einen traditionellen arabischen Kaffee auf, der mit Kardamom gewürzt wird, aber normalerweise brauchte sie nur einen einfachen Koffeinstoß. Später im Büro trank sie vielleicht noch eine Tasse, aber der Kaffee dort war anders als der, den sie sich selbst zubereitete. Während sie ihr Frühstück aß - Joghurt mit frischem Obst und süßem Gebäck -, sah sie sich im Computer die israelischen Nachrichten an.

Eine normale Arbeitswoche hatte für eine Anwältin in ihrer Position als Einsteigerin fünfzig bis sechzig Arbeitsstunden. Nachdem das Softwareprojekt in Israel nicht mehr oben auf der Prioritätenliste stand, konzentrierte Hana sich jetzt auf die Vertragsgestaltung zwischen einer israelischen Öl- und Gasfirma, die einen amerikanischen Partner suchte. Kurz vor Mittag stand sie auf und rieb sich die Augen. Es klopfte an der Tür. Gladys Applewhite wollte sie sprechen.

»Ich bin froh, dass Sie noch da sind«, sagte die untersetzte grauhaarige Frau mit dem aristokratischen Südstaatenakzent. »Ich hoffe, Sie haben noch keine Pläne für das Mittagessen? Mr Lowenstein und Mr Collins möchten, dass Sie zu ihnen kommen. Sie beenden gerade einen Brunch in Konferenzraum D.«

»Brauche ich meinen Laptop?«

»Ich habe nur Anweisung, Sie hinzubringen.« Gladis ging ihr voran zu einem kleinen Konferenzraum im Inneren des Gebäudes. Der Raum war fensterlos und sparsam ausgestattet. Abstrakte Kunst hing an den Wänden. Es gab zehn Stühle rund um einen Konferenztisch mit Glasplatte.

»Hana, ich bin froh, dass Gladys Sie noch erwischt hat«, sagte Lowenstein, als sie eintrat. »Kommen Sie. Bedienen Sie sich.«

Hana nahm einen halben Toast und legte ihn auf ihren Teller.

»Bitte setzen Sie sich doch ans Kopfende. Jim und ich werden auf beiden Seiten sitzen.«

Mit einem mulmigen Gefühl setzte Hana sich in einen großen Sessel, der sie zu verschlucken drohte. Sie warf einen Blick auf Mr Collins, dessen Gesichtsausdruck nicht verriet, was er dachte.

»Die Teilhaber haben sich heute Morgen getroffen«, sagte Collins. »Auf der Tagesordnung stand auch der Fall Neumann.«

Diese Nachricht war zwar kein Schock für Hana, aber sie war doch überrascht, wie schnell sich die Dinge entwickelten. Sie nickte zustimmend, während sie ein Stück von ihrem Toast abschnitt.

»Jakob Brodsky und sein Mandant haben die finanziellen Bedingungen erfüllt, die ich ihm gestern genannt habe, nachdem Sie gegangen waren.« Lowenstein erklärte, wie diese Bedingungen aussahen.

»Aber das war nicht das Ende des Gesprächs«, ergänzte Collins und warf seinem Partner einen Blick zu. »Nach einer längeren Diskussion herrschte Übereinstimmung am Tisch, dass die Kanzlei sich nicht an diesem Fall beteiligen sollte, es sei denn, Sie wären bereit, dabei eine größere Rolle zu spielen.«

Hana würgte überrascht den Toast hinunter und spülte mit etwas Wasser nach. »Entschuldigung«, stieß sie hervor.

»Andere Kollegen aus der Kanzlei werden diesen Fall ebenfalls unterstützen«, sagte Lowenstein. »Aber Sie haben eine Schlüsselrolle. Ich weiß, es fiel Ihnen nicht leicht, das Video von dem Angriff anzusehen. Selbst für mich war es heftig. Und gerade weil wir beide so reagiert haben, ist es wichtig, dass die Leute, die dafür verantwortlich sind, zur Rechenschaft gezogen werden sollten.«

»Wir sind nicht der Meinung, dass dies eine Sache ist, die wir einfach anordnen können«, sagte Collins. »Ein Fall dieser Art war für Ihre Tätigkeit gar nicht vorgesehen. Wir sagen unseren Associates nicht selten, was sie zu tun haben - ohne Rücksicht auf persönliche Gefühle. Aber in diesem Fall wäre das falsch.«

Hana war äußerlich ruhig und professionell. Aber ihr Herz schlug so schnell, dass es ihr in den Ohren klang.

»Also habe ich eine Wahl?«, fragte sie mit einem Blick auf Lowenstein.

»Ja«, antwortete Collins. »Auch wenn Leon, der nur an sehr hohen Feiertagen in die Synagoge geht, etwas in der Art erwähnt hat, Gott habe Sie für genau diese Situation in die Kanzlei gebracht.«

»Und wie viel Zeit verbringst du in der Kirche?«, schoss Lowenstein zurück.

»Nicht genug, um den Namen des Herrn in einer Teilhaberversammlung anzurufen«, erwiderte Collins schroff.

Der Schlagabtausch zwischen den beiden gab Hana Zeit, um ihre Fassung wiederzugewinnen. »Was meinen Sie mit einer größeren Rolle?«

»Vor allem im Rahmen der Ermittlungen«, antwortete Lowenstein. »Sobald wir einen zahlungskräftigen Beklagten in einem amerikanischen Gerichtssaal haben, wird es ein Heimspiel, und unsere Prozessanwälte übernehmen. Sie sprechen Arabisch, Hebräisch, Englisch ...«

»Und Französisch«, ergänzte Collins. »Wir Amerikaner mit unseren sprachlichen Begrenzungen sind wirklich jämmerlich.«

»Ich kann kaum genug Französisch, um die Speisekarte in einem gehobenen Restaurant zu verstehen«, sagte Lowenstein lächelnd. »Jedenfalls würden Sie die rechtlichen Aspekte der Investigation überwachen und alle notwendigen Aktionen und Schriftsätze in Israel anstoßen, um Informationen zu beschaffen.«

»In meiner juristischen Tätigkeit in Israel war ich nur für die unteren Instanzen zuständig«, erwiderte Hana.

»In dem Fall können Sie sich vor Ort die Hilfe eines israelischen Kollegen sichern.«

Hana fühlte sich, als stünde ihr das Wasser bis zum Hals. Der emotionale Stress, den der Neumann-Fall ohnehin schon bedeutete, würde noch dadurch verstärkt werden, dass sie auf unvertrautem juristischem Terrain agieren müsste.

»Und wir werden ganz sicher einen oder auch mehrere Privatermittler engagieren«, ergänzte Lowenstein. »Sie wären Ihnen unterstellt.«

»Was würde Jakob Brodsky tun?«, fragte sie.

Lowenstein hustete und räusperte sich. »Sich so weit wie möglich im Hintergrund halten. Er wäre nur gerade so weit involviert, um eine kleine Gehaltszahlung an ihn zu rechtfertigen. Nach unserem gestrigen Meeting habe ich Gladys gebeten, alle Informationen über ihn zusammenzutragen. Er übernimmt jede Menge Fälle, die kein Anwalt mit einer anständigen Mandantenliste auch nur mit dem kleinen Finger anpacken würde.«

»Niemand wollte Ben Neumann helfen«, bemerkte Hana.

»Brodsky steckt außerdem bis zum Hals in Schulden und kommt finanziell gerade eben zurecht. Ich bin überrascht, dass er die Summe für die Vorauszahlung aufgebracht hat, die wir verlangt haben, um den Fall überhaupt in Betracht zu ziehen.«

»Ich glaube, der Mandant hat die gesamte Summe zur Verfügung gestellt«, wandte Collins ein.

Hana war erstaunt, wie negativ die älteren Anwälte Brodsky gegenüberstanden. Collins sah auf die Uhr.

»Habe ich Bedenkzeit?«, fragte Hana.

»Ja. Wir glauben nicht, dass Brodsky irgendeine andere Kanzlei finden wird, die ihm helfen würde«, erwiderte Lowenstein. »Wie viel Zeit brauchen Sie?«

»Ein paar Tage.«

Lowenstein und Collins sahen sich an. »In Ordnung.«

»Da ist noch etwas, bevor ich Ihnen eine Antwort geben kann«, fuhr Hana fort.

»Und das wäre?«

»Ich muss Sadie Neumann und ihren Vater sprechen.«

Kapitel 7

Jakob lief vor seinem Schreibtisch hin und her. Er hatte Leon Lowenstein benachrichtigt, dass er die geforderte Summe auf seinem Treuhandkonto habe. Aber was ihn nervös machte, war die Frage, wie er ihm beibringen sollte, dass Sadie Neumann aus dem Fall herausgehalten werden musste. Die Hälfte des Schadensmodells zu streichen, könnte das Aus bedeuten für eine potenzielle Gesamtvertretung. Diese war bereits so zerbrechlich wie eine Teetasse. Jetzt beratschlagte er mit sich selbst, ob er die Enthüllung dieser Veränderung noch hinauszögern sollte.

»Es wird Monate dauern, bis das überhaupt aktuell wird«, murmelte er. »Und die Investigation wird mir Zeit geben, mit Ben zu reden und ihn dazu zu bringen, seine Meinung zu ändern.«

Sein Handy summte. »Hallo?«

»Mr Jakob Brodsky, bitte«, sagte eine Frauenstimme mit leichtem Akzent.

»Am Apparat.«

»Hier spricht Hana Abboud von Collins, Lowenstein und Capella. Passt es Ihnen, wenn wir kurz miteinander reden?«

»Ja, gern«, erwiderte Jakob, verwundert darüber, dass ein Associate ihn anrief. »Haben die Partner eine Entscheidung getroffen? Ich habe das Geld auf meinem Treuhandkonto.«

»Noch nicht«, antwortete sie. »Im Zuge der Entscheidung der Kanzlei, ob sie den Fall übernehmen will, würde ich gern Mr Neumann und seine Tochter treffen. Können Sie das arrangieren?«

Jakob zögerte.

»Bei Ort und Zeit bin ich flexibel«, fuhr Hana fort. »Natürlich würden Sie dabei sein. Warum sehen Sie nicht gleich in Ihren Kalender und wir vereinbaren einen Termin?«

»Wird Mr Lowenstein auch dabei sein?«, fragte Jakob, um Zeit zu gewinnen.

»Das ist nicht nötig. Wenn die Kanzlei einsteigt, werde ich eine größere Rolle bei der Investigation spielen.«

»Warum?«, platzte Jakob heraus. »Ich hatte den Eindruck, Sie wollten mit diesem Fall nichts zu tun haben.«

Es folgte ein kurzes Schweigen. Ms Abboud wollte ihm offensichtlich nicht erklären, warum sie ihre Meinung geändert hatte. Jakob ging zu seinem Computer und rief den Kalender auf.

»Also, ich könnte morgen Nachmittag, nachdem Sadie aus der Schule zurück ist, und dann wieder am nächsten Montag.«

»Morgen Nachmittag passt mir gut.«

»Ben kann sein Geschäft mal für eine Stunde verlassen. Aber ich muss es erst mit ihm absprechen.«

»Würden Sie gern in mein Büro kommen, oder sollen wir uns bei Ihnen treffen?«

Ben mit den Räumlichkeiten von Collins, Lowenstein und Capella zu beeindrucken, konnte sicher nicht schaden. »Besser in Ihrem Büro«, antwortete Jakob. »Ben sollte wissen, mit wem wir vielleicht in Zukunft sehr viel Zeit verbringen werden.«

»Ich sende Ihnen meine Kontaktdaten sofort.«

Damit war das Gespräch beendet. Fünf Sekunden später erschien Hana Abbouds Name auf Jakobs Monitor. Er klickte auf die Webseite der Kanzlei und dann auf ihre Biografie, im Bemühen, irgendein verborgenes Motiv oder eine versteckte Agenda ausfindig zu machen. Ein interessanter Punkt fiel ihm auf: Die Anwältin hatte zwei Jahre als Security

Officer für die israelische Regierung am Ben-Gurion-Airport gearbeitet. Das musste der nicht militärische Dienst sein, den Hana im Meeting mit Leon Lowenstein erwähnt hatte. Jakob machte sich ein paar Notizen.

Zehn Minuten später hatte er arrangiert, dass Ben und er sich kurz vor fünf am nächsten Tag im Empfangsbereich der Kanzlei treffen würden. Ben hatte nichts dagegen, dass Hana Abboud womöglich bei dem Fall mitarbeiten würde. Vielmehr sah er sofort, dass eine arabische Anwältin Türen öffnen konnte, die einem amerikanischen jüdischen Anwalt nie offen stehen würden.

»Das lässt mich glauben, dass sie uns ernst nehmen«, sagte Ben. »Und sie wird sich mit dem Justizsystem in Israel auskennen.«

»Es könnte uns auch eine hübsche Summe Geld sparen. Wir müssten keinem israelischen Anwalt immense Stundenlöhne zahlen. Die Kanzlei arbeitet mit Pauschalgehältern.«

Jakob schwieg einen Moment, bevor er die, wie er wusste, größte Hürde ansprach. »Ms Abboud möchte, dass Sie Sadie mitbringen.«

»Zum Meeting in der Kanzlei? Warum ist das nötig?«

»Das hat sie mir nicht gesagt«, erwiderte Jakob. »Der Anruf kam für mich so überraschend, dass ich auch nicht nachgehakt habe. Möchten Sie, dass ich sie anrufe und ihr sage, Sadie könne nicht kommen?«

Jakob hielt den Atem an.

»Nein«, entgegnete Ben. »Sie muss ohnehin in dieser Zeit bei mir sein, weil Glorias Mutter gerade nicht als Babysitter zur Verfügung steht. Aber ich möchte nicht, dass sie irgendetwas hören muss, das mit dem Angriff zu tun hat.«

»Verstanden«, antwortete Jakob erleichtert.

Jakob lehnte sich nach dem Telefonat in seinem Bürosessel zurück und rieb sich die Augen. Ben hatte heute viel kooperativer geklungen. Wenn Jakob das morgige Treffen mit Hana Abboud überstand, ohne dabei eine schlechte Figur zu machen, könnte sein Plan, Ben davon zu überzeugen, dass Sadies Ansprüche in die Klage einbezogen werden sollten, durchaus funktionieren.

✡

Hana strich alle anderen Projekte von ihrer Prioritätenliste und machte sich daran, einen Crashkurs in Sachen Antiterrorgesetze zu absolvieren.

Vor dem 11. September 2001 und den Angriffen durch al-Qaida in New York und auf das Pentagon in Washington D.C. waren Verfahren auf der Grundlage der Antiterrorgesetze selten. Danach klagten Menschen gegen Organisationen, die vermeintlich die Attentäter »materiell unterstützt« hatten. Die höchsten Forderungen, die auch am öffentlichkeitswirksamsten waren, richteten sich gegen die Banken, die die Terroristen genutzt hatten. Aber anfangs zögerten die Gerichte, Banken für die Taten von Einlegern verantwortlich zu machen.

Der bekannteste Fall betraf die Arab Bank, ein großes Finanzinstitut mit Sitz in Jordanien und Niederlassungen in der ganzen Welt. Arab Bank fungierte als Kanal für Bareinzahlungen an Familien von Selbstmordattentätern der Hamas, bei deren Angriffen Hunderte getötet oder verstümmelt wurden. Die Bank versuchte nicht einmal, ihre Aktionen zu verschleiern; vielmehr prahlte sie öffentlich damit. Letzten Endes zahlte sie Millionen von Dollar in 527 Schadensersatzfällen. Da Hana in Israel gelebt hatte, wusste sie natürlich über die Aktivitäten der Arab Bank Bescheid, hatte sich aber nie mit den Details der Fälle beschäftigt. Es gelang ihr, Hintergrundinformationen auf arabischen Seiten aufzuspüren. Sie waren dunkel und unheimlich.

Am späten Nachmittag unterbrach sie ihre Arbeit und verließ ihr Büro. In der dünnen Akte von Jakob Brodsky gab es aktuell keinen Hinweis darauf, dass eine Bank in den Fall Neumann verwickelt war. Eigentlich wies nichts darauf hin, dass Abdul und Tawfik Zadan irgendetwas anderes waren als Einzeltäter.

»Triffst du dich heute Abend mit dem jungen Mann aus deiner Gemeinde?«, fragte Janet, als Hana auftauchte. »Ich hab einen Eintrag in deinem Kalender gesehen.«

»Ja.«

»Wie heißt er?«

»Bart Kendall. Er arbeitet für die Medien, irgendwas mit Werbung für Schönheitsprodukte.«

Janet nickte wissend. »Und du wirst in seinem nächsten Projekt eine Rolle spielen.« Dann fuhr sie fort: »Ich sehe dich schon in einem Werbespot für Haarpflegemittel. Weißt du eigentlich, wie viele Frauen ein Jahr ihres Lebens dafür geben würden, Haare zu haben wie du?«

»Jetzt mach deine Locken nicht schlecht«, gab Hana zurück und sah auf ihre Armbanduhr. »Ich weiß nicht, soll ich nach Hause fahren und mich umziehen oder noch ein bisschen arbeiten und das tragen, was ich jetzt anhabe ...«

»Fahr nach Hause«, sagte Janet. »Ich meine, mit deiner Kleidung ist alles in Ordnung. Aber dieser dunkelblaue Anzug mit weißer Bluse wirkt, als hättest du ein Schild um den Hals: *Ich bin Anwältin! Ich bin Anwältin!*«

Hana lächelte. »Ich bin Anwältin.«

»Aber nicht vierundzwanzig Stunden am Tag. Heute Abend musst du femininer sein.«

»Gewonnen«, grinste Hana.

»Schick mir ein Selfie, ja? Und Bart sollte auch drauf sein, wenn es nicht zu peinlich ist, ein Foto zu schießen.«

»Das ist eigentlich kein Date. Er möchte mehr über die arabische Kultur erfahren.«

»Das kannst du mir nicht einreden«, sagte Janet und verdrehte die Augen.

»Wann soll ich wieder zu Hause sein?«, fragte Hana mit einem Lächeln.

»Was würde deine Mutter sagen?«

Hana dachte an das Protokoll für Dates bei sich zu Hause in Reineh. »Wenn der Mann nicht gerade sehr weit weg von Reineh wohnte, würde unser Treffen bei mir zu Hause stattfinden, damit er die Familie kennenlernen kann.«

Janet nickte. »Das gefällt mir. Ich wollte immer wissen, wie mein Vater über die Männer dachte, mit denen ich mich traf. Er merkte viel schneller als ich, wenn etwas faul war.«

Als Hana später vor ihrem Kleiderschrank stand, überlegte sie, was sie anziehen sollte. Seit sie in die Staaten gekommen war, hatte sie eine Menge Klamotten gekauft. Die israelische Mode war eher europäisch als amerikanisch, und Hana hatte inzwischen eine konservative, aber modische Garderobe. Sie wählte ein Outfit in Grün - schmal geschnittene Hose und ein cremefarbenes Top, zu dem sie mit einem Seidenschal auftrumpfen konnte, den sie aus Israel mitgebracht hatte. Der Schal war über vierzig Jahre alt und hatte seine leuchtenden Farben nicht verloren. Sie machte ein Selfie und schickte es an Janet, die mit einem Daumen hoch reagierte.

Während ihres Studiums hatte Hana einen Freund gehabt, der Medizin studierte und Radiologe werden wollte. Viele Ärzte und Schwestern in Israel hatten einen christlich-arabischen Hintergrund, und Hanas Familie war entzückt, dass ihre wählerische Tochter einen Mann gefunden hatte, der ihrer Zuneigung wert war. Ibrahim Ghanem stammte aus einer Vorstadt in Ostjerusalem.

Ibrahim und Hana hatten viele gemeinsame Interessen, darunter auch ihren Bezug zum Glauben, und sie fingen an, über eine Heirat zu reden. In traditionelleren christlich-arabischen Familien war es Sache der Eltern, über einen Vermittler, auf den beide Elternpaare sich geeinigt hatten, die Verlobungspläne bekannt zu geben. Man hatte einen Vermittler gefunden und Pläne gemacht: Ibrahim und Hana sollten in Nazareth heiraten und anschließend ihre Hochzeitsreise nach Spanien machen.

Aber dann hatte Ibrahims Vater darauf bestanden, dass Hana vor der Hochzeit ihr Jurastudium aufgeben und es erst wieder aufnehmen sollte, wenn Ibrahim als Arzt arbeitete. Mr Ghanem fand, das sei notwendig, damit das junge Paar sich ohne äußere Ablenkungen auf die Ehe konzentrieren konnte. Hana wusste, dass ihr zukünftiger Schwiegervater eigentlich wollte, dass sie ihre berufliche Laufbahn aufgab, eine Familie gründete und sich dann der Aufgabe widmete, Kinder großzuziehen. Hana liebte Kinder, und sie wollte eine Familie, aber zwischen ihr und Ibrahim entstand eine Spannung, weil er sich nicht gegenüber seinem Vater behauptete. Die Beziehung war getrübt. Schließlich verkündete Hanas Vater, ein ruhiger Mensch, an einem Samstagabend, dass er die Verhandlungen über die Heirat aussetzen wolle. Hana war bestürzt und brach in Tränen aus – Tränen der Erleichterung. Sechs Monate später war Ibrahim mit einer anderen Frau verlobt.

Hana wusste, dass man in Reineh tuschelte, sie würde Single bleiben, nachdem sie den Job in Amerika angenommen hatte. Und seit ihrer Ankunft hier war nichts geschehen, das dieses Gerede hätte widerlegen können. Die meisten Männer, die sie getroffen hatte, legten ein Maß an

Unreife und Selbstbezogenheit an den Tag, das es ihr unmöglich machte, die Beziehung zu vertiefen. Seit ein paar Monaten hatte Hana aufgehört, irgendwelche Dates zu erwähnen, wenn sie mit ihrer Mutter sprach.

Das Restaurant für ihr Essen mit Bart Kendall lag in einem älteren Wohnviertel in der Nähe des Stadtzentrums. Der winzige Parkplatz war voll, und Hana brauchte eine Weile, bis sie eine Parklücke fand.

Der Nachmittag war warm gewesen, aber nach Sonnenuntergang kühlte sich die Luft ab, und obwohl der Weg leicht anstieg, genoss Hana den Gang zum Restaurant. Es befand sich in einem Haus aus den 1930ern mit gestrichenen Ziegeln und schwarzen Fensterläden. Vor dem Eingang gab es eine breite Veranda mit Sitzgelegenheiten für die Gäste, die auf einen freien Tisch warteten. Bart Kendall saß in einem Sessel auf der Veranda und erwartete sie. Als sie eintraf, stand er auf. Der stämmige junge Mann mit gepflegtem rötlichem Bart und freundlichen blauen Augen trug ein lässiges Hemd, eine Sportjacke und eine olivfarbene Hose.

»Hattest du Probleme, das Restaurant zu finden?«, fragte er.

»Nein. Es gab nur keinen Parkplatz, aber ich fand einen in der Nähe.«

Die Eingangstür wurde geöffnet, und eine junge Frau erschien. »Mr Kendall? Ihr Tisch ist jetzt frei.«

Bart hielt Hana die Tür auf, und sie folgten der Bedienung zu einem Tisch für zwei an einem Fenster, durch das man auf einen kleinen Blumengarten hinaussah. Selbst im Dämmerlicht leuchteten die Blüten noch in späten Frühlingsfarben.

»Sehr hübsch hier«, sagte Hana, als sie sich setzten. »Warst du schon mal hier?«

»Ja, ich hab es bei einem Fotoshooting entdeckt«, erwiderte Bart. »Wir haben vor ein paar Wochen in dem Garten einen Werbespot gedreht. Ich kam dann zum Essen her, und es hat mir gefallen.«

Ein Kellner brachte Wasser und reichte ihnen die Speisekarte.

»Danke, dass du gekommen bist«, sagte Bart, nachdem der Kellner gegangen war. »Lass mich sofort wissen, wenn ich etwas Dummes sage, ja?«

»Was meinst du?«

»Ich bin genug in der Welt herumgekommen, um zu wissen, dass nicht jeder die Dinge so sieht wie wir Amerikaner. Als ich vor ein paar Jahren in

Europa war, habe ich so viele Fettnäpfchen getroffen, dass ich schon Angst hatte, die Franzosen würden mich des Landes verweisen.«

»Was hast du gemacht?«

Bart erzählte zwei Geschichten, die Hana so zum Lachen brachten, dass sie die Serviette vor den Mund halten musste. Sie sprach Französisch und konnte daher ermessen, welche Bedeutung sein kleiner Fehler gehabt hatte.

»Es muss verrückt sein, ständig zwischen allen möglichen Sprachen hin- und herzuspringen«, sagte er.

»Ja. Manchmal ermüdet es mich.«

»Warst du mal in Frankreich?«

»Nur einmal kurz in Paris. Aber in Beirut war ich sehr oft, und meine Familie stammt ursprünglich aus dem Libanon. Der stand lange unter französischer Verwaltung, und in Beirut gibt es ein Gebiet entlang der Küste, das wie eine Miniaturausgabe von Paris ist. Aber heute sind der Libanon und Beirut ganz anders als zu der Zeit, als mein Großvater dort auf die amerikanische Schule ging. Die politische Situation ist seit Jahren ein einziges Chaos.«

»Gibt es irgendein Fleckchen im Nahen Osten, wo das nicht so ist?«, fragte Bart. »Musste deine Familie wegen politischer Unruhen den Libanon verlassen?«

»Nein, meine Vorfahren gingen schon vor vierhundert Jahren fort, als das Gebiet von Istanbul bis Kairo zum Osmanischen Reich gehörte. Sie zogen nach Nazareth.«

»Wow. Das ist lange her.«

»Nicht nach den Maßstäben im Nahen Osten. ›Alt‹ bedeutet dort Jahrtausende, nicht Jahrhunderte.«

»Warum nach Nazareth?«

»Das war sehr naheliegend, denn in Beirut gab es Christen und in Nazareth auch. Die Religionszugehörigkeit bestimmte alles. Im Osmanischen Reich waren die arabischen Christen ›Dhimmi‹, Bürger zweiter Klasse in einer vorwiegend muslimischen Gesellschaft. Sie mussten eine Sondersteuer zahlen und durften kein Pferd und keine Waffen besitzen und bestimmte Berufe nicht ausüben. In Gebieten, in denen mehr Christen lebten, war es weniger restriktiv.«

Der Kellner brachte die Salate, und in den folgenden Minuten gab

Hana wie schon so oft einen knappen Überblick über die Geschichte des Nahen Ostens. Jetzt unterbrach sie sich. »Interessiert dich das überhaupt?«

»Absolut. Genau darüber wollte ich gern mehr erfahren. Aber nach allem, was ich gelesen habe, wurden Nichtchristen im Mittelalter in Europa genauso schlecht behandelt oder sogar noch schlechter.«

Die Hauptgerichte kamen, und Bart sprach ein kurzes Tischgebet, bevor sie mit dem Essen begannen.

»Was mich interessiert«, fuhr Bart fort, »wie ist die Situation von arabischen Christen heute, verglichen mit dem Leben unter den osmanischen Türken?«

»Was weißt du denn bis jetzt über das Leben in Israel?«, fragte Hana.

»Vor allem das, was ich online gelesen habe. Offensichtlich drehen sich beide Seiten seit Jahrzehnten im Kreis, und an der Situation ändert sich nicht wirklich etwas.«

»Das stimmt«, sagte Hana und nickte. »Aber es gibt immer mehr arabische Christen, vor allem in meiner Generation, die sich als Israelis verstehen, auch wenn wir keine Juden sind.«

»Ach, tatsächlich?« Bart wirkte überrascht.

Hana berichtete ihm von den zwei Jahren ihrer Tätigkeit am Flughafen und dass sie als israelische Staatsbürgerin von der freien Gesundheitsfürsorge und einem guten Bildungsangebot profitiert hatte.

»Unsere Familie ist unternehmerisch tätig«, sagte sie. »Mein Vater und sein Bruder haben beide ihr eigenes Geschäft, und meine Eltern hätten mir eine gute Schulbildung bezahlen können, aber es war natürlich großartig, dass ich ihnen diese Last nicht aufbürden musste.«

»Du bist aber die Ausnahme, oder?«, fragte Bart. »Die meisten Araber unterstützen die Existenz eines jüdischen Staates im Nahen Osten nicht.«

»Es gibt vierhundert Millionen Araber in der Welt, und ich bin sicher, die meisten davon sind Gegner eines jüdischen Staates. Aber wenn du die Araber meinst, die tatsächlich in Israel leben, ob nun Christen oder Muslime, nun, viele erkennen durchaus die Vorteile, die sie haben, weil sie dort leben. Die westlichen Medien konzentrieren sich fast gänzlich auf die, die grundsätzlich dagegen sind, dass Israel überhaupt existiert. Aber wenn du die Wahl hättest, ob du unter einem säkularen arabischen Diktator leben möchtest, der für alle Aspekte des Lebens das Scharia-Gesetz einführt, oder in einer Demokratie mit Religions-, Presse-, Redefreiheit etc. - was würdest du wählen?«

»Die Demokratie natürlich.«

»Und das gilt insbesondere für christliche Araber wie mich.«

Hana wandte sich wieder ihrem Essen zu. »Bist du sicher, dass du überhaupt so viel hören willst?«, vergewisserte sie sich.

»Als ich dich fragte, ob wir essen gehen, habe ich dir gesagt, dass ich mehr erfahren will. Du hast die Dinge in ein anderes Licht gerückt.«

»Das heißt nicht, dass Israel perfekt ist«, sagte Hana, nachdem sie einen Schluck aus ihrem Wasserglas genommen hatte. »Die arabischen Gebiete werden nicht im selben Maß gefördert wie die jüdischen, und das ist nicht richtig. Und ich bin auch schon in Situationen gewesen, in denen ich böse Blicke und Kommentare abbekommen habe, wenn Juden in der Mehrheit waren. Das ist sehr verletzend, denn schließlich bin ich eine loyale Staatsbürgerin. Aber selbst mit seinen Fehlern ist Israel das einzige Land im Nahen Osten, wo der christliche Bevölkerungsanteil wächst. Die Zahl der Christen im Gazastreifen ist verschwindend gering, und in der Westbank, die die palästinensischen Behörden kontrollieren, schrumpft sie seit Jahren. Christliche Araber aus den palästinensischen Autonomiegebieten wie Bethlehem verlassen das Land in Scharen, um in Europa oder den USA ein besseres Leben zu finden.«

»So wie du?«

»Nein«, erwiderte Hana mit Nachdruck. »Ich bin nur vorübergehend in den Staaten. Ich liebe meine Arbeit, aber meine Wurzeln sind in Israel.«

Sie aßen schweigend weiter. Bart schien bestürzt.

»Was du sagst, ist so anders als das, was der Vikar in meiner Gemeinde angedeutet hat«, sagte er schließlich.

Hana vermutete sofort, was dieser Vikar glaubte. »Ist er der Meinung, dass die Juden in den Absichten Gottes für die Gegenwart und in seinen Plänen für die Zukunft keine Rolle spielen?«

»Na ja, so was in der Art.«

»Ich verstehe die Bibel anders. Es gibt Verheißungen, die man mehrfach anwenden kann. Zuerst auf die Juden, dann auf die Kirche. Alles andere verzerrt die Wahrheit. Stell dir vor, wie schwer es für eine Araberin wie mich ist, anzuerkennen, dass die Juden in gewisser Weise bis heute Gottes erwähltes Volk sind. Aber das Wunderbare ist: Weil ich an den jüdischen Messias glaube, bin ich ebenfalls erwählt.«

»Ich glaube, es reicht«, sagte Bart und hob die Hand. »Ich weiß, ich habe danach gefragt, aber mit dir zu reden ist, als tränke man aus einem Hydranten.«

»Oh, tut mir leid ...«

»Nein, nein. Ich kann nur sagen, du hast dich wirklich intensiv mit all dem beschäftigt.«

»Ich musste. Für mich ist das alles keine Theorie. Es betrifft mein ganzes Leben.«

Nach dem Essen brachte Bart sie zu ihrem Auto.

»Du hast mir viel Stoff zum Nachdenken gegeben«, sagte er.

»Mir hat es Freude gemacht, mit dir zu reden.«

»Nein, du verstehst nicht, was ich meine.« Verlegen blickte er zur Seite.

»Was meinst du denn?«

Bart fühlte sich sichtlich unwohl in seiner Haut. »Es tut mir wirklich leid, Hana. Ich wollte dich eigentlich um Hilfe bei einer Videoproduktion bitten.«

»Was für ein Video?« Hana verstand nicht.

»Ich arbeite für eine Pro-Boykott-Gruppe in Atlanta«, gestand er. »Ich dachte, das wäre mal eine nette Abwechslung vom Schönheitsbetrieb. Der Vikar, den ich erwähnte, unterstützt das Selbstbestimmungsrecht für Palästinenser, und er hat mir nahegelegt, das auch zu tun. Ich dachte, du als wortgewandte, attraktive Araberin, die in Israel gelebt hat, könntest die perfekte Stimme in meinem Video sein.«

Hana blieb der Mund offen stehen. Die propalästinensische Boykott-Kampagne propagierte den Boykott israelischer Waren, die Eigenständigkeit der Palästinensergebiete und eine Reihe von Sanktionen, die alle darauf zielten, der israelischen Wirtschaft zu schaden und Druck auf die israelische Regierung auszuüben. Das Phänomen existierte weltweit, und in Hanas Augen hatte es einen Beigeschmack von Antisemitismus.

»Ein Video für Boykott-Gruppen?«, stammelte sie. »Das würde ich nie tun.«

»Es wird sehr gut bezahlt, aber jetzt frage ich mich, ob ich damit das Richtige tue.«

Hana konnte es nicht fassen. »Meine Meinung kennst du ja inzwischen.«

Immer noch perplex stieg sie in ihr Auto und saß ein paar Minuten einfach da. Sie fragte sich, ob sie irgendetwas anders dargestellt hätte, wenn sie gewusst hätte, welche Hintergedanken dieser Typ in Wirklichkeit hatte. Nun, sie war mit dem, was sie gesagt hatte, offen und aufrichtig gewesen, er dagegen nicht.

Kapitel 8

Jakob tippte nervös mit dem Fuß auf den Boden. Die Neumanns hätten schon seit zwanzig Minuten hier sein sollen, und Ben hatte auf wiederholte SMS und zwei Anrufe nicht reagiert. Es musste einen Grund dafür geben, dass sie noch nicht da waren. Eine junge Sekretärin hinter einem schicken Schreibtisch aus Stahl und Glas wandte sich an ihn.

»Ms Abboud wüsste gern, ob Sie den Termin verschieben müssen.«

»Warten wir noch fünf Minuten.«

Jakob spielte in Gedanken alle Möglichkeiten durch, wie das Meeting sich entwickeln könnte. Sadie war ein zauberhaftes kleines Mädchen, das sofort alle Sympathien auf seiner Seite hatte, wenn es nicht gerade wie gebannt an seinem Tablet hing. Trotzdem würden Tablet und Ohrstöpsel vielleicht während des Gesprächs als Babysitter herhalten müssen. Weitere Minuten verstrichen.

»Mr Brodsky«, versuchte es die Sekretärin noch einmal. »Ich werde gern mit Ms Abboud nach einem neuen Termin suchen.«

»Nein!« Jakobs Widerspruch klang heftiger, als er beabsichtigt hatte.

In diesem Moment ging die Tür auf, und ein sichtlich abgehetzter Ben Neumann trat ein. An einer Hand hielt er Sadie.

»Fragen Sie nicht«, sagte er und streckte Jakob die andere Hand entgegen. »Ich hatte Sadie mit meinem Handy spielen lassen, bevor wir aufbrachen, und sie hat es in die Toilette geworfen. Momentan liegt es in einer Schüssel mit Reis. Dann ist etwas an der Kühlung meines neuen Autos kaputtgegangen, und der Motor überhitzte sich, als wir herfuhren. Ich konnte Ihnen nicht mitteilen, dass wir später kommen.«

»Oh, mit überhitzten Motoren habe ich auch meine Erfahrungen«, kommentierte Jakob und wandte sich dann an die Rezeptionistin. »Bitte lassen Sie Ms Abboud wissen, dass wir vollzählig sind.«

Ben ließ sich auf einen Stuhl sinken, und Sadie, die noch ihre Schuluniform trug, krabbelte ihrem Vater auf den Schoß und lehnte den Kopf an seine Brust.

»Sadie ist erschöpft«, sagte Ben und strich dem Mädchen über das schwarze Haar.

Hana Abboud betrat den Empfangsbereich. Sie streckte Jakob die Hand entgegen und wandte sich dann an Ben und Sadie. Ben stand auf, hielt dabei aber seine Tochter weiter im Arm. Jakob stellte sie gegenseitig vor. Sadie warf der arabischen Anwältin einen scheuen Blick zu.

»Sie hat schöne Haare, so wie ich«, wisperte Sadie ihrem Vater so laut ins Ohr, dass es sogar die Sekretärin noch hören konnte.

»Danke«, sagte Hana lächelnd. »Hier entlang, bitte.«

Statt des größeren Konferenzraums, wo das Treffen mit Lowenstein stattgefunden hatte, betraten sie einen kleineren Raum mit sechs Stühlen um einen Tisch aus Chrom und Glas. Die Außenwand war vollständig verglast und gab einen spektakulären Blick frei. Sadie befreite sich aus der Umarmung ihres Vaters und lief zu der durchsichtigen Wand. Hana trat zu ihr, kniete sich hin und fing an, ihr besondere Punkte der Aussicht zu erklären. Jakob und Ben sahen schweigend zu.

»Und dort drüben kannst du an klaren Tagen den Stone Mountain sehen«, sagte Hana und wies nach Osten. »Warst du schon einmal dort?«

»Ja«, antwortete Ben. »Vor ein paar Monaten.«

Sadie erinnerte sich vor allem höchst lebhaft an einen blauen eisgekühlten Drink.

»Es war der reinste Zucker, und ihre Zunge war danach bis zum nächsten Tag blau«, sagte Ben.

Jakob räusperte sich, um das Gespräch in eine andere Richtung zu lenken. Doch Sadie beugte sich zu der Anwältin und legte ihr die Hand auf die Schulter.

Hana nahm ihr Gespräch mit Sadie wieder auf.

Dies ist ein Mandantengespräch der eher ungewöhnlichen Art, dachte Jakob, und es wurde mit jedem Moment seltsamer.

»Mr Neumann«, begann Hana.

»Bitte nennen Sie mich Ben.«

»Und ich bin Hana.«

»Hana«, wiederholte Sadie mit der gleichen Betonung auf dem letzten »a«.

»Kinder sind so unglaublich gute Nachahmer«, sagte Hana lächelnd.

»Ja, das stimmt. Sie ist zwar noch keine sieben, aber ich glaube, Sadie wird einmal eine Vorliebe für Sprachen haben«, erwiderte Ben. »Sprachlich ist sie sehr begabt.«

»Wann beginnt sie mit einer zweiten Sprache?«, wollte Hana wissen.

»Sie lernt Hebräisch in der Schule, und nächstes Jahr in der zweiten Klasse kommt Spanisch dazu.«

»Sie geht auf eine jüdische Schule?«

»Ja.«

Hana sagte etwas zu dem Mädchen, das Jakob nicht verstand, und die Kleine antwortete sofort. Hana ließ einen längeren Satz folgen, und erhielt wiederum prompt eine Antwort. So ging es eine Weile hin und her.

»Sie haben recht«, sagte Hana. »Sie ist wirklich sprachbegabt.«

»Wie viele Sprachen sprechen Sie?«, erkundigte sich Ben.

»Arabisch, Hebräisch, Englisch und Französisch«, antwortete Hana und stand auf. »Und die habe ich alle gebraucht, als ich als Sicherheitsbeamtin am Ben-Gurion-Airport gearbeitet habe. Mein Französisch ist am schwächsten, aber es hat gereicht, um Fluggäste zu befragen, die aus französischsprachigen Ländern kamen.«

Hana setzte sich auf einen der Stühle. Anstatt zu ihrem Vater zu gehen, schickte Sadie sich an, auf Hanas Schoß zu klettern.

»Nein, Sadie«, rief Ben. »Komm lieber zu mir.«

»Das ist schon okay«, sagte Hana. »Es erinnert mich an meine Nichten in Israel, die auch immer auf meinem Schoß saßen. Ich vermisse sie sehr.«

Jakob hatte es aufgegeben, herauszufinden, in welche Richtung das Gespräch sich bewegen würde. Aber zumindest verlief es bisher positiv, und das freute ihn. Er verharrte schweigend und wartete ab.

»Welche Fragen haben Sie?«, wandte sich Hana an Ben.

Sadie drehte sich um, zog Hanas Gesicht zu sich herunter und flüsterte ihr etwas ins Ohr. Hana lächelte.

»Was hat sie gesagt?«, wollte Ben wissen.

»Sag du es ihm«, forderte Hana das Mädchen auf. »Aber auf Englisch und nicht auf Hebräisch.«

»Ich habe gefragt, ob Hana mit uns Eis essen geht«, verkündete Sadie.

Ben lächelte. »Von mir aus gern.«

Hana strich dem Mädchen übers Haar. Die Kleine hatte sich angelehnt und die Augen geschlossen. Jakob fühlte sich, als hätte man ihn in eine Therapiesitzung katapultiert.

»Warum treffen wir uns mit Ihnen und nicht mit Mr Lowenstein?«, fragte Ben Hana.

»Die Teilhaber haben es mir überlassen, zu entscheiden, ob die Kanzlei in diesem Fall mit tätig wird. Bevor ich meine Empfehlung abgebe, wollte ich Sie und Sadie gern kennenlernen.«

Jakob war jetzt vollkommen verwirrt.

»Ich glaube, ich verstehe«, antwortete Ben langsam. »Aber sagen Sie mir bitte genau, warum Sie bereit wären, in diesen Fall einzusteigen. Nicht aus der Sicht der Kanzlei, sondern aus Ihrer persönlichen Sicht.«

»Ich bin Araberin, und ich bin Israelin. Was an jenem Tag in Jerusalem geschah, ist unentschuldbar und schrecklich. Keine noch so hohe Summe wird Sie und Sadie für Ihren Verlust entschädigen. Aber ich bin bereit, dafür zu arbeiten, dass hier Gerechtigkeit geschieht, auch wenn es vermutlich wenig Anklang finden wird, wenn ich das tue.« Hana legte Sadie die Hand auf den Kopf. »Vor allem möchte ich, dass Sadie erfährt, dass jemand wie ich bereit ist, zu helfen und sie zu segnen, statt zu verletzen und ihr zu schaden.«

»Das ist …«, begann Ben und hielt einen Moment inne, »… mehr, als ich zu hoffen gewagt hätte.«

»Für mich in Ordnung«, unterbrach Jakob. Ihm ging es um Ergebnisse und nicht um Beweggründe.

»Erstaunlich«, begann Ben. »Erstaunlich, dass ich zwei Anwälte finde, Sie und Jakob, die mir nicht nur mit der Klage helfen wollen, sondern denen auch etwas an uns als Familie liegt. Das bedeutet mir viel. Und es hätte auch Gloria sehr gefreut.«

»Gloria ist meine Mama«, erklärte Sadie Hana. »Ein böser Mann hat sie getötet. Und mich hat er verletzt.«

»Ich weiß«, erwiderte Hana. »Aber ich denke, etwas von deiner Mama lebt jetzt in dir.«

»Das sagt meine Granny auch«, gab Sadie zurück.

Ben wandte sich an Jakob. »Ich habe sonst keine Fragen, wenn Sie keine mehr haben.«

Jakob starrte Hana an, die ihn aus tiefschwarzen Augen ansah, die ihm bis in die Seele zu dringen schienen. »Wir müssen Hana noch mitteilen, was wir im Hinblick auf Sadie vereinbart haben«, sagte er zu Ben.

»Was ist mit mir?« Sadie streckte sich und blickte ihren Vater an. »Willst du mich auf diese andere Schule schicken? Ich will aber meine Freunde nicht verlieren.«

»Nein, nein, keine Sorge«, beruhigte Ben sie.

»Ben möchte nicht, dass Sadie als Mitklägerin fungiert oder dass sie in diesen Fall überhaupt einbezogen wird«, erläuterte Jakob und versuchte, es so klingen zu lassen, als sei das eine unwichtige Kleinigkeit.

»Nun, das ist eine neue Entwicklung. Ich werde mit Mr Lowenstein darüber sprechen müssen.«

»Es geht nur um ihre Sicherheit«, warf Ben ein. »Ich kann es Ihnen später erklären, wenn Sie wollen.«

Hana nickte. »Ich verstehe. Aber das kann ich nicht allein entscheiden.«

Jakob spürte förmlich, wie eine Welle der Enttäuschung über ihn hinwegrollen wollte. Er wehrte sie ab, indem er das Thema wechselte. »Wir sind bereit, unseren Anteil an den Vorabkosten zu zahlen, sobald eine Gesamtvertretungsvereinbarung unterschrieben ist.«

»Mr Lowenstein hat mich davon vor unserem Treffen in Kenntnis gesetzt«, antwortete Hana. »Lassen Sie mich sehen, ob er gerade verfügbar ist, um den veränderten Klageumfang zu diskutieren. Ich würde Ihnen gern möglichst heute noch eine Antwort geben.«

Hana griff zum Telefon auf dem Seitentisch und wählte eine Nummer. »Ist Mr Lowenstein zu sprechen?«, fragte sie. »Es geht um den Fall Neumann.«

»Danke«, sagte sie nach einer kurzen Pause. »Ich bin sofort da.«

»Kann ich mitkommen?«, fragte Sadie.

»Diesmal nicht«, erwiderte Hana. »Ich muss mit meinem Chef reden.«

»Ich hoffe, der ist netter als Daddys Chef«, kommentierte Sadie. »Der will immer, dass Daddy arbeitet, auch wenn wir lieber zusammen etwas Schönes machen wollen.«

✡

Von dem Augenblick an, als sie das kleine Mädchen im Empfangsbereich zum ersten Mal gesehen hatte, empfand Hana eine tiefe, zärtliche Zuneigung zu dem mutterlosen Kind. Das Gefühl war unglaublich beglückend und verstörend verwirrend. Aufgrund ihrer nächtlichen Erfahrung wusste sie, sie sollte Sadie treffen. Aber sie hatte nicht damit gerechnet, dass sie so intensiv reagieren würde. Sie hatte jeden Funken Willenskraft aufwenden müssen, um nicht in Tränen auszubrechen.

Hana erreichte Mr Lowensteins Büro. Der Seniorpartner saß an seinem Schreibtisch, hatte die Krawatte gelockert, und sein Haar war etwas zerzaust. Bevor Hana etwas sagen konnte, ergriff er das Wort.

»Was haben Sie auf dem Herzen, Hana? Gladys sagte, es sei wichtig.«

Hana gab eine kurze Zusammenfassung ihres Gesprächs mit Jakob Brodsky und Ben Neumann, der Lowenstein mit gesenktem Kopf aufmerksam lauschte. Erst als sie erwähnte, dass Sadie aus dem Fall herausgehalten werden sollte, blickte er auf.

»Glauben Sie, es wäre das Beste, die Sache abzublasen, bevor wir angefangen haben?«

»Deswegen bin ich hier. Um Sie zu fragen.«

»Wessen Anspruch ist aussichtsreicher? Der des Vaters oder der des Kindes?«

Ben hatte eine Frau verloren. Sadie eine Mutter. Beide hatten seelische Narben davongetragen, aber Sadie auch noch eine äußere.

»Die Tochter«, sagte Hana.

»Der Meinung bin ich nicht.«

»Nicht?« Hana riss die Augen auf. »Und warum nicht?«

»Ben Neumann hat seine Frau verloren, was eine beträchtliche Schadensersatzforderung rechtfertigen wird. Und der gesunde Menschenverstand sagt, dass es klug ist, ein kleines Kind so wenig wie möglich einer Öffentlichkeit auszusetzen, wie dieser Fall sie mit sich bringen wird. Vergessen Sie nicht, ich habe selbst Enkeltöchter; ich verstehe also, was den Vater bewegt. Die Frage ist: Bleibt dann noch genug übrig, um ein Verfahren zu rechtfertigen?«

»Ich möchte es gern«, sagte Hana.

»Das habe ich schon in Ihrem Blick gelesen«, sagte Lowenstein. »Und wenn ich im Blick eines Anwalts eine solche Entschlossenheit sehe, dann bekommt das meine Aufmerksamkeit. Gehen wir den nächsten Schritt: Leiten wir eine Investigation ein. Brodsky und sein Mandant finanzieren diesen Teil des Verfahrens. Bis auf den Einsatz Ihrer Zeit geht die Kanzlei ein geringes Risiko ein.«

»Müssen die Teilhaber dem noch zustimmen?«

»Ich werde eine Notiz rumschicken, aber ich glaube, das geht problemlos durch. Also: Unterschreiben Sie die Vereinbarung über eine Gesamtvertretung.«

»Danke«, sagte Hana.

Lowenstein fuhr sich mit den Fingern durch das graue Haar. »Ich hoffe, das können Sie in einem Jahr auch noch sagen.«

Hana ging in den Konferenzraum zurück und überbrachte die gute Nachricht. Ben schien nicht überrascht, aber Jakob war offensichtlich schockiert.

»Was haben Sie gesagt, um ihn zu überzeugen?«, platzte er heraus.

»Er ist Großvater und hat zwei Enkeltöchter. Ich glaube, das war ebenso maßgeblich. Wenn Sie bereit sind, werde ich die Gesamtvertretungsvereinbarung anpassen und Ihnen dann zur Unterschrift vorlegen.«

Jakob und Ben sahen einander an und nickten. Hana wandte sich zur Tür.

»Ich will mitkommen«, erklärte Sadie. »Du kannst mir zeigen, wo du arbeitest.«

»Das liegt ganz bei Ihnen«, sagte Ben mit einer alles offenlassenden Geste zu Hana.

Hana drückte Sadies Hand und ging mit ihr den Korridor entlang. Das Kind schien ganz eins mit sich selbst. Sie erreichten Janets Schreibtisch.

»Janet, das ist Sadie Neumann«, stellte Hana ihre kleine Begleiterin vor.

»Hallo, Sadie«, erwiderte Janet und legte ihren Kopfhörer auf den Schreibtisch. »Sieht aus, als hättest du eine neue Freundin gefunden.«

Hana erklärte Janet, welche Änderungen in der Gesamtvertretungsvereinbarung gemacht werden mussten.

»Bin schon dabei«, sagte Janet, und Hana und Sadie steuerten Hanas Büro an. Dort lief das Mädchen um den Schreibtisch herum und kletterte in den modernen Schreibtischstuhl.

»Dreht der sich?«, fragte Sadie.

»Ja.« Hana wirbelte sie ein paarmal herum.

»Schneller, bitte«, forderte Sadie.

Hana drehte den Stuhl etwas schneller, und Sadie senkte den Kopf und schloss die Augen.

»Okay, das war's«, verkündete Hana.

Sadie ließ ihren Blick durch den Raum schweifen und entdeckte ein Foto auf dem Schreibtisch. »Ist das dein kleines Mädchen?«, wollte sie wissen.

»Nein, das ist meine Nichte. Sie heißt Khadijah.«

Sadie wiederholte den Namen. Hana setzte auf Arabisch hinzu: »Sie ist meine Nichte«, und Sadie ahmte die Worte perfekt nach.

»Vielleicht solltest du nicht nur Hebräisch und Spanisch lernen, sondern auch Arabisch«, schlug Hana vor.

Janet erschien mit dem geänderten Dokument. »Das ließ sich rasch machen«, sagte die Assistentin und wandte sich dann an Sadie. »Du bist ein süßes Püppchen.«

»Nein, ich bin ein Mädchen«, protestierte das Kind.

»Das stimmt«, sagte Hana zu Janet gewandt. »Und ein kluges noch dazu.«

Sadie saß auf Hanas Schoß, während diese die Änderungen überprüfte. Dann gingen beide zurück in den Konferenzraum.

»So, hier ist die Vereinbarung«, sagte Hana und reichte Jakob das Dokument.

Sadie beanspruchte wieder ihren Platz auf Hanas Schoß, und Hana drehte den Stuhl so, dass das Kind währenddessen durch die Fensterwand hinausschauen konnte.

»Die Vereinbarung sieht gut aus«, sagte Jakob nach einer Weile.

Hana drehte sich mit ihrem Stuhl wieder um. »Hat noch jemand eine Frage?«

»Kommst du zu meiner Geburtstagsparty, Hana?«, fragte Sadie. »Ich schicke dir eine Einladung, wenn ich sie fertig ausgemalt habe. Daddy, zwei sind noch übrig von denen, die du mir gekauft hast.«

Jakob setzte seine Unterschrift unter das Dokument und schob es über den Tisch zu Hana. »Würden Sie mir bitte eine Kopie machen?«

»Natürlich.« Hana setzte Sadie sanft auf den Boden und verließ rasch den Raum. Mit tränenverschleiertem Blick unterzeichnete sie das Dokument auf einem Tischchen neben dem Kopierer, der am nächsten beim Konferenzraum stand. Kein Kind auf dieser Welt sollte Opfer von Terror sein, egal, was immer als Grund oder Rechtfertigung dafür angeführt wurde. Ohne die instinktive, opferbereite Liebe von Gloria Neumann hätte der Angriff leicht zwei Todesopfer fordern können.

Hana steckte die Kopien in zwei Briefumschläge, einen für Jakob und einen für Ben, und ihr Herz war schwer. Sadie stand für so viele andere Kinder, die in den letzten siebzig Jahren seit der Gründung des Staates Israel getötet, verstümmelt oder elternlos geworden waren. Jüdische, arabische, christliche, muslimische, drusische Kinder – Kinder, die zur falschen Zeit am falschen Ort waren, als Kugeln abgeschossen wurden, Raketen einschlugen oder Bomben explodierten.

Kinder, die keine Schuld trugen, aber schwere Verluste erleiden mussten.

Sadie strahlte, als Hana wieder im Konferenzraum erschien. Hana brachte ein Lächeln zustande, aber ihr entging nicht, wie deutlich Sadies Lächeln abbrach, wenn es die Narbe in ihrem Mundwinkel erreichte. Es war das Lächeln einer Bezwingerin, die noch nicht ganz verstand, was sie zu bewältigen hatte.

Kapitel 9

Bevor Sadie und ihr Vater die Kanzlei verließen, verlangte die Kleine, dass Ben mit dem Handy von Jakob Brodsky ein Foto von ihr und Hana machen und an die Anwältin schicken sollte, damit Hana »nicht vergisst, wie ich aussehe«.

»Ich kann Sie und Sadie gern mitnehmen«, sagte Jakob, als sie vor dem Fahrstuhl standen. »Ich muss nicht mehr ins Büro.«

»Sind Sie sicher?«, fragte Ben. »Wir geraten in die dichteste Rushhour.«

»Stimmt. Aber das gilt für alle Richtungen.«

»Wenn Sie uns am Einkaufszentrum in der Nähe meiner Schwiegereltern absetzen könnten, wäre das großartig«, sagte Ben. »Glorias Vater kann uns von dort abholen.«

»Kann ich Poppy treffen?«, bat Sadie. »Ich will ihm alles von Hana erzählen.«

»Ms Abboud hat einen ziemlichen Eindruck auf Sadie gemacht«, sagte Jakob, als sie zum Parkhaus gingen.

»Ja«, stimmte Ben ihm zu. »Das ist schon öfter so gewesen. Frauen, die

Sadie kennenlernen, fühlen sich sofort zu ihr hingezogen. Nur dass es diesmal gegenseitig ist.«

»Was macht Hana jetzt?«, fragte Sadie.

»Hana ist Anwältin, so wie Mr Jakob«, sagte Ben. »Wahrscheinlich redet sie gerade mit jemandem, dem sie hilft, oder sie schreibt Briefe an Richter.«

»Kannst du sie bitte für mich anrufen?«, fragte Sadie ihren Vater. »Ich möchte über Handy mit ihr reden.«

»Nein, wir müssen Hana jetzt arbeiten lassen«, sagte Ben und wandte sich an Jakob. »Sie telefoniert viel mit ihren Großeltern. Wenn ich es erlauben würde, würden die ihr ein eigenes Handy kaufen und Anrufe mit ihr in den Kalender schreiben. Aber sie ist ja erst sechs.«

»Ich bin fast sieben«, protestierte Sadie von hinten. »Liza hat auch ein Handy und damit spricht sie mit ihrer Granny.«

»In der Schule?«, fragte Ben scharf.

»Ja. Das ist okay. Die Lehrerin weiß nichts davon.«

Ben drehte sich in seinem Sitz um, um Sadie direkt in die Augen sehen zu können. »Ich weiß, worüber wir heute Abend beim Schlafengehen reden müssen.«

✡

Hana öffnete das Foto von ihr und Sadie. Es zeigte Hana auf einem Stuhl im Konferenzraum, Sadie stand neben ihr und hatte ihr die Hand auf die Schulter gelegt. Es klopfte, und Janet kam herein.

»Hast du Mr Neumann ebenso beeindruckt wie seine Tochter?«

Janets Frage thematisierte etwas, das Hana noch nicht bedacht hatte. Sie zeigte Janet das Foto auf ihrem Handy.

»Nein, das war nur zwischen mir und Sadie.«

»Mir wäre es auch so gegangen«, gab Janet zu, während sie das Foto betrachtete. Unwillkürlich fuhr sie sich mit dem Finger übers Gesicht und zeichnete Sadies Narbe nach bis zum Mundwinkel.

»Ja«, sagte Hana, die die Geste bemerkt hatte. »Und dann gibt es noch die unsichtbaren Narben auf der Seele, die niemand sieht.«

»Vielleicht kannst du dazu beitragen, dass sie heilen.«

»Ich hoffe es.«

»Und wie war dein Date gestern Abend?«, wechselte Janet das Thema.

Hana berichtete von ihrem Gespräch mit Bart Kendall. Als sie geendet hatte, riss Janet den Mund auf. »Was?!? So ein dreister Typ!«

»Vielleicht habe ich es schlimmer dargestellt, als es war.«

»Nein, es war schlimmer, als du es dargestellt hast«, widersprach Janet. »Ich werde ihn von der Liste streichen.«

»Was für eine Liste?«

»Na ja, noch habe ich keine, aber falls doch mal, wird er jedenfalls nicht draufstehen.« Janet drehte sich um und verließ voller Zorn auf Bart den Raum.

Hanas Telefon klingelte. Es war Mr Lowenstein, der sich erkundigte: »Noch irgendwelche Überraschungen im Fall Neumann?«

»Nein. Sadie ist zauberhaft, und ich denke, mit Ben werde ich gut zusammenarbeiten können. Die Gesamtvertretungsvereinbarung ist unterzeichnet, und Jakob Brodsky wird den Kostenvorschuss morgen überweisen.«

»Ich habe an alle Teilhaber eine Mail geschickt, nachdem Sie bei mir waren. Die meisten haben geantwortet und ihre Zustimmung gegeben, dass wir einsteigen. Buchen Sie so rasch wie möglich einen Privatermittler - und einen Flug nach Israel, damit die Sache in Gang kommt.«

»Ich soll jetzt schon nach Israel fliegen?«

»Ich vertraue darauf, dass Ihre Augen und Ihr Verstand mir zuverlässige Informationen liefern. Und entwickeln Sie Ihre eigene Beziehung zum Mandanten, unabhängig von Jakob Brodsky. Ich bin noch nicht wirklich überzeugt von seinem Beitrag zu diesem Fall, und ich möchte, dass Sie auf einer soliden Basis mit Ben Neumann stehen, falls wir später die Verbindung zu Brodsky kappen müssen.«

Lowensteins Gedanken eilten in eine unerwartete Richtung. Hana war sich nicht sicher, wie sie reagieren sollte.

»Sadie will so bald wie möglich mit mir Eis essen gehen, und sie hat mich zu ihrem Geburtstag eingeladen.«

»Ausgezeichnet. Sie haben sie rasch für sich gewonnen.«

»Es beruht auf Gegenseitigkeit.«

»Laden Sie Sadie zum Eisessen ein - das gilt als Geschäftsausgabe.« Lowenstein schwieg kurz. »Haben Sie schon erste Ideen, wer als Ermittler infrage käme oder welche Firma wir befragen sollten?«

»Nein«, sagte Hana. »Aber ich kann mit den Kontakten beginnen, die ich aus meiner Zeit am Flughafen noch habe.«

»Das klingt gut. Und lassen Sie es mich immer sofort wissen, wenn sich etwas Wichtiges ergibt.«

✡

Während der Stop-and-go-Fahrt zum Einkaufszentrum schlief Sadie auf dem Rücksitz ein.

»Was passiert jetzt als Nächstes in unserem Fall?«, erkundigte sich Ben.

»Es wird Strategiemeetings geben«, antwortete Jakob vage. »Ich habe einige Ideen für die Investigationsphase, die ich Hana und Leon Lowenstein vorstellen werde. Wir werden die Arbeit aufteilen, aber ich kann mehr Zeit in diesen Fall investieren als sie. Dass Hana Arabisch und Hebräisch spricht, ist sicher ein Pluspunkt.«

»Ihr liegt viel daran, zu helfen.«

»Ja, und das ist gut. Ich hatte gehofft, wir würden bereits heute erste Schritte festlegen, aber es war offensichtlich ein Kennenlerntermin.«

Ben drehte sich zu Sadie um. »Besonders für Sadie. Sie wird mir in den Ohren liegen, dass sie Hana anrufen will. Wenn Sadie sich erst mal was in den Kopf gesetzt hat, ist es viel schwieriger, sie davon abzulenken, als es bei einer Sechsjährigen normalerweise der Fall ist.«

»Einer fast Siebenjährigen«, erwiderte Jakob.

»Halten Sie da drüben, das passt gut«, sagte Ben und wies zur Südseite des Einkaufszentrums. »Ganz dort in der Nähe geht Sadie mit ihrem Großvater gern essen.«

Jakob wartete, bis ein Pick-up vor ihnen den Weg frei machte und er fahren konnte.

Jakob reichte Ben den Briefumschlag mit seiner Kopie der Gesamtvertretungsvereinbarung.

»Danke, dass Sie den Umweg gemacht haben, um uns mitzunehmen«, sagte Ben.

Jakob sah Vater und Tochter nach, die Hand in Hand Richtung Einkaufszentrum gingen. Hana zu hören und zu beobachten, wie sie auf

Sadie einging, hatte ihm etwas bestätigt, was er bereits wusste - an diesem Fall Neumann war eindeutig etwas Besonderes.

✡

Hana kam nach Hause und stellte einen Topf mit Suppe, die sie ein paar Tage zuvor gekocht hatte, zum Aufwärmen auf den Herd. Während sie wartete, ging sie nach draußen, um in dem Vogelhäuschen, das sie kürzlich an einem Ast aufgehängt hatte, Futter nachzufüllen. Das Häuschen hatte einen stetigen Strom leuchtend gelber Finken angelockt, unter den sich nur gelegentlich auch mal ein anderes Gefieder mischte.

Die Sonne versank hinter den Baumkronen und warf lange Schatten über den kleinen Vorgarten ihres Hauses. Hana schüttete winzige schwarze Samen in den Futterspender, als sie aus dem dichten Baumbestand an der Grundstücksgrenze ein Rascheln hörte. Sie sah in die Richtung, aus der das Geräusch gekommen war, und erwartete, ein Eichhörnchen auftauchen zu sehen, das mit einer Nuss im Maul den nächsten Baumstamm emporeilen würde.

Einer der Nachbarn hatte kürzlich Warnschilder vor einem tollwütigen Fuchs aufgehängt; die Telefonnummer des Veterinäramts war auch angegeben. Hana warf über die Schulter einen Blick zur Haustür und machte sich darauf gefasst, ins Haus zu rennen, falls ein Fuchs heranstürmen würde. Da tapste ein Fellbündel aus der Baumgruppe ins verblassende Sonnenlicht. Es war kein Fuchs, sondern ein schwarz-weiß gefleckter Hundewelpe.

Der Hund schüttelte sich ein paar Blätter aus dem Fell und kam dann auf Hana zu - ein Rüde mit dickem Fell und großen Pfoten, die darauf hindeuteten, dass der Hund bald recht groß sein würde. Hana kraulte seinen Hals. Kein Halsband. Der Hund war entweder entlaufen oder ausgesetzt worden.

Haustiere waren in Israel viel weniger verbreitet als in den USA, und im Haus in Reineh, in dem Hana aufgewachsen war, hatte es keine Tiere gegeben. Die meisten Hunde, die sie als Kind gesehen hatte, waren halbwilde Streuner gewesen, die den Haushaltsmüll durchschnüffelten. Der Welpe leckte mit seiner dicken rosa Zunge wie wild Hanas Finger.

»Okay, okay«, sagte Hana, »es ist auch schön, dich kennenzulernen.«

Der Gedanke an den tollwütigen Fuchs, der in der Nachbarschaft herumstreunte, machte Hana vorsichtig. Sie trug den Welpen ins Haus, nahm eine Schüssel aus dem Schrank, füllte sie mit Wasser und stellte sie auf Fußboden. Der Hund vergrub die Schnauze in der Schüssel und schlabberte gierig.

»Du hattest Durst«, sagte Hana.

An einer Seite des Wohngebiets gab es einen Entwässerungsgraben, der allerdings nur bei regelrechten Unwettern Wasser führte. Wenn sie das Tier laufen ließ, war sie nicht sicher, wo es wieder etwas zu trinken, geschweige denn zu fressen finden würde. Jetzt hob der Welpe eine Pfote und setzte sie in die Wasserschüssel, woraufhin das Wasser sich braun färbte.

Kurz entschlossen nahm Hana den Welpen auf den Arm, ging ins Bad und setzte ihn in die Wanne. Zu ihrer Verwunderung versuchte der Hund nicht, herauszuspringen, sondern legte sich hin und wartete ab.

»Aha, du hast schon mal gebadet, und es gefällt dir«, kommentierte Hana.

Als das Fell ganz durchnässt war, gab Hana etwas von ihrem teuren Shampoo in die Hand und seifte den Hund damit gründlich ein. Dann nahm sie die Handbrause und duschte den Schaum sorgfältig ab. Der Hund schien alles zu lieben, was mit Wasser zu tun hatte. Hana griff sich ein altes Handtuch, um ihn abzurubbeln, aber das hielt den Welpen nicht davon ab, sich heftig von Kopf bis Fuß zu schütteln. Das ganze Bad duftete nach dem Shampoo.

Im Kühlschrank fand Hana ein paar Scheiben Roastbeef, die sie auf einem Teller auf den Boden stellte. Der Hund verschlang das Fleisch geradezu, und Hana wurde bewusst, dass sie leider ganz und gar nicht darauf vorbereitet war, einen vierbeinigen Gast aufzunehmen. Sie schnappte sich ihre Handtasche, nahm den Hund hoch und ging zu ihrem Auto. Es war inzwischen dunkel. Als sie die Scheinwerfer einschaltete, meinte sie, in der Baumgruppe, aus der der Welpe gekommen war, ein Paar leuchtende Augen zu erkennen. Sie verschwanden rasch, aber bis dahin hatte Hana beschlossen, dass sie das Tier auf keinen Fall in das unzugängliche Dickicht zurückschicken konnte, auch wenn das Waldstück nur klein war.

Der Hund rollte sich auf dem Beifahrersitz zusammen, und Hana steuerte den nächsten Supermarkt an. Sie ließ den Hund im Auto, das Fenster einen Spaltbreit offen, und kaufte verschiedene Sorten Hundefutter, eine Metallschüssel, ein rotes Halsband, eine Nylonleine und ein buntes Kauspielzeug. Bei ihrer Rückkehr lag der Hund noch genauso zusammengerollt auf dem Sitz wie vorher, nur als sie die Taschen mit dem Hundefutter vor dem Sitz auf den Boden abstellte, bellte er einmal kurz und laut.

Zu Hause schüttete sie eine großzügige Portion Trockenfutter in die Metallschüssel, und zu Hanas Erleichterung verspeiste der Hund es vernehmlich schmatzend, denn den Geruch von Dosenfutter mochte Hana nicht. Als er seine Mahlzeit beendet hatte, begab der Welpe sich zur Haustür. Hana legte ihm das Halsband um und befestigte die Leine daran. Dann ging sie mit ihm nach draußen, und prompt verrichtete er ein paar Meter von der Haustür auf dem Rasen sein Geschäft. Wieder zurück im Haus rollte er sich auf den Rücken und rutschte auf dem Läufer, der einen Teil des Wohnzimmerbodens bedeckte, herum. Während Hana ihn beobachtete, fiel ihr ein, dass sie nicht wusste, ob sie laut Mietvertrag überhaupt Haustiere halten durfte.

Ihre wichtigen Dokumente bewahrte Hana in einem antiken Schreibtisch auf. Sie nahm den Mietvertrag heraus, und rasch fand sie, was sie suchte. Auf Seite 3 gab es eine Überschrift »Haustiere«. Sie las den Abschnitt durch und wusste danach, dass sie Vögel in einem Käfig halten durfte, aber ein Hund würde sie eine beträchtliche Kautionssumme kosten. Hana wusste, dass das nur der Anfang von vielen Ausgaben sein würde, wenn sie sich auf das Abenteuer einließ, ein Haustier zu halten.

Der Hund beschnüffelte in der Zwischenzeit alle Möbelstücke. Hana kniete sich neben ihn und kraulte ihn am Bauch. Der Welpe war hinreißend, und Hanas Herz schmolz dahin. Dann gab auch ihr Kopf nach. Allerdings, das wusste sie, würde sie zuerst Zettel an die Telefonmasten unter die Notiz über den tollwütigen Fuchs hängen, um zu erfahren, ob jemand einen schwarz-weißen Hund vermisste. Vorher konnte sie ihn nicht bei sich aufnehmen. Sie machte ein Foto mit dem Handy, druckte die Zettel aus und verteilte sie an den Masten. Als sie zurückkam, war der Hund eingeschlafen. Er sprang auf, als sie eintrat, bellte einmal scharf und wedelte zur Begrüßung erwartungsvoll mit dem Schwanz.

»Wie soll ich dich nennen?«, fragte Hana, als der Hund wieder bellte, diesmal leiser.

Sie kniete sich neben ihn und kraulte ihn hinter den Ohren. Dann hatte sie einen Einfall und musste lächeln. »Leon«, sagte sie. »Ich bin sicher, Mr Lowenstein hätte nichts dagegen, dass ich mir seinen Namen borge.«

✡

Nachdem Jakob ein paar Stunden damit verbracht hatte, auf englischen und russischen Portalen nach Terrornetzwerken zu forschen, fuhr er seinen Computer herunter. Er war auf einen weiteren Hinweis auf den Mord an Gloria Neumann gestoßen, und zwar auf einer Seite aus Tschetschenien. Der Blogschreiber rühmte die mutige Tat von Abdul und Tawfik Zadan und forderte den Tod für »alle Juden und andere ungläubige Hunde«. Allerdings war auch dieser Kommentar die Tat eines Einzelnen, der sich auf keine Zugehörigkeit oder Mitgliedschaft in irgendeiner Vereinigung berief.

Um sich am Abend zu entspannen, schaute Jakob meist Fußball im Fernsehen. Er hatte einen Anbieter abonniert, mit dem er die Spiele in der English Premier League, der spanischen La Liga, der deutschen Bundesliga, der italienischen Serie A, der russischen Premier League und der Major League Soccer aus den USA verfolgen konnte. Durch die rasend schnell gesprochenen Kommentare zu den russischen Spielen hielt er sein Russisch auf dem Laufenden. Spanisch und Italienisch verstand er nicht, aber wenn in diesen Ligen ein Tor fiel, feierten die Kommentatoren dies mit einem Enthusiasmus, der normalerweise für einen Sechser im Lotto reserviert war.

Heute Abend lief ein wichtiges Spiel zwischen Spartak Moscow, dem Anwärter auf die nationale Meisterschaft, und CSKA Moscow, ebenfalls ein starkes Team. Jakob kannte die Namen aller Spieler aus beiden Mannschaften. Das Spiel wurde nachträglich ausgestrahlt, und Jakob musste sich beherrschen, um nicht online nach dem Ausgang zu forschen.

Er aß ein Stück Pizza und legte die Füße auf einen kleinen Tisch. Seine schwarze Ledercouch stand in der perfekten Position vor dem riesigen Bildschirm, der an die Wand montiert war. Der Ton aus dem

Lautsprecher vermittelte ihm das Gefühl, live im Stadion zu sein. Die Fans beider Seiten grölten bekannte Fußballgesänge.

Jakobs Handy signalisierte einen Anruf: Butch Watson.

»Jakob, die Zwillinge sind da.«

»Gratuliere. Ist alles okay?«

»Ja, alles fantastisch. Einer der Jungs wiegt 2900, der andere 2100 Gramm. Kannst du dir vorstellen, dass Nelle dieses Gewicht in ihrem Bauch herumgeschleppt hat?«

Als Jakob Nelle das letzte Mal gesehen hatte, hatte er sich gefragt, wie die zierliche blonde Frau überhaupt noch laufen konnte, ohne vornüberzufallen.

»Ja, erstaunlich«, sagte Jakob und ballte die Faust, als der Torwart für Spartak einen Schuss abwehrte. »Danke für den Anruf.«

Aber Butch war noch nicht fertig. »Sie wurden heute Morgen geboren, und ich konnte das Krankenhaus seitdem nicht verlassen. Nelles Eltern sollten eigentlich hier sein, um zu helfen, aber sie können erst morgen kommen. Ich bitte dich nur ungern darum, aber vor einer halben Stunde wurde ein Babyfonsystem für vierhundert Dollar für uns geliefert, und ich mache mir Sorgen, jemand könnte es klauen, wenn es vor der Tür abgestellt wurde. Wir haben in letzter Zeit ein paar Pakete an Diebe verloren.«

»Habt ihr Anzeige erstattet?«

»Schon, aber du weißt ja, wie das läuft. Meinst du, du könntest mal rasch rüberfahren und das Paket für uns ins Haus stellen? Ich habe den Lieferweg verfolgt, die Auslieferung ist bestätigt. Ich würde ja selbst fahren, aber die Jungs halten uns auf Trab. Wenn einer schläft, ist der andere wach. Die Schwestern wollen, dass wir uns von Anfang an daran gewöhnen.«

Butch und Nelle wohnten zwanzig Minuten entfernt von Jakobs neuer Wohnung in einer recht zwielichtigen Gegend.

»Klar«, erwiderte Jakob. »Ich war gerade am Fußballgucken, aber ich kann eine Pause machen.«

»Danke. Du weißt, wo der Ersatzschlüssel liegt, oder?«

»Hinter dem Stechginsterbusch an der Hausecke.«

»Genau. Danke, Mann, danke. Nelle ist echt beunruhigt wegen diesem Babyfonkram.«

»Bin schon unterwegs«, sagte Jakob. »Ich melde mich, wenn ich alles sichergestellt habe.«

Mit raschen Schritten ging Jakob die Treppe zur Tiefgarage hinunter, in der sein Auto parkte.

Vier Straßen südlich von seinem Wohnblock verschlechterte sich die Wohngegend. Die Wohnblocks der Gegend, in der Butch und Nelle lebten, würden vermutlich in ein paar Jahren zum Abriss freigegeben. Sie wohnten auf der Rückseite des Komplexes. Jakob parkte neben Nelles Minivan. Jemand hatte zwei blaue Ballons an die Spiegel gebunden, zur Begrüßung für die Babys. Jakob machte rasch ein Foto mit dem Handy und schickte es an Butch.

Er fand den Stechginsterbusch, quetschte sich dahinter und grub im Dunkeln in den Tannennadeln, die den Boden bedeckten, bis er das kleine Metallkästchen fand. Auf der Fußmatte vor der Wohnung stand ein großer Karton. Jakob schloss die Tür auf und schob das Paket hinein.

Die Wohnung war chaotisch, was wohl einem überstürzten Aufbruch in die Klinik geschuldet war. Die Spüle stand voll mit benutztem Geschirr. Es gab keinen Geschirrspüler, und Jakob dachte, dass Butch und Nelle sich besser rasch eine neue Bleibe suchen sollten.

Jakob füllte das Spülbecken mit heißem Seifenwasser und begann, das Geschirr abzuwaschen. Die nächsten dreißig Minuten war er damit beschäftigt, die Küche auf Vordermann zu bringen. Zum Abschluss wischte er sogar noch den Fußboden. Seine eigene Wohnung hielt Jakob immer penibel sauber. Butchs Büroräume waren immer unordentlich, und weder er noch Nelle legten offensichtlich Wert auf ein aufgeräumtes Heim. Vielleicht würde sie das zu perfekten Zwillingseltern machen. Auf der Couch lagen Stapel sauberer Wäsche, aber Jakob ließ sie, wo sie waren. Er würde nicht Butchs Unterwäsche zusammenlegen.

Er verließ die Wohnung, schloss die Tür ab und ging die Treppe hinab. Die Sicherheitsbeleuchtung war aus, und er musste sich ein paar Stufen im Dunkeln hinuntertasten. Im nächsten Moment hörte er hinter sich ein Geräusch. Plötzlich wurde alles schwarz.

Kapitel 10

Als Hana gegen Mitternacht aufstand, um zu beten, knurrte Leon und zuckte kurz, wachte aber nicht auf. Eine Stunde später kam sie zurück und fand den Hund in ihrem Bett, den Kopf unter ihr Kissen gewühlt. Sanft schob sie ihn zur Seite. Länger als sonst lag sie wach und lauschte auf seinen Atem. Sie schreckte hoch, als eine feuchte Zunge über ihre linke Wange fuhr. Leon begrüßte sie mit Guten-Morgen-Gebell. Sie warf sich einen Morgenmantel über, ließ den Hund an der Leine nach draußen und füllte seinen Futternapf, bevor sie sich einen Kaffee aufgoss. Dann überflog sie rasch ihr E-Mail-Postfach. Es gab keine Reaktionen auf die Suchanfrage, die sie an die Telefonmasten gehängt hatte.

Im Licht des neuen Tages wurde ihr bewusst, dass sie verschiedene Dinge regeln musste, wenn sie ein Haustier halten wollte. Sie suchte nach Hundebetreuungsmöglichkeiten in der Nähe und fand rasch heraus, dass dafür ein aktueller Impfstatus und eine tierärztliche Gesundheitsbescheinigung Voraussetzung waren. Schnell schrieb sie eine Nachricht an Mr Collins und Mr Lowenstein, dass sie heute wegen einer persönlichen Angelegenheit später ins Büro käme und die Zeit bis zum Wochenende nachholen würde. Eine zweite Mail, die Auskunft darüber gab, was wirklich los war, ging an Janet.

Vier Stunden später gab Hana einen übel gelaunten Leon bei einer preiswerten Hundebetreuung ab. Der Hund schmollte noch immer über die Beleidigung, dass man ihm mehrere Nadeln ins Fell gestochen hatte. Der Tierarzt hatte Hana informiert, dass der zugelaufene Hund einen weitverzweigten Stammbaum besaß, in dem Golden Retriever, Bernhardiner, Labrador und weitere Rassen vertreten waren, sodass der Welpe zu einem annähernd vierzig Kilo schweren Tier heranwachsen würde.

»Er hat noch nicht lange im Wald gelebt«, sagte der Tierarzt, nachdem er den Hund untersucht hatte. »Wie gut, dass Sie ihn gefunden haben. Ein so junges Tier hätte nur wenige Tage überlebt.«

Hana blickte Leon in die tiefgründigen Augen, in denen eine unausgesprochene Dankbarkeit zu liegen schien.

»Aber er ist gesund«, fuhr der Tierarzt fort. »Kein Problem mit den Hüften oder sonst irgendetwas. Mischlinge sind eben zäh, das hat etwas für sich.«

Bewaffnet mit etlichen Flyern und der Impfbescheinigung machte Hana sich daran, die Formulare für die Hundebetreuung auszufüllen. Sie hatte den Eindruck, es handele sich eher um eine Vorschule für Kinder. Die Einladung, das Gelände zu besichtigen, schlug sie aus, lud sich aber rasch eine App aufs Handy, die es ihr ermöglichte, Leon tagsüber zu beobachten. Als sie schließlich in die Kanzlei kam, war es fast Mittag.

»Du bist eine Mom!«, rief Janet, als Hana hereinkam.

»Psst!« Hana legte den Zeigefinger an die Lippen. »Das klingt irgendwie falsch.«

»Na ja, irgendwie stimmt's schon«, gab Janet in lautem Flüsterton zurück. »Zuerst verliebt sich ein bezauberndes kleines Mädchen in dich, und jetzt hast du ein Hundebaby! Es wird deutlich voller in deinem Leben werden, und das ist wunderbar. Hast du Fotos von dem Hund gemacht? Ich will sie sofort sehen.«

»Natürlich! Ich kann dir sogar zeigen, was er im Moment gerade treibt.«

Keine halbe Minute später steckten sie und Janet die Köpfe zusammen, um zuzusehen, wie Leon an den ausgefransten Enden eines Kauspielzeugs aus Seil lutschte wie an einem Schnuller.

»Er ist hinreißend«, sagte Janet. »Ich kann gut verstehen, warum du ihm nicht widerstehen konntest. Meine Familie hatte einen Hund, als ich noch ein Kind war. Er sah fast genauso aus. Wir nannten ihn Buddy. Hast du schon einen Namen für ihn?«

Hana warf einen Blick über die Schulter, bevor sie antwortete. »Leon«, flüsterte sie.

Janet riss die Augen auf. »Zu Ehren von Mr Lowenstein? Wirst du es ihm sagen?«

»Vielleicht«, erwiderte Hana zögernd.

Das Telefon auf ihrem Schreibtisch klingelte, und Hana ging rasch in ihr Büro, um den Anruf entgegenzunehmen.

»Ein Anruf von Ben Neumann«, sagte die Rezeptionistin.

Bevor sie den Anruf annahm, öffnete Hana rasch den Kalender auf ihrem Computer, um ein Datum für das Eisessen mit Sadie vorschlagen zu können.

»Ich rufe wegen Jakob Brodsky an«, begann Ben. »Er wurde letzte Nacht überfallen und ist jetzt im Krankenhaus.«

»Was ist denn passiert?«, fragte Hana alarmiert.

»Er wurde angegriffen und ausgeraubt. Seine Empfangssekretärin hat es mir gesagt, als ich vor ein paar Minuten das Büro angerufen habe.«

»Angegriffen und ausgeraubt?«, wiederholte Hana und verarbeitete die Information.

»Ja. Ich weiß nicht, wie schwer er verletzt ist.« Ben schwieg einen Moment. »Er ist im Piedmont Hospital. Ich werde versuchen, ihn zu besuchen, aber es wird nicht so einfach sein, ich habe keinen Babysitter für Sadie.«

»Danke, dass Sie mich informiert haben«, erwiderte Hana. »Bitte halten Sie mich auf dem Laufenden.«

»Werd ich machen.«

Egal, wo man lebte - innerhalb von Sekunden konnte die Welt zu einem gefährlichen Ort werden. Hana überbrachte Janet die Neuigkeiten.

Die nächsten drei Stunden verbrachte Hana damit, einige Aufgaben zu erledigen, die Mr Collins ihr übertragen hatte. Sie musste zwischen Englisch, Arabisch und Hebräisch wechseln, was ihre volle Konzentration verlangte. In einer kurzen Pause öffnete sie die App der Hundebetreuung, um nach Leon zu sehen. Er war in einer Box mit zwei anderen Welpen und tollte mit ihnen fröhlich herum. Janet kam zur Tür herein.

»Ich habe eine Freundin bei der Polizei, und ich habe mich bei ihr erkundigt. Brodsky wurde in einem Wohngebäude nicht weit vom Stadtzentrum überfallen. In der Akte steht etwas von Kopfverletzungen durch ›Schlag mit einem stumpfen Gegenstand‹. Verhaftet wurde niemand.«

»Wie schwer sind seine Verletzungen?«

»Das ist nicht dokumentiert. Das Piedmont Hospital ist nicht weit weg von deiner Wohnung. Denkst du daran, ihn zu besuchen?«

»Nein, ich habe ihn nur zweimal getroffen und kenne ihn kaum. Ich denke, es wäre nicht angemessen.«

»Angemessen? Wir sind hier in Amerika. Du kannst tun, was immer du möchtest.«

Janet ging zurück an ihren Schreibtisch, und Hana widmete sich wieder einer hochtechnologischen Leistungsbeschreibung, die von allen Parteien in einer multinationalen Vereinbarung gebilligt werden musste. Um fünf Uhr fühlte sie sich, als hätte sie acht Stunden gearbeitet und nicht nur die fünfeinhalb, die sie tatsächlich am Schreibtisch gesessen hatte. Sie überlegte, ob sie bleiben und weiterarbeiten sollte, aber die neue Verantwortung für Leon ließ sie zögern. Wenn sie den Hund nach sechs Uhr abends abholte, müsste sie einen Zuschlag zahlen.

»Du hast dich heute richtig in die Arbeit vergraben«, sagte Janet. »Ist dabei viel angefallen, was ich noch erledigen muss?«

»Nicht, solange du nicht auf einer arabischen Tastatur tippen kannst.«

»Oh, das wäre ein ziemlicher Lernschritt für ein Mädel aus Portland, Maine.« Janet fuhr den Computer herunter. »Und, gehst du nun im Krankenhaus vorbei, um Jakob Brodsky zu besuchen?«

»Du denkst, ich sollte?«

»Mhm. Ich will nicht sagen, der Himmel hätte mir das gesagt oder so was, aber der Gedanke geht mir nicht aus dem Kopf.«

Hana zögerte. »Ich muss Leon abholen und noch ein paar Sachen einkaufen. Bisher hat sich niemand als Besitzer gemeldet.«

»Ja, das hat sicher Priorität.«

✡

Mit einer neuen Hundebox aus Metall im Kofferraum parkte Hana vor der Hundebetreuung. Jegliche Bedenken, ob Leon sie wiedererkennen würde oder vielleicht seine neuen Freunde nicht verlassen wollte, verflogen, als er sie sah. Er schüttelte sich und wedelte mit dem Schwanz, sodass das junge Mädchen, das ihn herausbrachte, in lautes Gelächter ausbrach.

»Er erkennt seine Mama.«

»Sie sind heute schon die Zweite, die mich so nennt«, erwiderte Hana lächelnd. »Dann muss es wohl wahr sein.«

Bis nach Hause brauchte sie kaum zehn Minuten. Auf der Fahrt dahin konnte sie die höheren Gebäude des Krankenhauskomplexes hinter einem kleinen Hügel sehen. Sie schickte ein kurzes Gebet für Jakob Brodsky zum Himmel. Zu Hause stellte sie die Hundebox an der Eingangstür ab. Der Hund beschnüffelte sie, lief dann aber ins Schlafzimmer und jaulte, bis Hana ihn auf das Bett hob.

»Aber nur heute«, warnte Hana den Hund, der sich zu einem Fellknäuel zusammenrollte und nach seinem aktiven Tag sofort einschlief.

✡

Jakob beantwortete pflichtschuldigst alle Fragen, die die Schwester ihm stellte, die für den zuständigen Neurologen arbeitete. Fast eine Stunde lang hatte sie jede Menge Tests mit ihm durchgeführt, und die hatten Jakob mehr Kraft gekostet, als er gern zugegeben hätte.

»Ich fühle mich schon viel besser«, sagte Jakob zuversichtlich. »Würden Sie Dr. Bedford sagen, dass er mich morgen früh entlassen kann? Ich möchte nicht noch einen Tag im Krankenhaus verbringen.«

»Ich werde es ihm sagen, wenn ich ihm die Testergebnisse vorlege. Leider zeigen Sie deutliche Defizite im logischen Denken.«

»Defizite?«, gab Jakob wie aus der Pistole geschossen zurück. »Ich habe alle Ihre Fragen richtig beantwortet, oder nicht?«

»Ich werde vermerken, dass Sie kooperativ waren und sich alle Mühe gegeben haben«, sagte die Schwester rätselhaft. »Wir können uns jetzt ein gutes Bild von Ihrem Zustand machen, der sich, wie ich hoffe, immer weiter verbessern wird.«

»Was muss sich denn verbessern?«, fragte Jakob frustriert.

»Sie brauchen Ruhe und müssen Ihre Medikamente nehmen, Mr Brodsky. Sie haben drei heftige Schläge auf den Kopf bekommen. Und der, der Sie rechts traf, hätte Sie leicht Ihr Leben kosten können.«

Selbst durch die Verbände hindurch konnte Jakob die Beule rechts an seinem Schädel spüren. An den Angriff erinnerte er sich nicht, und auch von dem Aufnahmegespräch in der Klinik hatte er nur verschwommene Eindrücke. Die Folgen von zwei Schlägen hatten genäht werden müssen. Der dritte hatte eine heftige Schwellung zur Folge, die sich in Richtung seines Auges ausbreitete. Er hob den Kopf und drehte ihn leicht. Ein stechender Schmerz ließ ihn zusammenzucken.

»Ich nehme mal an, diese Debatte verliere ich«, sagte er.

»Es gibt keine Debatte«, erwiderte die Schwester. »Wir behalten Sie hier zur Beobachtung, bis die Hirnschwellung zurückgeht und wir sicher sind, dass kein Anfall oder eine andere ernst zu nehmende Reaktion mehr zu befürchten ist.«

»Ich habe Mandanten vertreten, die traumatische Hirnverletzungen erlitten und daraufhin eine Persönlichkeitsveränderung erlebt haben. Muss ich etwas in der Art auch befürchten?«

»Für so etwas haben wir kein Vergleichsmaterial. Solche Probleme treten in der Regel nicht sofort auf. Aber wenn Sie selbst Veränderungen bemerken oder wenn Freunden oder Verwandten etwas auffällt, dann lassen Sie es Dr. Bedford wissen.«

Jakob wartete, bis die Schwester gegangen war. Dann schlug er frustriert mit der Faust auf die Matratze. Er schaltete den Fernseher an und versuchte, sich mit einer Sitcom abzulenken. Die eingespielten Lacher gingen ihm auf die Nerven.

Ein paar Minuten später klopfte es. Bisher war Butch Watson sein einziger Besucher gewesen. Er war von der Geburtsabteilung herübergekommen und hatte die meiste Zeit damit verbracht, sich dafür zu entschuldigen, dass er Jakob gebeten hatte, in seine Wohnung zu fahren. Jakob versicherte dem frischgebackenen Vater, dass er ihm deswegen keine Vorwürfe machte.

»Ja, bitte«, sagte Jakob.

Die Tür öffnete sich, und eine dunkelhaarige Frau kam herein – Hana Abboud.

»Können Sie einen Besuch verkraften?«

»Ja, durchaus. Ich habe gerade mit der Schwester über meinen Entlassungstermin gesprochen.«

»Das klingt ermutigend.«

»Na ja, nicht wirklich. Sie hat mich hingehalten. Woher wissen Sie, dass ich hier bin?«

»Ben Neumann hat mich angerufen.«

Angesichts der Kriminalitätsrate einer Stadt wie Atlanta verwunderte es Jakob, dass sein Fall derartige Aufmerksamkeit gefunden hatte.

»War es in den Nachrichten?«

»Nein, Ihre Sekretärin hat es ihm verraten, als er angerufen hat. Wie schlimm ist es?«

»Der Angreifer hat mich dreimal getroffen und mich bewusstlos geschlagen. Ein paar Rippen sind auch in Mitleidenschaft gezogen. Er hat meine Brieftasche gestohlen, aber er ist nicht in die Wohnung eingedrungen, aus der ich gerade kam. Hätte er es getan, nun, er hätte wohl mit einem hochmodernen Babyfonsystem nichts anfangen können.«

Sein schwacher Versuch, witzig zu sein, entlockte Hana kein Lächeln. »Haben Sie den Angreifer gesehen?«, fragte sie. »Sind Sie sicher, dass es ein Mann war?«

Hanas Frage brachte Jakob auf eine Spur, der er noch nicht nachgegangen war. »Nein. Ich nahm einfach an, es war ein Mann. Könnte natürlich auch eine Frau gewesen sein. Jedenfalls bin ich sicher in ein paar Tagen wieder auf den Beinen und an der Arbeit. Sagen Sie Ben, ich bin bald wieder fit.«

Während er redete, spürte Jakob, wie ihm schwindelig wurde. Er konnte sich nicht mehr orientieren und versuchte, das Bild gegenüber seinem Bett zu fixieren.

»Was ist los mit Ihnen?«, hörte er Hana wie von weit her fragen.

Jakob wollte antworten, brachte aber nur unverständliche Worte heraus. Er nahm noch wahr, wie alarmiert Hana aussah. Sie bewegte die Lippen, aber er verstand nicht, was sie sagte. Für einen Moment schloss er die Augen und nahm all seine Willenskraft zusammen, um das Chaos in seiner Welt unter Kontrolle zu bringen. Als er die Augen wieder öffnete, griff Hana gerade nach dem Schwesternruf auf seinem Nachttisch.

»Nein, nicht«, stieß er hervor, sobald er sich wieder orientieren konnte. »Es ist nichts. Der Arzt sagt, solche kurzen Aussetzer sind eine Folge der Schwellung im Gehirn.«

Hana sah ihn skeptisch an. »Sind Sie sicher? Ich hatte den Eindruck, Sie würden gleich in Ohnmacht fallen oder einen Anfall kriegen.«

Jakobs Mund war trocken. Er griff nach dem Wasserbecher auf dem Nachttisch und beobachtete, wie unsicher seine Hand war. Hana nahm den Becher und setzte den Strohhalm an seine Lippen.

»Danke«, sagte Jakob. »Das war krass. Ich habe nichts von dem verstanden, was Sie gesagt haben.«

»Dafür gibt es eine Erklärung«, antwortete Hana. »Ich habe für Sie gebetet - auf Arabisch. Sie waren mindestens eine Minute lang bewusstlos.«

»Eine Minute?«, fragte Jakob schockiert. »Doch höchstens ein paar Sekunden!«

»Ich war dabei. Ich weiß, was ich gesehen habe.«

Jakob streckte den Arm aus und betastete vorsichtig seinen Kopf. »Vielleicht geht es mir doch schlechter, als ich gern zugeben würde. Ich glaube nicht, dass ich in den nächsten Tagen viele Termine habe.« Er schwieg. »Aber ganz sicher bin ich mir auch nicht. Wo ist denn mein Handy?«

Jakob setzte sich im Bett auf und drehte sich nach rechts. Ihm wurde übel, und er begab sich rasch wieder in Rückenlage. Hana fand das Handy in der kleinen Schublade des Nachttisches und reichte es ihm. Der Akku war fast leer. Erleichtert, dass ihm sein Passwort noch einfiel, öffnete Jakob seinen Kalender.

»Oh, gut«, sagte er. »Ein Kollege, der mit mir im selben Gebäude arbeitet, kann mir meinen Laptop vorbeibringen. Ich bin zwar noch nicht hundertprozentig fit, aber ich kann doch einiges erledigen.«

»Wie oft ist so etwas wie eben denn schon vorgekommen?«, fragte Hana.

»Gar nicht. Mein Hirn verarbeitet das Trauma. Und inzwischen können Sie Ben Neumann sagen, dass ich mich gut erhole.«

»Das sagten Sie bereits.«

»Stimmt. Was ist der nächste Schritt in unserem Fall?«

»Ich werde nach einem Privatermittler in Israel suchen. Aber darüber können wir später reden. Sie müssen sich jetzt ausruhen.«

»Bringen Sie mir eine Liste von möglichen Kandidaten, und ich steige sofort ein und führe Gespräche mit ihnen. Wenn ich meinen Computer hier habe, kann ich auch nach möglichen Ermittlern suchen. Ich habe schon viel über Terrorgruppen recherchiert und habe Links zu Seiten gefunden, auf denen Gloria Neumanns Name erwähnt wird.«

»Okay, passen Sie gut auf sich auf.« Hana stand auf und ging zur Tür.

»Danke, dass Sie vorbeigekommen sind.«

Nachdem Hana gegangen war, warf Jakob einen Blick auf die kleine Uhr auf seinem Nachttisch. Es war fast zehn Uhr abends, ziemlich spät für einen Besuch von jemandem, den er kaum kannte.

Kapitel 11

Leon winselte und beklagte sich, als Hana ihn für die Nacht in seine Box steckte. Sie war mit jeder Menge Spielsachen und einem weichen Polster ausgestattet.

»Das ist besser als mein Bett«, sagte sie, als sie die Tür der Hundebox schloss und einklickte. »Janet sagt, deine Urahnen, die Wölfe, haben liebend gern in einem sicheren Bau geschlafen, von wo aus sie alle Feinde, die sich möglicherweise in der Nacht anschlichen, im Blick hatten.«

Leon war nicht überzeugt von Hanas Hinweis auf seine entfernten tierischen Verwandten. Er jaulte kläglich, und Hana drehte sich im Bett hin und her und debattierte mit sich selbst, ob sie seinem Gejaule nachgeben und ihn ins Schlafzimmer lassen sollte. Schließlich steckte sie den Kopf unter das Kopfkissen, drehte den Kopf zur Wand und kniff die Augen zu. Als nichts half, stieg sie aus dem Bett, um die Box zu öffnen, aber bevor sie die Schlafzimmertür erreichte, wurde es still. Sie erstarrte auf der Stelle. Der Hund blieb ruhig. Besorgt linste sie durch den Türspalt, und im blassen Licht des Vollmonds sah sie, dass Leon zusammengerollt auf dem Polster in seiner Box lag. Minuten später war auch Hana eingeschlafen.

Als sie in der Nacht aufwachte, blieb sie zum Beten im Schlafzimmer, statt die Zeit im Wohnraum zu verbringen. Was ihr am meisten auf dem Herzen lag, war Jakob Bronsky. Der Anwalt war bei dem Überfall schwerer verletzt worden, als er begriff oder zugeben wollte. Als sie gestern nach Hause gekommen war, hatte sie sich darüber informiert, welche Komplikationen ein schwerer Schlag auf den Kopf nach sich ziehen konnte. Da Ben Neumann jetzt Mandant von Collins, Lowenstein und Capella war, stand Hana in der Pflicht, sicherzustellen, dass die Interessen ihres Mandanten gewahrt wurden, und auf eine makabre Weise machte Jakobs Verletzung es leichter, Lowensteins Anweisung umzusetzen, dass Hana die Hauptverantwortung für den Fall übernehmen sollte. Schon der Gedanke verursachte ihr Unbehagen.

Sie erwachte zum zweiten Mal, als die ersten Sonnenstrahlen ins Schlafzimmer fielen. Sie sah rasch nach Leon, der ein Auge öffnete, sie erblickte und sofort aufsprang. Sie öffnete die Tür der Hundebox, um ihn zu begrüßen. Mit seinem ganzen Körper drückte der Welpe ein herzliches Hallo aus. Nachdem sie ihn vor die Tür gelassen hatte, sah sie zu, wie er sein Futter schlabberte, während sie sich einen Kaffee machte. Dann brachte sie ihn zur Hundebetreuung, und Leon erinnerte sich offensichtlich daran, dass er dort gestern einen guten Tag verbracht hatte, und trottete mit der Angestellten zu seiner Box.

»Soll ich mein Monatsgehalt darauf wetten, dass du gestern im Krankenhaus warst, um diesen Bronsky zu besuchen?«, empfing Janet sie, als Hana beim Schreibtisch ihrer Assistentin stehen blieb, um sie zu begrüßen.

»Meine Tanten spielen jede Woche im israelischen Lotto«, erwiderte Hana.

»Und – haben sie schon mal was gewonnen?«

»Nicht so oft wie du, wenn du wettest, dass ich im Krankenhaus bei Jakob Bronsky war.«

Janet riss die Augen auf. »Ich kann es kaum glauben. Ich habe sogar gebetet, dass du auf dem Heimweg dort reinschaust. Was hat dich überzeugt?«

»Ich musste selbst sehen, wie schwer er verletzt ist. Zum Teil, weil es sich auf den Neumann-Fall auswirkt, zum Teil, weil ich glaube, er ist ein anständiger Kerl, der hinterhältig überfallen wurde.«

Hana gab eine kurze Zusammenfassung dessen, was sie bei ihrem Besuch beobachtet hatte.

»Eine Schande«, kommentierte Janet kopfschüttelnd. »Ich habe einen Neffen, der einen Geländemotorradunfall hatte, bei dem er keinen Helm trug. Er schlug mit dem Kopf gegen einen Baum, und seitdem ist er nicht mehr derselbe.«

»Geländemotorrad?«

»Ja, ein Motorrad, mit dem man querfeldein fährt.«

Hana nippte an ihrem starken schwarzen Kaffee, den sie sich im Aufenthaltsraum der Kanzlei geholt hatte. »Ich bin mir nicht sicher, ob ich Ben Neumann jetzt schon auf mögliche Komplikationen hinweisen soll, oder ob ich lieber abwarte, bis es Jakob besser geht. Ich habe mir gestern ein paar Artikel über schwere Gehirnerschütterung durchgelesen, und danach geht es den Betroffenen zunächst eher schlechter als besser.«

»Soweit ich weiß, kann man schwer Voraussagen treffen.«

Mit dem Kaffee in der Hand betrat Hana ihr Büro. Der erste Punkt auf ihrem Tagesprogramm war, eine frühere Kollegin aus ihrer Flughafenzeit zu kontaktieren, eine Israelin mit Namen Anat Naphtali. Seit Hana in Atlanta lebte, hatten sie ein paarmal telefoniert. Hana schickte eine E-Mail, und kaum fünf Minuten später klingelte das Telefon.

»Ich bin zu Hause und versuche, mich nicht zu übergeben«, sagte Anat. »Wir haben gerade erfahren, dass ich schwanger bin, und ich werde nie wieder Witze über Frauen machen, die darüber klagen, dass ihnen morgens übel ist. Es ist furchtbar.«

Anat und Ari waren seit fünf Jahren zusammen, aber sie waren nicht religiös und – soweit Hana wusste – nicht verheiratet. Jüdische Hochzeiten in Israel unterlagen strengen Regeln durch das ultraorthodoxe religiöse Establishment, und für säkulare Israelis war es nicht leicht, eine Heiratserlaubnis zu bekommen. Oft reisten Paare wie Anat und Ari ins Ausland, um dort zu heiraten, denn eine ausländische Heiratsurkunde wurde in Israel anerkannt. Zypern war ein beliebtes Ziel für derartige »Hochzeitsreisen«.

»Und bevor du fragst«, fuhr Anat fort. »Ari und ich sind eine Woche, nachdem ich beim Arzt war, nach Zypern geflogen. Wir sind jetzt offiziell verheiratet. Dass er Vater werden würde, hat Ari mächtig Eindruck gemacht. Er bewirbt sich um eine Beförderung und hat versprochen, das Geld, das er dann mehr verdient, in eine Babyausstattung zu stecken und nicht in ein neues schickes Surfboard.«

Hana lächelte. Ari liebte den Ozean. Wie es schien, waren alle Fotos der beiden, die man auf Instagram finden konnte, an einem der vielen israelischen Mittelmeerstrände aufgenommen.

»Schick mir ein Bild, sobald du beim Ultraschall warst«, sagte Hana.

»Mach ich. Und ich habe ein paar Vorschläge, wer als Privatermittler infrage kommen könnte. Soll es ein Jude oder ein Araber sein?«

»Du kennst mich doch. Ich kann mit allen zusammenarbeiten. Ich glaube nicht, dass das eine Rolle spielt.«

»Hana, es spielt immer eine Rolle«, widersprach Anat. »Kannst du mir sagen, was diese Person tun soll?«

Hana hatte keine Details zum Fall Neumann in ihrer Mail erwähnt. »Der Grund für die Ermittlungen ist privat, aber er wird arabische Männer interviewen müssen, falls ich das nicht tun kann.«

»Da hast du ja deine Antwort. Du brauchst einen Araber. Du als Frau würdest wohl kaum einen konservativen Araber überzeugen, dass er sich mit dir unterhalten soll.«

Anat hatte recht. Ganz besonders, wenn man davon ausging, dass eine Verbindung der Zadan-Brüder zu radikalen islamistischen Gruppen nicht unwahrscheinlich war.

»Okay, in Ordnung.«

»Sekunde«, sagte Anat. »Ich muss mal kurz weg.«

Es vergingen ein paar Minuten, bis sie zurückkam. »Tut mir leid. Das sollte jetzt aber mal an Klobesuchen für heute reichen. Man kann nicht mehr von ›morgendlicher Übelkeit‹ sprechen, wenn mir am Nachmittag noch schlecht ist. Ich schicke dir zwei Namen samt Kontaktdaten und einige Information über sie. Sie sind von Persönlichkeit und Fähigkeiten sehr verschieden, es liegt also an dir, zu entscheiden, wer besser für deine Zwecke geeignet ist. Beide sind entschlossen und arbeiten hart.«

»Vielen Dank, Anat. Und meinen Glückwunsch. Du wirst eine wunderbare Mom werden.«

»Sag das mal Aris Mutter. Sie hat mir schon vier Bücher über Kindererziehung geschenkt und führt sich auf, als wüsste ich nicht, wie man eine Windel wechselt.«

Anat kam nicht aus einer großen Familie, so wie Hana. »Und wie steht's mit deinen Wickelkünsten?«

»Ausgezeichnet. Ich habe vor ein paar Wochen auch das Baby einer Freundin gewickelt. Und ich werde keine Stoffwindeln verwenden, auch wenn Aris Mutter der Meinung ist, die seien hygienischer. Ich meine, welche Frau im einundzwanzigsten Jahrhundert wäscht denn noch Windeln?«

Sie beendeten das Gespräch, und Hana druckte die E-Mail mit den Namen und Informationen über die beiden potenziellen Ermittler aus: Daud Hasan und Sahir Benali. Nach Anats Angaben hatten beide für den nationalen Sicherheitsdienst gearbeitet und boten nun ihre Dienste im privaten Sektor an. Hana prüfte, ob es Webseiten der Männer gab, fand sie, entdeckte aber keine Fotos darauf. Das war auch sinnvoll, wenn man nicht identifiziert werden wollte. Benali war der erfahrenere von beiden und hatte etliche Jahre im Polizeidienst und als Ermittler in verschiedenen arabischen Städten gearbeitet. Hasans Qualifikationen stellten seine gute Schul- und Ausbildung heraus. Der Name kam Hana vage bekannt vor, aber sie beschloss, zuerst Benali zu kontaktieren. Sie wählte eine Ostjerusalemer Nummer, und eine Telefonistin antwortete auf Hebräisch mit arabischem Akzent.

»Hier spricht Hana Abboud, ich bin Anwältin in den USA«, antwortete Hana auf Hebräisch.

Die Telefonistin wechselte umgehend zu gebrochenem Englisch. Hana unterbrach sie. »Hebräisch oder Arabisch ist besser für mich«, sagte sie auf Arabisch.

Daraufhin sprach die Telefonistin Arabisch mit jordanischem Akzent. »Bevor wir über die Dienste von Mr Benali sprechen können, brauche ich ein Informationsblatt. Sie können es online ausfüllen.«

»Das geht in Ordnung«, entgegnete Hana. »Anat Naphtali, eine frühere Kollegin von mir, hat mir Mr Benali empfohlen, und ich habe Fragen zu seinem Hintergrund. Es geht um Investigationen in einem Prozess, der in den USA vor Gericht kommen würde und sich gegen Personen oder Vereinigungen mit Sitz in Israel richtet. Ich muss wissen, ob Mr Benali Erfahrungen mit amerikanischen Klienten hat.«

»Ja. Er hat eine Lizenz als Privatermittler in New York und Florida.«

»Hat er auf einem Gebiet besonders viel Erfahrung?«

»Mr Benali ermittelt oft in Fällen von häuslicher Gewalt oder wenn jemand vermisst wird. Er spürt Leute auf, die nicht gefunden werden wollen.«

Der dritte Punkt war genau das, wonach Hana suchte. Sie brauchte jemanden, der Menschen ausfindig machen und interviewen konnte, um einen Zusammenhang mit dem Angriff auf die Neumanns festzustellen.

»Und er hat noch Kontakte zu den Vollzugsbehörden aus seiner Zeit bei der Polizei?«, erkundigte sich Hana.

»Ja. Viele.«

»Besitzt er die israelische Staatsbürgerschaft?«

»Ja, aber hat auch einen jordanischen Pass.«

Für Menschen in Israel war es nicht ungewöhnlich, mehrere Pässe aus unterschiedlichen Ländern zu haben. Als sie am Flughafen arbeitete, hatte Hana oft Leute befragt, die ihre zahlreichen Pässe wie Spielkarten auslegen konnten.

»Das hilft«, antwortete Hana. »Ich fülle Ihr Informationsblatt aus und sende es Ihnen zu. Ich arbeite für die amerikanische Anwaltskanzlei Collins, Lowenstein und Capella.«

»Lowenstein?«, hakte die Frau nach. »Und Ihr Name war noch mal?«

»Hana Abboud. Ich stamme aus Reineh, lebe und arbeite aber momentan in Atlanta, Georgia, in den USA.«

Einen kurzen Moment herrschte Schweigen. Hana vermutete, die Telefonistin versuchte, sich ein Bild von der Frau zu machen, die Hebräisch, Arabisch und Englisch sprach, in einer christlichen Stadt im Norden Israels aufgewachsen war und jetzt in den Vereinigten Staaten arbeitete.

»Ich werde Mr Benali das Informationsblatt weiterleiten. Er ist heute Nachmittag nicht im Büro und kommt morgen Vormittag zurück.«

»Vielen Dank.«

Damit war das Gespräch beendet. Hana starrte auf die Kontaktdaten von Daud Hasan, beschloss dann aber, sich zuerst ein umfassenderes Bild von Mr Benali zu machen.

✡

Nach dem Aufwachen heute Morgen fühlte Jakob sich normaler. Sein Gesicht sah furchtbar aus, die Schwellung hatte sich jetzt bis zum rechten Auge ausgebreitet. Die Tür ging auf, und Dr. Bedford trat ein.

»Guten Morgen«, begann Jakob, bevor der Neurologe etwas sagte. »Ich habe gut geschlafen und fühle mich großartig.«

»Lassen Sie mich mal sehen.«

Der Arzt untersuchte Jakobs Augen. Jakob versuchte, das rechte Auge zu öffnen, aber es war unmöglich, mehr als zu blinzeln.

»Mein Auge sieht schlimm aus, aber ich kann gut sehen. Ich kann es nur nicht ganz öffnen.«

Der Arzt antwortete nicht. Er entfernte den Kopfverband und tastete mit den Fingern vorsichtig die Schwellungen ab. Jakob hielt sich stoisch unbewegt. Er hatte die Verletzung noch nicht gesehen, aber er wusste, dass jemand ihm die Haare auf der rechten Kopfseite abrasiert hatte. Der Arzt prüfte seine Nackenmuskeln und bat ihn, den Kopf zu bewegen.

»Wie sieht mein Kopf aus?«, fragte Jakob.

»Wie der eines Mannes, der einen heftigen Schlag mit einem stumpfen Gegenstand abbekommen und das überlebt hat. Pfeifen Sie mal.«

Zum vierten Mal absolvierte Jakob die neurologischen Tests, mit denen das Vorliegen und die Schwere einer Gehirnerschütterung bestimmt werden sollte. Er pfiff, anschließend lächelte er, biss die Zähne zusammen und drehte seine Hände in verschiedene Positionen, um zu beweisen, dass er keinen Tremor hatte. Ohne gefragt worden zu sein, rezitierte er dann die Antworten auf die Standardfragen über seinen Geisteszustand. Dr. Bedford hob die Hand, um ihn zu stoppen.

»Wollen Sie entlassen werden?«, fragte der Arzt.

»Ja«, antwortete Jakob.

»Sie haben eine erhebliche Gehirnerschütterung erlitten«, fuhr der Arzt fort. »Wenn Sie Profifußballer wären, säßen Sie mit dieser Gehirnerschütterung nicht mal auf der Reservebank.«

»Aber ich bin Anwalt und arbeite mit dem Inhalt meines Kopfes, nicht mit der Schale«, erwiderte Jakob selbstbewusst.

»Genau dieser Inhalt macht mir die meisten Sorgen«, sagte Dr. Bedford und legte einen neuen Verband an. »Haben Sie außer Kopfschmerzen noch weitere Beschwerden gehabt?«

»Nein«, erwiderte Jakob. »Und die Medikamente nehmen auch die schlimmsten Schmerzen, ohne Nebenwirkungen zu haben.«

Jakob war zu dem Schluss gekommen, dass sein veränderter Bewusstseinszustand und die Orientierungslosigkeit, die er während Hana Abbouds Besuch erlebt hatte, höchstwahrscheinlich auf einen niedrigen Blutzuckerspiegel zurückzuführen waren.

Dr. Bedford blätterte in seiner Patientenakte. »Okay, ich schicke Sie nach Hause unter der Bedingung, dass Sie sich morgen hier noch einmal vorstellen. Und ich gebe Ihnen ein Rezept für Schmerzmittel, auch wenn Sie entschlossen sind, sie nicht zu nehmen. Sie werden mir später dankbar sein.«

»Kein Problem.«

»Haben Sie von der Polizei Einzelheiten zum Überfall erfahren?«

»Nein, und es würde mich auch überraschen. Ich habe meine Kreditkarte sperren lassen und einen neuen Führerschein beantragt.«

»Lassen Sie es ruhig angehen und bleiben Sie ein paar Tage zu Hause«, empfahl der Arzt. »Ruhe ist jetzt die beste Medizin.«

»Okay, zu Hause wird das einfacher sein als hier.«

»Ach ja, und strengen Sie Ihre Augen nicht an. Fernsehen und lesen sollten Sie immer nur kurz. Die Schwester kommt vorbei und gibt Ihnen einen Termin für morgen.«

Jakob nickte. Dr. Bedford schloss die Patientenakte.

»Danke«, sagte Jakob. »Was ist mit Autofahren?«

»So wenig wie möglich. Und halten Sie sofort an, wenn Ihnen schwindelig wird oder Sie sich schwach fühlen. Falls Sie irgendwelche sonstigen Symptome bemerken, rufen Sie an. Ihr Gehirn wird noch Wochen brauchen, bevor es wieder stabil ist.«

Der Arzt verließ den Raum. Jakob seufzte erleichtert und schloss die Augen. Als er sie wieder öffnete, begann die gegenüberliegende Wand sich zu verschieben. Er schüttelte den Kopf, aber das half nicht, und er schloss die Augen wieder. Als er sie danach öffnete, blieb die Wand da, wo sie sein sollte.

Jakob nahm eine Dusche und zog dann die Kleidung an, die er bei dem Überfall getragen hatte. Sein Hemd hatte Blutflecken, aber das meiste konnte er mit Wasser und Handseife beseitigen. Er legte das Hemd aufs Fensterbrett, damit es ein wenig trocknete, bevor er es anzog. Er würde ein Taxi nehmen, beschloss er, und zu Butch Watsons Wohnung fahren, um sein Auto zu holen. Er hielt gerade sein Hemd gegen das Licht, als es klopfte und Butch eintrat.

»Gehst du nach Hause?

»Ja. Wie geht es Nelle und den Zwillingen?«

»Sie wird vielleicht morgen entlassen, aber wir versuchen alles, damit sie noch einen Tag länger bleiben kann. Nelles Eltern sind schließlich doch eingetroffen. Die Sache mit den Zwillingen wird wohl deutlich anstrengender, als wir uns vorgestellt haben.«

Jakob sah, dass Butch auf sein noch immer leicht blutbeflecktes Hemd starrte. Die Augen des Anwalts waren gerötet, offensichtlich hatte er nicht viel geschlafen.

»Ich hätte dir anbieten sollen, bei dir vorbeizufahren und dir saubere Klamotten zu bringen«, sagte Butch und gähnte herzhaft.

»Ach, die Sachen tun es, bis ich nach Hause komme, unter die Dusche gehe und mich umziehe.«

»Wer holt dich vom Krankenhaus ab?«

»Ich werde ein Taxi nehmen.«

»Kommt nicht infrage«, protestierte Butch und hob die Hand. »Hat die Polizei dein Auto bei unserer Wohnung gelassen?«

»Ja.«

»Ich bring dich hin. Ich brauch sowieso mal eine Pause.«

»Ich bin nicht sicher, wann ich hier gehen kann.«

»Schick mir eine SMS. Ich bin in fünf Minuten da.«

Eine Stunde später teilte die Schwester Jakob mit, dass die Entlassungspapiere fertig seien. Er schickte Butch eine Nachricht, und der lief neben dem Rollstuhl her, mit dem Jakob bis zum Haupteingang gefahren wurde. Es war fast Mittag, und der Tag war sonnig. Mit seinem Kopfverband zog Jakob neugierige Blicke auf sich.

»Ich muss mir was Besseres ausdenken als die Geschichte, dass ich von einem Straßenräuber überfallen wurde«, bemerkte Jakob, als sie im Erdgeschoss aus dem Aufzug rollten.

»Nelle und ich sind so erleichtert, dass du okay bist«, erwiderte Butch. »Sie hat Tränen vergossen, als ich ihr erzählte, dass du entlassen wirst und nach Hause kannst.«

»Oh, das ist nett.«

»Bilde dir nichts darauf ein. Sie hat auch Tränen vergossen, als ihr das falsche Frühstück serviert wurde, mit Rührei statt pochiertem Ei.«

Jakob saß in seinem Rollstuhl und wartete darauf, dass Butch mit dem Auto vorfuhr. Sobald der Wagen seines Freundes in Sichtweite kam, stand er auf. Alles begann sich um ihn zu drehen. Der ältere freiwillige Helfer, der seinen Rollstuhl geschoben hatte, legte ihm die Hand auf die Schulter.

»Alles okay?«

»Ich muss mich nur kurz orientieren.« Jakob stützte sich auf die Lehne des Rollstuhls, um sein Gleichgewicht zu finden. »Alles in Ordnung, ich kann laufen.«

Er stieg in Butchs zweisitzigen Sportwagen, ein Überbleibsel aus seiner Collegezeit. Bis zur Ankunft der Zwillinge war der Wagen Butchs Baby gewesen.

Jakob war überrascht, dass ein beklemmendes Gefühl in ihm aufstieg, als sie auf den Parkplatz des Wohnblocks einbogen. Er atmete ein paarmal tief durch.

»Die Polizei hat hier die ersten vierundzwanzig Stunden alles abgesperrt«, sagte Butch.

»Der Kerl, der mich niedergeschlagen hat, hatte es eilig«, bemerkte Jakob. »Alles, was er mitgehen ließ, war meine Brieftasche. Er hätte ja auch die Autoschlüssel nehmen und das Auto per Fernbedienung lokalisieren können.«

»Ein gestohlenes Auto loszuwerden, ist viel schwieriger, als ein paar Tage lang Bargeld auszugeben oder eine Kreditkarte zu benutzen. Und glaubst du wirklich, dein Auto würde jemand stehlen wollen?«

»Sag nichts gegen mein Auto. Es ist abbezahlt.«

Butch parkte neben Jakobs Wagen.

»Ich würde gern hochgehen und mich umsehen«, sagte Jakob.

»Sicher?«, fragte Butch überrascht. »Da gibt es nichts zu sehen.«

»Nur mein Blut.«

»Das ist längst weg. Der Hausmeister hat es weggewischt, sobald die Polizei das Feld geräumt hatte.«

Jakob hatte keine körperlichen Probleme, Butch die Treppe hoch bis zu dem Absatz zu folgen, wo der Überfall erfolgt war. Auf dem Betonboden waren dunkle Flecken zu sehen, aber sie sahen eher aus wie Abnutzungsspuren.

»Ich schätze, ich muss hier gestanden haben, als er mir eine verpasst hat«, sagte Jakob und ging zwei Schritte nach links. »Aber ich weiß es nicht sicher.«

»Und dann hat er dich die Treppe hinuntergezerrt? Wenn er nur deine Brieftasche wollte, wäre das ziemlich überflüssig gewesen.«

»Nein, ich war hier oben, als der Notarzt kam.«

»Der Polizist, der mich im Krankenhaus vernommen hat, hat mir aber etwas anderes erzählt.«

»Oh, davon hat mir niemand was gesagt.«

Am Morgen beim Duschen hatte Jakob Abschürfungen am unteren Rücken und an der rechten Seite bemerkt. Er hatte angenommen, dass sie vom Sturz auf den Betonboden herrührten.

»Aber ich bin erst wieder zu mir gekommen, als ich im Krankenhaus war«, fuhr Jakob fort. »Also weiß ich nicht, was genau passiert ist.«

»Wann, denkst du, gehst du wieder ins Büro?«, fragte Butch. »Ich würde anbieten, dir auszuhelfen, aber ...«

»Vermutlich morgen«, unterbrach Jakob ihn. »Ich muss es eben ein bisschen lockerer angehen lassen, bis ich wieder in Bestform bin.«

Sie verabschiedeten sich, und Butch verschwand in seiner Wohnung.

Als Vorsichtsmaßnahme griff Jakob zum Treppengeländer, als er hinunterging. Er fühlte sich zwar leicht benommen, aber das war nicht zu vergleichen mit den Schwindelanfällen im Krankenhaus. Er erreichte den Gehweg und griff in die Tasche, um seinen Autoschlüssel herauszuholen. Dabei stieß er auch auf Butchs Ersatzwohnungsschlüssel. Er wollte schon die Treppe wieder hochsteigen, beschloss dann aber, den Schlüssel an seinen Platz hinter dem Stechginster zurückzulegen. Dabei fiel sein Blick auf einen länglichen braunen Gegenstand, der am Gehsteig lag, halb verborgen unter dem Laub. Er stieß ihn mit dem Fuß an, um sicherzugehen, dass es keine Schlange war. Jakob hob den Gegenstand auf: eine Kette aus braunen Perlen. Die Perlen waren aus Holz und alle gleich geformt, bis auf zwei nebeneinanderliegende schwarze Perlen, und sie waren auf ein dickes Lederband gefädelt. Die Kette hatte etwas Afrikanisches an sich. Jakob ließ sie in seine Tasche gleiten.

Kapitel 12

Die Fahrt von Butchs Wohnung nach Hause erwies sich als anstrengender, als Jakob gedacht hatte. Zweimal verschwamm seine Sicht, und als ihm die Sonne in die Augen schien, bekam er augenblicklich Kopfschmerzen. In seiner Wohnung angekommen zog er sich saubere Kleidung an und legte sich für ein seltenes Mittagsschläfchen auf die Couch. Müdigkeit war typisch für eine Gehirnerschütterung. Als er aufwachte, brauchte er ein wenig, um zu begreifen, dass er nicht im Krankenhaus war. Er ging in die Küche und trank ein Glas Wasser.

Er setzte sich auf die Couch, fuhr den Computer hoch und begann, E-Mails zu beantworten. Zum Glück war in den letzten Tagen nicht viel los gewesen, und eine Stunde später hatte er alle Anfragen beantwortet. Dann hörte er die Mailbox ab. Das dauerte länger. Etwa nach einem Drittel der angezeigten Anrufe kam eine Nachricht von Ben Neumann, der hoffte, Jakob käme rasch wieder auf die Beine. Jakob rief ihn zurück.

»Danke, dass Sie nach mir fragen«, sagte Jakob, nachdem Ben abgenommen hatte. »Ich bin jetzt zu Hause. Ich war überrascht, dass Hana

Abboud ins Krankenhaus kam, um mich zu besuchen. Von ihr erfuhr ich, dass Sie sie informiert haben.«

»Wie fühlen Sie sich?«

Jakob schilderte seine Diagnose und gab eine übertrieben optimistische Prognose.

»Das ist gut«, antwortete Ben. »Schon irgendwas von der Polizei gehört?«

»Nichts. Es gab keine Überwachungskamera im Treppenhaus des Wohnblocks, und es war stockdunkel.«

Jakob bemerkte im Laufe des Gesprächs, dass er Mühe hatte, Bens Worten zu folgen.

»Ich werde rasch wieder okay sein«, sagte Jakob in der Hoffnung, die Worte ergäben einen Sinn.

»Hana kniet sich in den Fall rein und hat mich schon ein paarmal angerufen«, sagte Ben. »Ihre Kanzlei nimmt die Sache wirklich ernst. Sie hat vor, in den nächsten Tagen einen Flug nach Israel zu buchen.«

»Was?«, brachte Jakob heraus.

»Sie möchte persönlich mögliche Ermittler interviewen und auch selbst die ersten Schritte einleiten.«

Jakob setzte sich auf. »Als sie bei mir im Krankenhaus war, hat sie nichts davon gesagt.«

»Vielleicht, weil Sie zurzeit nicht in der Verfassung sind, irgendwohin zu reisen. Sie müssen sich darauf konzentrieren, wieder fit zu werden.«

»Oh, ich werde in diesem Flugzeug sitzen«, sagte Jakob und bemühte sich um einen nachdrücklichen Tonfall. »Das ist keine Frage.«

»Bitte seien Sie nicht unvernünftig«, erwiderte Ben. »Sie sind gerade erst aus dem Krankenhaus zurück. Reden Sie mit Ihrem Arzt.«

»Ja, mach ich. Aber vorher werde ich Hana anrufen.«

»Bitte seien Sie nicht unhöflich zu ihr. Sie ist genau zum richtigen Zeitpunkt aufgetaucht.«

»Na ja«, murmelte Jakob.

Der Anruf wurde beendet. Jakob beschloss, noch ein paar Minuten liegen zu bleiben, bevor er Hana anrief. Er drehte sich auf die linke Seite und beobachtete das Spiel von Licht und Schatten auf dem Teppichboden. Wenig später war er eingeschlafen.

✡

Janet klingelte Hana an.

»Ein Mr Mebali oder Denali oder so ähnlich ist am Apparat«, sagte die Assistentin. »Ich versuche, die Namen richtig zu verstehen, aber wenn jemand so schnell spricht, habe ich keine Chance.«

»Er heißt Benali. Er ist Privatermittler, den ich für den Fall Neumann kontaktiert habe. Ich übernehme.«

Hana warf einen Blick auf die Uhr. In Jerusalem war es halb acht Uhr abends. Sie meldete sich auf Arabisch.

»Guten Abend«, sagte sie. »Ich hatte noch keine Gelegenheit, mein Anliegen schriftlich mitzuteilen, aber das hole ich in den nächsten Tagen nach.«

»Vergessen wir die Formalitäten«, erwiderte der Ermittler. »Ich habe mich auf der Webseite Ihrer Kanzlei über Sie informiert; eine schriftliche Anfrage ist nicht nötig. Welche Unterstützung brauchen Sie? Egal, was es ist, ich bin Ihr Mann.«

Benalis Art zu reden erinnerte Hana an einen Händler auf einem Markt oder im Souk, der versuchte, Kunden in seinen Laden zu locken. Sie konnte sich den Ex-Polizisten gut in einem ungezwungenen Gespräch mit Leuten auf der Straße vorstellen.

»Nach dem, was Ihre Assistentin mir erzählt hat, liegt unser Fall ein wenig anders als das, womit Sie sich normalerweise befassen.«

»Vielleicht auch nicht. Sie arbeitet erst seit ein paar Monaten für mich. Es ist nicht leicht, eine junge Mitarbeiterin zu finden, die bereit ist, die vielen Stunden zu investieren, die nötig sind, wenn man Erfolg haben will. Wenn ich an einem großen Fall dran bin, bin ich oft zwei oder drei Tage nicht im Büro. Ich nehme an, dass auch Sie viel arbeiten, wenn Sie in einer amerikanischen Kanzlei tätig sind. Sie sehen etwa so alt aus wie meine Töchter, und die haben keine Lust ...«

»Ja, es kann schon arbeitsreich sein«, unterbrach Hana ihn. »Ich brauche Unterstützung in einem Prozess, bei dem es um den Tod einer amerikanischen Touristin vor vier Jahren in Jerusalem geht. Wir vertreten den Ehemann und die Tochter der getöteten Frau.«

»Autounfall?«, fragte Benali. »Amerikaner wissen oft nicht, worauf sie sich einlassen, wenn sie in Israel ein Auto mieten.«

»Nein, es war ein Terrorangriff auf dem Hurva Square. Die Frau, eine amerikanische Jüdin, wurde erstochen. Der Täter war ein gewisser Abdul Zadan, zwanzig Jahre alt. Abdul wurde von einer Grenzpatrouille erschossen, sein jüngerer Bruder Tawfik wurde als Mittäter verhaftet. Die Brüder stammen aus einem Dorf in der Nähe von Ramallah.«

Hanas Schilderung des Falls bremste Benalis Redseligkeit.

»Und wofür genau würden Sie mich engagieren?«, fragte der Ermittler.

Hana erklärte die Voraussetzungen für eine Schadensersatzklage gemäß den amerikanischen Terrorgesetzen. »Bevor wir in den USA vor Gericht gehen, müssen wir einen oder mehrere Beklagte ausfindig machen, die die Summe, die ein Gericht festsetzen würde, auch zahlen können. Ich vermute, die Zadan-Brüder verfügen über keine nennenswerten Vermögenswerte, aber das müsste man überprüfen, um sicher zu sein. Ist Ihnen der Prozess gegen die Arab Bank in den USA ein Begriff?«

»Ja, mein Ex-Schwager hat für eine Filiale dieser Bank in Amman gearbeitet. Hat irgendeine Organisation mit Verbindungen zu der Bank die Verantwortung für den Anschlag übernommen?«

»Nein. Allem Anschein nach haben die Brüder, die den Anschlag ausgeführt haben, keine Verbindung zu einem bekannten Terrornetzwerk.«

Benali schwieg einen Moment lang. »Nun, das lässt sich nicht mit ein paar Telefonaten erledigen«, sagte er dann. »Hier bräuchte es eher eine formelle polizeiliche Untersuchung. Das würde viel Zeit brauchen, und ich müsste besondere Vorsichtsmaßnahmen treffen.«

»Ich verstehe. Wie viel Erfahrung haben Sie in der Beschaffung von Finanzunterlagen?«

»Das wäre noch das Leichteste. Ich habe gute Kontakte, die mir Türen öffnen, für die es keine Schlüssel gibt.«

Hana war sich darüber im Klaren, dass jede Ermittlung vermutlich ein gewisses Maß an Bestechung erfordern würde. Die Einheimischen betrachteten das als ungeschriebene Servicegebühr.

»Ich weiß, wie Amerikaner vorgehen«, fuhr Benali fort. »Sie wollen den Schein waren, auch wenn sie auf der Wall Street genau dasselbe in ganz großem Stil betreiben. Aber die Antwort auf Ihre Frage ist: Ja, ich spüre Vermögenswerte und Informationen in Scheidungsfällen auf. Das hier wäre ähnlich. Die Herausforderung bestünde darin, herauszufinden, wo ich suchen muss.«

»Genau. Und wir dürfen die Zulässigkeit der beschafften Informationen vor Gericht nicht gefährden.«

»Kein Problem. Damit habe ich ständig zu tun. Was zahlen Sie? Ich würde das nach Stunden abrechnen, nicht pauschal.«

Hana überlegte, ob sie dazu Mr Lowensteins Rat einholen sollte, war sich aber sicher, der Seniorpartner würde ihr die Entscheidung überlassen. Sie hatte ein ungefähres Budget für die Ermittlungsphase aufgestellt. Da ihr klar war, dass sie verhandeln musste, nannte sie einen Stundensatz unter dem, den sie angesetzt hatte.

»Ich brauche mindestens das Doppelte«, erwiderte Benali prompt. »Ich muss Ihnen wohl kaum sagen, dass die ganze Sache äußerst diskret behandelt werden muss.«

»Es gibt Verhandlungsspielraum«, gab Hana zurück. »Dies ist nur ein erstes Gespräch. Ich habe vor, nach Israel zu kommen, bevor ich eine endgültige Entscheidung treffe. Dann können wir ausführlicher reden.«

»Perfekt. Ich erwarte Sie gern. Aber Sie können sich eine Reise sparen, wenn das der einzige Grund dafür ist. Ich bin Ihr Mann.«

»Ich werde das berücksichtigen.«

Nach ein paar Abschiedsfloskeln war das Gespräch beendet. Hana schaute sich Sahir Benalis Webseite an. Dass Anat Naphtali sich für Benali ausgesprochen hatte, war wichtig, aber das reichte nicht aus für eine endgültige Entscheidung. Sie brauchte mehr Information und erinnerte sich jetzt an Jakobs Bitte, ihn auf dem Laufenden zu halten. Auch wenn Mr Lowenstein wünschte, dass sie den jungen Anwalt auf Abstand hielt, konnte Hana es nicht vor sich selbst rechtfertigen, ihn von einer so wichtigen Entscheidung nicht in Kenntnis zu setzen. Sie wählte seine Nummer. Jakob antwortete nicht, und Hana hinterließ keine Nachricht. Dann versuchte sie, den zweiten genannten Ermittler, Daud Hasan, zu erreichen, aber vergeblich.

✡

Jakob schreckte hoch. Die Sonnenstreifen auf dem Teppich waren verschwunden, und der Raum war dunkel. Er tastete nach seinem Handy, das hinter eines der Sofakissen gerutscht war. Es war nach neun. Er setzte sich auf und rieb sich die Augen. Sein Kopf pochte. In der Küche nahm er eine Schmerztablette ein. Ein weiterer Blick auf sein Handy zeigte ihm, dass er vier Anrufe und etliche Textnachrichten verpasst hatte. Ein Anruf kam von Collins, Lowenstein und Capella. Innerhalb weniger Minuten machten die starken Schmerztabletten ihn schläfrig, und er ging zu Bett.

Am Morgen bewegte Jakob vorsichtig seinen Kopf. Das Krankenhaus hatte ihm Verbandsmaterial mitgegeben, und er brauchte einige Minuten, um sich einen Verband anzulegen, der ihn nicht aussehen ließ wie eine Mumie, die gerade dem Grab entstiegen war. Auf der Fahrt zur Praxis von Dr. Bedford bemerkte er die braune Halskette in der Ablage hinter dem Schalthebel und steckte sie ein. Er versuchte, Hana Abboud zu erreichen, konnte aber nur eine Nachricht hinterlassen.

Um zehn nach neun saß Jakob bei Dr. Bedford im Behandlungszimmer.

»Erzählen Sie mir, wie Sie sich fühlen«, sagte der Arzt. »Kopfschmerzen?«

»Ja.«

»Gut.«

»Warum ist das gut?«, fragte Jakob erstaunt.

»Jedes menschliche Wesen mit einem intakten Gehirn hätte nach einem Schlag, wie Sie ihn erlebt haben, Kopfschmerzen. Ich wollte wissen, ob Sie mir die Wahrheit sagen. Wie schlimm sind die Schmerzen?«

»Schlimm genug, um zu den Tabletten zu greifen.«

»Sonst noch irgendwelche Symptome?«

»Ja«, gab Jakob zu. »Ich bin ein paarmal für ein paar Sekunden weggedämmert, vielleicht auch für länger.«

»Aber nicht beim Autofahren?«

»Nein, aber heißt das, Sie empfehlen mir, nicht mehr zu fahren?«

»Es hängt davon ab, wie ernst Ihre Ausfallerscheinungen waren. Beschreiben Sie sie mir genauer.«

Jakob fühlte sich wie ein Zeuge, der sich in seiner Aussage verheddert. Er beschrieb, was sich noch im Krankenhaus während Hana Abbouds Besuch abgespielt hatte und seine Konzentrationsschwierigkeiten während des Telefonats mit Ben Neumann.

»Was im Krankenhaus vorgefallen ist, habe ich einem niedrigen Blutzuckerspiegel zugeschrieben – ich hatte keinen Appetit und wenig gegessen. Aber da bin ich mir nicht mehr so sicher.«

»Wenn Sie nicht versuchen, medizinische Diagnosen zu stellen, werde ich mich auch nicht als Anwalt versuchen«, erwiderte der Arzt trocken.

Er scrollte durch ein paar Dokumente auf seinem Tablet. »EEG und MRI waren normal, und Ihr Herz ist gesund«, sagte er dann. »Sie könnten im Krankenhaus einen synkopalen Anfall gehabt haben, eine kurzzeitige Bewusstseinsstörung. Und Sie sind sicher, dass das nicht noch einmal vorgekommen ist?«

»Ganz sicher.«

Dr. Bedford sah Jakob direkt in die Augen. »Da ich kein Jurist bin, darf ich Ihnen eine juristische Frage stellen?«

»Sicher.«

»Nehmen wir an, Sie haben einen Blackout und verursachen einen Autounfall, bei dem jemand schwer verletzt wird oder zu Tode kommt. Würde ein guter Anwalt sich über Ihren Gesundheitszustand informieren? Und würde er den Neurologen verklagen, der es versäumt hätte, Ihnen zu sagen, Sie sollten besser drei bis sechs Monate lang nicht Auto fahren?«

Jakob bekam schweißnasse Hände. »Das ist möglich. Und ich möchte auch niemanden verletzen oder töten.«

»Dann sind wir uns einig. Setzen Sie sich neunzig Tag nicht ans Steuer. Ich denke, das ist ein angemessener Zeitraum, da Sie keine Anfälle haben und Ihre sonstigen Werte normal sind. In drei Monaten mache ich noch einmal einen Hirncheck. Wenn dann alles in Ordnung ist und Sie inzwischen keine weiteren ernsthaften Symptome haben, sollten Sie wieder fit sein. Machen Sie einen Termin in vier Wochen aus, aber falls nötig, rufen Sie früher an.«

»Drei Monate? Das ist eine lange Zeit.«

»Es sind keine sechs Monate. Und die würden Sie pausieren müssen, wenn Sie einen voll ausgeprägten Krampfanfall bekommen hätten.«

»Okay. Wie ist es mit Langstreckenflügen?«

Dr. Bedford schwieg einen Moment. »Seien Sie einfach klug und behandeln Sie Ihren Schädel wie ein rohes Ei, das bei der kleinsten Belastung zerbricht.«

Jakob runzelte die Stirn. »Klingt beunruhigend.«

»Das soll es auch.«

Jakob verließ die Praxis. Auf dem Heimweg überlegte er, ob er die Empfehlung des Arztes befolgen sollte. Im Staat Georgia waren Ärzte nicht verpflichtet, dem Verkehrsministerium anzuzeigen, wenn sie einem Patienten einen vorübergehenden Entzug der Fahrerlaubnis empfahlen. Die Verantwortung lag bei Jakob. Zu Hause angekommen, saß er einige Minuten im Auto, dann sammelte er alles zusammen, was er in nächster Zeit brauchte, und stieg die Stufen zu seiner Wohnung hoch. Er warf die Autoschlüssel in die oberste Kommodenschublade im Schlafzimmer und schloss sie. In den nächsten drei Monaten würde er Geld für Taxis oder andere Fahrdienste ausgeben.

✡

Hana war ein paar Minuten zu früh an der Eisdiele und parkte den Wagen im Schatten einer mächtigen Eiche. Gemäß Lowensteins Anweisung würde auf ihrem Zeitkonto der Eintrag erscheinen: *Treffen mit Mandanten/Eisdiele.* Sadie erschien in ihrer Schuluniform. Als sie Hana erblickte, winkte sie aufgeregt mit einer Hand; in der anderen hielt sie ihre Puppe.

»Danke, dass Sie kommen«, sagte Ben, »auch wenn Eisessen nicht gerade die beste Methode ist, um ein Kind auf ein gutes Abendessen vorzubereiten.«

»Eis macht man aus Milch, und die kommt von Kühen«, bemerkte Sadie. »Und Milch ist gut, damit man starke Knochen bekommt.«

»Dann werden meine Knochen stärker, wenn in der Milch auch noch Schokolade ist«, sagte Hana. »Erzähl mir was von deiner Puppe.«

Sadie hielt die lebensechte Puppe hoch. Die Hautfarbe war oliv, sie hatte dunkle Augen, glattes schwarzes Haar und trug ein langes blaues Kleid, das ihr bis zu den Füßen reichte.

»Es ist eine arabische Puppe«, erklärte Sadie.

Hana nickte. »Das sehe ich. Meine Cousine Fabia hatte ein ganz ähnliches Kleid für die Abschlussfeier von der Highschool.«

»Fabia?«, wiederholte Sadie. »Dann nenne ich meine Puppe Fabia.«

Hana nahm ihr Handy aus der Tasche. »Darf ich ein Bild von Sadie und ihrer Puppe machen und es meiner Cousine schicken?«, fragte sie Ben. »Ich würde Sadies Namen nicht erwähnen und nur schreiben, dass sie meine neue kleine Freundin ist.«

Bens Blick lag einen Moment lang auf Sadie, bevor er antwortete. »Wenn sie verspricht, es keinesfalls über die sozialen Medien zu verbreiten.«

»Was meinst du, Daddy?«, fragte Sadie.

»Er hat recht«, antwortete Hana, bevor Ben etwas sagen konnte. »Komm, nimm Fabia in den Arm, damit ich ein schönes Foto machen kann.«

Hana kniete sich hin, machte fünf Bilder und zeigte sie Sadie, damit sie eines zum Verschicken aussuchen konnte.

»Das gefällt mir auch am besten«, sagte Hana.

Sie bestellten ihr Eis, und Ben griff zu seiner Brieftasche, um zu bezahlen.

»Nein«, sagte Hana und legte ihre Geldbörse auf den Tresen. »Mr Lowenstein hat mir extra gesagt, dass die Firma zahlt.«

»Warum?« Ben sah sie erstaunt und fragend an.

»Er möchte, dass Sadie Anwälte mag, wenn sie erwachsen ist.«

Sie setzten sich an einen kleinen runden Tisch hinten im Raum. Sie waren die einzigen Gäste.

Sadie reichte Hana die Puppe. »Fabia mag, was du bestellt hast.«

Hana setzte die Puppe auf ihren Schoß und tat so, als gäbe sie ihr einen Löffel Eis.

»Das Letzte, was ich mit meiner Mommy gemacht habe, war Eis essen«, sagte Sadie.

Hana, die gerade den Löffel in den Mund stecken wollte, ließ ihn rasch sinken. Sadie sah ihren Vater mit einem verlorenen Blick an.

»Hier, Daddy«, sagte sie und hielt ihm ihre Eiswaffel hin. »Ich hab keinen Hunger.«

»Ich dachte, du bist in der richtigen Stimmung für ein Eis«, sagte er sanft.

»Jetzt nicht mehr«, antwortete Sadie und starrte in ihren Schoß. »Du kannst es wegwerfen.«

Ben warf Hana einen Blick zu, der eine stumme Bitte um Hilfe war. Hana hatte keine Idee.

»Mal sehen, ob Fabia das Eis mag«, sagte sie dann, nahm Ben das Eis aus der Hand und hielt es der Puppe an die Lippen. »Oh, ich glaube, es schmeckt ihr.«

Sadie beobachtete sie, dann streckte sie die Hand aus, und Hana gab ihr die Eiswaffel zurück. Sadie schleckte noch einmal daran, dann stand sie auf und warf den Rest in einen Abfalleimer.

Hana hielt Sadie die Puppe hin. »Schau, Fabia braucht eine Umarmung.« Sadie nahm die Puppe und schloss sie in die Arme. »Wenn ich traurig bin, nimmt Daddy mich auch immer in die Arme.«

Hanas Appetit auf Eis war verflogen, aber sie zwang sich, noch ein paar Löffel zu nehmen. Bens Eisbecher war seit Sadies Ankündigung unberührt geblieben.

»Ich schätze, wir gehen besser«, sagte Ben, nachdem sie ein paar Augenblicke schweigend dagesessen hatten.

Sie verließen das Eiscafé. Der Himmel war bewölkt, und es wehte ein kalter Wind, der ein Gewitter ankündigte.

Ben öffnete die hintere Wagentür. Bevor Sadie einstieg, lief sie zu Hana. »Nimmst du mich in den Arm?«

»Komm her.« Hana kniete sich hin und schloss die Arme um das kleine Mädchen. Sadie schmiegte sich hinein, so eng sie konnte.

»Du duftest gut«, sagte Sadie, als sie sich aus der Umarmung löste. »Nimmst du Parfüm?«

»Ein klein wenig.«

Sadie drehte sich zu ihrem Vater um. »Ich möchte riechen wie Hana.«

»Lass uns später darüber reden, ja?«, erwiderte Ben mit einem leichten Lächeln.

»Das heißt Nein«, erläuterte Sadie für Hana. »Aber er überlegt es sich bestimmt noch anders.«

»Nicht immer«, protestierte Ben.

Sadie schlüpfte in den Kindersitz, und Ben schloss die Tür. Dann wandte er sich an Hana. »Vielleicht hat sie heute bei ihrer Therapeutin über das Geschehen auf dem Hurva Square gesprochen«, sagte er. »Manchmal kommt die Erinnerung ganz unvermutet.«

»Ich bin froh, dass sie umarmt werden wollte. Das gibt mir ein besseres Gefühl.«

»Zu Hause gibt es noch mehr Umarmungen für sie.«

✡

Im Büro fand Hana eine Nachricht von Jakob mit der Bitte, ihn und Ben am nächsten Tag mittags in seinen Geschäftsräumen zu treffen, um den gegenwärtigen Stand der Dinge zu besprechen. Hana sah in ihren Kalender und sagte zu. Als sie den Bildschirm hinunterscrollte, entdeckte sie die E-Mail eines ihr unbekannten Absenders. Aber da sie nicht durch die Firewall der Kanzlei blockiert worden war, öffnete sie sie. Bart Kendall erdreistete sich, ihr zu schreiben.

Hana,
danke noch einmal für unser Treffen und dass du mit mir geredet hast. Ich habe über vieles, was du gesagt hast, nachgedacht und beschlossen, dass ich mit dem Filmprojekt für die Boykott-Gruppe weitermache. Meine Gemeinde gehört zu den Sponsoren. Ich habe mich neulich mit einem jungen Araber getroffen, der in Bethlehem aufgewachsen ist. Er hatte eine überzeugende Geschichte zu erzählen, was er unter israelischer Besatzung erlitten hat, und er wird der Sprecher in dem Video sein. Aber aus meinem Gespräch mit dir möchte ich gern ein kurzes Statement einfließen lassen, dass nicht alle Araber seine Perspektive teilen. Wärest du bereit, diesen Teil zu übernehmen?
Bart Kendall

Hana las die Mail mehrmals und versuchte, sie auf unterschiedlichen Ebenen zu begreifen. Erstens empfand sie Zorn darüber, dass der junge Produzent einen weiteren Stein auf den Berg an gegenseitiger Verletzung legen würde, der zwischen Arabern und Juden bestand. Zweitens war sie traurig, dass Barts Gemeinde eher das Problem verfestigen als Teil einer Lösung sein wollte. Und die Lösung konnte nur durch die Kraft des Evangeliums herbeigeführt werden.

Sie begann, eine rasche Antwort mit ihrer Ablehnung zu tippen, beschloss aber dann, dass sie zuerst Gott um Rat fragen musste, was sie tun sollte.

Kapitel 13

Am nächsten Morgen bestellte Jakob einen Fahrdienst für die Fahrt in sein Büro. Auf dem Weg zur Vorderseite seines Wohnblocks holte er den Ersatzschlüssel für sein Büro aus dem Handschuhfach seines Wagens. Das Deckenlicht schaltete sich nicht ein, als er die Fahrertür öffnete, und er bemerkte, dass er am Abend vorher die Scheinwerfer nicht ausgeschaltet hatte. Die Batterie war leer. Jakob war zu beschäftigt gewesen, um das Auto zur Inspektion zu bringen, und er beschloss auf der Stelle, es jetzt zu tun. Er rief seinen Mechaniker Tony an, der ihm zusagte, den fahruntauglichen Wagen mit einem Abschleppdienst abholen zu lassen.

»Es eilt nicht«, sagte Jakob. »Ich werde eine Weile nicht fahren. Ich lasse die Schlüssel unter der Fußmatte.«

»Ich werde die Kiste von Stoßstange zu Stoßstange durchchecken und dich wissen lassen, was ich finde.«

Jakob stand auf dem Gehsteig am Eingang zu seinem Wohnblock, als sein Fahrdienst erschien: ein knallgelber Kleinwagen, am Steuer eine junge Frau Ende zwanzig mit kurzem blondem Haar und etlichen Piercings in beiden Ohren. Der Wagen war makellos sauber. Ohne Jakob nach seinem bandagierten Kopf zu fragen, reichte sie ihm ihre Karte, während er hinten einstieg: Emily Johnson. Aus den Lautsprechern ertönte klassische Musik.

»Ist das Tschaikowskys *Violinkonzert, Opus 35*?«, fragte Jakob.

Der Wagen hielt, als vor ihnen die Ampel rot wurde.

»Ja«, bestätigte die Fahrerin.

»Julia Fischer oder Itzhak Perlman?«

»Perlman, aber ich mag Fischer auch«, sagte die junge Frau und warf Jakob im Rückspiegel einen Blick zu. »Sind Sie Musiker?«

»Nein, aber meine Mutter spielt Viola im Long Island Symphony Orchester. Unsere Familie ist aus Russland eingewandert, als ich acht war. Meine Mutter hat uns immer klassische Musik vorgespielt, als wir Kinder waren.«

Die Ampel wurde grün. Die Fahrerin navigierte gekonnt durch den dichten Verkehr bis zu Jakobs Büro.

»Kann ich Sie für später am Tag noch einmal buchen?«, fragte Jakob, als sie das Bürogebäude erreichten.

»Wann und wo?«, entgegnete die Fahrerin. »Ich habe abends Musikunterricht, aber bis ungefähr vier Uhr nachmittags versuche ich, erreichbar zu sein für Touren im Norden der Stadt.«

Jakob nahm nicht an, dass die außergerichtliche Aussage, die er um zwei Uhr entgegennehmen sollte, länger als neunzig Minuten dauern würde.

»Sagen wir halb vier?«, schlug er vor.

»Okay«, erwiderte die junge Frau. »Ich schicke Ihnen zehn Minuten vorher eine Erinnerung.«

»Aber kommen Sie pünktlich.«

»Keine Sorge. Ich verstehe es, auf die Minute pünktlich zu sein.«

✡

Hana verließ ihr Büro und trat an Janets Schreibtisch. Die Assistentin klebte gerade Etiketten auf Aktenordner für einen von Mr Collins Mandanten. Hana sah sich um, ob sie mit Janet allein war.

»Meinst du, du kannst mir eine Kopie von Mr Lowensteins Unterlagen über Jakob Brodsky machen?«, fragte sie dann. »Er hat sich über ihn informiert, aber ich weiß nicht, was diese Information beinhaltet.«

»Es könnte alles Mögliche bedeuten. Hat er dir die Akteneinsicht verweigert?«

»Nein, sonst würde ich dich nicht bitten, mir zu helfen.«

»Du bist so ehrlich«, seufzte Janet. »Wie fühlt sich das an?«

Hana verdrehte die Augen.

»Sag nichts«, fuhr Janet fort. »Ich werde sehen, was ich herausfinden kann, ohne eine von uns in Schwierigkeiten zu bringen.«

Hana kehrte in ihr Büro zurück und schloss die Tür. Zwanzig Minuten später legte Janet einen dünnen Stapel Papiere auf Hanas Schreibtisch.

»Hier ist das Dossier über Mr Brodsky, mit freundlicher Empfehlung von Gladys Applewhite.«

»Hat sie Mr Lowenstein gefragt, ob es okay ist, wenn sie es mir gibt?«

»Er ist beschäftigt. Mr Lowenstein schätzt Menschen, die selbst denken und eigene Entscheidungen treffen. Gladys und ich haben beschlossen, dass du die Papiere lesen kannst. Danach schredderst du sie und hinterlässt keine Spur im Computer.«

Hana rührte die Papiere nicht an. »Das macht mich nervös.«

»Ich habe es nur ein wenig dramatisch gemacht«, erklärte Janet. »Gladys sah überhaupt kein Problem darin, dass du die Unterlagen ansiehst, schließlich sollst du mit dem Mann arbeiten, und falls Mr Lowenstein Fragen stellt, hält sie dir den Rücken frei.«

Hana brauchte ein paar Sekunden, um zu verstehen, was Janet meinte.

»Knie dich rein«, sagte Janet und wandte sich zum Gehen. »Ich denke, die Unterlagen sind höchst interessant. Brodsky ist nicht der typische junge Anwalt mit eigener Kanzlei, der gerade so über die Runden kommt. Er hat Ideale und ein paar Fälle angenommen, die kein anderer angerührt hätte; immer Leute, die eine Vertretung verdienten. Je mehr ich las, umso sympathischer wurde er mir.«

Dreißig Minuten später kam Hana zu demselben Schluss. Jakob Brodsky war ein Anwalt, der sich entschieden hatte, für Gerechtigkeit zu kämpfen, auch wenn es seinen eigenen finanziellen Interessen entgegenlief.

✡

Jakob wusch sich die Hände und sah in den Spiegel. Um sein rechtes Auge herum breitete sich ein Bluterguss aus. Als er die Beulen auf seinem Kopf abtastete, waren sie steinhart und gaben auch einem sanften Druck mit den Fingerspitzen nicht nach. Zurück in seinem Büro klingelte sein Telefon: Ben und Hana waren da, um ihn zu sprechen. Jakob ging nach unten und stellte Hana der Sekretärin am Empfang vor. Maddie begutachtete die junge Anwältin eingehend.

»Wie fühlen Sie sich?«, fragte Hana Jakob, sobald sie in seinem Büro waren.

»Besser, wenn Sie mich nicht im Unklaren darüber lassen würden, wie es mit Bens Fall steht.«

»Ich habe Jakob von Ihren Plänen erzählt, nach Israel zu fliegen«, warf Ben ein.

»Ich hatte vor, heute darüber zu sprechen«, erwiderte Hana.

Jakob, der schon ansetzte, seiner Enttäuschung Luft zu machen, unterbrach sich angesichts von Hanas Tonfall.

»Sie hatten es vor?«, vergewisserte er sich.

»Ja. Ich habe mit einem Kandidaten gesprochen, aber Mr Lowenstein hat mir nahegelegt, weitere Einschätzungen persönlich vorzunehmen und zugleich unsere eigenen Nachforschungen zu starten. Ich habe noch kein Flugticket, aber ich möchte möglichst bald abreisen.«

Jakob legte die Hand an seinen Kopfverband. »Ich habe meinen Neurologen gefragt, ob ich Langstreckenflüge in Betracht ziehen kann. Er hat nichts dagegen, und ich werde bereit sein, wenn wir nach Israel fliegen. Aber ich brauche den Termin so bald wie möglich.«

»Lassen Sie mich zunächst von meinem Gespräch mit dem ersten Kandidaten berichten«, sagte Hana.

»Haben Sie das Gespräch aufgezeichnet?«, wollte Jakob wissen.

»Ja, aber wir haben arabisch gesprochen.«

»Dann übersetzen Sie es besser für Jakob und mich«, sagte Ben mit einem Lächeln.

Hana fasste ihr Gespräch mit Sahir Benali zusammen, aber Jakob war mit seinen Gedanken bei einem Ermittler vor Ort, mit dem er schon ein paarmal zusammengearbeitet hatte. Der Mann war Ex-Polizist mit umfangreichen Kontakten und der Fähigkeit, auch in undurchschaubaren Situationen klarzukommen.

»Er klingt seriös«, kommentierte Jakob, nachdem Hana ihren Bericht beendet hatte.

»Sehe ich auch so«, fügte Ben hinzu. »Wir brauchen jemanden, der sich nicht scheut, mit der Situation fertigzuwerden.«

»Er hat mir anschließend noch eine Mail geschickt.« Hana griff in ihre Tasche und nahm ein Blatt Papier heraus.

Jakob streckte die Hand aus, aber Hana gab es ihm nicht.

»Die Mail ist auch auf Arabisch«, erklärte sie.

Hana gab den Inhalt der E-Mail wieder. Benali hatte erklärt, er würde seine Ermittlung ähnlich führen wie eine Undercoveroperation bei der Polizei. Das hieß, er würde als jemand auftreten, der daran interessiert war, terroristische Aktivitäten zu finanzieren.

»Auf diese Weise bekommt er Zugang zu möglichen Quellen, und es dient zugleich seiner Sicherheit.«

»Und glauben Sie, das würde funktionieren?«, hakte Ben nach.

»Es könnte«, erwiderte Hana. »Mr Benali ist diesbezüglich sehr optimistisch.«

»Die Empfehlung Ihrer Ex-Kollegin vom Flughafen ist wichtig«, sagte Jakob.

»Das finde ich auch. Sie hat mir noch den Namen eines weiteren Mannes gegeben. Ich habe ein paarmal versucht, ihn telefonisch zu erreichen, leider ohne Erfolg. Aber dann hat er eine E-Mail geschickt und mitgeteilt, dass er an dem Job interessiert sei. Er heißt Daud Hasan«, berichtete Hana. »Sein Name kommt mir irgendwie bekannt vor, aber ich kann ihn nicht einordnen. Sein Büro liegt in Beit Hanina, einer großen arabischen Vorstadt von Jerusalem. Er hat einen kurzen Abriss seines Werdegangs mitgeschickt, der mehr ausließ, als er verriet. Aber er war bei einer nachrichtendienstlichen Ermittlungseinheit der israelischen Verteidigungsstreitkräfte. Nicht bei der berühmten Gruppe 8200, sondern in einer Einheit, die sich mit Terrorakten gegen Soldaten befasste.«

»Und er ist Araber?«, fragte Jakob.

»Bei einem Namen wie Daud Hasan kann die Antwort nur Ja lauten«, entgegnete Hana.

Der Raum begann sich zu drehen, und Jakob schloss die Augen. Er hörte, dass Ben seinen Namen nannte.

»Jakob, warum rufen Sie nicht mal seine Webseite auf?«, schlug er vor.

»Welche Webseite?«

»Die von Daud Hasan.«

Jakob schüttelte den Kopf, um ihn wieder klar zu kriegen, aber der Raum drehte sich noch immer. »Hören Sie«, sagte er, »ich habe heute bis auf zwei Tassen Kaffee noch nichts gegessen, und ich brauche jetzt eine Kleinigkeit. Maddie hat ein paar Sachen unten am Tresen. Soll ich Ihnen eine Tüte Cracker und ein bisschen Obst mitbringen?«

»Nein, danke«, lehnte Ben ab.

»Für mich auch nicht«, ergänzte Hana.

Jakob stand auf und stützte sich dabei mit der rechten Hand ab, um das Gleichgewicht zu halten. Zum Glück gelang es ihm, ganz normal bis zur Tür zu gehen. Im Treppenhaus lehnte er sich an die Wand, bis er sich zutraute, die Treppe hinunterzugehen.

Sobald Jakob den Raum verlassen hatte, schloss Hana die Tür und wandte sich an Ben. »Das ist im Krankenhaus auch schon passiert, nur hat es länger angehalten«, erklärte sie. »Ich habe mich informiert, wie sich eine heftige Gehirnerschütterung auswirkt. Sie kann zu Ohnmachtsanfällen führen.«

»Er war unsicher, als er aufstand«, meinte Ben. »Und sein Arzt hat ihm geraten, nicht Auto zu fahren. Ich sehe nicht, dass er mit Ihnen nach Israel fliegen kann.«

Die Tür ging auf und Jakob kam zurück, setzte sich wieder an seinen Schreibtisch und biss in einen Apfel.

»Es ist nicht sehr höflich, Ihnen etwas vorzuessen«, begann er. »Sie wollen ganz sicher nichts?«

»Nein, alles okay«, antwortete Ben. »Aber Sie müssen für sich sorgen.«

»Darf ich Ihnen ein Wasser anbieten?«, fuhr Jakob fort.

»Gern«, erwiderte Hana.

Jakob zog eine Schublade seines geräumigen Schreibtischs auf, nahm eine Wasserflasche heraus und schickte sich an, aufzustehen.

»Nein, ich komme zu Ihnen«, sagte Hana rasch, trat an den Schreibtisch und nahm das Wasser entgegen. »Danke.«

Sie schraubte den Verschluss auf und nahm einen Schluck aus der Flasche. Als sie die Flasche auf den kleinen Tisch neben ihrem Stuhl stellen wollte, bemerkte sie die Halskette mit den Holzkugeln vor der Messinglampe. Sie griff danach, betrachtete sie eingehend und hielt sie hoch. »Wissen Sie, was das ist?«, fragte sie.

»Eine Halskette«, erwiderte Jakob. »Ich habe sie gestern gefunden.«

»Es ist eine Misbaha - eine Gebetskette«, erklärte Hana. »Religiöse Muslime verwenden sie zur Vergegenwärtigung Allahs. Die Perlen helfen dabei, sich in der Gebetsabfolge zu orientieren. Meistens hat eine Misbaha neunundneunzig Perlen, um die neunundneunzig Namen Allahs abzuzählen, aber manche haben nur dreiunddreißig. So wie die hier. Manche nutzen sie auch zur Stressbewältigung oder als ›Sorgenperlen‹. Sehr teure Gebetsketten sind aus Bernstein und duften leicht, wenn man sie berührt.«

Ben nickte. »Ich kenne sie vom arabischen Markt in Jerusalem. Ich habe zuerst gedacht, es seien Rosenkränze für die katholischen Touristen, aber jemand in unserer Gruppe hat uns den Unterschied erklärt.«

»Wo haben Sie die gekauft?« Hana richtete die Frage an Jakob. »Ich hoffe, Sie haben nicht zu viel dafür bezahlt.«

Jakob war blass. »Ich habe sie nicht gekauft«, erklärte er. »Sie lag in einem Busch hinter dem Wohnblock, in dem ich überfallen wurde.«

Hana sah Ben an, der die Gebetskette mit aufgerissenen Augen betrachtete. »Wollen Sie sagen, es könnte eine Verbindung zwischen dem Überfall auf Jakob und meinem Fall geben?«

»Ich würde keine voreiligen Schlüsse ziehen«, warf Jakob rasch ein. »Der Überfall ereignete sich oben im Haus auf einem Treppenabsatz, und der Täter wollte meine Brieftasche stehlen. Die - wie immer Sie sie nennen - habe ich im Gebüsch gefunden.«

»Ist das alles, woran Sie sich von dem Überfall erinnern?«, erkundigte sich Hana.

Jakob rieb sich die linke Schläfe. »Der Polizeibericht besagt, dass der Angreifer mich die Treppen hinuntergeschleift hat, aber davon habe ich erst gestern erfahren.«

»Es könnte auch ein Entführungsversuch gewesen sein«, sagte Hana. »Und irgendetwas hat den Angreifer dann in die Flucht geschlagen.«

»Nein, nein«, wehrte Jakob ab und hob die Hände. »Wir werden hier keine Verschwörungstheorie entwickeln.«

Hana betrachtete die Gebetskette. Die Perlen waren aus Holz und in der Form unregelmäßig. Die Kette war grob gefertigt, vielleicht selbst gemacht. Bei diesem Gedanken lief ihr ein Schauder über den Rücken. Wer sich die Mühe machte, seine eigene Misbaha herzustellen, nahm ihre Verwendung ernst.

»Dass jemand eine Misbaha mit sich herumträgt, beweist gar nichts«, bekräftigte Hana, bemüht, ihre Fantasie zu zügeln. »Es gibt jede Menge friedlicher alter Männer und Frauen, die in der Sonne sitzen, sich unterhalten und dabei Gebetsperlen durch die Finger gleiten lassen. Aber wo Sie sie gefunden haben, das könnte von Bedeutung sein.«

»Vielleicht sollten Sie sie der Polizei zeigen«, schlug Ben vor.

»Das würde wohl kaum noch viel nützen, nachdem Hana und ich sie in den Fingern hatten«, wandte Jakob ein.

Sofort legte Hana die Misbaha zurück auf das Lampentischchen.

»Wenn es jemand auf mich abgesehen hatte - glauben Sie wirklich, der wohnt in der Nähe meines Freundes?«, fragte Jakob. »Das wäre ein zu großer Zufall.«

»Das Argument beruhigt mich nicht gerade«, erwiderte Ben. »Vor allem nicht mit Blick auf Sadie.«

Die Erwähnung des Mädchens lenkte Hanas Gedanken in eine andere Richtung. »Das stimmt«, sagte sie langsam. »Es ist eine Sache, das Risiko für uns abzuschätzen. Aber Sadie - das ist etwas anderes.«

Kapitel 14

Hana nahm ihre Umgebung kaum wahr, als sie in die Kanzlei zurückfuhr. Es war möglich, wenn auch nicht wahrscheinlich, dass Jakob Brodsky ins Visier einer Terrorgruppe geraten war. Terrorzellen operierten meist regional und hatten keine Organisationsstruktur, die es ihnen ermöglichen würde, auf der anderen Seite der Erdkugel zu agieren. Al-Qaida war in dieser Hinsicht eine Ausnahme. Wichtiger war die Frage, wie Jakob überhaupt auf den Radar einer solchen Gruppe gekommen sein konnte.

»Also dieser Mr Humid in Israel gefällt mir«, plapperte Janet los, sobald Hana auftauchte. »Er hat gerade angerufen, und wir haben ein paar Minuten geredet. Er hat eine wundervolle Stimme, tief und maskulin. Warum bloß gibt es kein Foto von ihm auf seiner Webseite? Ich würde für mein Leben gern wissen, wie er aussieht.«

»Er heißt Hasan«, antwortete Hana. »Und er möchte nicht erkannt werden.«

»Ich denke, du solltest ihn treffen, bevor du mit irgendjemand anderem sprichst. Mach ein Foto mit dem Handy, wenn er es nicht merkt, und schick es mir, ja, dann ...«

»Janet, bitte.«

»Okay, tut mir leid. Ich bin eine lausige Kupplerin, aber meine Motive sind rein. Ich möchte eben, dass andere auch so glücklich sind, wie ich es bin.«

»Das weiß ich zu schätzen.«

Zehn Minuten später war Hana auf dem Weg zu Mr Lowensteins Büro, um ihn über den Zustand von Jakob Brodsky und die islamische Gebetskette zu informieren.

»Glauben Sie, es könnte eine Verbindung zwischen dieser Kette und dem Überfall geben?«, wollte der Seniorpartner wissen.

»Ich weiß es nicht.«

»Ich halte das für unwahrscheinlich, abgesehen von der Tatsache, dass Brodsky sich sehr weit umgehört hat, um in diesem Fall einen Partner zu finden. Die Juristenforen sind nicht so privat, wie manche Anwälte zu glauben scheinen. Ein findiger Internetnutzer, der jeden im Blick behält, der irgendein Interesse am Tod von Gloria Neumann erkennen lässt, könnte auf seine Posts gestoßen sein, ohne dass Brodsky es mitbekommen hat.«

»Was ist mit Ben und Sadie? Ich mache mir jetzt auch Sorgen um ihre Sicherheit.«

Lowenstein sah Hana einen Moment lang an. »Was wollen Sie wirklich? Kommen Sie zum Punkt.«

Hana räusperte sich, bevor sie antwortete. »Wenn Ben möchte, dass wir die Ermittlungen fortsetzen, bin ich bereit, weiterzumachen«, erklärte sie. »Aber das muss seine Entscheidung sein, nicht meine.«

»Der Meinung bin ich auch.«

Für den Rest des Nachmittags widmete Hana sich einem Projekt für Mr Collins und schaffte es kaum rechtzeitig zur Hundebetreuung, um einen Spätzuschlag zu vermeiden. Leon wedelte müde mit dem Schwanz, als er sie sah.

»Ist alles in Ordnung mit ihm?«, fragte Hana besorgt die junge Mitarbeiterin, die ihr den Hund herausbrachte.

»Haben Sie heute mal über die App nach ihm geschaut?«, erwiderte die Frau. »Er tollt so ausgelassen herum wie jeder andere Hund hier. Ich bin eher überrascht, dass Sie ihn nicht zum Auto tragen müssen wie ein Kind, das beim Spielen eingeschlafen ist.«

Hana lächelte und nahm den Welpen auf den Arm. Sein Fell war feucht.

»Wurde er gebadet?«, fragte sie.

»Ja«, sagte die Frau und wies auf den Tagesplan in Hanas Hand. »Sie können alles darin lesen. Eine Spielrunde mit ein paar anderen Hunden endete etwas schmutzig.«

Leon lag auf dem Beifahrersitz und hatte Mühe, während der Fahrt nach Hause die Augen offen zu halten. Erst als Hana Futter in seinen Fressnapf füllte, kam wieder Leben in ihn, aber dann schlief er bald endgültig für heute ein.

Als Hana gegen halb vier Uhr morgens aus dem Bett schlüpfte, galten ihre ersten Gedanken dem Neumann-Fall und dem Überfall auf Jakob Brodsky. Im Dunkel der Nacht darüber nachzudenken, ließ Sorgen um ihre eigene Sicherheit in ihr aufsteigen. Auf Zehenspitzen schlich sie in die Küche, um nachzusehen, ob sie die Haustür abgeschlossen hatte, dann schaltete sie kurz das Außenlicht an, um sicher zu sein, dass niemand im Vorgarten war. Leon rekelte sich in seiner Hundebox.

Hana hasste es, sich von Furcht überwältigen zu lassen, aber sie konnte sich nicht dagegen wehren. Sie las eine halbe Stunde lang Bibelstellen zu diesem Thema. Am hilfreichsten waren die Psalmen und Jesaja. Als sie zurück ins Bett ging, murmelte sie Jesaja 12,2: »Siehe, Gott ist meine Rettung. Ich vertraue ihm und habe keine Angst. Er, der Herr, ist meine Stärke und ich lobe ihn; er wurde mein Retter.« Das war eine wunderbare Verheißung, aber sie dachte auch an Verse mit einer anderen Botschaft: Daniel verbrachte eine Nacht in der Löwengrube; Paulus wurde geschlagen und ausgepeitscht. Manchmal rettete Gott seine Leute aus der Gefahr, ein andermal stand er ihnen bei, während sie hindurchgingen.

✡

Am nächsten Morgen nahm einer der anderen Anwälte in seinem Bürokomplex Jakob mit zur Arbeit. Jakob saß gerade ein paar Minuten an seinem Schreibtisch, als es an der Tür klopfte.

»Ja, bitte!«, rief er.

Es war Butch Watson. Die Augen des massigen Anwalts ließen seine tiefe Erschöpfung erkennen.

»Du siehst schrecklich aus«, sagte Jakob.

»Hast du dich mal im Spiegel angeschaut, bevor du hier aufgetaucht bist?«, gab Butch zurück. »Du siehst aus wie eine Kartoffel, die jeden Moment keimt und Blüten ansetzt.«

Jakob zuckte mit den Schultern. »Okay, der Punkt geht an dich. Wie geht's euren Jungs?«

»Ich möchte nicht sagen, sie sind geradezu zu gesund, denn das ist nicht möglich. Aber sie haben Appetit wie Wanderer auf dem Appalachen-Trail. Nelle ist die ganze Zeit im roten Bereich. Ich verbringe meine Zeit damit, ein Baby fertig zu machen, damit sie es stillen kann, und dann das andere zu wickeln. Heute sind ihre Eltern da, und ich habe Ausgang, damit ich genug Geld verdienen kann, um die Windeln zu bezahlen.« Butch rieb sich die Augen. »Übrigens, Nelle war hin und weg, wie du die Küche aufgeräumt hast. Das einzige Problem ist, dass sie jetzt erwartet, dass ich das auch mache. Aber warum ich hier bin: Gestern ist eine Frau aus dem Wohnblock bei uns gewesen. Sie war an dem Abend des Überfalls zu Hause.«

»Hat sie irgendwas beobachtet?«, wollte Jakob wissen.

»Nicht direkt. Sie wohnt im Nachbargebäude und hat die Sirenen von Polizei und Notarzt gehört. Etwa eine Stunde davor hatte sie Müll zum Container gebracht. Ein Wagen raste um die Ecke und hat sie fast erwischt. Ihr Müll flog überall herum. Sie hat dem Fahrer nachgerufen, er solle anhalten. Jemand stieg auf der Beifahrerseite aus und hat ihr mit einer Taschenlampe ins Gesicht geleuchtet. Er sagte irgendetwas in einer Sprache, die sie nicht verstand, und verschwand wieder im Auto.«

»Wo ist die Verbindung?«, fragte Jakob.

»Wie lange warst du in unserer Wohnung, um Haushaltshilfe zu spielen?«

»Kann ich nicht sagen. Es können dreißig, vielleicht vierzig Minuten gewesen sein. Du denkst, die Typen in dem Auto sind dieselben, die mich niedergeschlagen haben?«

»Es wäre möglich. Nelle hat die Nachbarin gebeten, ihre Beobachtung der Polizei zu melden. Vielleicht ergibt sich daraus eine Spur.«

»Konnte sie das Auto beschreiben?«

»Sie glaubt, es war groß und blau.«

»Das ist ein weites Feld!«

»Ja, ist es. Sie konnte Fabrikat und Modell nicht erkennen, auch nicht das Nummernschild oder sonst irgendetwas, das weiterhelfen könnte. Aber fairerweise muss man sagen, dass sie bis zu den Ellbogen im Müll steckte.«

Jakob warf einen Blick auf die Schublade, in der er nach dem Treffen mit Ben und Hana die Misbaha verstaut hatte, entschied sich dann aber, sie Butch nicht zu zeigen. Der junge Vater hatte genug anderes, worum er sich kümmern musste.

»Selbst wenn an der Sache nichts dran ist - es gibt mir Gelegenheit, beim zuständigen Detective nachzufragen, wie es mit den Ermittlungen steht.«

Nachdem Butch gegangen war, rief Jakob den Detective an und hinterließ eine Sprachnachricht. Einen Augenblick später kam eine Mail von Hana Abboud. Sie wollte sich so bald wie möglich noch einmal mit ihm und Ben treffen. Jakob rief ihre Büronummer an. Sie war nicht zu sprechen, und die Telefonistin verband ihn mit ihrer Assistentin.

»Könnten Sie heute um vier Uhr?«, fragte die Frau.

Jakob schielte auf seinen Computerbildschirm. »Für mich ginge das, aber ich weiß nicht, ob das auch für Ben Neumann gilt.«

»Er hat vor fünf Minuten zugesagt.«

»Okay, ich komme.«

Zur Kanzlei Collins, Lowenstein und Capella nahm Jakob ein Taxi, in dem es ekelhaft roch. Als er ausstieg, beschloss er, in Zukunft nur noch Emily Johnson zu kontaktieren, wenn er eine Fahrgelegenheit brauchte. Ihr sportlicher gelber Wagen war sauber, und sie konnte fahren.

Ben und Sadie trafen ein paar Minuten nach Jakob ein. Das Gesicht des Mädchens war gerötet und ihr Haar zerzaust. Sobald Ben sich gesetzt hatte, strich sie sich eine Haarsträhne aus dem Gesicht, kletterte ihrem Vater auf den Schoß und schloss die Augen.

»Fehlt ihr etwas?«, erkundigte sich Jakob.

»Nein«, sagte Ben und strich ihr über das unordentliche Haar. »Heute war Wandertag, und sie ist viel draußen herumgerannt. Auf der Herfahrt ist sie im Auto eingeschlafen.«

Die Tür zum Bürotrakt ging auf, und eine Frau mittleren Alters erschien. »Ich bin Hanas Assistentin«, sagte sie. »Bitte folgen Sie mir.«

Ben trug Sadie, die ihren Kopf an seine Schulter gelehnt hatte. Als

Sadie Hana sah, hob sie den Kopf und streckte ihr die Arme entgegen. Ben reichte das Kind an die Anwältin weiter. Müde lehnte Sadie den Kopf an Hanas Schulter und schloss die Augen.

»Hat sie Fieber?«, fragte Hana.

Während Ben ausführlich von Sadies Wandertag berichtete, entdeckte Jakob einen Ordner mit der Aufschrift »Neumann vs. Doe et al.« auf dem Schreibtisch neben Hanas Laptop. Der Ordner war viel dicker als beim letzten Treffen.

»Meinen Sie, sie wird während unseres Gesprächs durchschlafen?«, fragte Hana und setzte sich mit Sadie auf dem Arm.

»Wir werden sehen«, erwiderte Ben. »Sie kann knatschig sein, wenn sie aufwacht.«

»Wie fühlen Sie sich?«, fragte Hana Jakob.

»Mit Lichtgeschwindigkeit unterwegs in Richtung Genesung«, grinste Jakob. »Gut genug, um einen Flug nach Israel zu buchen.«

»Bevor wir dazu kommen, muss ich wissen, Ben, wie Sie darüber denken, dass Sie selbst und Sadie in Gefahr sein könnten. Ich habe mit Mr Lowenstein gesprochen. Wir sind zwar nicht davon überzeugt, dass es einen terroristischen Hintergrund für den Überfall auf Jakob gibt, aber es stellt uns vor ein Problem, das wir jetzt diskutieren sollten. Natürlich werden wir Sadies Namen aus dem ganzen Verfahren heraushalten, aber wird das ausreichen?«

»Genau deswegen lag ich letzte Nacht wach und konnte nicht schlafen«, antwortete Ben. »Ich dachte daran, am Morgen Glorias Eltern anzurufen, aber es wäre nicht richtig, sie mit dieser Entscheidung zu belasten. Für Sadie bin ich verantwortlich.«

»Und Sie sind der wichtigste Mensch in ihrem Leben«, fügte Hana hinzu.

Jakob setzte an, etwas zu sagen, beschloss dann aber, den Mund zu halten. Ben hatte ein Territorium betreten, das nur er allein durchqueren konnte.

»Ich bleibe bei der Entscheidung, ein Verfahren anzustrengen«, sagte Ben. »Ich möchte, dass wir weitermachen.«

»Okay«, erwiderte Hana.

»Ich bin einverstanden«, ergänzte Jakob.

Hana wandte sich an Jakob. »Meinen Sie, Sie könnten den Fall zu sehr publik gemacht haben?«, fragte sie. »Mr Lowenstein sagte, die Juristenforen, in denen Sie nach Unterstützung gesucht haben, sind nicht immer so vertrauenswürdig, wie man glaubt.«

»Da hat er sicher recht«, antwortete Jakob. »Aber es ist doch ein sehr weiter Sprung vom Server eines Anwalts zu einem Überfall auf mich in Nordatlanta.«

»Jedenfalls sollten wir vorsichtig sein, wo und wie wir kommunizieren«, sagte Hana, und Ben und Jakob nickten zustimmend.

»Meine Assistentin stellt gerade ein Memo für Sie zusammen, das Sie über alles informiert, was wir bisher unternommen haben«, sagte Hana. »Ich sehe mal nach, ob sie schon fertig ist.«

Als Hana sich erhob, klammerte Sadie sich fester an ihren Hals. »Sieht so aus, als wolle Sadie mitkommen«, sagte Ben. »Ich möchte nicht, dass sie Sie ablenkt.«

»Das ist in Ordnung. Ich muss nur das Memo noch einmal durchlesen, wenn es fertig ist.«

Hana und Sadie verließen den Raum, und Jakob schloss die Augen. Er spürte, dass Kopfschmerzen im Anmarsch waren. Als er die Augen wieder öffnete, fand er Bens Blick auf sich gerichtet.

»Kopfschmerzen«, sagte Jakob.

»Es ist mehr als das«, hielt Ben ihm entgegen. »Sie brauchen Zeit, um sich zu erholen, und dass Sie gerade jetzt nach Israel reisen wollen, halte ich nicht für sinnvoll. Gestern in Ihrem Büro war deutlich zu erkennen, dass Sie Mühe haben, ganz da zu sein.«

»War es so schlimm?«

»Es war schlimmer. Sehen Sie, ich glaube nicht, dass Hana versucht, Sie aus dem Fall herauszudrängen. Und wenn Sie wollen, werde ich sie gern ganz offen darauf ansprechen.«

Jakob war es gewohnt, dass er derjenige war, der mit Nachdruck im Interesse seiner Mandanten handelte, daher war es seltsam für ihn, ein Hilfsangebot zu erhalten.

»Danke, aber ich kann für mich selbst sprechen«, sagte er.

»Das können Sie natürlich. Aber als Mandant in diesem Fall habe ich das Recht auf eine eigene Meinung. Das haben Sie mir jedenfalls immer wieder gesagt, seit Sie den Fall angenommen haben.«

»Stimmt. Aber ich habe nicht damit gerechnet, dass Sie mich derart beim Wort nehmen.« Jakob brachte ein gequältes Lächeln zustande. Aber im Hinterkopf wusste er, dass Ben recht hatte.

Ben wartete.

»Okay«, sagte Jakob schließlich. »Sie haben gewonnen. Ich werde diese Israelreise auf später verschieben.«

»Sie wissen, dass es das Richtige ist, oder?«

Jakob nickte. »Ja, sicher. Aber lassen Sie es mich Hana sagen.«

✡

Während sie auf Janet wartete, saß Hana mit Sadie im Arm auf ihrem Schreibtischstuhl. Leise summte sie eine Melodie aus ihrer Kindheit vor sich hin. Sadie rekelte sich und hob ein wenig den Kopf.

»Hat das Lied auch Worte?«, fragte sie.

»Ja.« Hana begann leise auf Arabisch zu singen. Das Schlaflied hatte eine eingängige Melodie, und bald atmete Sadie tief und gleichmäßig. Die Tür ging auf, und Janet warf einen Blick in den Raum. Hana nickte, und die Assistentin trat rasch ein. Hana sang weiter. Janet setzte sich ihr gegenüber auf einen Stuhl und hörte zu. Sie sagte nichts, bis Hana die Melodie beendet hatte.

»Puh, ich habe Gänsehaut«, flüsterte Janet und rieb sich die Arme.

Hana klopfte Sadie sanft auf den Rücken. »Sie bringt das Beste in mir zum Vorschein.«

»Es ist dein Mutterinstinkt, wenn du mich fragst«, antwortete Janet leise. »Schon erstaunlich, wie schnell sie sich an dich gewöhnt hat.«

Hana wies nach oben. »Das macht er, aber ich weiß nicht genau, warum.«

»Gott liebt die Waisen«, kommentierte Janet. »Hier ist das Memo. Ich habe es noch einmal gegengelesen, weil ich wusste, dass du hier drin Zeit mit Sadie verbringst.«

Hana nahm die Blätter in die Hand, die leicht auf Sadies Rücken lag.

»Sieht gut aus«, sagte sie. »Mach doch bitte drei Kopien.«

Hana sprach leise auf Sadie ein, während sie sie in den Konferenzraum zurücktrug. Die Kleine hob den Kopf und streckte sich. Dann öffnete sie die Augen.

»Wo ist mein Daddy?«, wollte sie wissen.

»Er wartet auf uns«, antwortete Hana. »Ich bringe dich zu ihm.«

Sadie wand sich aus ihrem Arm. »Ich kann jetzt selbst laufen.«

Sie nahmen sich bei der Hand. Sadies Händedruck war fest. Im Konferenzraum rannte Sadie zu ihrem Vater. Hana reichte den beiden Männern Kopien des Memos.

»Danke«, sagte Jakob. »Ben und ich haben uns unterhalten. Ich werde Sie nicht nach Israel begleiten. Ich bin dafür noch nicht in Form, aber ich möchte auf dem Laufenden gehalten werden.«

»Ja ...«, begann Hana.

»Und ich«, sagte Ben, bevor sie weitersprechen konnte, »bestehe darauf. Jakob hat meinen Fall übernommen, als mich sonst niemand auch nur zurückrufen wollte. Er ist mein Anwalt.«

»Ich verstehe. Ich werde mit Ihnen beiden im Kontakt bleiben.«

»Hana hat mir etwas vorgesungen«, schaltete Sadie sich ein.

»Wovon hat sie gesungen?«, fragte Ben.

»Weiß ich nicht«, sagte Sadie mit einem Kopfschütteln. »Aber ich mochte es.«

Ben lächelte. »Schade, dass ich das verpasst habe«, sagte er.

»Hier drin hat sich alles warm und zufrieden angefühlt«, sagte Sadie und legte die Hand auf ihre Brust.

Kapitel 15

Ben fuhr Jakob von der Kanzlei nach Hause. Jakobs Kopf hämmerte, und sobald er in seiner Wohnung war, nahm er zwei Schmerztabletten, schlang ein paar Salzcracker hinunter und legte sich mit einem kalten Tuch auf der Stirn auf die Couch. Nach einer halben Stunde begannen die Tabletten zu wirken, und der Schmerz ließ nach. Er änderte seine Lage und überlegte, wie lange er wohl noch unter den Nachwirkungen seiner Verletzungen zu leiden hatte. Er war nie mehr als ein paar Tage krank gewesen. Sein Handy, das auf dem Couchtisch vor dem Sofa lag, vibrierte. Jakobs erster Impuls war, es zu ignorieren, aber als er sah, dass der Anruf von der Polizei kam, nahm er den Anruf an.

»Hier spricht Detective Freeman. Sie hatten angerufen?«, sagte der Mann am anderen Ende der Verbindung.

Jakob berichtete kurz von dem Gespräch mit Butchs Frau Nelle und der Nachbarin aus ihrem Wohnblock.

»Haben Sie Name, Adresse und Telefonnummer dieser Nachbarin?«

Jakob fiel ein, dass er Butch nicht nach diesen Angaben gefragt hatte. »Nein, aber ich kann Ihnen die Nummer von Butch Watson geben.«

»Der Vorfall mit dem Auto passt zu weiteren Informationen, die wir inzwischen aufgedeckt haben«, erwiderte der Detective.

»Was für Informationen?«, fragte Jakob und setzte sich auf der Couch auf.

»Die Ermittlungen laufen noch«, sagte Freeman in betont sachlichem Tonfall. »Ich kann noch keine Details weitergeben, auch wenn Sie das Opfer sind. Aber dieser Fall schlummert nicht in einem Aktenschrank vor sich hin.«

Jakobs Kopfschmerzen waren unter der Wirkung der starken Medikamente auf dem Rückzug, und er fühlte sich klarer bei Verstand. »Es gibt noch etwas, das relevant sein könnte«, sagte er und berichtete Freeman vom Fund der Misbaha und von seiner Beteiligung am Fall Neumann.

»Wo ist die Gebetskette jetzt?«

»In meinem Büro.«

»Ich schicke morgen jemand vorbei, um sie abzuholen.«

Nach dem Telefonat ging Jakob nach unten zum Briefkasten. Während er den Stapel Werbeflyer durchblätterte, hörte er ein Geräusch, und durch die zur Hälfte verglaste Ausgangstür nahm er draußen eine Bewegung wahr. Die Tür war von innen verschlossen, niemand konnte herein. Mit der Post in der Hand sah Jakob hinaus. Es war dunkel, und er konnte nur so weit sehen, wie die Notbeleuchtung reichte. Eine Fledermaus flog durch den Lichtkreis. An warmen Abenden hatte Jakob die Tiere schon auf Insektenjagd beobachtet. Er nahm seine Post und stieg die Treppe hoch.

✡

Am nächsten Morgen schickte Hana ein kurzes Memo über das Treffen mit Jakob und Ben an Mr Lowenstein. Außerdem schrieb sie eine Mail an Anat Naphtali mit der Frage, wann sie ihre Freundin anrufen könnte. In Tel Aviv war es früher Nachmittag. Anat antwortete mit einem einzigen Wort: *JETZT!*

Hana wählte die Nummer, und Anat meldete sich auf Arabisch.

»Wie geht es dir?«, erkundigte sich Hana in derselben Sprache.

Anat wechselte zu Hebräisch. »Gut. Nur nicht gut genug, um gerade jetzt mit dir mein Arabisch aufzupolieren. Ich werde die Wörter durcheinanderbringen wie Rührei.«

Hana erzählte ihrer Freundin von ihrem Hundebaby.

»Ich hätte ja gewettet, du würdest dir eine Katze zulegen, aber niemals einen Hund«, erwiderte Anat. »Sorg dafür, dass er dich in allen Sprachen versteht, die du kannst. Das wirst du brauchen, falls du ihm mal befehlen musst, jemanden anzugreifen, um dich zu beschützen.«

»Mein Hund ist ein Schmuser, kein Kämpfer«, sagte Hana. »Kannst du unser folgendes Gespräch für dich behalten?«

»Klar.«

Hana berichtete Anat so weit vom Fall Neumann, wie sie die Vertraulichkeitsregeln zwischen Anwalt und Mandant nicht verletzte. Allerdings erwähnte sie den Überfall auf Jakob Brodsky und seinen Fund der Misbaha.

»Ich erinnere mich an diesen Mord an der Amerikanerin«, sagte Anat. »Ich saß in einem Café am Dizengoff Square, als ich es in den Nachrichten hörte. Was mit dem Kind war, erfuhr ich nie, bloß, dass das Mädchen verletzt war. Ich bin froh, dass es okay ist.«

Hana antwortete nicht. Sadie war am Leben, aber man konnte wirklich nicht behaupten, die Kleine sei okay.

Anat redete weiter und sprach immer schneller. »Und ich finde nicht, dass du in diese Sache verwickelt werden solltest. Du lebst jetzt vielleicht in Amerika, aber irgendwann kommst du zurück. Es muss nur irgendein Verrückter herausfinden, was du tust, und du bist das nächste Zielobjekt. Weiß deine Familie davon?«

»Nein!«

»Sie würden dich eigenhändig nach Reineh zurückschleppen und einschließen, bis sie einen Mann für dich gefunden haben. Sie könnten auch selbst in Gefahr sein. Das ist eine schreckliche Vorstellung.«

Anat war eine kluge Person mit einem klaren Standpunkt. Hana wiederholte innerlich die Worte aus Jesaja 12,2.

»Ich würde mich nur aus sehr gutem Grund in Gefahr begeben«, beteuerte Hana, aber sie wusste, dass das nicht sehr überzeugend klang.

»Hör dir doch mal selbst zu!«, schoss Anat zurück. »Nur weil du nicht in einer Kampfeinheit der Armee gedient hast, musst du doch jetzt keine

Dummheiten machen. Du hast deinem Land viel mehr auf dem Flughafen gedient, als wenn du auf dem Golan in irgendeinem Zelt gehockt und die Schneeschmelze auf dem Hermon beobachtet hättest. Es sind die Feiglinge im Führungsstab, die junge Männer in den Dschihad und in den Tod schicken. Die Anführer reden groß und bleiben selbst in Deckung.«

Hana wusste, Anat würde jetzt nicht so schnell aufhören, wenn man sie nicht unterbrach, also schnitt sie ihr das Wort ab. »Du hast recht, und ich bin froh, dass du um meine Sicherheit besorgt bist. Darf ich dir wenigstens sagen, warum ich heute mit dir reden wollte?«

»Okay, aber das wird mich nicht zum Schweigen bringen.«

»Ist mir klar«, sagte Hana und fuhr fort: »Ich komme nach Israel, um mögliche Ermittler zu interviewen und ein paar erste Nachforschungen anzustellen. Ich habe mit Sahir Benali gesprochen, aber noch nicht mit Daud Hasan. Jetzt, wo du mehr über die Sachlage weißt – wüsstest du irgendwelche größeren Agenturen, die vielleicht besser geeignet sind, mir zu helfen?«

»Ich bin der Meinung, du solltest dich aus diesem Schlamassel raushalten, bevor dein Name damit verknüpft ist.«

»Ich verstehe.«

Anat schwieg so lange, dass Hana ihr Handy überprüfte, um zu sehen, ob sie vielleicht aufgelegt hatte. »Bist du noch da?«, fragte sie schließlich.

»Ja, ja, ja«, erwiderte Anat auf die in Israel verbreitete Weise, rasch kurze Antworten auf eine Frage zu wiederholen. »Lass mich nachdenken und ein paar Telefonate führen. Was Sahir und Daud angeht – Sahir ist hartnäckig und wird wühlen, bis er eine Antwort hat. Daud ist jünger und technologisch eher auf Zack. Außerdem ...« Anat schwieg einen Moment.

»Was?«, fragte Hana.

»Falls du in Gefahr gerätst, wäre es mir lieber, Daud würde sich um dich kümmern. Über bestimmte Aspekte seiner Ausbildung spricht er nie, aber ich glaube, er beherrscht Dinge, die die meisten Leute nur aus dem Kino kennen.«

Hana lief es kalt über den Rücken. »Ich werde das berücksichtigen.«

»Sei klug, Hana. Lass irgendwen anders in dieses dunkle Loch hinabklettern. Die Einheiten, die die Tunnelbauer aus Gaza aufspüren, haben den gefährlichsten Job in der Armee. Sie brauchen keine Konkurrenz von dir.«

Damit war das Gespräch beendet. Hana sah einen Augenblick lang aus dem Fenster. Aber was sie wahrnahm, war nicht die Skyline von Atlanta; vor ihren Augen stand Reineh, und sie sah die tiefe Besorgnis in den Gesichtern ihrer Verwandten, die sie dort lesen würde, wenn sie wüssten, was sie vorhatte.

✡

Seit Jakobs Treffen mit Ben Neumann und Hana Abboud waren zwei Tage vergangen. Er hatte seinen Kopfverband inzwischen verkleinert, sodass er kaum noch die Verkrustungen auf seinem Schädel bedeckte. Die Beulen wurden kleiner, und die Blutergüsse wechselten von Lila zu Gelb. Er machte es sich im Wagen von Emily Johnsons Auto bequem, die er für diesen Tag gebucht hatte. Wie versprochen, war die blonde Frau auf die Minute pünktlich angekommen, um ihn zur Arbeit abzuholen. Sie schob den Beifahrersitz nach vorn, um Jakob hinten mehr Beinfreiheit zu geben.

»Wie ist die Verkehrslage auf der Strecke zu meinem Büro?«, fragte Jakob, nachdem er die Tür geschlossen hatte.

»Im Moment keine Unfälle oder Verzögerungen, es sei denn, das ändert sich, während wir unterwegs sind«, antwortete sie und drehte die Musik, die aus den Lautsprechern tönte, leiser.

»Das ist aus *Schwanensee*, stimmt's?«, fragte Jakob.

»Ja.« Emily schaute ihn im Rückspiegel an. »Sie kennen sich wirklich gut aus.«

Emily schlängelte sich durch den Verkehr und schaffte es gerade noch über eine Kreuzung, als die Ampel auf Gelb sprang. Jakob wurde auf seinem Sitz hin- und hergeworfen. Er überprüfte, ob sein Sicherheitsgurt angelegt war. Sein Handy vibrierte, der Anruf kam von Detective Freeman. Jakob hielt das Telefon ans Ohr und meldete sich. Emily stellte die Musik leiser.

»Wir haben einen möglichen Verdächtigen in Ihrem Fall identifiziert«, begann der Detective.

»Wen?«, fragte Jakob gepresst, da Emily die nächste Ampel nicht mehr schaffte und ruckartig bremsen musste.

»Wir sind uns nicht sicher, wie er wirklich heißt, aber die Gesichtserkennungssoftware hat ihn als Person von Interesse für die Zollabteilung des Heimatschutzes identifiziert.«

»Und woher hatten Sie ein Bild von seinem Gesicht?«

»Aus Ihrem Apartmentkomplex vorgestern Abend. Er fuhr einen Wagen, der der Beschreibung des Fahrzeugs entspricht, das in der Nacht des Angriffs fast diese Frau überfahren hätte. Nachdem wir sie befragt hatten, konnten wir das Automodell aufgrund ihrer Beschreibung der Rückleuchten auf einen neueren Buick eingrenzen. Und die Kamera an der Schranke zu Ihrem Wohnblockareal lieferte uns einen Screenshot des Verdächtigen.«

Jakob war sprachlos. Er erinnerte sich vage daran, die Kamera an einem Metallpfosten gesehen zu haben.

»Sie observieren meine Wohnung?«, fragte er.

»Nicht ständig. Aber bestimmte Einzelheiten des Überfalls deuteten eher auf einen Anschlag hin statt auf einen Raubüberfall. Wir waren uns natürlich nicht sicher, aber wir haben Ihren Fall auf eine Liste für die Überwachung gesetzt. Nur für ein paar Wochen. Damit wollen wir sicherstellen, dass Sie nicht zur Zielscheibe werden.«

Jakob versuchte, sich zu beruhigen; sein Herz schlug rasend schnell. »Was können Sie mir noch sagen?«, fragte er mit gedämpfter Stimme, da er nicht wollte, dass Emily mithörte.

»Der Heimatschutz glaubt, dass der Mann, den wir identifiziert haben, gestern das Land verlassen hat. Sie waren darauf vorbereitet, ihn wegen anderer Delikte im Südwesten der Stadt festzunehmen, aber er entging der Verhaftung und buchte mithilfe eines gefälschten Reisepasses einen Flug nach Venezuela. Dort können wir nicht an ihn heran.«

»Er ist aus Venezuela?«

»Nein, irgendwo aus dem Nahen Osten. Die Heimatschutzleute wollten uns sein eigentliches Herkunftsland nicht nennen. Aber es steht außer Zweifel, dass er illegal hier war und etwas mit Zigarettenschmuggel zu tun hat.«

»Ich glaube, ich kann nicht ganz folgen.«

»Unser Verdächtiger machte sein Geld mit dem Verkauf von geschmuggelten Zigaretten und schleuste die Gewinne dann nach Übersee.«

Jakob richtete sich gerade auf. »Wie heißt er? Und mit welcher Organisation arbeitet er zusammen? Das könnte wichtig sein in einem Zivilverfahren, das ich bearbeite.«

»Sie wollten mir keine dieser Informationen geben. Mein Kontakt informierte mich darüber, dass sie den Fall jetzt übernehmen, nachdem sie ihn identifizieren konnten.«

Emily bog zum Bürogebäude ein und hielt an.

»Moment«, sagte Jakob. »Ich habe noch eine Frage.«

Er stieg aus und winkte Emily zu. Der Gedanke durchzuckte ihn, wie sich sein Vater unter der ständigen Bedrohung durch den KGB gefühlt haben musste. »Welche Vorsichtsmaßnahmen soll ich treffen?«

»Gebrauchen Sie Ihren gesunden Menschenverstand und halten Sie die Augen offen«, erwiderte der Detective. »Wir sind eine offene Gesellschaft. Im Internet lässt sich die Adresse eines normalen Bürgers in Sekundenschnelle ermitteln.«

»Ich vermute, ich suche einen Araber?«

»Wahrscheinlich, aber garantiert ist das nicht. Terroristen haben alle möglichen Nationalitäten. Terrorismus basiert auf Glauben, nicht auf ethnischer Zugehörigkeit. Ich rufe wieder an, sobald ich relevante Informationen weitergeben kann.«

Der Anruf wurde beendet. Jakob trat in das zweistöckige Gebäude.

»Du siehst besser aus«, sagte Maddie strahlend. »Wie fühlst du dich?«

»Schlechter«, murmelte Jakob und ging an ihr vorbei zur Treppe.

✡

Hana bestellte einen Taboulésalat in Mr Akbars Restaurant. Das würzige Gericht belebte ihre Geschmacksnerven.

»Wo ist Gadi?«, fragte Hana, die Mr Akbars Sohn nicht an seinem üblichen Platz vor dem Grill entdecken konnte.

»Er ist gestern nach Beirut abgereist«, antwortete Mr Akbar. »Er fühlt sich hier im Restaurant eingeengt, und er weiß es nicht zu schätzen, welche Zukunftsmöglichkeiten er hier hätte. Ich habe versucht, ihm das auszureden, und wir hatten einen Streit. Er ist gegangen, ohne sich zu verabschieden.«

Hana empfand Mitgefühl für den niedergeschlagenen Vater. »Vielleicht wird er Amerika und eine Zukunft in der Familie mehr zu schätzen wissen, wenn er zurückkommt.«

»Es gibt noch mehr Dinge, über die ich mir Sorgen mache.«

»Ich weiß«, sagte Hana. Sie wollte nicht aussprechen, dass die Möglichkeit bestand, dass Gadi sich einer militanten Islamistengruppe anschließen und nie mehr zurückkommen würde.

Im Restaurant war viel los, aber Mr Akbar blieb noch an ihrem Tisch stehen. »Ich habe daran gedacht, dass Sie für Gadi beten wollten«, sagte er angespannt, aber mit weicherer Stimme. »Was beten Sie - außer, wenn Allah es will?«

Hana schickte ein Stoßgebet um Beistand zum Himmel. Bevor sie etwas sagen konnte, wurde Akbar von einem Mitarbeiter gerufen, und er entfernte sich. Hanas Herz schlug so laut, dass sie sich fragte, ob die Kundin, die neben ihr in dem lauten Restaurant stand, es hören konnte. Es dauerte einige Minuten, bevor der Besitzer zurückkam. Hana hatte ihren Salat fast aufgegessen.

»Hat es Ihnen geschmeckt?«, fragte er.

»Ja«, erwiderte Hana. »Es war köstlich. Und ich bete für Gadi und für Sie etwas ganz Ähnliches: Dass Sie Gottes Güte und seine Liebe erfahren.«

»Liebe erfahren?« Akbars Miene spiegelte seine Verwirrung.

Hana sah ihm in die Augen. »Mr Akbar, ich stamme aus einer christlichen Familie. Wir glauben schon seit Jahrhunderten an Jesus Christus.«

»Oh, verstehe.« Der Restaurantinhaber nickte bedächtig, sein Gesicht wurde ernst. »Ich möchte den Glauben Ihrer Väter nicht missachten. Als Junge hatte ich christliche Freunde, wir haben immer zusammen gespielt. Das war zu einer Zeit, als wir noch glaubten, die unterschiedlichen Gruppen könnten zusammenleben.«

Hana kannte die Geschichte: Nach dem Ersten Weltkrieg hatte es mutige Versuche der maronitischen Christen und der beiden Zweige des Islam im Land gegeben, friedlich miteinander zu leben.

»Sie sind in meinem Restaurant immer ein sehr geschätzter Gast«, fuhr

Akbar fort. »Wenn ich Sie höre, sehne ich mich nach den alten Zeiten. Bitte, beten Sie weiter zu Ihrem Gott.«

Hana verließ das Restaurant und war auf der kurzen Fahrt zur Kanzlei mit ihren Gedanken bei Mr Akbar und seinem Sohn. Dass Gott barmherzig ist, war ein Hauptgedanke im Islam, aber der Koran enthielt nur wenige Hinweise auf göttliche Liebe, und diese waren alle mit der Erfüllung religiöser Pflichten verbunden. In der islamischen Welt existierte Gottes bedingungslose Liebe nicht. Hana war das Herz schwer, als sie Janets Schreibtisch erreichte.

»Hast du gewusst, dass Gott dich liebt?«, platzte sie heraus.

»Äh ... ja, schon«, antwortete ihre Assistentin erstaunt. »Das haben wir doch schon als Kinder gelernt, so wie es in Johannes 3,16 steht. Ich habe den Vers schon damals auswendig gelernt, und es gehörte zu den ersten Dingen, die ich meinen eigenen Kindern beigebracht habe.«

»Schon gut. Ich wollte nicht ...«

»Ist okay. Ist in deiner Mittagspause was passiert?«

»Ja«, antwortete Hana. Dass sie ihr Gespräch mit Mr Akbar für sich behalten sollte, war ihr völlig klar. »Du kannst froh sein, dass du in Amerika lebst.«

»Das bin ich durchaus«, bestätigte Janet. »Und übrigens, dein amerikanischer Chef Mr Collins möchte dich sprechen.«

Als sie nach einem einstündigen Treffen mit Mr Collins in ihr Büro zurückkehrte, wartete eine E-Mail von Anat Naphtali auf sie. Sie enthielt Informationen über drei weitere Ermittlungsagenturen. Hana verbrachte den Rest des Nachmittags damit, diese Adressen zu recherchieren und Termine zu vereinbaren. Außerdem schrieb sie Mails an Sahir Benali und Daud Hasan mit der Bitte um Terminvorschläge für ein persönliches Treffen in Jerusalem. Dann schickte sie etliche Mails an ihre Familie, um sie wissen zu lassen, dass sie nur Zeit für einen kurzen Besuch in Reineh haben würde.

Sie wollte gerade ihren Computer herunterfahren, als eine Antwort von Daud Hasan eintraf. In Israel war es nach Mitternacht. Der Ermittler wollte am nächsten Tag mit ihr telefonieren. Hana schickte ihm eine Zusage und leitete eine Kopie der Mail an Jakob weiter, in der sie ihn einlud, bei dem Gespräch dabei zu sein.

Kapitel 16

Der Polizeibeamte, der geschickt wurde, um die Misbaha abzuholen, verließ Jakobs Büro. Dreißig Minuten später saß Jakob auf dem Rücksitz von Emilys Wagen. Er war auf dem Weg zu einer eidesstattlichen Aussage.

»Der Verteidiger der Versicherung will ein paar Minuten früher anfangen«, sagte Jakob.

Emily trat das Gaspedal durch. Sie drehte die Lautstärke ihrer Musik auf, eine Bach-Fuge, gespielt auf einer massiven Pfeifenorgel. Plötzlich bog sie unerwartet von der Hauptstraße in eine Seitenstraße ab. Jakob kannte den besten Weg zu ihrem Ziel.

»Warum sind Sie abgebogen?«, fragte er ärgerlich.

Statt zu antworten, bremste Emily scharf und bog in eine andere Seitenstraße ab. Jakob, der zur Seite geschleudert wurde, blickte sich um. Sie befanden sich in einer heruntergekommenen Wohngegend. Er wiederholte seine Frage.

»Vertrauen Sie mir«, sagte Emily nur.

Sie kamen an einem zugemauerten Lebensmittelladen vorbei. Die Ampel vor ihnen schaltete auf Grün, und Emily fuhr auf eine vertraute Hauptstraße, die überraschend nah an dem Ort lag, zu dem Jakob wollte. Der Umweg hatte ihnen zwei bekannte Verkehrsengpässe erspart. Dann verließen sie die Hauptstraße erneut. Diesmal versuchte Jakob, die Route zu verfolgen, aber es gelang ihm nicht.

Emily bog auf einen Parkplatz ein und stoppte.

»Da sind wir«, verkündete sie und stellte die Musik aus.

»Vierzehn Minuten zu früh.«

Auf dieser Strecke war Jakob noch nie zu dem Bürogebäude gefahren. Rasch griff er nach Laptop und Aktenkoffer. »Das war eine beeindruckende Fahrt«, sagte er. »Woher kannten Sie diese Nebenstrecken?«

»Ich war mal Polizistin in diesem Teil der Stadt.«

Nicht sicher, ob die vielseitige Blondine ihm die Wahrheit sagte oder versuchte, einen Scherz zu machen, stieg Jakob aus dem Auto. Emily wendete scharf und fuhr vom Parkplatz.

Eineinhalb Stunden später einigten sich Jakob und der Verteidiger auf die Bedingungen, die für Jakobs Mandanten günstig waren. Als er nach draußen kam, wartete Emily schon. Es war genau halb zwei.

»Sie takten Ihre Termine ziemlich eng, stimmt's?«, sagte die Fahrerin, als sie den Gang einlegte und losfuhr. »Ich hatte nicht vor, Ihnen eine Pause zu gönnen.«

»Es war ein guter Tag. Ich hoffe, nichts ruiniert ihn jetzt noch.«

Nachdem Emily ihn vor Hanas Bürogebäude abgesetzt hatte, sah Jakob in beide Richtungen die Straße entlang. Ein Mann mit olivfarbenem Teint näherte sich und starrte Jakob direkt ins Gesicht, bevor er den Blick abwandte.

Jakob sah ihm nach, wie er weiter die Straße hinunterging und schließlich um eine Ecke verschwand. Jakob betrat das Gebäude und war froh, als er einen bewaffneten Wachmann in der Nähe eines Springbrunnens in der Mitte des großen Atriums stehen sah.

✡

Janet klingelte Hana an. »Mr Brodsky ist hier«, sagte sie. »Ich habe Konferenzraum J reserviert.«

»Okay, sagen Sie ihm, dass ich gleich da bin.«

Hana ging mit ihrem Laptop in den Konferenzraum. Jakob stand gegenüber dem großen Fenster, das einen Panoramablick auf Buckhead bot. Während sie auf den Anruf von Daud Hasan warteten, informierte sie ihn über ihre Pläne. Die Freisprecheinrichtung in der Mitte des Tisches surrte. Es war Janet.

»Mr Hasan ist am Telefon.«

»Danke«, antwortete Hana und wandte sich an Jakob. »Ich weiß, dass Hasan Englisch spricht, aber wir müssen erst sehen, wie gut er es beherrscht.«

Das Telefon surrte, und Hana nahm auf Englisch ab. »Hallo.«

»Hasan hier«, sagte eine männliche Stimme auf Hebräisch.

»Hier ist Hana Abboud«, antwortete Hana und fuhr auf Englisch fort. »Ich bin hier zusammen mit Jakob Brodsky, einem der anderen Anwälte, die die Familie Neumann vertreten. Sehen Sie eine Möglichkeit, dass wir uns treffen, wenn ich in Israel bin?«

»Kein Problem«, antwortete Daud auf Englisch mit starkem Akzent. »Ich rufe jetzt an, weil ich vorhin mit Anat gesprochen habe, und sie wollte, dass ich Sie sofort kontaktiere.«

»Aus welchem Grund?«, fragte Hana.

Daud antwortete auf Arabisch. »Anat ist sehr besorgt um Ihre Sicherheit. Ist der Anwalt, der bei Ihnen ist, der Mann, der überfallen wurde?«

»Ja«, antwortete Hana auf Arabisch. Sie signalisierte Jakob mit einer Geste, er solle sich noch ein wenig gedulden. »Aber die Polizei sieht noch keine Verbindung zwischen beiden Fällen.«

»Okay, erzählen Sie mir mehr über die Klage.«

»Können wir uns auf Englisch unterhalten?«, fragte Hana. »Dann kann Jakob Brodsky Sie auch verstehen.«

»Ich würde Hebräisch oder Arabisch vorziehen.«

Hana wandte sich an Jakob. »Ich werde ihm kurz auf Arabisch erklären, auf welcher Grundlage wir den Prozess führen wollen.«

»Hat er Ihre Frage nach Anat beantwortet?«

»Das erkläre ich später«, antwortete sie und sprach dann auf Arabisch mit Daud.

»Wir befinden uns im Anfangsstadium der Ermittlungen und wollen eine Klage nach den US-Antiterrorgesetzen aufsetzen.«

Hana gab ihm einen kurzen Überblick über die rechtlichen Grundlagen für eine solche Klage. Sie erklärten sich gegenseitig, was sie benötigten, und wie der Ermittler ihnen helfen könnte.

»Arbeiten Sie mit der US-Regierung zusammen?«, fragte Daud.

»Nein«, antwortete Hana, überrascht von der Frage. »Warum?«

»Ein Mann aus New York City, der angeblich für die US-Regierung arbeitet, rief mich wegen des Neumann-Mordes an. Das war zwei Tage nachdem ich Ihre erste E-Mail erhalten hatte. Ich dachte, es gibt vielleicht eine Verbindung zu Ihnen. Er wollte mich engagieren.«

»Was sollten Sie für ihn tun?«, fragte Hana. »Aber bevor Sie antworten, lassen Sie mich kurz für Jakob übersetzen.«

Jakobs Augen weiteten sich, als er zuhörte. »Welche Abteilung der US-Regierung?«, fragte er.

»Das hat er mir nicht gesagt«, antwortete Daud auf Englisch. »Zuerst dachte ich, er suche einen Übersetzer. Aber er meinte, sie würden den Terroranschlag auf Gloria Neumann untersuchen, und wollten meine professionelle Hilfe. Er antwortete nicht, als ich fragte, ob ihm jemand aus der israelischen Regierung meinen Namen genannt habe.«

Daud Hasans Englisch schien besser zu sein, als er anfangs hatte durchblicken lassen.

»Hat er Sie engagiert?«, fragte Hana.

»Nein, ich habe ihn abgewiesen.«

»Warum?«

»Ich bin kein Söldner. Wenn du einen Job für eine fremde Regierung machst, kommen sie immer wieder und bitten dich, einen weiteren zu erledigen. Und wenn du ablehnst, lassen sie dich auffliegen«, sagte Hasan.

Jakob nickte Hana zu und murmelte: »Das ist gut.«

»Was für eine Tarnung?«, fragte Hana.

»Ermittlungsarbeit.«

Hana war sich nicht sicher, was Daud meinte, ließ es aber dabei bewenden. »Was wissen Sie bereits über den Mord an Gloria Neumann?«, fragte sie.

»Er wurde in der israelischen Presse als Tat eines Einzeltäters dargestellt«, sagte der Ermittler und wechselte zurück ins Arabische. »Das stimmt vielleicht nicht. Wenn der Mann, der mich kontaktiert hat, für die CIA arbeitet, hätte er nicht versucht, mich anzuheuern. Es sei denn, die

USA glauben, die Zadan-Brüder hätten Verbindungen zu einem Terrornetzwerk gehabt.«

»Zahlt die palästinensische Autonomiebehörde Geld an die Familie Zadan?«, wollte Hana wissen.

»Wahrscheinlich, aber ich werde es überprüfen. Sie zahlen auch dann an die Angehörigen, wenn ein Täter nur auf eigene Faust gehandelt hat. Das lässt sich aber leicht herausfinden.«

»Ich muss herausfinden, ob der jüngere Zadan-Bruder noch in Haft ist, und ihn befragen. Können Sie ihn ausfindig machen?«

»Ja, aber ob er reden wird? Ich habe da so meine Zweifel. Aber es gibt andere Möglichkeiten, an Informationen zu kommen.«

Jakob schaute auf seine Uhr. Bisher war er bis auf wenige Momente aus dem Telefonat ausgeschlossen gewesen.

»Wären Sie bereit, etwas Vorarbeit zu leisten, bevor ich in Israel ankomme?«, fragte Hana.

»Ohne einen Vorvertrag oder Bezahlung?«

»Nein, natürlich nicht«, antwortete Hana verlegen. »Aber ich möchte mich auf jeden Fall mit Ihnen treffen.«

Sie tauschten ihre Handynummern aus.

»Anat erwähnte, dass Sie auch mit anderen Ermittlungsagenturen sprechen«, sagte Daud. »Wer steht auf Ihrer Liste?«

»Warum fragen Sie?«

»Damit ich Ihnen sagen kann, ob sie für diese Arbeit geeignet sind.«

»Das entscheide ich selbst.«

»Okay. Wir sehen uns in Jerusalem.«

Hana beendete das Gespräch. »Tut mir leid, aber wir konnten uns auf Arabisch viel besser verständigen.«

»Verstehe«, sagte Jakob und fügte dann schnell hinzu: »Nein, eigentlich habe ich überhaupt nichts verstanden. Was ist die Quintessenz?«

Hana fasste den arabischen Teil des Gesprächs zusammen.

»Er sagt Ihnen nicht alles, was er weiß.«

»Da haben Sie recht«, stimmte Hana zu. »Ich hatte das gleiche Gefühl.«

»Und Sie glauben wirklich, er würde Ihnen eine ehrliche Meinung über seine Konkurrenz mitteilen?«

»Nein.«

Jakob berichtete Hana von seinem Gespräch mit Detective Freeman.

»Das ist ein echter Beweis dafür, dass man es gezielt auf Sie abgesehen hatte«, sagte sie nüchtern. »Wie geht es Ihnen damit?«

»Im Moment ist es ein Adrenalinstoß. Morgen früh werde ich es vielleicht ganz anders sehen. Jedenfalls gibt es keinen Grund, jemandem außer Ben und Herrn Lowenstein davon zu erzählen.«

»Warum nicht?«

»Weil wir nicht wissen, wem wir trauen können.«

Nachdem Jakob gegangen war, kehrte Hana in ihr Büro zurück, und Janet lauerte ihr auf.

»Wie war der Anruf?«, fragte Janet. »Und was sagst du zu Daud Hasan? Sogar sein Name hat einen Hauch von Geheimnis. Was bedeutet er? Du hast mir ja mal erzählt, wie wichtig das in deiner Kultur ist.«

Hana dachte einen Moment nach. »Daud ist David, das bedeutet ›geliebt‹. Der Name wird auf den letzten beiden Buchstaben betont. Hasan zeigt an, dass es sich um einen gut aussehenden Menschen handelt.«

Janet nickte. »Das gefällt mir. Sehr gut sogar. Vielleicht hättest du deinen Hund Hasan nennen sollen und nicht Leon.«

Hana lachte. »Ich werde mich mit Daud Hasan in Israel treffen.«

»Das unterstütze ich durchaus.«

»Und noch einige andere Ermittler, darunter Sahir Benali.«

»Du weißt ja, für wen ich stimme.«

»Ja, und deine Stimme hat Gewicht!«

✡

Jakob machte sich zum Abendessen ein Sandwich. Er loggte er sich in seinen Computer ein und stellte die Verbindung zu seinem Büroaccount her. Bevor er irgendetwas auf dem Computer überprüfen konnte, vibrierte sein Handy auf dem Couchtisch. Es war Detective Freeman.

»Wir haben das dunkelblaue Auto gefunden und eine Verhaftung vorgenommen«, begann der Detective. »Ein Streifenpolizist sah den Wagen in einem Wohngebiet an der Piedmont Road und hielt ihn an. Der Fahrer leistete keinen Widerstand. Er wurde für ein paar Stunden in eine Arrestzelle gebracht.«

Der Ort lag weder in der Nähe von Jakobs noch von Ben Neumanns Wohnung.

»Was können Sie mir über den Fahrer sagen?«, fragte Jakob.

»Er ist nicht aus dem Nahen Osten. Sein Führerschein ist gefälscht und ist auf den Namen John M. Smith ausgestellt. Aber seine Fingerabdrücke passen zu einem Mann namens Andre Sarkasian, der vor zwei Jahren in Raleigh wegen Autodiebstahls verhaftet wurde. Er hat sich aus dem Staub gemacht und ist seitdem auf der Flucht. Er ist aus Dearborn, Michigan, und hat ein Vorstrafenregister, das weit zurückreicht. Heute ist er zweiunddreißig. Er kam als Kind in die USA, aus einem dieser Länder in der ehemaligen Sowjetunion, die ich nicht aussprechen kann.«

Jakob setzte sich aufrechter hin. »Glauben Sie, dass er in der Nacht des Überfalls in dem entsprechenden Wohnblock war?«

»Seinem Alibi zufolge nicht. Er arbeitet seit drei Monaten in einem Lokal als Tellerwäscher. Es ist nicht weit von unserem Revier entfernt, und ich bin mit seinem Foto hingegangen. Vier Leute in der Küche und der Geschäftsführer sind sich hundertprozentig sicher, dass Sarkasian zum Zeitpunkt des Angriffs auf Sie gearbeitet hat.«

»Irgendwelche Verbindungen zu dem Mann, der in meinen Wohnblock kam und dann aus dem Land floh?«

»Es ist zu früh, um das zu wissen. Sarkasian hatte früher schon mit Anwälten zu tun, also hat er uns nichts erzählt außer seiner Alibi-Geschichte. Abgesehen davon hat er seinen Mund gehalten. Er weiß nicht, dass seine Fingerabdrücke mit denen in dem Fall in North Carolina übereinstimmen. Er hofft wahrscheinlich, dass eine Kaution verhängt wird, damit er wieder abhauen kann. Das wird nicht passieren.«

»Was werden Sie jetzt tun?«

»Sarkasian wird sich einen Pflichtverteidiger suchen, und wir werden an der Sache dranbleiben, bis er nach North Carolina ausgeliefert wird.«

Als er nach dem Telefonat sein Sandwich verspeiste, dachte Jakob darüber nach, was der Detective ihm erzählt hatte. Die Möglichkeit einer Verbindung zu einer der islamischen Republiken im Süden Russlands jagte Jakob einen Schauer über den Rücken. Er rief Ben Neumann an.

»Sie arbeiten spät«, sagte Ben.

»Ja. Ist Sadie im Bett?«

»Seit über einer Stunde. Ich habe vor ein paar Minuten eine E-Mail von Hana erhalten. Sie erwähnte, was der Detective über den Mann erzählt hat, der aus dem Land geflohen ist.«

»Ja, und das ist noch nicht alles.« Jakob erzählte ihm von Freemans Anruf. »Mit dem Verschwinden des einen Kerls und der Verhaftung von Sarkasian ist klar, dass die Polizei Licht in die Sache bringt. Das sollte das Risiko verringern.«

»Unser Haus liegt in einer bewachten Nachbarschaft«, sagte Ben langsam. »Aber wir verlassen den gesicherten Bereich jeden Morgen, wenn Sadie zur Schule oder zur Tagesbetreuung geht und ich zur Arbeit. Und dann sind wir genauso gefährdet wie jeder andere auch.«

Kapitel 17

Hana schreckte plötzlich hoch. Sie hatte tief geschlafen und war froh, dass sie einem Albtraum entkommen war: Sie war in Reineh gewesen, hatte aber ihr Elternhaus nicht finden können. Schneller und schneller war sie gelaufen und sah dabei immer wieder über die Schulter, ob ihr jemand folgte. Im Augenwinkel erblickte sie schattenhafte Figuren, die aber keine menschliche Form annahmen. Hana rannte, so schnell sie konnte, einen Berghang hinauf, auch wenn sie nicht wusste, was dort oben war. Sie hatte gerade die Hügelkuppe erreicht, als sie aufwachte. Ihr Herz hämmerte, und Schweißperlen standen ihr auf der Stirn.

Sie stand auf und spritzte sich ein wenig Wasser ins Gesicht, bevor sie ins Wohnzimmer ging, um zu lesen und zu beten. Leon lag in seiner Box auf dem Rücken, die Beine in die Luft gestreckt. Hana hatte nicht gewusst, dass Hunde in einer solch ungewöhnlichen Position schlafen konnten. Er rührte sich nicht, als sie sich auf die Couch setzte und eine Lampe anschaltete. Sie schlug ihre Bibel auf - Psalm 46. Der Psalm begann mit einem Erdbeben, und gegen Ende fand sie die bekannten Worte: »Hört auf und erkennt, dass ich Gott bin!«

Hana hatte sich zum Ziel gesetzt, stets ihren inneren Frieden zu bewahren oder rasch wiederzufinden, egal, was um sie herum geschah. Aber selbst mit der Hilfe des Psalmwortes brauchte sie heute eine ganze Stunde, um die Fetzen des Albtraums zu vertreiben, die an ihrer Seele nagten. Es gab keinen Zweifel: Seit sie mit dem Fall Neumann zu tun hatte, tobte der geistliche Kampf um sie heftiger als zuvor.

Am Morgen goss sie sich ihren Kaffee auf - orientalisch stark - und so viel, dass sie sich noch einen Becher voll mit ins Auto nehmen konnte. Sie lieferte Leon ab und früher als sonst war sie im Büro und machte sich an die Arbeit. Der Morgen war für sie die produktivste Zeit des Tages. Als sie schließlich gegen zehn eine Pause einlegte, hatte sie schon eine Menge geschafft. Sie stattete Janet an ihrem Schreibtisch einen kurzen Besuch ab.

»Man konnte deine geistige Aktivität förmlich durch die Tür spüren«, sagte ihre Assistentin. »Wenn du so in deinem geistigen Hochleistungsmodus bist, steigt mein IQ auch immer um ein paar Punkte.«

Hana reckte sich und lächelte. »Ich muss noch ein paar Projekte abschließen, bevor ich nach Israel fliege. War jemand Wichtiges hier, der mich stören wollte?«

»Würde Jakob Brodsky als ›jemand Wichtiges‹ zählen?«

»Ja.«

»Außerdem will Mr Lowenstein dich in fünf Minuten sehen.«

»Fünf Minuten!«

»Ich wollte dich gerade unterbrechen, als du kamst.«

Hana betrat das Büro des Seniorpartners, und er winkte ihr, sich zu setzen. »Wie ist der Stand der Dinge im Fall Neumann?«

Hana berichtete von ihrem Gespräch mit Daud Hasan. Als sie erwähnte, dass Hasan von einem Vertreter der US-Regierung aus New York kontaktiert worden war, zog Lowenstein die Brauen hoch und hob die Hand, um sie zu unterbrechen.

»Darüber wollte ich mit Ihnen sprechen. Das Büro des Generalstaatsanwalts für den südlichen Distrikt von New York führt eine noch nicht abgeschlossene Akte über den Mord an Gloria Neumann. Ich habe gerade mit einer Assistentin des Generalstaatsanwalts gesprochen. Sie wollte wissen, was wir vorhaben.«

»Wie haben sie von uns erfahren?«

»Ich vermute, Ihr Ermittler hat sie kontaktiert, nachdem er gestern mit Ihnen gesprochen hat. Die Frau, die mich angerufen hat, heißt Sylvia Armstrong.« Lowenstein starrte auf seinen Schreibtisch. »Sie wollte ganz offensichtlich Informationen erhalten, aber keine weitergeben. Jedenfalls hat sie mir gesagt, dass es sich um eine strafrechtliche Ermittlung handelt.«

»Haben sie außer Tawfik Zadan noch weitere Verdächtige identifiziert?«, fragte Hana.

»Das weiß ich nicht. Aber dass die Bundespolizei ermittelt, könnte für uns von Vorteil sein. Sie haben weit mehr Möglichkeiten als wir, an Informationen heranzukommen.«

»Wenn sie bereit sind, die herauszugeben. Es hörte sich allerdings nicht so an, als hätten sie das vor.«

»Geben Sie nicht so rasch auf«, erwiderte der Seniorpartner. »Sie kennen sie ja noch nicht. Ms Armstrong wurde sehr hellhörig, als ich erwähnte, dass eine arabischstämmige israelische Anwältin für uns an dem Fall arbeitet und dass Sie schon Ende der Woche in Israel sein werden. Ich glaube, es wird Ihnen gelingen, zum richtigen Zeitpunkt einen Informationsaustausch zu vermitteln. Und das ist ein weiterer Grund, warum Sie so schnell wie möglich im Flugzeug sitzen sollten.«

»Und es verkompliziert die Frage nach einem geeigneten Ermittler«, sagte Hana. »Daud Hasan hat mir offen gesagt, dass die Amerikaner versucht haben, ihn anzuheuern, und dass er abgelehnt hat. Und nachdem er von mir wichtige Informationen erhalten hat, ruft er den Generalstaatsanwalt an? Was Sie mir hier erzählen, lässt mich fragen, für wen er wohl arbeiten würde. Jakob Brodsky hatte den Eindruck, Hasan würde etwas verheimlichen. Ich meine, wir sollten nach jemand anderem suchen.«

Lowenstein zuckte die Achseln. »Welchen Unterschied macht das am Ende? Aufs Ganze gesehen sind wir alle im selben Team – wir wollen die Schurken fangen und ihnen richtig wehtun, finanziell und indem wir sie einbuchten. Ich sehe es so: Heften Sie sich an Hasans Rockschöße und nutzen Sie alles zu unserem Vorteil.«

»An die Rockschöße heften?«

»Nutzen Sie Informationen und Hinweise, die er von den Regierungsleuten oder aus anderen Quellen bekommt. Ich bin zuversichtlich, dies könnte unsere Chance für einen Durchbruch sein.«

Nicht zum ersten Mal wunderte Hana sich über Mr Lowensteins Gabe, eine Situation ganz anders zu beurteilen, als sie sich auf den ersten Blick dargestellt hatte.

»Es hilft, die Dinge so zu betrachten«, sagte sie langsam. »Aber soll ich Hasan mit den Fakten konfrontieren?«

»Nur als Türöffner für eine Diskussion darüber, wie viel an kooperativer Kommunikation Sie erwarten können. Ich möchte auch, dass Sie Sylvia Armstrong anrufen. Ich schicke Ihnen die Kontaktdaten. Versuchen Sie, auf der Basis von Gegenseitigkeit mit ihr zusammenzuarbeiten: Sie gibt Ihnen etwas, Sie geben ihr etwas.«

»Ich weiß nicht, ob ich für so etwas gemacht bin«, seufzte Hana.

»Betrachten Sie es als eine fortgeschrittene Art des Feilschens, wie auf dem Markt.«

»Ich werde es versuchen. Aber wir handeln hier nicht mit Gurken oder Orangen.«

Hana ging zurück in ihr Büro. Janet war am Telefon und winkte ihr, kurz zu warten.

»Einen Moment, ich sehe nach«, sagte sie gerade und legte den Anruf in die Warteschleife.

»Jakob Brodsky ist dran. Er möchte wissen, ob du Zeit hast, mit ihm zu Mittag zu essen. Es sei wichtig, sagt er.«

»Wieso Mittagessen?«

»Er ist hungrig«, mutmaßte Janet.

Hana ging in ihr Büro und nahm den Hörer ab. »Was ist los, Jakob?«, fragte sie.

»Ich habe Neuigkeiten über die Ermittlungen zum Überfall auf mich. Und ich möchte mit Ihnen über unseren Fall reden, bevor Sie abreisen. Ich weiß, es ist viel verlangt, aber könnten Sie mich abholen? Ich bin nicht weit weg von Ihrer Kanzlei und schicke Ihnen die Adresse.«

»Okay. Ich mache mich in fünf Minuten auf den Weg.«

»Ich warte vor dem Gebäude, dann müssen Sie keinen Parkplatz suchen.«

✡

Jakob wartete am Bordstein. Es war ein warmer Tag. In wenigen Wochen würde sich der schwüle Sommer über die Stadt legen und den Asphalt auf sengende Temperaturen erhitzen. Er hatte sein Jackett ausgezogen und über die Schulter geworfen. Ein Auto fuhr an den Bordstein und hielt. Es war Hana. Aus der Klimaanlage strömte kalte Luft.

»Danke, dass Sie mich abholen und die Klimaanlage hochgedreht haben«, sagte Jakob und lehnte sich vor, sodass die kühle Luft ihm direkt ins Gesicht wehte.

»Da, wo ich herkomme, halten wir Klimaanlagen für eine der größten Erfindungen aller Zeiten«, erwiderte Hana. »Wo würden Sie gern essen?«

»Oh, entscheiden Sie das bitte.«

»Gibt es irgendwelche Einschränkungen, was Sie essen können?«

»Nein. Ich esse Barbecue, Schinken, Hummer und Krabben.«

»Mein Gewissen verbietet mir kein Schweinefleisch, aber ich esse es selten. Ich dachte, wir könnten zu einem Inder gehen. Er ist ganz in der Nähe.«

»Sehr gern. Essen Araber kein Schweinefleisch?«

»Der Islam verbietet es strikt, das Judentum ebenfalls. Das heißt, es gehört normalerweise nicht zur arabischen Küche, auch nicht bei christlichen Arabern wie mir. Und die jüdischen Christen, die ich kenne, essen meist auch keins.«

»Jüdische Christen? Wie kann das sein?«

»Oh, es gibt sie immer häufiger.«

Hana bog auf einen kleinen öffentlichen Parkplatz ein, auf dem es noch ein paar freie Plätze gab. »Das Restaurant ist nur ein paar Straßen weiter«, erklärte sie.

Jakob ließ sein Jackett im Wagen und lockerte die Krawatte, während sie die Straße entlanggingen. An einer Straßenecke warteten sie darauf, dass die Ampel grün wurde. Einen Moment lang schob sich eine große Wolke vor die Sonne.

»Es ist gleich da vorne«, sagte Hana, als die Ampel umschaltete.

Hana wollte losgehen, aber Jakob sah ein Auto, das die rote Ampel überfuhr und direkt vor ihnen rechts abbog. Instinktiv packte er Hana am Arm und riss sie zurück. Sie stolperte, und er musste sie auffangen, damit sie nicht hinfiel.

»Danke«, sagte sie, als sie ihr Gleichgewicht wiedergefunden hatte.

»Ich habe nur auf die Ampel geachtet und diesen Wagen nicht kommen sehen.«

»Ich bin schon seit Tagen im Hyper-Wachsamkeits-Modus«, erwiderte Jakob. »Unter anderem darüber wollte ich mit Ihnen reden.«

Das Restaurant quetschte sich in den schmalen Raum zwischen einem Schuhreparaturladen und einem Nagelstudio.

»Wie haben Sie das Lokal entdeckt?«, fragte Jakob und hielt Hana die Tür auf.

»Wenn man in Atlanta nach einem guten indischen Restaurant sucht, steht dies hier ganz oben auf der Liste. Ich brauche mindestens einmal im Monat ein gutes Curry.«

In einem langen rechteckigen Raum standen zwölf bis fünfzehn Tische. Schon an der Tür empfing sie der scharf-würzige Duft der indischen Küche. Alle Tische waren für vier Personen eingedeckt. Das Publikum bestand aus Geschäftsleuten. Eine rothaarige Frau Mitte zwanzig brachte ihnen Wasser und die Mittagskarte. Jakob kannte sich mit indischem Essen so gut wie gar nicht aus.

»Was empfehlen Sie?«, fragte er Hana.

»Ich nehme normalerweise das Curry mit Lamm, das mit Wurzelgemüse oder mit Kaninchen«, sagte Hana und wies auf die entsprechenden Schüsseln auf dem Büfett. »Es gibt auch andere Gerichte, die nicht so stark nach Curry schmecken. Der Chilli-Paneer ist auch sehr beliebt.«

Curry war nicht gerade Jakobs Lieblingsgewürz, und er lud sich eine großzügige Portion von dem Chilli-Paneer auf den Teller.

Bevor sie aßen, entschuldigte Hana sich, um sich die Hände zu waschen. Während sie fort war, tauschte Jakob die Plätze, sodass er mit dem Rücken an der Wand saß und den Raum und alles und jeden darin überblicken konnte. Er kontrollierte sein Handy, ob er einen Anruf oder eine Nachricht verpasst hatte.

✡

Hana bürstete sich kurz die Haare und legte einen Hauch Lippenstift auf, bevor sie in den Speiseraum zurückging. Innerlich gab sie sich einen Tritt, weil sie die Gelegenheit verpasst hatte, Jakobs Frage nach jüdischen Christen ausführlicher zu beantworten. Jakob Brodsky schien in dieser Hinsicht ein unbeschriebenes Blatt zu sein. Sie kehrte an ihren Tisch zurück. Jakob hatte den Platz gewechselt und saß nun links von ihr statt ihr gegenüber.

»Warum haben Sie sich umgesetzt?«, fragte Hana.

»Wie schon gesagt, seit dem Überfall bin ich ein bisschen schreckhaft.«

Hana hörte sich an, was Jakob ihr über sein jüngstes Gespräch mit dem Detective, über die Flucht des Angreifers und die Verhaftung von Andre Sarkasian berichtete.

»Woher genau stammt er? Aus Dagestan, Usbekistan oder aus Tschetschenien? Oder aus einem anderen islamischen Land?«, hakte sie nach. »Der islamische Fundamentalismus rekrutiert dort viele Anhänger.«

»Detective Freeman war sich nicht ganz sicher, was den ethnischen Hintergrund angeht. Aber ich wollte es Sie wissen lassen, bevor Sie nach Israel abreisen. Ben habe ich gestern Abend auch darüber informiert.«

Hana dachte einen Moment nach. Bei seltenen Anlässen trug sie eine Waffe bei sich, eine 9-mm-Pistole. Vielleicht war es Zeit, die Waffe aus der Schublade zu holen und in ihre Handtasche zu stecken.

Jakob nahm einen Löffel von seinem Chilli. »Das hat es wirklich in sich«, meinte er. »Vielleicht schreiben sie Chilli deshalb mit einem l zu viel.«

»Sie sollten über mein Gespräch mit Mr Lowenstein Bescheid wissen«, sagte Hana und berichtete Jakob vom Interesse des Bundesstaatsanwalts am Mord an Gloria Neumann und von der Verbindung zu Daud Hasan.

»Ich bezweifle, dass die Bundespolizei in diesem Fall ermitteln würde, wenn nicht etwas oder jemand Wichtigeres als die beiden Zadan-Brüder dahintersteckt«, schloss sie. »Und für mich wird es dadurch noch wahrscheinlicher, dass es Leute mit Kontakten zu Terrornetzen gibt, die über Ihre Bemühungen Bescheid wissen, Ben Neumann zu helfen.«

»Jetzt bin ich baff«, sagte Jakob. »Am Anfang meiner Recherche fand ich heraus, dass US-Staatsanwaltschaften im östlichen und südlichen Distrikt von New York auf der Spur von Terroristen waren. Sie haben sich also nicht zurückgelehnt und auf einen militärischen Drohnenangriff gewartet, um die bösen Jungs auszuschalten. Im Rahmen ihrer Befugnisse sind sie aktiv geworden und hatten dieselben Probleme wie wir, die richtigen Personen zu identifizieren und sie vor US-Gerichte zu bringen. Aber sie hatten Erfolg. Mehrere Leute sind ins Gefängnis gewandert.

Einige wurden aus dem Ausland ausgeliefert, nachdem von einem Geschworenengericht in den USA Anklage erhoben wurde. Ich habe alles gespeichert und leite Ihnen die Datei gern weiter.«

»Ja, bitte. Ich habe ähnliche Hinweise gefunden, aber ich kenne nicht viele Details.«

»Aber ich weiß nicht, ob ich Mr Lowenstein in Bezug auf Daud Hasan zustimme. Er stellt es so dar, als würde Hasan wie ein Doppelagent agieren. Das kommt mir naiv vor«, sagte Jakob kauend.

Hanas Gedanken gingen in eine ähnliche Richtung, aber im Moment war es ihre Aufgabe, ihren Chef zu verteidigen. »Sein Argument ist, dass unsere Interessen mit denen der Bundesstaatsanwaltschaft übereinstimmen und wir dadurch Zugang zu Geheimdienstinformationen bekommen könnten. An die kämen wir sonst nie heran.«

»Das überzeugt mich nicht. Es setzt ein hohes Maß an Vertrauen in einen Mann voraus, der uns jetzt bereits belogen hat.« Jakob schwieg und wischte sich die Stirn mit der Serviette ab. »Es muss mir wohl schon viel besser gehen. Wer dieses Essen verträgt, ohne den Notarzt oder die Feuerwehr rufen zu müssen, der kann nur gesund sein.«

»Sie haben ein ganz rotes Gesicht«, sagte Hana.

»Ja, das passiert, wenn ich etwas scharf Gewürztes esse.«

Jakob stand auf, um zur Toilette zu gehen. Hana sah sich im Raum um und betrachtete die anderen Gäste, die hier zu Mittag aßen. Mindestens zwei Drittel davon kamen vom indischen Subkontinent - ein Beweis dafür, dass hier wirklich echte indische Küche angeboten wurde. Als Jakob zurückkam, hatte sein Gesicht ein wenig an Farbe verloren. Er bestand darauf, für Hana zu zahlen.

»Soll ich Sie irgendwo absetzen?«, fragte sie, als sie den Wagen erreichten.

»Nein, vielen Dank. Die Fahrerin des Fahrdienstes, die mich oft fährt, kann in ein paar Minuten hier sein. Ich habe ihr eine Nachricht geschickt, als wir mit dem Essen fertig waren.«

Jakob verabschiedete sich schnell, denn schon fuhr Emilys gelber Wagen schnittig auf den Parkplatz und hielt direkt vor ihnen. Jakob stieg auf den Beifahrersitz, und das Auto fuhr an. Die Fahrerin fädelte sich in den Verkehr ein und beschleunigte, ohne auf eine ausreichende Lücke zu warten.

»Ist es okay, wenn ich vorn sitze?«, fragte Jakob und schnallte sich an.

»Da sind Sie auf jeden Fall näher am Geschehen«, antwortete Emily. »Wer war das gerade auf dem Parkplatz? Sieht interessant aus.«

»Eine Anwältin. Eine arabische Israelin, die hier für eine internationale Kanzlei mit Sitz in Buckhead arbeitet. Oh, und sie ist Christin.«

»Ungewöhnlich.«

»Allerdings.«

Emily fuhr Jakob in sein Büro zurück. Die Musik, diesmal Querflöte, war leiser als sonst.

»Haydn?«, riet Jakob, nachdem er ein Weilchen zugehört hatte.

»Ja. *Sinfonie Nr. 104.* Sein letztes großes Werk.«

Sie bogen von der Hauptstraße ab.

»Wieder mal eine Ihrer Nebenstrecken?«, fragte Jakob.

»Nur, um einem Wasserrohrbruch zu entgehen. Auf der üblichen Route ginge es auch nicht schneller.«

Sie fuhren durch zwei Wohngebiete, bevor sie wieder eine vertraute Straße erreichten.

»Haben Sie mich auf den Arm genommen, oder haben Sie wirklich für die Polizei gearbeitet?«, fragte Jakob.

»Das war todernst. Ich habe die Belobigungen in der untersten Schublade meiner Kommode - ich kann es beweisen.«

»Ist Ihnen jemals ein Detective Caleb Freeman begegnet? Er leitet die Ermittlungen zu dem Überfall, der mich ins Krankenhaus und jetzt auch in Ihr Auto gebracht hat.«

»Nicht dass ich wüsste. Die Polizeieinheit hier ist riesig, und in den letzten Jahren habe ich in einer kleinen Abteilung gearbeitet.«

»Drogenfahndung?«, fragte Jakob. Es war eine logische Schlussfolgerung, aber er bezweifelte, dass sie das bestätigen würde. Er konnte sich Emily gut als Undercoverermittlerin bei einem Drogenkauf vorstellen.

»Nein«, sagte sie und schaffte es noch bei Gelb über die nächste Kreuzung. »Menschenhandel. Wir haben mit den Regierungsbehörden zusammengearbeitet, um die sexuelle Ausbeutung von Frauen einzugrenzen, die aus der ganzen Welt nach Atlanta verschleppt werden. Hartsfield Airport ist ein riesiger Umschlagplatz, nicht nur für gute Geschäfte, sondern auch für üble Sachen. Sie würden nicht glauben, wie groß das Problem ist.«

Jakob erinnerte sich an einen Fall, bei dem er einen Mann vertreten hatte, der schon zum dritten Mal wegen Trunkenheit am Steuer vor Gericht stand. Am selben Tag hatte auch eine Verhandlung gegen einen Angeklagten auf der Agenda des Gerichts gestanden, der kein Englisch sprach und sich wegen mehrfacher Entführung im Zusammenhang mit Sexhandel verantworten musste. Er erwähnte den Fall gegenüber Emily.

»Ja, so ist das. Und das größte Problem ist, die Mädchen zu überzeugen, dass sie aussagen. Die meisten sind minderjährig und panisch vor Angst. Jetzt arbeite ich ehrenamtlich für eine gemeinnützige Organisation, die mit den betroffenen Frauen arbeitet.«

Sie fuhren ein paar Minuten schweigend weiter. Dann nahm Jakob das Gespräch wieder auf. »Warum haben Sie aufgehört?«, fragte er.

»Zwei Jahre als Streifenpolizistin und vier Jahre in der Spezialeinheit haben mich an meine Grenzen gebracht. Ich habe vieles gesehen, was ich gern vergessen würde. Musik versetzt mich an Orte, die so viel glücklicher sind.«

Emily steuerte den Parkplatz an, der zu Jakobs Büro gehörte, und hielt. Jakob öffnete die Tür.

»Danke. Nach Hause komme ich heute mit einem der Kollegen hier aus dem Haus, und morgen früh bleibe ich zu Hause. Ich schicke Ihnen eine Nachricht, wie mein Nachmittag aussieht und wann Sie mich ins Büro fahren können.«

»Aber nicht vergessen: Um vier Uhr verwandle ich mich in einen Kürbis.«

Jakob betrat das Gebäude, in Gedanken bei dem Übel des Terrorismus, der Gloria Neumanns Leben ausgelöscht hatte, und bei dem Übel des Sexhandels, der junge Mädchen, noch Kinder, zerbrach. Die Welt war ein übler Ort und brauchte jedes bisschen an Gerechtigkeit, das er zu geben vermochte.

Kapitel 18

»Und, wie war's?«, fragte Janet verschwörerisch, als Hana nach dem Essen ins Büro zurückkam.

»Er fand es ziemlich scharf«, erwiderte Hana.

»Was?« Janet hob die Augenbrauen. »Das klingt aber gar nicht nach dir, aber nur zu, ich höre.«

»Oh, es lag auch nicht an mir. Er hat Chilli-Paneer gewählt, so ungefähr das Schärfste, was der Inder, bei dem wir waren, zu bieten hatte. Irgendwann habe ich aufgehört zu zählen, wie viele Gläser Wasser er getrunken hat. Fünf waren es mindestens.«

»Ihr wart indisch essen?«

»Ja. Die indische Küche hat die des Vorderen Orients beeinflusst. Araber und Juden mögen ähnliche Gerichte. Aber wir haben vor allem über den Neumann-Fall geredet.«

»Ist ja prickelnd«, sagte Janet trocken. »Aber ich weiß schon: Wenn Anwälte sich treffen, spielen sie immer die Intelligenzbestien. Und was kommt als Nächstes?«

»Ich werde versuchen, noch ein paar Stunden zu arbeiten, bevor ich Leon abhole«, erwiderte Hana.

»Du weißt, was ich meine. Was ist der nächste Schritt mit Jakob Brodsky? Kommt er mit nach Israel? Du hast mir noch nicht erzählt, ob er inzwischen wieder fit genug ist, um den Flug zu überstehen.«

»Diesmal nicht«, sagte Hana. »Sein Arzt hat ihm auch verboten, Auto zu fahren. Aber wenn Jakob doch einmal mit mir nach Israel fliegt, dann wird das eine Dienstreise sein, sonst nichts. Es gibt keine romantischen Gefühle zwischen uns. Meine Eltern haben sich verliebt und eine Woche, nachdem sie sich das erste Mal gesehen hatten, wussten sie, dass sie heiraten würden. So will ich es für mich auch haben.«

»Wir nennen das ›Liebe auf den ersten Blick‹.«

»Das gefällt mir«, sagte Hana.

»Aber ich bin mir nicht sicher, ob du der spontane Typ bist«, warf Janet zweifelnd ein und steckte sich die Ohrstöpsel des Diktiergeräts in die Ohren.

Janet wollte gerade das Büro verlassen, als Hana aus ihrem Büro kam. »Ich habe Donnie eine Nachricht geschickt und ihm von dem indischen Restaurant erzählt, und er hat einen Babysitter engagiert, wir können also heute Abend ausgehen. Er behauptet, er liebe indisches Essen. Wie kann ich siebzehn Jahre mit einem Mann verheiratet sein und nicht wissen, dass er eine Vorliebe für indisches Essen hat? Er möchte unbedingt dieses Chilli-Zeug probieren, von dem du erzählt hast. Ich habe keine Ahnung, was ich nehmen soll.«

»Die Speisekarte ist bebildert. Und sag Donnie, er soll Ziegenmilch bestellen. Die nimmt die Schärfe.«

Janet warf Hana einen skeptischen Blick zu. »Wenn du meinst ...« Nach einem Blick auf ihre Armbanduhr fragte sie: »Wann musst du am Flughafen sein?«

»Gegen sechs. Ankunft in Jerusalem am späten Nachmittag.«

»Und du wirst mir bestimmt mindestens zwanzig E-Mails pro Tag schicken, ja? So wie letztes Jahr von deiner Reise nach Deutschland.«

»Mindestens«, antwortete Hana. »Nein, hör mal, du wirst vermutlich gar nicht viel von mir hören. Ich bin schließlich nur drei Tage fort.«

»Okay, aber versprich mir, dass du vorsichtig bist und nirgendwohin gehst, wo du nicht sicher bist. Diese Reise ist etwas anderes als ein Familienbesuch oder eine Geschäftsreise nach Tel Aviv.«

»Ich werde keine Risiken eingehen, die nicht meine Rolle als Anwältin in diesem Fall betreffen. Und ich kenne mich im Land aus. Schließlich ist es meine Heimat.«

»Erzähl deinem Vater von meiner Idee, dass du alle potenziellen Ehemänner für dich zusammentrommelst und in einer Reihe aufmarschieren lässt, damit er einen für dich aussuchen kann, falls das mit der ›Liebe auf den ersten Blick‹ bei dir nicht klappt. Das könnte dein Notfallplan sein.«

»Er wird sagen, das sei eine gute Idee«, lachte Hana.

Janet legte die Hand aufs Herz. »Ich kann nicht verschweigen, was mich hier drin bewegt. Du bist in jeder Hinsicht zu schön, um allein durchs Leben zu gehen.«

Hana beugte sich vor und schloss Janet in die Arme.

»Bitte schick Fotos«, sagte die Assistentin, als Hana aufstand. »Und du weißt, wen ich darauf vor allem sehen will.«

✡

Hana flog von Atlanta zum Reagan-Airport in Washington D.C., und nach dem Zwischenstopp saß sie im Flieger nach Israel. Sie hatte einen Sitz am Gang; ihre Nachbarin war eine Araberin aus Ostjerusalem, die nach einem Besuch bei ihrem Sohn und den Enkelkindern in Baltimore nach Israel zurückflog. Sie sprachen Arabisch. Der Sohn der Frau studierte Informatik an der Johns-Hopkins-Universität und hoffte, nach dem Abschluss einen Job in den Vereinigten Staaten zu finden. Die Frau stellte Hana jede Menge Fragen über das Leben in den USA. Sie machte sich größte Sorgen, dass die Kinder ihre ethnische Identität verlieren und sich der amerikanischen Kultur anpassen würden. Die Familie war muslimisch, aber nicht praktizierend. Als Hana sagte, sie sei Christin, nickte die Frau.

»Für Sie ist es leichter, denn Amerika ist eine christliche Nation.«

»Nicht so sehr, wie Sie vielleicht denken«, erwiderte Hana. »Es kommt sehr darauf an, mit wem man es zu tun hat.«

Hana war kein Alexis de Tocqueville, aber sie bemühte sich nach Kräften, das Leben im heutigen Amerika zu charakterisieren. Während sie redete, fiel ihr selbst auf, wie sehr sie ihre Heimat auf Zeit inzwischen liebte. Sie erinnerte sich an Jeremia 29,7: »Setzt euch ein für den Frieden und das Wohlergehen Babels, wohin ich euch als Verbannte geschickt habe. Betet für das Wohlergehen der Stadt - denn wenn die Stadt, in der ihr gefangen gehalten werdet, Frieden hat, habt ihr auch Frieden.«

Nach etwa der Hälfte des Fluges gähnte die ältere Sitznachbarin und lehnte sich für ein Schläfchen zurück. Hana schloss die Augen, schlief aber nicht. Sie wollte ihre innere Uhr so früh wie möglich auf die israelische Zeit umstellen. Nach der Landung am Ben-Gurion-Airport küsste ihre Reisegefährtin Hana auf beide Wangen, und dann trennten sich ihre Wege.

Hana nahm sich einen Mietwagen und fuhr nach Jerusalem. Sie hatte überlegt, bei Freunden zu übernachten. Aber sie wollte sich auf ihre Aufgaben konzentrieren und hatte sich für ein Hotel im modernen Westteil der Stadt entschieden, in dem viele Geschäftsreisende abstiegen. Beide Ermittler wussten, wo sie zu finden war. Sobald sie ihr Zimmer bezogen hatte, überflog sie die eingegangenen E-Mails. Ganz oben waren Mails von Sahir Benali und Daud Hasan. Hana las Benalis Nachricht zuerst, stutzte und las sie noch einmal. Der erfahrene Ermittler zog sein Angebot einer Zusammenarbeit zurück. Der einzige Grund, den er dafür angab, war, dass »mir neue Details bekannt geworden sind«.

Hana öffnete die Mail von Daud Hasan. Seine Antwort auf Englisch war kürzer und auf andere Weise rätselhaft. »Ich hole Sie um sieben Uhr in Ihrem Hotel ab und lade Sie zum Essen ein.« Er hatte eine andere Telefonnummer angegeben als die auf seiner offiziellen Webseite. Es wäre praktisch, Hasan so bald wie möglich zu interviewen, und bei einem Essen war das möglich. Wenn sie sich für ihn entschied, konnte er sofort mit seinen Nachforschungen beginnen. Wenn nicht, konnte sie gleich morgen andere Agenturen kontaktieren. Eines stand allerdings fest: Daud Hasan würde sie nicht in ihrem Hotel abholen. Hana schrieb eine kurze Antwort. »Geben Sie mir den Namen des Restaurants, und ich treffe Sie dort um halb acht.«

✡

Es war noch früh am Morgen, als Jakob aufwachte und sich eine Kanne Kaffee machte. Dr. Bedford hatte ihm empfohlen, seinen Koffeinkonsum einzuschränken, also schlürfte Jakob eine Tasse dünnen Kaffee, während er seine Recherche zu Andre Sarkasian begann. Die ersten Seiten, die angezeigt wurden, befassten sich alle mit seinen Aktivitäten in den USA; sie enthielten auch Hinweise auf kleinere Rechtsverstöße, die er als Teenager in Dearborn begangen hatte. Das Vorstrafenregister in seiner Akte bei Detective Freeman war vermutlich umfangreicher, vermutete Jakob. Es gab zwei Fotos von Sarkasian aus den letzten fünf Jahren – ein junger Mann Mitte oder Ende zwanzig starrte kalt in die Kamera.

Aber je länger Jakob suchte, umso mehr Verweise auf russischsprachige Seiten tauchten auf. Da die Suchergebnisse dem Ethos der Algorithmen der Suchmaschinen folgten, enthielten die meisten keinen offensichtlichen Bezug zu Sarkasian, und Jakob verbrachte zwei Stunden, ohne irgendetwas von Relevanz zu entdecken. Er machte eine Pause und stellte ein klassisches Radioprogramm an. Beethoven wurde als Komponist der Woche vorgestellt. Zu den wuchtigen ersten Klängen von Beethovens *Fünfter Sinfonie* setzte Jakob seine Suche fort. Die Töne klangen wie Hammerschläge, die Felsen zertrümmern könnten.

Zehn Minuten später öffnete Jakob einen Link zu einem Blog aus Dagestan, der für die Reinheit des Islam warb. Auf der Seite entdeckte er das Foto von zehn islamistischen Fundamentalisten, die sich dem Dschihad verpflichtet hatten. Fast alle Gesichter auf dem Foto waren hellhäutig. Etwas abseits und neben der Gruppe stand ein Mann, dessen Gesicht Jakob bekannt vorkam. Er sah genauer hin: Es war nicht Sarkasian. Jakob ging die Dateien durch, die er bereits gespeichert hatte, und öffnete das Rekrutierungsvideo, das von dem großen, schlanken weißen Mann mit dem amerikanischen Akzent gefilmt worden war. Es war dieselbe Person.

Jakob klickte zurück auf den Blog aus Dagestan und studierte jedes Detail auf der Webseite. Es gab insgesamt zehn Blogs, die er alle durchlas. Vieles wiederholte sich. Die Botschaft des militanten Islam war klar – *Dar as-Salam* und *Dar al-Harb* – das Haus des Friedens und das Haus des Krieges. Das Haus des Friedens waren die Weltgegenden unter islamischer Kontrolle; zum Haus des Krieges gehörten die Gebiete, die es noch zu erobern galt, entweder durch Bekehrung oder mit Waffengewalt.

Müde legte Jakob sich hin, um ein wenig zu schlafen. Vorher schickte er noch eine Nachricht an Emily Johnson mit der Frage, ob sie ihn mittags in sein Büro fahren könnte.

✡

Hana zog das schickste Kleid an, das sie mitgenommen hatte. Das Restaurant lag im angesagtesten neuen Viertel der Stadt. Die Preise auf der Speisekarte würden ein großes Loch in ihr Reisebudget reißen. Sie begutachtete sich selbst im körperhohen Spiegel an der Tür ihres Bads und zog das glänzende schwarze Kleid zurecht. Dann ging sie nach unten und bat an der Rezeption darum, ihr ein Taxi zu bestellen. Der Portier fragte, wohin sie gebracht werden wolle, und als sie den Namen des Restaurants nannte, rieb er die Finger aneinander – ein Zeichen, dass das Restaurant teuer war. Der Taxifahrer war Israeli, und Hana nannte ihm die Adresse auf Hebräisch. Sie kam ein paar Minuten zu früh an, und der Kellner begleitete sie an die Bar, wo sie warten konnte. Das Publikum war jüdisch, außer dem Barkeeper sah Hana keine Araber im Raum.

Fünf Minuten nachdem sie sich gesetzt hatte, betrat ein arabisch aussehender Mann eilig die Bar. Hana wusste sofort: Das musste Daud Hasan sein. Der Ermittler war etwa eins achtzig groß und breitschultrig, hatte schwarzes Haar und ein eckiges Kinn. Er erblickte Hana und kam zu ihr herüber. Mit einem leichten Nicken begrüßte er sie auf Arabisch.

»Freut mich ebenfalls, Sie kennenzulernen«, antwortete Hana.

»Haben Sie einen Bruder namens Mikael?«, fragte Daud. »Vor sechs oder sieben Jahren habe ich mit einem Mikael Abboud Fußball gespielt.«

Hana nickte. »Das ist mein älterer Bruder. Damals hat er in Jerusalem gewohnt und bei einem Lebensmittelgroßhändler gearbeitet.«

»Ja, das kommt hin. Er hat zu den Spielen immer irgendwelche Snacks mitgebracht. Wo ist er jetzt?«

»Er arbeitet in der Firma unserer Familie – mein Vater und einige Onkel haben ein Unternehmen für Bewässerungssysteme. Mikael ist für den Verkauf nach Afrika und Indien zuständig, wohin sie gern ihre Geschäftstätigkeit ausweiten wollen. Er ist sehr oft im Ausland.«

»Er war ein guter Fußballer und hat mindestens die Hälfte aller Treffer für uns erzielt. Ich habe in der Verteidigung gespielt.«

Mikael war der beste Sportler in der Familie Abboud.

»Ich hatte auch den Eindruck, dass mir Ihr Name bekannt vorkäme, als Anat ihn erwähnte«, sagte Hana. »Mikael muss damals von Ihnen erzählt haben.«

Der Ermittler hatte ein gewinnendes Lächeln und wirkte weniger ernst, als Hana vermutet hatte.

»Sollen wir etwas essen?«, fragte er.

»Ja, gern. Hier bin ich noch nie gewesen.«

»Das Restaurant ist neu und hat die besten Steaks in Jerusalem.«

Der Kellner führte sie zu einem Tisch für zwei in einer Ecke des Restaurants. Hana bemerkte, dass sie die Aufmerksamkeit auf sich zogen, während sie den Raum durchquerten.

»Wenn wir möglichst unauffällig bleiben und nur Geschäftliches besprechen wollen, ist das hier nicht gerade der richtige Ort«, sagte Hana, als sie Platz genommen hatten.

»Da bin ich anderer Meinung«, erwiderte Daud. »Wäre es besser, in einem Restaurant in Ostjerusalem über Ermittlungen zu einem Terrorangriff zu sprechen, oder an einem Ort, an dem wir von Juden umgeben sind?«

»Guter Punkt«, gab Hana zu.

Ein Kellner nahm die Getränkebestellung auf.

»Stört es Sie, wenn ich ein Glas Wein bestelle?«, fragte Daud.

»Nein, überhaupt nicht.« Hana trank kaum Alkohol und bestellte Tonic Water mit einem Schuss Lemon.

Der Kellner ging, und Daud wandte sich an Hana. »Ich bin auch befreundet mit Ibrahim Ghanem«, sagte er. »Wir kennen uns, seit wir Teenager waren.«

Bei der Erwähnung von Hanas ehemaligem Verlobten ging ihr ein Licht auf. Damals musste sie Dauds Namen gehört haben. Ibrahim hatte öfter von einem langjährigen Freund gesprochen, der bei der israelischen Verteidigungstruppe war.

»Wie geht es Ibrahim?«, fragte Hana ein wenig unbehaglich.

»Seine Frau hat gerade ihr viertes Kind bekommen, ein Junge nach drei Mädchen. Er arbeitet in der Radiologie im St. Louis French Hospital.«

»Sagen Sie ihm meine Glückwünsche zur Geburt seines Sohnes«, sagte Hana und fügte rasch hinzu: »Ohne dass er wissen muss, dass wir miteinander gesprochen haben.«

»Ich werde Ihre Glückwünsche aufheben, bis sich eine geeignete Gelegenheit ergibt.«

Hana fragte sich, was Ibrahim wohl über sie zu Daud Hasan gesagt haben mochte. Der Kellner kam mit den Getränken. Daud wartete, bis er gegangen war, bevor er fortfuhr.

»Ich weiß, Sie sind hier, um mich zu interviewen«, sagte Daud. »Aber vielleicht darf ich von mir aus einige Informationen vorausschicken, das spart uns Zeit. Zuerst möchte ich das Honorar klären. Angesichts der Umstände dieses Falls bin ich bereit, fünfzig Prozent weniger in Rechnung zu stellen als üblich.«

Hana war zu verblüfft, um sofort zu antworten. »Was für Umstände?«, brachte sie dann heraus.

»Zwei Faktoren«, sagte Daud und beugte sich etwas zu ihr. »An einer Sache zu arbeiten, bei der es auch um einen Terrorangriff geht, ist eine seltene Gelegenheit.«

»Und das ist gut?«, fragte Hana. »Sie haben bereits erwähnt, wie riskant und gefährlich es sein kann.«

»Risiko ist nicht unbedingt schlecht. Warum haben Sie sich entschlossen, an dem Fall zu arbeiten?«

Hana dachte an Sadie, aber bei der Vorstellung, ihre Gefühle für die Kleine einem Mann gegenüber zu erwähnen, den sie gerade erst getroffen hatte, hatte sie kein gutes Gefühl. »Könnten wir das für den Moment außer Acht lassen?«

»Kein Problem. Sie sind hier, um etwas über mich zu erfahren«, erwiderte Daud. »Das ist für mich eine Chance, an einem bedeutenden Fall zu arbeiten, und zwar nicht nur für einen Mandanten, sondern für mein Land. Der Terrorismus ist unser aller Feind. Außerdem habe ich nicht oft mit einer arabischen Anwältin zu tun, die Christin ist.«

Diese zweite Begründung war noch überraschender als die erste.

»Ach, tatsächlich?«, brachte sie heraus.

Daud lächelte. »Um ganz ehrlich zu sein, war ich schon neugierig darauf, Sie einmal kennenzulernen, seit Sie Ihre Verlobung mit Ibrahim gelöst haben. Ich habe sogar Ihren Bruder nach Ihnen gefragt. Er hat mir gesagt, dass Sie völlig in Ihrer Karriere aufgehen.«

»Das stimmt nicht ganz«, entgegnete Hana. »Aber vermutlich sieht es für meine Familie so aus.«

Der Kellner erschien mit den Salaten. Landestypisch bestand der nicht aus einem Nest von Salatblättern, sondern aus Oliven, Käse und frischem Obst.

»Darf ich beten?«, fragte Daud.

»Es würde mich freuen.«

Hana verfolgte, wie er völlig unbefangen den Kopf senkte und die Augen schloss.

»Vater, ich danke dir für dieses Essen und die Gelegenheit, Hana kennenzulernen. Ich bete darum, dass du Ben und Sadie Neumann Trost schenkst für den Verlust ihrer Ehefrau und Mutter und die Wunden in ihrem Leben heilst, wie nur du es vermagst. Bitte lenke die Schritte von allen, die ihnen helfen. Im Namen Jesu. Amen.«

Dieses Gebet für Ben und Sadie in arabischer Sprache zu hören, berührte Hana zutiefst. Sie betrachtete Dauds Gesicht. In seinem Blick lag Zärtlichkeit.

»Vielen Dank«, sagte sie.

»Also dann, zwischen zwei Bissen werde ich Ihnen etwas von mir erzählen«, sagte er.

Daud war das dritte von vier Kindern, seine Mutter wohnte in der rasch wachsenden Stadt Beerscheba im Negev. Die meisten Araber in Beerscheba waren Beduinen. Aber Dauds Urgroßvater war nach dem Ende des Ersten Weltkriegs aus Ägypten nach Israel gekommen.

»Wir waren seit Generationen koptische Christen«, sagte er. »Aber vor seinem Tod vor zehn Jahren ist Jesus meinem Vater auf tiefere Weise begegnet. Das hat alles in unserer Familie verändert. Seine neue Begegnung mit Gott hat auch mich auf eine eigene Reise geschickt.«

Hana spürte, dass ihr die Tränen in die Augen stiegen, als Daud beschrieb, wie er erkannt hatte, dass Jesus nicht nur eine historische Figur war, sondern der Retter, der Herr, war. Diese Erkenntnis war ein Wendepunkt gewesen, und sie hatte sein Leben von da an bestimmt. Er las die Bibel, betete und suchte nach Gelegenheiten, seinen Glauben zu teilen.

Daud wohnte in einer modernen Wohnanlage im arabischen Ostteil der Stadt. Er gehörte zu einer christlichen Gemeinde, von der Hana gehört, die sie aber nie besucht hatte. Im Gegenzug erzählte Hana die Geschichte ihres Großvaters und ihres Onkels Anwar.

»Warum hat Ihre Familie Ägypten verlassen, um ausgerechnet in den Negev zu gehen?«, fragte sie.

»Mein Urgroßvater kannte sich aus mit Pferden und Maultieren, und damals brauchten die Menschen in der Wüste noch viele Zugtiere, weil die Straßen so schlecht waren. Mein Vater war Bauingenieur. Und Ihre Familie? Kam sie aus Syrien oder aus dem Libanon? Danach habe ich Mikael und Ibrahim nie gefragt.«

»Aus dem Libanon. Vor vierhundert Jahren nach Nazareth, und vor sechzig Jahren nach Reineh.«

Die Erzählung der Familiengeschichten setzte sich noch ein wenig fort. Als Hana auf ihr Handy sah, stellte sie fest, dass sie schon über zwei Stunden in dem Restaurant saßen. Die Zeit war nur so verflogen. Hana dachte an eine der etwas heikleren Fragen, die sie Daud stellen wollte.

»Ich muss Sie etwas fragen. Warum haben Sie mir erzählt, Sie hätten eine Anfrage vom Generalstaatsanwalt in New York, am Fall Neumann mitzuarbeiten, abgelehnt, und dann nach meinem Anruf Ihren Kontakt dort angerufen?

Daud schüttelte den Kopf. »Ich habe niemandem etwas von unserem Gespräch gesagt, mit Ausnahme von Anat Naphtali. Wer behauptet etwas anderes?«

»Eine Vertreterin des Justizministeriums in New York City hat meinen Chef angerufen und gesagt, ihre Behörde ermittle im Fall Gloria Neumann. Warum sollte ein Staatsanwalt in New York meine Kanzlei anrufen, außer Sie hätten jemandem dort von unserem Interesse an dem Fall erzählt?«

»Hat die Anwältin behauptet, sie habe die Information von mir?«

»Nein.«

»Wie heißt sie?«

»Sylvia Armstrong.«

»Nie gehört.«

»Okay. Mein Chef und ich haben falsche Schlüsse gezogen. Aber es wäre kein Problem für uns, wenn Sie gemeinsam mit uns für die US-Regierung arbeiten. Wir haben gemeinsame Interessen.«

»Für mich ist klar: Die US-Regierung hat entweder jemanden engagiert, der diesen Fall sehr genau im Auge behält, oder sie hat Zugriff auf Gespräche, die von Ihrem oder meinem Telefon aus geführt werden.«

Hana starrte eine Sekunde lang auf ihr Handy. Bisher war es ihr immer als ein wohlwollender oder zumindest unbedenklicher Teil ihres Lebens erschienen.

Daud fuhr fort: »Ich gehe immer davon aus, dass meine Telefonate aufgezeichnet werden. Und dass mein Computer Hackerangriffen ausgesetzt ist.«

Hana wusste ganz sicher, dass sie nicht dafür gemacht war, derart fremdes und potenziell gefährliches Terrain zu betreten. Aber nachdem sie Daud nun kannte, konnte sie sich nicht vorstellen, irgendjemand anderen zu engagieren als den Mann, der ihr gegenüber am Tisch saß.

»Ich möchte Ihre Hilfe«, sagte sie. »Ich brauche Ihre Hilfe.«

»Gut.« Daud strahlte. »Darf ich damit beginnen, dass ich Ihr Essen zahle und Sie in Ihr Hotel zurückfahre?«

»Nein, was das Essen anbetrifft - Sie haben ja schon Ihr Honorar gekürzt. Aber Ja zu einer Fahrt ins Hotel.«

Sie traten hinaus in die kühlere Luft der Jerusalemer Nacht. Die Heilige Stadt liegt mehr als 600 Meter über dem Meeresspiegel und hat ein milderes Klima als tiefer gelegene Gebiete, wie etwa Galiläa oder das Tote Meer. Ein Fahrer fuhr einen dunkelgrünen Landrover vor, in Israel kein häufiges Modell. Daud reichte Hana die Hand, als sie auf den Beifahrersitz kletterte. Die Berührung war nur leicht, aber sie ließ seine Kraft spüren.

»Im Negev muss ich häufig quer durchs Gelände fahren, sowohl beruflich als auch in der Freizeit«, erklärte er, als sie saßen.

Hana genoss den Ausblick von ihrem hohen Sitz, während Daud geschmeidig seinen Weg durch die gewundenen Straßen fand. Sie konnte sich nicht erinnern, dass sie sich schon jemals so rasch mit einem Mann vertraut gefühlt hatte.

»Ich würde Sie gern morgen treffen«, sagt Daud, als sie beim Hotel ankamen.

»Ja, gern«, sagte Hana ein wenig begeisterter, als sie beabsichtigt hatte.

»Ich habe Informationen zum Fall Neumann, die ich Ihnen gern weitergeben würde«, fuhr Daud fort. »Ich habe mich schon in den Fall eingearbeitet, obwohl ich Ihnen gesagt habe, ich stünde nicht zur Verfügung. Wir könnten uns in einem der Konferenzräume in Ihrem Hotel treffen.«

»Ja, gern. Würden Sie mir vielleicht beim Frühstück Gesellschaft leisten?«

»Nein, ich habe eine Verabredung in Tel Aviv. Wie wär's, wenn wir uns so gegen zwei treffen?«

Sie überprüften, ob sie die richtigen Handynummern voneinander hatten. Als sie das Hotel betrat, warf Hana einen Blick über die Schulter auf die Rücklichter von Dauds Wagen, die sich rasch entfernten. In dieser Nacht warf sie sich im Bett herum. Jedes Detail ihres Gesprächs beim Essen spulte sie wieder und wieder ab. Sie versuchte, ihr Herz zu beruhigen, aber es gelang ihr nicht.

Früh am nächsten Morgen war sie auf und saß am Computer. Sie sagte die Termine mit anderen Ermittlungsagenturen ab und verfasste ein Memo an Mr Lowenstein mit der Information, dass sie sich für Daud Hasan als Ermittler entschieden hatte. Sie teilte ihm auch mit, dass Daud jede Zusammenarbeit mit der US-Regierung bestritt. Nachdem sie das Memo an den Seniorpartner gesendet hatte, leitete sie es noch an Jakob Brodsky und Ben Neumann weiter. Dann schrieb sie noch ein paar Zeilen über Daud an Janet und schloss:

Bisher keine Fotos.

Kapitel 19

Jakob las Hanas Nachricht. Statt ihr online zu antworten, rief er sie an.

»Sie haben ja mit Lichtgeschwindigkeit agiert und Daud Hasan engagiert«, sagte er, als sie abnahm. »Ich hätte nicht gedacht, dass Sie ein Typ sind, der zu spontanen Entscheidungen neigt.«

Damit lag Jakob mit seiner Meinung über Hana auf einer Linie mit Janet, wenn auch in einem anderen Zusammenhang.

»Zwei Dinge haben sich verändert«, sagte Hana. »Sahir Benali hat seinen Hut aus dem Ring genommen, den Grund dafür kenne ich nicht. Und Daud hat angeboten, sein Honorar um die Hälfte zu kürzen. Es war zu gut, um nicht darauf einzugehen. Außerdem hat er hinsichtlich des Falls dasselbe Empfinden, dazu irgendwie gerufen worden zu sein, so wie wir.«

»Und das können Sie nach einem einzigen Treffen sagen?«

»Ja.«

»Und seine Erklärung, er habe keinen Kontakt zu den Justizbehörden in New York? Sind Sie davon hundertprozentig überzeugt? Er arbeitet nicht vielleicht doch heimlich für die US-Regierung?«

»Nein, tut er nicht. Und wir haben denselben Glauben.«

»Was hat das damit zu tun?«

»Im Nahen Osten spielt Religion bei allem, was geschieht, eine wichtige Rolle.«

»Nun, wenn es uns jede Menge Geld spart, soll's mir recht sein. Und was jetzt?«

»Wir treffen uns heute Nachmittag noch einmal. Er hat bereits ein paar Informationen, die er mir weitergeben möchte.«

»Ich wünschte, ich könnte dabei sein«, sagte Jakob.

»Ich werde noch ein Memo aufsetzen für Sie und Mr Lowenstein.«

»Und was können Sie mir sonst noch über Hasan erzählen, das nicht in Ihrem Memo stehen wird?«

»Nun, ich habe gestern Abend beim Essen eine Menge erfahren.«

»Er hat Sie zum Essen eingeladen? War das ein Interview oder ein Date?«

»Wir haben ein paar gemeinsame Bekannte. Das ist in Israel nichts Ungewöhnliches, schon gar nicht in der christlich-arabischen Welt. Darüber haben wir uns auch lange unterhalten. Er hat vor ein paar Jahren mal in einem Fußballteam mit meinem Bruder gespielt.«

»Wenn er Fußball spielt, empfiehlt ihn das in meinen Augen. Hat er Sie abgeholt und wieder ins Hotel zurückgebracht?«

»Ich habe ein Taxi zum Restaurant genommen, und er hat mich zurückgefahren.«

»Es war ein Date«, sagte Jakob im Brustton der Überzeugung. »Wenn man eine Frau in einer Bar trifft und sie nach Hause bringt, war es ein Date.«

»Bitte, Jakob ...«

»War nur Spaß«, unterbrach Jakob sie. »Ich glaube, Sie haben mit Hasan die richtige Wahl getroffen. Spricht er andere Sprachen?«

»Ich habe ihn nicht gefragt, aber er spricht die, die wir brauchen: Arabisch, Hebräisch und ganz anständig Englisch.«

»Was haben Sie für heute vor?«

»Bevor Daud heute Nachmittag kommt, gehe ich zum Hurva Square. Ich kenne das jüdische Viertel gut, aber ich möchte mich dort noch einmal unter den Vorzeichen unseres Falles umsehen.«

Jakob legte auf und bereitete einen Anruf mit einem möglichen Mandanten vor. Aber bevor er wählen konnte, war Maddie in der Leitung.

»Du solltest besser annehmen«, sagte sie. »Es ist der Automechaniker. Er sagt, er müsse wirklich mit dir reden.«

»Worum geht's, Tony?«, fragte Jakob, erstaunt über die Dringlichkeit des Anrufs.

»Ich warte schon den ganzen Morgen darauf, dass du zurückrufst«, erwiderte der Mechaniker. »Hast du die SMS und die Fotos von Diane nicht bekommen?«

»Ich habe keine Ahnung, wovon du redest.«

»Dein Wagen ist ausgebrannt.«

»Was?«, rief Jakob schockiert.

»Den Schaden wird unsere Versicherung übernehmen, und du bist ja Anwalt und kannst dafür sorgen, dass sie anständig zahlen. Ich werde jedenfalls bei der Schadensschätzung tun, was ich kann, aber es ist sonnenklar: Es ist ein Totalschaden.«

»Was ist passiert?«, brachte Jakob heraus.

Tony schwieg einen Moment. Jakob hörte, wie er irgendwem ein paar Anweisungen zurief.

»Ich hatte den Wagen gleich als Erstes heute Morgen auf der Hebebühne. Neben der Kraftstoffleitung war ein Gerät installiert, das ich nicht kannte und das nicht zur Erstausstattung gehört. Ich hielt es für irgendein Gimmick, das angeblich den Benzinverbrauch drosseln soll, machte ein Foto und versuchte, das Teil zu bewegen, um zu sehen, wie es montiert war. Dann ging ich kurz ins Büro und wollte im Netz nachsehen, worum es sich handelte. Da schrie auch schon mein Mechaniker, dein Wagen stünde in Flammen. Momentan warte ich auf den Rückruf eines Spezialisten der Versicherung. Der will heute oder morgen vorbeikommen und versuchen, die Ursache rauszukriegen. Ich kann nicht glauben, dass du unsere Nachrichten nicht gekriegt hast. Ich bin gerade im Büro. Lass mich rasch checken, ob wir deine richtige Nummer gespeichert haben.«

Ein paar Sekunden später ratterte Tony eine Nummer herunter, in der allerdings eine Ziffer anders war als die von Jakobs Handy.

»Das ist falsch«, antwortete Jakob und gab die richtige Nummer durch.

»Dann hat irgendjemand anders die Nachrichten und die Fotos gekriegt. Ich hoffe nur, du hattest keine Wertsachen im Auto.«

»Nein, ich hatte es ausgeräumt. Aber es war abbezahlt, und ich hatte nicht vor, in nächster Zeit einen neuen Wagen zu kaufen. Schon gar nicht, wenn du das Problem mit dem Überhitzen in den Griff gekriegt hättest.«

Ein Problem mit Überhitzen - was für eine Ironie. Jakob brach ab.

»Hast du irgendwas installiert, das angeblich den Benzinverbrauch reduziert?«, fragte Tony. »Ich habe das Wartungsheft durchgesehen und nichts dergleichen gefunden. Hast du es mal irgendwo anders in der Werkstatt gehabt?«

»Schon seit Jahren nicht. Denkst du, dieses Ding, das du im Motorraum entdeckt hast, könnte das Problem sein?«

»Ich weiß es nicht. Ich konnte nicht rauskriegen, was es überhaupt war. Es war nicht sehr groß, vielleicht 15 bis 20 Zentimeter.«

»Na, zum Glück wurde niemand verletzt. Hat das Feuer die Werkstatt beschädigt?«

»Nein, meine Jungs waren gleich mit dem Feuerlöscher zur Hand, aber der Motor ist ruiniert. Die Versicherung wird ganz sicher auch einen Totalschaden bestätigen. Ich schicke dir die Fotos gleich auf die richtige Nummer und gebe dir Bescheid, wann der Versicherungsgutachter morgen kommt. Brauchst du einen Leihwagen? Ich könnte dir einen geben und würde mir das Geld direkt von der Versicherung holen.«

»Äh, nein. Ich habe ein paar gesundheitliche Probleme und lasse mich derzeit fahren. Daran ändert diese Geschichte nichts.«

»Du kannst immer noch die Kosten für den Fahrer geltend machen. Das kommt vermutlich günstiger als der Tagessatz für einen Leihwagen.«

»Mhm«, brummte Jakob geistesabwesend, immer noch damit beschäftigt, die Neuigkeiten zu verdauen. »Lass mich wissen, wann der Gutachter kommt. Ich wäre gern dabei.«

Der Anruf war beendet, und Jakob wartete auf das Summen, das die Ankunft der Fotos signalisierte. Es dauerte ein paar Sekunden, bis die Bilder heruntergeladen waren. Dann fiel ihm die Kinnlade herunter. Der Motorraum seines Wagens war nicht mehr wiederzuerkennen. Das kompakte Fahrzeug sah aus wie ein Schädel ohne Augen. Das Foto des rußgeschwärzten Kastens ließ nur ein kleines rechteckiges Objekt erkennen, das von anderen Motorteilen verdeckt war. Fünfzehn Minuten später bekam Jakob eine SMS von Tony mit der Nachricht, dass der Gutachter unterwegs zur Werkstatt sei. Jakob rief auf der Stelle Emily an.

✡

Hana stieg aus dem Taxi und ging eine kleine Steigung hinauf ins jüdische Viertel der Jerusalemer Altstadt. Ein Großteil des etwa ein Quadratkilometer großen Areals war 1948 von der jordanischen Armee zerstört worden; von den fünfunddreißig Synagogen stand danach nur noch eine einzige. Nachdem Israel im Sechstagekrieg von 1967 ganz Jerusalem eingenommen hatte, begann ein umfassendes Wiederaufbauprogramm. Mit großer Sorgfalt und unter Zuhilfenahme alter Fotografien und historischer Dokumente baute man wieder auf, was zerstört worden war.

Hurva Square, so benannt nach der großen Synagoge aus dem frühen 18. Jahrhundert, war eines der Wahrzeichen der Stadt. Geschäfte und Restaurants umgaben die kleine offene Plaza, ein Knotenpunkt auf einer beliebten Route zur Klagemauer. Hana erreichte den Platz und blieb stehen. Auf der gegenüberliegenden Seite befand sich der Kiosk. Es war seltsam, an einem Tatort, wo eine Frau gestorben und ein kleines Kind äußerlich und innerlich verwundet worden war, das normale alltägliche Treiben zu beobachten. Hana blendete den Trubel, der sie umgab, aus, suchte sich ein etwas abgelegenes Plätzchen neben einem steinernen Gebäude und schloss die Augen.

In ihrem Inneren hörte sie die letzten Rufe von Gloria Neumann und den Aufschrei der dreijährigen Sadie. Das Überwachungsvideo hatte keine Tonspur, aber alles in ihr schrie nach Gerechtigkeit. Hana rollte eine Träne die Wange hinunter. Aber es war keine Kummerträne; es war eine Träne gerechten Zorns.

✡

Jakob stieg vorn in Emilys Wagen ein. »Ich bin jetzt noch mehr auf Sie angewiesen als vorher.«

»Was soll das heißen? Sie sehen deutlich besser aus als letzte Woche.«

Auf der Fahrt zur Werkstatt erzählte Jakob ihr, was mit seinem Wagen passiert war.

»Sie haben eine ziemliche Pechsträhne«, kommentierte Emily, als er geendet hatte.

»Es ist wohl nicht nur Pech.«

»Wie lange werden Sie brauchen?«, fragte Emily, als sie eine Viertelstunde später bei der Werkstatt vorfuhren. »Ich kann nicht lange warten.«

»Warten Sie, ich höre mal, was der Gutachter sagt.«

Jakob betrat das Büro und erkannte Diane, eine Angestellte von Tony. Ein weiterer Mann war ebenfalls im Raum.

»Das ist Mr Brodsky«, sagte Diane. »Ihm gehört das ausgebrannte Auto.«

Ein Mann mittleren Alters in weißem Hemd und dunkler Hose stellte sich vor. Er reichte Jakob eine ramponierte Visitenkarte – sein Name war Tom Murdoch. Eine Kamera hing ihm um den Hals, und auf dem Fußboden stand eine abgewetzte schwarze Aktentasche.

»Ich komme von Independent Adjusting Consultants«, sagte er. »Werfen wir mal einen Blick auf den Wagen.«

»Moment noch, bitte. Ich gebe meiner Fahrerin Bescheid, dass sie nicht warten muss.«

In dem Moment ging die Tür auf, und Emily erschien. »Kann ich's mir auch anschauen?«

»Ich dachte, Sie könnten nicht warten.«

»Die Ex-Polizistin in mir wurde neugierig.«

Sie betraten die Werkstatt, in der es sechs Montageplätze gab. Jakobs Wagen stand am hintersten. Tony kam auf sie zu.

»Also noch mal: Tut mir wirklich leid, was passiert ist«, sagte der Mechaniker und wischte sich die Hände an einem Lappen ab.

Aus der Nähe gesehen war der Schaden noch verheerender, als die Fotos hatten erkennen lassen. Der Motorraum war ein einziges Gewirr aus verkohltem Metall, fehlenden Schläuchen und bis zur Unkenntlichkeit verbranntem Material. Murdoch ging herum und machte Fotos, er sagte kein Wort. Als er fertig war, nahm er ein Paar Einmalhandschuhe aus seiner Tasche.

»Zeigen Sie mir doch bitte das Foto, das Sie von dem nachträglich eingebauten Teil gemacht haben«, sagte der Gutachter zu Tony.

Tony scrollte zu dem Foto und zeigte es Murdoch, der nur einen flüchtigen Blick darauf warf.

»Haben Sie sich das Video von dem Brand angesehen, das die Überwachungskamera aufgezeichnet hat?«, erkundigte sich Tony.

»Ja«, erwiderte Murdoch. »Können Sie den Wagen noch mal hochheben?«

»Schon, aber ich bin nicht sicher, wie stabil er sein wird.«

»Das Risiko gehe ich ein. Ich würde lieber nicht auf dem Rücken unter den Wagen fahren.«

Das Gehäuse des Wagens knarrte vernehmlich, als er hochgehoben wurde. Es neigte sich leicht nach rechts, was Jakob veranlasste, einen Schritt zurückzutreten.

»Das reicht«, sagte Murdoch.

Der Wagen hing jetzt etwa anderthalb Meter über dem Werkstattboden. Der Gutachter förderte aus seiner Aktentasche eine kleine Taschenlampe zutage und duckte sich unter den Wagen. Dann hob er die Hand und klopfte mit dem Stiel der Taschenlampe etwas ab.

»Wonach suchen Sie?«, fragte Jakob und beugte sich vor.

»Nach der Brandursache.«

Jakob warf Emily einen Blick zu, und die verdrehte die Augen.

»Ich brauche ein Brecheisen«, sagte Murdoch und kam unter dem Wagen hervor.

Tony reichte es ihm. Der Wagen schwankte bedrohlich, als Murdoch damit hantierte. Jakob musste an einen Zahnarzt denken, der einen Zahn zieht.

»Das sollten Sie lieber nicht tun«, rief Tony.

»Schon fertig«, erwiderte Murdoch.

Wenige Sekunden später tauchte er auf. Das weiße Hemd hatte schwarze Flecken und auch seine Stirn hatte Ruß abgekriegt. In der Hand hatte er einen Gegenstand von der Größe eines Brillenglases. Er war schwarz und verformt. Murdoch legte ihn auf den Boden und machte etliche Fotos.

»Was ist das?«, fragte Jakob.

»Die Brandursache«, erwiderte Murdoch. »Das ist ein primitiver Phosphorsprengsatz. So etwas habe ich nicht mehr gesehen, seit ich in einer Sprengeinheit im Irak gedient habe. Die Bombe war mit der Treibstoffleitung verbunden und ist detoniert, als der Mechaniker daran herumgedoktert hat.«

Kapitel 20

Für ihr Treffen mit Daud Hasan kleidete Hana sich leger. Es war schon fast zwei, und sie fragte sich, warum sie nichts von ihm gehört hatte, warum er das Treffen nicht bestätigt hatte. Als die Uhr 14.01 Uhr zeigte, kam eine SMS von Daud:

Bin in der Lobby. Konferenzraum 4 ist reserviert.

Als Hana in der Lobby eintraf, nahm Daud die dunkle Sonnenbrille ab und steckte sie in die Tasche seines kurzärmeligen Hemdes. Unter dem Arm trug er eine kleine Ledermappe. Hana hatte ihren Laptop dabei.

»Schönen Nachmittag«, begrüßte er sie auf Hebräisch.

»Sprechen wir heute Hebräisch?«

»Ja. Das ist einfacher, denn die Informationen, die ich für Sie habe, sind in Hebräisch. Der Konferenzraum ist auf der anderen Seite der Fahrstühle.«

Daud schob einen kleinen Tisch in die Mitte des Raumes und zog zwei

Stühle heran. Er legte die Mappe auf den Tisch und nahm einen Stapel Papiere heraus.

»Die obersten beiden Blätter sind mein Vorschussvertrag«, sagte er. »Bitte prüfen Sie, ob er in Ordnung ist, und unterschreiben Sie, bevor wir fortfahren.«

Daud gab sich durch und durch geschäftsmäßig, und Hana korrigierte ihre Erwartung, sie würden vielleicht mit ein wenig Small Talk starten. Sie las den Vertrag. Er war nicht sehr sorgfältig verfasst und gab Daud nicht die Sicherheiten, die ihm ein Vertrag aus ihrer Hand garantiert hätte. Die wichtigsten Punkte betrafen das Honorar des Ermittlers und den Umfang der Leistungen, die er erbringen würde.

»Wer hat das für Sie vorbereitet?«, fragte sie.

»Die Anwaltsgehilfin einer Kanzlei in Ostjerusalem. Gibt es da ein Problem?«

»Nein, für Ihre Zwecke ist es ausreichend. Aber wenn dieser Fall abgeschlossen ist, sollte vielleicht noch mal jemand anders einen Blick darauf werfen.«

Sie unterzeichneten den Vertrag. Daud hatte eine ausgeprägte Unterschrift. Er schob das Dokument zurück in die Mappe.

»Ich brauche eine Kopie für meine Akte«, sagte Hana.

»Natürlich«, erwiderte er. »Ich bin ein wenig zerstreut. Ich habe die Kopie hier.«

Verwundert, dass ein Ermittler zerstreut war, unterschrieb Hana die Kopie. Daud schob ihr den restlichen Papierstapel über den Tisch zu.

»Das ist der Bericht über den Angriff auf Gloria und Sadie Neumann«, sagte er. »Es ist wohl am einfachsten, Sie lesen ihn und stellen die Fragen, die Sie dazu haben. Der Ermittler des Inlandsgeheimdienstes hat einige Informationen geschwärzt, bevor er mir den Bericht gab. Aber inzwischen ist so viel Zeit vergangen, dass ich wahrscheinlich bald eine saubere Kopie bekommen kann.«

»Welche Informationen wurden geschwärzt?«

»Die Namen aller Zeugen und der Grenzsoldaten, die Abdul Zadan getötet und Tawfik verhaftet haben.«

Hana begann zu lesen. Der Bericht lieferte eine minutiöse Darstellung des Ablaufs der Ereignisse und des Vorgehens der beiden Polizisten, die

die tödlichen Schüsse Abdul Zadan abgefeuert hatten. Es gab Verweise auf Fotos, die allerdings fehlten. »Wo sind die Aufnahmen?«

»Archiviert und zugänglich, wenn ich weitergrabe. Es gibt auch eine polizeiliche Akte, aber die habe ich noch nicht.«

Hanas besonderes Interesse galt Informationen über die Zadan-Brüder. Sie stammten aus der palästinensischen Stadt Deir Dibwan - Hana kannte den Namen, war aber nie da gewesen. Ein Onkel der Brüder hatte sich während der ersten Intifada - dem »Aufstand« der Palästinenser von 1987 bis 1993 - an einer Bushaltestelle in Jerusalem in die Luft gesprengt und drei Menschen mit in den Tod gerissen. Als Selbstmordattentäter wurde er als Märtyrer verehrt; die allgemeine Überzeugung war, dass seine Tat nicht nur auf seine eigene Generation nachhaltigen Einfluss haben würde, sondern auch auf alle Nachkommen seiner gesamten Verwandtschaft.

»Was wissen Sie noch über den Onkel, den Selbstmordattentäter? Hatte er Verbindungen zu Terrororganisationen?«

»Zu den Al-Aqsa-Brigaden. Aber Sie werden gleich lesen, dass die Zadan-Brüder keine Verbindung zu irgendeiner spezifischen Gruppe hatten.«

Nach dem Tod von Gloria Neumann war das Haus der Familie Zadan in Deir Dibwan von israelischen Streitkräften dem Erdboden gleichgemacht worden. Hana hatte schon immer bezweifelt, dass es irgendeinen Sinn hatte, Häuser zu zerstören. Als Abschreckungsmaßnahme taugte es jedenfalls nicht, denn Abdul Zadans Familie erhielt regelmäßige Zahlungen von den palästinensischen Behörden als Anerkennung für das Opfer ihres ältesten Sohnes. Zerstörte Häuser konnte man wiederaufbauen. Selbstmorde konnten durch ein paar Schecks kompensiert werden. Aber ein ausgelöschtes Leben war für immer verloren. Es war ein Teufelskreis.

»Wir können nicht die palästinensischen Behörden verklagen«, sagte Hana. »Amerikanische Gerichte haben alle Versuche, die palästinensische Selbstverwaltung wegen ihrer Zahlungen an die Familie der Terroristen zu belangen, abgeschmettert, weil sie den Status einer Quasiregierungsorganisation hat. Wenn wir auf Schadensersatz klagen wollen, müssen wir einen Beklagten finden, der nicht in die Zuständigkeit des Staates fällt.«

»Etwa eine Bank.«

»Genau.«

Der nächste Abschnitt brachte ans Licht, das Tawfik nach seiner Verhaftung ins Ofer-Gefängnis in der Nähe von Ramallah gekommen war. In einem Schnellverfahren vor einem Militärgericht war er zu neun Monaten Haft verurteilt worden. Jugendliche Straftäter saßen meist nicht ihre volle Strafe ab. Der Bericht sagte nichts darüber aus, wo Tawfik sich gegenwärtig aufhielt.

»Was weiß man über Tawfik nach seiner Entlassung?«

»Er wurde zu Hause in Deir Dibwan als Held gefeiert - sein Foto klebte im Großformat auf allen Hauswänden des Ortes. Ihn aufzuspüren, steht ganz oben auf meiner Liste.«

Auf den nächsten Seiten fanden sich Informationen über die Familie Neumann. Die grundlegendsten Fakten waren Hana bekannt, aber sie fand vieles, was sie noch nicht wusste, so zum Beispiel Einzelheiten ihrer Reiseroute in Israel. Während sie las, wünschte Hana inständig, dass ein kurzer Zwischenstopp zum Eisessen auf dem Hurva Square getilgt werden könnte. Ein medizinisches Bulletin dokumentierte Einzelheiten über Glorias Verletzungen. Die junge Mutter hatte die Fahrt ins Krankenhaus überlebt, war aber dort verstorben, noch bevor man sie in den OP bringen konnte. Die inneren Verletzungen und der enorme Blutverlust waren zu gravierend gewesen. Die Autopsie ergab, dass das lange Messer drei lebenswichtige Organe durchstoßen hatte. Sadies Verletzung und ihre medizinische Betreuung auf der Kinderstation wurden in mehreren Absätzen dokumentiert. Es hatte siebenunddreißig winzige Stiche gebraucht, um die Wunde in ihrer Wange zu nähen.

»Sadie Neumann hat eine tiefe Narbe im Gesicht«, sagte Hana.

»Haben Sie ein Foto?«

Hana fuhr ihren Laptop hoch und zeigte Daud das Foto, das Jakob bei seinem ersten Besuch bei Collins, Lowenstein und Capella dabeigehabt hatte. Dann rief sie ein paar neuere Bilder auf, die sie mit ihrem Handy gemacht hatte.

»Sie haben sich privat mit dem Kind und seinem Vater getroffen?«, fragte Daud, als er die Fotos von ihrem gemeinsamen Besuch im Eiscafé sah.

»Nur Sadie zuliebe. Als ich hörte, was ihr und ihrer Mutter zugestoßen ist, hat mich das tief berührt. Gestern Abend habe ich das nicht erwähnt, aber der Hauptgrund, dass ich an diesem Fall arbeite, ist Sadie.« Hana unterbrach sich kurz. »Heute Vormittag war ich am Hurva Square. Ich bin fest entschlossen, auf jede erdenkliche Weise, die mir möglich ist, gegen das zu kämpfen, was dort geschehen ist.«

Daud nickte. »Das klingt für mich einleuchtend. Wenn eine Ermittlung zu einer persönlichen Sache wird, dann ist sie nicht mehr nur einfach ein Job. Ich bin dann auf einer viel tieferen Ebene engagiert.«

Auf den nächsten Seiten erfuhr Hana, dass die Militärpolizei im Haus der Familie Zadan drei Computer sichergestellt hatte; allerdings fehlten Angaben darüber, was man darauf gefunden hatte. Dann folgte eine Liste von öffentlichen Stellungnahmen zu dem Angriff von etlichen bekannten Terrororganisationen. Alle priesen die Zadan-Brüder als Helden, aber keine schrieb sich auf die Fahnen, die Brüder ausgebildet oder beauftragt zu haben. Normalerweise zögerten Terrorgruppen nicht, sich zu einem Angriff zu bekennen; dass sie in diesem Fall schwiegen, deutete eher auf Einzeltäter hin. Das war auch die Schlussfolgerung der israelischen Behörden.

»Keine sehr hilfreiche Analyse«, sagte Hana und schob ihren Stuhl zurück. »Und das fast vier Jahre nach dem Angriff.«

»Aber jetzt bin ich an dem Fall dran«, sagte Daud mit zuversichtlicher Miene. »Die Spur ist vielleicht nicht mehr frisch, aber das kann auch bedeuten, dass die Verantwortlichen nicht mehr so vorsichtig sind, wie sie sein sollten.«

✡

Jakob rief Detective Freeman an, der versprach, so schnell wie möglich zur Werkstatt zu kommen. Auch Murdoch wollte mit dem Detective sprechen.

»Wollen Sie mich weiter fahren?«, fragte Jakob Emily, als sie zu ihrem Wagen gingen. »Ich weiß nicht, welches Risiko ich für die Leute darstelle, die sich mit mir abgeben.«

»Ich melde mich bei Ihnen«, sagte sie und öffnete die Fahrertür. »Ich bin jetzt Musikstudentin.«

Freeman erschien etwas später in Begleitung eines Officers namens Rob Colbert von einer Sprengstoffentschärfungseinheit. Murdoch legte das schwarze Objekt, das er aus dem Wagen geholt hatte, auf einen Metalltisch in Tonys Büro. Colbert nahm es in die Hand und betrachtete es von allen Seiten.

»Ich würde das Video gern sehen. Aber es scheint mir plausibel, dass dies ein Phosphorsprengsatz ist«, sagte Colbert und wies auf ein kleines Loch an einem Ende des Kastens. »Das ist für die Antenne, über die per Fernbedienung die Explosion ausgelöst werden kann. Die Antenne war vermutlich nur ein Draht, der im Feuer geschmolzen ist. Durch die größere Öffnung an der Seite gelangte der Phosphor an die Benzinleitung. Hier ist die Box auch stärker verformt als an den anderen Seiten.«

Jetzt sah auch Jakob, dass das rechteckige Kästchen an einer Seite stärker verschmort war als an Deckel und Boden.

»Es ist nicht sehr kompliziert«, sagte Colbert an Jakob gewandt. »Höchstwahrscheinlich hat der Mechaniker mit einer zufälligen Berührung einen Kreislauf geschlossen. Das ist keine Autobombe wie in den Filmen, die eine große Explosion verursacht. Die hier führt zu einem Brand, der sich schnell ausbreitet, wenn sie ausgelöst wird.«

»Tut mir leid, Mann«, sagte Tony zu Jakob. »Ich hatte keine Ahnung.«

»Natürlich nicht. Ich hatte doch gesagt, check den Wagen komplett durch.«

Murdoch meldete sich zu Wort. »Nach meiner Erfahrung ist ein Brandsatz wie dieser eher dazu geeignet, Material zu zerstören als Leben zu gefährden. Vorausgesetzt, die Insassen des Fahrzeugs sind bei Bewusstsein und können aussteigen, sobald das Feuer ausgebrochen ist.«

»Das ist wahr«, sagte Colbert und nickte. »Sehen wir uns mal das Video an.«

Jakob spürte, wie ein Kopfschmerz sich allmählich von der Stelle ausbreitete, wo er den Schlag abbekommen hatte.

»Ich habe schon mal zur entsprechenden Stelle zurückgespult«, sagte der Werkstattbesitzer.

Datum und Zeit waren am unteren Bildschirmrand zu sehen. Es war 7.08 Uhr morgens. Der Kamerawinkel war weit und zeigte die ganze Werkstatt. Am Ende der Reihe stand Jakobs Auto auf einer Hebebühne. Tony kam unter dem Auto hervor und ging weg. Es war deutlich zu erkennen, wie eine weiße Rauchwolke aus dem Motorraum aufstieg. Innerhalb von fünf Sekunden züngelten Flammen durch den Spalt zwischen Motorhaube und rechtem Kotflügel. Die Flamme breitete sich schnell aus und schoss drei oder vier Meter hoch in die Luft.

»Das ging ja schnell«, platzte Jakob heraus.

Plötzlich kam einer der Mechaniker ins Bild. Er schnappte sich einen Feuerlöscher von der Wand und sprühte Löschschaum auf das brennende Auto, aber ohne einen nennenswerten Erfolg. Ein zweiter Mechaniker half ihm. Auch Tony kam mit einem Feuerlöscher dazu, und alle drei richteten die Sprühdüsen auf das Feuer, das sich schließlich zurückzog und das Auto als schwelendes Wrack zurückließ.

»Spulen Sie zurück und spielen Sie es noch einmal ab«, sagte Colbert zu Tony.

»Ich will es nicht noch mal sehen«, sagte Jakob. Er verließ das Büro der Werkstatt. Es war früher Abend, und die Luft hatte sich abgekühlt. Er sollte sich jetzt auf der Terrasse seiner Wohnung entspannen, nicht ein Überwachungsvideo von seinem brennenden Auto anschauen. Detective Freeman gesellte sich zu ihm.

»Ich werde das dem FBI und dem Heimatschutz melden, um zu sehen, ob sie sich einschalten wollen«, sagte Freeman.

»Glauben Sie, das werden die tun?«

»Sie werden eine Akte anlegen. Darüber hinaus - keine Ahnung.«

»Und der Typ, der mit dem blauen Auto erwischt wurde, ist immer noch im Gefängnis, richtig?«, fragte Jakob.

»Ja, eine Kaution wurde nicht angesetzt, weil er aus North Carolina geflohen ist.«

Jakob starrte über den Hof auf das, was von seinem Auto übrig war. »Was würden Sie an meiner Stelle tun?«, fragte er den Detective.

»Die Umstände deuten darauf hin, dass hier mehr vorliegt als nur eine Pechsträhne. Aber daraus zu schließen, dass alles mit dem Antiterrorismusfall zusammenhängt, den Sie erwähnt haben - das ist schon ein großer Sprung. Gibt es vielleicht noch etwas anderes, sei es beruflich oder privat, das erklären könnte, warum jemand wütend auf Sie ist?«

Jakob machte eine schnelle Bestandsaufnahme seiner Fälle. »Ein ehemaliger Mandant hat letztes Jahr eine Beschwerde gegen mich eingereicht, nachdem wir seinen Fall vor Gericht verloren hatten. Aber die Anwaltskammer befand die Beschwerde für unbegründet. Der Typ kam aus schwierigen Verhältnissen und schickte mir mehrere Monate lang böse E-Mails.«

»Irgendwelche Drohungen?«

»Keine, außer dass er mir wünschte, ich würde bankrottgehen, Krebs bekommen und mich unglücklich verheiraten.«

Die beiden Männer schwiegen für einen Moment.

»Die Zerstörung des Autos könnte eher als billige Rache gemeint sein und nicht als direkte Bedrohung«, sagte Freeman.

»Diese Flammen sahen für mich bedrohlich genug aus.«

Jakob hatte Kopfschmerzen, aber jetzt, nachdem er ein paar Minuten in der kühlen Luft gestanden hatte, war der Schwindel verflogen.

Nachdem die Polizeibeamten und der Versicherungsermittler gegangen waren, kam Tony zu Jakob nach draußen. »Ich weiß, du fährst nicht, aber wenn du morgen einen Leihwagen brauchst, ich habe einen alten Mazda, den könntest du haben ...«

»Nein, danke. Ich schreibe meiner Fahrerin eine SMS. Wenn sie nicht verfügbar ist, finde ich jemand anderen.«

Jakob schickte eine Nachricht an Emily:

Erste Untersuchung abgeschlossen. Können Sie mich in der Werkstatt abholen und zu meiner Wohnung fahren? Wenn nicht ... ich nehme es Ihnen nicht übel.

Innerhalb von Sekunden erhielt er eine Antwort.

Seien Sie in achtzehn Minuten da. Und ich meine nicht neunzehn.

Jakob wandte sich an Tony. »Meine Fahrerin ist unterwegs.«

Kapitel 21

»Die Kopien sind für Sie«, sagte Daud und schob den Bericht über den Tisch. »Ich werde mich jetzt erst einmal auf Tawfik konzentrieren. Und auf seine möglichen Kontakte. Mitglieder in Terrorzellen können es nicht lassen, immer zusammenzuhängen. Sie sind eben eine verschworene Bruderschaft. So finde ich vielleicht heraus, ob er und Abdul wirklich auf eigene Faust gehandelt haben oder nicht. Was werden Sie unternehmen?«

»Ich suche ja nicht weiter nach anderen Ermittlern, also ist mein Zeitplan flexibel. Gibt es noch irgendetwas, das wir gemeinsam tun könnten?«

Kaum hatte Hana die Frage formuliert, als sie auch schon bereute, sie so formuliert zu haben. »Ich meine, irgendeine gemeinsame Aktion, die sich auf den Fall bezieht«, korrigierte sie sich.

»So habe ich Sie auch verstanden.« Daud lächelte. »Wie wär's, wenn ich Sie morgen Nachmittag anrufe? Hätten Sie Lust, abends wieder mit mir essen zu gehen?«

»Ja.« Hana nickte und spürte ein aufgeregtes Flattern in der Magengegend.

Daud griff nach seiner Ledermappe, und gemeinsam gingen sie zurück in die Lobby.

»Ich freue mich auf morgen Abend«, sagte Daud.

Damit verabschiedete er sich. Hana warf einen Blick auf einen der Männer an der Rezeption, einen jungen Araber, der ihren kurzen Wortwechsel beobachtet hatte. Jetzt wies er auf Daud und lächelte breit. Hana floh in ihr Zimmer.

Trotz des Zeitunterschieds von sieben Stunden rief Hana Jakob an.

»Waren Sie noch wach?«, fragte sie, als er abnahm.

»Ja, aber ich bin müde. Es war ein anstrengender Tag.«

»Ich wollte Ihnen von meinem heutigen Treffen mit Daud Hasan erzählen.«

»Ich höre.«

Die Kopie des Berichts vor sich auf dem Tisch übersetzte Hana für Jakob das Wesentliche aus dem Hebräischen ins Englische.

»Sie haben nicht erwähnt, wann der Bericht erstellt wurde«, sagte Jakob, als sie eine Pause machte. »Wie lange nach dem Angriff?«

»Dieser Teil wurde gelöscht, aber es muss einige Wochen später gewesen sein, weil das Urteil gegen Tawfik Zadan bereits erwähnt wird.«

»Einige Wochen? In so kurzer Zeit hatte man ihn vor Gericht gestellt und verurteilt?«

»Ja, die Sache kam vor ein Militärgericht. Und es dürfte kaum irgendwelche Diskussionen über die Fakten gegeben haben.«

»Es gibt immer Diskussionen über die Fakten. Ich hätte nicht sein Verteidiger sein wollen, aber hier hat man das Urteil überstürzt.« Jakob schwieg. »Man hatte ihm doch einen Verteidiger zur Verfügung gestellt, oder?«

»Ja, aber kein Schwurgerichtsverfahren.«

»Das verstehe ich«, sagte Jakob. »Auch in den USA kommen Jugendliche nicht vor das Schwurgericht, es sei denn, sie werden als Erwachsene angeklagt. Was haben Sie heute noch vor?«

»Ich werde noch eigene Recherchen unternehmen. Und dann fahre ich für ein paar Stunden in den Norden zu meiner Familie. Morgen Abend treffe ich mich noch einmal mit Daud.«

Jakob schwieg einen Moment, und Hana wappnete sich für einen ironischen Kommentar oder eine spöttische Frage.

»Heute ist etwas Ernstes passiert«, sagte Jakob.

Er berichtete ihr von der Zerstörung seines Autos und den Ergebnissen der ersten Untersuchung. Hana, die bis dahin im Raum umhergegangen war, setzte sich aufs Bett, um ihm besser zuhören zu können.

»Das tut mir leid«, sagte sie. Dann schoss ihr ein Gedanke durch den Kopf. »Weiß Ben Bescheid?«

»Nein.«

»Er sollte sein Auto durchchecken lassen.«

»Sie haben recht«, erwiderte Jakob. »Ich rufe ihn an, sobald wir aufgelegt haben.«

Und damit endete das Gespräch. Bevor sie zu Bett ging, nahm Hana sich Zeit, um für die Sicherheit von Ben und Sadie zu beten. Um halb vier Uhr nachts wachte sie auf, und dieselben Gedanken beschäftigten sie. Sie schlüpfte aus dem Bett und setzte sich auf einen Stuhl am Fenster. Sie machte kein Licht und zog die Vorhänge zurück. Die Aussicht war alles andere als spektakulär oder historisch, aber sie konnte die Lichter auf den Hügeln rund um die Stadt sehen. Ein Vers aus Psalm 125 kam ihr in den Sinn: »So wie die Berge Jerusalem umgeben und schützen, so umgibt und schützt der Herr sein Volk, jetzt und für alle Zeit.« Sicher, diese Zusage hatte dem jüdischen Volk gegolten und galt ihm noch. Aber, dachte Hana, Gottes Hände sind voller Güte und Segen für alle Menschen auf der Welt, die zu ihm gehören. In dieser allumfassenden Umarmung Gottes fühlte Hana sich geborgen, und sie betete, dass Sadie, Ben und Jakob diese Wirklichkeit auch spüren und erkennen würden. Nach einer kurzen Pause schloss sie auch Daud Hasan in diese Bitte ein.

Am nächsten Morgen bestellte Hana sich das Frühstück aufs Zimmer und brütete ein paar Stunden über dem Bericht, den Daud ihr mitgegeben hatte. Am Ende hatte sie ein paar Seiten mit Notizen und Fragen gefüllt. Vieles auf ihrer To-do-Liste war Sache des Ermittlers, aber Hana hatte auch eine Liste für sich selbst erstellt. Sie nahm einen Punkt davon heraus und rief bei der *Yamout News* an. Die Zeitung galt als meistgelesene Informationsquelle für alles, was sich in Israel, der Westbank und Gaza abspielte. Das Blatt berichtete aus einer israelfeindlichen Perspektive; die Artikel – in Englisch und Arabisch – zeichneten ein ausgefeiltes Bild der Unterdrückung durch Israel.

Hana meldete sich auf Arabisch, gab vor, in einer bestimmten Sache zu recherchieren, und bat darum, mit einem Mitarbeiter des Archivs verbunden zu werden. Nach zehn Minuten Wartezeit war sie drauf und dran, aufzulegen, als eine männliche Stimme antwortete.

»Hier spricht Farad«, sagte der Mann.

»Ich versuche, einen der Journalisten zu finden, die vor vier Jahren über den Tod einer amerikanischen Jüdin auf dem Hurva Square berichtet haben. Der Mann, der sie tötete, war Abdul Zadan aus Deir Dibwan. Er wurde von der israelischen Grenzpolizei erschossen. Ich habe versucht, die Artikel selbst zu finden, aber meine Webseite liefert mir keine Ergebnisse, die älter sind als zwei Jahre.«

»Eins unserer Ziele für dieses Jahr ist es, den Zugang zu unserer Datenbank auszuweiten«, erwiderte Farad. »Können Sie mir ein genaues Datum nennen?«

Hana nannte ihm das Datum und den Namen Gloria Neumann.

»Ich sehe nach«, sagte der Mann.

Hana wartete weitere zehn Minuten, bis Farad sich wieder meldete. »Es gab acht Artikel über den Angriff und den Märtyrertod von Abdul Zadan. Die meisten davon von einem Vollzeitmitarbeiter, der vor sechs Monaten gestorben ist. Aber ich habe eine .BAT-Datei der Artikel. Ich kann Ihnen einen direkten Link nennen.«

Hana notierte sich den Link. »Gibt es vielleicht auch unveröffentlichtes Material?«, fragte sie. »Ist es noch zugänglich, und wenn ja, wie kann ich darauf zugreifen?«

Farad schwieg für einen langen Moment. »Was für eine Art Recherche betreiben Sie?«

Auf die Frage war Hana vorbereitet. »Ich möchte verstehen, was Abdul Zadan und andere wie ihn motiviert, Allah im Dschihad zu dienen.«

Hana wollte nicht lügen, schon gar nicht auf der Suche nach der Wahrheit, und sie hoffte, die vage Formulierung mit ein paar eingestreuten Schlagwörtern würde zum gewünschten Ergebnis führen.

»Sie müssten mit jemandem auf der oberen Entscheidungsebene sprechen, um Zugang zu dieser Art von Material zu bekommen.«

»Und wer wäre das, bitte?«, fragte Hana.

Farad nannte ihr einen Namen und fügte hinzu: »Aber er ist nicht hier. Er hat einen Einsatz in den Emiraten und kommt erst übernächste Woche zurück.«

»Vielen Dank.«

Hana öffnete den Link zu den Artikeln aus der *Yamout.* Ganz der Ausrichtung des Blattes entsprechend wurde Gloria Neumann als Person beschrieben, die die israelische Besatzung unterstützte, was ein Besuch in zwei jüdischen Siedlungen in der Westbank bewies, den sie und Ben unternommen hatten. Das war ein neues Detail, und Hana machte sich eine Notiz, Ben danach zu fragen. Es gab auch einen Abschnitt über Tawfiks Verhaftung direkt nach der brutalen Exekution seines Bruders Abdul durch israelische Soldaten. Ein letzter Artikel, geschrieben nach Tawfiks Entlassung aus der Haft und seiner Rückkehr nach Deir Dibwan, enthielt auch Fotos. Tawfik war ein großer, schlaksiger Teenager, der nicht anders aussah als viele andere arabische Männer, die Hana kannte. Ihr Handy signalisierte eine neue SMS. Sie kam von Daud und war auf Arabisch.

Komme nicht vor morgen nach Jerusalem zurück. Können wir unser Abendessen auf morgen verschieben?

Hanas Rückflug war erst für den Mittag des folgenden Tages gebucht.

Ja.

Auf einmal hatte sie viel mehr freie Zeit, als sie gedacht hatte. Und sie wusste genau, was sie tun würde: ihre Familie in Reineh besuchen.

✡

Jakob wartete vor seinem Wohnblock, in jeder Hand einen Kaffeebecher.

»Schwarz, ein Zuckerwürfel«, sagte er, als er Emily ihren Kaffee reichte. »Und ganz heiß. Richtig so?«

Emily nahm einen großen Schluck. »Perfekt«, sagte sie und stellte den Becher in den Becherhalter. »Haben Sie gut geschlafen?«

»Nicht so gut«, gestand Jakob. »Aber wenigstens habe ich nicht von brennenden Autos geträumt.«

»Achtung, Ihr Kaffee«, sagte die Fahrerin und gab Gas.

Jakob umklammerte seinen Becher. Sie erreichten die Ausfahrt des Wohnkomplexes, und Emily fädelte sich in die kleinste Lücke im laufenden Verkehr ein, während Jakob hastig einen Schluck Kaffee nahm.

»Ich schätze, man merkt, dass ich so was wie ein Adrenalinjunkie bin«, sagte Emily und schaffte es gerade noch kurz vor Rot über eine Ampel. »Mit Ihnen zusammen zu sein, ist nicht so gefährlich wie damals, als ich undercover gearbeitet habe. Aber gestern ist mir aufgefallen, dass ich das Gefühl von Bedrohung ... ja, dass ich es genieße, auf eine verrückte Art und Weise. Die meisten Leute würden in die andere Richtung rennen, aber Leute wie Sie und ich begrüßen dieses Gefühl. Denn es bedeutet, dass wir etwas tun, das zählt.«

»Ich habe eher das Gefühl, ich bin stur und kein bisschen heldenhaft«, antwortete er.

»Der Unterschied ist vielleicht gar nicht so groß.«

»Sie haben es verdient, zu erfahren, was passiert ist«, sagte Jakob und erzählte ihr ein paar allgemeine Fakten zum Fall Neumann, ohne Namen zu nennen.

»Verstanden«, sagte sie, als sie auf Jakobs Parkplatz vor seinem Bürogebäude einbog. »Sie werden überfallen. Dann findet Ihr Monteur eine Bombe in Ihrem Wagen. Hat die Polizei schon eine Spur bei dem Überfall?«

Ein Klavierkonzert von Brahms setzte ein. Jakob erzählte Emily, was er von Detective Freeman erfahren hatte.

»Klingt, als sei er ein guter Mann«, sagte sie. »Hätten Sie was dagegen, dass ich ihn mal anrufe?«

»Nein, nur zu. Ich habe gestern Abend mit meinem Mandanten gesprochen. Er lässt heute Vormittag sein Auto durchchecken«, sagte Jakob.

»Ja, das sollte er. Ich wohl auch.«

»Tatsächlich?«

»Es wäre doch fahrlässig, es nicht zu tun, oder? Auch wenn ich mal davon ausgehe, dass die bösen Jungs nicht mehr hier auf der Bühne spielen, oder? Einer hat das Land verlassen und der andere wurde verhaftet. Alle, die sonst noch im Spiel sind, dürften übervorsichtig sein, oder?«

»Das dachte ich auch, bevor mein Auto in Flammen aufging. Jetzt bin ich mir da nicht mehr so sicher.«

Emily zuckte mit den Schultern. »Man kann es unmöglich wissen. Ich versuche einfach, auf alles vorbereitet zu sein.«

Sie langte unter den Fahrersitz und zog einen Revolver von einer Größe hervor, wie Jakob noch nie einen gesehen hatte. Er erinnerte ihn an einen alten Clint-Eastwood-Film. Dass diese Waffe mit dem langen Lauf ausgerechnet jetzt auftauchte, als gleichzeitig eine innige Passage des Brahms-Konzertes erklang, stellte eine seltsame Ironie dar.

»Man braucht zwei Hände, um die Waffe zu halten«, sagte Emily und verstaute die Waffe wieder in ihrem Versteck, »aber ein Schuss erledigt die Sache.«

»Ich habe mir alle Mühe gegeben, ein guter Kunde zu sein«, sagte Jakob.

Emily lachte. Es war das erste Mal, dass sie eine Spur von Humor erkennen ließ. Jakob grinste.

»Wie sieht Ihr Zeitplan heute aus?«, fragte sie. »Ich habe heute Abend Vorlesungen.«

»Ich schicke Ihnen meine Zeiten, sobald ich im Büro bin und den Computer hochgefahren habe.«

Jakob machte sich ans Aussteigen, und Emily reichte ihm den leeren Kaffeebecher. »Danke noch mal für den Kaffee«, sagte sie. »Schicken Sie mir Ihren Plan so schnell wie möglich. Ich muss heute möglichst viele Fahrten machen. Nächste Woche sind Studiengebühren fällig.«

Sobald Jakob im Büro war, schrieb er seinem Buchhalter, er solle einen Scheck auf Emily Johnson über 250 Dollar für »Dienstfahrten« ausstellen. Der Buchhalter hatte sein Büro in einem der anderen Gebäude im selben Komplex. Jakob hatte die Mail kaum abgeschickt, als er es sich noch einmal überlegte und den Betrag auf 500 Dollar erhöhte.

Kurz vor Mittag klingelte Maddie ihn an. »Ben Neumann ist am Apparat.«

Jakob nahm den Anruf rasch an. Ben sagte: »Officer Colbert hat meinen Wagen inspiziert. Er hat nichts Auffälliges gefunden bis auf eine gerissene Manschette vorn, aus der Fett austritt und die ersetzt werden muss. Ich wollte Sadie nicht beunruhigen; sie hätte mir hundert Fragen gestellt. Deshalb habe ich mit dem Anruf gewartet, bis sie in der Schule ist.«

»Das sind gute Nachrichten«, sagte Jakob.

»Ich werde Glorias Eltern oder meiner Familie nicht sagen, was mit Ihrem Auto passiert ist«, sagte Ben. »Es gibt schon genug Anlass zur Sorge in der Welt, da muss ich sie nicht noch zusätzlich beunruhigen.«

»Ganz meine Meinung.«

»Gibt es was Neues von Hana? Ich habe das Memo über den Bericht, den dieser Ermittler ihr gegeben hat, gekriegt.«

»Heute Morgen noch nicht. Sie dürfte jetzt bald mit Hasan beim Essen sein. Ich hoffe, dass ich heute Abend oder morgen von ihr höre.«

Kapitel 22

Von Jerusalem bis Reineh waren es 150 Kilometer. Den größten Teil der zweistündigen Fahrt debattierte Hana mit sich selbst, ob sie Daud gegenüber ihrer Familie erwähnen, und falls ja, was sie sagen wollte. Eine halbe Stunde nach ihrer Ankunft in Reineh war sie allein mit Fabia und Farah und platzte mit ihren Neuigkeiten heraus.

»Ich habe jemanden kennengelernt«, begann sie.

»Ich hab's gewusst! Von dem Moment an, als du aus dem Auto gestiegen bist. Es stand dir ins Gesicht geschrieben«, antwortete Fabia. »Farah, hab ich's dir nicht gesagt, als wir den Jungs in der Küche etwas zu trinken geholt haben?«

»Ja«, erwiderte Farah mit einem Lächeln in Richtung Hana. »Wo wohnt er?«

»In Beit Hanina in Ostjerusalem.«

»Nicht in den USA?«, fragte Fabia. »Wie ist das denn passiert? Hast du ihn im Internet kennengelernt? Ich weiß, manchmal klappt es ja mit solchen Beziehungen, aber ich bin da immer eher misstrauisch.«

»Ihr kennt doch noch Anat Naphtali, mit der ich zusammen am Flughafen gearbeitet habe, oder?«, frage Hana. »Sie hat uns bekannt gemacht. Er arbeitet mit mir an einem Fall, der auch Verbindungen nach Israel hat.«

»Ist er Christ?«, fragte Farah.

»Und Jurist?«, fügte Fabia hinzu, bevor Hana antworten konnte.

»Ja und nein. Er ist Privatermittler.«

Fabia und Farah sahen sich an. »Warum musst du einen Privatermittler engagieren?«, fragte Farah.

»Für unseren Fall. Ich kann euch dazu jetzt nicht mehr erzählen, anwaltliche Schweigepflicht, ihr wisst ja.«

»Quatsch!«, schoss Fabia zurück. »Wir erzählen uns doch sonst auch alles.«

»Nein, wirklich, mehr kann ich nicht sagen. Aber über Daud kann ich euch noch mehr verraten«, fuhr Hana fort. »Vor sechs oder sieben Jahren hat er im selben Fußballteam gespielt wie Mikael – und er ist ein Freund von Ibrahim Ghanem.«

Die beiden anderen Frauen wechselten einen Blick. »Red ruhig weiter«, sagte Farah.

Hana erzählte alles über ihr gemeinsames Essen mit Daud, woran sie sich erinnerte. Es dauerte eine Weile, weil sie oft unterbrochen und nach weiteren Details gefragt wurde.

»Hast du schon mit Mikael über ihn gesprochen?«, fragte Farah.

»Nein. Ich will ihn damit nicht belästigen, solange er in Afrika ist.«

»Solltest du aber«, sagte Fabia. »Er hat echte Menschenkenntnis.«

»Okay«, stimmte Hana zögernd zu.

»Versprochen?«, drängte Fabia. »Ich weiß doch, du hast auf einen Mann gewartet, der mit Heiligenschein direkt vom Himmel in dein Leben schwebt.«

»Das habe ich nie gesagt.«

»Nicht genau. Aber das ist das, was du wolltest.«

»Zeig uns mal ein Bild von Daud«, sagte Farah.

»Ich hab keins«, erwiderte Hana. »Auf seiner Webseite gibt es keine Bilder.«

»Na, dann beschreib ihn uns wenigstens.«

Hana redete weiter, und Fabia tippte auf ihrem Handy herum. »Ist er das hier?«, fragte sie und hielt Hana das Handy hin.

Das Foto zeigte Daud auf dem Gipfel des Hermon, sein dunkles Haar von einer offensichtlich heftigen Brise etwas verweht. Das Foto war anscheinend im Frühling gemacht worden; der Schnee war schon geschmolzen und die Blumen zeigten vorsichtig ihre Blüten. Daud trug einen kleinen Rucksack und lehnte sich auf einen Trekkingstock.

»Ja«, sagte Hana. »Das ist er.«

»Vor drei Monaten«, sagte Fabia, die die Bildunterschrift las.

»Wow«, sagte Farah. »Sieht echt gut aus.«

»Fabelhaft wäre angemessener«, sagte Fabia.

»Und er ist ein echter Gentleman«, sagte Hana. »Sehr höflich und respektvoll.«

Fabia fuhr mit den Fingern durch ihr langes schwarzes Haar. »Rede mit Mikael. Aber sag deinen Eltern noch nichts von ihm. Jetzt noch nicht.«

»Und woher soll ich wissen, dass ihr nichts erzählt, wenn ich wieder weg bin?«, erwiderte Hana. »Wir sind alle schrecklich schlecht im Bewahren von Geheimnissen.«

»Wir beide können uns ja darüber unterhalten«, sagte Farah. »Damit kommen wir schon auf unsere Kosten.«

»Aber nur, wenn du versprichst, uns regelmäßig auf dem Laufenden zu halten«, verlangte Fabia. »Das ist der Preis für unser Schweigen.«

»In Ordnung«, sagte Hana.

Jetzt, wo Fabia und Farah von Daud wussten, konnte Hana dem Rest des Tages erleichtert entgegensehen. Ihre Nichten und Neffen waren fasziniert von Leon und wollten immer wieder die Webseite der Hundebetreuung aufgerufen haben. Die Bilder von dem Welpen, wie er mit anderen jungen Hunden spielte, wurden zur Hauptattraktion für die jüngere Generation. Hanas Mutter nahm sie immer wieder in den Arm, und ihr Vater schien zufrieden, dass er Genaueres von Hanas Arbeit in der Kanzlei erfuhr.

Am späten Nachmittag saß Hana auf der Veranda, die sich über die ganze Länge des Hauses hinzog, als ein Wagen vorfuhr und ein älterer, weißhaariger Mann auf der Beifahrerseite ausstieg. Es war Anwar.

»Hat er gewusst, dass ich hier bin?«, fragte Hana ihre Mutter.

»Nein.«

»Wie geht es ihm?«

»Er hat sich in letzter Zeit wieder etwas erholt.«

Gebeugt vom Gewicht der 98 Sommer und Winter, die er im Umkreis von fünf Kilometern von seinem Geburtsort verbracht hatte, kam der alte Mann auf die Veranda. Alle Erwachsenen erhoben sich respektvoll. Die Kinder verstummten und standen ein paar Augenblicke still und mit aufgerissenen Augen da, bevor sie sich wieder ihren Spielen zuwandten. Auf einen Stock gestützt ließ Anwar seinen Blick über die versammelten Erwachsenen gleiten, bevor er auf Hana ruhte. Sie spürte seinen Blick, holte tief Luft und hielt einen Moment den Atem an.

Anwar wies mit einem leicht gekrümmten Finger auf sie. »Hana«, sagte er. »Ich möchte mit dir sprechen. Setzt du dich ein wenig zu mir?«

Zwei Stühle wurden rasch zusammengeschoben. Hana und Farah warfen sich einen Blick zu. Farahs Augen waren so groß wie Untertassen. Hana setzte sich, und der Cousin, der Anwar von Nazareth nach Reineh gefahren hatte, blieb in der Nähe. Hanas Mutter bot Anwar ein Glas Limonade an, aber er lehnte es mit einer Handbewegung ab.

»Lasst uns allein«, sagte er.

Sekunden später waren nur noch Hana und Anwar auf der Veranda. Hana warf einen Blick über die Schulter. Sie vermutete, dass ihre Verwandten an den Fenstern lauschten, die jetzt bei Sonnenuntergang geöffnet waren, um die kühlere Luft hereinzulassen.

»Allein, habe ich gesagt!«, wiederholte Anwar, diesmal lauter.

Hana hörte Schritte, die sich von den Fenstern entfernten. Anwar sah sie nachdenklich an. »Ich bin zwar ein alter Mann, und ich sehe und höre nicht mehr so gut wie früher. Aber die Stimme, die am meisten zählt, höre ich noch immer.«

Hana wusste, was er meinte.

»Weißt du noch, was ich dir gesagt habe, als du klein warst?«, fragte Anwar. »Über Samuel?«

»Ja.«

»Weckt Gott dich manchmal in der Nacht, damit du auf ihn hörst?«

»Ja.«

»Gut.« Anwar schloss einen Moment die Augen, bevor er fortfuhr. »Aber das ist noch nicht alles. Wenn eine Verheißung sich erfüllen soll, schickt Gott manchmal eine Hana, um sie willkommen zu heißen.«

Sie saßen ein paar Augenblicke schweigend beieinander.

»Hanna im Neuen Testament. Und Hanna im Alten Testament«, sagte Hana.

»Richtig«, sagte Anwar und nickte zustimmend. »Und in dir lebt der Glaube von beiden.«

Hana wartete auf eine weitere Erklärung. Aber Anwar schloss die Augen. Eine Minute verging. Hana lauschte auf den stetigen Atem des alten Mannes und nahm an, er sei eingeschlafen. Sie wollte ihm schon vorsichtig die Hand auf den Arm legen, zuckte dann aber zurück. Plötzlich schnarchte er einmal laut und schien aufzuwachen. Er sah Hana einen Moment lang an, bevor er sich wieder zurechtfand.

»Glaubst du an Gott, Hana?«, fragte er.

»Ja, Onkel.«

»Das ist wahr. Du glaubst. Aber jeder Glaube wird geprüft. Ich habe gebetet, dass du die Prüfung bestehst.«

»Was für eine Prüfung?«

Anwar wies zum Himmel. »Er ist der Lehrer. Er wählt die Prüfungen aus.«

Hana empfand die tiefe Wahrheit dessen, was sie hörte, aber sie spürte auch Frustration, weil die Botschaft so vieldeutig war.

»Komm näher«, sagte Anwar.

Hana schob ihren Stuhl näher heran.

»So ist es gut«, sagte Anwar. Er legte Hana die Hand auf den Kopf. Sie beugte sich etwas vor, sodass seine Hand bequem auf ihrem Haar ruhte. Hana spürte ein leichtes Kribbeln, das sich rasch auflöste.

»Da ist es«, sagte Anwar. »Amen und Amen.« Er hob die Hand und legte sie in seinen Schoß.

»Was hast du getan?«, fragte Hana.

»Ich habe dir gegeben, was ich kann. Bitte denk viel nach über die Verheißungen des Allmächtigen.«

»Das tue ich bereits.«

»Gut. Tu es noch öfter. Und jetzt ruf bitte die Kinder.«

Hana verließ die Veranda, und nachdem sie der Bitte des alten Mannes nachgekommen war, ging sie nach oben in einen Raum, in dem sie allein sein konnte. Sie kam erst wieder herunter, nachdem Anwar nach Nazareth abgefahren war.

Als sie gefragt wurde, was er ihr auf der Veranda gesagt habe, gab sie eine schlichte Antwort: »Er hat mich gesegnet.«

Allein oben in der Kammer war ihr klar geworden, dass sie Anwars Worte in ihrem Herzen bewahren musste. Sie waren nicht dazu da, sie mit anderen zu teilen, noch nicht einmal mit den liebsten Menschen.

Nach dem Abendessen las Hana Khadijah eine Geschichte vor und sang ein Lied für sie. Nachdem die jüngeren Nichten und Neffen im Bett waren, nahm Hana ihre Mutter noch einmal in den Arm und fuhr zurück nach Jerusalem.

✡

Jakob wartete darauf, dass Emily ihn nach Hause fuhr, bevor sie zu ihrer Vorlesung musste. Er schrieb »Studiengebühren« auf den Umschlag, der den Scheck enthielt, und steckte ihn in seine Jackentasche. Der gelbe Wagen hielt am Bordstein. Es war heiß, und die Klimaanlage lief auf vollen Touren.

»Viel los heute?«, fragte Jakob, während er die Beifahrertür schloss und sich anschnallte.

»Nicht genug«, antwortete Emily und wischte sich mit der Hand über die Stirn. »Zwei Leute haben mich versetzt. Und die Strafgebühren dafür helfen auch nicht wirklich.«

Sie streckte die Hand aus und stellte die Musik lauter. Jakob erkannte das Stück nicht. »Wer ist das?«, fragte er.

»Saed Haddad. Ein moderner Komponist aus Jordanien. Lebt in Deutschland«, sagte Emily knapp. »Wir haben uns jetzt im Studium mit ihm beschäftigt.«

Weil er das Gefühl hatte, dass sie nicht reden wollte, versuchte Jakob auch nicht, ein Gespräch in Gang zu bringen. Als sie bei seiner Wohnung ankamen, legte er beim Aussteigen den Umschlag auf den Sitz. Emily schoss davon. Er hatte kaum die Wohnungstür geöffnet, als sie ihn anrief.

»Was soll das mit diesem Scheck?«, wollte sie wissen. »Wenn Sie wollten, dass ich ausraste – es hat funktioniert!«

»Sie haben erwähnt, dass die Studiengebühren fällig sind, und ich wollte einfach helfen. Ich wollte Sie nicht auf die Palme bringen.«

Emily sagte ein paar Augenblicke lang nichts, und Jakob wusste nicht, worauf er sich gefasst machen sollte.

»Danke«, sagte sie endlich in viel sanfterem Ton. »Das war sehr großzügig. Dass jemand mal freundlich zu mir ist, einfach nur, weil er es will, das kommt in meinem Leben nicht oft vor.«

Jakob wollte fragen, warum, aber dann überließ er es Emily, ob sie ihren Kommentar noch erläutern wollte.

»Wann soll ich Sie morgen abholen?«, fragte sie.

»Ich habe um neun einen Termin bei meinem Neurologen und um elf einen Gerichtstermin in der Innenstadt, der ein paar Stunden dauern dürfte.«

»Wo ist die Praxis Ihres Arztes?«

Jakob nannte die Adresse.

»Ich hole Sie um 8.22 Uhr ab.«

»Super.«

In seiner Wohnung nahm Jakob die Krawatte ab und legte sie über einen Stuhl. Es klopfte an der Tür. In der Annahme, Emily hätte vielleicht vergessen, ihm etwas zu sagen, machte Jakob rasch ein bisschen Ordnung in der Sitzecke, bevor er öffnete. Butch Watson stand vor der Tür.

»Stimmt etwas nicht?«, fragte Jakob.

»Ja, könnte man sagen. Stimmt es, dass dein Auto ausgebrannt ist?«

»So gut wie vollständig.«

Butch trank ein Bier, während Jakob seinem Freund eine recht geschönte Version der Ereignisse präsentierte, ohne zu sehr ins Detail zu gehen. Butch wusste schon genug über den Angriff auf Jakob in der Nacht, als seine Zwillinge geboren wurden. Er brauchte nicht noch mehr zusätzliche Sorgen.

»Du hast wirklich eine schlimme Pechsträhne«, sagte Butch kopfschüttelnd. »Wenn mir das passiert, wartet meistens auch irgendwas Gutes hinter der nächsten Ecke.«

»Das nehme ich gern an.«

Butch erzählte das Neueste von seinen Zwillingen. Nach einer halben Stunde stand er auf, um sich zu verabschieden.

»Oh, noch was«, sagte Butch und zögerte in der Tür. »Wenn du mal wieder eine Fahrt nach Hause brauchst, kann ich dich fahren, wenn ich es irgendwie unterkriege.«

»Danke«, sagte Jakob. »Aber ich habe meine regelmäßige Fahrerin. Die muss ich nur anrufen.«

»Ist das die süße Blonde mit dem scharfen gelben Wagen? Der Wagen ist 'ne Wucht.«

»Ja. Mir war nicht klar, dass sie dir aufgefallen ist.«

»Oh, klar. Maddie hat dich auf dem Radar. Die meisten Jungs im Büro haben die Fotos gesehen, die sie von dir und dieser Fahrerin gemacht hat.«

Kapitel 23

Hana lag auf ihrem Bett und überdachte den gestrigen Tag in Reineh. Ihr Handy vibrierte, und eine unbekannte Nummer aus den USA erschien. Sie zögerte kurz, nahm dann aber den Anruf an.

»Hana Abboud?«, fragte eine Frauenstimme.

»Am Apparat«, sagte sie.

»Hier ist Sylvia Armstrong von der US-Staatsanwaltschaft für den Bezirk Ost in New York. Leon Lowenstein hat mir Ihre Handynummer gegeben.«

Hana setzte sich auf und griff nach Block und Stift auf dem Nachttisch. »Ja«, sagte sie. »Er hat mir gesagt, Sie hätten ihn angerufen wegen des Mordes an Gloria Neumann.«

»Richtig. Und er sagte mir, Sie seien in Israel, um eine Ermittlung durchzuführen.«

»Nur für ein paar Tage. Wir sind erst bei den Vorbereitungen. Unser Ziel ist es, so viel wie möglich über den Mann herauszufinden, der Ms Neumann angegriffen und getötet hat. Und darüber, wer ihm möglicherweise geholfen oder ihn unterstützt hat. Und als ersten Schritt habe ich einen Privatermittler engagiert.«

Während sie redete, zerbrach Hana sich den Kopf, wie sie mögliche Fragen der Staatsanwältin am besten beantworten oder mit Gegenfragen entkräften konnte.

»Die US-Strafverfolgungsbehörden ermitteln unter unserer Leitung; dann bereiten wir die Anklage vor. Ich könnte nach Israel kommen, wenn die israelischen Behörden eine Verhaftung vornehmen, und ich würde über die Auslieferung eines Angeklagten an die USA zur Strafverfolgung verhandeln. Konnten Sie schon einen Privatdetektiv engagieren?«

»Wie viel können Sie mir über Ihre Ermittlungen sagen?«, fragte Hana und ignorierte Armstrongs Frage.

»Nicht viel, weil ich unsere Möglichkeiten nicht gefährden will, Anklage zu erheben und einen Angeklagten vor Gericht zu bringen.«

»Gibt es Informationen, die Sie offenlegen können, ohne Ihren Fall zu gefährden?«

»Vielleicht, aber diese Diskussion sollten wir auf einer Quidproquo-Basis führen. Im Moment klingt es nicht so, als ob Sie etwas beitragen könnten.«

»Vielleicht gibt es eine Verbindung zwischen dem Mord an Gloria Neumann und Drohungen gegen den Anwalt, der unserer Kanzlei diesen Fall vorgelegt hat.«

»Jakob Brodsky?«

»Ja.«

»Ich habe vor ein paar Minuten versucht, ihn telefonisch zu erreichen. Was sind das für Drohungen, und warum glauben Sie, es könnte eine Verbindung geben?«

»Das ist alles noch nicht sicher«, erwiderte Hana. »Aber es gibt Indizien.«

Sie skizzierte kurz den Überfall auf Jakob und den Anschlag auf sein Auto durch eine einfache Bombe. Armstrong hörte ihr zu, ohne sie zu unterbrechen.

»Die Polizei in Atlanta hat den Heimatschutz eingeschaltet, und einer der Männer, die Mr Brodsky vielleicht angegriffen haben, hat kürzlich das Land verlassen«, schloss Hana.

»Da könnte eine Verbindung bestehen, aber es klingt mir noch nicht erwiesen. Wie weit sind Sie mit Ihrer Suche nach einem israelischen Ermittler? Wir haben vom Interesse Ihrer Kanzlei an diesem Fall von einem Mann erfahren, den ich interviewt habe, weil er uns vielleicht unterstützen könnte.«

»Daud Hasan?«, fragte Hana. Beim Gedanken, er könnte sie belogen haben, wurde ihr das Herz schwer.

»Nein, ein arabischer Israeli namens Sahir Benali.«

»Richtig«, sagte Hana erleichtert.

»Ich werde nicht unabhängig von Ihnen Kontakt mit Hasan aufnehmen. Aber bevor wir irgendwelche Erkenntnisse austauschen können, muss ich sicher sein, dass wir keinen Maulwurf engagiert haben, der für die andere Seite arbeitet.«

»Eine Freundin und Kollegin, die mit mir im Sicherheitsdienst am Ben-Gurion-Airport gearbeitet hat, hat Daud Hasan empfohlen. Er ist ebenfalls arabischer Israeli und war eine Zeit lang bei den Verteidigungsstreitkräften. Seine Qualifikationen können Sie auf seiner Webseite finden.«

»Verstanden. Ich nehme an, er verfügt über den ersten Bericht über den Angriff, den die Grenzschutzpatrouille und die örtliche Polizei aufgenommen haben. Es sind zwölf Seiten auf Hebräisch, datiert einundvierzig Tage nach dem Angriff. Die Chronologie der Ereignisse ist exakt dargestellt.«

Hana überflog rasch, was Daud ihr gegeben hatte. Ja, es waren zwölf Seiten. Aber das Datum fehlte.

»Ich habe zwölf Seiten, aber kein Datum«, sagte sie.

Armstrong las den ersten Absatz auf Englisch. Hana verfolgte den Bericht und übersetzte ins Hebräische.

»Klingt das richtig?«, fragte Armstrong.

»Ja. Aber in meiner Kopie sind manche Namen geschwärzt.«

»Ich habe eine ungeschwärzte Kopie, die ich Ihnen senden kann. Haben Sie eine sichere Mailadresse?«

Hana nahm an, dass ihre Dienst-Mailadresse sicher genug war. Die Kanzlei hatte eine raffinierte Firewall. Sie gab Armstrong die Adresse, und diese wiederholte sie. Der Anruf endete, ohne dass Hana sich eine einzige Notiz gemacht hatte. Aber nach diesem ersten Anruf schien sie in

Sylvia Armstrong eine fleißige Verbündete gefunden zu haben, und niemanden, der ihr Steine in den Weg legen würde.

Hana verbrachte den Tag damit, ihre To-do-Liste abzuarbeiten. Sie ging zu der Polizeistation in Jerusalem, die dem Hurva Square am nächsten lag, um herauszufinden, wo der Bericht, den Daud ihr gegeben hatte, ursprünglich verfasst worden war. Als Hana erklärte, was sie suchte, brachte die hilfsbereite Polizistin eine Reihe Fotos vom Tatort. Alle lagen digital vor, aber etliche waren auch auf Fotopapier ausgedruckt.

»Sie können sie hier durchsehen«, sagte die Frau auf Hebräisch. »Aber ich kann sie nicht aus der Hand geben. Dafür bräuchte ich eine gerichtliche Anordnung oder die Zustimmung meiner Vorgesetzten.«

»Ich verstehe.«

Hana verließ den Tresen und setzte sich in einen Plastikstuhl in der Ecke des Raumes. Sie wollte die Ordner nicht öffnen, aber sie wusste, dass sie es tun musste. Die Farbaufnahmen von Gloria vor ihrem Abtransport mit dem Notarztwagen waren schlimmer, als sie erwartet hatte. Die Ähnlichkeit zwischen Gloria Neumann und Sadie machte es für Hana noch schwerer, die Fotos der Mutter zu betrachten. Es gab auch Fotos von Abduls Leichnam. Im Tod sah der junge Mann harmlos aus. Und doch hatte er nur Minuten zuvor eine Mutter und ihr Kind mit einem langen Messer brutal angegriffen. Hana bewahrte die Fassung, bis sie die drei letzten Fotos sah, die Sadie zeigten.

Beim Anblick der gezackten Wunde im Gesicht des kleinen Mädchens liefen Hana die Tränen über die Wangen. Gloria Neumann hatte die Augen geschlossen, aber Sadies Augen waren weit aufgerissen und von namenlosem Schrecken erfüllt. Hana wischte mit dem Handrücken die Tränen fort und bemühte sich um Fassung. Aber die Tränen stiegen auf, und sie konnte sie nicht zurückhalten. Sie schloss den Ordner und wusste, dass sie diese Bilder nie wieder loswerden würde. Durch ihre tränenverschleierten Augen sah sie, dass die Polizistin zu ihr hinsah. Hana legte den Ordner zurück auf den Tresen. Die Frau reichte ihr ein Päckchen Taschentücher.

»Ich habe die Bilder gesehen«, sagte sie. »Ich habe eine Tochter, die etwa so alt ist wie das Mädchen auf den Fotos. Ich hoffe, Sie finden die Täter und lassen sie dafür bezahlen.«

»Das werden wir.«

Die anderen Punkte, die Hana auf ihrer Liste abarbeitete, waren zum Glück weniger emotional anstrengend. Sie besorgte sich die Kontaktinformationen der Grenzschutzeinheit, die auf den Angriff reagiert hatte, sowie die Identifikation und die aktuelle Adresse der Firma, die die Überwachungskamera auf dem Hurva Square installiert hatte.

Sie hatte Zeit, ins Hotel zurückzufahren und sich noch ein wenig auszuruhen, bevor Daud sie zu einem frühen Essen abholte. In einem schlichten Rock, Bluse und Sandalen saß Hana in einem Sessel in der Lobby, als Daud hereinkam und sie auf Arabisch begrüßte.

»Sie sehen gut aus«, sagte er lächelnd. »Gehen wir. Ich parke direkt vor der Tür, aber sie werden mich abschleppen, wenn ich da nicht schnellstens wieder verschwinde.«

Im Tageslicht konnte Hana sehen, dass Dauds Landrover ein paar Schrammen und Beulen hatte, aber das Innere war sauber.

»Chinesisch oder äthiopisch?«, fragte er.

In den 1980er- und 1990er-Jahren waren Tausende äthiopischer Juden nach Israel eingewandert und überall im Land waren Restaurants mit äthiopischer Küche eröffnet worden. Hana liebte chinesisches Essen, und auch gute chinesische Restaurants gab es in Israel zur Genüge. Es war einfach, chinesisch und koscher zu kochen, da in der südasiatischen Küche kaum Milchprodukte verwendet wurden.

»Chinesisch«, sagte sie.

»Gute Wahl.«

Daud verließ das vorwiegend jüdische Viertel in Westjerusalem und steuerte den arabischen Ostteil der Stadt an. Sie fuhren durch ein paar Wohnstraßen, dann hielt er vor einem zweistöckigen Gebäude mit einer einfachen Lichtreklame, die zwei chinesische Schriftzeichen zeigte.

»Was bedeutet das?«, fragte Hana und wies auf das Schild.

»Ich vermute mal: ›Hier chinesische Küche‹«, antwortete Daud.

Hana lachte. Sie traten aus dem hellen Sonnenlicht in einen kleinen dunklen Raum mit nur fünf oder sechs Tischen, an denen niemand saß. Eine ältere chinesische Frau begrüßte sie auf Arabisch.

»Marhaban, Daud!«

»Ahlan wa sahlan, Ms Wong«, erwiderte Daud.

»Wer ist dein ehrenwerter Gast?«

»Hana Abboud aus Reineh, die aber derzeit in den USA lebt.«

Die Frau betrachtete Hana eingehend und nickte dann. »Sucht euch einen Platz aus«, sagte sie mit einer ausholenden Handbewegung.

»Wo sind die anderen Gäste?«, fragte Hana Daud leise.

»Sie kommen erst, wenn wir gegangen sind. Ich habe das ganze Restaurant für uns reserviert.«

»Was?«, fragte Hana überrascht.

»So können wir besser reden. Es hat nicht viel gekostet. Die Abendgäste werden erst in einer Stunde allmählich eintrudeln. Jedenfalls ist es fantastisch, dass Sie sich für chinesisches Essen entschieden haben.«

Die Speisekarte war auf Arabisch und bot eine reiche Auswahl an Nudelgerichten. Eine junge chinesische Bedienung brachte Tee, und Hana wählte einen kalten Nudelsalat als Vorspeise.

»Wenn Sie gern kräftig gewürzt essen, empfehle ich das Zhajiangmian«, sagte Daud.

Hana kannte dieses Gericht aus dicken Weizennudeln, Chilibohnensoße, grünen Bohnen und süßer Sojasoße. Die angebotene Version enthielt Tofu anstelle von Fleisch.

»Können wir zuerst über geschäftliche Dinge reden?«, fragte Hana, nachdem sie bestellt hatten.

»Ja.«

»Ich weiß jetzt, warum eine Staatsanwältin aus New York meinen Chef angerufen hat.« Hana berichtete Daud über die Verbindung zwischen Sahir Benali und Sylvia Armstrong.

»Würde das erklären, warum er sich nicht mehr mit mir treffen wollte, weil die Umstände sich verändert hätten?«, fragte sie abschließend.

»Möglicherweise.«

Hana hielt inne; ihr schoss ein anderer Gedanke durch den Kopf. »Haben Sie ihn verscheucht?«, fragte sie und beugte sich vor.

»Nicht direkt.« Daud grinste. »Aber ich habe ihm zugeredet, den Platz zu räumen, damit ich Ihnen helfen kann. Ich werde ihn dafür entschädigen. Sahir ist ein guter Kerl, und er hat jede Menge Aufträge.«

»Es gibt noch mehr, was Sie wissen sollten«, fuhr Hana fort. Dann berichtete sie von dem Überfall auf Jakob, der Phosphorbombe, die sein Auto zerstört hatte, der Misbaha, die er gefunden hatte.

»Es sieht so aus, als hätte ihn jemand im Visier«, sagte Hana, als das Essen kam.

Daud nahm einen Bissen, bevor er sprach. »Eine Terrorzelle wäre sicher in der Lage, das zu tun, wenn sie dafür Ressourcen einsetzen wollten. Aber mir kommt es unwahrscheinlich vor, es sei denn, sie glaubten, Brodsky sei nahe daran, etwas aufzudecken, das sie geheim halten wollen.«

»Das bezweifle ich«, entgegnete Hana. »Ich weiß alles über den Fall, was Jakob auch weiß.«

»Wieso sind Sie sich da so sicher?«

»Er ist unser Partner in diesem Fall.« Hana war sich durchaus bewusst, dass das nicht sehr überzeugend klang.

»Wenn er schon bei einer Terrorzelle auf der schwarzen Liste steht, dann wäre es das Beste, dass er allein an der Sache dranbleibt, bis Sie so weit sind, dass Sie vor Gericht gehen können«, meinte Daud. »Ich möchte nicht, dass er gegenüber irgendjemandem erwähnt, dass Sie mich engagiert haben oder mit wem wir hier in Israel oder der Westbank Gespräche führen. Die Leute reden hier mit mir, weil sie wissen, dass sie das nicht in Gefahr bringt.«

»Ich werde es ihm sagen.«

»Bitte nachdrücklich.«

»Okay.«

»Ich habe etwas mehr über Tawfik Zadan herausgefunden«, fuhr Daud fort. »Seit er seine Strafe für den Neumann-Mord abgesessen hat, war er nicht mehr im Gefängnis. Er lebt in einem Einfamilienhaus in Deir Dibwan. Es wäre möglich, dort jemanden zu finden, der etwas gegen Tawfik hat, der vielleicht eifersüchtig auf ihn ist oder irgendeinen Streit mit ihm hat. Solche Leute könnten ein Gerücht verbreiten, das sich als zutreffender erweist als die üblichen Verschwörungstheorien.«

»Wie wollen Sie so jemanden finden?«, fragte Hana.

»Ich müsste vielleicht ein bisschen Geld ausgeben, damit es passiert.«

»Okay, aber wir wollen keine Bestechungsgelder an offizielle Regierungsvertreter, die ...«

»Bitte«, unterbrach Daud sie. »Vertrauen Sie einfach, dass ich schon das Richtige tun werde.«

Hana nickte. Dann berichtete sie von ihrem Besuch bei der *Yamout*

News und der Polizeistation. Als sie die Fotos erwähnte, stiegen ihr wieder Tränen in die Augen.

»Es tut mir leid«, sagte Daud sanft. »Ich hatte vor, nach Fotos zu forschen, wenn Sie wieder abgereist sind.«

»Früher oder später hätte ich sie sowieso gesehen«, sagte Hana mit einem Seufzer. »Wenn der Fall vor Gericht kommt, werden diese Bilder lauter sprechen als Worte.«

Sie aßen ein paar Augenblicke schweigend weiter.

»Ich könnte jetzt auch über andere Dinge reden als über das Geschäftliche«, schlug Daud vor.

»Ja!«, stimmte Hana zu.

Daud erkundigte sich nach weiteren Einzelheiten ihres Lebens und erzählte ihr von der Gruppe von Freunden, mit denen er sich regelmäßig zum Beten und Bibellesen traf.

»Es sind lauter Jungs, vor denen ich ganz offen sein kann«, sagte er.

»Wissen sie von mir?«

»Natürlich. Und sie beten für uns beide.«

Sie beendeten die Mahlzeit mit einer Lotussamencreme als Nachtisch.

»Hier würde ich gern noch mal herkommen«, sagte Hana mit einem Blick auf die Speisekarte. »Es gibt jede Menge Gerichte, die lecker aussehen und interessant klingen.«

»Ich freue mich, wenn es Ihnen gefallen hat. Wann, glauben Sie, werden Sie wieder nach Israel kommen?«

»Ich habe noch nichts mit Mr Lowenstein festgelegt, aber ich schätze, in einem Monat. Würde Ihnen das genug Zeit geben, um das Nötige hier in die Wege zu leiten? Ich weiß, man kann eigentlich nichts vorhersehen.«

»Das klingt vernünftig«, stimmte Daud zu. »Ich habe sonst keine wichtigen Aufträge zu erledigen.«

»Aufträge?«

»Fälle. Was bedeutet, dass ich dem Fall Neumann meine volle Aufmerksamkeit und viel Zeit widmen kann.«

»Sie berechnen uns nur die halbe Gebühr«, protestierte Hana. »Das kommt mir nicht richtig vor.«

Daud lächelte. »Aber mir ist es das wert.«

Kapitel 24

Jakob verbrachte den Abend auf seiner Couch und sah sich ein russisches Fußballspiel an. Bevor er zu Bett ging, sah er noch mal in seine dienstlichen Mails und entdeckte ein Memo, das Hana früher am Abend geschickt hatte. Während er über ihre Nachforschungen und die Gesprächen mit Sylvia Armstrong und Daud Hasan las, wuchs in ihm der Wunsch, endlich selbst mitzumischen. Er überflog seinen Kalender. An den Tagen, die Hana für eine weitere Reise nach Israel vorgesehen hatte, stand nichts in seinem Terminkalender, was ihn daran hindern könnte, sie zu begleiten.

Am nächsten Morgen fuhr Emily Jakob zur Praxis seines Neurologen.

»Ich habe einen der ersten Termine und hoffe, ich muss nicht lange warten«, sagte er, als sie ankamen.

»Kein Problem.«

Jakob meldete sich an der Rezeption an. Ein paar Minuten später führte ihn eine Assistentin in ein Untersuchungszimmer. Dr. Bedford kam kurz darauf herein. »Wie fühlen Sie sich?«, erkundigte sich der Arzt.

Jakob hob die rechte Hand wie zu einem Schwur. »Keine Probleme.

Ich hatte nur einmal schlimme Kopfschmerzen, und zwar nachdem mein Auto völlig ausgebrannt ist.«

»Ich dachte, Sie fahren nicht.«

»Tue ich auch nicht. Das Auto stand in der Werkstatt.«

Der Neurologe sah sich Jakobs Schädel genauer an. Die Schwellungen waren fast verschwunden. Während er Jakob untersuchte, stellte er ihm eine Reihe Fragen über seine psychische Verfassung.

»Sie sehen stabil aus, aber kommen Sie in einem Monat noch einmal.«

Jakob zögerte. »Dann bin ich vielleicht geschäftlich im Ausland«, sagte er.

»Wo?«

»In Israel. Ist das okay?«

Der Arzt hob die Augenbrauen. »Ja, es sei denn, Sie haben bis dahin noch einmal einen Ohnmachtsanfall oder einen kleinen Schlaganfall. Wenn Sie reisen, geben Sie in jeder Hinsicht gut auf sich acht. Vermeiden Sie jeden Stress.«

Als er aus der Praxis kam, hatte Emily den Wagen im Schatten eines großen Baums geparkt. »Das ging schnell«, sagte sie, als Jakob auftauchte.

»Gute und schlechte Neuigkeiten«, erwiderte Jakob.

»Was denn?«

»Gute Neuigkeiten: Es geht mir viel besser. Schlechte Neuigkeiten: Ich brauche noch für mindestens einen Monat jemanden, der mich fährt.«

»Was für den einen schlechte Nachrichten sind, können für die andere gute Nachrichten sein«, sagte Emily mit einem Lächeln.

»Und der Arzt hat mir geraten, weiterhin jeden Stress zu vermeiden.«

»Viel Glück damit«, sagte Emily, legte den Rückwärtsgang ein und fuhr aus der Parklücke.

✡

Daud bestand darauf, Hana zum Flughafen zu bringen, deshalb gab sie ihren Leihwagen in Jerusalem zurück. Es war ein sonniger Morgen, und sie fädelten sich in den morgendlichen Verkehrsstrom zwischen Jerusalem und Tel Aviv ein. Hana stellte fest, dass sie es genoss, in Dauds Wagen und mit ihm am Steuer durch das Land zu fahren.

»Wie oft sollten wir zwischendurch Kontakt aufnehmen?«, fragte er auf Arabisch.

Hana sah einen Moment aus dem Fenster und überlegte, was sie antworten sollte. Sie vermisste Daud schon jetzt, obwohl sie noch zusammen waren.

»So oft Sie wollen«, sagte sie einfach.

Daud warf ihr einen Blick zu. »Wenn es danach geht, was ich empfinde, dann wäre das sehr oft.«

Ein Lächeln umspielte Hanas Lippen. Sie spürte, dass Daud sie ansah und ebenfalls lächelte. Sie hoffte, ihr Gesichtsausdruck vermittelte ihm, was sie in ihrem Herzen empfand. Der Rest der Fahrt zum Flughafen verging mit Small Talk. Daud hielt am Bordstein und stieg rasch aus, um ihren Koffer auszuladen.

»Vielen Dank für alles«, sagte Hana.

Daud streckte ihr seine rechte Hand entgegen, und Hana legte ihre hinein. Er umschloss ihre Hände mit seiner linken. Nie zuvor hatte Hana sich so sehr bei einem Mann angekommen und sicher gefühlt wie in diesem Moment.

»Sie wissen, ich werde jeden Tag an Sie denken, und ich freue mich auf ein Wiedersehen«, sagte Daud.

Hana war froh, dass er ihre Hand hielt, denn ihr wurde plötzlich schummerig. Sie legte ihre freie Hand auf seine. »Und ich werde mich an diesen Moment erinnern, wenn ich an Sie denke«, sagte sie.

Mit einem letzten sanften Händedruck ließ Daud ihre Hand los. Hana wollte nicht zurücksehen, sie nahm ihren Koffer und schob ihn ins Flughafengebäude. Nachdem sie durch die Eingangstür gegangen war, konnte sie nicht widerstehen und warf einen Blick über die Schulter nach draußen. Daud stand immer noch an derselben Stelle, sein Blick hing an ihr. Sie winkte.

Wegen der Windbewegungen in einer Flughöhe von gut zehn Kilometern dauert der Rückflug aus Israel in die Vereinigten Staaten immer mehr als eine Stunde länger als ein Flug in die Gegenrichtung. Das Flugzeug auf dem Monitor, das ihre Position angab, bewegte sich in winzigsten Einheiten vorwärts. Hana war rastlos. Ihre beiden Sitznachbarn nahmen gleich nach dem Start Schlaftabletten und waren kurz darauf eingeschlafen. Hana war hellwach; sie begann, einen Film zu sehen, fand ihn aber bald uninteressant. Sie versuchte zu lesen, konnte sich aber nicht konzentrieren. Nach ein paar Stunden versuchte sie zu schlafen - erfolglos. Als das Flugzeug in Newark landete, war sie erschöpft. Nach einem kurzen Zwischenstopp bestieg sie den Flieger nach Atlanta und holte sich noch eine Stunde unruhigen Schlaf.

Nach dem Auschecken war es zu spät, um Leon noch abzuholen, und Hana fuhr direkt nach Hause. Kaum lag ihr Kopf auf dem Kopfkissen, war sie auch schon eingeschlafen. In dieser Nacht wachte sie nicht auf.

✡

Jakob war früh aufgestanden und fühlte sich so gut wie seit dem Überfall in Butchs Wohnung nicht mehr, weshalb er einen Spaziergang machte. Es gab einen Zugang zu einem Grünstreifen in der Nähe, und er reihte sich in die Schar aus Joggern und Walkern ein, die den schattigen Weg bevölkerten, der sich durch ein Wäldchen aus Laubbäumen mit ein paar vereinzelten Kiefern zog. Jakob ging in zügigem Tempo. Nordatlanta steigt von den Ufern des Chattahoochee River recht bald an, und der Weg folgte dem unebenen Gelände. Jakob ging einen Hügel hinauf. Oben gab eine Lücke in den Baumreihen Ausblicke auf das Zentrum der Stadt frei. Er verließ den Weg, um die Wolkenkratzer zu betrachten, die von blattreichem Geäst umrahmt waren.

Der Kontrast zwischen den Blättern und den Gebäuden, zwischen der Schönheit der Natur und den Errungenschaften menschlicher Zivilisation versetzte ihn in nachdenkliche Stimmung. Jakob hatte nie viel über die Tatsache nachgedacht, dass Menschen sterblich sind und das Leben zerbrechlich ist, aber die Ereignisse der letzten Wochen hätten wohl jeden auf solche Gedanken gebracht. Mindestens zweimal hätte er sterben können. Jakob hatte keine festen Glaubensüberzeugungen in Bezug auf irgendetwas jenseits der Dinge, die ihm sein Kalender vorgab. Aber zum ersten Mal in seinem Erwachsenenleben fragte er sich, ob er sich darüber nicht besser Gedanken machen sollte. Er blieb noch ein paar Minuten stehen und ging dann zurück - diesmal sehr viel langsamer.

✡

Hana gönnte sich noch eine weitere halbe Stunde im Bett, damit sie langsam aufwachen konnte. Schon jetzt vermisste sie ihre Familie, Israel und Daud. Ein kurzer Anflug von Heimweh überkam sie immer, wenn sie in die Vereinigten Staaten zurückkam, aber mit Daud und ihren Hoffnungen auf eine Beziehung war es dieses Mal anders.

Sie rekelte sich noch einmal und stand auf, um sich eine Tasse starken Kaffee zu machen. Während sie daran nippte, rief sie die App der Hundebetreuung auf. Der Welpe tollte bereits herum. Obwohl sie nur ein paar Tage fort gewesen war, kam er ihr größer vor. Hana freute sich auf das Ende des Tages, wenn sie ihn abholen und mit nach Hause bringen würde. Als sie in die Kanzlei kam, sah Janet sie gespannt an.

»Dass du heute hier sein würdest, hat mich davon abgehalten, mich krank zu melden«, sagte ihre Assistentin.

»Fühlst du dich nicht gut?«, erkundigte Hana sich besorgt.

»Nein, aber es hat mich davon abgehalten, so zu tun, um als Erste in der Schlange vor meinem Lieblingsklamottenladen zu stehen. Sie haben heute eine große Rabattaktion.« Janet beugte sich vor. »Es war fast grausam, die paar Zeilen über Daud Hasan zu lesen, die du geschickt hast. So, als gäbe man einer Frau, die seit drei Tagen keinen Schluck Wasser mehr getrunken hat, ein paar Tropfen auf die Zunge.«

Hana lachte. »Wenn du so verzweifelt bist, muss ich natürlich deine Neugier befriedigen, bevor ich irgendwelchen Mandanten meine Zeit in Rechnung stelle. Ich habe ein Foto von uns beiden und kann dir noch ein paar andere aus den sozialen Medien zeigen.«

Die beiden Frauen gingen in Hanas Büro und schlossen die Tür. Fünfundvierzig Minuten später stand eine zufriedene Janet auf, um zu gehen.

»Ich habe mich geirrt«, sagte die Assistentin. »Als Frau hast du gewusst, dass dir irgendwann die Liebe auf den ersten Blick begegnen wird. Ich hätte deine Intuition nicht anzweifeln dürfen.«

»Ich habe nicht gesagt, wir würden bald heiraten.«

»Details, Details.« Janet machte eine wegwerfende Handbewegung. »Daud ist ein Idiot und verdient dich nicht, wenn er zulässt, dass du ihm durch die Finger schlüpfst. Was mir besonders gefällt, ist, dass er sich auf Romantik im alten Stil versteht. Ich wette, er würde sein Jackett über eine Straßenpfütze werfen, damit du deine Schuhe nicht schmutzig machen musst.«

Hana lächelte. »Ja, das glaube ich auch.«

Lowenstein war bis nach dem Mittag außer Haus, sodass Hana Zeit hatte, den Rückstand bei anderen Fällen aufzuarbeiten. Mit der Rückkehr in ihre normale Büroroutine ebbte ihre Sehnsucht nach zu Hause langsam ab, aber als es Zeit war, sich für einen raschen Mittagsimbiss aus dem Staub zu machen, führte ihr Appetit sie in Mahmoud Akbars Restaurant. Der Inhaber belohnte sie mit einem breiten Lächeln, sobald er sie am Tresen stehen sah.

»Was darf es heute sein?«, fragte er. »Bestellen Sie, was die Speisekarte hergibt; es geht aufs Haus.«

Hana sah ihn erstaunt an.

»Das Essen ist heute umsonst«, sagte der Restaurantbetreiber. »Ihr Englisch ist so gut, dass ich gelegentlich vergesse, dass Sie vielleicht nicht alle unsere Redensarten kennen.«

»Ich werde gern zahlen ...«

»Nein.« Mr Akbar hob die Hand und lehnte sich über den Tresen. »Gott hat Ihre Gebete erhört. Gadi kommt nach Hause. Meine Befürchtungen waren begründet. Er hat Amerika verlassen, um sich einer militanten Gruppe anzuschließen. Aber dann hat er erlebt, wie sie miteinander umgingen, und das hat ihn zur Vernunft gebracht.«

»Oh, wunderbar«, sagte Hana mit tief empfundener Erleichterung. »Wo ist er jetzt?«

»Er ist ein paar Tage in Paris und besucht die Familie meines Bruders. Nächste Woche kommt er nach Atlanta zurück.«

Hana hätte sich gern ohne Vorbehalte der Freudenstimmung überlassen, aber sie spürte eine bange Sorge, die sich nicht abschütteln ließ. »Ich werde beruhigter sein, wenn er hier bei Ihnen ist«, sagte sie.

Mr Akbar nickte. »Das sagt meine Frau auch. Also, was wollen Sie essen?«

»Ihr Manakish mit Lamm ist am besten«, sagte Hana und freute sich auf das Teiggericht mit Käse, Thymian, Oregano, geröstetem Sesam, Gewürzen und Lammhackfleisch, das ähnlich schmeckte wie Pizza.

»Möchten Sie nicht etwas Teureres? Ich habe wunderbare Lammkarrees.«

»Nein, nein, das ist zu extravagant für einen Mittagsimbiss. Das Beste auf der Karte ist ohnehin, Ihr glückliches Gesicht zu sehen.«

Hana aß ihr Manakish und betete im Stillen, dass Gadi sich tatsächlich vom militanten Islam lossagen würde, nicht nur im Nahen Osten, sondern auch hier in den Vereinigten Staaten. Ihr Handy summte. Es war eine SMS von Daud, der wissen wollte, wie es ihr ging. Sie machte ein Foto von ihrem Essen und schickte es ihm. Er antwortete umgehend:

Dieses Manakish würde ich auch essen. Führen Sie mich mal dahin aus.

Sich Daud hier im Restaurant vorzustellen, verwandelte es in einen anderen Ort. Hana schrieb zurück:

Das täte ich sehr gern.

Hana verzehrte den Rest ihrer Mahlzeit und tauschte währenddessen Nachrichten mit Daud aus. Keine davon hatte einen geschäftlichen Inhalt. Als sie wieder im Büro war, setzte sie sich wieder an ein Projekt für Mr Collins.

Kurz nach zwei Uhr klingelte Janet sie an. »Du hast mich gebeten, dir Bescheid zu geben, wenn Mr Lowenstein wieder im Büro ist. Gladys sagt, er ist jetzt da und hat ein paar Minuten Zeit, wenn du gleich hingehst.«

Hana speicherte die Datei, an der sie gearbeitet hatte, und machte sich auf den Weg ins Büro des Seniorpartners. Er bedeutete ihr, sich zu setzen. »Ich habe Ihre Memos gelesen«, sagte er. »Klingt, als hätten Sie sofort richtig losgelegt.«

»Ja, ich hatte genug zu tun.«

»Und Sie mögen diesen Hasan wirklich?«

Überrascht hielt Hana kurz inne, bevor sie antwortete. »In welcher Hinsicht?«

»Natürlich als Ermittler«, antwortete Lowenstein. »Wie um alles in der Welt haben Sie ihn dazu gebracht, sein Gehalt zu halbieren? Wenn Sie das immer hinkriegen, dann hätte ich da ein paar Fälle, die Ihre magische Berührung vertragen könnten.«

»Es war sein Vorschlag.«

»Warum?«

Hana traf blitzschnell die Entscheidung, die persönliche Seite ihrer Beziehung aus dem Gespräch herauszuhalten. »Vor allem, weil er an dem Fall selbst Interesse hat. Ich bin mir sicher, er ist ihm wichtiger als mancher andere Job, den er übernimmt.«

»Was sind das für Jobs?«

Hana wurde bewusst, dass sie darüber mit Daud nicht gesprochen hatte. »Allgemeine Recherchen«, bot sie an.

»Okay«, erwiderte Lowenstein. »Ich bin einverstanden, wenn Sie in einem Monat wieder nach Israel reisen. Das ist ein vernünftiges Vorgehen. Und falls die Umstände es erfordern, kann man es modifizieren.«

»Zusammen mit Jakob Brodsky?«, fragte Hana.

»Ja«, antwortete Lowenstein geringschätzig. »Aber nur, wenn Sie dafür sorgen, dass es keine Vergnügungsreise für ihn wird. Ich bezweifle, dass er irgendetwas Substanzielles auf den Tisch legen kann.«

»Wir werden daran arbeiten.«

»Inzwischen sorgen Sie dafür, dass Jim Collins bei Laune bleibt. Er betrachtet Sie als von ihm an mich ausgeliehen.«

»Ich habe heute, seit ich zurück bin, ausschließlich an seinen Projekten gearbeitet.«

Hana verließ Lowensteins Büro und nahm ihre Arbeit wieder auf. Gegen fünf begann sich der Jetlag bemerkbar zu machen, und sie verließ das Büro. Auf dem Rückweg holte sie Leon hab, der inzwischen auf der Verlaufskarte des Hundetrainings zwei »Sehr gut«, zwei »Gut« und einmal ein »Mäßig« stehen hatte, Letzteres für mangelnde Stubenreinheit.

»Haben Sie zu Hause irgendwelche Probleme mit ihm?«, fragte die junge Frau, die ihn Hana übergab.

»Nein«, antwortete Hana mit der Feindseligkeit einer Mutter, über deren Kind die Erzieherin eine kritische Bemerkung macht.

»Ich hoffe jedenfalls, seine schlechten Gewohnheiten nehmen nicht zu«, erwiderte die Frau.

Leon begrüßte Hana mit liebevollem Überschwang. Während der Autofahrt leckte er ihr jedes Mal die Hand, wenn sie sie ausstreckte, um ihn zu streicheln. Beide, die Frau und ihr Hund, legten sich früh schlafen.

Kapitel 25

Am folgenden Nachmittag räumte Jakob seinen Schreibtisch auf, weil er Hana und Ben erwartete. Maddie rief an, um zu sagen, dass die beiden da seien. Er ging hinunter und begrüßte Hana mit einem hebräischen Satz, den er auswendig gelernt hatte.

»Das ist gut«, erwiderte sie in derselben Sprache.

Jakob identifizierte *tov,* das Wort für »gut«, aber nicht das Wort davor.

»Bringen Sie mich nicht in Schwierigkeiten«, erwiderte er auf Englisch. »Ich könnte nicht mal fragen, wo die Toilette ist.«

Jakob öffnete die Tür zu seinem Büro und ließ die beiden vor ihm eintreten. Er hatte schon Stühle zurechtgestellt.

»Irgendwelche Neuigkeiten vom Detective über die Ermittlungen in Sachen Überfall?«, fragte Ben, sobald sie Platz genommen hatten.

»Nicht, seit wir uns das letzte Mal gesprochen haben. Ich tue, was Detective Freeman mir empfiehlt – halte die Augen offen und behalte meine Umgebung im Blick.«

Hana ergänzte die Informationen aus ihren Memos. Wieder empfand

Jakob beim Zuhören den starken Wunsch, er hätte selbst im Zentrum der Ereignisse gestanden. Ben stellte ein paar Fragen, Jakob schwieg.

»Mr Lowenstein hat sein vorläufiges Einverständnis für eine weitere Reise nach Israel in einem Monat gegeben«, sagte Hana, als sie mit ihrem Update fertig war. »Bis dahin hatte Daud hoffentlich Gelegenheit, Gespräche zu führen und mögliche Verbindungen aufzuspüren, die die Zadan-Brüder mit einer organisierten Gruppe gehabt haben könnten.«

»Ich habe sehr viel Zeit mit Onlinerecherchen verbracht und nach der winzigsten Information gesucht«, sagte Jakob. »Im Internet gab es Gerede darüber, dass der Angriff aus den islamischen Republiken am Schwarzen Meer gesteuert war.«

»Gibt es dazu Genaueres?«, fragte Hana. »An diese Region hätte ich nicht zuerst gedacht.«

Jakob öffnete die Datei mit der Zusammenfassung seiner Rechercheergebnisse und gab einen kurzen Überblick über seine Notizen zu den Blogeinträgen, ohne zu erwähnen, dass er die Information aus dem Russischen übersetzt hatte. Ben setzte es sichtlich zu, Informationen dieser Art über seine Frau und ihren Tod zu hören.

»Es tut mir leid, Ben«, sagte Jakob irgendwann. »Ich weiß, ich rede hier ziemlich distanziert über das, was passiert ist.«

»Ich verstehe das«, antwortete Ben. »Ich kann nicht ändern, was es in mir auslöst, aber ich will wissen, was vor sich geht.«

»Zu den interessanteren Sachen, die ich gefunden habe, gehört ein Werbevideo von einem Amerikaner, der in der Region lebt«, fuhr Jakob fort. »Es ist auf Englisch mit russischen und arabischen Untertiteln.«

»Kennen Sie seinen Namen?«, fragte Hana.

»Nein, ich konnte ihn nicht identifizieren. Er selbst erwähnt den Anschlag auf Gloria nicht, aber das Video findet sich auf einer Seite, wo das der Fall ist.« Jakob schwieg kurz. »Haben Sie mit Mr Lowenstein geklärt, ob ich Sie auf der nächsten Reise nach Israel begleiten kann?«

Hana nickte. »Ja, und ich habe ihm gesagt, ich möchte, dass Sie dabei sind. Er hat zugestimmt, aber dann hat er doch infrage gestellt, ob Sie wegen der Sprachschwierigkeiten viel beitragen könnten. Ich habe gesagt, das sei kein Problem.«

»Danke«, sagte Jakob ehrlich dankbar.

»Ich werde ihn selbst anrufen, wenn er einen Rückzieher machen sollte«, mischte Ben sich ein. »Ich will, dass Jakob mitfliegt.«

»Das wird vielleicht nicht nötig sein«, erwiderte Hana. »Aber falls doch, lasse ich es Sie wissen.«

»Woran werden Sie in der Zwischenzeit arbeiten?«, fragte Ben.

»Ich werde mich in die entsprechende Gesetzeslage einarbeiten, um genau zu verstehen, was wir von den möglichen Zeugen benötigen«, sagte Hana. »In der Kanzlei haben wir eine umfangreiche Datenbank für Recherchen dieser Art. Aber ich habe noch eine Menge anderer Projekte auf dem Schreibtisch, sodass ich wohl erst nächste Woche dazu komme, mich damit zu beschäftigen.«

Das war genau die Art von Expertenwissen, das Jakob sich mithilfe einer Kanzlei wie Collins, Lowenstein und Capella verschaffen wollte.

»Ich helfe Ihnen«, bot er an. »Es gibt Unterschiede in der Verfahrensweise zwischen Inlands- und Auslandstransaktionen. Ich würde mich gern auf die Inlandsversion konzentrieren.«

»Das ist sinnvoll«, sagte Hana. »Wenn Mr Lowenstein zustimmt, leite ich Ihnen meine Rechercheunterlagen weiter.«

Jakob wusste, dass Hana die Spielregeln der Kanzlei beachten musste. Nach weiteren fünfzehn Minuten sah sie auf ihre Uhr. »Ich muss zurück in die Kanzlei, ich habe noch ein Meeting.«

»Vergessen Sie Sadies Geburtstagsparty am Samstag nicht«, sagte Ben.

»Die Einladung hängt an meinem Kühlschrank, und in meinem Kalender im Büro ist es ein Termin mit höchster Priorität«, sagte Hana mit strahlendem Lächeln.

Ben blieb noch, als Hana gegangen war. »Gibt es noch irgendetwas, das Sie vor Hana nicht erwähnen wollten?«, fragte er Jakob.

»Zunächst einmal war ich froh, dass sie sich bei ihrem Chef für mich eingesetzt hat. Das ist ungewöhnlich für eine assoziierte Anwältin im Gespräch mit einem Seniorpartner«, sagte Jakob. »Nein, meine größte Sorge ist, dass sie diesen Privatermittler in alles einbeziehen will. Er ist an keine anwaltliche Schweigepflicht gebunden, und dass er mit ihrem Bruder mal Fußball gespielt hat, zählt da für mich nicht so sehr. Hana hat es nicht direkt gesagt, aber für mich ist klar, dass zwischen den beiden sofort eine besondere Chemie bestanden hat. Ich meine, sie waren zwei

Mal zusammen essen. Hana ist eine kluge Frau, aber wer immer gesagt hat, Liebe macht blind, der hatte recht.«

»Das habe ich mir auch gedacht«, sagte Ben. »Aber da Sie es nicht angesprochen haben, habe ich meinen Mund gehalten.«

»Sie hat wirklich alles dafür getan, mich auf dem Laufenden zu halten, und es würde undankbar wirken, wenn ich versuchte, den Ermittler an den Rand zu drängen. Ich hoffe, wir beide täuschen uns, und Daud Hasan hat mehr Integrität als ein Pfadfinder.«

Zwei Stunden später schickte Jakob Emily eine Nachricht, er sei jetzt so weit, nach Hause gefahren zu werden. Er wollte gerade den Computer herunterfahren, als eine E-Mail mit Anhang von Hana eintraf. Die angehängte Datei enthielt mehr als vierhundert Seiten mit Recherchen, Dokumenten, Erkenntnissen und Prozessakten über die Aufdeckung von betrügerischen und geheimen Transfers von Vermögen und Geld in den Vereinigten Staaten. Allein der Umfang ließ ihm die Kinnlade herunterfallen.

Bitte behandeln Sie die Informationen vertraulich. Wir reden später.
Hana

✡

Hana und Daud entwickelten einen Rhythmus, der für beide mit ihrem Zeitplan vereinbar war. Gleich nach dem Aufstehen, wenn sie sich fürs Büro fertig gemacht hatte, skypte Hana von ihrem privaten Computer mit Daud. Dann war es in Israel früher Nachmittag, ein Zeitpunkt, der Daud gut passte, der oft bis spät in die Nacht arbeitete. Hana hatte den Verdacht, dass der Ermittler seinen Kalender manipulierte, um Zeit für ihre Gespräche herauszuschinden. Sie begannen immer mit einem kurzen gemeinsamen Gebet.

Was dieser Rhythmus ihnen beiden bedeutete, zeigte sich ein paar Tage nach Hanas Rückkehr in die Staaten. Sie hatten eines ihrer Onlinetreffen ausfallen lassen müssen, weil Daud einen Termin hatte, der sich nicht verschieben ließ, und ihre Reaktion darauf sprach Bände.

Das Treffen am folgenden Tag begann Daud mit den Worten: »Gestern war schrecklich«, sobald Hanas Gesicht auf dem Monitor erschien.

»Warum?«

»Weil wir uns nicht sprechen konnten.«

»Das ging mir genauso«, entgegnete Hana. »Es hat ein Loch in meinem Herzen hinterlassen. Wenn das noch mal vorkommt und du etwas nicht verschieben kannst, dann finden wir einen anderen Termin, und wenn ich mitten in der Nacht dafür aufstehen muss. Ich könnte anrufen, nachdem ich gebetet habe.«

Sie waren inzwischen zum vertrauten Du übergegangen. Daud wusste von Hanas nächtlichen Gebetswachen. Er selbst nahm sich gleich nach dem Aufstehen Zeit zum Beten.

»Ich bin für alles offen«, sagte er und drehte seinen Laptop, sodass Hana im Hintergrund seine Küche sehen konnte. »Hast du heute Morgen zufällig Zeit für eine kleine Tour durch meine Wohnung?«

»Auf alle Fälle.«

Hana beugte sich vor, während Daud mit seinem Laptop durch die Wohnung ging. Sie sah zum ersten Mal, wie er wohnte. Es übertraf alles, was sie sich vorgestellt hätte. Der Hauptwohnbereich war riesig, die Küche war mit erstklassigen Geräten ausgestattet, und es gab drei weitere Räume, von denen einer Daud als Büro diente.

»Ich wohne im obersten Stockwerk eines fünfstöckigen Hauses«, sagte er und demonstrierte ihr den großen Balkon.

»Es sieht aus wie eine Penthouse-Suite«, sagte sie.

»Ja, weil es eine Penthouse-Suite ist«, antwortete er. »Du kannst es vermutlich nicht sehen, aber es gibt auch noch einen netten kleinen Garten unter dem Balkon.«

Die Kamera lieferte kein sehr klares Bild, aber Hana konnte erkennen, dass das Wohnhaus oben auf einem Höhenzug stand. Sie wusste bereits, dass Daud in Beit Hanina wohnte, einer der besseren arabische Vorstädte von Jerusalem. Dass er sich eine Penthouse-Wohnung in einer solchen Gegend leisten konnte, bewies, dass sein Ermittlungsgeschäft florierte.

»Meine Möbel sind modern, nicht traditionell«, sagte er und kehrte in den Wohnbereich zurück. »Ich hoffe, das ist für dich okay.«

Hana wollte gerade erwidern, das ginge sie doch gar nichts an, aber sie tat es nicht. Daud lag offensichtlich etwas an ihrer Meinung. Er zeigte ihr einen Sessel aus Leder und Chrom und ein dazu passendes Sofa, außerdem Tische mit Glasplatten, auf denen einige Kunstobjekte standen. Es war wie ein Museum im Kleinen. Das Tongeschirr in der Küche stammte aus der Wüste.

»Es passt alles zusammen«, sagte sie. »Und du hast ein paar sehr schöne Stücke aus dem Negev.«

»Familienerbstücke.«

»Und jetzt zeige ich dir mein Haus«, sagte Hana. »Ich habe es möbliert gemietet, die Möbel gehören mir also nicht. Es wird nicht so lange dauern.«

Nun war Hana an der Reihe, ihren Laptop herumzutragen. Als sie die gerahmten Fotos von ihrer Familie auf der Kommode in ihrem Schlafzimmer erreichte, bat Daud sie, dort stehen zu bleiben. Sie hielt den Laptop näher an die Bilder und erläuterte sie ihm.

»Ich sehe deine Nichten und Neffen, aber wo ist Mikael?«, fragte Daud.

»Er ist nicht so süß wie sie.«

»Hast du mit ihm gesprochen, seit wir uns kennengelernt haben?«

»Nein, er ist immer noch in Afrika. Vor nächster Woche wird er nicht zurück in Israel sein.«

Leon lag auf einem Läufer in der Küche. Er hob den Kopf, als Hana sich näherte. Daud befahl dem Hund auf Arabisch: »Sitz!«, aber Leon gähnte nur und legte den Kopf wieder auf die Pfoten.

»Er versteht nur ein paar englische Wörter«, sagte Hana. »Und ich bin nicht sicher, ob er jemals zweisprachig werden soll.«

Dann erzählte sie Daud, wie es dazu gekommen war, dass der Hund jetzt bei ihr war.

»Als Junge habe ich mal einen Streuner aufgenommen«, erwiderte Daud. »Er hatte eine riesige Schnauze und sehr große Ohren. In der Wüste hat er für uns Skorpione aufgespürt.«

»Warum habt ihr nach Skorpionen gesucht?«, fragte Hana und wich etwas vom Bildschirm zurück.

»Um damit zu spielen. Wir haben sie gefangen, ihnen den Stachel abgeschnitten und sie dann auf uns herumkrabbeln lassen. Hab ich dir etwa mein Skorpionterrarium in der Wohnung nicht gezeigt?«

»Ernsthaft?«

Daud lachte. »Nein. Keine Haustiere. Das würde mein Zeitplan nicht erlauben.«

Normalerweise beendeten Hana und Daud ihre Gespräche mit einem

Austausch über den Fall Neumann. Daud arbeitete an einer Liste mit Namen von Leuten, die er sprechen wollte, und wartete auf Antworten auf verschiedene Anfragen nach zusätzlichen Dokumenten und offiziellen Berichten.

»Ich habe Kopien von den Fotos, die du auf der Polizeistation gesehen hast, auf einem Stick«, sagte Daud. »Ich schicke sie dir im Lauf des Tages. Einer der Beamten dort ist ein Bekannter, der hat sie mir kopiert.«

Hana schauderte bei der Erinnerung an die Fotos. »Ich werde die Bilder an Jakob Brodsky weiterleiten. Aber nicht an Ben Neumann«, sagte sie.

»Du solltest Neumann fragen, ob er sie sehen will«, erwiderte Daud.

»Warum?«

»Es ist seine Entscheidung. Du bist seine Anwältin, aber nicht seine Fürsorgerin.«

Hana war nicht überzeugt. »Vielleicht überlasse ich das Jakob.«

Daud verschwand einen Moment aus dem Blickwinkel der Kamera. »Ich muss jetzt los«, sagte er, als er wieder ins Bild kam. »Morgen bin ich den ganzen Tag unterwegs und werde keine Anrufe oder SMS beantworten können.«

»Unterwegs in unserem Fall?«

»Nein, in einer anderen Sache, die aber dringend ist. Ich werde es vermissen, dich zu sehen und mit dir zu reden.«

»Du wirst mir auch fehlen. Bye.«

Die Übertragung endete. Hana, die auf dem Sofa saß, lehnte sich in die Kissen zurück. Reden war gut, aber die physische Trennung zwischen ihnen gab ihr einen Stich ins Herz.

✡

Jakob war im Büro, als er die Fotos vom Schauplatz des Mordes am Hurva Square erhielt. Wegen ihrer ausgeprägten Details fiel es ihm schwerer, sie anzuschauen als das verschwommene Überwachungsvideo. Auf Hanas Bitte hin schickte er Ben eine Nachricht mit der Frage, ob er die Fotos sehen wolle. Ben antwortete nicht sofort.

Nach dem Anruf eines Mandanten gab Jakob es auf, E-Mails zu beantworten, und nahm stattdessen seine Internetrecherche wieder auf. Aufgrund der Dinge, die er von Hana und Daud gehört hatte, hatte er den Fokus seiner Suche auf Webseiten im Nahen Osten verlagert. Allerdings erwies sich die Sprachbarriere als durchaus gravierend. Ein Strang seiner Suche, den er weiterverfolgen konnte, hatte mit Rekrutierungsvideos auf Englisch zu tun, die sich an werdende oder bereits überzeugte islamische Fundamentalisten in England oder den Vereinigten Staaten richteten. Die meisten Sprecher hatten einen britischen Akzent. Auch der Amerikaner, den Jakob schon zuvor gesehen hatte, trat kurz in Erscheinung, und zwar am Ende der auf Englisch gehaltenen Rede eines älteren Mannes mit grauem Bart und rotem Pullover. Maddie rief an.

»Ein Detective Freeman ist am Apparat«, sagte sie. »Steckst du in Schwierigkeiten?«

»Nein, aber du«, ulkte Jakob. »Ich übernehme.«

»Keine neuen Spuren, seit der Kerl nach Venezuela abgehauen ist«, sagte der Detective. »Wir haben diese Phosphorbombe untersucht, die das Feuer ausgelöst hat. Sie war selbst gebaut. Wie lange sie schon dort steckte, lässt sich unmöglich sagen, aber es ist so gut wie sicher, dass der Monteur sie ausgelöst hat, indem er unwissentlich die Drähte berührt und den Kontakt hergestellt hat.«

»Was ist mit Sarkasian?«, fragte Jakob.

»Er hat zugegeben, wer er ist, und wehrt sich nicht gegen eine Auslieferung nach North Carolina. Sobald sein Verfahren durch ist, dürfte er für ein Weilchen von der Bildfläche verschwinden.«

»Wie geht es jetzt weiter?«

»Deshalb rufe ich an. Wir schließen den Fall noch nicht ab, aber wir sind jetzt in einer Sackgasse, wenn wir keine neuen Informationen bekommen.«

Jakob betastete seinen Kopf. Die Schwellungen waren so gut wie weg. »Wie würden Sie die persönliche Gefahr für mich einschätzen?«

»Ich würde sagen, sie besteht weiter. Aber wenn ein paar Ratten erst einmal ans Licht gezerrt sind, verschwinden die anderen normalerweise in der Versenkung.«

»Ich werde in ein paar Wochen nach Israel fliegen. Hätten Sie da Bedenken?«

»Es ist einfacher, den Bösewichten in einem kleinen Land auf den Fersen zu bleiben. Aber seien Sie vorsichtig, wo Sie hingehen.«

Kapitel 26

Am Samstagnachmittag parkte Hana ihren Wagen in der Nähe des Hauses von Ben und Sadie. Sie hatte heute doch noch einmal in die Kanzlei fahren müssen, um ein paar Dinge zu erledigen, und kam jetzt eine Dreiviertelstunde zu spät zu der Party. In der Hundeschule hatte einer der jungen Mitarbeiter Leon beigebracht, an der Leine zu gehen, und Hana war beeindruckt davon, wie viel Disziplin der Hund inzwischen an den Tag legte.

»Sie können mir glauben«, hatte Ben gesagt, als Hana anrief, um zu fragen, ob sie Leon mitbringen könnte, »ein Welpe wird nicht viel zu dem Chaos beitragen, das ein Stall voll sechs- und siebenjähriger Mädchen verursacht. Wir haben einen kleinen eingezäunten Garten. Dorthin kann Ihr Hund flüchten, wenn es ihm zu viel wird.«

Geburtstagsballons zierten die Veranda des Hauses. Eine Frau, dem Aussehen nach in den Sechzigern, öffnete die Tür. Hana erkannte sie sofort - es musste Glorias Mutter sein. Die Ähnlichkeit zwischen Großmutter, Tochter und Enkelin war unübersehbar. Aus dem Haus drang schrilles Kreischen.

»Ich bin Florence Dershowitz, Sadies Großmutter«, sagte die Frau mit einem herzlichen Lächeln. »Und Sie müssen Miss Abboud sein.«

»Bitte nennen Sie mich Hana.«

Leons Manieren verließen ihn angesichts der Geräusche und Gerüche, die aus dem Haus kamen. Er jaulte und zerrte an der Leine.

»Und das ist Leon«, ergänzte Hana und zog ihn an der Leine zurück. »Er möchte auch auf die Party.«

Hana folgte Ms Dershowitz durch einen kleinen Eingangsflur in einen großen Raum, der den Wohn- und Essbereich bildete. Die Möbel hatte man an die Wand geschoben, um Platz für die Party zu schaffen. Ein großes Spruchband auf einer Seite des Raumes verkündete »Herzlichen Glückwunsch, Sadie!« Hana legte ihr Geschenk auf einen Tisch, auf dem schon andere Geschenke lagen. Sie hatte für Sadies Puppe Fabia ein neues Outfit ausgewählt.

Die Mädchen spielten ein Staffelspiel, bei dem sie einen Ballon schnappen, mit ihm durch den Raum zu einem Stuhl laufen und ihn zum Platzen bringen mussten, indem sie sich draufsetzten. Die Mädchen standen in zwei Reihen hintereinander. Sadie war als Nächste an der Reihe. Als Sadie sich umdrehte, um sich auf den Stuhl zu setzen, sah sie Hana und zögerte.

»Lass den Ballon platzen, Sadie!«, rief Hana.

Einige der Erwachsenen, die Hanas Ankunft nicht bemerkt hatten, wandten sich zu ihr um. Die Blicke, die auf ihr ruhten, waren ihr unangenehm. Ben kam aus der Küche, die Puppe Fabia in der Hand.

»Haben Sie meine Nachricht bekommen, dass ich mich verspäte?«, fragte Hana.

»Ja. Und ich habe es Sadie auch gleich gesagt, damit sie nicht zu abgelenkt ist, um ihre Party zu genießen.«

»Was machen Sie mit Fabia?«

»Ich bin der Babysitter«, sagte Ben, reichte Hana die Puppe und ging zurück in die Küche. »Ich muss noch die Kerzen auf den Kuchen stecken.«

Hana sah sofort, dass die Puppe nicht gerade viel Aufmerksamkeit erfahren hatte. Ihr Kleid war zerknittert, ihr Haar verfilzt. Ein neues Outfit wäre die perfekte Abhilfe.

»Sadie und Fabia sind unzertrennlich«, sagte Ms Dershowitz, nachdem

Ben in der Küche verschwunden war. »Sie hat mir erzählt, eine Nichte von Ihnen heißt auch so.«

»Fabia ist eigentlich meine Cousine«, erwiderte Hana. »Als Jugendliche waren wir unzertrennlich.«

Sadies Ballon platzte, und sie huschte zurück auf ihren Platz.

»Sadie sieht Ihnen sehr ähnlich«, sagte Hana zu Ms Dershowitz.

»Und sie hat die Persönlichkeit ihrer Mutter.«

Der letzte Ballon war zerplatzt, und Sadie verließ ihre Gruppe und lief zu Hana und Leon. Sie kniete sich hin, damit der Welpe ihr Gesicht ablecken konnte. Hana zog ihn weg.

»Das ist schon okay«, sagte Ms Dershowitz. »Sie wieder lachen zu hören, das ist schon ein paar Hundekeime wert.«

»Kannst du ihn von der Leine lassen? Wir wollen mit ihm spielen«, bettelte Sadie.

Hana hakte die Leine ab, und in wenigen Sekunden war der Welpe von den Mädchen umringt. Leon wedelte begeistert mit dem Schwanz bei einem derartigen Übermaß von streichelnden Händen auf seinem Fell. Ben erschien mit einem riesigen Geburtstagskuchen.

Die Partygäste drängten sich eng um ihn, und Sadie blies die Kerzen aus. Hana stand neben einer Frau, die etwa ihr Alter zu haben schien. Nachdem die Kerzen verlöscht waren, wandte sich die Frau an Hana.

»Ich bin Marissa Cohen. Ben ist mein Bruder.«

Hana stellte sich vor.

»Sie sind die neue Anwältin, die Ben in seinem Rechtsstreit vertritt, nicht?«

»Ja.«

Ben begann, kleine Kuchenstücke für die Mädchen abzuschneiden.

»Haben Sie Erfahrung in Verfahren gegen Terroristen?«, fragte Marissa.

Hana erklärte kurz ihre Rolle im internationalen Wirtschaftsrecht. Auch wenn Marissa Bens Schwester war, musste sie aufpassen, dass sie nicht die anwaltliche Schweigepflicht verletzte.

»Wenn Ihr Spezialgebiet Wirtschaftsrecht ist, warum lassen Sie sich auf einen Prozess um den Mord an Gloria ein?«

»Die Seniorpartner meiner Kanzlei haben mich gebeten, zu helfen, und ich habe zugestimmt.«

Aus dem Augenwinkel sah Hana, wie eins der Mädchen Leon Eiscreme von ihrem Finger schlecken ließ. »Ich sollte besser dafür sorgen, dass mein Hund nicht zu viel Süßes verschlingt«, sagte Hana.

Sie holte Leon und brachte ihn in die Küche. Ben schenkte Punsch in kleine rosa Becher.

»Steht der Garten noch für Leon zur Verfügung?«

»Hier ist die Tür«, sagte Ben, »der Garten ist eingezäunt.«

In den nächsten Stunden unterhielt Hana sich mit einigen Müttern der eingeladenen Mädchen. Und die versuchten gar nicht erst, ihre Neugier zu verbergen, ob die Beziehung zwischen Ben und Hana die Linie vom Beruflichen zum Privaten überschritten hatte. Hana bemühte sich, jede Spekulation im Kern zu ersticken, indem sie betonte, wie wichtig ihr Sadie war, aber ohne Erfolg. In allen Mienen las sie die Botschaft: *Wie könnte man einen Witwer wohl besser erobern als über seine kleine Tochter?*

Sadies Großvater setzte sich zu Hana. Mr Dershowitz war groß, grauhaarig und trug eine Nickelbrille. »Sie haben von Anfang an bei Sadie einen Stein im Brett gehabt«, sprach er sie an.

Nach den Begegnungen mit den anderen Frauen auf der Party fühlte Hana sich ein wenig in der Defensive. »Ist es Ihnen recht?«

»Ja«, sagte Mr Dershowitz und sah Hana direkt in die Augen. »Denn ich glaube, Ihre Rolle in Sadies Leben geht weit darüber hinaus, dass Sie Ben vor Gericht vertreten.«

Mr Dershowitz erinnerte Hana an einen weisen, freundlichen Rabbi.

»Wissen Sie denn, welche Rolle das sein könnte?«, fragte sie.

Hana war klar, dass ihre Worte förmlich klangen, aber sie wusste nicht, wie sie es sonst ausdrücken sollte.

»Das liegt bei Hashem«, sagte Mr Dershowitz und sah zum Himmel auf. »Aber sein Licht leuchtet in Ihnen. Meine Frau und ich können es sehen – in Ihren Augen.«

»Ich danke Ihnen«, sagte Hana bewegt. »Das ist eines der schönsten Komplimente, die ich je bekommen habe.«

Hana sah zu Ms Dershowitz hinüber, die mit Sadie und ihren Freundinnen spielte.

»Zeit heilt keine Wunden«, fuhr der ältere Mann fort.

»Das stimmt«, pflichtete Hana ihm bei. »In unserer Familie gab es ein

Sprichwort, dass Gott Engel schickt, die die Aufgabe haben, Narben von Sorgenfalten in Lächeln zu verwandeln. Die tiefere Bedeutung ist, dass dies von innen heraus geschieht, nicht von außen nach innen.«

»Sagen Sie mir den Wortlaut.«

»Sprechen Sie denn Arabisch?«, fragte Hana überrascht.

Mr Dershowitz schüttelte den Kopf. »Nein, aber ich höre immer noch gern den Klang der Worte.«

Hana wiederholte das Sprichwort auf Arabisch. In dieser Sprache enthielt es eine Alliteration und klang wie ein Gedicht.

»Das ist sehr schön«, sagte Mr Dershowitz, als sie geendet hatte. »Die Ärzte sagen, wenn Sadie im Teenageralter ist, kann man eine Operation vornehmen, die die Narbe in ihrem Gesicht so gut wie unsichtbar macht. Ich hoffe, dass ich das noch erlebe. Aber mehr als das wünsche ich mir, zu erleben, dass Ihr Sprichwort für sie Wirklichkeit wird. Wir bemühen uns alle, unseren Teil dazu beizutragen, aber jede Verstärkung ist uns willkommen.«

Mr Dershowitz verließ Hana. Ein paar Mädchen verabschiedeten sich, und Hana wusste, dass es für sie an der Zeit war, das auch zu tun. Sie ging zu Sadie, um ihr Auf Wiedersehen zu sagen.

»Danke, dass du gekommen bist«, sagte Sadie und umarmte sie. »Das neue Kleid für Fabia ist großartig.«

Hana ging in den Garten, um Leon zu holen. Der Hund hatte ganz dreckige Pfoten.

»Oho«, sagte Ben, als er das bemerkte. »Unser Rasensprenger hat ein Leck, und Leon hat es entdeckt.«

Ben wusch dem Hund die Pfoten im Waschbecken. Eine weitere Mutter steckte den Kopf zur Tür herein, um sich zu verabschieden, und sah Hana und Ben gemeinsam am Waschbecken stehen. Ben reichte Hana ein Handtuch, um Leons nasse Pfoten zu trocknen. Er gab Leon an Hana weiter. »Sie können dort hinausgehen, wenn Sie wollen«, sagte er und wies auf einen Nebenausgang.

»Oh, danke. Nochmals vielen Dank, dass ich dabei sein durfte.«

Die Tür führte auf einen kurzen Flur, der das Foyer mit den Schlafräumen verband. Hana warf einen Blick in Bens Schlafzimmer. Auf einer hohen Kommode stand ein Hochzeitsfoto von Ben und Gloria. Hana konnte nicht verhindern, dass ihr in diesem Moment eine Aufnahme aus dem Ordner in der Polizeistation am Hurva Square in den Sinn kam. Sie brauchte einen Moment des Glücks und der Hoffnung, um gegen die Brutalität von Schmerz und Tod anzukämpfen, und so blieb sie für einige Augenblicke stehen und betrachtete das Hochzeitsbild.

✡

Hana und Daud hatten länger geskypt als sonst, und Hana erschien am Montagmorgen erst spät in der Kanzlei. Janet saß bereits an ihrem Arbeitsplatz.

»Warst du auf der Geburtstagsparty?«, fragte Janet, als Hana auf ihren Schreibtisch zukam.

»Ja. Es war ein typischer Geburtstag für ein siebenjähriges Mädchen.«

»Sicher nicht, wenn du dabei warst«, sagte Janet skeptisch. »Irgendwelche Mütter von den anderen Mädels dabei?«

»Ja. Und sie wollten alle wissen, ob etwas zwischen Ben und mir ist. Daran werde ich mich wohl gewöhnen müssen, wenn ich Zeit mit Sadie verbringen will.«

»Tja, und ich wette, nach der Party ging das Gerede erst richtig los.«

Als sie in ihrem Büro saß, übersetzte Hana Dauds jüngsten Bericht und schickte ihn an Mr Lowenstein, Jakob und Ben. Der Ermittler hatte sich als Personalwerber für eine Plastikfabrik ausgegeben und war nach Deir Dibwan gefahren. Die Namen der Leute, mit denen er gesprochen hatte, waren aufgelistet. Es gab etliche Zadans. Niemand hatte sehr viel über Tawfik zu sagen gehabt, außer dass er die meiste Zeit nicht in der Stadt gewesen war. Dass Abdul und Tawfik von allen als Helden angesehen wurden, weil sie den Kampf gegen die Juden aufgenommen hatten, überraschte niemanden.

Hana hatte gerade den Bericht versendet, als das Telefon klingelte.

»Ein Mr Bart Kendall würde dich gern sprechen«, sagte Janet.

✡

Emily holte Jakob ab und fuhr ihn in sein Büro. Sie hatten eine angenehme Arbeitsbeziehung zueinander entwickelt und waren mittlerweile zum Du übergegangen. Er reichte ihr einen Kaffeebecher.

»Ich muss noch kurz bei meiner Bank vorbei und einen Scheck einreichen«, sagte er. »Die Versicherung hat den Schaden an meinem Auto bezahlt.«

»Okay. Wie geht's dir heute?«

»Gestern Abend hatte ich üble Kopfschmerzen, aber heute Morgen ist es besser.«

Emily suchte sich ihren Weg durch den Verkehr zur Bank. Jakob fiel auf, dass keine Musik lief.

»Heute so still?«, fragte er.

»Nachdem ich diese Bombe in deinem Auto gesehen hatte, wollte ich mehr über den Überfall vor Butch Watsons Wohnung erfahren. Die Polizistin in mir erwachte, und ich habe über dich recherchiert. Zum Teil auch, weil ich Sorge um meine eigene Sicherheit hatte.«

»Verstehe. Aber ich habe deine Pistole gesehen.«

»Stimmt«, sagte Emily und lächelte. »Außerdem habe ich das mit der Gebetskette gelesen, die du gefunden hast.«

»Du weißt davon?«, fragte Jakob ungläubig.

»Ja. Und nach allem, was ich darüber erfahren habe, werde ich mir so was nicht an den Rückspiegel hängen. Jedenfalls wollte ich, dass du Bescheid weißt, dass ich Bescheid weiß.«

Sie hielt, damit Jakob seinen Scheck an einem Automaten vor seiner Bank einlösen konnte.

Als er wieder im Auto saß und sich anschnallte, drehte Emily sich zu ihm um und sah im direkt in die Augen. »Ich möchte, dass du weißt, dass ich beeindruckt bin von deiner Courage. Du bist anders als die meisten Juristen, die ich kenne.«

»Danke«, erwiderte Jakob. »Und du bist anders als die meisten privaten Taxiunternehmen, die ich kenne.«

»Hoffentlich im guten Sinn«, lächelte Emily.

»In jedem Sinn«, antwortete Jakob. »Aber wenn du wirklich etwas über Courage wissen willst, sollte ich dir von meinem Vater erzählen.«

Auf der restlichen Fahrt zu seinem Büro berichtete Jakob ein wenig davon, was sein Vater in der ehemaligen Sowjetunion erleben musste und ertragen hatte. Emily hörte aufmerksam zu.

»Ich würde ihn gern kennenlernen«, sagte sie, als er geendet hatte. »Klingt, als sei er ein erstaunlicher Mensch.«

»Wenn meine Eltern das nächste Mal in Atlanta sind, kannst du sie kennenlernen. Und du kannst dich mit meiner Mutter darüber unterhalten, wer die besten Geigen baut.«

Kapitel 27

Hana nahm den Anruf von Bart Kendall an.

»Ich habe nichts von dir zu meinem Vorschlag gehört, dass du einen kleinen Teil der Dokumentation übernimmst«, sagte der Produzent.

»Ich war in Israel«, erwiderte Hana. »Aber ich habe es nicht vergessen. Ich denke nur noch darüber nach.«

»Wir wollen übermorgen mit dem Dreh beginnen«, sagte Bart. »Wir brauchen mindestens eine Woche, ich kann dich also einschieben, wann es dir am besten passt. Deinen Teil filmen wir mit statischer Kamera, das sollten wir in zwei bis drei Stunden im Kasten haben.«

»Was meinst du mit statischer Kamera?«

»Du würdest einfach direkt in die Kamera sprechen, also nicht irgendwo herumgehen.«

Während sie mit Bart sprach, schickte Hana ein Gebet um Führung zum Himmel. Es kam keine Antwort. Aber selbst die kleinste Gelegenheit, der Boykott-Bewegung etwas entgegenzusetzen, könnte es wert sein.

»Würdest du mich interviewen, oder soll ich referieren?«, fragte Hana.

»Ich bin nicht der Erzähler, also wäre es eher eine Präsentation von dir; ich sage ein oder zwei einleitende Sätze, um dich vorzustellen. Du kannst etwas vorbereiten und mir schicken. Das ist ein Ausgangspunkt, dann sehen wir weiter. Meine Mailadresse hast du ja, oder?«

»Ja. Muss ich irgendwelche Papiere unterschreiben - Einwilligung zur Veröffentlichung oder so was?«

»Natürlich. Sonst dürfen wir keine Aufnahmen von dir veröffentlichen, weder Bilder noch Ton.«

»Könntest du mir das Formular zusenden, bevor ich mich entscheide?«

»Sicher. Aber es ist Routine; wir nutzen dieselben Formulare wie bei all unseren Werbefilmen.«

Der Anruf endete, und Hana fühlte sich inspiriert. Sie verfasste einige Absätze über das Thema, die moralische Gesichtspunkte und ökonomische Gründe enthielten, warum die Boykott-Bewegung den Friedensbemühungen in der Region nur schadete. Sie wollte ihren Text gerade an Bart senden, als eine Mail mit der Einwilligungserklärung eintraf.

Hana öffnete das zwei Seiten umfassende Dokument. Die erste Seite garantierte Bart das Recht, Bild- und Tonaufnahmen von ihr für dieses Projekt zu nutzen. Es gab keinen Haken. Auch die zweite Seite schien in Ordnung, bis Hana den letzten Absatz las: »Der Produzent behält sich das Recht vor, den Beitrag des Teilnehmers so zu bearbeiten, wie es nach seinem Ermessen den Zielen des Projekts am besten entspricht.« Hana rief Bart umgehend an.

»Wie schon gesagt, das ist ein Standardparagraf«, sagte er, als sie ihn auf diesen Absatz ansprach. »Es wäre unnötig umständlich, eine Genehmigung einzuholen, nachdem der Film geschnitten und bearbeitet ist.«

Hana schwieg einen Moment, bevor sie antwortete, um sicher zu sein, was sie sagen wollte. »In diesem Fall muss ich ablehnen«, sagte sie. »Ich muss mich und meine Überzeugungen in meinen eigenen Worten darstellen können. Bei einem solchen Thema ist es nur vernünftig, dass ich eine Mitsprache habe, was herausgeschnitten oder wie es präsentiert wird.«

»Wie du meinst«, sagte Bart kurz angebunden. »Ich war bereit, dir eine Chance zu geben, deine Sicht der Dinge darzustellen, und du hast sie abgelehnt.« Der Ton, in dem er das sagte, bestätigte Hana, dass sie die richtige Entscheidung getroffen hatte.

Am nächsten Morgen erzählte Hana Daud von dem Vorfall.

»Ich bin froh, dass du abgelehnt hast«, sagte er geradeheraus. »Dieser Produzent verfolgt ein bestimmtes Ziel mit diesem Projekt. Wie hast du ihn überhaupt kennengelernt?«

»In der Kirche. Dann hat er mich in ein nettes Restaurant zum Essen eingeladen«, antwortete Hana.

»Wie heißt er?«

»Bart Kendall. Ich hatte bis zum Schluss keine Ahnung, was er vorhatte. Du willst doch keinen Kontakt mit ihm aufnehmen, oder?«

»Nein, nein. Aber du hast nach meiner Meinung gefragt, und die habe ich dir gesagt.«

»Oh, ich habe übrigens gestern mit Mikael gesprochen und ihn nach dir gefragt.«

»Was hat er gesagt?«

»Dass du an deiner Beinarbeit arbeiten musst, wenn du ein besserer Fußballspieler werden willst. Andernfalls, meinte er, solltest du es besser mit Rugby versuchen.«

Daud lächelte. »Mikael hat schon immer geradeheraus die Wahrheit gesagt. Sonst noch etwas?«

»Er sagte, du seist ein seriöser Knabe, der von allen im Team sehr geschätzt wird.«

In dieser Nacht hatte Hana einen Albtraum. Sie war von allen Seiten von Schatten umgeben, die auf sie zukamen und sich dann wieder zurückzogen. Sie schreckte auf und trank ein Glas Wasser, bevor sie ins Wohnzimmer ging, um zu beten. Zum schlimmsten Teil des Traums gehörte eine vage Ahnung, dass Daud in der Nähe war, aber nichts tat, um ihr zu helfen. Sie wollte nicht einem einzigen Menschen zu viel emotionale Bedeutung geben - sie vertraute darauf, dass ihre Hilfe von Gott kam - und sie nahm den Traum als Warnung, das nicht zu tun. Nach einem kurzen Gebet fand sie ihren inneren Frieden wieder, und die verstörenden Nachwirkungen des Traums verflüchtigten sich.

Am nächsten Morgen war sie zuversichtlicher und entspannter. Manchmal konnten schlechte Träume auch etwas Gutes an sich haben.

Hana verbrachte einen produktiven Tag im Büro, wo sie an verschiedenen Projekten für Mr Collins arbeitete. Am späten Nachmittag kam eine SMS mit einem goldigen Foto von Sadie von Bens Handy samt einer

Einladung zu einem weiteren Besuch bei den Neumanns - Leon eingeschlossen.

✡

Jakob löste seine Krawatte. Es war halb neun, als er die letzte E-Mail abschickte und den Computer herunterfuhr. Im ganzen Gebäude war außer ihm niemand mehr, und er wollte gerade eine neue Fahrgelegenheit suchen, weil er annahm, Emily wäre bei ihren Vorlesungen, als eine SMS von ihr eintraf.

Bin jetzt für heute fertig. Du sagtest, du arbeitest heute lange. Lass mich wissen, ob ich dich fahren soll.

Dreißig Minuten später holte Emily ihn ab. Sie trug ein Abendkleid und eine Perlenkette um den Hals. Jakob sah zweimal hin, als er neben sie auf den Beifahrersitz schlüpfte.

»Kein Kommentar.« Emily hob die Hand. »Wir hatten heute Abend ein kleines Kammerkonzert. Und hier siehst du, wie eine Musikerin sich kleidet, wenn sie in einem Vivaldi-Stück Viola spielt.«

»Ich dachte schon, du hast dich in Schale geworfen, weil ich eine Fahrt nach acht brauchte.«

Emily grinste. »Das war ein Kommentar.«

In der Enge des kleinen Wagens erschnupperte Jakob einen Hauch von Parfüm. Er holte tief Luft.

»Hast du Probleme mit den Nebenhöhlen?«, fragte Emily. »Das kann bei Start und Landung schreckliche Ohrenschmerzen verursachen. Hast du eines dieser weichen Dinger, die man in die Ohren schraubt, um den Druck zu lindern? Sie sind entweder rosa oder orange, und es gibt sie in den meisten Drogerien.«

»Bezahlen sie dich für Werbung für die Firma?«

»Nein, aber du solltest dir wirklich welche besorgen.«

Die elegante Kleidung hatte keinen Einfluss auf die Fahrgewohnheiten der Ex-Polizistin. Sie wechselte abrupt die Fahrspuren. An einer roten Ampel an einer Kreuzung nicht weit von Jakobs Wohnung hielt sie. An der Straße gab es etliche Geschäfte und eine Reihe von Restaurants.

»Hast du vor dem Konzert zu Abend gegessen?«, fragte Jakob.

»Nein. Ich spiele besser mit leerem Magen.«

»Würdest du gern noch einen Happen essen? Nach der nächsten Kreuzung gibt es eine gute Pizzeria. Direkt neben dem Waschsalon.«

Emily presste einen Moment lang die Lippen fest zusammen. Als sie das tat, fiel Jakob auf, wie viel Lippenstift sie aufgelegt hatte. Die Ampel wurde grün. Sie stieg aufs Gas und schlingerte plötzlich nach links, als das Auto auf den Parkplatz einbog.

»Hier wollte ich schon immer mal essen«, sagte sie und steuerte das Auto in eine Parklücke.

»Im Ernst? Es ist wirklich gut, ganz besonders, wenn man die Pizza mit dünnem Teig mag.«

Jakob hielt ihr die Tür auf, und sie betraten das belebte Restaurant. Jakob mit seiner Krawatte und Emily im Abendkleid waren mit Abstand die bestgekleideten Gäste im Raum. Eine junge Kellnerin warf ihnen einen erstaunten Blick zu.

»Heute ist Ballabend«, sagte Jakob.

Die Kellnerin verdrehte die Augen und führte sie an einen Zweiertisch unter einem großen Poster mit der Skyline von Atlanta. Sie bestellten ihre Pizzas, Jakob eine mit Fleisch, Emily eine vegetarische.

»Und bevor du fragst: Ja, ich esse Fleisch«, sagte Emily, als die Kellnerin gegangen war. »Aber mäßig. Vermutlich frage ich dich, ob ich einen Bissen von deiner Pizza abkriege.«

Emily sah einen Moment zur Decke, und Jakob folgte ihrem Blick, konnte aber nichts entdecken.

»Ich mag die Musik, die sie gerade spielen«, sagte Emily. »Klassische Rockgitarre. Das war unglaublich innovativ. Das ist Eric Clapton.«

»Ich weiß nicht viel über ihn, außer dass ich seinen Namen kenne.«

Während der nächsten zehn Minuten hielt Emily eine kleine Vorlesung über die Musik der Sechziger- und Siebzigerjahre. Ihre Leidenschaft für das Thema war nicht zu übersehen.

»Hast du schon mal daran gedacht, zu unterrichten?«, fragte Jakob, als sie geendet hatte.

»Das habe ich vor«, erwiderte sie. »Die Konkurrenz unter Orchestermusikern ist aberwitzig, und ich würde lieber mit Kindern arbeiten als mit launischen Dirigenten.«

»Kinder können auch launisch sein.«

»Ja, aber ich hätte das Sagen.«

Das Essen kam. Jakob schob Emily seine Pizza hin. »Nimm dir was.«

Als Jakob wieder zu Hause war, dachte er über den Abend mit Emily nach, während er den Computer hochfuhr. Sie hatte eine schwierige Kindheit gehabt: Der Vater war Alkoholiker und die Mutter hatte drei gescheiterte Ehen hinter sich. Statt im Internet weiter nach Terroristen am anderen Ende der Welt zu forschen, tippte Jakob den Namen seiner Fahrerin in die Suchmaschine. Zwei Artikel aus der Zeitung von Atlanta wurden angezeigt: Beide berichteten über ihre Undercovertätigkeit im Kampf gegen Menschenhandel und sexuelle Ausbeutung. Ihre Identität war offengelegt worden, weil sie in einem Verfahren gegen zwei Männer aus Thailand ausgesagt hatte. Sie waren wegen Entführung, schwerer Körperverletzung und anderer Vergehen im Zusammenhang mit der illegalen Einschleusung von minderjährigen Mädchen aus Südostasien angeklagt. Besonders die Anklage wegen schwerer Körperverletzung weckte Jakobs Interesse. Diese Männer waren gewalttätig und zögerten nicht, jeden anzugreifen oder zu verstümmeln, der sich ihnen in den Weg stellte. Detective Emily Johnson gehörte zu dem Team, das sie nach einer kurzen Schießerei verhaftet hatte. Sie wusste genauso viel wie Jakob oder sogar noch mehr, wie es ist, mit der Gefahr zu leben.

✡

Am Samstagmorgen erzählte Hana Daud, sie würde Ben und Sadie besuchen. Einen ausführlichen Bericht über die Geburtstagsparty hatte sie ihm bereits gegeben.

»In Israel ist es mitten in der Nacht, wenn ich dort sein werde, aber ich würde dich gern Sadie vorstellen«, sagte sie. »Könntest du mir ein Video schicken und ihr Hallo sagen? Sie versteht so viel Hebräisch, dass sie einen Gruß erkennt, aber ansonsten müsste es in Englisch sein.«

»Was genau soll ich sagen?«, fragte Daud skeptisch. »Ich habe nicht oft Gelegenheit, mit kleinen Mädchen zu reden.«

»Nicht viel. Ich möchte nur, dass Sadie deinen Namen mit einem Gesicht verbinden kann. Ich erzähle ihr dann mehr von dir.«

»Dieses Gespräch würde ich gern mit anhören.«

»Mädelssache.« Hana lächelte. »Es wird auch Ben guttun, dich zu sehen.«

»Sollte ich irgendetwas über Gloria sagen?«

Hana überlegte. »Das könnte Sadie traurig machen. Sie versteht die Sache mit der Klage nicht und wird auch nicht als Mitklägerin aufgeführt.«

»Was glaubt sie, warum du plötzlich eine Rolle in ihrem Leben spielst?«

»Sie analysiert das nicht. Sie spürt einfach die Liebe.«

»Das ist stark«, sagte Daud.

»Das hoffe ich.«

Es war fünf, als Hana beim Haus der Neumanns ankam. Ben hatte von einem mexikanischen Imbiss Essen mitgebracht. Sadie war diesbezüglich nicht anspruchsvoll; sie brauchte nur zwei einfache Tacos, aber sie war sichtlich stolz darauf, dass sie einen Spritzer mäßig scharfer Soße vertragen konnte. Nach jedem Bissen, den sie nahm, fächelte sie sich den offenen Mund mit der Hand.

»Du brauchst die scharfe Soße nicht zu nehmen«, sagte Ben nach dem vierten Handwedeln. »Das Fleisch ist auch gewürzt.«

»Nein, man muss sie mit Soße essen«, erwiderte Sadie. »Das hat Marquita mir in der Schule gesagt. Sie sind schärfer als das Hähnchen, das Poppy mir kauft.«

Hana und Ben aßen mundgerechte Empanadas, Chilaquiles und fein abgeschmeckten Gewürzreis. Als sie die Mahlzeit beendet hatten, griff Hana zu ihrem Handy und zeigte den beiden das Video, das Daud geschickt hatte.

»Ich verstehe, was er sagt!«, jubelte Sadie, als er sie mit ihrem Namen auf Hebräisch begrüßte und fragte, wie es ihr ginge.

»Hör weiter zu«, sagte Hana.

Dauds Stimme wechselte ins Englische: »Hana hat mir erzählt, dass du ein zauberhaftes und kluges Mädchen bist. Sie hat deine Geburtstagsparty sehr genossen und mir davon erzählt. Ich wohne in Jerusalem. Ich hoffe, dass wir uns irgendwann einmal direkt begegnen – in Israel oder in den USA. Bitte nimm Hana in den Arm und gib ihr einen Kuss auf die Wange. Wenn du mir auch ein Video schicken willst – ich würde es sehr gern sehen. Bye-bye.«

»Spiel es noch mal«, sagte Sadie prompt.

Die Kleine hielt das Handy in der Hand und blickte gebannt auf den Bildschirm, während das Video ablief. Nachdem der zweite Durchgang vorbei war, reichte sie Hana das Handy, umarmte sie fest und gab ihr einen Kuss auf die Wange.

»Wenn du Daud heiratest, wohnst du dann in Atlanta oder in Israel?«, fragte sie.

»Wer sagt, dass ich ihn heirate?«, fragte Hana überrascht.

»So was passiert«, sagte Sadie trocken. »Komm, wir machen ein Video für ihn.«

Sobald die Kamera lief, begann Sadie einen Vortrag, wie Daud Hana behandeln sollte. Ben und Hana lachten so sehr, dass ihnen fast die Tränen kamen.

»Das meine ich ernst«, sagte Sadie, als sie fertig und die Aufnahme beendet war.

»Und recht hast du auch«, bekräftigte Ben. »Ich bin sicher, Hana weiß deine Hilfe zu schätzen.«

»Absolut«, sagte Hana.

»Kann ich mit Leon im Garten spielen?«, fragte Sadie.

Hana und Ben blieben in der Küche.

»Darf ich Sie etwas Persönliches über Daud fragen?«, begann Ben, als sie allein waren.

»Ja.«

»Sadie hat angenommen, Sie sind zusammen. Liegt sie da richtig?«

»Wir haben uns nur ein paarmal gesehen, als ich in Israel war. Aber seit ich zurück bin, sprechen wir uns fast jeden Tag. Sadie hat recht. Daud und ich, wir mögen uns sehr.«

»Nun, das ist Ihre Privatsache und geht mich nichts an. Ich habe nur die Sorge, dass seine Rolle in unserem Fall auf der richtigen Ebene bleibt. Jakob und ich haben den Eindruck, dass Sie ihn in alle Details einweihen, anstatt ihm eine klar definierte Rolle zuzuweisen.«

»Er hat eine klar definierte Rolle«, erwiderte Hana mit dem Gefühl, sie müsse sich rechtfertigen. »Er recherchiert Fakten, die unseren Fall betreffen. Wenn das erledigt ist, spielt er gar keine aktive Rolle mehr. Und Sie müssen sich keine Sorgen machen, dass meine persönlichen Gefühle meine berufliche Verantwortlichkeit beeinträchtigen könnten.«

Sadie kam aus dem Garten zurück, und Hana setzte sich mit ihr ins Wohnzimmer, damit Sadie ihre Lesekünste demonstrieren konnte. Sie las zwei Bilderbücher vor, die deutliche Spuren häufigen Gebrauchs zeigten. Eines der Bücher enthielt eine Widmung auf der Innenseite des Covers: *Für meine geliebte Sadie Ann. Möge dein Herz dieselbe Liebe zu Schönheit und Freundlichkeit entdecken wie Katelyn. In Liebe, Mommy.*

»Ich wusste nicht, dass du mit zweitem Namen Ann heißt«, sagte Hana.

»Den mag ich auch nicht. Deshalb nennen mich alle Sadie.«

Das Buch erzählte von einem Mädchen namens Katelyn, das seiner Mutter hilft, einen Blumengarten anzulegen. Die Mutter wird krank, und Katelyn kümmert sich zuverlässig um die Blumen. Regelmäßig bringt sie ihrer Mutter auch Blumen ins Krankenhaus. Dann bringt sie auch Blumen für andere Patienten mit, die von der Freundlichkeit des Kindes berührt sind und ihr aus ihrem Leben erzählen. Die Aquarellbilder ergänzten den Text perfekt. Während Sadie die Seiten durchblätterte, stieg in Hana, die sich denken konnte, wie das Buch endete, Sorge auf. Die Mutter würde sterben und Katelyn den letzten Blumenstrauß auf ihr Grab legen. Aber die Mutter erholte sich, und die letzte Szene des Buches spielte ein Jahr später: Katelyn bringt Blumen ins Krankenhaus, um die Geburt ihres kleinen Bruders zu feiern. Als Sadie fertig war, bemerkte Hana, dass Ben in der Küchentür stand und ihnen zuhörte.

»Ich möchte lieber eine kleine Schwester als einen kleinen Bruder«, verkündete Sadie und schloss das Buch. »Aber das kann erst sein, wenn Daddy wieder heiratet.«

»Komm, wir lesen noch ein anderes Buch«, sagte Hana, ohne Ben anzusehen.

»Bleibst du noch, bis ich in die Badewanne gehe?«, fragte Sadie. »Ich kann schon allein baden, nur meine Haare verfilzen immer ...«

»Ich weiß nicht recht ...«

»Noch ein Buch, und dann muss Hana Leon nach Hause bringen«, sagte Ben. »Er ist schon ganz müde und ist auf dem Fußboden eingeschlafen.«

✡

In der Nacht träumte Hana wieder. Sie stand neben Sadie auf einem Bahnsteig; sie und das Mädchen trugen Kleider aus den Vierzigerjahren. Ein Zug fuhr ein und hielt. Ein Schaffner forderte alle, die eine Fahrkarte hatten, auf, einzusteigen. Hana beugte sich zu Sadie hinab, die einen gelben Fahrschein in der Hand hielt, und sagte ihr, das sei nicht ihr Zug. Dann suchte sie in ihrer Handtasche nach ihrem eigenen Fahrschein. Er war nicht zu finden. Hektisch durchwühlte sie die Tasche, fand aber nichts. Der Schaffner rief zum letzten Mal zum Einsteigen auf, und Sadie lief ruhig auf die Zugtür zu. In dem Moment erschien eine Frau auf den Stufen, die in den Waggon führten.

Es war Gloria Neumann.

Lächelnd streckte sie Sadie ihre Hand entgegen, die die Stufen hinaufstürmte, um ihre Mutter zu umarmen. Sie hielten einander in den Armen, wie es nur Mutter und Tochter können. Als Gloria Sadie wieder auf den Boden stellte, schaute das Mädchen zu Hana zurück und blies ihr einen Kuss zu. Der Zug fuhr ab, und Hana blieb mit einem starken Gefühl von Einsamkeit und Verlassenheit zurück. Als der Zug nicht mehr zu sehen war, blickte Hana auf ihre Hand. Sie hielt den Fahrschein darin. Als sie aufwachte, brauchte sie etliche Sekunden, bis ihr Tagesbewusstsein wieder ansprang.

Sie stand auf und ging ins Wohnzimmer, wo sie sich vor das Sofa kniete und die Augen schloss. Die Bilder waren so frisch und lebendig, dass sie nah dran war, wieder in den Traum zurückzukehren. Sie konzentrierte sich auf die Frage, was er wohl bedeutete. Das Mädchen wollte vielleicht in den Zug einsteigen, um bei seiner Mutter zu sein, aber die Fahrkarte war für einen späteren Zug. Eine andere Deutung war wie ein Schlag in die Magengrube - der Traum kündigte Sadies vorzeitigen Tod an. Hana vergrub ihr Gesicht in den Polstern des Sofas und schluchzte. Ihr Atem ging stoßweise.

Zweimal in ihrem Leben hatte sie während des Gebets so geweint. Hana wusste, dass es Tränen waren, die sie in der Fürbitte für andere vergoss, salzige Tropfen, die himmlische Wellen verursachen, die zu einer Flut anschwellen können. Der Prophet Jesaja hatte geschrieben: »Wären meine Augen doch Tränenquellen! Ich würde Tag und Nacht die Toten meines Volkes beweinen.« In dieser Nacht weinte Hana nicht um ein Volk, sondern um ein siebenjähriges Mädchen, das von dem Propheten aus alter Zeit abstammte. Aus tiefstem Inneren flehte sie zu Gott, dem Allmächtigen, das Leben des Kindes zu beschützen.

Kapitel 28

In ihrer morgendlichen Onlinesitzung mit Daud konnte Hana ihre Aufregung kaum verbergen. In zwei Tagen würde sie ihn in Jerusalem treffen. Aber der Ermittler war heute in ernster Stimmung.

»Ist alles okay?«, fragte Hana.

»Ja, ja«, antwortete er. »Ich bin nur wegen einer anderen Sache im Stress, und ich hoffe, dass sie vor deiner Ankunft erledigt ist.«

»Ich verstehe es vollkommen, wenn du an etwas anderem arbeiten musst. Es gibt sicher Dinge, die Jakob und ich tun können.«

»Natürlich. Ich möchte nur, dass wir effizient und produktiv sind. Ich bin etwas weitergekommen mit einem Mann, der nicht gut auf den Zadan-Clan zu sprechen ist. Ich bin mir sicher, dass er bereit ist, sich mit uns zu treffen. Vielleicht ist er der Schlüssel zu Informationen, die der Geheimdienst nicht entdeckt hat.«

»Gut.«

»Aber ich weiß nicht so genau, wie Jakob Brodsky ins Bild passt. Nach allem, was du mir erzählst, kommt er mir eher wie eine Belastung vor, nicht wie eine Bereicherung«, sagte Daud.

»Mr Lowenstein hatte diese Bedenken auch. Aber Jakob hat sich mit ganzem Herzen und ganzer Seele in diesen Fall gehängt. Wir können es schaffen.«

»Er wird flexibel sein müssen.«

»Ich übernehme die Verantwortung für ihn«, sagte Hana, die wusste, dass diese Aufgabe ihr sowieso zufallen würde.

»Wie ist der Stand der Ermittlungen zum Überfall auf ihn und zum Anschlag auf sein Auto?«

»Ich habe seit ein paar Wochen nichts Neues gehört.«

»Hast du schon entschieden, ob du deine Familie besuchen willst, wenn du hier bist?«, erkundigte sich Daud.

»Sie wissen gar nicht, dass ich komme. Wenn ich eine Möglichkeit sehe, einen Besuch in Reineh einzuschieben, wird es eine Überraschung sein.«

»Ich denke, es ist eine gute Idee, die Reise vertraulich zu behandeln.«

»Das finde ich auch.« Hana sah auf die Uhr. »Hör mal, ich muss jetzt los zur Arbeit. Ich habe noch viel zu tun.«

»Okay. Morgen früh kann ich nicht skypen, wir sehen uns dann also erst am Flughafen.«

Hanas Herz machte einen Sprung vor lauter Vorfreude. Sie verabschiedete sich formell auf Arabisch, mit einer Redewendung, die das Versprechen eines baldigen Zusammenkommens beinhaltete. Daud lächelte.

»Das habe ich schon lange nicht mehr gehört«, sagte er. »Mein Großvater hat es immer zu meiner Großmutter gesagt, wenn er sich für eine Woche von ihr verabschiedet hat.«

»Ich finde es viel schöner als ›bye‹«, erwiderte Hana auf Englisch.

In dem Monat seit ihrer Rückkehr nach Atlanta hatte Hana mehrmals mit Sylvia Armstrong von der Staatsanwaltschaft New York gesprochen. Keines dieser Gespräche hatte irgendwelche neuen Informationen zutage gebracht, aber Mr Lowenstein bestand darauf, dass sie im Kontakt blieb. Jetzt kam ein Anruf von Sylvia Armstrong.

»Haben Sie noch immer vor, nach Israel zu fliegen?«, fragte sie.

»Ja.«

»Meine Kontakte informieren mich darüber, dass Ihr Ermittler aktiv war.«

»Deshalb haben wir ihn engagiert«, antwortete Hana, froh darüber, dass eine dritte Partei Dauds Bemühungen positiv bewertete.

»Wenn Sie Unterstützung brauchen, um die Israelis davon zu überzeugen, mit Ihnen zusammenzuarbeiten, lassen Sie es mich wissen. Ich habe heute Morgen etliche Mails an verschiedene Leute geschickt und ihnen mitgeteilt, dass Sie kommen und auch in unserem Interesse arbeiten.«

»Vielen Dank«, erwiderte Hana. »Können Sie mir Namen nennen?«

»Ja. Da ist einmal Aaron Levy. Er ist bei einer Antiterroreinheit in Tel Aviv und weiß so viel über den Fall Neumann wie kaum ein anderer. Daud Hasan hat ihn bereits kontaktiert.«

Hana konnte sich nicht erinnern, dass Daud den Namen in irgendeinem Bericht erwähnt hatte.

»Okay«, sagte sie. »Sonst noch etwas?«

»Gute Reise.«

Nachdem das Gespräch beendet war, schickte Hana rasch ein Memo an Mr Lowenstein, Jakob, Ben und Daud über den Anruf. Sie erwartete, dass Daud daraufhin Informationen über Aaron Levy schicken würde, aber das geschah nicht.

Am nächsten Morgen war Hana schon sehr früh in der Kanzlei. Janet saß bereits an ihrem Platz.

»Warum bist du so früh hier?«, fragte Hana.

»Weil Assistentinnen das so machen, wenn ihre Chefs das Land verlassen.«

Hana dachte daran, mit wie vielen Projekten sie im Hintertreffen war. Sie hatte die Hoffnung aufgegeben, alles noch rechtzeitig erledigen zu können, und sich damit abgefunden, dass sie die Dinge von unterwegs bearbeiten musste.

»Es gibt ein paar Dinge, die du für mich tun könntest«, sagte sie langsam.

»Nur her damit.«

Die beiden Frauen gingen die Projekte durch, als das Telefon klingelte. Es war Gladys Applewhite.

»Gut, dass Sie da sind«, sagte Gladys. »Mr Lowenstein möchte zuallererst mit Ihnen sprechen. Er ist im Parkhaus und dürfte in fünf Minuten in seinem Büro sein.«

»Ich bin schon unterwegs.«

»Aufmunterung oder Donnerwetter?«, fragte Janet.

»Ich habe keine Ahnung.«

Die Tür zum Büro des Seniorpartners stand offen, und Gladys, die gerade telefonierte, winkte Hana, einzutreten. Lowenstein stand an seinem Schreibtisch und trank eine Tasse Kaffee.

»Wie es aussieht, arbeitet Ms Armstrong mit uns zusammen.«

»Ja, Sir.«

»Bauen Sie darauf. Sie könnte hilfreicher sein als unser Ermittler – und viel billiger. Sie können ruhig mal darauf hinweisen, dass wir sie mit unseren Steuergeldern bezahlen.«

»Meinen Sie das im Ernst?«

»Nein. Aber ich habe mit Armstrongs Vorgesetztem gesprochen, nachdem ich Ihre Mail erhalten habe. Sie wollen uns helfen, erwarten umgekehrt aber auch Informationen von uns.«

»Daud Hasan möchte die Identität einiger seiner Informanten schützen.«

»Sie leiten die Sache, nicht er. Sie sind das Clearinghouse.«

Hana war sich nicht sicher, wie sie diese Anweisungen umsetzen sollte. Es war, als solle sie das Wetter einen Monat im Voraus vorhersagen.

»Und für Jakob Brodsky gilt das erst recht«, fuhr Lowenstein fort und tippte mit dem Zeigefinger auf den Schreibtisch. »Sie wissen ja, dass es mir nicht gefällt, dass Sie ihn im Schlepptau haben. Aber Ihr Kommentar bezüglich des Ermittlers bringt mich auf eine Idee. Hasan kann Brodsky von Treffen und Gesprächen ausschließen. Dass Brodsky Jude ist, liefert ein gutes Argument für jede Situation, in der auch Araber beteiligt sind.«

Hana wollte nicht erwähnen, dass Daud dasselbe Problem mit Jakob hatte.

»Ich verstehe.«

»Und Ihre frühere Nähe zum Sicherheitspersonal am Flughafen würde eine weitere Begründung liefern«, sagte Lowenstein. »Die israelischen Behörden werden Sie wahrscheinlich gern mit im Raum haben, aber Brodsky lieber außen vor lassen.«

Wieder einmal war Hana beeindruckt von der Fähigkeit des älteren Anwalts, rasch innovative Vorschläge zu machen, wie man mit einer Situation umgehen konnte. Auch wenn das, was er vorschlug, ihr nicht gefiel.

»Aber womit soll ich Jakob beschäftigen? Er kann nicht den ganzen Tag im Hotel sitzen.«

»Geben Sie ihm etwas zu recherchieren, was er online erledigen kann. Oder Interviews mit englischsprachigen Gesprächspartnern, die nicht wirklich wichtig sind. Und notfalls kann er das Touristenprogramm absolvieren, auch wenn ich nicht gern dafür zahle.«

»Diese Reise wird aus dem Fonds bezahlt, den er und unser Mandant beigesteuert haben«, sagte Hana und machte sich auf eine negative Reaktion gefasst.

»Punkt für Sie.« Lowenstein lächelte. »Hana, ich wollte Ihnen sagen, dass ich das allerhöchste Vertrauen in Sie habe. Seit Sie in der Firma sind, haben Sie alles, was wir Ihnen zugemutet haben, hervorragend gemeistert. Sie sind vielleicht anfangs ein wenig zögerlich, was auch sein Gutes hat, denn Sie stürmen nicht sofort in die falsche Richtung los, aber wenn Sie sich erst mal ein Bild gemacht haben, leisten Sie Erstaunliches. Wenn es Ansätze gibt, Ben Neumanns Fall vor Gericht zu bringen, werden Sie bestimmt einen Weg finden, um weiterzukommen.«

»Vielen Dank.«

Lowenstein erhob sich. »Setzen Sie mich in Kopie von allem, was Sie schriftlich verschicken, egal, wie unwichtig es zu sein scheint. Ich kann das Wichtige vom Unwichtigen unterscheiden.«

Der Seniorpartner begleitete sie zur Tür seines Büros. »Gladys, gibt es vielleicht noch etwas, das Hana Ihnen aus dem Heiligen Land mitbringen könnte? Ich weiß ja, dass Sie und andere in Ihrer Gemeinde sehr an Israel interessiert sind.«

»Nein, Sir.«

»Falls Sie es sich anders überlegen, lassen Sie es sie wissen.«

Lowenstein kehrte in sein Büro zurück und schloss die Tür.

»Da gibt es doch etwas«, sagte Gladys.

»Was ist es? Ich würde mich freuen, für Sie oder Ihre Gemeinde etwas mitzubringen.«

Gladys sprach leise, und ihr Gesichtsausdruck war ernst. »Ich möchte, dass Sie vorsichtig sind und dass Sie heil und gesund zurückkommen. Das würde mir viel bedeuten. Ich werde jeden Tag für Sie beten, bis ich Sie an genau dem Platz wiedersehe, wo Sie jetzt stehen.«

Hana war gerührt. »Vielen Dank«, sagte sie leise.

✡

Jakob strengte sich an, um seinen großen Koffer zu schließen. Das kleine Handgepäck mit seinem Laptop lehnte am Fuß seines Bettes. Emily sollte ihn in zehn Minuten abholen. Jakob beugte sich vor, um einen weiteren Riegel am Koffer zu schließen. Beim Aufstehen stieß er sich den Kopf an der Ecke einer Kommode. Er sog die Luft ein und zuckte zusammen – der Schmerz war heftig. Mit einem leichten Gefühl von Übelkeit zerrte er den Koffer zur Wohnungstür, dann ging er zur Couch und setzte sich. Er schloss die Augen und bemühte sich, den pochenden Schmerz zu vergessen.

Ein lautes Klopfen an der Wohnungstür ließ ihn aufschrecken. Er schüttelte den Kopf, um seine Benommenheit zu vertreiben, stolperte durch den Raum und öffnete die Tür. Emily stand auf dem Treppenabsatz davor.

»Warum warst du noch nicht unten?«, wollte sie wissen. »Ich habe fünf Minuten gewartet, drei SMS geschrieben und zweimal angerufen.«

»Oha, ich muss wohl auf dem Sofa weggedöst sein«, erwiderte Jakob.

»Alles okay mit dir?«, fragte Emily, und ihr Stirnrunzeln wandelte sich in einen Ausdruck von Besorgnis. »Du siehst blass aus. Bist du wieder ohnmächtig geworden?«

»Ich weiß nicht genau. Ich habe mir den Kopf an der Kommode gestoßen.«

»Blutet es?« Emily trat einen Schritt näher, um besser sehen zu können.

Jakob tastete die Stelle ab. Nichts Rotes erschien an seinen Fingern. »Nein, aber mir wurde schwindelig. Komm rein. Ich muss eine Kleinigkeit essen, bevor wir fahren.«

Auf dem Weg in die Küche stolperte Jakob gegen die Ecke des Sofas. Emily folgte ihm. Er öffnete den Kühlschrank und nahm einen Joghurt heraus.

»Möchtest du auch einen?«, fragte er.

»Wir müssen wirklich bald los.«

»Okay, okay.«

Jakob atmete tief durch und fühlte sich etwas sicherer auf den Beinen.

Er griff sich einen Plastiklöffel und machte sich Richtung Tür auf den Weg. Emily ging voran und griff nach dem großen Koffer.

»Nein, nein«, sagte Jakob. »Den nehme ich, wenn du das Handgepäck übernimmst.«

Emily sah ihn skeptisch an. »Setz dich und iss zuerst deinen Joghurt«, sagte sie. »Ich werde unterwegs zum Flughafen Zeit rausholen.«

Jakob widersprach nicht. Er schälte den Deckel vom Joghurtbecher. »Bist du sicher, dass du keinen willst?«, fragte er.

»Ich hole mir einen«, antwortete Emily.

Mit dem ersten Bissen, der seine Zunge berührte, fühlte Jakob sich schon klarer im Kopf. Der zweite Löffel brachte ihn vollends zurück in die Realität. Emily kam mit ihrem Pfirsichjoghurt zurück und setzte sich in die andere Ecke des Sofas.

»Ich hatte eine Gehirnerschütterung«, sagte Jakob. »Zweifellos.«

»Das macht mir Sorgen«, erwiderte Emily. »Hast du jetzt Kopfschmerzen?«

»Nur leichte, und ich habe eine kurze Gedächtnislücke. Ich vermute, ich habe einfach hier auf der Couch gesessen.«

Jakob griff nach seinem Handy. In der Tat, es gab etliche Nachrichten von Emily.

»Du hast mein Handy heiß laufen lassen«, sagte er.

»Ich hatte keine andere Wahl. Wenn ich gewusst hätte, dass du dich verletzt hast, wäre ich sofort gekommen.«

»Vielleicht sollte ich demnächst in der Wohnung einen Helm tragen.«

»Ich wünschte, du würdest jetzt nicht fliegen«, sagte Emily. »Du solltest einen Termin bei deinem Neurologen machen.«

Jakob nahm einen Löffel Joghurt. Der von Emily war unberührt.

»Iss deinen Joghurt«, sagte Jakob zu ihr. »Ich sollte ihn nicht im Kühlschrank lassen, wenn ich verreise.«

»Bist du sicher, dass du zum Flughafen fahren willst?«, beharrte Emily noch einmal.

»Ja. Das Ticket ist bezahlt und wird nicht erstattet.«

Jakob stand auf, um sich selbst zu überzeugen, dass er dazu in der Lage war. Der Raum drehte sich nicht um ihn. Er ging einen Schritt und fühlte sich nicht unsicher.

»Sag Hana Abboud, sie soll gut auf dich achten«, sagte Emily.

»Das wird sie auch tun, ohne dass ich sie darum bitte.«

Jakob trug den großen Koffer ohne Probleme die Treppe hinunter und hievte ihn auf den Rücksitz von Emilys Wagen. Sie stellte das Handgepäck daneben. Jakob setzte sich auf den Beifahrersitz und schloss die Augen. Emily stellte keine Musik an. Sie verließen den Wohnkomplex und bogen auf eine Hauptstraße ab.

»Bist du noch bei mir?«, fragte sie.

»Kein Schwindel, keine Sehstörungen«, sagte er erleichtert.

Bis zum Flughafen waren es fünfzig Minuten. Emily bog zweimal von der Stadtautobahn ab, um die üblichen Engpässe zu umgehen. Beim zweiten Mal verlangsamte sie für einen Moment und wechselte auf die rechte Spur einer vierspurigen Straße. Dann beschleunigte sie und fuhr eine halbe Meile lang im Zickzack zwischen den Fahrspuren hin und her.

»Dass du fahren kannst wie ein Formel-1-Pilot, das wusste ich bereits«, sagte Jakob.

»Das mache ich nicht, um Eindruck zu schinden. Seit wir bei dir losgefahren sind, ist derselbe Wagen hinter uns. Niemand nimmt denselben Weg zum Flughafen wie ich.«

Jakob wandte sich um und sah zurück. Hinter ihnen war dichter Verkehr.

»Welcher?«, fragte er.

»Der weiße Honda.«

Jakob konnte etliche weiße Autos ausmachen. Emily bremste ab und wechselte die Spur. Ein Wagen weiter hinten folgte ihrer Bewegung.

»Der ist ganz schön weit hinten. Wie hast du ihn entdeckt?«

»Der Fahrer ist jemand, der weiß, was er tut. Ich dachte, ich hätte ihn an einer roten Ampel abgehängt, aber er ist wieder aufgetaucht.«

Sie fuhren zurück auf die Autobahn, und nach zwei Kilometern nahmen sie die Ausfahrt zum Flughafen. Jakob sah sich wieder um.

»Schau einfach nach vorn«, sagte Emily. »Wenn noch jemand im Wagen sitzt, hat er vielleicht ein Fernglas.«

»Was willst du jetzt machen?«, fragte Jakob. »Bei dem Gedanken, dich allein zu lassen, ist mir nicht ganz wohl.«

»Ich bleibe am Flughafen, bis ich den nächsten Fahrgast habe. Dann werde ich ja sehen, was passiert, und wissen, ob sie an mir interessiert sind oder an dir. Du bist ja gleich in der sichersten Zone der ganzen Stadt. Dir passiert schon nichts.«

Emily hielt am Bordstein. Jakob stieg aus und schielte unauffällig nach links. Der Honda war nicht zu sehen.

»Pass auf dich auf!«, sagte er.

»Du erst recht«, erwiderte Emily. »Und keine Sorge. Wenn ich diesen Honda weiter am Hals habe, werde ich den Zorn Gottes auf ihn herabrufen – in Gestalt einiger früherer Kollegen.«

✡

Hana hatte ihr Gepäck aufgegeben und war auf dem Weg zum Gate. Von Jakob war nichts zu sehen. Hana setzte sich auf eine der Wartebänke und öffnete die App der Hundebetreuung. Leon und ein brauner Welpe, der halb so groß war wie er, jagten sich um eine Plastikbox mit Hundespielzeug. Als Nächstes beantwortete sie drei Mails. Ihre Abwesenheitsnotiz war auf den nächsten Morgen eingestellt, aber bis dahin wollte sie noch so viel erledigen, wie sie konnte.

Die Flugbegleiterin begann, Passagiere mit Stand-by-Ticket aufzurufen, um ihnen mitzuteilen, ob sie einen Platz im Flug nach Newark bekommen würden. Hana beugte sich vor und sah den Gang entlang. Ziemlich weit hinten erblickte sie Jakob, der langsam auf sie zukam. Sie winkte ihn zu sich heran.

»Ich fing schon an, mir Sorgen zu machen.«

»Mit Recht«, sagte er.

Dann berichtete er von dem erneuten Schlag auf seinen Kopf und von dem Wagen, der ihn und Emily zum Flughafen verfolgt hatte. »Ich habe nicht eingecheckt, bis ich wusste, dass Emily ihren nächsten Fahrgast hatte und sicher war, dass der weiße Wagen ihr nicht mehr folgte.«

»Was, wenn uns jetzt jemand beobachtet?« Hana sah sich um.

»Ein komisches Gefühl, nicht? Wenn man es nicht weiß ...«

Die Flugbegleiterin verkündete, dass das Boarding jetzt begann. Hana und Jakob hatten Plätze im ersten Abschnitt hinter der Businessclass. Als sie aufstanden, hielt Jakob einen Moment inne und stützte sich auf den Griff seines kleinen Handkoffers.

»Alles in Ordnung?«, fragte Hana.

»Nur ein kurzer Schwindel. Ich habe Kopfhörer dabei und schlafe im Flugzeug immer. Wenn wir in Newark sind, geht es mir hoffentlich besser.«

Jakob setzte sich auf seinen Gangplatz, und Hana nahm neben ihm Platz. Er nahm ein Paar Kopfhörer aus seinem Handkoffer.

»Ich möchte nicht unhöflich sein«, sagte er und hielt sie Hana hin. »Wenn die Einweisungen in den Flug vorbei sind, werde ich sie aufsetzen.«

»Nur zu.«

Während des zweistündigen Fluges ging Hana ihre Aufzeichnungen zum Fall Neumann durch und notierte sich Einzelheiten zu weiteren Schritten. Irgendwann bemerkte sie, dass ihr Sitznachbar versuchte, auf den Bildschirm zu sehen. Sie drehte den Laptop in die andere Richtung.

»Was ist das für eine Sprache?«, fragte der Mann, der offensichtlich ihr Bedürfnis, ungestört zu sein, nicht respektierte.

Sie hatte gerade einen Bericht von Daud geöffnet, der teils auf Hebräisch, teils auf Arabisch verfasst war.

»Kommt drauf an«, sagte Hana vorsichtig. »Welche Sprachen sprechen Sie?«

»Äh, Englisch. Ich hatte Spanisch auf der Highschool, aber ich kam immer nur mit Mühe gerade so durch.«

Hana merkte, dass ihre Befürchtungen unbegründet waren, und entspannte sich. »Es ist eine Kombination aus Arabisch und Hebräisch«, antwortete sie. »Ich lebe in Israel, arbeite aber zurzeit in Atlanta, da hilft es, mehrere Sprachen zu beherrschen. Aber mein Spanisch ist grauenvoll, vermutlich schlechter als Ihres.«

»Das bezweifle ich«, sagte der Mann. »Ich wünschte, ich hätte mich damals mehr angestrengt. Meine Firma hat mir die Betreuung von ein paar spanischsprachigen Großkunden angeboten, aber ich wusste, das würde ich nicht hinkriegen. Die Provisionen wären fantastisch gewesen.«

In der nächsten Viertelstunde erzählte ihr Sitznachbar Hana mehr über seine Arbeit und seine Familie. Endlich schwieg er und gähnte. »Na ja, ich mache vielleicht noch ein Schläfchen wie Ihr Freund da drüben«, sagte er. »Ich bin seit halb fünf heute Morgen auf.«

Der Mann schloss die Augen, und in kaum einer Minute zeigte sein gleichmäßiges Atmen an, dass er eingeschlafen war. Hana, die jetzt zwischen zwei Männern saß, die abgetaucht waren, konnte sich wieder auf ihre Arbeit konzentrieren.

Kapitel 29

Der Druckanstieg im sinkenden Flugzeug ließ Jakobs Ohren knacken, und er erwachte aus einem Traum, in dem er versuchte, in einem Schwimmbecken Runden zu schwimmen, aber nicht von der Stelle kam. Er drehte sich zu Hana um, die auf ihrem Laptop tippte.

»Wie lange noch, bis wir landen?«, fragte er.

»Der Pilot gab durch, noch zwanzig Minuten, aber das ist sicher schon zehn Minuten her. Ich sollte jetzt besser aufhören.«

»Woran arbeiten Sie?«, fragte Jakob und rieb sich die Augen.

»An unserem Fall. Und für die nächsten sieben Tage werde ich mich auch völlig darauf konzentrieren.«

Am Newark Liberty International Airport hatten sie einen Zwischenaufenthalt von zweieinhalb Stunden vor dem Abflug nach Israel. Jakob war schon oft auf diesem Flughafen gelandet oder von hier abgeflogen, und zu seiner Erleichterung fühlte er sich körperlich und geistig fit, als sie sich unter das geschäftige Treiben mischten.

»Eigentlich habe ich Hunger«, sagte er, als sie an ein paar Fast-Food-

Restaurants vorbeikamen. »Wie wär's, hätten Sie Lust, zu Abend zu essen?«

»Ja.«

»Ich brauche ein Steak«, sagte er.

»Wir haben nicht die Zeit, das Flughafengelände zu verlassen«, wandte Hana ein.

»Gleich da vorn rechts abbiegen«, sagte Jakob.

Er ging ihr voraus zu einem New Yorker Restaurant, das auf dem Flughafengelände gereifte Steaks anbot. In großen Kühlvitrinen wurden Fleischstücke angeboten.

»Das ist ein guter Vorgeschmack auf Israel«, sagte Hana, während sie das Fleisch begutachteten, bevor sie das Restaurant betraten. »Nur dass man dort vorsichtig sein muss, wenn man Fleisch kauft, das ohne Kühlung offen gelagert wird. Dann ist ein gereiftes Steak nicht unbedingt empfehlenswert.«

»Aus diesem Grund muss ich meinen Rindfleischbedarf jetzt noch einmal stillen.«

Eine junge Bedienung führte sie an einen Tisch, von dem aus man das Flugfeld übersehen konnte. Hana bestellte Wasser, Jakob ein Glas Rotwein. Er hob sein Glas zu einem Toast.

»Auf eine erfolgreiche Reise.«

»L'chaim«, erwiderte Hana.

»So viel Hebräisch verstehe ich zum Glück«, entgegnete Jakob. »Auf das Leben.«

Sie stießen an. »Und«, sagte Jakob, »wenn wir jetzt schon zusammen unterwegs sind, sollten wir nicht zum Du übergehen? Es macht die Sache weniger förmlich.«

Hana hatte nichts dagegen.

Jakob bestellte ein großes Rib-Eye-Steak, Hana entschied sich für ein Filet Mignon. Etliche Minuten später erschien ihr Kellner mit den Tellern. Die Steaks waren außen perfekt angebraten. Jakob griff zu Messer und Gabel.

»Hast du etwas dagegen, wenn ich vor dem Essen bete?«, fragte Hana.

Jakob stutzte, sein Messer blieb in der Luft stehen. »Wenn es kurz ist, nicht.«

Hana schloss die Augen. Jakob ließ seine offen und sah sich im Restaurant um. Niemand schien sie zu beachten.

»Herr, ich bitte dich, in jedem Augenblick dieser Reise unsere Schritte zu lenken«, betete Hana inbrünstig. »Wir bitten dich, dass du die finsteren Machenschaften ans Licht bringst, die zu Gloria Neumanns Tod führten, und dass du uns zur Wahrheit über alle sonstigen Dinge führst, die mit dem Mord an ihr zu tun haben. Leite Daud Hasan bei seinen Recherchen und zeig uns, mit wem wir reden und wohin wir gehen sollen, um die Information zu bekommen, die wir brauchen. Lass diese Reise für Jakob in jeder Hinsicht etwas Besonderes sein und schütze uns vor allem Bösen. In Jesu Namen. Amen.«

Hana öffnete die Augen. Jakob starrte sie an.

»Und segne dieses Essen«, setzte sie noch hinzu.

Während des Essens sah Hana immer wieder auf ihr Handy.

»Gibt es ein Problem?«, fragte Jakob.

»Ach nein«, sagte Hana verlegen. »Ich schaue nur, was mein neuer Hund macht.«

Sie reichte Jakob ihr Handy. Ein schwarz-weißes Fellknäuel hatte sich zusammengerollt und schlief.

»Wie heißt er?«

»Leon.«

»Wie Leon Lowenstein?«, fragte Jakob und hob die Augenbrauen.

Hana nickte leicht.

»Endlich eine Information, die ich gegen dich verwenden kann«, sagte Jakob mit einem selbstbewussten Grinsen.

Hana lächelte ihn an. »Das beunruhigt mich kein bisschen«, sagte sie. »Mr Lowenstein würde sich geehrt fühlen.«

Sie beendeten das Essen und machten sich auf den Weg zum Abfluggate für Überseeflüge. Hana unterhielt sich mit einer Frau, die auf dem Platz neben ihr in der Wartezone saß. Das Gespräch zog sich einige Minuten hin.

»Worüber habt ihr geredet?«, fragte Jakob, als Hana schwieg.

»Vor allem über ihre Kinder und Enkel. Ihre Tochter lebt in Portland, Oregon, und ihr Sohn in Herzlia am Mittelmeer. Möchtest du noch mehr wissen?«

»Nein. Ich möchte nur nichts Wichtiges verpassen.«

»Daud weiß, dass wir sehr viel Englisch reden müssen. Wenn er nicht zurechtkommt, kann ich aus dem Arabischen oder Hebräischen übersetzen.«

»Okay.«

Jakob vertiefte sich in seine Zeitung. Doch Hana fühlte sich wie eine Radarantenne, die zahllose Signale gleichzeitig aufnehmen musste. Um sie herum unterhielten sich die Menschen auf Englisch, Hebräisch und Arabisch. Sie liebte diesen Zusammenklang verschiedener Sprachen. Die Flugbegleiterin verkündete die Anweisungen zum Boarding auf Englisch und Hebräisch. Ihr Akzent verriet, dass sie aus der Gegend von Tiberias kam. Jakob faltete seine Zeitung zusammen.

»Wirst du wieder einschlafen können?«, fragte Hana.

»Erst wenn sie das Licht in der Kabine ausschalten.«

Ein älterer Mann mit weißem Haar, einem Gehstock und einem Namensschild auf seinem Hemd setzte sich neben Jakob.

»Dies ist meine erste Reise nach Israel«, sagte er.

»Meine auch.«

»Ich mache eine Rundreise mit meiner Kirchengemeinde«, fuhr der Mann fort. »Sind Sie auch so gespannt auf das Heilige Land? Ich habe fünf Jahre auf diese Reise gespart.«

»Wie sieht Ihr Reiseplan aus?«, erkundigte Hana sich.

Während sie darauf warteten, dass sie aufgerufen wurden, zog der alte Mann einen Prospekt heraus und zeigte ihn Hana. Es war eine typische Zehn-Tages-Tour, die in Galiläa begann, dann hinunter ging ans Tote Meer und in Jerusalem endete. Hana gab ihm noch etliche ergänzende Hinweise.

»Und Sie werden Jerusalem lieben«, sagte sie lächelnd.

»Mir kommen beinahe die Tränen, wenn ich mir klarmache, dass ich da sein werde, wo Christus gekreuzigt und begraben wurde und vom Tod auferstand.«

Die Flugbegleiterin rief die nächsten Nummern zum Boarding auf, und der Mann stand ein wenig zittrig auf, um sich zu seiner Reisegruppe zu gesellen.

Jakob wandte sich an Hana. »Scheint ein netter Kerl zu sein. Aber er sollte lieber zu einem Seniorenheim in Florida fliegen, anstatt in Israel herumzukrabbeln.«

»Er ist ein Pilger«, antwortete Hana schlicht. »Leute wie er besuchen das Heilige Land seit zweitausend Jahren.«

Im Flugzeug richteten sie sich auf ihren Plätzen ein. Während das Flugzeug vom Gate wegrollte, setzte Jakob seine Kopfhörer auf, schloss die Augen und öffnete sie während der gesamten Startphase nicht mehr. Hana warf einen Blick auf die angebotenen Filme und versuchte, es sich so bequem wie möglich zu machen, ohne Jakob zu nahe zu kommen. Sobald sie in der Luft waren, wurde die Kabine verdunkelt. Der Nachtflug würde neun Stunden dauern.

Jakob spürte, dass jemand sanft an seinem Arm rüttelte, und öffnete die Augen. Hana strich sich das dunkle Haar hinter die Ohren.

»Wenn du noch ins Bad willst, solltest du es jetzt tun«, sagte sie. »Das Frühstück wird gleich serviert.«

Jakob rieb sich die Augen und machte sich auf den Weg in den hinteren Teil des Flugzeugs. Dort stieß er auf eine Gruppe von frommen orthodoxen und ultraorthodoxen Juden, die ihr Morgengebet sprachen. Als er an seinen Platz zurückkam, sah er an Hanas Augen, dass sie müde war.

»Hast du überhaupt geschlafen?«

»Ein, zwei Stunden vielleicht. Du bist jedenfalls, glaube ich, nicht aufgewacht, als ich mich an dir vorbeigedrängt habe, um zur Toilette zu gehen, oder mal die Beine ausgestreckt habe.«

»Falls doch, kann ich mich nicht erinnern. Vielleicht bewirkt diese Gehirnerschütterung, dass ich tiefer schlafe als sonst.«

»Im Ernst?«

»Nein«, sagte Jakob mit einem Kopfschütteln. »Ich konnte schon immer auf der Stelle einschlafen, wenn es nötig war. Während der Zivilrechtsvorlesung an der Uni musste ich Kaugummi kauen, um wach zu bleiben.«

Ein Flugbegleiter schob einen Servierwagen durch den Gang und bot koscheres und nicht koscheres Frühstück zur Auswahl an.

»Vielleicht sollte ich koscher essen. Schließlich bin ich auf dem Weg nach Israel und befinde mich mitten unter lauten heiligen Männern«, sagte Jakob zu Hana. »Ein Gebet wie das hinten im Flugzeug habe ich nicht mehr erlebt, seit ich zum letzten Mal mit dem Zug nach Brooklyn gefahren bin.«

Das koschere Frühstück schmeckte langweilig, selbst für Flugzeugverhältnisse, und Jakob blickte neidisch auf die winzigen Würstchen auf Hanas Tablett.

»Willst du eins?«

Jakob spießte ein Würstchen auf die Gabel.

»Es schmeckt besser, wenn es verboten ist, nicht?«, fragte Hana. »So war es schon bei Adam und Eva und der verbotenen Frucht.«

»Auf einen roten Apfel zu verzichten, würde mir nicht so schwerfallen wie auf ein Frühstückswürstchen«, erwiderte Jakob.

Nun, da er wach war, rutschte er auf seinem Sitz herum, während sie die letzte Etappe des Fluges hinter sich brachten. Das Flugzeug verlor über dem Mittelmeer an Höhe, und im frühen Nachmittagslicht konnte er die Küstenlinie südlich von Tel Aviv deutlich erkennen. Hana lehnte sich zurück, damit Jakob bessere Sicht hatte.

»Welche Gefühle weckt das in dir?«, fragte Hana.

Zu seiner Überraschung empfand Jakob einen Anflug von Rührung. Selbst als säkularer Jude konnte er nicht verleugnen, dass mit der Wiedererrichtung einer jüdischen Heimat nach so langer Zeit im Exil etwas Besonderes verbunden war. »Mehr, als ich erwartet hätte«, sagte er.

»Du bist nicht der Erste oder der Letzte, der das sagt«, entgegnete sie.

»Was ist mit dir?«

»Oh, mir geht's wie jedem anderen auch, wenn er nach Hause kommt.«

Das Flugzeug landete am Ben-Gurion-Airport.

»Wo hast du gearbeitet?«, wollte Jakob wissen, als sie an einem Sicherheitskontrollpunkt vorbeikamen.

»Auf der höheren Ebene«, erwiderte Hana. »Wenn es Fragen zu einer Person gab, wurde er oder sie zu uns gebracht, um sie weiter zu verhören.«

»Und zu foltern?«

Hanas Gesicht wurde ernst. »Dies ist der allerschlechteste Ort in Israel, um schlechte Witze zu machen«, sagte sie. »Wer hier arbeitet, hat so lange keinen Sinn für Humor, bis er nach Feierabend wieder im Auto sitzt und nach Hause fährt.«

Am Sicherheitscheck mussten sie sich trennen, weil Hana israelische Staatsbürgerin war.

»Ich seh dich hoffentlich auf der anderen Seite«, sagte Hana.

»Ich dachte, du sagtest, Scherze sind hier verboten.«

»Das war kein Scherz«, antwortete Hana mit einem Lächeln.

Jakob suchte sich die Schlange, die ein attraktiver weiblicher Officer abfertigte, und schwor, wie Hana ihm nahelegte, seine Antworten so knapp wie möglich zu halten.

»Ich bin amerikanischer Anwalt und arbeite mit einer israelischen Kollegin an einem Fall«, sagte er, als er vor dem Glashäuschen stand.

»Was für einem Fall?«, fragte Ms Officer.

»Körperverletzung.«

»Wo werden Sie wohnen?«, wollte sie wissen.

Jakob nannte den Namen des Hotels in Jerusalem.

»Wen werden Sie sonst noch treffen, während Sie hier sind?«, fragte die Frau und senkte den Kopf.

»Das hängt von meiner israelischen Kollegin ab. Wir wollen mit Zeugen und anderen Leuten sprechen, die etwas zu unserem Fall zu sagen haben.«

»Wie ist der Name der israelischen Kollegin?«

»Hana Abboud.«

Die junge Frau sah hoch. »Sie ist Araberin.«

»Ja, sie ist aus Reineh. Aber sie arbeitet seit achtzehn Monaten bei einer internationalen Kanzlei in Atlanta, Georgia. Sie hat ihr Jurastudium an der Hebräischen Universität absolviert. Außerdem ...«

»Das reicht«, sagte die Frau und setzte einen Stempel in Jakobs Pass. »Schönen Aufenthalt.«

Jakob ging zur Gepäckabfertigung, wo Hana ihren Koffer bereits erhalten hatte.

»Du hast es geschafft«, sagte Hana, als Jakob sie erreichte.

»Sobald ich deinen Namen erwähnte, lief alles wie am Schnürchen. Du scheinst berühmt zu sein.«

Hana hob die Augenbrauen. Jakob holte seinen Koffer vom Band, und sie traten hinaus in das sonnige Licht eines wolkenlosen Himmels im Nahen Osten. Eine Reihe von Taxis und Minivans stand am Bordstein. Jakob hörte jemanden rufen und drehte sich um. Aus etwa dreißig Metern Entfernung kam ein muskulöser Araber mit kurz geschnittenem Haar und dunkler Sonnenbrille auf sie zu. Er trug ein kurzärmeliges weißes Hemd und eine dunkle Hose. Als er näher kam, konnte Jakob an seinen muskulösen Armen erkennen, dass er eine Menge Zeit im Fitnessstudio verbrachte. Er nahm seine Brille ab und sagte etwas zu Hana, die ihn daraufhin anstrahlte. Dann drehte er sich zu Jakob um.

»Daud Hasan«, sagte er in korrektem Englisch mit arabischem Akzent. »Freut mich sehr, Sie kennenzulernen.«

»Jakob Brodsky.«

»Kommen Sie«, sagte Daud. »Mein Wagen steht im Sicherheitsbereich des Flughafens.«

Kapitel 30

»Lass mich deinen großen Koffer nehmen«, sagte Daud auf Arabisch zu Hana.

»Er hat Rollen.«

»Dann ist es umso leichter für mich. Außerdem habe ich das Video von Sadie drei- oder viermal gesehen und sollte besser nett zu dir sein, sonst verpetzt du mich bei ihr.«

Hana ließ den Koffergriff los und ging neben Daud weiter. So froh sie war, wieder in Israel zu sein, so nervös war sie auch angesichts der Frage, ob diese explosive Chemie zwischen ihnen, die bei der ersten Begegnung mit Daud spürbar gewesen war, weiterbestehen würde.

»Es ist wundervoll, dich zu sehen«, sagte er. »Skypen war ein kläglicher Ersatz für ein Treffen.«

Hana lächelte. Es war genau das, was sie hören wollte.

»Ich habe dich auch vermisst«, erwiderte sie. »Sehr sogar.«

Sie blieben stehen, um ein paar Autos durchzulassen, bevor sie die Straße überquerten und denselben Sicherheitsbereich erreichten, wo Hana früher geparkt hatte, wenn sie, was selten genug vorkam, mit dem

Auto zur Arbeit gefahren war. Sie erkannte den Wagen des Kollegen, der für ihre frühere Einheit zuständig gewesen war.

»Avril Lieberman fährt immer noch denselben Wagen«, sagte Hana und wies auf eine weiße Limousine mit stark getönten Scheiben. »Ich habe hier gearbeitet, als er das Auto gekauft hat.«

»Er ist ein Fossil«, erwiderte Daud. »Aber es ist gut, dass er Veränderungen nicht mag. Unter anderem deshalb parke ich hier. Er erneuert meine Parkerlaubnis jedes Jahr automatisch, auch wenn ich jetzt als Privatmann hier parke.«

Vor seinem grünen Landrover blieb Daud stehen und nahm den Schlüssel aus der Tasche.

»Ich hätte gedacht, die hohen Spritpreise würden die Leute dazu zwingen, sich kleinere Autos anzuschaffen«, bemerkte Jakob beim Anblick des Wagens.

»Nicht jeden«, sagte Daud und hob Hanas schweren Koffer mühelos in den Wagen. Jakob stellte seinen daneben. Auf der Matte im Kofferraum lag ein weißes Nummernschild mit grünen Zahlen.

»Was ist das?«, fragte Jakob und wies auf das Schild.

Daud schloss die Heckklappe und tippte auf das gelbe Kennzeichen, das an der hinteren Stoßstange angebracht war. »Ich benutze das israelische Kennzeichen, wenn ich auf israelischem Gebiet bin, und tausche es gegen eins der palästinensischen Autonomiebehörde, wenn ich in der Westbank unterwegs bin. Auf beiden Seiten verringert es das Risiko, mit Steinen beworfen zu werden.«

»Hast du das bei deinem Wagen auch so gemacht?«, wollte Jakob von Hana wissen.

»Ich hatte nie ein eigenes Auto, bis ich nach Amerika ging«, antwortete sie. »Hier in Israel fuhr ich mit den öffentlichen Verkehrsmitteln oder mit Freunden, die ein Auto besaßen.«

Daud öffnete die Beifahrertür, damit Hana einsteigen konnte, und stützte sie am Ellbogen, um ihr auf den Sitz zu helfen. Das Fahrzeug des Ermittlers war höher als die Landrover-Modelle, die Football-Moms in Nordatlanta fuhren, und er hielt den Kontakt zu ihrem Arm einen Moment länger aufrecht als nötig. Hana setzte sich, und Jakob kletterte auf die Rückbank. Daud startete den Motor, der kraftvoll ansprang, und sie verließen den Sicherheitsbereich.

»Spricht er Hebräisch?«, fragte Daud Hana auf Hebräisch und wies mit dem Kopf auf Jakob hinter ihnen.

»Nur Englisch, kein Hebräisch«, antwortete sie in derselben Sprache. »Er war noch nie in Israel.«

»Zwei Worte habe ich verstanden«, meldete sich Jakob von hinten. »Du sagtest ›Englisch‹ und ›Israel‹. Es macht mir nichts aus, wenn ihr über alles Mögliche auf Arabisch oder Hebräisch sprecht, aber wenn es um mich geht und um unseren Fall, dann bitte ich darum, dass ihr Englisch sprecht.«

»Kein Problem«, erwiderte Daud mit einem Lächeln. »So sagt man das doch, oder?«

»Ja, korrekt«, bestätigte Hana und drehte sich zu Jakob um. »Aber vermeide bitte Redewendungen, wenn du mit Daud sprichst. Auch Abkürzungen können schwierig sein. Ich habe mich selbst erst im letzten Jahr daran gewöhnt.«

»Dein Englisch ist phänomenal«, sagte Jakob, und ihm wurde bewusst, dass er ihre sprachliche Kompetenz vorausgesetzt hatte, ohne sich klarzumachen, wie schwer sie erworben war.

Sie verließen das Flughafengelände und erreichten die Autobahn.

»Wie weit ist es nach Jerusalem?«, fragte Jakob.

»Fünfundfünfzig Kilometer«, antwortete Daud. »Bis zu eurem Hotel ist es eine Stunde.«

Hana sah auf ihr Handy. Es war halb fünf Uhr nachmittags israelischer Zeit.

»Gibt es irgendetwas, das wir heute Abend erledigen könnten?«, fragte sie Daud.

»Essen gehen und dann ins Kino«, schlug er mit völlig ernstem Gesichtsausdruck vor.

Hana warf Jakob über die Schulter einen Blick zu. Der senkte den Daumen nach unten.

»Ich meinte, was den Fall betrifft«, sagte sie.

»Ich weiß, was du meintest«, erwiderte er. »Wir können zum Abendessen in ein Restaurant in der Nähe des Hotels gehen und dort besprechen, wie wir vorgehen wollen. Keine weiteren Scherze mehr für den Rest der Woche.«

»Oh doch, versuchen Sie das ruhig«, widersprach Jakob von hinten. »Es macht Spaß zu sehen, wie Hana reagiert.«

»Von mir aus - ich bin vorgewarnt«, sagte Hana.

Daud sah sie von der Seite an. »Wir werden ja sehen.«

Die Autobahn stieg stetig an. Jakob hatte Dauds ungezwungene Art sofort gefallen. Die wenigen Male, in denen er bisher einen Privatdetektiv engagiert hatte, war es ein älterer pensionierter Polizist gewesen, der nie lächelte und den Charme eines Kaktus hatte. Sie fuhren an einer Bahnlinie vorbei, die von einem Tunnel zu einer Reihe von anmutig geformten Stützpfeilern in mindestens dreißig Metern Höhe führte.

»Was ist das?«, fragte Jakob.

»Hier fährt der Hochgeschwindigkeitszug zwischen Tel Aviv und Jerusalem«, antwortete Hana. »Die Linie wurde eröffnet, als ich fort war. Die Fahrt dauert nur dreißig Minuten.«

Sie fuhren weiter bergan. Die Landschaft war felsig; neben der belebten Autobahn erstreckten sich mit Buschwerk und niedrigen Bäumen bewachsene Hügel.

»Wenn Sie ein Tourist wären, würde ich jetzt einen Song für Sie spielen«, sagte Daud mit einem Blick in den Rückspiegel zu Jakob. »Vielleicht *Jerusalem of Gold*. Das erste Mal nach Jerusalem zu kommen, ist etwas Besonderes.«

Nach einer Kurve kamen die ersten Gebäude in Sicht. Hana begann leise, aber mit klarer Stimme zu singen.

»Wer braucht Musik aus der Konserve?«, sagte Daud und begegnete im Rückspiegel Jakobs Blick. »Sie können eine Livevorstellung erleben, noch dazu in der Sprache, in der der Song geschrieben wurde.«

Die hebräischen Worte erfüllten den Wagen, und Hanas Stimme wurde allmählich lauter. Jakob lief ein Schauer über den Rücken. Auch ohne dass er die Worte verstand, spürte er darin ein tiefes Gefühl, aber auch Begeisterung. Das Lied endete, und es wurde still im Auto. Inzwischen hatten sie die Vorläufer von Jerusalem erreicht.

»Willkommen in Jerusalem, der Heiligen Stadt«, verkündete Daud.

»Wunderschön«, sagte Jakob.

»Seit Tausenden von Jahren werden die meisten Gebäude der Stadt aus Kalkstein gebaut, der aus den nahe gelegenen Steinbrüchen stammt«, kommentierte Hana. »Wenn die Sonne in einem bestimmten Winkel auf die Steine scheint, schimmern sie golden – *Jerusalem of Gold* eben.«

»Wir fahren durch die jüdischen Viertel«, sagte Daud. »Die sind neuer. Ich habe mein Büro und meine Wohnung im arabischen Ostteil, in Beit Hanina. Morgen früh fahren wir hin.«

»Dauds Büro ist auf der israelischen Seite des Sperrzauns«, erläuterte Hana. »Ganz in der Nähe sieht man auch die Mauer, sie verläuft mitten durch Beit Hanina.«

»Wie denkst du über die Mauer?«, fragte Jakob.

»Sie hat ganz sicher Leben gerettet, weil es jetzt für Terroristen schwerer ist, die jüdischen Bezirke zu betreten«, erwiderte Hana. »Aber auf der anderen Seite ist sie auch eine tragische Erinnerung daran, wie viel Hass hier existiert. Viele arabische Israelis sind tief verletzt, denn die Mauer trennt Familien voneinander. Sie macht mich jedes Mal wieder traurig.«

Jakob schwieg. Hier in Israel mit Hana zu reden, war ganz anders als in dem wolkenkratzerartigen Bürogebäude in Atlanta.

»Wir sind nicht verärgert, wenn jemand diese Frage stellt«, sagte Daud. »Wir hören sie sehr oft.«

»Ich habe nur das Gefühl, es geht mich eigentlich nichts an«, entgegnete Jakob.

»Wenn Menschen keine Fragen stellen, werden sie nie Antworten finden.«

Jakob war sich bewusst, dass er Hunderte Fragen hatte. Hana und Daud schienen nicht unwillig, sie zu beantworten. Aber die sehr persönliche Art ihres Zusammenseins hielt ihn zurück.

»Später vielleicht«, sagte er.

»Es gibt solche und solche Amerikaner«, setzte Daud das Gespräch fort. »Manche trauen sich nicht, offen und ehrlich über wirkliche Probleme zu reden. Andere glauben, sie wüssten alles und hätten das Recht, uns, Juden wie Arabern, zu erklären, was mit diesem Land geschehen müsste.«

»Und gibt es daneben noch andere Amerikaner?«, hakte Jakob nach.

»Ja«, sagte Hana. »Es gibt solche wie dich. Menschen, die die Wahrheit finden möchten.«

»Wie kommst du darauf, das zu sagen?«

»Habe ich recht oder nicht?«

Jakob zögerte. »Ich hoffe, du hast recht«, sagte er leise.

»Habe ich, bis du mir das Gegenteil beweist.«

Sie erreichten einen älteren Teil der Stadt. »Dies ist die deutsche Kolonie. Deutsche Christen haben sie gegen Ende des 19. Jahrhunderts gegründet«, sagte Hana. »Hier zu leben, ist sehr teuer. Unser Hotel ist nur noch ein paar Minuten entfernt.«

Hana gefiel es, wie geschmeidig und sicher Daud den Wagen durch den Verkehr steuerte. Die meisten Autos auf den Straßen waren Kleinwagen, und Dauds Fahrzeug stach hervor. Sie erreichten ihr Hotel, ein zweistöckiges Gebäude mit vierundzwanzig Zimmern, die um einen offenen Innenhof herum lagen.

»Es wurde zur Zeit des britischen Mandats zwischen den Weltkriegen erbaut«, erklärte Hana, als sie vor dem Eingang hielten.

»Soll ich noch mit reinkommen?«, fragte Daud.

»Nein«, sagte Hana. »Wann willst du uns zum Essen abholen?«

Daud sah auf seine Uhr. »Reichen euch anderthalb Stunden?«

»Perfekt!«

Daud hob Hanas Gepäck vom Wagen und fuhr davon, während sie und Jakob zur Rezeption gingen. Hinter dem Tresen stand ein arabischer Mann mittleren Alters.

»Ms Abboud, Ihr Zimmer ist im ersten Stock«, sagte er, nachdem er die Reservierung im Computer gefunden hatte. »Und Ihres, Mr Brodsky, im zweiten Stock.«

Ein Hotelpage trug Hanas Gepäck auf ihr Zimmer. Sie packte aus, duschte und zog ein dunkelblaues Kleid an. Bis Daud käme, hatte sie noch eine Weile Zeit und sie ging hinaus in den Innenhof. Zehn kleine Tische standen draußen. Im Moment hatte sie den Platz ganz für sich. Sie setzte sich unter eine Bougainvillea, die über und über mit roten Blüten bedeckt war. In Atlanta, wo die Winter kalt waren, konnten die prächtigen Pflanzen nicht im Freien überleben. In der Absicht, ihre Unterlagen zum Fall Neumann durchzugehen, fuhr sie ihren Laptop hoch, aber die Reise hatte sie doch erschöpft, und sie konnte sich nicht konzentrieren. Sie schaltete den Laptop aus und schloss die Augen.

Kaum hatte sie das getan, als sich die Atmosphäre um sie herum verdichtete, aber das hatte nichts mit der Hitze zu tun. Zu dieser Jahreszeit gab es fast keine Luftfeuchtigkeit in Jerusalem, und nach Sonnenuntergang wurde es auch recht kühl. Hana entspannte sich und befand sich bald in einem Zustand höchster innerer Wachsamkeit. Alle ihre Sinne waren geschärft. Hana fühlte sich vollkommen lebendig. Einen solchen Zustand hatte sie zum ersten Mal erlebt, als sie eines Abends mit ihrem Urgroßvater Mathiu in Reineh auf der Veranda gesessen hatte. Und er hatte ihr erklärt, was gerade geschah, und zwar mit dem hebräischen Wort, dass dieses Gefühl am besten beschrieb: *Kavod* – die Herrlichkeit der unsichtbaren Gegenwart Gottes.

Die Einsamkeit des Innenhofs wurde für Hana zum Garten Gottes, in dem er vor Urzeiten in der Abendkühle mit Adam und Eva spazieren gegangen war. Jetzt durfte sie Zeit mit dem Einzigen verbringen, dessen Gegenwart allein sie vollkommen machen konnte. Sie versank in einer stillen Anbetung ohne Worte. Irgendwann ließ die Liebe, die sie einhüllte, nach. Hana wusste nicht, wie lange dieser Zustand gedauert hatte.

»Abba«, flüsterte sie. »Danke.«

»Pardon.« Eine männliche Stimme brachte sie dazu, die Augen zu öffnen.

Es war Jakob. Hana bedauerte die Unterbrechung nicht. Eigentlich schien der Zeitpunkt sogar perfekt.

»Jakob«, sagte sie und setzte sich aufrecht hin. »Es gibt nichts, das mit der Gegenwart Gottes vergleichbar ist. Und keinen besseren Ort als Jerusalem, um sie zu finden. Wenn dein Moment kommt, verpass ihn nicht.«

Jakob blinzelte kurz. »Okay«, sagte er gedehnt. »Auch wenn ich keine Ahnung habe, wovon du sprichst.«

»Hana!« Dauds tiefe Stimme hallte durch den Hof. »Bist du so weit?«

Hana stand auf und fuhr sich mit den Fingern durch das lange schwarze Haar. »Sofort. Ich hole nur noch meine Handtasche.«

Kapitel 31

Jakob folgte Hana und Daud zu einem Vierertisch in einer Ecke des Restaurants. Sie wählten alle ein unterschiedliches Lammgericht. Außer ihnen waren nur sechs andere Gäste da, Touristen aus Europa, wie es schien. Jakob nahm einen Schluck Mineralwasser.

Bis das Essen kam, verging die Zeit zunächst mit ein bisschen Small Talk. Dann kam Jakob zur Sache.

»Ist es hier geschützt genug, dass wir offen reden können?«, fragte Jakob.

»Kommt auf die Sprache an«, erwiderte Daud. »Die Gruppe eben sprach Niederländisch. Ich denke, sie sind mehr an ihren eigenen Gesprächen interessiert als an unserem.«

»Du sprichst Niederländisch?«, fragte Hana und öffnete ihren Laptop.

»Gerade genug, um es zu erkennen.«

Jakob sah zu, wie Hana durch ihre Dateien scrollte. »Wie sieht es inzwischen mit dem Mann aus Deir Dibwan aus, der bereit war, mit dir über die Zadan-Brüder zu sprechen?«, fragte sie.

»Du wirst ihn morgen früh in Ramallah treffen. Aber es wäre keine gute Idee, wenn Jakob dabei wäre. Gegenüber einem amerikanischen Juden würde Nabil kein Wort von sich geben.«

Jakob protestierte nicht.

»Ich habe Papiere von einem Grenzschutzkommandeur, die mir Zugang zu Zone A verschaffen«, erklärte Daud. »Die Erlaubnis ist so verfasst, dass sie dich einschließt.«

»Wovon redet ihr?«, unterbrach Jakob sie.

Hana erklärte. »Daud und ich sind israelische Staatsbürger. Eigentlich ist es für uns verboten, Gebiete zu betreten, die unter der Kontrolle der palästinensischen Autonomiebehörde stehen. Und Ramallah liegt in einem solchen Gebiet. Ohne offizielle Papiere müssten wir vielleicht bei der Rückkehr ein Bußgeld zahlen.«

»Und sicher ein Verhör über uns ergehen lassen«, ergänzte Daud.

»Aber ich könnte dorthin reisen und hätte keine Probleme?«, schlussfolgerte Jakob.

»Ja«, bestätigte Daud, »aber ...«

»Dass ich Jude bin, würde erst zum Problem werden, wenn ich da wäre«, beendete Jakob den Gedanken.

»Ganz genau«, sagte Daud.

»Wie lange werdet ihr brauchen? Ich würde nicht gern im Hotel herumsitzen und nichts zu tun haben.«

»Den größten Teil des Vormittags«, antwortete Daud. »Wir wollen Nabil nicht drängen. Und er wird uns sicher erst bewirten wollen, bevor wir reden. Orientalische Gastfreundschaft.«

»Wie steht er zu Frauen?«, fragte Hana.

»Er wird dich mögen.« Daud lächelte sie an. »Aber keine Sorge. Ich werde die ganze Zeit dabei sein. Du bist meine persönliche Assistentin. Das wird ihn beeindrucken. Sag nichts davon, dass du in Amerika lebst. Aus deinem Akzent wird er schließen, dass du aus Nazareth kommst.«

»Warum ist er bereit zu einem Gespräch mit euch?«, schaltete Jakob sich ein.

»Er hat etwas gegen die Familie Zadan, das nie bereinigt wurde«, sagte Daud.

»Eine Familienfehde?«

Daud sah Hana an, die die Erklärung übernahm.

»Ja«, bestätigte sie. »Diese Streitigkeiten zwischen Familien können sehr gravierend sein und sich über Jahre hinziehen.«

»Die Hatfields und McCoys des Nahen Ostens«, sagte Jakob.

Daud und Hana sahen ihn verständnislos an. »Tut nichts zur Sache«, fügte Jakob hinzu.

»Und was ist mit den israelischen Behörden, die nach dem Angriff ermittelt haben?«, wollte Hana wissen. »Irgendwelche Fortschritte?«

»Da bin ich noch dran. Es gibt viele Ebenen. Und ich will tief graben.«

»Was meinst du mit ›tief graben‹?«, fragte Jakob.

»Tief oder hoch – in diesem Fall ist es dasselbe«, erklärte Hana. »Du weißt ja, dass wir an Geheimdienstinformationen herankommen wollen, die eine Verbindung der Zadan-Brüder zum organisierten Terrorismus belegen. Die israelische Polizei hat ebenso wie der Inlandsgeheimdienst Schin Bet ein großes Netzwerk an Informanten. Alle Informationen werden daraufhin überprüft, ob es irgendwelche Verbindungen gibt. Aber nur die Leute an der Spitze sehen alles.«

»Und die Sicherheitsdienste werden uns nichts sagen, was irgendjemanden, mit dem sie zusammenarbeiten, in Gefahr bringen könnte«, ergänzte Daud. »Das kann über Leben und Tod entscheiden.«

»Und wie gehst du vor, um tief zu graben?«, wollte Jakob wissen.

Daud zuckte die Achseln. »Ich tausche Informationen gegen Informationen mit Leuten, die mir trauen. Nabil wird vielleicht über eine Menge Dinge reden, und ich kann die Spreu vom Weizen trennen.«

Hana schaltete sich wieder ein. »Und Aaron Levy, der Mann, den Sylvia Armstrong erwähnte? Werden wir mit ihm sprechen können?«

»Ja«, erwiderte Daud. »Der Termin steht schon fest.«

»Und ich bin dabei?«, fragte Jakob.

»Natürlich«, erwiderte Daud, als sei die Nachfrage unnötig.

»Gibt es Erkenntnisse über das Material auf den Computern, die die Polizei im Haus der Zadans sichergestellt hat?«, fragte Jakob. »Als Osama bin Laden getötet wurde, hat der CIA tonnenweise Material von den Computern bekommen, die man in Pakistan gefunden hatte.«

»Auch das steht auf meiner Liste«, erwiderte Daud. »Und ich weiß, wer die Geräte hat.«

»Wo sind sie?«, fragte Jakob.

»Der Ort spielt keine Rolle. Ich bemühe mich gerade darum, dass ich das Material auf einem Datenträger bekomme, damit wir es einsehen können.«

Jakob wandte sich an Hana. »Glaubst du, die Staatsanwaltschaft in New York hat es?«

»Nein«, antwortete Daud.

»Woher weißt du das?«, fragte Hana.

»Weil man es mir so gesagt hat.«

»Das könnte für uns Verhandlungsmasse gegenüber der US-Staatsanwaltschaft bedeuten«, sagte Hana zu Jakob. »Und es uns ermöglichen, einen weiteren Informationsaustausch zu koordinieren.«

»Das gefällt mir«, sagte Jakob.

Die Bedienung kam mit dem Essen. Das gebratene Lamm, das Jakob bestellt hatte, war außen knusprig angebraten, und er wollte gerade den ersten Bissen verspeisen, als er bemerkte, dass Hana und Daud den Kopf senkten. Jakob hörte auf zu kauen. Daud betete.

»Gott, schenke uns deine übernatürliche Weisheit und großen Erfolg bei allem, was wir tun, und bei jedem, mit dem wir reden. Schütze uns vor Gefahr. Und segne dieses Essen. In Jesu Namen, Amen.«

»Für mich klingt es, als ob du und Hana dasselbe Gebetbuch benutzt«, sagte Jakob.

»Tun wir auch«, erwiderte Hana lächelnd. »Man nennt es ›die Bibel‹. Du solltest es dir auch mal ansehen. Der größte Teil davon wurde von Juden geschrieben.«

»In der Bibel steht mehr über Gottes Beziehung zu den Juden als über jedes andere Thema«, fügte Daud hinzu. »Manche Leute behaupten, die Juden seien nicht mehr wichtig. Gott ist da anderer Meinung. Ich stimme ihm zu.«

»Wäre es nicht besser für euch, wenn die Juden nicht mehr wichtig wären?«, fragte Jakob.

»Nein, denn dann würde ich daran zweifeln, ob Gottes Verheißungen für den Rest von uns wahr sind«, sagte Daud.

»Glaubst du das auch?«, wandte Jakob sich an Hana.

»Ja. Und noch eine Menge mehr.«

Nach dem Essen fuhr Daud sie zurück in ihr Hotel. Zu dritt standen sie neben dem Landrover. Der kleine Innenhof wurde von Gaslaternen auf verzierten Pfählen erhellt.

»Ich hole dich um halb acht morgen früh ab«, sagte Daud zu Hana. »Schlaft euch jetzt gut aus.«

Hana gähnte. »Ich werde schlafen, bis mein Körper denkt, ich hätte verschlafen. Jakob hat ja fast den ganzen Flug über geschlafen.«

»Ich lese noch ein Weilchen, bevor ich zu Bett gehe«, sagte Jakob. »Schickt mir eine Nachricht, wenn ihr auf dem Rückweg aus Ramallah seid.« Damit drehte er sich um und stieg die Treppe zu seinem Zimmer hoch.

Hana blieb noch stehen. »Was hältst du von ihm?«, fragte sie auf Arabisch.

»Er ist ein säkularer amerikanischer Jude.« Daud zuckte die Achseln. »Ist er ein guter Anwalt?«

Hana gab ihm einen kurzen Überblick, was sie in dem Dossier gelesen hatte, das Mr Lowenstein über Jakob zusammengestellt hatte.

»Vielleicht sollte er besser David heißen«, kommentierte Daud. »Es klingt, als wolle er gegen Goliath in den Kampf ziehen.«

»So wie du?«

»Vielleicht.«

Daud wies auf eine Holzbank im Hof. »Ich weiß, du bist müde. Aber können wir uns noch kurz zusammensetzen?«

Hana folgte ihm. Im Schein der Gaslaternen tanzten die Schatten. Es war das erste Mal seit ihrer Ankunft, dass sie mit ihm allein war, und sie erzählte ihm von ihrer Begegnung mit dem Herrn am frühen Abend im Innenhof.

»So etwas habe ich noch nie erlebt«, sagte Daud, als sie geendet hatte. »Ich vermute, ich bin zu pragmatisch und analytisch.«

»Glaubst du, das bin ich nicht? Ich bin Anwältin. Pragmatischer und analytischer als das geht wohl kaum.«

»Nein, du bist ganz anders als ich«, widersprach Daud. »Und darüber bin ich sehr froh.«

Hana lächelte. »Eine Begegnung mit der Herrlichkeit Gottes ist nicht abhängig von unserer Persönlichkeit oder unserem Temperament, sondern viel eher von Gottes Wunsch, sie uns zu schenken. Und von unserer Empfänglichkeit. Wie auch immer, ich nehme es als Willkommenskuss von Gott bei meiner Rückkehr nach Hause. Jakob kam dazu und hat die Erfahrung beendet, aber das war für mich okay. Es gab mir Gelegenheit, ihn zu ermutigen, die Gegenwart Gottes ebenfalls zu erleben, solange er hier ist. Wir sollten für ihn beten.«

Daud betrachtete Hana einen Augenblick lang. »Jedes Mal, wenn wir reden, lerne ich etwas Neues und Wundervolles über dich. Übrigens, in einer wichtigen Sache habe ich meine Meinung geändert.«

»In was für einer Sache?« In Hana stieg die Neugier hoch.

»Könnten wir nicht doch einen Abstecher nach Reineh machen? Ich würde deine Familie gern kennenlernen.«

Seit ihrer Trennung von Ibrahim hatte Hana keinen Mann mehr mit nach Hause gebracht. Sie wollte zustimmen, aber sie wollte vorsichtig sein.

»Sie werden dich genauer unter die Lupe nehmen als du die Leute in deinen Fällen«, sagte sie.

»Das nehme ich in Kauf.«

»Du bist hartnäckig.«

»Es gibt Dinge, die muss ich sagen, wenn ich nicht platzen will«, sagte Daud und sprach jetzt schneller. »Ich wollte es schon tun, während du in Amerika warst, aber jetzt, wo du hier bist, muss es einfach sein. Sag mir, was du für mich empfindest, und ich bin still.«

Hana zögerte einen Moment mit ihrer Antwort. Sie wollte ihre Worte sorgfältig wählen. Ihr Vorsatz, vorsichtig zu sein, löste sich in nichts auf, und sie sagte: »Ich würde lieber hier mit dir auf dieser Bank sitzen als irgendwo anders in der Welt sein.«

Als sie in ihrem Zimmer war, schloss sie die Tür hinter sich, lehnte sich dagegen und schleuderte die Schuhe von ihren Füßen. Sie war nicht völlig überrascht von Dauds Intensität, aber es war doch ein kleiner Schock gewesen, dass er den Schalter umgelegt hatte, der ihn normalerweise in Gesprächen absolut die Kontrolle behalten ließ. Zumindest war er offen und aufrichtig, sagte sich Hana, als sie sich fertig machte, um zu Bett zu gehen.

Mitten in der Nacht erwachte sie. Aber diesmal war es nicht ihre innere Uhr oder der Ruf zum Beten; vielmehr rang sie nach Luft und sie verspürte Angst. Ihr Herz schlug heftig, sie setzte sich auf und sah sich rasch im Zimmer um. Durch einen Spalt im Vorhang fiel ein Lichtstrahl, und da ihre Augen an die Dunkelheit gewöhnt waren, konnte sie rasch den ganzen Raum erfassen. Sie sah nichts Ungewöhnliches. Sie schlüpfte aus dem Bett und vergewisserte sich, dass die Tür abgeschlossen und verriegelt war. Dann ging sie zum Waschbecken und trank ein paar Schlucke Wasser. Sie versuchte, sich zu erinnern, was sie geträumt hatte. Alles, was sie noch wusste, war ein Gefühl zu ertrinken, ohne dass Wasser da gewesen wäre, und die daraus entstandene Panik, keine Luft zu kriegen.

Hana ging wieder ins Bett und schaltete das Licht an, um ihre Gebetszeit zu halten. Fünf Minuten später spürte sie, dass sie fast einschlief. Sie stand auf und ging im Raum hin und her, während sie betete. Aber bald wurde die Müdigkeit zu groß, und sie legte sich hin und schlief ein.

✡

Jakob saß an einem Tisch im Innenhof des Hotels und aß ein Frühstück aus Obst, Joghurt, Käse, Hering und Ölsardinen, die ein großes Büfett bot. Er war seit drei Uhr morgens wach gewesen, hatte sich in seinen Bürocomputer eingeloggt und E-Mails beantwortet. Fisch zum Frühstück war für ihn eine neue Option, aber sie schmeckte ihm. Bisher war in Israel alles gut.

Er aß eine Sardine, als Hana herauskam. Sie trug einen langen dunklen Rock, der ihr bis auf die Sandalen ging, und ein schlichtes dunkelblaues Top. Er winkte, und sie kam an seinen Tisch.

»Dieses Frühstück ist fantastisch«, sagte Jakob.

»Ich werde mit Kaffee starten«, erwiderte Hana. »Ich habe nicht gut geschlafen.« Sie ging zum Büfett und kam mit einem großen Becher schwarzem Kaffee zurück.

»Warum konntest du nicht schlafen?«

»Es war wieder mal so eine Nacht, in der ich todmüde bin, aber Schlaf nicht die Lösung zu sein scheint. Außerdem habe ich schlecht geträumt.«

Jakob wartete. Hana trank einen Schluck Kaffee und wechselte das Thema. »Hast du schon entschieden, was du heute Vormittag tun willst?«, fragte sie.

»Ich will zum Hurva Square.«

»Ja, das ist logisch«, sagte Hana. »Ich war beim letzten Mal schon dort. Ich kenne den Platz zwar von früher, aber diesmal war es anders, weil ich alles unter dem Aspekt des Neumann-Falls betrachtet habe.«

»Das habe ich mir auch gedacht. Was erwartest du von dem Treffen mit diesem Nabil?«

»Schwer zu sagen. Aber Daud hätte es nicht arrangiert, wenn er nicht überzeugt wäre, dass es die Zeit wert ist.«

»Wirst du auch Fragen stellen?«

Hana schüttelte den Kopf. »Nicht direkt. Es würde nicht zu meiner Rolle als Assistentin passen. Wenn mir etwas einfällt, werde ich darum bitten, eine Pause zu machen. Das wird Daud signalisieren, dass er mich in einem anderen Teil des Hauses oder Ladens für einen kurzen Austausch treffen soll.«

»Ich glaube ja, unser Ermittler benutzt dich als attraktive Ablenkung.«

»Kann schon sein. Aber Daud wird gut auf mich achtgeben.«

Jakob aß einen Happen von dem würzigen Käse. »Noch irgendwelche Hinweise oder Vorschläge für mich?«

»Treib dich nicht in dunklen Gassen herum.«

Eine Hupe ertönte. Durch den Durchgang vom Hof zur Rezeption konnten sie Dauds Wagen sehen.

»Ich weiß, wir sind wegen einer Tragödie hier«, sagte Hana. »Aber Jerusalem ist auch voller positiver Überraschungen.«

Kapitel 32

Daud öffnete die Beifahrertür für Hana.

»Tolles Outfit«, sagte er auf Arabisch. »Ich hab dir ein bisschen Jibneh Baida und frische Oliven mitgebracht.«

Auf der Mittelkonsole des Wagens stand eine kleine Schale mit gebackenem Ziegenkäse in einem Kranz frischer grüner Oliven. Hana nahm einen Bissen. »Mmh, gut. Wer hat das gemacht?«

»Dass ich es war, glaubst du wohl nicht?«

»Hast du etwa irgendwo hinter deinem schicken Wohnblock eine Ziege angebunden?«

»Nein. Ich habe einer Nachbarin erzählt, dass du kommst, und sie bestand darauf, dass ich dir ihren Käse mitbringe.«

»Sag ihr meinen Dank.«

»Vielleicht kannst du das selbst tun, wenn wir demnächst in meine Wohnung fahren.«

»Ja, das würde ich gern.«

Sie fuhren schweigend weiter und Daud steuerte sicher durch die Straßen Jerusalems mit ihrem dichten morgendlichen Pendelverkehr.

Vor den großen Hotels standen die Busse Schlange und warteten darauf, dass die Touristen für das Tagesprogramm auftauchten.

»Wir wechseln die Nummernschilder, sobald wir durch den Checkpoint sind«, bemerkte Daud. »Brauchst du noch irgendetwas, solange wir noch diesseits der Sperranlagen sind?«

»Sollte ich einen Notizblock haben?«

David wies auf den Rücksitz. »Alles dabei. Nabil möchte vielleicht nicht, dass du schreibst, während er redet. Deine Hauptaufgabe besteht darin, ihn anzulächeln.«

»Das hat Jakob auch schon vermutet«, erwiderte Hana. »Du musst mich nicht daran erinnern, wie man mich ansehen wird.«

»Keine Sorge. Nabil wird sich darauf konzentrieren, warum wir wirklich da sind. Ich möchte, dass du gut zuhörst und dir klar wirst, was du davon hältst.« Daud hielt an einer roten Ampel. »Was hat Jakob heute vor?«

»Er will zum Hurva Square und vielleicht zur Kotel.«

Daud antwortete nicht. Stattdessen griff er zum Handy und wählte eine Nummer. Jemand antwortete, und Daud sprach auf Arabisch im Eiltempo mit ihm. »Folge Brodsky, wo er auch hingeht, sobald er das Hotel verlässt, und finde heraus, ob er beobachtet wird. Ich weiß, er will zum Hurva Square und zur Westmauer. Falls ihm jemand folgt, mach Fotos, aber greif nicht ein, es sei denn, es besteht echte Gefahr. Wenn was passiert, bring ihn einfach in Sicherheit. Bye.«

Hana riss die Augen auf. »Wer war das?«

»Jemand, der gelegentlich für mich arbeitet. Falls Jakob das Ziel von Terroristen ist, wäre das ein großer Durchbruch.«

»Wieso?«

»Weil uns das zu Leuten führen könnte, die nicht möchten, dass ihre Verbindung zu den Zadan-Brüdern ans Licht kommt.«

✡

Jakob beendete ein gemächliches Frühstück. Er machte ein Foto vom Innenhof und schickte es Emily mit einer kurzen Beschreibung des Hotels. Sie reagierte nicht. Dann ging er in sein Zimmer und arbeitete für eine knappe Stunde. Er wusste, dass er sich während seiner Abwesenheit gut durchschlagen konnte, und hatte keine Abwesenheitsnotiz auf seinem E-Mail-Konto eingestellt. Dann loggte er sich aus, ging nach unten und fragte an der Rezeption, ob er ein Taxi oder lieber einen privaten Fahrdienst nehmen sollte.

»Ich habe drei Cousins, die Taxi fahren«, sagte der Portier. »Sie kennen die besten Routen und können Sie zu den wichtigsten Sehenswürdigkeiten bringen, wenn Sie sie für einen Tag mieten.«

»Ich möchte nur zum Hurva Square und von dort zu Fuß zur Klagemauer«, antwortete Jakob.

»Es gibt so viel mehr zu sehen, und meine Cousins bringen Sie an Orte, die Touristen normalerweise nicht zu sehen kriegen.« Der Mann griff unter die Theke. »Ich habe einen Prospekt mit verschiedenen Angeboten ...«

»Lassen wir es fürs Erste beim Hurva Square.«

»Okay.« Der Portier zuckte die Achseln. »Sie fahren nur Mercedes-Benz, Sie werden die Fahrt also genießen.«

Nach kaum zwei Minuten fuhr ein in die Jahre gekommener weißer Mercedes vor dem Hotel vor und hielt.

»Das ist Wahid«, sagte der Portier. »Er ist der Allerbeste.«

Wahid öffnete die hintere Wagentür für Jakob, während sein Cousin ihm Anweisungen zubellte, die deutlich mehr zu umfassen schienen als die Bitte um eine Fahrt zum Hurva Square.

»Hurva Square?«, fragte Jakob, sobald der Fahrer hinter dem Steuer saß.

»Klar.« Der Mann klang mehr nach New York als nach Jerusalem. »Ich kann Sie nicht direkt zum Hurva Square fahren, aber ich bringe Sie so nah wie möglich hin.«

»Sind Sie Amerikaner?«, fragte Jakob.

»Ausländer mit Aufenthaltsgenehmigung und Greencard«, antwortete der Mann. »Ich bin in Nablus geboren und habe einen jordanischen Pass, aber wir zogen nach Queens, als ich noch ein Kind war. Hier oder dort, ich fahre Taxi, um die Brötchen zu verdienen.«

Wahids Fahrstil weckte in Jakob Erinnerungen an Emily, so gewagt schlängelte er sich durch die kurvenreichen Straßen.

»Was hat Ihr Cousin Ihnen gesagt?«, fragte Jakob.

»Es war eine Einladung zum Essen bei meinem Onkel am nächsten Wochenende. Er möchte, dass meine Frau den Nachtisch mitbringt.«

Jakob entspannte sich. Wahid fuhr an den Rand und hielt. Er reichte Jakob seine Karte und wies eine ansteigende Straße hinauf.

»Hurva Square liegt fünf Minuten Fußweg von hier in Richtung des alten jüdischen Viertels. Dort können Sie der Ausschilderung zur Westmauer folgen. Schicken Sie mir eine Nachricht oder rufen Sie an, dann hole ich Sie ab, wenn Sie später noch eine Fahrt brauchen. Sie können jetzt zahlen, oder wir schreiben es im Hotel an und Sie zahlen ganz am Schluss.«

Jakob fühlte sich mit Wahid wohl. »Anschreiben«, sagte er. »Ich bin für eine Woche hier.«

»Hat Rafi versucht, Ihnen ganze Tagestouren zu verkaufen?«

»Ja.«

»Ignorieren Sie ihn. Rufen Sie mich direkt an. Er kriegt trotzdem seinen Anteil, ohne den Ärger zu haben. Ich sage ihm immer, er ist viel zu aggressiv für die meisten Amerikaner, aber er ist eben von der alten Schule.«

Jakob stieg aus dem Taxi und betrat ein Gewirr von engen Gassen ohne Autos, aber voller Fußgänger. Nur gelegentlich kam ein kleines Gefährt vorbei. Blaue Schilder an den Hauswänden wiesen die Straßennamen aus. Er kam an einem Geldautomaten in einer Mauer aus Jerusalemer Sandstein vorbei und erreichte den Hurva Square. Der kleine offene Platz maß kaum hundert Meter im Durchmesser. An der Westseite befand sich die Hurva-Synagoge, die nach ihrer Zerstörung durch arabische Legionstruppen im Jahr 1948 erst kürzlich wiedererrichtet worden war.

Jakob ging über das Pflaster zu dem Eis- und Snackkiosk. Zwei junge Familien mit Kindern saßen im Schatten eines einsamen Baumes und aßen Eis. Drei junge israelische IDF-Soldatinnen lungerten in der Nähe herum. Jakob sah sich um, konnte aber nichts Bedrohliches entdecken, nur Menschen, die auf der anderen Seite des Platzes an Schaufenstern vorbeigingen oder sie betrachteten. Er entdeckte die Überwachungskamera, die höchstwahrscheinlich die Bilder von dem Angriff auf Gloria und Sadie Neumann aufgenommen hatte, und bewegte sich weiter im

Aufnahmebereich der Kamera, bis er an der Stelle stand, wo Abdul Zadan sein Messer gezogen hatte. Das Blut auf den Steinen war zwar längst weggewaschen, aber der Ruf nach Gerechtigkeit blieb bestehen. Jakob bemerkte, dass er unangenehm nah bei einer der Familien stand, und ging weiter.

Er drehte langsam eine Runde um den Platz, sodass er sich jedes Detail einprägen konnte. Sollte er jemals die Gelegenheit haben, den Fall Neumann vor den Geschworenen vorzutragen, wollte er sie auf den Hurva Square mitnehmen, und zwar nicht nur in einem körnigen Schwarz-Weiß-Video, sondern mithilfe einer anschaulichen Schilderung. Eine Gruppe junger Ultraorthodoxer betrat den Platz und überquerte ihn zielstrebig. Jakob vermutete, sie waren auf dem Weg zur Westmauer, und folgte ihnen.

✡

Am Checkpoint wurden Daud und Hana durchgewunken. Zwei arabische Israelis mit israelischen Pässen in einem teuren Landrover verlangten nicht nach gründlicher Kontrolle. Daud fuhr noch ein paar Hundert Meter weiter, bog in eine Nebenstraße ab und hielt. Hana wartete, bis er das palästinensische Kennzeichen montiert hatte.

»Jetzt sehe ich aus wie ein erfolgreicher Geschäftsmann aus Ramallah«, sagte er, als er aus der Seitenstraße wieder auf die Hauptroute einbog.

»Bist du schon mal dabei erwischt worden?«, fragte Hana.

»Wenn du meinst von Jungs, die auf der Straße spielen, dann ja. Ansonsten nicht.«

Sie fuhren nordwärts Richtung Ramallah, das etwa fünfzehn Kilometer von Jerusalem entfernt war.

»Wo treffen wir Nabil?«, fragte Hana.

»Nicht in Deir Dibwan. Das ist zu klein. Nabil hat einen Tabakladen in Ramallah, und dort möchte er uns treffen.«

»Einen Hookahshop?«, vermutete Hana.

»Ja«, nickte Daud. »Aber reden werden wir in seinem Büro. Der Shop ist für Frauen tabu.«

Hana nickte. »Könnten wir durch Deir Dibwan fahren?«

»Vielleicht auf dem Rückweg. Es gibt da nicht viel zu sehen, und ich möchte nicht zu viel Aufmerksamkeit erregen.« Daud sah sie an. »Du hast schon jede Menge solcher Dörfer gesehen.«

Hana sah aus dem Fenster. Manche arabischen Dörfer in der Westbank hatten wirtschaftlich zu kämpfen. Andere blühten auf. Ramallah, der Hauptsitz der palästinensischen Autonomiebehörde, boomte durch Wachstum und Weiterentwicklung.

»Hier ist ja wahnsinnig viel gebaut worden, seit ich vor ein paar Jahren zum letzten Mal da war«, sagte Hana, als sie die Stadt erreichten.

»Ja, mit Euros und Dollars«, erwiderte Daud. »Zumindest landet ein Teil der Hilfsgelder nicht auf Schweizer Bankkonten korrupter Politiker. Nabils Laden ist in der Nähe des Hauptplatzes in einem älteren Gebäude, das einmal zu einem Kloster gehört hat.«

»Als mein Urgroßvater in den Zwanzigerjahren hierherkam, waren über 90 Prozent der Bevölkerung Christen«, sagte Hana. »Damals war Ramallah eine christliche Stadt. Und heute? Noch zwanzig Prozent?«

»Oder weniger. Viele sind nach Amerika gegangen wie du.«

»Ich bin nicht für immer dort.« Hana richtete den Blick auf Daud.

Sie passierten den Schulkomplex einer Mädchenschule, die im 19. Jahrhundert von den Quäkern gegründet worden war. Jetzt war sie koedukativ und verfügte über einen großen modernen Campus.

»In der Highschool hatten wir einen Diskussionswettbewerb mit Mädchen von der Quäkerschule«, sagte Hana.

»Hast du gewonnen?«, fragte Daud. »Sei nicht zu bescheiden.«

»Ich habe gewonnen und verloren. Sie hatten eine Menge kluger Schülerinnen.«

Daud bog in eine Straße ein, die direkt ins Stadtzentrum führte. Sie erreichten ein Viertel, in dem es noch viele Kirchen aus dem 19. Jahrhundert gab.

»Wir sind fast da.« Daud bog in eine enge Straße mit Läden auf beiden Seiten ein und hielt. »Von hier aus laufen wir besser.«

Daud griff auf den Rücksitz und reichte Hana eine schlichte Baumwolltasche. »Hier, deine Ausstattung«, sagte er.

»Nicht gerade mein Stil«, sagte Hana und hielt die Tasche hoch.

Daud grinste. »Heute schon.«

Hana sah nach, was drin war. Als sie den ganzen Inhalt erfasst hatte, riss sie die Augen auf. Langsam nahm sie eine Jericho-Pistole heraus.

»Wolltest du, dass ich die habe?«, fragte sie.

»Nein.« Daud nahm sie ihr ab und steckte sie ins Handschuhfach. »Und einen Fehler wie diesen mache ich nur selten. Wir lassen sie hier. Wenn ich gedacht hätte, wir könnten in Gefahr geraten, hätte ich dich nicht mitgenommen.«

Nebeneinander gingen sie den engen Gehweg entlang. Ramallah hatte einen gemischten religiösen Hintergrund und war daher liberaler als die meisten Orte und Städte in der Westbank. Manche Frauen waren westlich gekleidet, ein paar in traditionelle islamische Burkas gehüllt. Hana hatte einen rotgoldenen Schal über den Kopf gelegt. Sie bogen um eine Ecke und hatten den Tabakladen erreicht.

»Komm mit rein, aber bleib an der Tür stehen«, sagte Daud, als sie eintraten.

Der schummrig beleuchtete Laden war erfüllt vom scharfen Duft aromatisierten Tabaks. Das stärkste und beliebteste Aroma war Pfefferminz. Hana roch auch einen Hauch Apfelduft. Obwohl es noch früh am Morgen war, waren schon fünf oder sechs Hookahs in Gebrauch. In der verrauchten Atmosphäre wollte Hana sich nicht stundenlang aufhalten, aber sie war auch nicht unangenehm. Sie blieb nah an der Tür im Schatten, aber sie wusste, dass ihr Erscheinen Aufmerksamkeit erregte. Daud sprach mit einem Mann, der in dem Laden arbeitete. Nach wenigen Minuten kam er zu ihr.

»Nabil ist nicht da«, sagte er. Die Frustration war ihm anzuhören. »Ich habe den Termin mit ihm bestätigt, nachdem ich dein Hotel verlassen hatte. Aber der Mann, der den Laden hier managt, hat nichts von ihm gehört oder gesehen, seit sie gestern Abend geschlossen haben. Er hat Nabil angerufen und geweckt. Er sagt, er wird bald hier sein.«

»Was tun wir jetzt?«, fragte Hana.

»Woanders warten und hoffen, dass er auftaucht. Hier können wir jedenfalls nicht bleiben.«

Sie kehrten zu Dauds Wagen zurück. Sobald sie hinter den getönten Scheiben saßen, schnupperte Hana an ihrem Schal. Schon nach kurzer Zeit hatte der Stoff den Duft von rauchiger Minze angenommen.

»Vielleicht ist es so am besten«, sagte Daud. »Wenn ich Nabil auf der Straße sehe, bitte ich ihn, uns hier im Wagen zu treffen. So ist auch die Gefahr geringer, dass uns jemand sieht.«

»Wo hast du dich denn vorher mit ihm getroffen?«

»Im Laden. Ich habe ihm eine seiner teuersten Hookahs abgekauft. Der Preis kommt auf meine Spesenrechnung an die Kanzlei.«

»Und die Hookah nehme ich mit in die USA.«

»Auf deinem Schoß«, sagte Daud lächelnd. »Dein Chef kann sein Büro damit schmücken.«

Die Straße, in der sie standen, war sehr belebt, überwiegend Fußgänger. Hanas Blick folgte den Menschen, die vorbeigingen. »Wohin gehen sie?«, überlegte sie. »Sicher nicht in den Tabakladen, der ist zu klein.«

»Das ist eine Abkürzung zum Obst- und Gemüsemarkt.«

Daud erhielt einen Anruf. Hana hörte den Namen Mahmoud, bevor Daud aus dem Wagen stieg, um das Gespräch ungestört fortzusetzen. Während er redete, ging er vor dem Wagen hin und her. Da Hana jetzt wusste, dass die Straße zum Markt führte, fiel ihr auch auf, dass viele Menschen Körbe mit Obst oder Gemüse trugen. Daud steckte das Handy in die Hemdtasche und ging rasch die Straße hinunter, bis sie ihn nicht mehr sah. Sie vergewisserte sich, dass die Autotüren verschlossen waren.

Es vergingen etliche Minuten, bis Daud wieder erschien, in Begleitung eines großen Mannes um die sechzig. Die beiden Männer näherten sich dem Wagen, und Hana hörte, wie die Schlösser klickten. Daud öffnete die Beifahrertür.

»Jemila«, sagte er. »Bitte erlaube Mr Abbas, auf dem Vordersitz Platz zu nehmen.«

Hana stieg aus und setzte sich auf die Rückbank. Nabil schien sie gar nicht zur Kenntnis zu nehmen. Die beiden Männer stiegen vorn ein.

»Wie gefällt dir deine Hubbly-Bubbly?«, fragte Nabil und gebrauchte den örtlichen Ausdruck für eine Hookah.

»Es ist die Einzige, die ich benutze«, erwiderte Daud. »Die anderen taugen nichts. Willst du mir meine alten Wasserpfeifen nicht abkaufen? Ich würde sie billig abgeben.«

»Sie werden auch billig sein müssen.«

»Nächstes Mal bringe ich sie mit.« Daud warf einen Blick auf seine Uhr. »Ich weiß, du bist ein viel beschäftigter Mann. Hast du etwas herausgefunden, das mir helfen könnte, mein Geld von der Familie Zadan zurückzubekommen? Ja, Tawfik ist jung, aber er hätte meinen Mandanten nicht betrügen sollen.«

»Er ist wie sein Vater, Großvater und alle, die vor ihm kamen«, erwiderte Nabil. »Tawfiks Vater hat meinen Bruder in einem Orangengroßhandelsgeschäft betrogen und ihm die ganzen Schulden hinterlassen. Sie sind alle Lügner, Betrüger und Dummköpfe, die sich von Juden töten lassen. Aus unserer Familie ist niemand als Trauergast in ihr Zelt gegangen.«

»Woher bekommt Tawfik sein Geld? Du hast gesagt, er fährt ein dickes Auto und hat immer Bargeld in der Tasche.«

»Und jedes Mal ein anderes«, erwiderte Nabil. »Vielleicht least er sie. Ich weiß nicht. Aber das Geld ist echt. Das Problem ist, ihn mal anzutreffen, wenn er nicht von Verwandten oder einflussreichen Freunden umgeben ist.«

»Was für Freunde?«

»Nein«, sagte Nabil und schüttelte den Kopf. »Ich werde über Tawfik reden, aber nicht über sie.«

»Wenn ich nichts über sie weiß, wie kann ich ihnen aus dem Weg gehen?«

»Alles, was du wissen musst, ist, dass sie Waffen tragen, wie sie sonst keiner hat. Keine selbst gebauten Carlo-Spielzeuge, die in einer Garage in Azzun zusammengebastelt wurden. Sie haben Kalaschnikows und sogar neue Versionen der amerikanischen M16.«

»Hast du diese Waffen gesehen? Vor allem die M16er?«

»Nein, nein. Aber ich kenne Leute, die haben sie gesehen. Diese Leute warten nur auf ihren Moment, um einen Schlag zu landen. Für Allah. Ich meine, sie sind Dummköpfe.«

»Und Tawfik ist einer von ihnen?«

»Vielleicht«, sagte Nabil und hob eine Schulter. »Er war schon immer ein Faulpelz. Aber Abdul gehörte zu dieser Gruppe, bevor er zum Märtyrer wurde.«

Daud schwieg einen Moment. Hana hätte gern eine Frage gestellt, aber sie wusste, dass sie schweigen musste.

»Wann wäre die beste Zeit und der beste Ort, um Tawfik allein mit einer Menge Geld in der Tasche zu erwischen?«, fragte Daud.

Nabil senkte die Stimme. »Das habe ich herauszufinden versucht, seit du bei mir im Laden warst. Tawfik hat eine neue Freundin in Nablus. Jede Woche nach dem Freitagsgebet isst er mit ihrer Familie. Er ist nicht religiös, aber sie glauben, er ist es, weil diese Sache in Al-Quds passiert ist und die Amerikanerin von Abdul getötet wurde.« Nabil schwieg kurz. »Wenn du ihn allein zu fassen kriegst, wird er seine Taschen leeren. Er wird Geld haben, denn er trifft sich mit seinem Mädchen.«

»Was meinst du, wie viel könnte ich kriegen?«

»Meine Verwandten in Deir Dibwan sagen, er prahlt damit, dass er immer drei- bis viertausend Schekel in der Tasche hat.«

»Er schuldet meinem Mandanten viel mehr als das.«

»Und er hat eine Rolex. Die habe ich mit meinen eigenen Augen gesehen. Und eine dicke Goldkette. Keine dünne. Ich glaube, die trägt er, wenn er sein Mädchen trifft. Er will vor ihr angeben.«

Daud nickte. »Okay.«

Nabil drehte sich zur Seite, und Hana konnte sein Gesicht sehen. Er hatte buschige schwarze Augenbrauen und ein eckiges Kinn.

»Ich wünschte, ich könnte dabei sein, um zu sehen, wie ein Zadan sich krümmt«, sagte Nabil. »Aber auch dann wäre es keine gerechte Rache, weil ich sie nicht selbst ausführe.«

»Adoptier mich«, erwiderte Daud. »Ich könnte dann als dein Sohn an deiner Stelle handeln.«

Nabil strich über die lederbezogene Armstütze des teuren Fahrzeugs. »Du brauchst keinen armen Vater wie mich.«

Kapitel 33

Jakob folgte der Gruppe der Ultraorthodoxen. Hinter einer Straßenecke fand er sich am oberen Ende einer langen Steintreppe wieder, von wo man die gesamte Westmauer sehen konnte. Selbst aus ein paar Hundert Metern Entfernung waren die enormen Steinquader nicht zu verkennen, die die Stützmauer für die riesige Plattform bildeten, auf der Herodes der Große einst den Tempel neu errichtet hatte.

Es war kein jüdischer Feiertag; weder der Vorplatz noch der Bereich direkt an der Klagemauer waren überfüllt. Kleine Gruppen und einzelne Gläubige schlenderten umher. Der Platz vor der rechten Seite der Mauer war für Frauen reserviert. Jakob konnte sehen, dass der Zugang zu den besten Plätzen eindeutig den Männern vorbehalten war. Er stieg die Stufen hinunter, kam am Eingang einer Jeschiwa, einer Talmudschule, vorbei und erreichte den Sicherheitscheckpoint. Er passierte einen Metalldetektor unter den wachsamen Blicken männlicher und weiblicher Sicherheitsposten. Mit einer Kippa aus Pappe auf dem Kopf, die er aus einem großen Korb am Eingang genommen hatte, ging er langsam über das leicht abschüssige Pflaster hinab bis zum heiligsten Ort des Judentums.

Ultraorthodoxe Männer jeden Alters standen an der Mauer, versunken ins Gebet oder in die Lektüre von Büchern. Manche wiegten Kopf und Oberkörper vor und zurück. Jakob schloss sich einer Touristengruppe an und hörte der Fremdenführerin zu, die die Geschichte der Mauer erklärte. Sie wies auf den größten Stein, der zu sehen war, ein Quader von gut dreizehn Meter Länge mit einem Gewicht von mehr als 500 Tonnen. Archäologen glaubten, dass es im Inneren der Mauer noch größere Steinblöcke gab.

Jakob verließ die Gruppe. Zwischen den Fugen der Mauersteine entdeckte er kleine Zettel – Gebete, die so nah wie möglich beim Allmächtigen hinterlegt worden waren. Ein paarmal im Jahr wurden die Gebetszettel entfernt und auf dem jüdischen Friedhof verbrannt, der sich über den Hang des Kidrontals neben der Altstadt erstreckte.

Jakob war so weit gereist – jetzt wollte er nichts verpassen, was dieser besondere Ort zu bieten hatte. Er hatte kein Papier bei sich und wusste nicht genau, was für ein Gebet er in die Tempelmauer stecken sollte. Er streckte die Hand aus und berührte den Stein vor sich. Die Kühle des Steins kroch ihm in die Finger. Jakob sah sich um, und schließlich hörte er eine Stimme, die seine Aufmerksamkeit fesselte. Ein paar Meter hinter ihm betete jemand auf Russisch. Jakob blickte über die Schulter und sah einen schlanken Touristen, etwa so alt wie er selbst, mit kurzem braunem Haar, in Bluejeans und weißem Hemd. Wie Jakob trug er eine Papierkippa. Er hatte die Augen geschlossen und betete in normaler Lautstärke zu Jesus Christus. Jakob wollte diesen persönlichen spirituellen Moment nicht belauschen und ging beiseite. Aber dann hörte er etwas, das ihn erstarren ließ.

»Himmlischer Vater«, sagte der Mann, »höre meine Bitte an diesem heiligen Ort. Sprich zu den russischen Juden und offenbare ihnen die gute Nachricht, dass Jesus Christus ihr Messias ist. Sprich zu ihnen in Russland; sprich zu ihnen in Israel, sprich zu ihnen, wo immer sie sind; sprich so zu ihnen, dass sie die Wahrheit erkennen und befreit werden. Lass sie glauben und deinen Segen empfangen!«

Jakob stellten sich die Nackenhaare auf. Der Mann schwieg jetzt. Jakob wollte weitergehen, aber seine Füße waren wie festgewurzelt auf dem Steinpflaster. Der Mann betete weiter, diesmal in einer Sprache, die Jakob nicht erkannte. Dann wechselte er wieder ins Russische.

»Himmlischer Vater, ich bete darum, dass russische Juden, die jetzt hier an diesem Ort sind, zum Glauben finden, dass Jesus Christus ihr Erlöser ist. Vielleicht ringen sie mit dir, wie Jakob es getan hat, als du ihm den Namen Israel gabst. Aber sie werden aus diesem Ringen mit dir so verwandelt herausgehen, dass auch sie einen neuen Namen tragen werden.«

Bei der Erwähnung seines biblischen Namensgenossen wandte Jakob sich um und sah den jungen Mann direkt an. Dieser hielt die Augen geschlossen und sprach wieder in der Sprache, die Jakob nicht verstand. Aber er hatte genug gehört, um das Anliegen des Mannes zu begreifen. Vorsichtig ging er an ihm vorbei, fort von der Mauer. Alle paar Schritte drehte er sich um. Der Mann stand immer noch am selben Platz, die Augen geschlossen.

Nachdem er seine Kippa in einen großen Korb gelegt hatte, verließ Jakob die Plaza und stieg die Steinstufen hinauf, die ins jüdische Viertel führten. Oben drehte er sich noch einmal um und fand die Stelle an der Mauer, an der er gerade gestanden hatte. Der Mann, der auf Russisch gebetet hatte, war nicht mehr da. Jakob suchte sorgfältig den ganzen Platz ab, doch er konnte keinen Mann entdecken, der Bluejeans und ein weißes Hemd trug.

Auf seinem Weg durch das jüdische Viertel fühlte Jakob sich irgendwie anders, aber er hätte nicht sagen können, was anders war. Er erreichte den Hurva Square und setzte sich gegenüber dem Kiosk auf eine Steinbank. Diesmal kehrten seine Gedanken nicht zu dem Video des Angriffs auf Gloria und Sadie Neumann zurück. Stattdessen beobachtete er die Menschen, die vorbeigingen. Die meisten waren Juden. Jakob war auch in New York City schon in jüdischer Gesellschaft gewesen, aber er hatte nie eine besondere Verbindung zu anderen Juden empfunden, die über die Tatsache hinausging, dass sie alle Vertreter der menschlichen Spezies waren. Er kannte ein paar Fakten der jüdischen Geschichte, aber sie hatten keine tiefere persönliche Bedeutung für ihn.

Heute war es anders. Während sein Blick den jüdischen Männern und Frauen folgte, die über den Platz gingen, wuchs etwas in ihm. Zuerst war er sich nicht sicher, was es zu bedeuten hatte. Dann ging es ihm plötzlich auf: Er gehörte zu ihnen, und sie gehörten zu ihm. Und mit dieser Erkenntnis öffnete sich in ihm eine Schleuse - nicht von Stolz auf sein Volk, sondern eines Bewusstseins all der Trauer und Erfolge, der Tragik und der Größe, des Schmerzes und der Verfolgung sowie der Leistungen und der Vorurteile, die das jüdische Volk seit Tausenden von Jahren erlebte. Viele waren daran zerbrochen oder gestorben, andere hatten ein gutes Leben gehabt. Und jetzt war das in der Heimat der Vorfahren möglich. Er betrachtete die uralten Steine von Jerusalem und sah sie plötzlich in einem neuen Licht - als Grundsteine seiner eigenen Identität.

✡

»Warum hast du ihn nicht nach dem Namen der Gruppe gefragt, zu der Abdul Zadan gehörte?«, fragte Hana, sobald sie wieder im Wagen saßen. »Er wusste mehr, als er gesagt hat. Das könnte uns den großen Durchbruch bringen, den wir für unseren Fall brauchen.«

»Glaubst du, ich hätte nicht auch daran gedacht?« Daud war gereizt. »Aber er hatte mir schon mehr gesagt, als er eigentlich wollte. Ich wollte ihn nicht misstrauisch machen, was meine wahren Absichten betrifft. Gespräche dieser Art sind wie ein Tanz, kein Kampf.«

»Okay«, seufzte Hana. »Ich will ja nicht nörgeln. Du warst fantastisch. Das Gespräch verlief glatt, und deine Idee zum Schluss mit der Adoption war brillant. Sie öffnet die Tür zu weiteren Gesprächen.«

»Danke«, sagte Daud. »Red ruhig weiter.«

»Nein, das war's von mir«, erwiderte Hana. »Vergiss nicht: Hochmut kommt vor dem Fall.«

Daud startete den Motor und fuhr los. »Hat dir dein Deckname für diese Operation gefallen?«, fragte er, als sie im dichten Verkehr zum Stehen kamen.

»Viele aus meiner Familie hießen Jemila«, antwortete Hana.

»Jemila heißt ›die Schöne‹. Waren sie so schön wie du?«

Hana verdrehte die Augen. »Ein Gespräch mit dir ist auch wie ein Tanz, egal, ob es nun eine Vernehmung oder etwas Persönliches ist.«

»Das gefällt mir«, sagte Daud und warf einen Blick auf seine Uhr. »Wir hätten noch Zeit für einen Abstecher nach Deir Dibwan, wenn du willst. Es sind nur ein paar Kilometer.«

»Dann fahr los.«

Sie brauchen keine halbe Stunde, um das Städtchen mit etwas mehr als sechstausend Einwohnern zu erreichen. Zwischen den Häusern, die über die hügelige Landschaft verstreut waren, standen uralte Olivenbäume.

»Das Dorf ist schon sehr alt«, sagte Daud, als sie die Hauptstraße verließen. »Aber wie man sieht, gibt es auch viele neuere Häuser.«

»Und große«, sagte Hana, als sie an mehrstöckigen Gebäuden mit flachen Dächern vorbeifuhren. »Ich nehme an, viele hier arbeiten in Ramallah.«

»Der Zadan-Clan ist vermögend«, sagte Daud. »Nabil ist der Meinung, dass sie Lügner und Betrüger sind. Aber es gibt bei ihnen auch Leute, die hart gearbeitet haben, um zu erreichen, was sie jetzt haben.«

Die Geschichte war Hana vertraut. Menschen, die sich vom fundamentalistischen Islam angezogen fühlten, kamen nicht aus den unteren Schichten, sondern aus Kreisen, die wohlhabend genug waren, um den Kindern eine Ausbildung bieten zu können. Die Lehrer streuten die Saat aus, die in radikalen Terrorakten Früchte trug. Viele sahen darin das höchste und beste Glaubensbekenntnis.

Sie näherten sich einem weitläufigen Grundstück, auf dem ein großes neues Haus stand. An einigen Stellen lugten rote Bougainvillea-Blüten über die Mauer, mit der das Haus umgeben war.

Daud hielt auf der anderen Straßenseite an. Vor dem Haus parkte ein neuer BMW.

»Das ist das Grundstück der Zadans«, sagte Daud. »Ich habe mir das Abrissvideo des alten Gebäudes im Internet angesehen. Der Neubau hier wurde mit Geld finanziert, das die palästinensische Autonomiebehörde in Ländern, wie zum Beispiel Katar, sammelt. Er ist viel größer und luxuriöser als das alte Haus.«

Das Metalltor in der Mauer öffnete sich, und ein junger Mann um die zwanzig kam heraus. Er warf einen Blick auf den Landrover, bevor er eine Sonnenbrille herauszog und aufsetzte.

»Das ist Tawfik!«, rief Hana und rutschte in ihrem Sitz etwas tiefer.

»Keine Sorge«, sagte Daud ruhig. »Die Scheiben sind für jeden blickdicht, der mehr als einen Meter entfernt ist.«

»Was ist, wenn er rüberkommt? Komm, fahr los.«

»Nein«, sagte Daud ungerührt. »Ich werde mit ihm reden.«

Bevor Hana protestieren konnte, öffnete Daud die Fahrertür. Er ging vor den Landrover und hob die Hand. Tawfik blieb stehen und sah in seine Richtung. Daud überquerte die Straße und redete mit dem jungen Mann. Tawfik war gut gekleidet; wie es schien, trug er ein Seidenhemd und maßgeschneiderte Hosen. Er hörte Daud ein paar Augenblicke zu und deutete dann nach links. Daud holte seine Brieftasche heraus und reichte Tawfik seine Karte. Die beiden Männer verabschiedeten sich mit Handschlag. Dann stieg Tawfik in seinen BMW und verschwand.

»Warum hast du ihm deine Karte gegeben?«, wollte Hana wissen, als Daud zurück war. »Das erscheint mir unnötig riskant.«

Daud zog seine Brieftasche heraus und reichte ihr ebenfalls eine Karte. »Fadi Wazir, East/West Trading Company, Ramallah«, las Hana. Darunter stand eine Adresse in Ramallah und eine Handynummer.

»Eine Scheinfirma, die ich benutze, wenn ich Kontakte in der Westbank knüpfe«, sagte Daud.

»Und die hast du Nabil auch gegeben?«

»Nein, für ihn habe ich eine andere Adresse in Ostjerusalem. Nach allem, was Nabil erzählt hat, vermute ich, dass Tawfik für eine Terrorgruppe Geld wäscht. Wie sollte ein Zwanzigjähriger ohne Job sonst einen BMW fahren und ein Hemd tragen, das 500 Schekel kostet? Ich hab ihm gesagt, ich suche das Haus eines wohlhabenden Mannes, der in dieser Straße wohnt. Er hat gefragt, was ich so mache, und ich habe gesagt, ich vertreibe Software, die von Hackern in Israel benutzt wird. Da wurde er hellhörig und bat um meine Karte. Wenn er diese Nummer anruft, wird das auf meinem Handy unter dem Namen der Scheinfirma angezeigt und ich weiß, worum es geht und wie ich reagieren muss.«

»Was, wenn er mit dir ins Geschäft kommen will?«

»Dann gehe ich darauf ein. Normalerweise versende ich Muster, die nicht alles Notwendige enthalten. Der Schin Bet weiß davon und steht dahinter. Später kann ich mich damit herausreden, dass mein Lieferant entweder das Geschäft aufgegeben hat oder nicht in großen Mengen liefern kann. Ein paarmal habe ich auch ein komplettes Produkt geliefert, das es dem Verkäufer erlaubt, durch die Hintertür auf den Nutzer zuzugreifen.«

»Wer ist der Verkäufer?«

»Eine private Firma mit regierungsamtlicher Genehmigung. Sie wurde gegründet, um mich zu schützen, während ich für das Gemeinwohl arbeite. Mehr kann ich dir nicht sagen.«

Hana schwirrte der Kopf. »Du arbeitest direkt mit dem Inlandsgeheimdienst?«

»Wie sagen die Amerikaner?«, antwortete Daud mit einem Lächeln. »Das kann ich weder bestätigen noch dementieren.«

Hanas Vermutung, es gäbe irgendeine Verbindung zwischen Daud und den israelischen Sicherheitskräften, war also richtig gewesen. Sie wusste, dass sie nicht weiter nachforschen sollte.

Daud fuhr fort: »Ich habe mit Tawfik gesprochen, weil hier wirklich der Durchbruch liegen könnte. Wenn er eine Bestellung aufgibt, könnte uns das zu Informationen über die Terrorgruppe führen, in der sein Bruder war.«

Hana nickte. »Stimmt. Was ist mit der Idee, nach Nablus zu fahren und ihn zu erwischen, wenn er seine Freundin besucht?«

»Ich hatte nicht die Absicht, irgendwas zu tun, wobei ich entweder verhaftet oder zusammengeschlagen werden könnte. Wenn ich Tawfik in Nablus getroffen hätte, dann mit dem Ziel, dieselbe Information zu kriegen, die wir gerade bekommen haben.«

»Das würde Nabil nicht gefallen.«

»Er würde nie davon erfahren.«

Daud startete den Wagen und fuhr los. »Kommen wir an dem Haus des Mannes vorbei, nach dem du Tawfik gefragt hast?«, fragte Hana.

»Nein.«

»Woher wusstest du von ihm?«, fragte Hana.

»Ich war schon ein paarmal in Deir Dibwan, bevor du mich zum ersten Mal angerufen hast«, erwiderte Daud. »Das ist kein gänzlich neues Terrain.«

Kapitel 34

Wahid holte Jakob ab und brachte ihn zurück ins Hotel. »Irgendwelche Pläne für Unternehmungen heute Nachmittag oder Abend?«, fragte der Taxifahrer.

»Nein«, erwiderte Jakob.

»Falls Sie mich brauchen, ich bin bis zehn Uhr abends hier«, sagte Wahid.

»Danke«, sagte Jakob und stieg aus. »Und Sie sagen Ihrem Cousin, dass wir die Fahrten anschreiben, ja?«

»Ist schon passiert.«

Jakob ging in sein Zimmer und begutachtete sich selbst im Badezimmerspiegel. Er hatte immer gedacht, er sehe irgendwie russisch aus, obwohl man kaum verallgemeinern konnte. Eine gute Seite an Amerika war die Vielfalt seiner Bewohner.

Jakob saß mit lang ausgestreckten Beinen und einem Kissen im Rücken auf seinem Bett und wartete darauf, dass sein Laptop hochfuhr. Er hatte nichts zu Mittag gegessen und steckte sich eine Handvoll gerösteter Erdnüsse in den Mund. Dann schrieb er Hana eine Nachricht mit der

Frage, wann sie zurück sein würden, aber er erhielt keine Empfangsbestätigung.

Als es an der Tür klopfte, stand er auf und sah durch den Spion. Ein kräftig gebauter Mann etwa seines Alters in gelbem Hemd, schwarzhaarig und mit Schnurrbart, stand vor der Tür. Jakob öffnete.

»Mein Name ist Ensanullah«, sagte der Mann auf Englisch mit starkem Akzent. »Daud Hasan schickt mich. Ich soll Sie zu ihm bringen.«

»Daud hat nichts davon gesagt, dass er einen Fahrer schicken wollte, als er heute Morgen wegfuhr.«

»Er wurde in der Westbank länger aufgehalten, als er gedacht hatte.«

Der Mann zog sein Handy aus der Tasche und zeigte ihm eine Nachricht in Arabisch.

»Das kann ich nicht lesen«, sagte Jakob.

»Sorry, falsche Nachricht«, antwortete der Mann.

Er tippte ein bisschen auf dem Handy herum und gab es Jakob wieder:

Hol Jakob Brodsky in seinem Hotel in der Deutschen Kolonie ab und bring ihn in meine Wohnung. Daud

»Nein«, sagte Jakob und gab das Handy zurück. »Ich muss zuerst mit Daud sprechen.«

Der Mann zuckte die Achseln. »Okay. Aber ich habe Sie den ganzen Tag beobachtet, seit Sie vor ein paar Stunden das Hotel verlassen haben und in den Taxi-Mercedes gestiegen sind, der Sie zum Hurva Square gebracht hat. Danach waren Sie an der Kotel und dann wieder auf dem Hurva Square. Daud hat mich gebeten, Sie im Blick zu behalten, ob Ihnen jemand folgt. Ich bin ... wie sagen Sie? ... Ihr Schutzengel?«

Jakobs Skepsis blieb. In seiner Vorstellung hatten Engel keine dicken schwarzen Schnurrbärte. »Rufen Sie Daud an«, sagte er.

Der Mann reichte ihm wieder sein Handy. Es läutete ein paarmal, dann antwortete eine Männerstimme auf Arabisch.

»Daud?«, fragte Jakob.

»Ja, ich bin es«, antwortete der Ermittler. »Hana und ich werden dich in meiner Wohnung in Beit Hanina treffen. Ensanullah wird dich hinfahren. Wenn du vor uns da bist, wird er dir aufschließen, und du kannst auf uns warten. Bedien dich an allem, was da ist – Kaffee, Wein, Bier, Essen.«

»Hast du dem Mann gesagt, er soll mich beschatten?«

»Ja. Er war dein Sicherheitsposten, aber er hat nichts Verdächtiges gesehen.«

»Okay«, sagte Jakob erleichtert. »Ich war nicht sicher, ob ich ihm trauen konnte.«

»Doch, kannst du. Er arbeitet für mich und ist ein Profi.«

Jakob legte auf und gab das Handy zurück. »Ich hole nur noch meine Brieftasche und meinen Laptop.«

Eine Minute später stiegen sie die Treppe in den Innenhof hinunter. Als sie an der Rezeption vorbeikamen, stürmte Wahids Cousin heraus. »Was ist los?«, wollte er wissen. »Hat Wahid Sie beleidigt? Er sollte es besser wissen.«

Jakob schüttelte den Kopf und antwortete: »Nein, nein. Dies ist ein Geschäftspartner. Wahid ist ein fantastischer Fahrer.«

Sie erreichten Ensanullahs Auto, ein kleiner Kompaktwagen, und stiegen ein.

»Wahid ist kein fantastischer Fahrer«, sagte Ensanullah. »Zweimal hat er einen Strafzettel riskiert, als er Sie durch die Altstadt fuhr. Ich dachte, er hat gemerkt, dass ich ihm folgte, und wollte mich abhängen. Aber Daud hatte mir gesagt, dass Sie zum Hurva Square wollten, und dort habe ich Sie dann auch gefunden.«

Jakob antwortete nicht. Schweigend fuhren sie in den Ostteil der Stadt. Nachdem sie abgebogen waren, sah Jakob sich plötzlich einer Barriere aus Beton gegenüber, die manche Stadtteile teilten.

»Wo sind wir?«, fragte Jakob.

»In Beit Hanina. Auf dieser Seite der Barriere liegt Al-Jadida, das neue Dorf,« erklärte Ensanullah. »Auf der anderen Seite befindet sich Al-Balad, das alte Dorf. Meine Großeltern sind dort aufgewachsen, aber jetzt leben sie hier.«

Jakob suchte im Gesicht des Fahrers nach Anzeichen irgendeiner Gefühlsregung, konnte aber nichts entdecken. »Hat der Umzug ihnen etwas ausgemacht?«, fragte er.

»Mein Großvater hat in der jordanischen Armee als Panzerkommandant gekämpft und wurde im Krieg von 1967 am Bein und in der Brust verwundet. Das geschah nicht weit von hier, als die Israelis diesen Teil der Stadt einnahmen. Was meinen Sie, wie sollte ich mich deswegen fühlen? Meine Großeltern haben eine moderne Wohnung mit Klimaanlage, aber es ist nicht der Ort, wo meine Vorfahren lebten.«

»Wurden sie gezwungen, umzuziehen?«

»Nein«, antwortete Ensanullah. »Das Leben auf der israelischen Seite ist besser für ihr Bankkonto. Mein Großvater hat viele Jahre für die Jerusalemer Versorgungsunternehmen gearbeitet, bevor er in Rente ging. Jetzt, wo er in Al-Jadida wohnt, ist es für ihn einfacher, freitags in die Al-Aksa-Moschee zu gehen.«

Während des Tages hatte Jakob schon einige Male den Gebetsruf gehört, der von den Minaretten überall in der Stadt ertönte. An der Westmauer war er besonders laut gewesen, denn die Al-Aksa-Moschee lag ganz in der Nähe. Die Reiseleiterin hatte ihrer Gruppe erklärt, dass der Felsendom ein Heiligtum sei und keine reguläre Moschee wie die Al-Aksa, die an dem Ort steht, an dem Mohammed nach dem Glauben der Muslime eines Nachts betete, nachdem er auf seinem Pferd Buraq auf wundersame Weise durch den Himmel von Mekka nach Jerusalem gelangt war.

Jakob stellte Ensanullah weitere Fragen nach seiner Familie, und der Fahrer wurde immer gesprächiger. Sie kamen an dem Wohnblock vorbei, in dem seine Großeltern wohnten. Ensanullah hielt kurz an und wies auf einen Balkon im zweiten Stock, der voller Blumentöpfe stand.

»Das ist ihre Wohnung. Meine Großmutter hat, wie Sie sagen, einen grünen Daumen.«

Ein paar Straßen weiter erreichten sie ein Viertel mit modernen Wohnblocks und schließlich eine kleine Anhöhe. Ensanullah hielt vor einem vierstöckigen Gebäude. Dauds Landrover war nirgends zu sehen.

»Dauds Wohnung ist Nr. 410 in der obersten Etage«, sagte er. »Hier ist der Schlüssel. Es gibt keinen Aufzug, Sie müssen die Treppe nehmen. Der Code, um in das Gebäude zu kommen, ist 311.«

»Sie kommen nicht mit?«, fragte Jakob.

»Nein. Ich besuche noch meine Großeltern und fahre dann nach Hause.«

»Vielen Dank, dass Sie heute für mich wachsam waren«, sagte Jakob.

»Daud bezahlt gut«, sagte Ensanullah mit einem leichten Lächeln. »Trinkgeld ist nicht nötig.«

Jakob lachte. Ensanullah schwieg einen Moment. »Sie sind ein netter amerikanischer Jude«, sagte er dann. »Ziehen Sie nicht nach Israel, es wird Ihnen hier nicht gefallen. Bleiben Sie in den USA.«

»Das habe ich vor.«

✡

Einen Kilometer vor dem Kalandia-Checkpoint für die Wiedereinreise nach Israel hielt Daud in einer Seitenstraße und wechselte die Nummernschilder an seinem Wagen.

»Hast du schon mal vergessen, die Schilder zu tauschen?«, fragte Hana, als er wieder hinter dem Steuer saß.

»Nein. Ich weiß nur zu gut, welche Probleme ich kriege, wenn die Kennzeichen nicht mit der Registrierung des Fahrzeugs übereinstimmen.«

Daud reichte einer jungen Grenzsoldatin ein Dokument. Sie entfernte sich, um zu telefonieren.

»Was steht da drauf?«, fragte Hana.

»Es ist die schriftliche Erlaubnis, dass wir das Gesetz brechen und nach Ramallah fahren dürfen. Auf diese Weise können wir die Wahrheit sagen, falls man uns befragt.«

In beiden Richtungen standen die Menschen Schlange - zu Fuß und in Autos, Bussen und Taxis.

»Machen sie diese Anrufe jedes Mal?«, fragte Hana.

»Immer, wenn ich von hier zurückfahre nach Jerusalem.«

»Fahren Sie«, sagte die junge Frau in grüner Uniform, als sie mit dem Dokument zurückkam.

Beit Hanina lag nicht weit entfernt vom Checkpoint. Hana nahm ihr Handy aus der Tasche und schickte Jakob eine Nachricht, wo sie gerade waren. Er antwortete umgehend:

Ich sitze mit einem Bier auf dem Balkon und genieße die Aussicht.

Sie las Daud die Nachricht vor.

»Ich habe ihm gesagt, er solle sich ganz zu Hause fühlen«, erwiderte er. »Ein Bier werde ich deiner Kanzlei nicht in Rechnung stellen, aber zwei wären da schon etwas anderes.«

Daud fuhr auf den für ihn reservierten Parkplatz hinter dem Gebäude. »Gibt es irgendetwas, von dem du nicht möchtest, dass Jakob es erfährt?«, fragte er. »Oder sollte ich besser fragen, von dem dein Chef nicht möchte, dass er es erfährt?«

»Ich werde keine Spielchen mit ihm spielen«, erwiderte Hana. »Es wäre zu schwierig, sich nicht später zu verheddern.«

»Okay. Aber bitte vergiss nicht: Sag nichts von meiner Verbindung zur Schin Bet. Du kannst erwähnen, dass ich Zugriff auf ausgeklügelte Software habe, die auf dem Schwarzmarkt hoch im Kurs steht.«

Als sie in der Wohnung waren, war Hana noch tiefer beeindruckt von Dauds Sinn für Stil als bei ihrer virtuellen Tour per Skype. Im Wohnbereich gab es ein cremefarbiges Ledersofa und einige stilvolle Lampen. Durch die Glaswand konnte sie Jakob auf dem Balkon sehen, der nach Süden Richtung Jerusalem hinausging. Auf dieser Seite der Wohnung blickte man auf eine kleine Baumgruppe und einen gepflegten Garten mit einem großen Brunnen in der Mitte. In dem trockenen Klima überlebten nur Pflanzen, die gut gegossen wurden. Hana trat zu Jakob auf den Balkon.

»Privatermittler zu sein, ist in Israel der Beruf der Wahl«, sagte Jakob, als Hana erschien.

»Das hier ist vermutlich die schickste Wohnung im Haus«, sagte Hana. »Komm nach drinnen, damit wir reden können.«

Im Wohnzimmer gesellte sich Daud zu ihnen. Er stellte eine Schale mit frisch geschältem Obst auf die Glasplatte des Tisches. Hana entschuldigte sich für einen Moment. Als sie zurückkam, war Daud schon dabei, Jakob von seinem Gespräch mit Nabil in Ramallah zu berichten. In Dauds etwas geschraubtem Englisch klang die Begegnung etwas weniger farbig, als sie gewesen war.

»Willst du nach Nablus fahren, um Tawfik abzupassen?«, fragte Jakob.

»Nein, ich muss nicht nach Nablus, wenn ich ihn finden will«, erwiderte Daud. »Wir sind durch Deir Dibwan gefahren, und ich habe dort mit ihm gesprochen.«

»Was?!«, brach es aus Jakob heraus.

»Hana, erzähl du es ihm. Ich esse erst mal ein Stück Obst.«

Hana übernahm es, von Dauds Begegnung mit Tawfik vor dem Familiensitz der Zadans zu berichten, wobei sie Dauds Verbindung zur Schin Bet nicht erwähnte.

»Das ist bombastisch«, kommentierte Jakob.

»Das hoffe ich«, sagte Hana.

»Wie hat es sich angefühlt, Tawfik persönlich zu sehen?«, fragte Jakob sie.

Hana wurde bewusst, dass alles sich so rasch abgespielt hatte, dass sie die Begegnung bisher nur oberflächlich abgespeichert hatte. »Ich habe gar nichts empfunden«, sagte sie. »Ich war völlig darauf konzentriert, was Daud wohl vorhatte.«

»Und ich hoffte inständig, dass keiner von Tawfiks Freunden auftauchen würde, die Nabil erwähnt hatte«, ergänzte Daud. »Sie wären viel misstrauischer gewesen als er. Ich glaube, Tawfik ist mehr an dem interessiert, was man mit Geld kaufen kann, als an der fundamentalistischen Ideologie.«

»Hoffen wir, dass es so ist«, sagte Jakob. »Wie willst du weiter vorgehen?«

»Darüber möchte ich mit dir und Hana reden«, sagte Daud und nahm einen Schluck Mineralwasser. »Ich denke, ich sollte mindestens einen Tag warten, bevor ich Tawfik anrufe, falls er nicht von sich aus Kontakt aufnimmt. Ich möchte nicht übereifrig wirken.«

»Einverstanden«, sagte Hana. »Hast du ihm für die Software einen Preis genannt?«

»Ja. Die Hälfte von dem, was seine Organisation dafür kriegt, wenn sie die Sachen an kriminelle Banden oder andere fundamentalistische Gruppen verkauft.«

»Was kann diese Software?«, wollte Jakob wissen.

»Sie macht aus einem Hackernovizen einen Hackerexperten.«

»Ist das eine gute Idee?«, fragte Jakob mit großen Augen.

»Ja. Außerdem enthält sie Bugs, die den guten Jungs erlauben, mitzukriegen, was die bösen Jungs grade tun.«

Jetzt war Hana an der Reihe, überrascht zu reagieren. Daud war kurz davor, zu viel zu verraten, sodass Jakob leicht auf seine Verbindungen zum israelischen Sicherheitsdienst kommen könnte.

»Klingt riskant«, meinte Jakob. »Was, wenn sie die Bugs entdecken?«

»Risiko ist mein Geschäft«, sagte Daud achselzuckend. »Morgen sollten wir meinen Freund besuchen, der damals Zugang zu den Computern hatte, die man bei den Zadans beschlagnahmt hat. Zusammen mit dem, was Nadil uns erzählt hat, könnten wir vielleicht ein weiteres Puzzleteil entdecken.«

»Das ist eine gute Umschreibung«, sagte Hana. »Klang sehr amerikanisch.«

»Mhm«, machte Jakob. »Daud würde perfekt in die USA passen, solange er nicht für die CIA oder das FBI arbeitet.«

Daud antwortete nicht. Hana betrachtete ihn belustigt.

»Der nächste Punkt auf unserer Tagesordnung«, sagte Daud, »besteht darin, zu entscheiden, wo wir zu Abend essen. Ich denke, wir sollten in ein gutes arabisches Restaurant gehen. Ensanullah wird euch ins Hotel zurückfahren, und ich hole euch um sieben dort ab.«

»Ensanullah ist weg«, sagte Jakob. »Er sagte, er wolle seine Großeltern besuchen.«

»Großeltern?« Daud runzelte die Stirn. »Das ist eigentlich nicht vorgesehen, wenn ich ihn für einen ganzen Tag anheuere. Ich kann ein Taxi rufen ...«

»Ich kümmere mich drum«, sagte Jakob. »Ich hab einen Taxifahrer kennengelernt, mit dem ich gern wieder fahren würde.«

Kapitel 35

Jakob und Hana saßen schweigend auf dem Rücksitz von Wahids Mercedes. Jakob nahm an, dass Hana über Dinge nachdachte, über die sie in Gegenwart von Wahid nicht sprechen konnten.

»Leben Sie auch in Atlanta?« Der Fahrer sah Hana im Rückspiegel an und richtete die Frage an sie.

»Ja. Aber ich komme aus Reineh bei Nazareth. Dort bin ich aufgewachsen.«

»Reineh kenne ich«, erwiderte Wahid. »Letzte Woche hatte ich eine Fahrt dahin, von Tel Aviv aus. Es war ein Typ aus Kalifornien, der dort geschäftlich mit einer Firma zu tun hatte, die Bewässerungssysteme herstellt.«

»Wahrscheinlich hat er meinen Vater oder einen meiner Onkel getroffen«, antwortete Hana.

»Die Welt ist klein, was?«, sagte Wahid. »Was bringt Sie beide nach Jerusalem? Ein wichtiger Prozess?«

»Wir untersuchen nur ein paar Dinge für einen Mandanten«, sagte

Jakob. »Aber wie Sie wissen, nutze ich den Großteil meiner Zeit für touristische Unternehmungen.«

»Mag sein. Aber es gibt nicht viele amerikanische Touristen, die nach Beit Hanina gehen«, entgegnete Wahid.

Hana warf Jakob einen Blick zu und schüttelte leicht den Kopf. Den Rest der Fahrt verbrachten sie schweigend. Nachdem Wahid sie am Hotel abgesetzt hatte, setzten sie sich an einen der Tische im Innenhof, der um diese Zeit menschenleer war.

»Ich dachte, es wäre keine gute Idee, Daud vor dem Fahrer zu erwähnen«, sagte Hana.

»Ich bin ja nicht blöd«, sagte Jakob und presste eine Hand an die Schläfe. »Und wenn ich Kopfschmerzen kriege, erinnert mich das immer daran, dass ich vorsichtig sein muss.«

»Hast du jetzt Kopfschmerzen?

»Nein. Vielleicht bekommt mir die Luft hier.«

Hana schwieg einen Moment. »Hast du irgendwas von deiner Fahrerin in Atlanta gehört?«

»Nicht, seit sie mir versichert hat, dass sie nicht verfolgt wurde, als sie vom Flughafen wegfuhr.«

»Okay«, sagte Hana. »Keine Nachricht ist wahrscheinlich eine gute Nachricht. Hast du irgendwelche Fragen zu dem, was Daud heute in Ramallah und Deir Dibwan erreicht hat?«

»Fragst du das, weil du bereit bist, zuzugeben, dass deine persönliche Beziehung zu Daud es dir schwer macht, objektiv zu sein?«

»Eigentlich nicht. Ich habe Daud als Ermittler eingestellt, und das ist es, was er tut. Aber dass ich heute in Ramallah dabei war, hat überhaupt keinen Unterschied gemacht. Ich hätte ebenso gut hierbleiben und mit dir zum Hurva Square und zur Kotel gehen können.«

»Nur dass du möglichst jede Minute, die du mit Daud verbringen kannst, auch nutzen möchtest«, erwiderte Jakob mit einem Grinsen. »Hey, ich finde, er macht seinen Job gut. Keine Fragen oder Bedenken meinerseits.«

»Von mir auch nicht«, sagte Hana und stand auf.

»Weißt du, was wir jetzt noch machen sollten, bevor es an der Ostküste zu spät wird?«, fragte Jakob.

»Was?«

»Ben Neumann anrufen und ihm ein Update geben. Ich habe ihm versprochen, dass ich mich regelmäßig bei ihm melde.«

»Du hast recht.«

»Wir können in meinem Zimmer skypen.«

Als sie Jakobs Zimmer erreichten, kniete er sich vor der Tür hin.

»Was machst du da?«, fragte Hana.

Jakob stand auf und zeigte ihr einen winzigen braunen Papierfetzen. »Den hab ich unter die Tür geschoben, damit ich feststellen kann, ob in der Zwischenzeit jemand im Zimmer war.«

»Na ja, der Zimmerservice vermutlich.«

»Ich habe gewartet, bis das Zimmer gemacht war.«

»Hast du das im Kino gesehen?«, fragte Hana skeptisch.

»Ja, oft. Es funktioniert immer.«

Hana setzte sich auf einen Stuhl am Fenster, während Jakob die Verbindung zu Ben aufbaute. Es klingelte ein paarmal, dann kam Ben ins Bild. Jakob stellte den Laptop so, dass sein Mandant sie beide sehen konnte.

»Wie geht es Sadie?«, fragte Hana.

»Sie stellt mir tausend Fragen über Ihre Reise. Gibt es eine Möglichkeit, ihr ein paar Bilder zu schicken? Sie will wissen, wo Sie sind und was Sie machen. Vor allem will sie Fotos von Ihren Nichten und von Ihrer Cousine Fabia sehen.«

»Falls ich dahin komme, dann erst gegen Ende unseres Aufenthalts hier«, antwortete Hana. »Jetzt wollen wir Ihnen von heute erzählen.«

Während sie ihm ihren Bericht gab, konnte Hana wechselnde Emotionen in seinem Gesichtsausdruck lesen. Die tiefste Bewegung kam, als sie erzählte, dass sie Tawfik Zadan gesehen hatten.

»Und Sie sind sicher, dass er es war?«, fragte Ben.

»Ja. Daud hat mit ihm gesprochen.«

Ben presste die Lippen ein wenig fester zusammen.

»Daud möchte so vorgehen, dass er Tawfik zum Schein ein Geschäft vorschlägt. Auf diese Weise hofft er, mehr über die Gruppe herauszukriegen, für die Tawfik arbeitet«, erläuterte Hana. »Es könnte dieselbe Organisation sein, die hinter dem Angriff auf Ihre Familie steht.«

Ben atmete tief durch. »Ich bin nicht sicher, ob ich mit einem von diesen Leuten in einem Raum sein könnte.«

»Bis dahin ist es noch ein langer Weg«, erwiderte Hana. »Bisher ist es ja immer noch die Tat eines Einzeltäters.«

»Das ist noch nicht alles«, schaltete Jakob sich ein und berichtete Ben von ihrem Gespräch beim gestrigen Abendessen.

»Die Sache mit den Computerdaten klingt vielversprechend«, sagte Ben.

»Ja«, stimmte Jakob ihm zu und warf Hana einen Blick zu. »Aber wenn man belastendes Material gefunden hätte, frage ich mich, warum die israelischen Behörden bis jetzt nichts unternommen haben.«

»Sie gehen die Dinge oft mit langem Atem an«, kommentierte Hana. »Sie sind weniger daran interessiert, einen Terrorangriff vor Gericht zu bringen, der schon passiert ist, als vielmehr daran, weitere zu verhindern. Und das gilt ganz besonders dann, wenn der unmittelbare Täter tot ist.«

»Ich verstehe ihren Standpunkt«, sagte Ben und rieb sich die Augen. »Jakob, ich habe heute Morgen einen Anruf von einer gewissen Emily Johnson bekommen. Sie sagte, sie hat Sie in den letzten Wochen herumgefahren. Ich habe sie auf den Anrufbeantworter sprechen lassen und bisher nicht geantwortet, weil ich nicht sicher war, ob Sie wollen, dass ich mit ihr rede.«

»Ich habe keine Ahnung, warum sie Sie anrufen sollte«, sagte Jakob.

»Haben Sie mit ihr über den Fall gesprochen?«, fragte Hana.

»Nun, sie ahnt wohl, dass es eine Verbindung zwischen dem Überfall und meiner beruflichen Tätigkeit geben könnte, und sie weiß von der Bombe in meinem Auto. Aber ich habe meine Schweigepflicht nicht verletzt, falls Sie das meinen.«

Hana war beunruhigt, beschloss aber, Jakob nicht vor seinem Mandanten zu konfrontieren.

»Sie ist Ex-Polizistin und kommt an Informationen heran, ob man sie ihr nun gibt oder nicht«, fuhr Jakob fort. »Ich vertraue ihr, aber Sie müssen entscheiden, ob Sie mit ihr reden wollen.«

»Schön«, sagte Ben. »Das zu wissen, hilft schon mal. Ich denke darüber nach.«

»Ich bin dagegen«, sagte Hana. »Jakob sollte zuerst erfahren, warum sie angerufen hat.«

»Gute Idee«, sagte Jakob. »Ich schicke ihr eine SMS.«

»Wann höre ich wieder von Ihnen?«, wollte Ben wissen.

»Hoffentlich morgen Abend«, erwiderte Jakob. »Passt es Ihnen, wenn ich um dieselbe Zeit anrufe wie jetzt?«

»Wenn man bedenkt, wie viele Nächte ich nicht schlafen kann, dann ist die Antwort Ja.«

Das Gespräch endete, und Hana wandte sich an Jakob: »Jetzt bin ich an der Reihe zu fragen, ob deine persönliche Beziehung zu jemandem dein Urteilsvermögen beeinträchtigt.«

»Emily? Nicht im Geringsten.«

✡

Sie kamen vom Abendessen in einem Ostjerusalemer Restaurant zurück. Jakob hatte vom Besten probiert, was die örtliche arabische Küche zu bieten hatte. Die meisten Speisen im Nahen Osten haben denselben kulinarischen Ursprung, sie erhalten aber eine einzigartige Note durch das Können eines Kochs, der seine Sache versteht. Hana freute sich über Jakobs Enthusiasmus, sodass sie die ihr vertrauten Geschmacksaromen viel aufmerksamer wahrnahm als sonst.

»Das war köstlich«, sagte Jakob, als Daud vor dem Hotel hielt. »Ich habe nicht gewusst, dass Auberginen so lecker sein können, und die gebackene Kibbeh war fantastisch.«

»Und das Fisch-Shakshuka war das Beste, das ich je gegessen habe«, pflichtete Hana ihm bei.

»So wird es in Alexandria zubereitet«, sagte Daud. »Shakshuka ist nicht einfach ein Eiergericht. Es ist Kochkunst.«

»Wann warst du in Ägypten?«, fragte Jakob. »Kann man als israelischer Staatsbürger überhaupt dorthin reisen?«

»Ja, mit einem Visum schon«, antwortete Daud. »Ich bin dort öfter gewesen, als ich zählen kann. Mein Großvater hat in Port Said gelebt, bevor er in den Negev kam.«

»Wann willst du morgen früh hier sein?«, fragte Hana.

»Um neun«, erwiderte Daud. »Unser erster Termin ist das Gespräch mit meinem Freund, der die Computer des Zadan-Clans ausgewertet hat.«

»Wo treffen wir ihn?«, fragte Hana.

»Ich werde euch die Augen verbinden müssen, wenn ich euch hinbringe«, erwiderte Daud und grinste.

Hana zwang sich zu einem Lächeln, war aber mit seiner Antwort nicht zufrieden. »Ist es bei Tel Aviv?«, hakte sie nach.

»Uri wird mir heute Abend die Details mitteilen, so ist es abgemacht. Das fällt sozusagen in eine Grauzone. Er tut mir einen Gefallen, und irgendwann tue ich ihm einen. Und nachdem wir ihn gesprochen haben, werden wir noch ein paar Leute vom israelischen inneren Sicherheitsdienst treffen, die mit den Ermittlungen im Fall Gloria Neumann zu tun hatten.«

»Müssen wir eine Verschwiegenheitserklärung unterzeichnen?«, wollte Jakob wissen.

Daud warf Hana einen Blick zu. »Erklär mir das bitte.«

Hana tat es rasch auf Arabisch.

»Nein«, sagte Daud zu Jakob. »Aber sie unterstehen nicht der amerikanischen Gerichtsbarkeit.«

»Und das bedeutet, dass sie nur auf freiwilliger Basis mit uns zusammenarbeiten, in jeder Hinsicht«, sagte Hana. »Das ist der Punkt, an dem Sylvia Armstrong und die US-Staatsanwaltschaft mit dem Austausch von Beweismaterial aus offiziellen Quellen helfen könnten.«

»Das ist alles sehr richtig«, sagte Daud und sah auf seine Uhr.

»Zeit für mich, Gute Nacht zu sagen«, sagte Jakob. »Hana, für dich gilt das nicht. Genieß die Reise.«

»Was meint er mit ›genieß die Reise‹?«, fragte Daud, nachdem sich die Tür hinter Jakob geschlossen hatte. »Willst du noch irgendwohin?«

»Nur dahin, wo Gott uns haben will«, erwiderte Hana.

Daud wechselte ins Arabische. »Da sind wir hundertprozentig einer Meinung. Aber deine Stimmung heute Abend kann ich nicht einschätzen. Einerseits schienst du dich gut zu amüsieren. Dann wieder warst du völlig in deine eigenen Gedanken versunken.«

»Es ist schwer für mich, so rasch zwischen Persönlichem und Beruflichem hin- und herzuspringen«, sagte Hana. »Als ich das letzte Mal hier war, haben wir erst die geschäftlichen Dinge besprochen, und dann haben wir versucht, uns besser kennenzulernen. Wenn beides durcheinandergeht, fühle ich mich nicht wohl.«

»Diese Ermittlung ist ein Vorwand, um Zeit mit dir zu verbringen und noch dazu dafür bezahlt zu werden. Ich habe das Beste aus zwei Welten«, sagte Daud augenzwinkernd. »Sieh mal, Anwälte wie Jakob Brodsky und ein amerikanischer Staatsanwalt in New York glauben, dass dieser Fall im Kampf gegen den islamistischen Terror von Bedeutung sein wird. Das mag in Einzelfällen stimmen. Aber du und ich wissen, dass die Probleme in diesem Teil der Welt nicht beseitigt werden, indem man vor Gericht zieht. Nur die Kraft des Evangeliums kann die Dinge auf Dauer verändern. Denn nur durch sie ändern sich die Herzen und Gedanken der Menschen, die daran glauben.«

»Du hast recht«, sagte Hana. »Das sollte ich nicht vergessen.«

»Und bitte lass mich nicht raten, was du denkst und empfindest. Ich mag zwar als Ermittler meine Qualitäten haben, aber ich bin auch nur ein Mann, der versucht, eine Frau zu verstehen.«

»Du machst dich großartig«, sagte Hana lächelnd. »Reden hilft viel.«

»Soll das heißen, du genießt die Reise?«

»Ja, sehr sogar.«

✡

Jakob verließ sein Zimmer, um sich an der Rezeption ein Shampoo zu holen. Ein Blick durch die Eingangstür zeigte ihm, dass Daud unten an der Treppe neben seinem Wagen stand, das Handy am Ohr. Hana war nirgends zu sehen.

»Nein, noch nicht«, sagte der Ermittler plötzlich auf Russisch.

Jakob erstarrte und zog sich in den Schatten zurück.

»Nur auf meine Art kann das funktionieren«, fuhr der Ermittler in derselben Sprache fort. »Es wird alles gut werden. Keine Sorge.«

Daud nahm das Handy vom Ohr, stieg in den Wagen und fuhr weg. Jakob ging an die Rezeption.

»Ich habe verschiedene Shampoos zur Auswahl«, sagte die junge Frau hinter dem Tresen. »Ihr Haar ist kräftig und lockig, ich würde Ihnen dieses hier empfehlen.«

Das Shampoo in der Hand stieg Jakob die Treppe hinauf. Der Ermittler hatte Russisch gesprochen – Russisch mit einem Akzent, der eher in der Ukraine gesprochen wurde als in Moskau. Ganz offensichtlich hatte dieser Mann viele verborgene Talente.

✡

Hana kam aus ihrem Zimmer. Sie war früh aufgestanden und hatte Mr Lowenstein ein detailliertes Memo geschickt, in dem sie die bisherigen Ereignisse in Israel schilderte. In ihrem ersten Entwurf hatte sie betont, dass sie und Daud Jakob nicht mitgenommen hatten nach Ramallah und Deir Dibwan, aber der Satz hatte einen falschen Klang, deshalb änderte sie ihn und berichtete einfach, was sie getan hatten. Jakob saß an einem kleinen Tisch im Hof und trank Kaffee, als Hana herauskam.

»Hat sich deine innere Uhr schon umgestellt?«, fragte sie und setzte sich zu ihm.

»Noch nicht sehr gut. Ich bin schon seit Stunden wach.«

»Ich auch, aber ich habe gearbeitet. Ich habe Mr Lowenstein eine Nachricht geschickt mit Angaben, was bisher passiert ist.«

»Hat er geantwortet?«

»Noch nicht.«

Jakob warf einen Blick über Hanas Schulter, als andere Hotelgäste dicht an ihnen vorbeigingen. Er senkte die Stimme. »Ich habe eine Nachricht von Emily. Sie macht sich Sorgen um Ben und Sadies Sicherheit. Deshalb hat sie ihn angerufen.«

Hana wurde es schwer ums Herz und ihr Frühstücksappetit verging. »Was ist los?«

Jakob fuhr leise fort: »Sie wurde nicht verfolgt, als sie vom Flughafen zurückfuhr. Was sie mir aber damals nicht gesagt hatte, war, dass sie den Spieß umgedreht hat und ihrerseits den Wagen verfolgte, der uns auf der Spur war. Der Fahrer führte sie zu einem heruntergekommenen Wohnkomplex in East Point. Sie blieb ein paar Stunden dort stehen, um zu sehen, wer da kam und ging. Es ging lebhaft zu, und sie hat jede Menge Fotos gemacht.«

Jakob reichte Hana sein Handy. Hana scrollte durch die Fotos. Es gab etliche Aufnahmen von vier orientalisch aussehenden Männern um die dreißig. Zwei von ihnen trugen lange Bärte, wie man es häufig bei Fundamentalisten sah.

»Wo ist die Verbindung zu Ben und Sadie?«, fragte Hana. »East Point liegt ganz am anderen Ende der Stadt und ist weit weg von ihrem Haus.«

»Am nächsten Tag fuhr Emily noch einmal zu diesem Wohnblock. Der Wagen, der uns zum Flughafen gefolgt war, war nicht mehr da, aber ein paar Typen fuhren gerade in einem anderen Fahrzeug weg. Emily folgte ihnen - bis in die Gegend, in der Ben und Sadie wohnen. Weil die Anlage umzäunt ist, parkten die Männer in der Nähe. Als Emily eine Stunde später losfuhr, waren sie immer noch da.«

»Hat sie es der Polizei gemeldet?«

»Noch nicht. Sie hat Detective Freeman angerufen und um verstärkte Polizeipräsenz in dieser Gegend gebeten.«

»Ben möchte die Dinge für Sadie so normal wie möglich halten«, sagte Hana ebenso sehr zu sich selbst wie zu Jakob.

»Für sie beide ist nichts mehr normal, seit sie vor vier Jahren am Hurva Square waren«, bemerkte Jakob.

In Hana stieg Zorn auf - Zorn auf jeden, der ein unschuldiges kleines Mädchen bedrohte. Sie schloss für ein paar Augenblicke die Augen. »Wir müssen das wohl oder übel der Polizei überlassen«, sagte sie und bemühte sich, dass ihre Stimme nicht zitterte.

»Das habe ich Ben auch gesagt, als ich heute Morgen auf seine Mailbox gesprochen habe. Ich habe ihm zugeredet, Emilys Anruf zu erwidern und umgehend Detective Freeman zu informieren.«

»Okay«, seufzte Hana.

»Sollen wir Daud informieren?«

»Ja, erzähl ihm alles auf dem Weg zu unserem Treffen.«

Kapitel 36

Daud holte sie ab, und während der Fahrt fasste Jakob für ihn sein Gespräch mit Emily zusammen.

»Wenn sich in diesem Wohnblock eine Terrorzelle trifft, die von dort aus operiert, dann sollten die amerikanischen Behörden darüber Bescheid wissen«, sagte Daud, als Jakob geendet hatte. »Vielleicht wissen sie es auch schon.«

»Emily wird mit dem Detective sprechen, der die Ermittlungen zum Überfall auf mich leitet. Er hat Kontakte zum Heimatschutz.«

»Lassen wir es dabei«, sagte Daud. »Von hier aus können wir nichts weiter tun außer zu beten.«

»Ja, und zwar sehr intensiv«, sagte Hana. »Ich tue es, seit Jakob mir von der Situation erzählt hat.«

»Ensanullah sagt, dass er gestern der Einzige war, der dir gefolgt ist«, sagte Daud und sah Jakob im Rückspiegel an. »Das sind gute Nachrichten.«

»Wo ist er heute?«, fragte Jakob.

»Er arbeitet nicht mehr für mich. Ich war sauer auf ihn, weil er seinen Posten verlassen hat.«

Heftige Reaktion, dachte Jakob, sagte aber nichts, denn er kannte die Gepflogenheiten nicht, die in der Welt des Ermittlers herrschten. Sie fuhren ein paar Minuten schweigend weiter, dann nahm Daud eine Ausfahrt und verließ die Schnellstraße.

»Fahren wir nach Ra'anana?«, fragte Hana.

»Ja«, bestätigte Daud.

Sie erreichten den Stadtrand einer modernen Stadt, in der etwa fünfundsiebzigtausend Menschen lebten. Bald fuhren sie eine prächtige Einkaufsstraße entlang, die Ahuza Street.

»Schön hier«, kommentierte Jakob von hinten.

»Ja, deshalb wohnen hier auch viele Juden aus Amerika und Europa«, sagte Hana. »Außerdem hat Microsoft hier seinen Hauptsitz in Israel und jede Menge anderer Hightechfirmen auch.«

Daud bog in eine Nebenstraße ab und parkte vor einem glänzenden fünfstöckigen Gebäude. »Uri wohnt hier nicht, aber wir sollen ihn hier treffen«, sagte er. »Nimm deinen Laptop mit, Hana.«

Sie nahmen den Aufzug in den vierten Stock. Statt zu klingeln, schickte Daud eine SMS. Wenige Sekunden später wurde die Tür geöffnet. Vor ihnen stand ein junger Israeli Mitte zwanzig in Shorts, Sandalen und einem schwarzen T-Shirt mit einer Comicfigur auf der Brust.

»Hi, schön, dich zu sehen«, sagte Daud zur Begrüßung, bevor er Hana und Jakob auf Hebräisch vorstellte.

Uri führte sie in eine offene Wohnung, eingerichtet mit Chrom, schwarzem Leder und Glas. Er sprach einige Sätze auf Hebräisch, bis Hana ihn unterbrach. »Bitte Englisch«, sagte sie. »Dann kann Jakob uns auch verstehen.«

»Kein Problem«, erwiderte Uri. »Ich war zwei Jahre in Chicago und habe an der Northwestern University studiert.«

Sie setzten sich in den Wohnbereich mit angrenzender kleiner Küche. Der Glastisch vor ihnen war leer bis auf einen lila Datenstick.

»Hier ist alles drauf, was die Polizei auf den drei Computern der Zadans gefunden hat.«

»Hast du dir das Material angesehen?«, fragte Daud.

»Nein, und ich will es auch nicht. Ich gehe kurz raus und hole mir einen Kaffee und was zu essen, und ihr könnt die Dateien ansehen. Schick mir eine Nachricht, wenn ihr fertig seid.«

Daud begleitete Uri zur Tür, wo sie leise ein paar Worte wechselten. Hana konnte nicht hören, was gesagt wurde. Daud kam zurück. »Wir können die Daten auf deinem Computer öffnen, Hana.«

Hana fuhr den Laptop hoch und steckte den Datenträger ein. »Ich hoffe, es wartet kein Virus auf uns.«

Sie saßen zu dritt nebeneinander auf dem Ledersofa. Der Dateimanager zeigte eine lange Liste an, manche waren in arabischer Schrift benannt.

»Das sind Hieroglyphen für mich«, sagte Jakob und lehnte sich zurück.

»Das sind Daten über Abduls Finanzen«, sagte Hana und öffnete eine Datei.

Es war eine einfache Übersicht, die aber haarklein Auskunft gab über das Einkommen des jungen Mannes und seine Konsumgewohnheiten.

»Er hat in einem Coffeeshop in Ramallah gearbeitet«, sagte Hana und wies auf eine Zahlenreihe. »Hier hat er seine Trinkgelder aufgeführt.«

Abdul hatte sparsam gelebt und jeden Monat einen bestimmten Betrag auf ein anderes Konto überwiesen mit dem Vermerk »Altersvorsorge«.

»Nicht gerade das, was man von einem Terroristen erwartet, der demnächst ein Selbstmordkommando plant«, sagte Hana zu Daud und übersetzte es dann für Jakob.

Sie verfolgten die Auflistung der Trinkgelder bis zum letzten Eintrag, der zwei Tage vor Abduls Tod erfolgt war. Offensichtlich gab es keine größeren Überweisungen aus irgendeiner anderen Quelle.

»Ein ganz normales Leben, bis er und Tawfik nach Jerusalem gingen«, sagte Hana. »Wenn das stimmt, dann hat er aus Überzeugung gehandelt, nicht für Geld.«

Die Dateien waren nach den Computern geordnet, von denen sie stammten. Auf »Computer 101« gab es nichts, was irgendwie auffällig gewesen wäre. Im Gegenteil, banaler konnte es gar nicht sein. Nach dreißig Minuten nahm Hana sich den »Computer 201« vor. Hier fanden sich Videodateien, größtenteils Predigten von einem Imam oder religiösen Führer. Hana stellte den Ton an, und sehr bald hörte sie die Sätze »Tod den Juden« und »Krieg den Ungläubigen« – und das nicht nur einmal.

»Kommt dir irgendeiner der Redner bekannt vor?«, fragte sie Daud.

Er nickte. »Ja, einige. Es sind Ägypter oder Saudis. Die beiden letzten sind aus Gaza.«

Hana öffnete eines dieser Videos. Die Qualität war schlechter als die der anderen und der Ton krächzend. Eine weitere Gruppe von Dateien enthielt Videoaufnahmen vom Familienleben der Zadans. Sie öffneten das eine und andere, und immer wieder sahen sie zahlreiche Männer, Frauen und Kinder, die sich im Haus oder im Freien zum Essen trafen.

»Stopp«, sagte Daud. »Hier, das sind Abdul und Tawfik als Jungen.«

Auf dem eingefrorenen Videoausschnitt waren die Brüder etwa zehn und sechs Jahre alt. Beide hatten einen Fußball in der Hand. Tawfiks Grinsen enthüllte eine Zahnlücke. Hätten sie nicht die islamische Kleidung von Erwachsenen getragen, hätte das Bild auch ein Familientreffen von Hanas Familie in Reineh zeigen können.

»Wie viele Jungs dieses Alters werden so enden wie sie?« Jakobs Überlegung hing im Raum.

»Es wird nicht enden, solange ...«, begann Daud, unterbrach sich dann aber.

Hana wusste, was er dachte, und vermutete, er sprach nicht weiter, weil Jakob ihn nicht verstehen würde. Sie schloss das Video. Sie sahen sich noch ein paar weitere Ausschnitte anderer Filme an, aber es war im Grunde dasselbe. Jakob stand auf und streckte sich.

»Ich brauche eine Pause«, sagte er.

Er verließ den Raum, und Hana lehnte sich im Sofa zurück und rieb sich die Augen.

»Du magst es mir vielleicht nicht sagen, aber was hast du mit Uri an der Tür besprochen?«, fragte sie.

»Uri ist nicht sein richtiger Name«, antwortete Daud auf Arabisch. »Und ich habe ihm gesagt, dass ich finde, du bist die schönste Frau in ganz Israel.«

Hana verdrehte die Augen. »Nichts davon ist wahr«, sagte sie.

»Nein, alles ist wahr.« Daud sah in Richtung Bad, in dem Jakob verschwunden war. »Ich habe ihn gefragt, ob er noch andere Informationen über den Neumann-Mord hat, die uns helfen könnten. In seiner Abteilung gäbe es nichts mehr, hat er gesagt. Die Informationen von den Computern stammen aus einer Ermittlungsakte mit dem Vermerk »Ruht«. Unter anderem deshalb war er bereit, sie uns zu zeigen.«

»Das leuchtet mir ein«, sagte Hana, lehnte sich vor und fuhr mit dem Cursor die Liste der restlichen Dateien entlang.

Als sie zu dem Titel *Essen mit Brüdern* kam, öffnete sie die Datei.

Jakob kam zurück und setzte sich neben Hana aufs Sofa. Im Bad war er zu dem Schluss gekommen, dass sie in der Wohnung einer Frau waren. Kein Mann hätte ein derartiges Arsenal an Pflegeprodukten. Vielleicht war dies die Wohnung von Uris Freundin.

»Sehen wir uns das mal an«, sagte Hana und wies auf den Bildschirm. »Vielleicht sehen wir ein paar Gesichter, die wir identifizieren sollten.«

Die erste Szene zeigte eine Gruppe von Männern um einen Tisch herum. Geleerte Platten, Kaffeetassen und Teller mit Gebäck standen auf dem Tisch.

»Das ist Abdul«, sagte Hana, hielt das Video an und wies auf einen glatt rasierten jungen Mann an einem Ende des Tisches. »Und Tawfik steht hinter ihm. Ihrem Alter nach zu urteilen, muss das kurz vor dem Angriff aufgenommen worden sein.«

»Welches Datum hat die Datei?«, fragte Jakob.

Hana ging zurück zum Dateimanager. »Sechsundzwanzig Tage vor dem Anschlag«, sagte sie.

»Gibt es eine Tonspur?«, wollte Daud wissen. »Sieht so aus, als ob das Essen vorbei ist.«

»Nein, bei dieser Datei nicht. Aber es wurde von einem fixen Standpunkt aus aufgenommen, vielleicht mit einem Stativ. Die Kamera bewegt sich kein bisschen.«

»Spul mal vor, um zu sehen, ob sich was verändert«, sagte Daud.

Hana tat es, ohne dass sich das schnell vorlaufende Bild veränderte. Sie hielt an, als noch weniger als zehn Minuten des Videos verblieben. Zu diesem Zeitpunkt bewegte jemand die Kamera und brachte sie näher an den Tisch heran. Ein großer, hellhäutiger Mann mit sorgfältig gepflegtem Bart und Brille stellte einen Laptop auf den Tisch.

»Stopp!«, sagte Jakob. »Den Mann mit der Brille erkenne ich.«

Hana hielt das Video an, und Jakob berichtete von dem Dschihadisten, der Englisch mit amerikanischem Akzent sprach.

»Du weißt nicht, wie er heißt?«, fragte Daud.

»Nein. Aber er tauchte in mindestens einem Blog auf, in dem Glorias Tod erwähnt wurde. Ich müsste in meinem Computer nachsehen, um Genaueres sagen zu können.«

»Weiter«, sagte Daud zu Hana.

Das Video lief weiter, und die anderen Männer im Raum drängten sich um den Laptop auf dem Tisch. Abdul war da, Tawfik war nicht mehr zu sehen. Der Brillenträger tippte etwas ein, und ein Video startete. Es zeigte einen Betonbau in einer staubigen Umgebung. Vor dem Haus standen sechs schwarz gekleidete Figuren mit Masken und vor der Brust verschränkten Armen, offensichtlich posierten sie für die Kamera.

»Kannst du es vergrößern?«, fragte Jakob.

Hana tippte ein paarmal auf die entsprechende Taste, bis das Bild den ganzen Bildschirm ausfüllt. Sie erstarrte und zeigte auf die Aufnahme. »Das sind noch Kinder«, sagte sie.

»Wie willst du das wissen?«, fragte Jakob.

»Siehst du, wie klein sie im Vergleich zum Auto sind? Das ist ein importierter Kleinwagen aus Polen. Die gibt es in Israel häufig.«

Vier Männer ohne Maske, aber mit auf dem Rücken gefesselten Händen, wurden von anderen Männern, die Masken trugen, vor die Kamera geführt. Den Gefesselten stand die Furcht im Gesicht. Hana stoppte das Video. »Das könnte ein Hinrichtungsvideo sein«, rief sie erschrocken.

»Geh auf den Balkon«, sagte Daud. »Wir finden es heraus.«

Hana verließ den Raum, und Daud ließ das Video weiterlaufen. Die gefesselten Männer wurden ins Haus geführt, dann schloss sich die Tür. Einer der maskierten Erwachsenen redete ein paar Augenblicke lang mit den Jungen, die aufgereiht vor der Eingangstür standen. Ein zweiter Mann reichte einem von ihnen eine Pistole. Jakob schnürte sich die Kehle zusammen. Die Tür wurde geöffnet, und die Jungen kamen herein. Die Bilder auf dem Monitor waren verwackelt, dann hatten wohl die Überwachungskameras im Haus übernommen. Menschen rannten unter den Kameras vorbei. Ein Lichtblitz war zu sehen, Jakob nahm an, es war Gewehrfeuer. Das Video hatte keinen Ton, die Aufnahmen hatten etwas Surreales an sich. Plötzlich schwenkte die Kamera auf einen gefesselten Mann, der in der Ecke eines winzigen Raums kauerte. Zwei maskierte Jungen standen vor ihm und richteten ihre Pistolen auf ihn. Jakob überkam dasselbe Gefühl wie damals, als er das Überwachungsvideo vom Hurva Square gesehen hatte.

»O mein Gott«, stöhnte er.

Einer der beiden maskierten Jungen nahm die Maske ab und übergab sich, dann wischte er sich mit der Hand den Mund ab. Einen Moment lang kam sein Gesicht im Profil ins Bild.

»Das ist Tawfik«, rief Jakob.

Daud hielt das Video an und fror die Szene ein. »Vielleicht«, sagte er. »Das Licht ist zu schwach, um es mit Sicherheit sagen zu können. Es gibt viele Jungs, auf die diese Beschreibung passt.«

»Technische Gesichtserkennung könnte es beweisen«, erwiderte Jakob mit Nachdruck. »Für mich sieht er jedenfalls aus wie Tawfik.«

Das Video lief weiter. Jetzt herrschte Chaos und Durcheinander im Haus. Einem der anderen Gefangenen wurde in den Rücken geschossen, als er einen Gang entlanglief. Ein maskierter Junge kniete einen Moment lang neben dem Körper, stand dann auf und hob triumphierend den Arm in die Luft. Das Video endete mit einer Aufnahme aller maskierten Jungen und erwachsenen Männer vor dem Haus. Das Schicksal der beiden anderen Geiseln blieb im Unklaren, aber für Jakob bestand kein Zweifel, was passiert war. Der hellhäutige Brillenträger klappte den Laptop zu.

Das Video im Raum lief noch weiter. Abdul setzte sich und nahm einen Schluck Kaffee. Hinter ihm stand der hellhäutige Mann und schloss Tawfik in die Arme. Der Gesichtsausdruck des Jungen war nicht zu sehen.

»Das ist es«, sagte Jakob. »Er gratuliert Tawfik.«

Daud knurrte etwas. Dreißig Sekunden später war das Video zu Ende.

»Sehen wir es uns noch einmal an«, sagte Jakob.

Sie ließen das Video bis zu dem Punkt laufen, als die Geisel erschossen wurde und der Junge sich die Maske abnahm. Jakob hielt den Film an. »Ich bin sicher, das ist Tawfik.«

»Möglich ist es«, sagte Daud. »Sicher ist jedenfalls eins. Diese Jungs hinter ihren Masken sind gut trainiert. Sie wissen, was sie in diesem Haus tun sollen. Es ist nicht so chaotisch, wie man denken könnte. Dies ist kein Propagandavideo. Es ist ein Schulungsvideo.«

»Wir sollten Hana holen und sie fragen, ob sie etwas davon sehen will«, sagte Jakob.

»Okay«, stimmte Daud etwas zögerlich zu.

✡

Hana saß auf dem kleinen Balkon und beobachtete die Menschen, die im Café gegenüber ihren Kaffee tranken. Uri war nirgends zu sehen. An einem Platz wie diesem könnte ein Terrorist jederzeit einen Messerangriff oder einen Schusswechsel starten. Hana wusste im tiefsten Inneren, dass das, was die Männer in dem Video dazu trieb, sich um diesen Laptop zu scharen, etwas abgrundtief Finsteres war. Aber sie versuchte, die Hoffnung wachzuhalten, dass sie sich darüber täuschte, was der Film enthielt. Die Tür zum Balkon ging auf.

»Du kannst jetzt reinkommen«, sagte Daud. Sein Gesichtsausdruck spiegelte Ernüchterung.

»Was habt ihr gesehen?«, fragte Hana, als sie ins Wohnzimmer trat.

Daud wandte sich an Jakob. »Erzähl du's ihr.«

Hana setzte sich auf einen Stuhl und hörte zu, was Jakob ihr über das Video im Video berichtete.

»Ich glaube, der Junge, der seine Maske abnimmt, ist Tawfik«, sagte er. »Daud ist sich nicht sicher, aber man könnte das Gesicht analysieren und mit den Aufnahmen vom Hurva Square vergleichen lassen.«

Hanas Herzschlag hatte sich beruhigt, und jetzt setzte ihr analytischer Verstand ein.

»Hätten die Schin-Bet-Leute oder die israelischen Sicherheitskräfte das nicht schon längst getan?«, fragte sie Daud.

»ISIS und andere Gruppen haben etliche solcher Videos veröffentlicht«, erwiderte er. »Ich bin sicher, die sind alle von der Schin Bet oder vom Mossad untersucht worden, um irgendeine Beteiligung von israelischen Staatsbürgern oder Terroristen aus der Westbank oder Gaza nachzuweisen. Wenn das da im Video wirklich Tawfik ist, dann wissen sie es vermutlich, haben aber noch nichts unternommen.«

»Selbst wenn Tawfik in diesem Video zu sehen ist, was hat das für eine Bedeutung für den Fall Neumann?«, fragte Hana. »Wir wissen ja bereits, dass er ein Terrorist ist, weil er dabei war, als sein Bruder Gloria getötet hat.«

»Ich weiß es nicht«, sagte Jakob nach kurzem Schweigen. »Es ist vielleicht nur ein weiteres Teil in dem Puzzle.«

»Es könnte wichtig sein, wer die Männer sind, die in diesem Video zu sehen sind«, sagte Daud. »Vor allem der, den Jakob wiedererkannt hat. Er könnte das Bindeglied zu einer Organisation sein.«

»Du hast recht«, meinte Hana. »Wie können wir rauskriegen, wer er ist?«

»Überlass das mir«, antwortete Daud. »Ich muss Uri erzählen, was wir gefunden haben. Vielleicht will er uns die Dateien dann nicht überlassen.«

»Ich dachte, der Fall ruht?«

»Das stimmt. Aber das heißt nicht, dass du das Material in einem amerikanischen Gerichtssaal präsentieren kannst.«

»Wenn die Gefahr besteht, dass wir das Material nicht behalten können, dann möchte ich die ganze Sequenz noch einmal sehen«, sagte Jakob. »Vielleicht haben wir noch etwas übersehen.«

Hana setzte sich wieder aufs Sofa und öffnete die Datei.

»Bleibst du dabei?«, fragte Jakob sie.

»Ja«, antwortete sie entschlossen. »Wenn ich das Video vom Hurva Square sehen konnte, dann sollte ich dieses wohl auch ansehen.«

Dieses Mal spulten sie nicht vor. Schweigend sahen sie die Aufnahme an, bis der Mann den Laptop auf den Tisch stellte.

»Können wir ein Bild von seinem Gesicht herauskopieren und auf Hanas Laptop speichern?«, fragte Jakob Daud.

Daud überlegte kurz. »Nicht ohne Genehmigung.«

Das Video lief weiter. Hana, die jetzt wusste, was kam, wappnete sich für die Bilder, die sie sehen würde. Die Szene verlagerte sich ins Innere des Hauses, und die Jungen verfolgten die Gefangenen von einem Raum zum anderen.

»Das ist ein Zusammenschnitt«, sagte Jakob. »Das ist Material von allen Kameras, die im Haus installiert sind.«

»Und von einer Körperkamera, die einer der Jungen oder der Erwachsenen trug«, ergänzte Daud. »Es waren Bilder dabei, die sich mit der Person bewegten.«

In diesem Moment kam eine Szene ins Bild, in der ein junger Mann durch eine sich öffnende Tür ging und in einen Gang hineinfeuerte. Dann erreichte das Video die Exekution der einen Geisel durch zwei Jungen in einem kleinen Raum, nicht größer als ein Wandschrank. Hana spürte, wie tiefe Traurigkeit sie durchströmte.

»Hier ist es«, sagte Jakob. »Der Junge links wird gleich seine Maske abnehmen und sich übergeben.«

Hana zwang sich, sich vorzulehnen, um genauer sehen zu können. Die Kamera war hinter dem Jungen, als er die Maske abnahm und sich auf die Füße des Toten übergab. Er hob die Hand vor den Mund und drehte für nur wenige Sekunden den Kopf zur Seite, um seine Maske wieder aufzusetzen. Für Hana sah er aus wie Tausende andere Teenager im Nahen Osten. Sie hielt das Video an und spulte zurück.

Hana fror die Szene ein und versuchte, sich zu erinnern, ob sie an Tawfik irgendein spezifisches Detail wahrgenommen hatte. Die Schwarz-Weiß-Aufnahme war zu undeutlich, um sie zu überzeugen.

»Ich bin nicht sicher, dass es Tawfik ist«, sagte sie.

»Sieh dir Nase und Kinn an.« Jakob wies auf die Stellen im Bild.

»Nicht eindeutig«, sagte sie und wandte sich an Daud.

»Lasst uns wenigstens diesen Ausschnitt abspeichern«, sagte Jakob.

»Nein«, sagte Daud und schüttelte energisch den Kopf. »Wir befinden uns - wie sagt ihr in Englisch - auf unsicherem Eis?«

»Unsicheres Gelände oder dünnes Eis«, erwiderte Hana.

»Beides«, sagte Daud. »Wir müssen sehr vorsichtig sein. Lasst mich meinen Job machen.«

Es war wieder eine Situation, in der Hana Daud vertrauen musste. Sie sah keine andere Möglichkeit. »Okay«, sagte sie und lehnte sich zurück.

Daud nahm den Stick aus Hanas Laptop und steckte ihn in seine Tasche. »Wartet hier. Ich bringe Uri die Dateien zurück«, sagte er zu Hana und Jakob. »Es dauert nur ein paar Minuten.«

Und damit verließ er die Wohnung.

»Wie können wir den hellhäutigen Mann mit der Brille aus dem Video identifizieren?«, fragte Jakob. »Daud hat sicher recht, er ist entweder Europäer oder Amerikaner.«

»Durch Dauds Kontakt zu Sylvia Armstrong«, erwiderte Hana.

»Ich könnte auch Detective Freeman anrufen«, sagte Jakob. »Er hat sicher Zugriff auf den Datenbestand der automatischen Gesichtserkennung, entweder über den Heimatschutz oder über das FBI.«

»Damit könnten wir anfangen«, sagte Hana. »Besonders, da du ihn ja kennst. Ich vermute, ihr Datenbestand ist international.«

»Und vermutlich ist Tawfik dort registriert. Er war schließlich anwesend, als Gloria getötet wurde, eine amerikanische Staatsbürgerin.«

»Aber wir haben das Bild des Jungen, den du für Tawfik hältst, ja nicht gespeichert.«

Jakob sah Hana direkt in die Augen. »Doch, haben wir«, sagte er einfach.

»Wie?« Hana hob die Augenbrauen.

»Ich habe das gesamte Video auf deinem Computer gespeichert, als Daud auf dem Balkon war, um dich zu holen. Ich habe gemerkt, dass die Tatsache, dass wir es gesehen haben, ihn beunruhigt hat. Und ich wollte es nicht verlieren. Wir sind unseren Mandanten verpflichtet, nicht Dauds Kontakten.«

»Warte ...«

»Nicht dass ich glaube, wir sollten andere Interessen ignorieren«, fuhr Jakob fort und sprach jetzt schneller. »Aber ich möchte nicht wegen bürokratischer Einwände die Chance verlieren, einer wichtigen Spur zu folgen. Das Video ist auf deinem Computer, nicht auf meinem. Du bestimmst darüber, was damit passiert. Schließlich arbeitet Daud für uns und nicht umgekehrt. Wenn du nicht gut aufpasst, wird er die Grenzen verwischen.«

Hana erinnerte sich an ihr Gespräch mit Mr Lowenstein und wusste, dass an Jakobs Worten etwas Wahres war. Aber es gehörte nicht zu ihrem Plan, Daud zu hintergehen.

»Das möchte ich Daud nicht antun«, sagte sie.

»Und genau aus diesem Grund wirst du ihm nicht sagen, was ich getan habe, wenn es herauskommt«, erwiderte Jakob mit Nachdruck. »Alles, was wir tun müssen, ist, zu beweisen oder zu widerlegen, dass der Junge in dem Video Tawfik ist, und die anderen Männer am Tisch zu identifizieren. Soweit wir wissen, könnte dies ein Propagandafilm einer Terrororganisation sein, die keinerlei finanzielle Verbindung zu unserem Fall hat.«

»Oder es könnte der Schlüssel sein, den wir zu finden hoffen, seit wir hier sind«, sagte Hana.

»Genau. Zuallererst müssen wir nach ähnlichen Videos im Internet suchen. Das wird mein Job sein, nicht deiner.«

Während sie darauf warteten, dass Daud zurückkam, begann Jakob auf Hanas Laptop mit seiner Suche. Die meisten Exekutionsvideos zeigten Enthauptungen, aber nach zehn Minuten hatte Jakob schon drei Videos von Geiselerschießungen gefunden, in denen die Gefangenen durch Häuser gejagt und erschossen wurden. In einem der Videos waren die mit Sturmgewehren bewaffneten Angreifer noch Kinder. Hana saß in der Küche, während er ihr die Informationen weitergab.

»Diese Menschen sind wahnsinnig«, sagte Jakob.

»So wie die Nazis es waren«, erwiderte Hana.

Die Wohnungstür öffnete sich und Daud trat ein. Er war allein. Jakob schloss den Deckel von Hanas Laptop, um ihn herunterzufahren.

»Was sagt Uri?«, fragte Jakob, bevor Daud irgendetwas sagte.

»Er hat nichts von dem, was auf dem Stick war, gesehen«, entgegnete Daud. »Das gehört auch nicht zu seinem Job. Ich habe ihm von dem Hinrichtungsvideo erzählt, und er wollte wissen, ob es vom IS produziert wurde. Als ich ihm sagte, es gäbe keine Information, die die Quelle identifizieren könnte, wurde er nervös. Er schnappte sich den Stick und sagte, ich solle vergessen, dass er mir geholfen hat. Ich glaube, Uri befürchtet, das Video könnte in Israel gedreht worden sein. Das würde bedeuten, dass die Akte nicht wirklich ›ruht‹, so wie er dachte. Ich glaube allerdings, es wurde irgendwo anders aufgenommen.«

Hana wurde der Mund trocken, und sie befeuchtete sich die Lippen mit der Zunge.

»Und jetzt?«, fragte Jakob Daud.

»Jetzt besuchen wir Aaron Levy«, gab Daud zur Antwort. »Aber überlasst mir das Reden. Und sagt kein Wort von dem, was wir hier gesehen haben. Verstanden?«

Jakob zuckte die Achseln. »Klar.«

»Aaron Levy?«, fragte Hana. »Sylvia Armstrong hat ihn erwähnt. Sie hat ihn angerufen und ihn gebeten, mit uns zusammenzuarbeiten.«

Daud räusperte sich. »Ich kenne Aaron viel besser als sie.«

Kapitel 37

Als sie wieder in Dauds Wagen saßen, sah Jakob auf sein Handy, ob Nachrichten von Emily oder Ben gekommen waren. Es gab nichts, weder SMS noch E-Mails, weder von Ben noch von Emily.

»Wohin geht es jetzt?«, fragte er Daud, während sie von dem Wohnblock wegfuhren.

»Tel Aviv.«

Sie saßen schweigend im Wagen, das Video, das sie gesehen hatten, hatte sie alle frustriert. Ein Schild zeigte noch zwanzig Kilometer bis Tel Aviv an. Die Anzahl der Häuser und Unternehmen entlang der Straße nahm zu. Schließlich verließen sie die Schnellstraße und fuhren ein paar Kilometer durch Gewerbegebiete.

Als sie an einer roten Ampel hielten, fragte Jakob: »Willst du das Video erwähnen?«

»Ich weiß noch nicht«, sagte Daud. »Ich muss Uri schützen. Wir waren zusammen bei der Armee, und ich war beinahe zwei Jahre lang sein Vorgesetzter, bevor er zum Studium nach Chicago ging.«

Jakob nickte. Das erklärte Dauds Entschlossenheit, Uri nicht in Schwierigkeiten zu bringen. Eine gemeinsame Armeezeit - das zählte nun einmal.

Sie fuhren auf den Parkplatz eines unscheinbaren grauen Gebäudes mit drei Stockwerken. Das einzig Ungewöhnliche war ein Wachhäuschen in einer Ecke des Parkplatzes. Zwei Soldaten standen davor.

»Warum gibt es keine Schranke zum Parkplatz?«, fragte Jakob.

»Das ist erst der Anfang«, sagte Daud.

Daud parkte dicht am Wachhäuschen. Weder er noch Hana sagten irgendetwas zu den jungen Soldaten, die sie genau in Augenschein nahmen, sie aber nicht anhielten. Hinter der Eingangstür war ein Sicherheitscheckpoint, der denen in US-amerikanischen Gerichten ähnelte. Daud sprach auf Hebräisch mit dem Mann, der anscheinend das Kommando hatte. Er ließ sie vor den Körperscannern warten, während er telefonierte. Wenig später kam er zurück und ging ihnen voran ins Gebäude.

»Ich war einmal hier, als ich am Flughafen gearbeitet habe«, sagte Hana. »Wir hatten ein Trainingsseminar. Es war im zweiten Stock.«

Sie nahmen den Fahrstuhl in den dritten Stock und betraten einen Gang, in dem sie ein weiterer Sicherheitsoffizier in Zivil empfing. Sie folgten ihm zu einem Büro am Ende des Ganges. Aaron Levy, ein kleiner Mann in den Fünfzigern mit schütterem Haar, begrüßte sie auf Hebräisch und wechselte dann in Englisch mit britischem Akzent. Vor einem schlichten Metalltisch standen drei Stühle. Im Büro gab es keinerlei persönliche Gegenstände oder Fotos.

»Daud hat mir davon berichtet, dass Sie einen Prozess anstrengen wollen. Ich habe auch mit Sylvia Armstrong von der US-Staatsanwaltschaft gesprochen«, begann Levy freundlich. »Sie hat mir dringend nahegelegt, Sie zu treffen. Sie sagte auch, Ihre Regierung möchte Privatpersonen dabei unterstützen, finanziellen Schadensersatz von Terrororganisationen zu bekommen. Wir sehen das auch so. Offensichtlich hat der Prozess gegen die Arab Bank Ihre Aufmerksamkeit gefunden. Wie weit sind Sie mit dem juristischen Prozedere?«

Jakob erwartete, Hana würde antworten, aber sie sah Daud an. Der Ermittler nickte ihr zu. »Erklär es«, sagte er.

»Ganz am Anfang der Ermittlungsphase«, sagte sie. »Deswegen sind wir hier. Wir müssen eine Verbindung herstellen zwischen Abdul und

Tawfik Zadan, die allein gehandelt haben, und einer Organisation mit finanziellen Ressourcen.«

»Hana kennt den Bericht, den Sie mir gegeben haben«, sagte Daud. »Wir würden gern wissen, was Sie sonst noch aufgedeckt haben, entweder offiziell oder inoffiziell.«

»Alles, was ich sage, ist inoffiziell. Sie werden mich nicht als Zeugen vor einem amerikanischen Gericht sehen«, sagte Levy mit einem leichten Lächeln. »Meine Regierung würde es nicht zulassen, und Ihre Regierung würde mich nicht drängen.«

Jakob zweifelte nicht daran. Levy griff zu einem dünnen Aktenordner auf dem Tisch und schob ihn Daud hin. »Es ist nicht viel drin, aber bitte, sehen Sie selbst. Wir haben Tawfik Zadan im Blick behalten, seit er aus dem Gefängnis entlassen wurde. Und wir glauben, dass er von einer terroristischen Gruppe angeworben wurde, die von außerhalb Israels operiert. Aber wir haben keinen Beweis, dass diese Zelle mit dem Angriff in Verbindung steht, bei dem Gloria Neumann getötet wurde. Momentan ist unsere Hypothese, dass die Gruppe erst durch das, was Tawfik und sein Bruder am Hurva Square taten, auf ihn aufmerksam geworden ist.«

»Was können Sie uns über diese Gruppe sagen?«, fragte Daud.

Levy zuckte die Achseln. »Sie ist klein. Es sind mindestens einige Männer beteiligt, die Verbindungen zum IS haben. Ich kann Ihnen keine Namen und Details nennen, aus Sicherheitsgründen, aber diese Leute sind wie ein Wirbelsturm, der sich gerade zusammenbraut. Wir sind die Meteorologen, die ihn gründlich beobachten.«

»Und Sie sind sicher, Abdul und Tawfik haben vor dem Anschlag keinen Kontakt zu einer bekannten Gruppe gesucht, um das Ganze zu planen?«, fragte Daud.

Jakob war beeindruckt. Die Frage war ein großartiger Türöffner für Levy, um über das Video im Video zu sprechen.

»Ich wäre nicht überrascht, wenn sie mit anderen islamistischen Fundamentalisten in Verbindung standen. Aber das ist nicht dasselbe wie eine Organisation mit einer Kommandostruktur, die die Angriffe plant und ausführt. Für eine solche Verbindung haben wir keine schlüssigen Beweise. Nein, dieser Angriff war die Tat von Einzeltätern.«

»Haben Sie die Daten geprüft, die auf den beim Zadan-Clan beschlagnahmten Computern waren?«, fragte Daud.

Jakob hielt den Atem an.

»Ja. Und wir haben nichts Relevantes entdeckt«, antwortete Levy.

Jakob war enttäuscht. Wenn die israelischen Geheimdienste keine Verbindung zwischen Abdul und einer Terrororganisation finden konnten, wie konnten er und Hana dann hoffen, das könnte ihnen gelingen, selbst mit Dauds Hilfe? Daud berichtete Levy von seiner Begegnung mit Tawfik in Deir Dibwan. Levy schien interessiert und tippte ein paar Notizen in sein Tablet.

Hana wandte sich an Jakob. »Erzähl Mr Levy von dem Überfall auf dich in Atlanta, kurz nachdem du dein Vorhaben öffentlich gemacht hast, einen Prozess gegen die für den Tod von Gloria Neumann Verantwortlichen anzustrengen.«

Jakob fasste die wesentlichen Fakten über den Angriff auf ihn und die Bombe in seinem Auto kurz zusammen.

»Das klingt durchaus nach einer Kommandostruktur mit einer Strategie«, sagte Hana zu Levy, als Jakob geendet hatte. »Ich glaube, hinter diesen Ereignissen steckt eine Organisation. Sie ist nur noch nicht identifiziert.«

»Vielleicht, vielleicht auch nicht«, sagte Levy vieldeutig. »Wir verschließen uns nicht vor neuer Information.«

»Haben Sie Sylvia Armstrong dieselben Dinge berichtet wie uns?«, fragte Hana.

»Im Wesentlichen ja«, erwiderte Levy. »Allerdings mit zusätzlichen Details, die nur auf Regierungsebene ausgetauscht werden.«

»Wird sie ihre Ermittlungen aufgeben?«, fragte Hana.

»Das werden Sie sie selbst fragen müssen, aber mein Eindruck ist der, dass Sie beide den gleichen Eifer haben.«

Zurück im Wagen blätterte Hana rasch den Ordner durch, den Levy ihnen gegeben hatte. »Hier ist nicht viel drin.«

»Irgendein Hinweis auf die Information, die auf den Zadan-Computern gefunden wurde?«, fragte Jakob.

Hana las einen Abschnitt und übersetzte ihn vom Hebräischen ins Englische. Das Video wurde nicht erwähnt und der Bericht schloss mit der Feststellung: »Keine relevanten Daten gefunden.«

»Genau das, was er uns auch schon in seinem Büro gesagt hat«, sagte Jakob.

»Aaron hat uns nicht den Bruchteil von dem gesagt, was er weiß«, sagte Daud. »Das ist seine Art, uns freundlich wissen zu lassen, dass wir unsere Zeit verschwenden.«

»Glaubst du auch, dass wir unsere Zeit verschwenden?«, schoss Hana zurück.

»Nein.« Daud schüttelte den Kopf. »Aber es gehört zu meinem Job, das, was ich von anderen höre, zu interpretieren. Ich bin nicht bereit, aufzugeben. Noch nicht.«

Während ihrer Rückfahrt nach Jerusalem erhielt Jakob eine E-Mail von Emily. Sie hatte mit Detective Freeman gesprochen, und der hatte sich bereit erklärt, das Gebäude in East Point zu untersuchen und die Streifenpolizisten in der Gegend von Ben und Sadie von der Situation zu unterrichten. Emilys Angebot an Ben, ihn und Sadie zu fahren, hatte Ben abgelehnt. Jakob berichtete Hana von der Mail und von Emilys Gespräch mit Ben.

»Das ist eine sehr verbreitete Reaktion auf eine Bedrohung«, kommentierte Daud. »Ein paar der mutigsten Leute, die ich kenne, weisen jeden Versuch, sie einzuschüchtern oder zur Vorsicht zu zwingen, von sich. Das bedeutet nicht, dass sie leichtsinnig wären. Ich glaube, es hilft ihnen einfach, klarer zu denken.«

»Bist du auch einer von diesen Menschen?«, fragte Hana ihn.

Der Ermittler schüttelte den Kopf. »Nein. Ich bin paranoid und argwöhnisch. Das funktioniert für mich am besten.«

Es war früher Nachmittag, als sie den Stadtrand von Jerusalem erreichten. Hana fühlte sich, als hätte sie einen ganzen Arbeitstag hinter sich. Sie hatten nicht zu Mittag gegessen, und sie war hungrig.

»Lass uns was essen«, schlug sie Daud vor.

»Aber ich möchte dich zu einem frühen Abendessen einladen«, erwiderte er.

»Ohne mich«, tönte Jakob von hinten. »Ich merke schon, wenn ich das fünfte Rad am Wagen bin.«

Dauds Handy summte, und nachdem er geprüft hatte, wer anrief, nahm er an. Hana erkannte, dass es Tawfik war, und flüsterte das Jakob zu. Daud hörte vor allem zu und sagte nicht viel; jedenfalls ging es um die Frage, wo sie sich treffen sollten.

»Ja, ich werde dort sein«, beendete Daud das Gespräch.

»Was hat er gesagt?«, fragte Jakob.

»Ich werde morgen wieder nach Deir Dibwan fahren, mich mit ihm treffen und herausfinden, ob wir mit seiner Organisation ins Geschäft kommen«, erwiderte Daud.

»Warum?«, fragte Jakob. »Aaron Levy hat doch gesagt, Tawfiks Kontakte zu dieser Organisation sind erst nach dem Anschlag auf dem Hurva Square entstanden, nicht vorher.«

»Aaron hat wahrscheinlich recht, aber er ist kein Prophet von der Art, wie Mose es für seine Vorfahren war. Tawfik ist interessiert, die Software zu kaufen, und er will mich morgen im Familiensitz der Zadans in Deir Dibwan treffen. Er hat versprochen, seine Bosse mitzubringen.«

Vor dem Treffen mit Levy hätte Hana dies für eine gute Nachricht gehalten. Jetzt war sie sich nicht so sicher. »Wird es gefährlich?«, fragte sie.

»Das wäre es vielleicht, wenn ich wirklich ins Haus der Zadans ginge. Aber ich habe ihm gesagt, wir müssten uns in einem Coffeeshop im Stadtzentrum treffen.«

»Okay, das klingt logisch. Was wirst du ihm zeigen?«

»Eine Demonstration auf einem Laptop, den ich für diese Zwecke nutze. Wenn ihn jemand stiehlt, sieht das, was er auf der Festplatte findet, so aus, als würde ich zu der Gruppe von *Essen mit Brüdern* passen. Vielleicht lasse ich den Computer laufen und gehe mal zur Toilette, sodass sie ihn sich ansehen können. Das lässt mich auch eher als einen Gelegenheitshändler erscheinen und nicht als Profi.«

»Was ist mit uns?«, fragte Jakob.

»Morgen seid ihr beide Touristen«, sagte Daud. »Es wäre unklug, wenn Hana mich zu diesem Treffen begleiten würde. Die Gegenwart einer Frau würde nur Verdacht erregen.«

Sie erreichten das Hotel in der deutschen Kolonie.

»Was wäre eine gute Zeit, dich zum Essen abzuholen?«, fragte Daud Hana. »Wir gehen in ein wirklich nettes Restaurant.«

»Zwei Stunden?«

»Bis dann also.«

»Macht euch keine Sorgen um mich«, sagte Jakob, als sie aus dem Wagen stiegen. »Ich finde schon was zu essen im Supermarkt ein paar Straßen weiter. Sie verkaufen da ganz besondere Kartoffelchips.«

»Über deine Ernährung mach ich mir bestimmt keine Sorgen«, rief Daud ihm nach.

Der Landrover fuhr davon, und Hana und Jakob gingen durch den Innenhof.

»Was denkst du, das du vor Daud nicht gesagt hast?«, fragte Jakob.

»Ich bin noch immer ärgerlich, dass du das Video ohne seine Zustimmung auf meinen Laptop kopiert hast. Irgendwann wird es herauskommen, und dann wird Daud außer sich geraten.«

»Darf ich dir eine weitere amerikanische Redewendung präsentieren? ›Leih dir heute nicht die Probleme von morgen. Lass jeden Tag seine eigene Sorge haben.‹ Zu diesem Zeitpunkt würde ich das Video gern an Detective Freeman senden und die Situation erklären. Ich hoffe, dass er Zugang zu einer Gesichtserkennungssoftware hat, die bestätigt oder widerlegt, dass Tawfik dabei war.«

Hana zögerte. »Ich weiß nicht.«

»Das ist das Richtige, wenn wir im Interesse unseres Mandanten handeln wollen«, erwiderte Jakob. »Überleg doch mal: Wenn irgendeiner der Männer am Tisch sich als militanter Fundamentalist erweist, dann ist Levys Theorie über Tawfik falsch. Die Zadan-Brüder hätten sich dann vor dem Angriff auf dem Hurva Square mit bekannten Terroristen getroffen. Und wenn Levy sich hier irrt, könnte er sich auch über Abdul irren. Ich glaube, Freeman wird sich an unsere Richtlinien halten.«

»Okay«, gab Hana nach. »Aber ich will an keinem Gespräch mit ihm beteiligt sein.«

Jakob hielt sein Handy hoch. »Ich habe seine private Handynummer.«

Dreißig Minuten später beendeten sie das Gespräch mit dem Detective, nachdem sie klargestellt hatten, welche Art von Hilfe sie brauchten und dass die Bilder auf keinen Fall weitergereicht werden durften. Hana schickte das Video ab und ein Stoßgebet zum Himmel.

»Er wird sich sofort dranmachen und meldet sich dann wieder«, sagte Jakob.

»Ich hoffe, wir haben das Richtige getan.«

Hana verließ Jakobs Zimmer, um sich für ihr Treffen mit Daud fertig zu machen. Sie konnte nur schlecht ein Geheimnis für sich behalten, wenn sie dabei ein schlechtes Gewissen hatte. Die Chancen standen nicht schlecht, dass sie noch vor dem Nachtisch ausplaudern würde, was sie und Jakob unternommen hatten.

✡

Jakob war auf seinem Bett eingedöst. Er wachte auf, weil sein Handy klingelte; es war Detective Freeman.

»Heute war ein ruhiger Tag auf dem Revier«, sagte der Detective. »Ich habe ein Gesichtserkennungsprogramm durchlaufen lassen, das wir auf dem Revier haben. Ist Ms Abboud zu sprechen?«

Jakob setzte sich aufrecht aufs Bett. Hana war vermutlich schon mit Daud zum Essen unterwegs. »Nein, sie ist heute Abend noch aus. Aber schießen Sie los.«

»Okay. Der junge Araber, der die Maske abnimmt, ist zu fünfundneunzig Prozent identisch mit Tawfik auf dem Video der Überwachungskamera vom Angriff auf Gloria Neumann. Dass die Übereinstimmung nicht höher ist, liegt daran, dass das Video so unscharf ist. Ein Verteidiger mag anderer Meinung sein, aber wir betrachten eine solche Übereinstimmung als felsenfesten Beweis, besonders wenn die beiden Bilder zeitlich nah beieinanderliegen.«

»Das ist gut, auch wenn ich nicht sicher bin, ob das in unserem Fall weiterhilft. Wir wussten ja bereits, dass Tawfik radikalisiert war, wir wussten nur nicht, wie stark.«

»Und ich habe das Hinrichtungsvideo einem meiner Kontakte beim Heimatschutz geschickt.«

Jakob erstickte fast. »Wir haben Sie ausdrücklich instruiert, dieses Video mit niemandem zu teilen.«

»Ms Abboud hat diese Position vertreten. Sie nicht.«

»Was macht das für einen Unterschied? Wir können es nicht riskieren, dass herauskommt, dass wir eine Kopie dieses Videos besitzen.«

»Haben Sie es gestohlen?«

»Technisch gesehen nein. Wir hatten die Erlaubnis, es anzusehen. Aber wir hatten keine Erlaubnis, es auf Hanas Laptop zu kopieren.«

»Verschonen Sie mich mit Formalitäten. Möchten Sie wissen, was in dem Dossier steht, das mein Freund vom Heimatschutz mir geschickt hat?«

»Ja.« Jakob zögerte keinen Moment.

»Der europäisch aussehende Mann mit der Brille ist ein professioneller Videofilmer, der von terroristischen Gruppen angeheuert wird, um hochwertiges Material für Websites und für Werbezwecke zu produzieren. Er ist ursprünglich aus Minnesota und hat sich vor etwa fünfzehn Jahren radikalisiert. Mein Freund denkt, es ist wahrscheinlich, dass er das Video bearbeitet hat, aber vermutlich nicht anwesend war, als die Ereignisse tatsächlich stattgefunden haben. Sein Geburtsname ist John Caldwell, aber jetzt nennt er sich Latif Al-Fasi. Er ist ein Eiferer, ein überzeugter Anhänger des gewalttätigen Dschihad. Caldwell hat einen Filmabschluss von der University of California in Los Angeles. Er ist zugeknöpft und clever. Er ist sehr zurückhaltend, weshalb er sich darauf beschränkt, das gewalttätige Material zu bearbeiten, statt es zu produzieren. Ursprünglich hat er sich auf Propagandamaterial beschränkt.«

»Wo lebt er jetzt?«

»Meist in Übersee, aber gelegentlich kommt er in die USA; dann reist er über Kanada ein. Caldwell hat eine Tochter im Teeniealter. Sie lebt bei ihrer Mutter in Payson, Arizona, nicht weit von Phoenix.«

»Gibt es einen Haftbefehl gegen ihn?«

»Dazu habe ich in dem Material, das mir vorlag, nichts gefunden. Aber offensichtlich hat der Heimatschutz ihn auf dem Radar. Sie wollen wissen, wen er kennt und was er tut.«

»Klingt logisch«, sagte Jakob und schwieg ein paar Momente. »Selbst wenn Caldwell derzeit nicht strafrechtlich verfolgt wird, könnte er doch zivilrechtlich belangt werden wegen Anstiftung zu terroristischen Aktivitäten. Ich frage mich, ob er überhaupt Geld hat.«

»In den Unterlagen war nichts über seine Finanzen zu finden, aber wenn er noch irgendwelche kapitalistischen Gene in sich trägt, lässt er sich für seine Dienste gut bezahlen.«

Jakob fuhr seinen Laptop hoch, um später nachzusehen, was er über den Videofilmer gespeichert hatte. »Können Sie mir eine Kopie des Dossiers schicken?«, fragte er.

»Nein. Und machen Sie sich keine Sorgen, dass ich das Hinrichtungsvideo an den Heimatschutz geschickt habe. Sie hatten es bereits.«

»Okay«, sagte Jakob zutiefst erleichtert. »Gibt es sonst noch irgendetwas in dem Dossier, das uns helfen könnte?«

»Die Adressen von bekannten Kontakten mit Caldwell wurden geschwärzt; die kann ich Ihnen also nicht geben. Sie werden sie selbst von den US-Behörden erfragen müssen, sofern Sie bereit sind, auch Ihre Informationen mitzuteilen.«

»Ich verstehe.«

»Noch etwas«, sagte Freeman. »Emily Johnson verhält sich für meinen Geschmack zu sehr wie eine Selbstjustizlerin. Ex-Polizisten haben immer wieder mal Probleme, den Saft abzudrehen, wenn sie keinen Dienstausweis mehr vorzeigen können.«

»Sie hat gute Gründe, sich Sorgen um die Neumanns zu machen.«

»Da bin ich mir nicht so sicher. Ich habe die Patrouillen in der Nachbarschaft Ihres Mandanten in den letzten vierundzwanzig Stunden verstärkt. Keiner der Beamten hat etwas Verdächtiges bemerkt. Die Wohnung, die Johnson in East Point als Treffpunkt für Terroristen identifiziert hat, ist von einem jungen Paar mit zwei kleinen Kindern gemietet. Eine Großfamilie kommt oft zu Besuch - Brüder, Schwestern, andere Verwandte, das Übliche eben.«

Freemans Worte hatten Jakobs Vertrauen in Emily nicht erschüttert.

»Haben Sie ihr das gesagt?

»Nein, ich lasse sie machen. Aber sie muss professionell vorgehen.«

»Ich werde mit ihr reden. Und nochmals danke.«

»Hey. Ich wäre gern dabei, wenn Sie diesen Typen verhaften und vor Gericht zerren.«

Jakob war jetzt hellwach. Eilig machte er sich Notizen über alle Einzelheiten des Gesprächs, an die er sich erinnern konnte. Dann ging er online, um zu sehen, ob irgendwelche öffentlichen Informationen über John Caldwell, alias Latif Al-Fasi, im Netz zu finden waren.

✡

Für die Reise hatte Hana zwei hübsche Kleider eingepackt, ein grünes und ein blaues. Sie entschied sich für das blaue und legte gerade den letzten Schliff an ihr Make-up, als Daud ihr eine SMS schickte, dass er da sei. Sie ging zum Hoteleingang, aber der Landrover war nicht zu sehen. Daud stieg aus einer großen dunkelblauen BMW-Limousine, die am Straßenrand geparkt war, und kam auf sie zu. Er trug eine grüne Krawatte, ein schwarzes Jackett und graue Hosen.

»Ich wusste nicht, dass du einen Zweitwagen hast«, sagte Hana auf Arabisch.

»Habe ich vor Kurzem gekauft«, antwortete er. »Ich fahre ihn nicht oft, damit er keine Kratzer abkriegt.«

Er hielt ihr die Tür auf, und sie ließ sich auf das weiche Leder gleiten. Hana war keine Expertin für Autos, aber es war eindeutig ein teures Fahrzeug.

»Sehr schön«, sagte sie, als Daud hinter dem Steuer saß.

»Seit Jahren habe ich davon geträumt«, erwiderte Daud.

Sie fuhren los und reihten sich in den spätnachmittäglichen Verkehr in Jerusalem ein.

»Es ist noch ein bisschen früh, um in ein Restaurant zu gehen, aber du hast gesagt, du hättest Hunger«, sagte Daud. »Wenigstens wird es dort nicht zu voll sein.«

Hana sah aus dem Fenster auf die vorbeiziehenden Straßenszenen. In der ruhigen Atmosphäre des Wagens kam es ihr vor, als befände sie sich in einem Film oder einem Traum. Die Leute sahen ihnen nach, wenn der Wagen vorbeifuhr. Sie fuhren nach Nordosten und allmählich stieg die Straße in Richtung des Mount Scopus und der Hebräischen Universität an, wo Hana ihr Jurastudium absolviert hatte.

»Fahren wir zum Mount Scopus?«, fragte Hana.

»Ja«, bestätigte Daud. »Das Restaurant dort bietet meinen neuen Lieblingsausblick auf die Altstadt. Ich mag diesen Ausblick lieber als den traditionellen vom Ölberg.«

Daud steuerte den exklusiven Wagen durch gewundene Straßen, bis sie ein kleines Gebäude erreichten, das über dem Rand des Hügels zu schweben schien. Daud hielt an und reichte die Autoschlüssel einem Angestellten des Lokals.

Das frühe Abendlicht verlieh Jerusalem seinen berühmten goldenen Schimmer. Sie standen vor einem schmalen Eingang, der mit Sandsteinen umrahmt war.

»Das ist wunderschön«, sagte Hana. »War das mal ein einziges Haus?«

»Nein, zwei. Sie wurden zu diesem Restaurant zusammengebaut.«

Der Oberkellner platzierte sie im ehemaligen Wohnzimmer mit seinen großen Fenstern und einem Ausblick auf die Stadt. Daud wies Hana den Platz am Tisch zu, von dem aus sie den besten Blick hatte.

»Als ich hier studiert habe, hätte ich es mir nie leisten können, an einem Ort wie diesem hier zu essen«, sagte Hana und schaute auf die Preise.

»Umso schöner ist es hoffentlich jetzt, wo du es kannst«, erwiderte Daud. »Darf ich für dich bestellen?«

Hana zögerte.

»Vertrau mir«, fuhr Daud fort. »Sieh es als eine Art Test.«

»Okay«, sagte Hana lächelnd und schloss die Speisekarte. »Aber ich bin mir sicher, alles hier schmeckt köstlich.«

Während sie den Blick aus dem Fenster genoss, erinnerte Hana sich an den höchst angespannten Moment, als sie weniger als eine Viertelmeile von hier entfernt mit Ibrahim auf einer Bank gesessen und ihre Verlobung gelöst hatte. Heute, mit Daud, war sie viel reifer und wusste besser, was sie im Leben wollte. Und was sie im Glauben wollte und von einem Mann.

Daud bestellte ein gebratenes Lammkarree für Hana und eine Rindfleisch-Vorspeise für sich selbst. »Und, habe ich es getroffen?«, fragte er, als der Kellner ging.

»Das war meine erste Wahl«, antwortete Hana.

Daud lächelte und sah sie auf eine Weise an, die Hana den Atem stocken ließ. Er nahm ihre Hand in seine.

»Wirst du mich mitnehmen nach Reineh, damit ich deinen Vater kennenlerne?«, fragte er.

Hana wusste: Das war der erste Schritt zu einem Heiratsantrag. Daud würde sie nie zuerst fragen, bis er nicht sicher war, dass er den väterlichen Segen hatte. Sie wollte schon nicken und konnte sich gerade noch stoppen.

»Gibt es noch irgendetwas, das ich wissen sollte, bevor ich Ja sage?«, fragte sie. »Ich möchte nicht, dass es zwischen uns Geheimnisse gibt.«

Kaum hatte sie diese Worte ausgesprochen, als ihr bewusst wurde, dass sie selbst Dauds Vertrauen ausgenutzt hatte. Dieser Vertrauensbruch stand ihr flammend vor Augen.

Daud antwortete, bevor sie etwas sagen konnte. »Nur wenn es um meine Arbeit geht«, sagte Daud. »Ich tue Dinge, treffe Menschen, gehe an Orte, von denen ich niemandem etwas sagen kann. Wenn du nichts davon weißt, bist du sicherer.«

»Das verstehe ich«, sagte Hana. »Und ich muss dir etwas gestehen.«

Stockend berichtete Hana Daud, was sie und Jakob getan hatten. Daud hörte anscheinend ungerührt zu.

»Es war falsch, und ich kann es auch auf keine Weise wiedergutmachen. Von dir zu verlangen, dass es zwischen uns keine Geheimnisse geben soll, und diese Tatsache vor dir zu verbergen, war heuchlerisch. Es tut mir leid.«

»Hana, darf ich deine Schuldgefühle ein bisschen lindern?«, fragte Daud und beugte sich zu ihr. »Nachdem ich dich und Jakob am Hotel abgesetzt hatte, habe ich ein paar Anrufe gemacht. Wir waren nicht die Ersten, die das Hinrichtungsvideo gesehen haben. Es steht nicht in einem öffentlichen Forum, aber es ist auch kein Geheimnis. Es besteht kein Risiko, dass irgendetwas passieren könnte, das Uri Probleme bereiten könnte, wenn der Detective in Amerika es sich ansieht oder es an seine Sicherheitsdienste weitergibt.«

Hana spürte, wie sich Tränen der Erleichterung in ihren Augenwinkeln bildeten. »Aber das entschuldigt nicht, was ich getan habe.«

Daud schüttelte den Kopf. »Das war Jakob Brodsky, nicht du. Ich werfe es dir nicht vor, dass du ihn nicht unter Kontrolle hattest, obwohl du es versprochen hast. Dein Chef in Atlanta hat sich nicht in ihm getäuscht, und das werde ich mir für den Rest der Zeit, die wir zusammen sind, merken.«

Hana nahm einen Schluck Wasser.

»Sieh mich noch mal an«, sagte Daud.

Hana gehorchte bereitwillig.

»Siehst du irgendeine Spur von Verurteilung oder Kritik in meinen Augen?«, fragte Daud.

Dauds dunkle Augen waren Teiche, die Hana einluden, ohne Angst hineinzuspringen. »Nein«, seufzte sie. »Danke.«

»Nichts zu danken«, sagte Daud und ein breites Lächeln breitete sich auf seinem Gesicht aus. »Dich glücklich zu machen, ist mein Job Nummer eins.«

Nach dem Essen blieben sie noch für einen schwarzen Kaffee, während sich das Restaurant langsam mit anderen Gästen füllte und die Lichter der Stadt intensiver von den Hügeln gegenüber herüberblinkten. Als sie das Hotel erreichten, stellte Daud den Motor ab und drehte sich zu Hana um. »Du hast meine Frage noch nicht beantwortet«, sagte er.

»Welche Frage?«

»Ob wir nach Reineh fahren, damit ich deinen Vater kennenlerne.«

»Das machen wir, bevor ich nach Amerika zurückfliege.«

»Vorübergehend nach Amerika zurückfliege?«, hakte Daud nach.

»Du weißt, ich liebe es hier«, sagte Hana offenherzig. »Amerika war immer nur als Zwischenstation gedacht.«

Wieder formte sich ein breites Lächeln auf Dauds Gesicht. Hana wollte die Tür öffnen und aussteigen, aber Daud streckte die Hand aus und nahm ihren Arm. Sie drehte sich zu ihm, und er lehnte sich vor und küsste sie. Einmal. Und noch einmal.

»Ich wünschte, wir könnten jetzt sofort nach Reineh fahren«, sagte Hana leise, als sie sich trennten.

Daud strich ihr sanft über die Wange.

»Wann höre ich morgen von dir?«, fragte sie.

»Sobald ich von Deir Dibwan auf dem Rückweg nach Beit Hanina bin«, antwortete Daud. »Hoffentlich am frühen Nachmittag.«

»Pass auf dich auf.«

»Immer.«

Kapitel 38

Jakob schlief länger als an jedem anderen Morgen, seit er in Israel angekommen war. Als er sich aus dem Bett wälzte, war es acht Uhr, und die Sonne schien hell durch die Vorhänge. Nach einer kurzen Dusche und raschen Rasur ging er hinunter in den Hof. Hana trank Kaffee und hatte sich ein leichtes Frühstück zusammengestellt. Sie lächelte ihm entgegen, als er an ihren Tisch trat.

»Du siehst glücklich aus«, sagte Jakob und setzte sich auf den Stuhl ihr gegenüber.

»Bin ich«, erwiderte sie.

»Das heißt, du hattest gestern einen schönen Abend mit Daud. Ich habe mir schließlich was über den Zimmerservice bestellt. Das war besser als erwartet und schlechter, als ich gehofft hatte.«

»Was soll das heißen?«

»Das Hauptgericht, das ich nicht aussprechen kann, war schrecklich, aber der Nachtisch war köstlich. Möchtest du mich mit Einzelheiten deines Essens foltern?«

Hana erzählte ihm, was sie gegessen hatte. »Aber dann habe ich noch etwas anderes auf den Tisch gelegt«, sagte sie. »Sagt man das bei euch nicht so?«

»Ja.«

»Ich habe Daud gestanden, dass du das Video auf meinem Laptop gespeichert und an Detective Freeman geschickt hast.«

»Das überrascht mich nicht«, erwiderte Jakob und ließ Hana dann weiter erklären, ohne sie zu unterbrechen.

»Ich muss auch ein Geständnis machen«, sagte er, als Hana geendet hatte. »Ich habe Detective Freeman falsch eingeschätzt. Er hat einen Gesichtserkennungsabgleich gemacht und kann bestätigen, dass der Junge, der in dem Hinrichtungsvideo seine Maske abnimmt, Tawfik ist.«

»Gut«, begann Hana. »Das heißt, dass ...«

»Und er hat das Video ohne meine Erlaubnis an einen Freund beim Heimatschutz geschickt. Daud hat recht. Das Video ist kein Geheimnis. Der Heimatschutz hat den Mann mit dem Laptop identifiziert – ein Amerikaner namens John Caldwell, der vor ein paar Jahren zum radikalen Islam konvertiert ist und sich jetzt Latif Al-Fasi nennt. Er ist ein professioneller Videoproduzent und arbeitet für Terrorzellen. Höchstwahrscheinlich hat er das Video geschnitten.«

Hana bekam große Augen, während sie Jakob zuhörte. »Was hat er dir noch über Al-Fasi oder seine Kontakte gesagt? Wenn er für bekannte Gruppen arbeitet, dann könnte das der Weg sein, sie mit den Zadan-Brüdern in Verbindung zu bringen.«

»Nicht viel, nur dass er eine Ex-Frau und eine Tochter in der Nähe von Phoenix, Arizona, hat. Die Information über Al-Fasis Kontakte war in den Unterlagen, die Freeman vorlagen, geschwärzt.« Jakob hielt inne. »Aber während du dein erlesenes Lammgericht verspeist hast, habe ich mal nach John Caldwell alias Latif Al-Fasi recherchiert, und zwar mittels einer Software, die ich gekauft habe, um säumige Schuldner aufzuspüren. Als ich den Namen Caldwell für Payson, Arizona, eingegeben habe, hatte ich etliche Treffer, darunter einen für eine Frau namens Valerie Caldwell, früher verheiratet mit einem John Caldwell. Sie hat eine sechzehnjährige Tochter. Valerie arbeitet bei einem Filmstudio mit Sitz in Los Angeles, Berlin und etlichen anderen europäischen Städten. Sie ist also anscheinend auch im Videogeschäft tätig. Vielleicht hat sie John auch so kennengelernt.«

Hana nahm einen Schluck Kaffee. »Schwer vorstellbar, dass sie uns Informationen über ihren Ex liefern würde«, sagte sie.

»Das Schlüsselwort in deinem Satz ist ›Ex‹. Wenn Al-Fasi so sehr radikalisiert ist, wie es den Anschein hat, dann redet sie vielleicht gern auch negativ über ihn.«

»Es sei denn, sie hat Angst«, erwiderte Hana. »Vielleicht kann Daud herausfinden, für wen Al-Fasi arbeitet.«

»Du kannst ihn fragen, aber ich werde nicht darauf warten.«

»Wir sollten unser Vorgehen abstimmen«, sagte Hana rasch. »Daud wird mich anrufen, wenn er auf dem Rückweg nach Jerusalem ist. Lass uns dann darüber sprechen.«

Jakob knurrte unverbindlich. Er ging ans Büfett und kam mit einem Teller mit Obst, Käse und eingelegtem Fisch zurück.

»Das sollte die Erinnerung an das Abendessen von gestern vertreiben«, sagte er.

»Ich bleibe gern noch bei meinen Erinnerungen«, sagte Hana und biss in eine Melonenscheibe.

Sie saßen einen Augenblick schweigend da. Jakob aß einen Happen kalten Hering, gefolgt von würzigem Käse.

»Was steht auf deinem Plan, während wir auf Daud warten?«, fragte er.

»Ich kann dir alles zeigen, was du in Jerusalem sehen willst.«

Jakob probierte den Lachs, der milder war als der Hering. »Du bist die Expertin«, erwiderte er. »Gehen wir doch zu einem deiner Lieblingsplätze.«

»Ich denke drüber nach und sag dir Bescheid.«

Hana ging. Jakob genoss sein Frühstück, dann ging er zurück in sein Zimmer und machte sich wieder an seine Suche nach Latif Al-Fasi. Diesmal konzentrierte er sich auf das russische Internet. Es überraschte ihn nicht, dass er etliche Treffer hatte, darunter auch solche, die er schon vorher zu ähnlichen Suchanfragen gefunden hatte. Der Videoproduzent war aktiv in der Vorbereitung fundamentalistischer islamistischer Propaganda und tauchte immer wieder prominent auf Fotos mit Gruppen aus den islamischen Republiken der früheren Sowjetunion auf.

✡

Hana stand vor dem Spiegel, bürstete sich die Haare und dachte darüber nach, was sie Jakob zeigen sollte. Besucher konnten einen Monat in Jerusalem verbringen und nur einen winzigen Teil dessen zu sehen bekommen, was die uralte Stadt zu bieten hatte. Dieser Ausflug mit Jakob kam ihr gerade recht, denn er lenkte sie von ihren Sorgen um Daud ab.

Sie klickte auf die App der Hundebetreuung und sah Leon glücklich mit zwei anderen Welpen herumtollen, dann verfasste sie ihren täglichen E-Mail-Bericht an Mr Lowenstein mit Informationen über die Ereignisse der letzten vierundzwanzig Stunden. Während sie tippte, war sie überwältigt davon, wie viel passiert war. Der vergangene Tag hatte eine rasante Abfolge von Höhen, Tiefen und Unbekanntem geboten. Das hektische Tempo, das sie gestern an den Tag gelegt hatten, brachte sie auf eine Idee, wohin sie mit Jakob gehen könnte. Als sie in den Hof kam, wartete er dort bereits auf sie.

»Brauchen wir einen Fahrer?«, fragte er. »Falls ja, würde ich gern Wahid nehmen, den Cousin unseres Empfangschefs.«

»Von mir aus gern.«

»Wohin wollen wir?«, fragte Jakob.

»An einen Ort, der so viel Geschichte in sich birgt wie kein anderer in der Stadt. Heute geht es dort meist friedlich zu, aber das war nicht immer so.«

»Ich mag Überraschungen. Wo ist Daud inzwischen?«

»Vermutlich fast am Checkpoint an der Straße nach Ramallah.«

Der Gedanke an Daud ließ Hanas Herz aufgeregt klopfen. Wahid kam, und sie begrüßte ihn auf Arabisch. Der Small Talk heiterte Hana auf, und nach ein paar Augenblicken standen sie und Wahid da und lachten.

»Ich möchte gern mitlachen«, sagte Jakob. »Vor allem, wenn ihr über mich redet.«

»Nein, nein«, lachte Hana. »Es geht nicht um dich.«

»Sie zieht mich auf wegen meines New Yorker Akzents im Arabischen. Und für mich klingt sie libanesisch.«

Wahid fuhr am Rand der Altstadt zum Damaskustor und bog in eine Seitenstraße ab.

»Hier ist der Busbahnhof für den arabischen Teil der Stadt«, erklärte Hana. »Die Straße, auf der wir jetzt sind, führt nach Damaskus. Und zwar schon seit Jahrtausenden.«

Wahid hielt, und Hana und Jakob stiegen aus.

»Du bringst mich hierher, um einen Busbahnhof zu sehen?«, fragte Jakob, während Wahid davonfuhr.

»Komm mit.«

Sie gingen einen schmalen Gehweg entlang, der von einer hohen Mauer gesäumt war. Nach kaum zweihundert Metern erreichten sie eine Reihe von Touristenbussen, die dicht an dicht parkten. Sie folgten einer Gruppe von etwa zwanzig amerikanischen Touristen durch eine enge Gasse bis zu einem Platz, auf dem ein paar Männer und Jungen Postkarten, kleine Kamele aus Olivenholz und andere Andenken an das Heilige Land verkauften. Etliche Touristengruppen aus anderen Teilen der Welt warteten vor der kleinen Eingangstür in der Steinmauer.

»So, da sind wir«, sagte Hana. »Dies ist einer der Orte, wo Jesus möglicherweise gekreuzigt und beerdigt wurde – das Gartengrab. Es wird auch ›Gordons Golgatha‹ genannt, nach einem britischen General aus dem 19. Jahrhundert, der es berühmt gemacht hat.«

»Einer der Orte?«, fragte Jakob. »Gibt es denn mehrere?«

»Vor allem zwei, die sehr wahrscheinlich sind. Außer diesem gibt es noch die traditionelle Stätte, die im vierten Jahrhundert von Helena, der Mutter des römischen Kaisers Konstantin, entdeckt wurde. Und dann diesen hier. Niemand weiß genau, wo die historischen Ereignisse sich wirklich abgespielt haben. Aber mir gefällt dieser Ort hier.«

»Ich bin nicht sicher, ob die historischen Ereignisse sich hier oder überhaupt irgendwo abgespielt haben.«

»Hör einfach zu und warte ab, was du denkst. Ich bin zum ersten Mal mit einem Schulausflug hier gewesen, als ich sechs war.«

Jakob fühlte sich überrumpelt. Mürrisch folgte er Hana zum Schalter, wo sie die Eintrittstickets kaufte. Der Eingang erinnerte Jakob an irgendetwas auf einem Jahrmarkt im Umland von New York, den er als Kind besucht hatte.

»Wir hören uns die Führung dieser Gruppe an«, sagte Hana und wies auf die Amerikaner, die mit ihnen zusammen angekommen waren.

»Gibt es anschließend einen Test?«

Hana lächelte und schwieg. Hinter dem Eingangstor empfing sie ein lauschiger, von einer Mauer umgebener Garten ohne offensichtlich religiöse Symbole. Schmale Wege durchzogen die Grünflächen. Ein älterer

Mann mit britischem Akzent stellte sich der Gruppe vor und begann, in sachlichem Tonfall über das Gelände zu sprechen. Archäologen hatten eine enorme Zisterne ausgegraben, wie man sie im ersten Jahrhundert zur Bewässerung von Gärten häufig verwendet hatte. Dann flocht der Touristenführer eine Reihe von neutestamentlichen Bibelversen ein, die Jakob gänzlich unbekannt waren. Die meisten Teilnehmer der Gruppe verfolgten seine Ausführungen auf ihren Bibel-Apps.

»Glaubst du alles, was er erzählt?«, fragte Jakob, während die Gruppe auf einem schmalen Weg in einen anderen Bereich des Geländes weiterging.

»Nach allem, was ich gelesen und gelernt habe, ergibt es Sinn.«

Hier, innerhalb der Mauern, konnte Jakob Hanas nostalgische Vorliebe für diesen idyllischen Ort mitten im Lärm der Stadt akzeptieren. Der Führer hielt an einer Stelle an, von der aus man links eine kleine Felsklippe und rechts den lärmenden arabischen Busbahnhof überblicken konnte, und erklärte die bevorzugte Hinrichtungsmethode der Juden vor mehr als zweitausend Jahren.

»Man steinigte die Menschen zu Tode«, sagte der Mann. »Meist schleppte man den Verurteilten auf einen hohen Felsen, stieß ihn hinunter und warf dann Steine oder Felsbrocken auf den Körper, bis man sicher war, dass die Person tot war. Dieser Platz hier war ein Steinbruch, es gab also jede Menge Steine und Felsblöcke, und so war dies ein geeigneter Hinrichtungsort.«

Er wies hinüber zu der Felsklippe. »Manche sagen, die Form des Felsens gleicht einem Schädel. Das heißt, dies könnte Golgatha sein, was ja ›Schädelstätte‹ heißt, wie in Matthäus 27,33 und Markus 15,22 erwähnt wird.«

Mit ein wenig Fantasie konnte Jakob in dem Felsen einen etwas verformten Schädel erkennen.

»Die römischen Besatzer nutzten den jüdischen Hinrichtungsplatz für Kreuzigungen«, fuhr der Reiseführer fort. »Allerdings hätten die Römer niemals Kriminelle oder jüdische Patrioten auf einem Hügel gekreuzigt. Nein, diese Kreuzigungen nahm man entlang belebter Straßen vor, als Abschreckung für jeden, der eventuell auch daran dachte, sich der römischen Herrschaft zu widersetzen. Die Straße nach Damaskus war eine Hauptverkehrsader für Reisende von und nach Jerusalem. Tausende nutzten sie jeden Tag. Die Römer stellten Pfähle entlang der Straße auf und nutzten sie immer wieder, um Verurteilte zu kreuzigen. Die mussten den Querbalken selbst zu ihrer Hinrichtungsstätte schleppen. Im Johannesevangelium wird gesagt: ›Der Ort, an dem Jesus gekreuzigt wurde, lag in unmittelbarer Nähe der Stadt; und das Schild war in Hebräisch, Lateinisch und Griechisch geschrieben, sodass viele Leute es lesen konnten.‹ Archäologen vermuten, dass die Stadtmauer damals weniger als hundert Meter von dem Platz verlief, auf dem wir hier stehen.«

Etwas an den Worten des Mannes ließ Jakob stutzen, und er lehnte sich zu Hana vor. »War Jesus Jude?«

»Ja.«

Jakob dachte an seinen kurzen Aufenthalt an der Westmauer. »Aber du bist Araberin ...«

»... die an den jüdischen Messias glaubt, genauso wie die Menschen aus den USA, Asien, Südamerika und Afrika, die du hier siehst.«

»Wie kriegst du es denn fertig, das alles zu glauben?«, hakte Jakob nach.

»Das ist eben nur durch Glauben möglich ...«

»Nein, ich meine, wenn Jesus Jude war ...« Jakob brach ab, unsicher, wohin seine Gedanken ihn führten.

»Und mit allen frühen Christen, die im ersten Jahrhundert an Jesus geglaubt haben, einschließlich fast aller Verfasser des Neuen Testaments«, fuhr Hana fort. »Für sie und für mich ist er der König unseres Herzens.«

Der Fremdenführer redete weiter: »Und Jesus wurde nicht hoch oben auf einem Hügel gekreuzigt, wie es oft in Bildern oder Filmen dargestellt wird. Seine Füße befanden sich nur knapp einen Meter über dem Boden, was den Kontakt zwischen den Leidenden am Kreuz und ihren Angehörigen, die sie sterben sahen, noch intensiver machte.«

Jakob konnte die Szenerie wahrnehmen – den schmutzigen, schrecklichen Gestank von Tod, Leid und ungewaschener Menschheit, die Grausamkeit einer der brutalsten Hinrichtungsmethoden, die je von Menschen ersonnen wurden, den grausamen Spott derer, die Jesus verhöhnten und von ihm ein Wunder verlangten, und die Angst der Freunde und Angehörigen des Verurteilten, die den Menschen, den sie liebten und verehrten, zusammen mit ihren Hoffnungen vor ihren Augen sterben sahen. Jakobs Brust zog sich zusammen, als der Führer den langsamen Erstickungstod beschrieb, der eintritt, wenn der Gekreuzigte keine Luft mehr bekommt. Er zuckte zusammen, als er hörte, dass ein Soldat Jesus den Speer in die Seite stieß und Blut und Wasser aus der Wunde strömten.

Die Reisegruppe, die jetzt symbolisch den toten Jesus mit sich trug, folgte dem Führer schweigend vorbei an der riesigen Zisterne zu einem offenen Bereich, von dem aus man auf eine Felswand sah, in die ein Loch in den natürlichen Felsen gehauen worden war. Es war ein Grab.

»Dieses Grab ist sehr alt, es könnte aus dem ersten Jahrhundert stammen. In Johannes 19,41-42 lesen wir: ›Der Ort der Kreuzigung befand sich in der Nähe eines Gartens; dort lag ein neues Grab, das noch nie benutzt worden war ... Dort bestatteten sie Jesus.‹«

Während der Mann weitere Bibelverse zitierte, beobachtete Jakob, wie Menschen sich unter dem niedrigen Eingang ins Grab hineinduckten, ein paar Augenblicke dort verweilten und dann wieder herauskamen.

»Wir wissen nicht, ob dies tatsächlich das Grab Jesu ist«, sagte der Mann mit typisch britischem Understatement. »Aber was wir glauben, ist, dass das Grab Jesu Christi am dritten Tag leer war und dass es seitdem leer ist. Jesus ist vom Tod auferstanden und bietet jedem, der sein Vertrauen auf ihn setzt, neues Leben an.«

Die Gruppe ging ein paar Stufen hinab und reihte sich in die Schlange der Wartenden ein, die in das Grab hineingehen wollten.

»Sollen wir gehen?«, fragte Hana. »Das ist das Ende der Führung.«

»Nein, ich möchte das Grab auch sehen.«

Sie stellten sich in die Schlange. Jakob schwieg. Irgendwie kam ihm nicht richtig vor, was er tat. Als sie an der Reihe waren, winkte Hana ihm, er solle vorgehen.

»Nein, du zuerst«, antwortete er.

Jakob wartete unten an den Holzstufen, die zum Eingang des Grabs führten. Hana kam wieder heraus.

»Ich warte am nächsten Ausgang auf dich«, sagte sie.

Jakob senkte den Kopf und betrat das Grab. Er fand sich in einem Vorraum, der sorgfältig in den weichen Felsen gehauen war. Zu seiner Rechten befanden sich zwei Grabplatten im Abstand von etwa einem Meter. Es war ein schlichter, doch bedeutungsschwerer Ort. Da er nicht zu lange bleiben wollte, weil draußen noch andere warteten, blickte er nur einige Sekunden auf die leeren Platten. Als er sich umdrehte, um hinauszugehen, fiel sein Blick auf ein Schild über dem Ausgang mit der Aufschrift: »Er ist nicht hier, er ist auferstanden.« Jakob trat ins helle Sonnenlicht hinaus und stieg langsam die Steinstufen hinab, fort von der Gruft.

»Und, was denkst du?«, fragte Hana.

»Es kam mir still vor und ... geheimnisvoll. Aber nicht unheimlich, was ich in einem leeren Grab erwartet hätte. Es war ...« Er brach ab.

»Heilig?«

»Vielleicht. Aber ich weiß eigentlich nicht genau, was das bedeutet.«

Kapitel 39

Hana versuchte nicht, Jakob noch weitere Kommentare zu entlocken. Der Besuch des Gartengrabs hatte ihn sichtlich beeindruckt, und diese Erfahrung musste erst verarbeitet werden. Gemeinsam gingen sie zurück zur Hauptstraße, wo die Schlange der wartenden Busse noch länger geworden war. Eine große Gruppe asiatischer Touristen zog vorbei, gefolgt von mindestens fünfzig Männern und Frauen aus einem afrikanischen Staat in ihrer Nationaltracht, die begeistert in einer unbekannten Sprache sangen.

Jakob schickte eine SMS an Wahid, er solle sie abholen.

»Wohin?«, fragte dieser, sobald sie in dem alten Mercedes saßen. »Möchten Sie noch weitere christliche Gedenkstätten besuchen?«

»Nein«, erwiderte Hana. »Ich habe noch zwei andere Orte auf dem Plan.«

In den nächsten Stunden besichtigten sie das Israel-Museum mit einem Modell der Stadt Jerusalem im ersten Jahrhundert. Die Darstellung im Maßstab 1:50 verdeutlichte, wie groß Jerusalem vor der Zerstörung durch die Römer gewesen war. Von dort fuhren sie die kurze Strecke zur Holocaustgedenkstätte Yad Vashem.

»Wir werden uns heute nur einen Teil von Yad Vashem ansehen können«, sagte Hana, als sie die Tickets kauften. »Du musst also irgendwann noch einmal herkommen.«

Sie führte Jakob durch die Ausstellung und zeigte ihm ausgewählte Exponate und Schautafeln, die die sogenannte »Endlösung« - die von den Nationalsozialisten geplante Vernichtung der europäischen Juden - dokumentierten. Jakob sagte nicht viel, blieb aber am längsten stehen bei den interaktiven Videos von Holocaustüberlebenden. Im Children's Memorial, dem Mahnmal für die 1,5 Millionen ermordeten Kinder, gingen sie langsam durch den großen Saal mit den flackernden Kerzenlichtern, die sich in den vielen Spiegeln tausendfach brachen. Von einem Band hörten sie die Namen, das Alter und die Herkunft der Kinder, die getötet wurden.

»Die Verlesung der Namen läuft vierundzwanzig Stunden am Tag, sieben Tage die Woche, zweiundfünfzig Wochen im Jahr. Um dieselben Namen noch einmal zu hören, müsstest du in drei Monaten wiederkommen«, sagte Hana, als sie das Gebäude verließen. »So lange dauert es, bis alle Namen verlesen sind.«

»Besonders berührt haben mich die Namen der russischen Kinder«, sagte Jakob. »Wer weiß? Vielleicht sind sogar Verwandte von mir dabei.«

Hana sah auf ihr Handy. Noch immer keine Nachricht von Daud.

»Wir können gehen«, sagte Jakob, der sie beobachtete. »Aber du hast recht. Ich werde wiederkommen.«

Während sie auf Wahid warteten, erzählte Jakob Hana von dem Mann, der an der Klagemauer auf Russisch gebetet hatte. Hana lief ein Schauer über den Rücken, aber sie sagte nichts darüber, dass das eine göttliche Begegnung gewesen war, vielleicht mit einem Engel.

»Jetzt, wo ich das Gartengrab besucht habe, verstehe ich besser, was er gebetet hat«, sagte Jakob. »Und zu begreifen, dass Jesus Jude war, ist eine große Sache für mich.«

»Warum?«

»Du weißt ja, dass ich eigentlich nicht religiös bin. Aber für einen Menschen mit jüdischen Wurzeln ist es ein großer Schritt, die Möglichkeit in Betracht zu ziehen, dass das Christentum die Wahrheit sein könnte.«

Dann berichtete er ihr von seinem Erlebnis auf dem Hurva Square und dem überraschenden Gefühl, sich plötzlich als Jude zu fühlen.

»Ich zögere, das zu erzählen, weil ...«

»... ich Araberin bin?«, beendete Hana seinen Gedanken.

»Ja. Aber du bist anders.«

»Meine Herkunft und meine ethnischen Wurzeln sind nicht ausschlaggebend dafür, wer ich bin. Ich bin dankbar dafür und für alles, was meine Familie erreicht hat, ob sie nun von den Türken verfolgt oder von der israelischen Gesellschaft an den Rand gedrängt wurde. Aber das, was mich ausmacht, ist meine Beziehung zu Gott durch Jesus. Ich weiß, das ist eine religiöse Erklärung, aber es ist nicht nur ein Glaube oder eine Idee. Es verändert alles an mir: Wer ich bin und wie ich mich zu den Menschen verhalte, unabhängig davon, wer sie sind und woher sie kommen.«

»Das ist auch etwas, das ich nicht begreifen kann«, sagte Jakob. Wahids Mercedes kam in Sicht. »Zumindest jetzt noch nicht.«

Während der Fahrt zum Hotel sah Hana immer wieder auf ihr Handy.

»Machst du dir Sorgen um Daud?«, fragte Jakob.

Hana antwortete nicht, deutete auf Wahid und schüttelte den Kopf. Jakob lehnte sich zurück und sah aus dem Fenster. Seit dem Ende eines viertägigen Prozesses, der ihn fast zwei Nächte lang wachgehalten hatte, hatte er sich emotional nicht mehr so erschöpft gefühlt. Er checkte sein eigenes Telefon. Keine Nachrichten auf seinem Dienstaccount und auch nichts von Emily.

»Wenn Sie ein erstklassiges Abendessen in Jerusalem wünschen, habe ich einen ganz besonderen Tipp für Sie«, sagte Wahid. »Kein Touristenlokal, sondern eine sehr authentische nahöstliche Küche. Wenn ich einen Tisch reserviere, bekommen Sie die besten Plätze mit toller Aussicht auf die Altstadt.«

»Nein, danke«, antwortete Hana.

»Wie heißt das Restaurant?«, fragte Jakob. »Vielleicht gehe ich allein.«

Wahid nannte den Namen. Jakob schaute Hana an.

»Noch nie gehört«, flüsterte sie.

»Es ist erst seit sechs Monaten geöffnet«, sagte Wahid. »In sechs Monaten wird es so voll sein, dass sogar ich Probleme haben werde, einen Tisch zu bekommen.«

»Überzeugt«, erwiderte Jakob. »Aber bin ich auch allein willkommen?«

Wahid grinste. »Kommt auf das Trinkgeld an.«

Sie erreichten das Hotel, und Hana rief: »Da ist er ja!«

»Was?«, fragte Jakob und sah sich um.

»Dauds Landrover«, sagte sie, öffnete die Tür und stürmte aus dem Wagen.

»Na ja, Sie sehen ja, warum ich allein essen gehe«, sagte Jakob achselzuckend zu Wahid.

»Bringen Sie beim nächsten Mal doch Ihre Freundin mit.«

»Daran muss ich noch arbeiten.«

»Was glauben Sie, wann sind Sie fertig zum Abendessen?«

»Sieben Uhr.«

Jakob fand Hana und Daud in enger Umarmung im Innenhof. Als er zu ihnen trat, lösten sie sich voneinander. Ein paar Hotelgäste beobachteten die Szene.

Daud räusperte sich. »Gehen wir in Hanas Zimmer«, sagte er.

»Und, hast du es genossen, Tourist zu sein?«, fragte Daud, als sie sich gesetzt hatten.

»›Genießen‹ würde ich es nicht nennen«, erwiderte Jakob.

»Wo wart ihr denn?«, fragte Daud, offensichtlich verwundert.

»Am Gartengrab, beim Stadtmodell aus dem 1. Jahrhundert und in Yad Vashem. Ich werde noch etwas Zeit brauchen, alles, was ich gesehen und gehört habe, zu verarbeiten. Falls Hana sich mal überlegt, die Juristerei an den Nagel zu hängen, gäbe sie eine hervorragende Fremdenführerin ab.«

Hana und Daud lachten.

»Und wie war dein Tag?«, fragte Jakob.

»Lang, aber gut«, erwiderte Daud. »Tawfik war nur beim anfänglichen Kontakt im Coffeeshop dabei. Nabil hat recht. Er ist kein Fundamentalist, sondern eher ein Playboy.«

»Aber Tawfik ist auf dem Hinrichtungsvideo«, entgegnete Jakob. »Ich konnte die Ergebnisse des polizeilichen Gesichtserkennungsprogramms beschaffen, die das bestätigen.«

»Ich will das nicht bestreiten«, sagte Daud. »Wer weiß? Vielleicht versucht Tawfik, mit Trinken und Partys zu vergessen, was er getan hat. Aber die Leute, für die er arbeitet, wollen meine Software kaufen. Sie haben überhaupt kein Interesse daran, sich und ihre Ziele zu verbergen. Sie vertreten eine militante fundamentalistische Ideologie. Als ich mich nach Tawfik erkundigt habe, sagte einer, der offensichtlich zur Führungsmannschaft gehört, er kenne ihn seit seiner Kindheit. Und Abdul nannte er respektvoll einen ›Bruder‹ in der gemeinsamen Sache.«

»Glaubst du, sie haben Verbindungen mit irgendeiner bekannten Terroristenzelle?«, fragte Hana.

»Vielleicht«, sagte Daud und wandte sich an Jakob. »In den USA nimmt man nicht zur Kenntnis, dass es auch zwischen den Terrorzellen Konkurrenz und Wettbewerb gibt. Sie wetteifern um den Ruhm in der Durchführung des Dschihad. Aber diese Männer sind anders. Es sind Geschäftsleute, und sie wollen Gewinne erzielen, um den Dschihad zu finanzieren.«

»Irgendwelche Namen?«, fragte Hana.

»Nur Vornamen, die vermutlich noch nicht mal stimmen.«

»Egal, welche Namen wir haben, vermutlich ist das genau die Gruppe von Leuten, nach denen wir suchen«, sagte Jakob.

»Aber nur, wenn wir ihnen eine Verbindung zu Abdul vor Glorias Tod nachweisen und sie vor ein amerikanisches Gericht bringen können«, wandte Hana ein. »Sie könnten Millionen von Dollars oder Euros in einer Bank im Nahen Osten oder in Europa haben. Aber wir müssen einen Weg finden, ihre Machenschaften mit Amerika in Verbindung zu bringen.«

»Ja, ich weiß, ich weiß«, sagte Jakob. »Aber du musst zugeben, das ist doch schon mal eine positive Entwicklung. Gute Arbeit, Daud. Und was jetzt?«

»Ich muss die Software liefern und sehen, ob ich weitere Informationen über die Gruppe bekomme. Danach werde ich entscheiden müssen, ob ich ein verschlüsseltes Produkt liefere oder die Finger davon lasse.«

»Informationen über Finanzen oder über Personen?«, fragte Hana.

»Beides«, erwiderte Daud.

Plötzlich schnellte er hoch und riss die Tür nach draußen auf. Niemand war da.

»Hast du irgendwas gehört oder gesehen?«, fragte Jakob alarmiert.

»Vielleicht, aber ich habe mich getäuscht.« Daud setzte sich wieder.

»Ich war den ganzen Tag äußerst wachsam. Ich werde die Gruppe bitten, Nachweise ihrer Bank oder ihres Finanzinstituts zu liefern, dass sie die bestellte Ware bezahlen können. Und ich werde dasselbe bei meiner Bank tun.«

»Warum sollten sie sich für deine Bank interessieren?«, wollte Jakob wissen.

»Aus demselben Grund, aus dem wir hier in diesem Raum sitzen. Sie wissen genau, wenn sie Geldmittel an eine Bank überweisen, die die Information an eine nicht befreundete Regierung oder an Anwälte weitergibt, die sie verklagen wollen, dann ist es das Risiko nicht wert. Ich habe ein Konto in Katar, das ich dafür nutzen werde. Katar gehört zu den wichtigsten Staaten, die Terroristen finanzieren. Ich wäre nicht überrascht, wenn sie dort oder in den Arabischen Emiraten ein Konto hätten.«

»Wie konntest du als israelischer Staatsbürger in Katar ein Konto eröffnen?«, fragte Hana. »Das ist nicht so einfach.«

»Ja, es hat ein bisschen Mühe gemacht«, gab Daud zu. »Aber es war bei Weitem nicht das Schwierigste, das ich je bewerkstelligt habe. Das Konto läuft nicht auf meine Adresse in Beit Hanina.«

»Lassen sich die Männer, die du getroffen hast, identifizieren?«, fragte Hana.

Daud griff in die Jackentasche und nahm eine SIM-Karte heraus. »Ich habe bestimmt vierzig Fotos mit versteckter Kamera gemacht. Aaron Levy könnte uns helfen, sie zu identifizieren.«

»Klingt fantastisch«, kommentierte Jakob mit einem Blick auf Hana. »Wo wir gerade von Fotos reden – wir müssen Daud auf dem Laufenden halten, was John Caldwell anbetrifft, alias Latif Al-Fasi.«

Daud nickte mehrmals, während Jakob berichtete. Jakob verstand das als Anzeichen dafür, dass die Information ihn interessierte.

»Ich werde Aaron nach ihm fragen«, sagte Daud, als Jakob seinen Bericht beendet hatte.

»Und wird das etwas nützen?«, fragte Jakob. »Levy muss gewusst haben, dass Al-Fasi in dem Video auf dem beschlagnahmten Laptop der Zadans zu sehen ist, aber er hat uns nichts davon gesagt.«

»Du musst einfach Geduld bewahren, wenn ich mit ihm rede.«

»Ich werd's versuchen«, sagte Jakob und stand auf. »Inzwischen gehe ich jetzt mal was essen.«

»Nein, nein«, wehrte Daud ab. »Ich möchte dich und Hana heute Abend zum Essen zu mir einladen. Ich habe bereits einen Küchenchef und sein Team angewiesen, was sie kochen sollen.«

»Einen privaten Küchenchef?«, fragte Hana mit großen Augen.

»Ich will euch eure Party nicht vermiesen«, sagte Jakob.

»Hana hätte sehr gern einen Anstandswauwau, stimmt's?«

»Äh ... sicher«, erwiderte Hana mit einem Nicken. »Ich weiß, für einen Amerikaner ergibt das keinen Sinn, aber Daud hat recht. Ich würde mich freuen, wenn du dabei bist.«

»Wahid wird sich aufregen«, sagte Jakob.

»Jakob, sag Wahid, dass wir drei später in der Woche in diesem neuen Restaurant essen werden. Das wird ihn glücklich machen«, schlug Hana vor.

»Okay«, meinte Jakob zögernd. »Aber als Anstandswauwau habe ich keine Erfahrung.«

»Ich schicke Ensanullah um halb sieben, um euch abzuholen«, sagte Daud.

»Ich dachte, du hast ihn gefeuert?«, warf Jakob ein.

»Wir haben darüber geredet, was vorgefallen ist. In unserem Geschäft brauchen wir gegenseitige Hilfe nötiger als Meinungsverschiedenheiten.«

Kapitel 40

Nachdem Daud gegangen war, machte Hana ein kurzes Video, das sie Sadie schicken wollte. Es enthielt einen Panoramablick auf den Innenhof, und Hana sagte in die Kamera, wie sehr sie Sadie vermisste. Zum Schluss bat sie Sadie, auch ein Video von sich zu machen und es ihr zu schicken.

Während sie sich zum Essen umkleidete, beschäftigte Hana die enorme Ausgabe für einen privaten Koch und sein Team, um eine einzige Mahlzeit zuzubereiten. Sie hatte kein Problem mit Geld, doch seit ihrem ersten Job versuchte sie, einen Lebensstil zu führen, der ihr Gewissen nicht belastete. Daud hatte offensichtlich eine andere Einstellung dazu, und darüber würden sie reden müssen.

Hana zog das zweite etwas schickere Kleid an, das sie mitgenommen hatte. Es war grün und am Rücken tiefer ausgeschnitten, als sie sich gewöhnlich kleidete. Sie legte eine schlichte Perlenkette um. Falls sie sich während dieser Reise noch mal in Schale werfen müsste, würde sie sich etwas Neues kaufen müssen. Plötzlich rief Hana sich zur Ordnung. Wie konnte sie sich über Dauds Extravaganz Gedanken machen und dann genau dieselbe Schiene fahren? Sie straffte die Schultern und beschloss, sie würde noch einmal das blaue Kleid tragen, falls sich eine Gelegenheit dafür ergäbe.

Es klopfte an der Tür. Hana warf sich rasch einen Schal um, bevor sie öffnete. Jakob und ein stämmiger junger arabischer Mann erwarteten sie.

»Ich bin Ensanullah Al-Amuli«, sagte er. »Daud schickt mich, um Sie beide abzuholen.«

Hana stellte sich vor. Sie hatte sofort gemerkt, dass Ensanullah ihren Kleidungsstil ganz und gar nicht billigte.

»Ich bin fertig«, sagte sie auf Englisch.

Ensanullah fuhr Dauds neuen BMW.

»Was ist mit Ihrem anderen Wagen passiert?«, fragte Jakob. »Neulich hatten Sie doch einen Kleinwagen.«

»Dieser hier gehört Daud.«

Jakob sah Hana an und nickte anerkennend. »Noch ein Beweis, dass es sich lohnt, Privatermittler in Israel zu sein.«

Hana und Jakob saßen auf dem Rücksitz, während Ensanullah in ziemlichem Tempo auf Beit Hanina zusteuerte.

»Wenn er einen Unfall baut, wird Daud außer sich sein«, flüsterte Hana Jakob zu.

»Er ist ziemlich gut am Steuer«, erwiderte Jakob leise. »Er hat Übung.«

Als sie vor Dauds Wohnung ankamen, verschwand die Sonne gerade hinter den Dächern der umliegenden Gebäude. Ensanullah parkte auf dem reservierten Parkplatz hinter dem Wohnblock. Er hielt Hana die Tür auf. Sie schlang den Schal fest um sich und hoffte, dass er ihren Rücken bedeckte.

»Danke«, sagte Jakob zu dem Fahrer. »Ich hoffe, wir sehen uns wieder.«

Ensanullah antwortete mit einem formellen arabischen Abschiedsgruß, der die Worte »Möge Allah mit euch sein« enthielt.

Hana übersetzte.

»Sagen Sie das bitte noch mal«, bat Jakob.

Er tat es, und Jakob wiederholte den Satz mit nur einem kleinen Ausrutscher. Ensanullah lächelte, und die beiden Männer schüttelten sich die Hände. Dann betraten Hana und Jakob den Wohnblock.

»Ensanullah mag dich«, sagte Hana.

»Ja, solange ich in Amerika bleibe.«

Während sie die Treppen emporstiegen, erzählte Jakob Hana von seinem Gespräch mit dem Fahrer.

»Daud würde nicht mit Ensanullah zusammenarbeiten, wenn er ihm nicht vertraute«, sagte Hana.

Sie erreichten die Wohnung und Jakob drückte auf die Klingel. Ein halbwüchsiger arabischer Junge im Frack öffnete die Tür und führte sie herein. Der Wohnbereich war in einen Speisesaal verwandelt worden. Der Tisch - mit Leinentischdecke, Kerzen und funkelnden Silberplatztellern - war für drei Personen gedeckt. Daud erschien in einem leichten grauen Jackett.

»Hana, du siehst hinreißend aus«, sagte er mit einem breiten Lächeln. »Wie war die Fahrt? Seid ihr tüchtig erschrocken?«

»Ich hatte nur Sorge um den Wagen«, sagte Hana.

»Mir hat's gefallen«, erwiderte Jakob.

»Er ist ein sehr guter Fahrer«, sagte Hana.

In der Küche waren etliche Leute am Werk. Der Chef, ein älterer Mann mit Schnurrbart, kam heraus, um sie zu begrüßen.

»Ali hat alles vorbereitet«, sagte Daud. »Er und sein Team gehen jetzt, und ich werde euch bedienen.«

»Ich habe Daud gesagt, ich sollte Sie bedienen«, sagte Ali auf Englisch. »Aber er hat darauf bestanden, es selbst zu tun. Wenn er Fehler macht, ist es seine eigene Schuld.«

»Ich werde es ihm sagen«, erwiderte Hana mit einem leichten Grinsen.

Wenige Minuten später war das Kochteam verschwunden. Auf dem Küchentresen standen Silberplatten.

»Was steht auf dem Speiseplan?«, fragte Jakob.

»Wir beginnen mit drei Vorspeisen«, erwiderte Daud. »Auberginendip, Preiselbeerlabneh und Minifleischpasteten.«

»Lass mich dir helfen«, bot Hana an.

»Nein.« Daud hob abwehrend die Hand. »Ich möchte das auf meine Weise tun.«

Er verschwand wieder in der Küche. Da klopfte es an der Wohnungstür.

»Bitte macht auf«, sagte Daud. »Das ist vermutlich Ali oder einer seiner Jungs, die haben irgendwas vergessen.«

Hana saß näher an der Tür als Jakob. Sie öffnete, und mehrere Männer stürmten herein und warfen sie zu Boden. Sie landete auf dem Bauch; irgendjemand hockte auf ihrem Rücken und presste ihr Gesicht auf den harten Boden. Ein anderer packte ihre Hände und zwang sie zusammen. Hana versuchte es mit einem Ausweichmanöver, um sich zu befreien, und konnte einem der Männer einen heftigen Tritt an den Kopf versetzen. Er stöhnte und fiel nach hinten. Doch zwei weitere Angreifer lösten ihn ab, und bevor sie etwas anderes versuchen konnte, wurden ihr die Handgelenke mit Kabelbinder zusammengebunden, der ihr in die Haut schnitt und sie vor Schmerz aufschreien ließ.

»Sei still oder du stirbst!«, befahl eine männliche Stimme auf Arabisch.

Hana schloss den Mund und versuchte, sich loszureißen, aber die Hand auf ihrem Hinterkopf drückte fester zu und schlug ihr Gesicht gegen die Fliesen. Stimmen schrien auf Arabisch durcheinander. Im entstehenden Chaos konnte sie Dauds Stimme nicht ausmachen.

»Stopp! Das ist nicht ...«, hörte sie Jakob rufen, der aber plötzlich verstummte.

Jemand drehte Hana auf den Rücken und zerrte sie an den Füßen in den Essbereich. Der Tisch, an dem sie und Jakob gesessen hatten, war umgekippt. Alle Männer waren schwarz gekleidet. Hana schaute sich um und sah einen Mann mit einem roten Fleck auf der Wange. Es musste der Mann sein, den sie getreten hatte. Er kam ihr bekannt vor, und sie erkannte plötzlich, wer er war – Tawfik Zadan. Ein anderer Mann neben ihm zwang ihren Kopf grob nach unten.

»Sieh zu Boden oder ich steche dir die Augen aus!«, drohte er auf Arabisch.

Hana fixierte ihren Blick auf den Boden vor ihren Füßen. Scherben von Glas und Porzellan lagen überall in ihrem Blickfeld. Ein Paar Hände schoben ihr einen Knebel in den Mund.

»Bringt ihn hier rüber und legt sie Rücken an Rücken«, sagte eine andere Stimme.

Sie spürte, wie sich ein Körper gegen ihren Rücken presste, dann wurden ihre Arme mit weiteren Kabelbindern miteinander gefesselt. Die andere Person stöhnte. Hana vermutete, dass es Jakob war, aber sie wagte es nicht, einen Blick zu riskieren, um es herauszufinden. Die Männer in der Wohnung schrien sich weiterhin Anweisungen zu, wie sie den Bereich sichern sollten. Von Daud war noch immer nichts zu hören, und Hana befürchtete das Schlimmste. Er war die einzige wirkliche Bedrohung für die Angreifer und würde am ehesten sofort getötet werden. Heiße Tränen brannten in ihren Augen und rollten ihre Wangen hinunter, während sie ihren Blick starr auf den Boden richtete.

Die Stimmen verstummten. Dann sprach ein Mann mit einem ungewöhnlichen arabischen Akzent.

»Habt ihr ihre Handys?«

»Ja«, antwortete eine andere Stimme.

»Bringt sie her.«

Einen Moment später hörte Hana das Geräusch von splitterndem Glas und Plastik. Die an sie gefesselte Person zuckte leicht.

»Was ...«, begann er.

»Ruhe!«, brüllte ein Mann auf Englisch. »Sieh auf den Boden! Knebel ihn!«

»Okay, okay«, murmelte Jakob.

Hana spürte, wie Jakob sein Gewicht gegen sie verlagerte und dann still wurde.

Ihr Herzschlag, der sich beschleunigt hatte, seit sie zu Boden gestoßen worden war, beruhigte sich allmählich. Sie blinzelte ihre Tränen zurück und konzentrierte sich auf ihr Gehör. Männer bewegten sich in der Wohnung. Sie versuchte, sich an Details des Grundrisses zu erinnern.

»Hier sind alle Computer, die ich finden konnte«, sagte eine neue Stimme. »Sie gehören Hasan.«

Die Erwähnung von Dauds Namen ließ eine weitere Welle von Tränen aus Hanas Augen strömen.

»Bringt ihn zu mir«, sagte der Mann mit dem ungewöhnlichen Akzent.

Hana schloss die Augen und sprach ein stummes Dankgebet, dass Daud noch am Leben war.

✡

Die Benommenheit, die Jakobs Verstand benebelte, begann sich zu lichten. Er war sich nicht sicher, ob er bewusstlos gewesen oder nur von einem Schlag auf seine linke Schädelhälfte kurz außer Gefecht gesetzt worden war. Er hörte das Geräusch von zerbrechendem Glas und murmelte etwas vor sich hin. Jemand befahl ihm ruppig auf Englisch, still zu sein und auf den Boden zu schauen. Jakob zuckte zusammen. Er meinte, er könne spüren, wie ihm Blut über das Gesicht lief, aber da ihm die Hände gefesselt waren, konnte er es nicht prüfen. Jakob wusste, dass er sich im ersten Handgemenge an Porzellanscherben geschnitten hatte; in einem Finger pochte ein stechender Schmerz. Er vermutete, dass er an Hana gefesselt war. Je klarer sein Geist wurde, umso mehr wurde er sich seiner Umgebung bewusst. Hana gab keinen Laut von sich. Daud hörte Jakob nicht.

Mindestens acht Männer waren durch die Tür der Wohnung hereingestürmt. Jakob sah, wie sie Hana zu Boden stießen, und er war aufgesprungen. Aus den Augenwinkeln sah er, wie Daud in der Küche eine Schublade aufriss und ein großes Messer herauszog, dann wurde seine Welt dunkel, ob nur für ein paar Sekunden oder länger, wusste er nicht. Als er wieder zu sich kam, waren ihm die Hände auf den Rücken gefesselt, und er war an Hana gebunden.

Die Stimme, die er am häufigsten hörte, kam aus Richtung der Küche, aber es gab auch andere Stimmen aus verschiedenen Bereichen der Wohnung. Jakob schloss die Augen. Wenn er jetzt stürbe, dann hoffte er, dass es jenseits dieses Lebens etwas Besseres gab.

Plötzlich hörte Jakob etwas, das seine Aufmerksamkeit erregte: »Sprich russisch«, sagte einer der Männer. »Keiner der anderen versteht es. Sie tun, was man ihnen sagt, und glauben, es sei zum Ruhme Allahs und das Ziel des Dschihad.«

»Du hast einen dummen Fehler gemacht«, antwortete ein anderer. »Jetzt gibt es kein Zurück mehr. Das wird alles verändern.«

Jakob leckte sich über die Lippen. Es gab keinen Zweifel – die Stimme des zweiten Sprechers war die von Daud.

»Ich befolge nur Befehle«, antwortete der erste Mann. »Und du bist derjenige, der zu nah an die Flamme geflogen ist.«

»Anzor, ich hatte alles unter Kontrolle. Hast du gestern in Deir Dibwan nicht richtig zugehört? Mein Plan war perfekt, hätte das Problem beseitigt und alles vor den Israelis und den Amerikanern geheim gehalten. Jetzt muss ich einen Weg finden, wie ich meine eigene Tarnung aufrechterhalten kann. Du wirst mit diesem Schlamassel ohne meine Hilfe fertigwerden müssen.«

Jakob erinnerte sich an die Gesprächsfetzen auf Russisch, die er im Hotel mitbekommen hatte, und wünschte sich jetzt, er hätte mehr gehört.

»Wir zahlen dir eine Menge Geld für deine Dienste«, antwortete Anzor. »Und das gibt meinen Brüdern das Recht, dir zu sagen, was du zu tun hast. Wenn deine Tarnung auffliegt, musst du vielleicht diese Wohnung und deine teuren Autos verlassen und dorthin gehen, wo man dich für einen neuen Auftrag hinschickt. Hättest du damit ein Problem?«

»Wenn ja, dann werde ich das mit denen klären, nicht mit dir.«

»Werd bloß nicht frech«, entgegnete Anzor. »Ich bin derjenige, der eine Waffe hat.«

»Und du würdest es nicht wagen, sie zu benutzen, denn das würde dich deinen Kopf kosten.«

»Hör zu«, sagte Anzor. »Du wirst entkommen und wie ein Held aussehen.«

»Der sich nicht einem solchen Überraschungsangriff hätte aussetzen dürfen«, antwortete Daud. »Lass mich wenigstens diesen Teil der Operation erledigen. Ich weiß besser als du, wie die Israelis denken, und ich kann mir den besten Weg überlegen, meine Geschichte zu verkaufen. Ihr müsst mir vielleicht ein blaues Auge verpassen, damit es glaubwürdig aussieht.«

»Mit Vergnügen.«

»Was passiert mit den Geiseln?«

»Interessiert dich das? Ich weiß, du hast viel Zeit mit der Frau verbracht.«

»Sie bedeutet mir nichts.«

»Wir werden sie töten.«

Daud schwieg einen Moment. »Ich habe eine bessere Idee«, sagte er. »Werft sie auf einen Lastwagen und schickt sie in euer Hauptquartier in den Bergen bei Wladikawkas. Sie wäre die perfekte Beute für den Harem eines Kommandanten.«

Anzor lachte schroff. »Riskant, aber das wäre ein mutiger Schritt. Wenn sie so klug ist, wie du sagst, wird es ihr leichtfallen, die Sprache zu lernen und in der Gefangenschaft ohne allzu viele Schläge zu überleben.«

»Und der amerikanische Jude?«, fragte Daud.

»Er stirbt bei einem Unfall.«

»Dann bringt diesen Job jetzt ordentlich zu Ende«, antwortete Daud. »Er wurde schon zweimal verpfuscht.«

Eine Welle von Übelkeit überkam Jakob - wegen sich selbst, wegen Hana und Dauds ungeheuren Verrats. Er zerrte an den Plastikbändern, aber sie gaben nicht nach. Die Stimmen entfernten sich, als die beiden Männer die Küche verließen. Jakob spürte an seinem Rücken, wie Hana unkontrolliert zitterte. Sie sprach zwar kein Russisch, aber Dauds Stimme hatte sie ganz sicher erkannt.

✡

Als Hana begriff, dass es Daud war, der da mit einem der Angreifer in einer fremden Sprache redete, hoffte sie, dass er versuchte, einen Weg zu finden, ihr Leben zu retten. Aber je länger sie zuhörte, umso weniger passte Dauds Tonfall zu diesem Gedanken. Daud sprach eindringlich und wollte den anderen offensichtlich überzeugen, aber er klang eher frustriert als ängstlich. Durch den Schock des Überfalls zitterte sie am ganzen Körper. Daud und der andere Mann entfernten sich und setzten ihr Gespräch fort. Hana schloss ihre Augen und betete.

Plötzlich wurden sie und Jakob gepackt und auf ihre Füße gestellt. Aufrecht stehend, wenn auch wackelig, konnte Hana einen Blick auf die Männer werfen. Tawfik war nicht mehr dabei. Außer ihr und Jakob waren noch vier Männer im Raum, von denen einer ihr ins Gesicht spuckte und sie auf Arabisch als Schlampe beschimpfte. Die Spucke rann über ihre Wange. Ein anderer Mann zog ein langes Messer und drückte es ihr fest an den Hals.

In diesem Moment durchflutete Hana eine unglaubliche Ruhe, und das alte aramäische Wort für »Frieden« - *Shlama* - hallte in ihrer Seele wider. Sie schaffte es, sich hoch aufzurichten, und starrte dem Mann vor ihr direkt in die Augen, während sie darauf wartete, was er als Nächstes tun würde. Der Tod mochte ein Ende sein, aber sie wusste, er war auch ein Anfang.

Und in diesem Moment wurde ihr Gnade einer Märtyrerin zuteil. Hana wusste genau, dass sie an einen Ort nie endenden Friedens und übergroßer Freude gelangen würde. Der Mann drückte die Klinge fester gegen ihren Hals. Aber anstatt ihr die Kehle durchzuschneiden, durchtrennte er die Plastikfesseln, mit denen sie an Jakob gebunden war.

Zwei Männer schleiften sie über den Boden. Hana war nicht in der Lage, Blickkontakt mit Jakob aufzunehmen, der ebenfalls weggeschleppt wurde. Hana wurde in ein Zimmer geschleift und auf den Boden gepresst. Ihre Arme wurden an einen schweren Chromschreibtisch gefesselt. Der kleinere der beiden Männer streifte ihr ein schwarzes Plastikband über die Knöchel und zog es fest. Dann stand er auf und fuhr sich mit den Fingern durch sein Haar. Schweiß rann ihm über das Gesicht. Die Männer schalteten das Licht aus und ließen sie in der Dunkelheit allein.

Als sich ihre Augen an die Dunkelheit gewöhnt hatten, inspizierte Hana den Raum, bei dem es sich wohl um Dauds Arbeitszimmer handelte. Es gab ein einziges Fenster in der Wand gegenüber. Das Verdunklungsrollo war heruntergezogen, und nur ein schmaler Lichtstreifen drang herein. Computerkabel lagen auf dem Boden neben ihren Füßen. Jetzt, wo sie allein war, begann ihr Vertrauen in Daud zurückzukehren. Die Sprache, in der er mit dem anderen Mann gesprochen hatte, klang wie Russisch oder eine andere slawische Sprache, aber sie war sich nicht hundertprozentig sicher. Daud hatte ihr nie gesagt, wie viele Sprachen er sprach - einer der unzähligen Punkte, die es in einem gemeinsamen Leben zu entdecken galt.

Während Hana regungslos in der Dunkelheit saß, war sie sich ganz sicher, dass Daud alles tun würde, um ihr Leben zu retten. Sie schloss die Augen und betete um Kraft und Mut, egal, was ihr bevorstand. Sie betete dasselbe Gebet auch für Daud und Jakob. Die Zeit verging. Der Schmerz, den die Plastikfesseln verursachten, wurde vertrauter. Die Tür öffnete sich, jemand schaltete das Licht an und blendete sie vorübergehend. Als sie wieder klarer sehen konnte, standen zwei Männer vor ihr. Einer war Tawfik, der sich die Wange hielt und sie anstarrte. Der andere Mann war eindeutig ein Europäer oder weißer Amerikaner. Er redete auf Arabisch mit Tawfik. »Nimm ihr den Knebel ab.«

Hana spürte auf ihrem Hinterkopf die Hände des jungen Mannes, der dabei gewesen war, als sein Bruder Gloria Neumann tötete. Sobald der Knebel weg war, atmete sie ein paarmal tief durch den Mund.

Der Mann, der offensichtlich das Kommando hatte, sprach sie auf Arabisch an. »Hana Abboud, du wirst leben und nicht sterben«, sagte er. »Aber sprich nicht, es sei denn, ich gebe dir die Erlaubnis dazu.«

Hana nickte leicht. Sie erkannte den Akzent des Sprechers aufgrund ihres Kontakts mit Einwanderern, die nach dem Zusammenbruch der Sowjetunion in Scharen nach Israel geströmt waren.

»Gut. Ich werde dir jetzt einige Fragen stellen. Sag mir die Wahrheit, oder du wirst es bitter bereuen. Du wirst nicht sterben, aber du wirst so viel leiden, dass du dir wünschen wirst, du wärst tot. Ich kenne bereits einige Antworten auf meine Fragen, also versuch nicht, mich auszutricksen.«

Hanas Mund war trocken, und sie war sich nicht sicher, ob sie anders als krächzend sprechen konnte.

»Sag mir, wo deine Familie lebt.«

Hana war bereit gewesen, jede Frage zu beantworten, aber die Gefahr, dass ihrer Familie etwas zustoßen könnte, verschlug ihr die Sprache.

»Ich werde nicht lange warten«, sagte der Mann.

»Reineh«, brachte sie heraus.

»Und wie du sind sie Christen, also Ungläubige.«

»Wir glauben, dass Jesus Christus der Herr ist.«

Beim Bekenntnis ihres Glaubens kehrte etwas von der Ruhe zurück, die Hana empfunden hatte, als sie das Messer an ihrer Kehle spürte. Sie studierte das Gesicht des Mannes genauer. Er war in den Dreißigern, hatte hellbraunes Haar, schmale Lippen in einem glatt rasierten Gesicht, was für einen radikalen Muslim ungewöhnlich war. Er legte ein Mobiltelefon auf den Glastisch über Hanas Kopf.

»Ich werde unser Gespräch aufzeichnen. Sag mir alles, was du über Gloria Neumann weißt.«

»Ich bin mir nicht sicher, was Sie meinen ...«

Der Mann wies auf Tawfik, der ein Feuerzeug aus seiner Hosentasche nahm und es anknipste. Er beugte sich vor und hielt es nahe genug vor Hanas Nase, dass sie die Flamme riechen konnte. Sie wich mit dem Kopf zur Seite aus, um sich nicht zu verbrennen.

»Erzähl mir einfach alles«, wiederholte der Mann, während Tawfik Hana das Feuerzeug vors Gesicht hielt. »Ich werde entscheiden, ob es wichtig ist.«

»Ja«, sagte Hana.

»Gut.«

Tawfik nahm seinen Daumen vom Feuerzeug, und die Flamme erlosch.

»Hol ihr etwas Wasser«, sagte der Mann zu Tawfik.

Tawfik kam mit einer Flasche Wasser zurück. Der westlich aussehende Mann schraubte den Deckel ab und dreht die Öffnung zu ihr, sodass sie einen Schluck nehmen konnte. Sie genoss die Flüssigkeit in ihrem Mund, bevor sie sie die Kehle hinunterlaufen ließ.

»Fang ganz am Anfang an und lass nichts aus.«

Hana begann mit dem ersten Treffen bei Collins, Lowenstein und Capella. Es war bizarr, gefesselt und unter Schmerzen über das schicke Büro zu sprechen. Als sie Abdul erwähnte, machte Tawfik einen Schritt auf sie zu, aber der andere Mann hob die Hand, um ihn zurückzuhalten.

»Gehorche oder du gehst«, bellte er Tawfik an, der Hana wütend anstarrte, aber stillhielt.

»Weiter.«

Hana redete über alles, nur nicht über Sadie. Als sich der erste Satz über das Kind in ihrem Kopf formte, schob sie ihn schnell beiseite und das Gleiche tat sie jedes Mal, wenn er wiederkehrte. Sie bemühte sich, den Rhythmus ihrer Stimme nicht zu unterbrechen. Schließlich warf sie die Bemerkung ein, dass man aus taktischen Gründen beschlossen hatte, das Kind wegen seines Alters nicht in einen möglichen Prozess einzubeziehen. Der Mann, der sie vernahm, schwieg. Mehrmals gab er ihr Wasser. Nach dem dritten Schluck forderte er Tawfik auf, zu gehen.

»Lös Achmed bei dem Juden ab, und sag ihm, er soll auf den Balkon gehen.«

»Aber ich will ...«, begann Tawfik zu protestieren und griff wieder zum Feuerzeug.

»Geh!«

Mit einem letzten Blick auf Hana reichte Tawfik dem anderen das Feuerzeug und verließ den Raum.

»Erzähl mir von deinen Ermittlungen«, sagte der Mann.

Bei der Schilderung ihrer ersten Reise nach Israel, um Daud und Sahir zu befragen, wollte Hana Daud unbedingt schützen, wusste aber instinktiv, dass dies unmöglich sein würde. Sie enthüllte alles, außer der aufkeimenden romantischen Beziehung zwischen ihnen. Hana überging

Sadies Geburtstagsparty, erwähnte aber Jakobs Kontakte mit Detective Freeman und Emily Johnson. Sie begann gerade, die Ermittlungen der letzten Tage zusammenzufassen, als sie ein Geräusch hinter sich hörte und innehielt.

»Jemand möchte dich sehen«, sagte ihr Befrager. »Er hat schon die ganze Zeit zugehört.«

Eine Gestalt trat in ihr Sichtfeld. Zu Hanas Entsetzen war es Daud.

Er sah sie mit einer solchen Gefühllosigkeit an, dass sie sich fragte, ob er ein anderer Mensch war. Sie empfand eine Mischung aus Verwirrung und Grauen. Der Mann sprach auf Arabisch mit Daud.

»Hat sie mir die Wahrheit gesagt?«

»Sie hat dir nicht gesagt, dass sie mich heiraten will«, antwortete Daud.

Der Mann schnippte das Feuerzeug an. »Und ich habe sie vor schmerzhaften Konsequenzen gewarnt, wenn sie etwas verschweigt.«

»Nein!«, schrie Hana.

»Tu, was du willst«, sagte Daud mit starrem Blick.

Der Mann hielt die Flamme dicht an Hanas nackten rechten Fuß. Sie warf Daud einen flehenden Blick zu, der im Begriff schien, einzugreifen, es aber nicht tat. Der Mann löschte die Flamme und stand auf.

Hanas Augen wanderten hektisch zwischen Daud und dem anderen Mann hin und her, während sie versuchte, zu begreifen, was geschah.

»Sollen wir sie noch länger hierbehalten?«, fragte der Mann.

»Nur, bis wir Brodsky verhört haben«, sagte Daud. »Es könnte ja noch etwas auftauchen, das sie vor uns zu verbergen versucht hat. In diesem Fall solltest du ihr auf jeden Fall eine strengere Lektion erteilen.«

»Daud, bitte«, begann Hana.

Bevor sie weiterreden konnte, beugte Daud sich vor und schlug ihr mit dem Handrücken über den Mund.

»Sprich nicht mit mir!«, schrie er.

Tränen strömten Hana aus den Augen, ihre Unterlippe zitterte. Der Raum um sie herum verschwamm. Die beiden Männer verließen den Raum.

✡

Jakob lag mit dem Gesicht auf dem Boden. Aus den Augenwinkeln konnte er die Füße des Mannes sehen, der ihn bewachen sollte. Der Wachmann trug teure Nike-Basketballschuhe. Alle paar Minuten gab er Jakob einen kleinen Fußtritt.

Jakob wollte unbedingt leben, aber es war eine aussichtslose Situation. Um sich abzulenken, dachte er an seine Eltern, seine Freunde, an Emily, Ben und alle anderen, die ihm in den Sinn kamen. Er stellte sich vor, wie sie auf die Nachricht von seinem Tod reagieren würden. Welche Methode diese Männer auch immer anwenden würden, um ihn zu töten, es würde nie als Unfall akzeptiert werden. Zu viele Menschen wussten, dass Jakob von einer Seite der Erdkugel auf die andere verfolgt worden war. Vielleicht würden die Verantwortlichen eines Tages vor Gericht gestellt werden. Besonders Daud Hasan, dessen unvorstellbarer Verrat alles Böse bei Weitem übertraf.

Jakobs Wächter riss ihn mit einem Ruck auf die Beine und schubste ihn auf einen Stuhl. Die plötzliche Bewegung und die Auswirkungen des Schlags auf seinen Kopf ließen den Raum für einige Augenblicke kreisen. Als Jakobs Sicht sich wieder klärte, stand Daud vor ihm, flankiert von zwei anderen Männern. Einer der beiden kam ihm bekannt vor, und Jakob erkannte Tawfik Zadan.

»Tawfik«, sagte er, bevor er sich zurückhalten konnte.

»Halt die Klappe, Judenschwein!«, brüllte Tawfik ihn auf Englisch an.

Jakob schloss den Mund. Der andere Mann sprach gebrochen Englisch. »Du bist ein Gefangener des militärischen Zweigs der Abu-Azzam-Brigade. Ich bin Anzor Varayev, ein Kommandeur der Armee-Einheit in Palästina.«

Jakobs Blick huschte von Anzor zu Daud. Dauds Gesichtsausdruck verriet nichts. Anzor wandte sich an den Ermittler.

»Ich habe Hasan und die Frau verhört«, sagte er. »Jetzt bist du dran. Erzähl mir alles, was du über den Tod der amerikanischen Jüdin und das Martyrium von Abdul Zadan weißt.«

Da er wusste, dass sie bereits über sein Schicksal entschieden hatten, überschlugen sich Jakobs Gedanken im Versuch, zu entscheiden, was er tun und sagen sollte. Der einzige Gedanke, der ihm in den Sinn kam, war, das Verhör so lange wie möglich hinzuziehen.

»Ich werde am Anfang beginnen«, antwortete er.

Nach einer Viertelstunde beschrieb er immer noch seine Bemühungen, einen juristischen Partner zu finden, der ihm bei dem Fall helfen sollte.

»Es reicht!« Anzor hob die Hand. »Du verschwendest meine Zeit. Kneble ihn und bring ihn in den Raum mit der Frau.«

»Wollen Sie nichts über John Caldwell hören?«, fragte Jakob und versuchte verzweifelt, sich etwas einfallen zu lassen, das Anzors Aufmerksamkeit erregen könnte.

Anzor hob die Hand, um Tawfik aufzuhalten, der sich Jakob näherte. »Was hast du eben gesagt?«

»John Caldwell, auch bekannt als Latif Al-Fasi.«

Offensichtlich nervös wandte sich Anzor auf Russisch an Daud. »Hast du davon gewusst?«

»Nein. Ich hätte es den Brüdern sofort gemeldet.«

Verblüfft über Dauds Lüge, versuchte Jakob, sich nicht anmerken zu lassen, dass er den Austausch zwischen den beiden Männern verstand. Anzor richtete seine Aufmerksamkeit jetzt wieder auf Jakob und sagte auf Englisch: »Erzähl mir von diesem Latif Al-Fasi.«

Erneut versuchte Jakob, Zeit zu schinden, indem er seine Informationen in die Länge zog. Als er Al-Fasis Aussehen auf dem Video auf dem beschlagnahmten Computer beschrieb, wurde er von Anzor unterbrochen.

»Ich habe ihm gesagt, er soll vorsichtiger sein«, sagte Anzor auf Russisch zu Daud. »Ist das wahr?«

»Ja«, antwortete Daud. »Aber ich wusste nicht, dass Al-Fasi identifiziert wurde. Wenn dieser Idiot es herausgefunden hat, dann wissen die Israelis und Amerikaner es auch bereits. Wo steckt Al-Fasi?«

»In Los Angeles bei einem Treffen mit Simi Valley Productions, der Firma, über die wir Ressourcen zur Finanzierung unserer Arbeit im Westen transferieren.«

Anzor sprach wieder Englisch mit Jakob: »Hasan sagt, du hast ihm nichts davon erzählt. Ist das wahr?«

Auf diesen Moment hatte Jakob gewartet, seit Daud Anzor über Al-Fasi belogen hatte. Er hatte einen heftigen inneren Kampf mit sich selbst ausgefochten: Sollte er Daud widersprechen und damit sein Leben gefährden (was er zweifellos verdient hatte), oder sollte er dessen Lüge bestätigen, um herauszufinden, warum Daud Anzor belog. Jakob vermied es, Daud anzuschauen.

»Ich habe Daud nie über den Weg getraut«, antwortete Jakob. »Hana Abboud war in ihn verliebt und hat alles geglaubt, was er ihr erzählte. Deshalb habe ich die Informationen zurückgehalten.«

Anzor grunzte. »Was hast du Hasan noch verschwiegen?«

Jakob beschrieb, wie er gegen Dauds Anweisungen verstoßen und das Video zur Auswertung an Detective Freeman weitergeleitet hatte. »Ich schickte es an meinen Detective-Freund in den USA, und der hat es an den Heimatschutz weitergeleitet. Sie haben Al-Fasi identifiziert und dem Detective ein Dossier mit Informationen über ihn geschickt.«

Anzor fluchte auf Russisch. Jakob hielt inne.

»Weiter«, sagte Anzor knapp. »Und lass nichts aus.«

»Ms Abboud hat Daud erzählt, was ich getan habe, obwohl ich sie angewiesen hatte, das nicht zu tun«, sagte Jakob und hielt inne.

»Weiß sie von Latif Al-Fasi?«

»Ja.«

Anzor sah Daud an und redete wieder Russisch: »Warte hier. Ich werde die Frau dazu befragen. Ich hätte sie früher ausreden lassen sollen, bevor du sie unterbrochen hast.«

Anzor ging. Daud wandte sich an Tawfik und sagte etwas auf Arabisch, woraufhin Tawfik nickte. Dann verließ Daud mit einem Seitenblick auf Jakob schnell den Raum. Jakobs Herz klopfte zum Zerspringen, als Tawfik ein Messer aus der Tasche zog und sich vor ihm aufbaute.

Kapitel 41

Erschöpft und am Boden zerstört konnte Hana kaum ein Gebet murmeln. Ihr Gesicht schmerzte an der Stelle, an der Daud sie geschlagen hatte, aber es war nicht der physische Schmerz des Schlages, der bis in ihr Innerstes drang. Es war die Bosheit dahinter. Alles, was sie über Daud gedacht hatte, war falsch. Die Tür öffnete sich, und ihr Befrager kehrte zurück. Hana wich unwillkürlich zurück.

»Sag mir, was du über Latif Al-Fasi weißt«, verlangte er auf Arabisch.

»Ähm, er ist Amerikaner, der Hinrichtungsvideos filmt und schneidet«, sagte sie.

»Mehr! Ich verliere langsam die Geduld mit dir!«

Hana sprach so schnell, wie sie konnte. »Er tauchte in einem Video auf einem Computer auf, der im Haus der Familie Zadan in Deir Dibwan beschlagnahmt wurde. Männer wurden von maskierten Teenagern gejagt und ermordet. Es war ein Video innerhalb eines Videos. Ich weiß nicht, ob das Sinn ergibt, aber ...«

»Wie hast du und der amerikanische Jude Al-Fasi identifiziert?«, unterbrach der Mann sie.

»Jakob hat das Video an einen Polizisten in Atlanta geschickt, und die US-Behörden haben Al-Fasi identifiziert.«

Der Mann starrte Hana mehrere Sekunden lang angestrengt an. »Hast du das auch Daud Hasan gesagt?«

»Ja. Es war gestern oder heute. Ich kann mich nicht mehr genau erinnern.«

Wut überzog das Gesicht des Mannes. Hana schloss die Augen, um dem zu entgehen, was sie befürchtete. Der Mann brüllte etwas, das Hana nicht verstand. Sie öffnete die Augen, als er sich zur Tür wandte, um zu gehen.

In diesem Moment erschütterte ein gewaltiger Knall die Wände der Wohnung und brachte Teile der Decke zum Einsturz. Hanas erster Gedanke war, dass jemand einen Sprengstoffgürtel gezündet hatte. Der Mann, der sie befragt hatte, presste die Hände an die Ohren und stolperte zur Tür. Bevor er sie erreichte, stürmten zwei Männer in Militäruniformen den Raum. Sie stießen den Mann zu Boden, und einer von ihnen drückte ihm die Mündung eines Gewehrs an den Kopf, während der andere seine Hände packte und sie mit Handschellen hinter seinem Rücken fixierte. Obwohl ihre Ohren immer noch dröhnten, hörte Hana Schüsse.

Der Uniformierte, der dem Mann die Waffe an den Kopf hielt, sah sie an und brüllte etwas auf Hebräisch, aber sie konnte nicht verstehen, was er sagte. Der andere Soldat war dabei, die Taschen des Mannes zu leeren. Hana sah das Feuerzeug und eine Handfeuerwaffe. Der Soldat riss dem Mann das Hemd auf, um festzustellen, ob er einen Sprengstoffgürtel trug.

»Wer sind Sie?«, rief sie auf Hebräisch.

Der Soldat zeigte auf einen Aufnäher an seiner Uniform. Sie erkannte es als das Abzeichen einer Spezialeinheit des israelischen Inlandsgeheimdienstes. Voller Dankbarkeit schloss Hana die Augen. Der im Raum aufgewirbelte Staub brachte sie zum Husten. Sie hörte weitere Schüsse. Dann wurde alles still. Ein Soldat betrat den Raum, kniete sich neben sie, nahm ein Messer aus seinem Gürtel und durchtrennte die Fesseln, die ihre Handgelenke, Arme und Knöchel banden. Hana schrie vor Schmerz auf, und der junge Soldat sah sie besorgt an.

»Danke, danke, danke«, wiederholte sie.

Hana rieb sich vorsichtig ihre Handgelenke. Die beiden Soldaten rissen den Mann, der Hana befragt hatte, auf die Beine und zerrten ihn aus dem Raum. Er vermied es, sie anzusehen. Der Soldat, der sie losgebunden hatte, kam zurück und sprach sie an. »Können Sie gehen?«, fragte er auf Hebräisch.

»Ich glaube schon«, antwortete Hana, während sie sich unsicher aufrichtete, dann aber wieder zu Boden sank.

»Bleiben Sie sitzen«, sagte der Mann. »Ich werde einen Sanitäter schicken.«

Hana bewegte ihre Beine einige Male vorsichtig, während sie wartete. Eine junge jüdische Frau betrat den Raum und schloss die Tür.

»Was haben sie mit Ihnen gemacht?«, fragte die Frau.

Hana erklärte es, und die Frau untersuchte sie. Jede noch so geringe Bewegung von Hanas Händen verursachte stechende Schmerzen in ihren Händen und Handgelenken.

»Ich hoffe, es sind nur vorübergehende Nervenschmerzen«, sagte die Sanitäterin.

»Was ist mit dem Amerikaner? Ist er okay?«

»Er wurde angeschossen und ist auf dem Weg ins Krankenhaus. Ich weiß nicht, wie schwer er verletzt ist, aber als ich ihn gesehen habe, war er bei Bewusstsein.«

Hanas Unterlippe zitterte, und sie kämpfte darum, ihre Fassung zu bewahren. »Was ist mit den Terroristen?«

»Außer Gefecht oder in Gewahrsam«, antwortete die Frau und erhob sich vom Boden.

Die Tür öffnete sich, und Daud kam herein. Sein Hemd war vorn mit Blut bespritzt.

»Nein!«, schrie Hana.

Die Sanitäterin drehte sich um.

»Es ist nicht so, wie du denkst«, sagte Daud auf Hebräisch. »Ich habe den Schin Bet kontaktiert und sie informiert, dass wir in Geiselhaft sind. Deshalb sind die Soldaten hier.«

»Er lügt!«, sagte Hana zu der Sanitäterin, die zwischen ihr und Daud stand. »Ich will mit dem leitenden Offizier sprechen!«

»Ich werde ihn holen«, sagte Daud und verließ den Raum.

»Er hat uns verraten und mir ins Gesicht geschlagen«, sagte Hana zu der Sanitäterin und deutete verzweifelt auf ihre Wange. »Man muss ihn verhaften!«

»Ich weiß nicht, wer er ist«, antwortete die Frau. »Colonel Tarif ist für den Einsatz verantwortlich.«

Hana zitterte vor Wut und Angst. Daud war so redegewandt, dass er jede Situation zu seinen Gunsten drehen konnte, das wusste sie. Ein drusischer Mann mittleren Alters mit einem kräftigen Schnurrbart und in Militäruniform betrat den Raum. Er sprach zuerst mit der Sanitäterin. »Ist sie in der Lage, mit mir zu sprechen?«, fragte er.

»Ja«, antwortete die Sanitäterin.

»Dann lassen Sie uns bitte allein«, sagte der Offizier. »Und sagen Sie allen, wir wollen nicht gestört werden.«

Die Sanitäterin verließ den Raum und schloss die Tür hinter sich.

»Ich bin Colonel Tarif«, sagte der Mann auf Hebräisch zu Hana.

»Glauben Sie nichts, was Daud Hasan Ihnen erzählt«, sagte Hana atemlos. »Er hat mit den Terroristen kollaboriert, die uns als Geiseln genommen haben. Nehmen Sie ihn sofort fest.«

»Das kann ich nicht tun«, antwortete der Offizier. »Mr Hasan ist autorisiert, hier zu sein.«

»Aber er arbeitet mit den Terroristen zusammen! Konnten Sie mit Jakob Brodsky sprechen, bevor sie ihn ins Krankenhaus brachten? Er hat alles gesehen und wird bestätigen, was ich sage!«

»Einer meiner Mitarbeiter hat ihn kurz interviewt, aber ich weiß nicht, was er gesagt hat.«

»Was können Sie mir dann überhaupt sagen? Sie haben keine Ahnung, wie manipulativ und trügerisch Hasan sein kann!«

»Die Gegend ist gesichert, und Sie sind nicht mehr in Gefahr.«

»Nicht, solange Daud Hasan frei ist! Es ist nicht sicher, und ich bin immer noch in Gefahr!«

Colonel Tarif ging zur Tür, öffnete sie und winkte jemanden heran. Daud trat ein.

»Was haben Sie Ms Abboud zu sagen?«, fragte der Colonel Daud, der Hana einen vorsichtigen Blick zuwarf.

Hana konnte nicht glauben, was hier geschah, aber es war klar, dass niemand ihr zuhören würde. »Bitte, ich möchte hier weg«, flehte sie Tarif an.

»Ich habe auf Russisch mit Anzor gesprochen, dem Mann, der das Kommando bei den Terroristen hatte«, sagte Daud zu Hana. »Er kommt ursprünglich aus Tschetschenien. Wären Colonel Tarif und seine Einheit nicht gekommen, wäre Jakob jetzt tot, und dich hätte man nach Tschetschenien geschickt und ...«

»Und was?«

»... und zu einer Ehe mit einem Kommandeur der örtlichen islamischen Miliz gezwungen. Das war mein Vorschlag, um dich am Leben zu halten, bis Rettung in Sicht war.«

Hana starrte Daud an. »Ich glaube dir kein Wort«, sagte sie, und ihre Stimme zitterte.

Daud warf Colonel Tarif einen Blick zu. »Lassen Sie mich mit ihr allein.«

»Nein!«, sagte Hana zu dem Offizier. »Bitte, nein!«

Nach einigen Sekunden des Zögerns wandte sich der Colonel ab. »Wir müssen bald gehen, um den Einsatz nachzubesprechen«, sagte er zu Daud.

»Ich verstehe.«

Tarif ging und ließ Hana zurück, die Daud fassungslos anstarrte. »Es gibt nichts, was du sagen könntest ...«, begann sie und hielt inne, als Daud sich zu ihren Füßen auf den Boden kniete.

»Ich werde dafür sorgen, dass du genug von der Wahrheit erfährst, um zu wissen, dass ich nie etwas tun würde, das dir schaden oder dich verletzen würde.«

»Du hast mich geschlagen!«, erwiderte Hana und deutete auf ihr Gesicht.

»Ich musste Anzor davon überzeugen, dass nichts zwischen uns war, damit er nicht an meiner Loyalität zweifelte und dich tötete.«

»Allerdings hast du mich von deiner Loyalität überzeugt!«

Daud sah einen Moment lang zu Boden, bevor er antwortete.

»Ich war nicht ganz ehrlich zu dir, seit wir uns das erste Mal getroffen haben. Meine Rolle hier ist viel komplizierter, als dir oder Jakob bewusst war. Ich habe geglaubt, ich könnte ohne Netz und doppelten Boden meinem Land und gleichzeitig eurem Mandanten dienen. Aber ich bin gestürzt, und das hat uns fast vernichtet. Das ist alles, was ich im Moment sagen kann.«

»Ich werde tun, was ich kann, um dich dafür bezahlen zu lassen, was du getan hast«, schrie Hana. »Verschwinde! Auf der Stelle!«

Daud richtete sich langsam auf, und ihre Blicke trafen sich. Von dem tödlichen Blick, den er ihr kurz zuvor zugeworfen hatte, war keine Spur mehr, aber die Erinnerung daran hatte sich in ihr Gehirn eingebrannt.

✡

Jakob schloss für einen Moment die Augen. Ein toter Terrorist lag auf dem Boden. Im wirklichen Leben starben die Menschen nicht wie im Film. Obwohl der Mann tödlich angeschossen worden war, zuckte sein Körper noch immer. Ein Sanitäter kniete neben Jakob und untersuchte sein linkes Bein. Er schnitt den Stoff der Hose auf, um die Wunde freizulegen, die eine Kugel auf ihrem Weg in den Unterbauch eines Terroristen in Jakobs Oberschenkel gerissen hatte.

Nachdem er getroffen worden war, war Jakob auf den Boden gestürzt und dort mit geschlossenen Augen liegen geblieben, bis die Schießerei aufhörte. Als er den Kopf hob, war Tawfik verschwunden, und der verwundete Terrorist lag verblutend auf dem Boden. Vom ersten Knall der Sprenggranaten, als die Spezialeinheiten in die Wohnung eindrangen, bis zum letzten Schuss war weniger als eine Minute vergangen.

Eine Stunde später wurde Jakob in einem Militärkrankenhaus behandelt. Sein linkes Bein war durch mehrere Spritzen betäubt, und er beobachtete, wie der israelische Arzt die Wunde zusammennähte.

»Wie viele Stiche waren nötig?«, fragte er den Arzt, der Jakob erzählt hatte, dass er aus New Jersey nach Israel eingewandert war.

»Ungefähr dreißig.«

Jakob dachte an die siebenunddreißig Stiche, mit denen die Wunde in Sadie Neumanns Gesicht vernäht worden war.

»Sie werden die Wunde noch länger spüren. Schränken Sie Ihre Aktivitäten für ein paar Wochen ein und heben Sie nichts, was schwerer ist als fünfzehn Pfund. Ich habe Ihnen eine Spritze mit einem Antibiotikum gegeben und werde Ihnen ein Rezept ausstellen. Die Schwester wird Ihnen schriftliche Anweisungen geben, wie Sie die Wunde pflegen müssen. Sie werden für eine Weile keine Marathons laufen.«

»Das wollte ich sowieso nie«, antwortete Jakob. »Was ist mit Hana Abboud, der anderen Geisel? Wie geht es ihr?«

»Sie wurde vor ein paar Minuten hergebracht.«

»Wurde sie angeschossen oder schwer verletzt?«

»Sie wurde nicht angeschossen. Ich bin mir über ihren medizinischen Zustand nicht sicher.«

»Ich würde sie gerne sehen.«

»Ich werde herausfinden, ob das möglich ist.«

Der Arzt ging. Jetzt, wo er nicht mehr in unmittelbarer Lebensgefahr war, vermisste Jakob sein Mobiltelefon. Auf dem Bett sitzend fühlte er sich völlig isoliert vom Rest der Welt. Er presste die Hände auf die Ohren in dem vergeblichen Bemühen, das Klingeln darin zu stoppen, und rieb sich die Augen. Es war nicht möglich, seine Erinnerung an die Szene in der Wohnung zu löschen. Ein Pfleger betrat seine Kabine.

»Mr Brodsky? Sie wollten Ms Abboud sehen?«

»Ja«, antwortete Jakob und bereitete sich darauf vor, sein Bein auf den Boden zu stellen und aufzustehen.

»Nein, nein«, sagte der Pfleger und hob die Hand. »Ich bringe sie zu Ihnen.«

Wenige Augenblicke später wurde der Vorhang zurückgezogen, und Hana kam langsam herein. Sie trug immer noch das grüne Kleid, aber ihre schicken Schuhe waren durch Krankenhauspantoffeln ersetzt worden. Sie schlurfte vorwärts. Ihr Haar war ein Durcheinander. Als er Hana lebendig vor sich sah, spürte Jakob, wie ihm die Tränen in die Augen stiegen und über seine Wangen liefen.

»Ich weiß nicht, wo die herkommen«, sagte er, räusperte sich und wischte die Tränen weg. »Oh Mann, bin ich froh, dich zu sehen.«

Hana setzte sich auf einen Plastikstuhl und betrachtete den Verband an Jakobs Oberschenkel. Er erzählte ihr, was passiert war. Während er sprach, blieb Hanas Gesicht so teilnahmslos wie das einer Steinstatue. Er vermutete, dass sie unter Schock stand.

»Was ist mit dir passiert?«, fragte er.

»Nachdem wir getrennt wurden, verbrachte ich die meiste Zeit allein mit dem Mann, den sie Anzor nannten, bis die Soldaten kamen.« Hana hielt inne und strich sich vorsichtig über ihre Wange.

»Das war Daud. Und jetzt will er mir vormachen, er hätte nicht mit den Terroristen zusammengearbeitet.«

»Ich glaube, er sagt vielleicht die Wahrheit.«

Hana blickte auf. »Wie kommst du darauf?«

So gut er konnte, rekonstruierte Jakob die Gespräche zwischen Daud und Anzor, die er mitgehört hatte. Er zögerte, als er zu dem Teil kam, in dem es um seinen Tod und Hanas Versklavung in Tschetschenien ging, aber er sagte es ihr trotzdem.

»Ich weiß es schon«, sagte Hana. »Daud hat es zugegeben, behauptete aber, dass es ein Weg gewesen sei, um mich am Leben zu erhalten.«

»Das war mir zu dem Zeitpunkt nicht klar«, sagte Jakob. »Die Schlüsselinformation hatte mit Latif Al-Fasi zu tun. Daud wollte nicht, dass Anzor weiß, dass wir Al-Fasi identifiziert hatten und ihn mit Tawfik und Abdul in Verbindung brachten. Als ich Al-Fasis Namen erwähnte, stürmte Anzor aus dem Raum, um dich zu fragen, was Daud über ihn wüsste. Und dann kamen die Soldaten.«

Hana hob langsam die Hand und strich sich eine Haarsträhne aus dem Gesicht. »Ich habe keine Ahnung, was ich denken oder fühlen soll. Daud behauptet, er sei eine Art Doppelagent, der für Israel arbeitet. Wenn das der Fall ist, ist seine Tarnung aufgeflogen, denn die Terroristen, die gefangen genommen wurden, werden bald verbreiten, dass Daud auf freiem Fuß ist.«

»Sein Leben wird jedes Mal in Gefahr sein, sobald er auf die Straße tritt.«

»Du weißt ja selbst, wie sich das anfühlt.«

Jakob erinnerte sich an Anzors Bemerkung über Simi Valley Productions und erzählte Hana davon. »Das sollten wir überprüfen«, sagte er. »Es könnte sein ...«

»Daran kann ich noch nicht denken«, unterbrach ihn Hana. »Ich stehe noch unter Schock wegen Daud.«

Jakob dachte einen Moment lang nach. Er sprach langsam. »Auch wenn ich meine Fragen habe, vermute ich doch, dass Daud auf der richtigen Seite steht. Ich meine, irgendwie hat er die Information rausgeschleust, dass wir Geiseln waren.«

»Falls diese Information nicht von anderer Stelle kam.«

»Von wem?«

»Ich weiß es nicht«, antwortete Hana frustriert.

Sie saßen einen Moment lang schweigend da.

»Verbringst du die Nacht im Krankenhaus?«, fragte Jakob.

»Nein. Sobald sie mich entlassen, fahre ich zurück ins Hotel.«

Es war eine ganz normale Feststellung, aber eben diese Normalität verstörte Jakob. »Bist du sicher, dass das eine gute Idee ist?«

»Colonel Tarif, der Kommandeur der Spezialeinheit, sagte mir, dass sie das Umfeld des Hotels mit Sicherheitsleuten absichern werden. Er hat mich auch gebeten, mit niemandem darüber zu sprechen, was passiert ist. Ich möchte unbedingt meine Familie anrufen, und sei es nur, um ihre Stimmen zu hören ...« Hana brach ab, weil ihr erneut die Tränen über die Wangen liefen. Trotz seines eigenen Schmerzes wünschte Jakob, er könnte sie trösten.

»Ein Spezialist wird meine Ohren untersuchen, die klingeln wie verrückt«, sagte Jakob.

Hana wischte sich mit dem Handrücken über die Augen. »Meine Ohren hörten nach einer Stunde oder so auf zu klingeln, aber du warst näher an der ersten Explosion als ich.«

Hana hatte ein wenig Mühe, aufzustehen. Jakob betrachtete sie voller Sorge und Mitleid. »Hana«, sagte er, »es tut mir leid, dass ich Leon Lowenstein kontaktiert und dich in diesen Schlamassel hineingezogen habe.«

»Du konntest das nicht vorhersehen«, sagte sie und seufzte. »Und ich habe auch eine Entscheidung getroffen. Mr Collins und Mr Lowenstein haben es mir überlassen, ob ich dir helfen will oder nicht.«

Sie schwiegen einen Moment lang. Jakob war froh über die Ruhe dieses sicheren Ortes. »Wir werden die Wahrheit über Daud herausfinden.«

Hana wandte sich zum Gehen. »Bemüh dich nicht«, sagte sie knapp. »Es würde nichts ändern.«

Kapitel 42

Zurück im Hotel schlüpfte Hana in ein Nachthemd, kroch ins Bett und zog die Decke bis ans Kinn hoch. Jede einzelne Zelle in ihr war unendlich erschöpft. Während der Nacht wachte sie immer wieder auf, wenn sie Hände oder Füße bewegte, was den Schmerz wieder aktivierte. Ansonsten hatte sie keinen Albtraum, und das war ein Segen. Am Morgen ging sie unter die Dusche und stand lange unter dem Wasserstrahl, um ihren Körper und ihre Seele zu reinigen. Das warme, wohltuende Wasser half mehr, als sie für möglich gehalten hatte. Nachdem sie angekleidet war, stellte sie die örtlichen Nachrichten an. Dort wurde von einer Razzia auf eine Terroristenzelle in Beit Hanina berichtet, bei der ein nicht identifizierter Terrorist umgekommen war. Es wurde nicht erwähnt, was wirklich geschehen war.

Vorsichtig öffnete sie ihre Zimmertür und wurde von einem milden Tag mit klarem Himmel empfangen. Sie ging in den Hof, saß allein bei ihrer Tasse Kaffee und aß nur etwas Obst. Sie hatte keinen Appetit. Ein Israeli etwa im selben Alter wie sie kam an den Tisch und sprach sie auf Hebräisch an.

»Guten Morgen«, sagte er. »Mein Name ist Yosef. Aaron Levy schickt mich zu Ihnen. Ich würde gern mit Ihnen sprechen, wenn Sie sich dazu in der Lage fühlen.«

»Haben Sie eine offizielle Legitimation?«

Der Mann zeigte ihr eine Karte, die echt aussah. Er sprach mit marokkanischem Akzent, was auf eine sephardische Herkunft hindeutete.

»Okay«, sagte Hana und gab ihm die Karte zurück. »Werden Sie unser Gespräch aufzeichnen?«

»Mit Ihrer Erlaubnis.«

»Tja, es muss wohl sein«, seufzte sie. »Für jemanden, der mich vernehmen will, sind Sie sehr höflich.«

»Weniger vernehmen als mit Ihnen reden«, erwiderte er und beugte sich näher zu ihr. »Sie verfügen über sensible Informationen, und wir wollen mit Bedacht damit umgehen. Haben Sie mit irgendjemandem über das gesprochen, was sich gestern Abend in Beit Hanina ereignet hat?«

»Nur mit Colonel Tarif und Jakob Brodsky«, sagte sie und brach ab. »Und mit Daud Hasan. Aber ihm traue ich nicht.«

»Wären Sie bereit, alles, was sich am gestrigen Tag und Abend ereignet hat, vertraulich zu behandeln, jedenfalls fürs Erste?«

»Gibt es eine Nachrichtensperre? Auf Channel 2 wurde kaum etwas Konkretes berichtet.«

»Unsere Bitte ist nicht auf den Kontakt zu den Medien beschränkt.«

»Es gibt ein paar Menschen, die davon wissen müssen«, erwiderte Hana langsam. »Ich habe Familie in Reineh, und ich arbeite hier an einer Klagevorbereitung für einen Mandanten, dessen Frau auf dem Hurva Square ermordet wurde.«

»Ich weiß.«

»Wie viel wissen Sie?«

»Wir kennen die wichtigsten Fakten, entweder von Mr Hasan oder aufgrund von unseren eigenen geheimdienstlichen Ermittlungen.«

Hana erinnerte sich an einen Kommentar von Daud, dass man in Israel nie von der Verschwiegenheit anderer ausgehen konnte. Sie hatte nicht gewusst, wie weit Dauds Loyalität ging und wo er die Grenze überschritt. Er konnte ihr Hotelzimmer abgehört, ihren Computer gehackt, ihr Handy angezapft oder tausend andere Dinge unternommen haben, um sie auszuspionieren.

»Arbeitet Daud Hasan für Sie?«

»Bevor ich das beantworte, brauche ich eine Antwort auf meine Frage.«

Hana zögerte und fragte dann: »Was heißt ›fürs Erste‹ genau? Eine Woche, einen Monat, ein Jahr? Für immer?«

»Nur so lange, bis ein paar dringende Angelegenheiten geklärt sind.«

»In Bezug auf Latif Al-Fasi?«

»Und einige andere Personen, für die wir uns interessieren«, sagte Yosef mit einem Blick auf die Hotelgäste, die nicht weit entfernt beim Frühstück saßen. »Bitte sprechen Sie leise.«

»Ich bin Israelin«, sagte Hana. »Und ich bin meinem Land gegenüber loyal.«

»Daran haben wir keinen Zweifel.«

»Was ist mit Jakob Brodsky? Er weiß, was ich weiß, vielleicht sogar mehr, da er Russisch versteht und das Gespräch zwischen Daud und dem Mann, den sie Anzor nannten, verfolgen konnte.«

»Ich war bei Mr Brodsky, bevor ich hierherkam. Er ist bereit, mit uns zusammenzuarbeiten, vorausgesetzt, wir geben ihm so rasch wie möglich die Informationen, die Ihnen vor Gericht helfen.«

In Hanas Ohren klang das ganz nach Jakob - einen Deal auszuhandeln, von dem sie nicht sicher sagen könnte, ob er sich daran halten würde.

»Dann gebe ich Ihnen eine zögernde Einwilligung«, sagte sie. »Aber nur, wenn Sie mit mir über Daud Hasan reden.«

Yosef warf erneut einen Blick über die Schulter. Es war niemand in Hörweite. »Daud Hasan war für uns tätig. Ich kann Ihnen keine Einzelheiten nennen. Er hat die Krise gestern Abend in Beit Hanina so bewältigt, wie es für den Fall einer unmittelbaren Bedrohung zwischen uns festgelegt worden war. Aber die Bedrohung war ernster als vorhergesehen; er musste also improvisieren.«

»Wie können Sie sicher sein, dass er kein doppeltes Spiel treibt und nicht auch für die Terroristen arbeitet? Alles, was ich gesehen und gehört habe, hat mich überzeugt, dass seine Loyalität den Männern galt, die mich gefangen hielten.«

»Ms Abboud, er war gut in seinem Job«, erwiderte Yosef sichtlich bemüht, der Aussage den nötigen Ernst zu verleihen. »Als Sie und

Mr Brodsky gefangen genommen wurden, hat Daud etliche SMS an eine sichere Nummer geschickt, die uns zeigten, was vor sich ging, und die Rettungsaktion in Gang setzten. Andernfalls wären Sie jetzt irgendwo außer Landes, und Mr Brodsky wäre tot.«

»Ich wünschte, ich könnte Ihnen glauben.«

»Das ist Ihre Entscheidung.«

Hana starrte auf den fast unberührten Teller mit Obst. »Ist die Beziehung von Daud zu Ihrer Organisation wegen der gestrigen Vorfälle jetzt beendet?«

»Das kann ich weder bestätigen noch verneinen. Aber es haben auch Terroristen den Angriff überlebt. Sie haben gesehen, wie er von den Soldaten behandelt wurde, die Sie befreit haben. Momentan können die inhaftierten Terroristen noch mit niemandem von außerhalb sprechen. Aber das wird sich ändern, und die ganze Geschichte wird herauskommen.«

»Was ist mit Tawfik Zadan?«

»Er wurde festgenommen.«

»Und dieser Anzor, der Mann, der mich verhört hat? Ich sah noch, wie Soldaten ihn überwältigt haben.«

»Ebenfalls festgenommen und in Isolationshaft, um ihn zu vernehmen.«

Hana dachte an Daud. Wenn Yosef ihr die Wahrheit sagte, dann gab es Umstände, die sie in Betracht ziehen musste, selbst wenn sie ihre persönliche Beziehung abbrach.

»Ich würde gern berichten können, dass Ihre zögernde Einwilligung nicht länger zögernd ist«, fuhr Yosef fort.

»Einverstanden«, erwiderte Hana nach einem kurzen Moment. »Aber Sie wussten ja wohl, wie es ausgehen würde.«

»Ich hatte es gehofft«, sagte Yosef mit einem Lächeln. »Vielen Dank. Für die nächste Zeit bin ich Ihre Kontaktperson.«

Er stand auf und reichte Hana eine Karte, auf der nur ein Vorname und eine Telefonnummer standen. »Speichern Sie die Nummer auf Ihrem Handy.«

»Mein Handy wurde gestern Abend zerstört.«

Yosef nahm ein Mobiltelefon aus der Hemdtasche. »Hier haben Sie Ersatz. Die SIM-Karte in Ihrem Handy war intakt. Daud hat das Gehäuse zerstört, ohne die gespeicherten Daten zu beschädigen. Ihre Kontakte, Fotos und so weiter sind erhalten.«

Das Gerät sah genauso aus wie ihr altes.

»Sie arbeiten zügig«, sagte sie. »Werden Sie meine Gespräche mithören?«

Yosef antwortete nicht. »Vielen Dank für Ihre Kooperation«, sagte er, erhob sich und verließ das Hotel.

Hana aß ein Stück Obst, und ihr Appetit kehrte zurück. Sie ging noch einmal ans Büfett und ergänzte ihr Frühstück um etwas Käse und Joghurt.

✡

Es war Mitte des Nachmittags, als Jakob in einem Militärjeep mit getönten Scheiben ins Hotel zurückgebracht wurde. Auch er hatte ein neues Mobiltelefon, aber anstelle seiner eigenen Kleidung trug er eine locker sitzende Hose und ein grellgelbes Hemd, das aussah, als käme es aus einer Kleidersammlung. Der Militärarzt, der seine Entlassung aus dem Hospital genehmigte, hatte ihn mit Antibiotika und starken Schmerzmitteln vollgepumpt.

»Ich hätte lieber einen klaren Kopf und würde ein paar Schmerzen aushalten«, sagte Jakob zu dem Arzt. »Ich habe erst vor ein paar Wochen starke Schmerzmittel abgesetzt.«

»Dann nehmen Sie eine vor dem Schlafengehen. Bis zum Morgen ist die Wirkung verflogen.«

Der Soldat, der den Wagen fuhr, hielt vor dem Hotel. Jakob hatte seinen Zimmerschlüssel nicht mehr und ging zur Rezeption, um einen neuen zu erbitten. Rafi, der Portier, sah, dass er sein rechtes Bein nachzog.

»Sind Sie verletzt?«, fragte er besorgt. »Ich kann einen Arzt rufen. Er kommt auch ins Hotel.«

»Ich war bereits beim Arzt, vielen Dank«, erwiderte Jakob und merkte, wie schwierig es sein würde, die Geheimhaltung zu wahren. »Es geht mir schon wieder besser. Schneller, als Sie glauben, laufe ich den nächsten Marathon.«

Rafi musterte ihn skeptisch. Nachdem er seinen Schlüssel erhalten hatte, wollte Jakob zuerst nach Hana sehen, bevor er sich die Treppe zu seinem Zimmer hinaufquälte. Er klopfte an ihre Zimmertür und stellte sich so, dass sie ihn durch den Spion deutlich sehen konnte. Sie öffnete die Tür.

»Keine Kritik an dem Hemd«, sagte Jakob, bevor sie ein Wort äußern konnte. »Die modischen Möglichkeiten der Klinik waren begrenzt.«

Hana schloss ihn fest in die Arme. Zum zweiten Mal innerhalb von vierundzwanzig Stunden musste Jakob gegen Tränen ankämpfen.

»Das reicht«, sagte er schließlich, und sie ließ ihn los. »Jetzt weiß ich, was Menschen verbindet, die gemeinsam eine grauenvolle Erfahrung durchgestanden und überlebt haben.«

»Gott sei Dank haben wir es überlebt«, erwiderte Hana. »Komm rein. Wo kannst du am besten sitzen?«

»So, dass ich mein Bein aufs Bett legen kann.«

Hana schob ihm einen Stuhl zurecht, und er setzte sich und hob das Bein auf die Matratze.

»Ich habe mit einem Burschen namens Yosef gesprochen, der für die Geheimpolizei arbeitet - oder wie immer sie das hier nennen«, begann Jakob. »Er kam in aller Herrgottsfrühe bei mir vorbei ...«

»Und anschließend war er bei mir«, sagte Hana. »Er sagte, du hättest dich verpflichtet, das, was passiert ist, für eine Weile geheim zu halten.«

»Richtig. Hast du ihn nach Daud gefragt?«

»Ja. Ich glaube allmählich,, dass das, was du mir im Krankenhaus über ihn gesagt hast, stimmt.«

Jakob hörte zu, während Hana kurz skizzierte, was sie erfahren hatte. »Wir sind kleine Fische und wollten mit den Haien schwimmen«, sagte Jakob und schüttelte den Kopf. »Aber ich denke, wir haben bekommen, wofür wir hier sind.«

»Den Firmennamen in Kalifornien?«

»Ja. Wenn Simi Valley Productions für diese Gruppe um Abdul und Tawfik tatsächlich Geld wäscht, dann wären sie unsere Gegenpartei.« Jakob schwieg einen Moment, bevor er weitersprach. »Ich frage mich, ob Daud bereits davon wusste. Hast du etwas von ihm gehört?«

»Nein.«

»Was hat Yosef dir sonst noch gesagt?«

»Nicht viel. Er gab mir ein Handy mit all meinen Daten darauf. Sie konnten die SIM-Karte retten.«

»Mir auch.« Jakob hob die Augenbrauen. »Was deutlich besser war als dieses grässliche Hemd und die ausgebeulten Hosen.«

Es klopfte an der Tür. Sie sahen sich an.

»Die Jungs vom gestrigen Einsatz haben mir gesagt, ich bekomme Personenschutz«, sagte Hana und stand auf.

»Ich hoffe, sie machen ihren Job besser als Daud.«

Hana blickte durch den Spion. »Es ist Daud«, sagte sie und wandte sich zu Jakob um. »Was soll ich tun?«

»Ich werde dir nicht vorschreiben, was du tun sollst. Wenn du möchtest, dass ich rausgehe und ihm sage, er solle verschwinden, dann mach ich das.«

Jakob sah, wie Hana einen Moment den Kopf senkte, bevor sie die Tür öffnete. Sie sagte nichts, als Daud eintrat. Er trug ein blaues Hemd und Freizeithosen. Auf seinen muskulösen Unterarmen entdeckte Jakob ein paar Schrammen. Daud nahm Platz auf einem Stuhl, der so stand, dass er Jakob und Hana, die sich auf die Bettkante gesetzt hatte, ins Gesicht sah. Hana konnte nur mühsam ein Zittern unterdrücken.

»Ich möchte mit euch beiden sprechen, damit ihr alles verstehen könnt«, begann Daud. »Es gibt vieles ...«

»Es ist vielleicht noch zu früh für dieses Gespräch«, unterbrach Jakob ihn, den Blick auf Hana gerichtet.

»Nein, ich will es hören«, erwiderte Hana mit zitternder Stimme. »Auch wenn ich gerade meinen Körper nicht beherrschen kann.«

Daud warf Hana einen tiefen Blick zu und vergrub dann das Gesicht in den Händen. Die einfache wortlose Geste nahm etwas von der Spannung im Raum. Jakob setzte an, etwas zu sagen, entschied sich aber anders. Sie saßen schweigend da, bis Daud endlich den Kopf hob.

»Vielleicht ist es besser, wenn ihr mir Fragen stellt«, sagte er. »Ich bin bereit, alles zu beantworten.«

Jakob sah Hana an.

»Du zuerst«, sagte sie. »Mir fällt es noch immer schwer, im selben Raum zu sein wie er.«

Jakob zuckte bei dieser kühlen Erwähnung von Daud in der dritten

Person zusammen. »Warum kamen Anzor und seine Leute in deine Wohnung?«, fragte er schließlich.

»Weil er nicht damit einverstanden war, wie ich die Untersuchung im Fall Neumann führte. Du hast ja gehört, was er auf Russisch gesagt hat. Er wollte nicht warten. Er wollte dich und Hana töten.«

»Was war dein Plan?«

Daud rieb die Hände aneinander und setzte sich aufrechter hin. »Es war der große Moment für eine Sache, an der ich schon über ein Jahr lang arbeite. Weil ich Russisch spreche, war es mein Job, so viel wie möglich über Anzor und seine Komplizen in Erfahrung zu bringen. Meine Vorgesetzten sahen den Neumann-Fall als Gelegenheit, tiefer in das tschetschenische Netzwerk einzudringen. Sie hatten den Verdacht, dass es eine Verbindung zwischen ihnen und den Zadan-Brüdern gab, wussten aber nicht, wie alles im Einzelnen zusammenhing, Anzor war darüber informiert, dass Jakob die Familie Neumann vertritt. Als ich seinen Namen erwähnte, hielt er mich für glaubwürdig.«

»Meinen Namen?«, hakte Jakob nach.

»Ja. Sie wussten auch, dass du nach einem Partner gesucht hast, der dich unterstützt. Als ich ihnen sagte, dass du Collins, Lowenstein und Capella in Amerika gewonnen hattest, stieg ihre Besorgnis erheblich.«

»Weil die Kanzlei in der Lage ist, einen solchen Prozess finanziell durchzustehen?«, fragte Jakob.

»Genau.«

»Steckten sie hinter dem Angriff auf mich in Atlanta?«, fragte Jakob. »Und hinter der Bombe in meinem Auto?«

»Das dachte ich, aber ich war nicht sicher, bis ich gestern mit Anzor sprach.«

»Und die verpfuschten Anschläge auf mein Leben erwähntest?«

»Richtig.«

»Aber von mir wussten sie nichts?«, schaltete Hana sich ein.

»Zuerst nicht«, sagte Daud. »Aber ich konnte dich nicht heraushalten. Ich glaubte, ich könnte dich und Jakob schützen, weil ich ja im Voraus wissen würde, was die Terroristen mit euch vorhätten.«

»Leider falsch«, sagte Hana.

»Ja. Ich lag falsch.«

Für ein paar Sekunden sagte niemand etwas.

»Weiter«, sagte Hana.

Daud atmete tief durch. »Die Tschetschenen luden mich zu Meetings ein, die es mir ermöglichten, mehr Leute aus der Führungsebene zu identifizieren. Mir wurde gesagt, ich solle noch ein Meeting besuchen, bevor sie uns drei aus der Sache rausnehmen und die Terrorzelle unschädlich machen würden.«

»Wer war dein Vorgesetzter?«, fragte Jakob.

»Das kann ich nicht sagen. Aaron Levy war es nicht. Als ich Deir Dibwan gestern Mittag verließ, bereiteten Anzor und seine Leute sich auf den Angriff vor.« Daud machte eine kurze Pause. »Ich sagte ihm und den anderen Führungsleuten, dass wir bei mir zu Abend essen wollten.«

»Warum?«, riefen Hana und Jakob wie aus einem Mund.

»Um ihn zu überzeugen, dass ich die Dinge unter Kontrolle hatte. Aber sie schlossen daraus, dass es ein Leichtes wäre, euch in meiner Wohnung zu überwältigen - mit meiner Mithilfe. Sie sahen in mir nur einen Söldner, der für Geld alles tut. Und ich musste so tun, als wäre es mir gleichgültig, was aus euch wird.« Daud sah Hana an. »Als der Terrorist dir das Messer an die Kehle hielt, hatte ich meinen Finger am Abzug. Ich hatte eine Waffe unter dem Tresen in der Küche liegen. Den Kerl mit dem Messer trennte noch eine Sekunde von seinem Tod. Aber auch wenn ich ihn erschossen hätte - alle hätte ich nicht unschädlich machen können, das glaubte ich jedenfalls nicht. Wir mussten warten, bis Colonel Tarif mit seinen Leuten eintraf.«

Jakob sah, wie Hana eine Träne über die Wange rollte. »Sollen wir aufhören?«, fragte er.

Hana schüttelte den Kopf.

Jakob sah Daud an, der anscheinend darauf wartete, dass er ihm die nächste Frage stellte.

»Warum wolltest du Anzor nicht wissen lassen, dass wir Al-Fasi identifiziert hatten? In dem Moment wurde mir klar, dass du vielleicht doch nicht für die Terrortruppe arbeitest.«

»Diese Information war für uns alle neu«, erwiderte Daud. »Anzors Leute nannten ihn ›den Amerikaner‹. Ich wusste, dass er etwas mit der Propaganda und den Finanzen zu tun hatte, aber eure Freunde in den USA haben ihn aufgrund des Videos identifiziert. Das war ein weiterer Grund dafür, warum mir befohlen wurde, an der Sache dranzubleiben -

und so viel wie möglich über Al-Fasi und seine Kontakte rauszukriegen. Als du ihn erwähntest, und zwar mit seinem Geburtsnamen und seinem islamischen Namen, war Anzor geschockt.«

»Jetzt sind jedenfalls die Israelis *und* die Amerikaner hinter Al-Fasi her.«

»Und das ist wohl ein Hauptgrund dafür, dass wir beide einen Besuch von Yosef erhielten«, ergänzte Hana.

»Das könnte sein«, sagte Daud. »Ich bin nicht länger in diesen Fall involviert.«

Jakob sah Hana an. »Ich weiß, wir haben zugesichert, dass wir warten. Aber wenn wir nicht rasch handeln, wird Simi Valley Productions über keine nennenswerten Werte mehr verfügen. Wir müssen einen Bundesrichter davon überzeugen, dass er ihr Vermögen einfriert ...«

»Oder ihr könntet zwei Regierungen dazu veranlassen, zusammenzuarbeiten, damit Leben gerettet werden«, sagte Daud.

»Und unser Mandant soll leer ausgehen?«, entgegnete Jakob heftig. »Und ich werde zusammengeschlagen und Hana leidet unter posttraumatischer Belastungsstörung? Auf gar keinen Fall!«

»Jakob, diese Sache ist größer als wir«, sagte Hana leise. »Und ich glaube, Ben wird es verstehen.«

Kapitel 43

»Soll ich besser gehen?«, fragte Daud, nachdem Jakob offensichtlich frustriert den Raum verlassen hatte.

Für Hana hatten die Enthüllungen über Dauds Position in der Terrorzelle mehrere Facetten: Sie nahm sie zum einen als reine Information auf, zum anderen berührten sie ihre Gefühle für Daud.

»Nein, bleib«, antwortete sie.

Daud setzte sich wieder ihr gegenüber und wartete. Hana schwieg, sie rang mit sich, was sie als Nächstes sagen sollte. »Lass uns eine kleine Weile nicht über die Vergangenheit reden«, sagte sie auf Arabisch. »Was sind deine Pläne für die Zukunft?«

»Berufliche Pläne?«

»Hängt bei einem Mann wie dir davon nicht alles andere ab?«

»Vielleicht war das einmal so. Aber jetzt nicht mehr.« Daud beugte sich vor. »Ich werde keine verdeckten Ermittlungen mehr machen können. Terrorzellen und die Staaten, die sie unterstützen, werden ein Kopfgeld auf mich aussetzen. Als ich diesen Auftrag angenommen habe, war ich mir über das Risiko durchaus im Klaren.«

Zum ersten Mal seit dem Angriff in seiner Wohnung empfand Hana wieder eine Spur Sympathie für Daud. Aber sie wusste, dass ihr Leben in noch größere Gefahr geriete, wenn sie den Kontakt mit ihm aufrechterhielt.

»Was tut die Regierung für Agenten wie dich, nachdem sie enttarnt sind?«, fragte sie.

»Ein Schreibtischjob in Tel Aviv und eine Wohnung in einem Sicherheitsbereich - das ist mal ein Ansatz.«

Hana hatte Mühe, sich Daud den ganzen Tag am Schreibtisch vorzustellen. »Aber der gilt nur für jüdische Agenten«, fuhr er fort. »Für einen Araber ist es komplizierter. Ich möchte nicht vorgeben müssen, ich sei Jude, wenn ich es nicht bin. Und mein Glaube ist noch ebenso real, wie du selbst vor vierundzwanzig Stunden noch geglaubt hast, wenn nicht noch mehr.«

Hana musterte ihn misstrauisch. »Was war sonst noch gelogen?«, fragte sie.

»Mein extravaganter Lebensstil«, antwortete Daud. »Den Landrover habe ich genossen. Aber am BMW und meiner Schickeria-Wohnung lag mir nichts. Das war alles nur Show, schließlich bekam ich ja viel Geld von den Terrorzellen. Ich weiß, dir hat das Sorgen gemacht.«

»Woher? Ich habe kein Wort darüber gesagt.«

»Hana, du könntest niemals meinen Job machen. Deine Augen verraten, was dein Herz bewegt, und ich kann in deinem Gesicht besser lesen als in einem Geschichtenbuch für Kinder.«

Alles, was Hana von Anfang an zu Daud hingezogen hatte, meldete sich in ihr zu Wort.

»Das mag stimmen. Aber du hast meine Frage nicht beantwortet. Was wird die Regierung mit dir - oder für dich tun?«

Daud sah ihr direkt in die Augen. »In dieser Entscheidung spielst du eine entscheidende Rolle«, sagte er. »Ich will von ganzem Herzen immer noch deine Familie in Reineh besuchen. Wenn du Ja sagst, dann wandert eine Option an die Spitze der Liste.«

»Welche ist das?«

»Ich könnte für eine Weile nach Amerika gehen und als Verbindungsmann zwischen dem Mossad und der CIA oder dem Heimatschutz arbeiten, bis sich die Dinge hier etwas beruhigt haben. Es könnte immer noch Drohungen gegen mich geben, aber sie wären schwerer zu verwirklichen. Außerdem ...« - Daud atmete tief durch - »bin ich ein Mann, der sich selbst verteidigen kann.«

»Und gegen Frauen Gewalt anwendet?«

Hana konnte den Schmerz auf Dauds Gesicht sehen. »Das war das Schwerste, was ich jemals tun musste. Ich hätte lieber mich selbst angeschossen, als dir ins Gesicht zu schlagen. Und den Ausdruck in deinen Augen, als du glauben musstest, ich hätte euch verraten ... diesen Ausdruck werde ich nie vergessen. Aber ich musste Anzor überzeugen, dass zwischen uns nichts war. Nur deshalb war er bereit, meinen Vorschlag in Erwägung zu ziehen, dich nach Tschetschenien zu schicken. Andernfalls hättest du die Wohnung nicht lebend verlassen.«

»Sie hätten mich versklavt.«

»Nein. Man hätte dich gerettet, bevor du die israelische Grenze überschritten hättest. Dafür hätte ich gesorgt.«

Hana blieb skeptisch. Daud fuhr fort, er sprach jetzt schneller. »Ich habe in jedem Moment darüber nachgedacht, was ich tun musste, um dich zu retten. Ich weiß, Vergebung ist schwer, und ich weiß, es ist zu früh, darum zu bitten. Aber ich werde nicht ruhen, bis ich alles wiedergutgemacht habe.«

Daud senkte den Blick. Hana hob die rechte Hand, und der Schmerz, der ihr durch den Arm schoss, brachte die Erinnerung an ihre Qualen lebhaft zurück. Aber Dauds Worte klangen aufrichtig. Ihr Herz und ihr Verstand, die durch die Ereignisse in seiner Wohnung auseinandergerissen worden waren, näherten sich langsam wieder aneinander an.

»Du bist verletzt, körperlich und emotional«, fuhr Daud fort. »Ich verspreche dir, geduldig zu sein und dich nicht zu bedrängen, bis du bereit bist, mir eine Chance zu geben.«

Hana zögerte ein paar Augenblicke mit ihrer Antwort. »Ja«, sagte sie schlicht.

»Du gibst mir eine Chance?«, fragte Daud hoffnungsvoll.

Hana schüttelte den Kopf. »Nein.«

Dauds Miene verdüsterte sich und seine Augen wurden feucht.

»Ich bin bereit, *uns* eine Chance zu geben«, korrigierte Hana. »Lass uns runtergehen in den Hof und reden. Es gibt da einen kleinen Baum und einen Tisch, dort sitze ich gern. Es ist der Platz, an dem ich an meinem ersten Abend hier Gott so nah war.«

✡

Sie blieben im Hof sitzen, bis die Sonne hinter dem Dach des Hotels versank und eine spätnachmittägliche Brise ihnen übers Gesicht strich. Irgendwann war Hana so überwältigt von der Tatsache, dass sie hier sicher waren, dass ihr Tränen über die Wangen liefen. Rasch erklärte sie deren Ursache.

»Weinst du manchmal?«, fragte sie.

»Nicht, seit ich ein Junge war«, vertraute Daud ihr an. »Und du weißt ja, in unserer Kultur ist es nicht vorgesehen, dass ein Mann seine Gefühle zeigt. Ich habe fast geweint, als du mir sagtest, es gäbe für uns beide keine Hoffnung. Aber ich glaube, in einer passenden Situation könnte es passieren.«

»Wie sähe diese Situation aus?«, fragte Hana.

»Wenn ich dich in eine Kirche hereinkommen sähe, um meine Frau zu werden.«

»Ist das ein Versprechen?«

»Ja. Und ein Versprechen, das ich halten kann.«

✡

Jakob erwachte nach einem ausgiebigen Schlummer und verließ sein Zimmer. Hana und Daud saßen unten im Hof. Sie sah hoch und winkte, er solle herunterkommen.

»Nein!«, rief er. »Das ist eure Zeit.«

»Unsere Zeit«, antwortete sie.

Jakob mühte sich die Treppe hinunter und über das Steinpflaster des Hofs zu den beiden. Daud zog zwei Stühle heran, einen, auf dem Jakob sitzen konnte, und einen für sein Bein.

»Wie fühlst du dich?«, fragte Hana.

»Ich freue mich auf die nächste Schmerztablette und darauf, mal eine Nacht durchzuschlafen. Ansonsten bin ich okay.«

Hana lächelte.

»Und wenn ich dich lächeln sehe, geht es mir gleich viel besser als mit jeder Schmerztablette.«

Hanas Lächeln wurde noch breiter. »Ich glaube, ich war an einem ziemlich dunklen Ort, und jetzt bin ich dabei, einen Weg herauszufinden.«

»Habt ihr für morgen schon was vor?«, fragte Jakob.

»Wir fahren nach Reineh. Daud möchte meine Familie kennenlernen«, erwiderte Hana.

»Und mich wollt ihr hier ganz allein lassen?«

»Du hast doch Wahid. Er kann dich überall hinbringen, wenn du dich mit deinem Bein nur ein bisschen bewegen kannst.«

»Nein, morgen unternehme ich nichts. Der einzige Ort, an dem ich gern sein würde, ist zu Hause. Ich würde gern meinen Rückflug nach Atlanta auf übermorgen umbuchen.«

»Genau«, sagte Hana. »Ich fliege mit dir.«

»Warum hast du es so eilig, zurückzukommen?«, fragte Jakob. »Du hast dir wirklich einen Urlaub verdient.«

»Ich komme so bald wie möglich nach«, sagte Daud. »Ich bin dabei, Gespräche für einen möglichen Job in den Staaten zu arrangieren.«

»Vermutlich Jobs von der Art, über die du nicht allzu viel sagen kannst, stimmt's?«, entgegnete Jakob.

Daud nickte.

»Oh, eine Frage noch«, sagte Jakob. »Ist Ensanullah ein Terrorist?«

»Nein.« Dauds Antwort kam wie aus der Pistole geschossen. »Er ist ein verlässlicher Mann. Als ich ihn bat, dich im Auge zu behalten, dachte er, du hättest ein paar Leute aus dem organisierten Verbrechen verärgert, indem du ihnen in ihre Geschäfte reingefunkt hast.«

»Also, im Augenblick wünschte ich, ich wäre im Restaurant-Geschäft«, sagte Jakob und strich sich über seinen knurrenden Magen. »Meint ihr, wir könnten uns ein Essen aus dem Lokal, das Wahid empfohlen hat, bestellen?«

Zweieinhalb Stunden später hatten sie das Mahl beendet, das Wahid geliefert hatte. Drei Kerzen standen auf dem Tisch im Hof. Hana hatte noch immer Schmerzen in den Handgelenken, aber sie konnte Messer und Gabel benutzen.

»Ich glaube, Anstandswauwau zu sein, werde ich echt vermissen«, sagte Jakob, nachdem er den letzten Bissen des klebrig-süßen Nachtisches verzehrt hatte. »Nein, ehrlich, das stimmt nicht.«

»Aber es war sehr gut, dass wir zusammen gegessen haben«, sagte Daud. »Für mich war es ein Fest.«

»Na ja, eine richtige Feier wird warten müssen«, sagte Hana. »Vielleicht in den USA.«

»Schickt mir eine Einladung«, sagte Jakob, stand auf und gähnte. »Zeit für meine Schmerzpille. Und rechnet zum Frühstück nicht mit mir.«

»Bevor wir gehen, lass uns noch Ben anrufen«, sagte Hana. »Wir können sehr allgemein reden, aber ich möchte Sadie wirklich gern sehen, und wenn auch nur für ein paar Minuten.«

✡

»Hast du genug davon, mit mir zu reden?«, fragte Daud, als Jakob gegangen war.

»Nein.« Hana schüttelte den Kopf.

Daud streckte die Hand aus und strich Hana sehr sanft über das Haar. Hana wich nicht zurück.

»Hast du noch Lust auf eine kleine Fahrt?«, fragte er.

»Nur, wenn sie nicht Richtung Beit Hanina führt.«

»Ich kann selbst noch eine Zeit lang nicht dahin zurückkehren«, sagte Daud. »Und eine Nacht werde ich dort nie mehr verbringen.«

»Wo übernachtest du dann?«

»Es gibt ein Apartment der Regierung, da komme ich unter.«

Langsam gingen sie aus dem Hotel hinaus auf die Straße. Hana sah weder den Landrover noch den BMW.

»Wo steht dein Auto?«, fragte sie.

Daud wies auf einen weißen Kleinwagen mit ein paar Beulen und Kratzern.

»Das ist der Wagen, der wirklich mir gehört«, sagte er. »Ist innen sauberer als außen.«

Er hielt ihr die Tür auf. Hana stieg ein und sah sich im Umfeld des Wagens um.

»Wo sind die Sicherheitsleute, die mich beschützen sollen?«, fragte sie. Der Sitz unter ihr quietschte leise.

»Sie sitzen mit dir im Auto.«

»Du?«, entgegnete Hana überrascht.

»Meine Führungsleute waren sich sehr sicher, dass niemand dich so engagiert beschützen würde wie ich.«

Hana nahm erleichtert wahr, dass Dauds Worte in ihr keinerlei Misstrauen mehr auslösten. Er startete den Wagen, der Motor jammerte wie ein getunter Rasenmäher. Sie durchquerten die Innenstadt und nahmen dann Kurs auf den Mount Scopus.

»Ich bin gespannt«, sagte Hana. »Hat eigentlich die Regierung für unser exklusives Abendessen neulich gezahlt?«

»Nein. Und die Küchenmannschaft in meiner Wohnung ging auch auf meine Kosten. Normalerweise gebe ich für mich selbst so wenig aus, dass ich einen gesunden Kontostand habe.«

Daud hielt an einem Fleckchen an, von dem man eine etwas andere Aussicht auf die Altstadt hatte als von dem Restaurant, in dem sie neulich gewesen waren. Der Abend war warm, und sie setzten sich auf die Steinstufen, die zu einem Regierungsgebäude hinaufführten. Hana rutschte etwas enger an Daud heran und lehnte sich an seine Schulter.

Ein paar Augenblicke verstrichen. »Danke, dass du das getan hast«, sagte er. »Ich kann dir deinen Zorn auf mich nicht vorwerfen. Aber innerlich war ich total aufgewühlt und beunruhigt, was du wohl mir gegenüber empfindest.«

»Ich habe mich bemüht, dich zu beruhigen.«

»Ich weiß. Aber das waren Worte. Dies hier ist eine Tat.«

Hana kam Daud noch etwas näher. Eine ganze Weile saßen sie schweigend beieinander, und Hana spürte, wie sich ein Friede, den sie kannte, in ihr ausbreitete. »Daud«, sagte sie, »kannst du hören, ob Gott dir etwas sagt?«

Daud antwortete nicht sofort. »Nein«, sagte er schließlich. »Aber ich sage ihm ein paar Dinge.«

»Kannst du mir sagen, was?«

»Dass ich möchte – wenn es sein Wille ist –, dass du immer an meiner Seite bist.«

✡

Am nächsten Morgen wachte Jakob früher auf, als er gedacht hatte. Im Hof war von Hana nichts zu sehen, und so klopfte er an ihre Zimmertür. Sie öffnete in Freizeitkleidung und Sandalen.

»Ich habe schon gefrühstückt«, sagte sie. »Hol einen Kaffee, und wir skypen mit Ben und Sadie. Ich habe ihnen eine SMS geschickt und angekündigt, dass wir uns gleich melden.«

Der Anruf wurde angenommen, und Bens Gesicht erschien auf dem Monitor. Kaum eine Sekunde später kam Sadie dazu und winkte. Jakob bemerkte, dass Hana in diesem Moment die Hand auf den Mund legte. Sie sah Jakob an und schüttelte den Kopf. »Ich kann gerade nichts sagen«, flüsterte sie.

»Hallo«, sagte Jakob zu Ben. »Wie geht's euch?«

»Gut. Und euch?«

Jakob warf einen Blick auf Hana, die noch immer mit ihren Emotionen zu kämpfen hatte.

»Hana und ich hatten eine Zeit, die wir nie vergessen werden. Die Ermittlungen gehen voran, aber wir möchten gern, dass sie einen geordneten Fortgang nehmen.«

»Hi, Hana«, schaltete Sadie sich ein und hielt ihre Puppe in die Kamera. »Fabia sagt auch Hi.«

»Hallo, Fabia«, brachte Hana heraus. »Ich werde die wirkliche Fabia heute noch sehen. Sie ist so begeistert, dass du deiner Puppe ihren Namen gegeben hast.«

»Schick mir Fotos«, antwortete Sadie. »Wo ist Daud?«

»Er holt mich nachher ab, und dann fahren wir zu meiner Familie.«

Ben hob die Augenbrauen.

»Hat er dich geküsst?«, fragte Sadie.

»Das müssen Sie nicht beantworten«, mischte Ben sich ein.

»Sadie, es ist wunderbar, dich zu sehen«, sagte Hana. »Wenn ich wieder in Atlanta bin, umarme ich dich ganz fest und gebe dir einen dicken Kuss.«

Jakob hörte, dass Hanas Stimme zitterte, war sich aber nicht sicher, ob Ben und Sadie das auch bemerkten.

»Und ich für meinen Teil«, sagte Jakob zu Ben, »werde Ihnen die Hand schütteln.«

Ben lächelte. »Freu mich schon drauf.«

Der Anruf war beendet. Das letzte Bild war das von Sadie, die Küsschen in die Kamera blies und heftig winkte.

Kapitel 44

Nachdem er Hanas Zimmer verlassen hatte, genoss Jakob ein geruhsames Frühstück im Innenhof und widmete sich dann für ein paar Stunden am Laptop geschäftlichen Dingen. Dann wurde er unruhig und sandte eine SMS an Wahid, der umgehend antwortete, er sei in der Nähe und könne in fünfzehn Minuten da sein. Jakob ging nach unten, um dort auf ihn zu warten, obwohl er noch nicht wusste, wo er überhaupt hinwollte. Als das Taxi kam, rutschte er auf den Rücksitz.

»Sie hinken. Was ist mit Ihrem Bein?«, fragte Wahid.

»Nur eine Fleischwunde«, antwortete Jakob. »Nicht so schlimm.«

»Ich vermute ja, es ist eine alte Fußballverletzung, die sich verschlimmert hat«, erwiderte Wahid. »Hab selbst auch so was.«

Jakob ließ ihn in dem Glauben.

»Wohin?«, fragte Wahid.

Jakob wollte nichts Neues sehen. Lieber wollte er irgendwohin fahren, wo er bereits gewesen war, und den Ort jetzt noch einmal erleben, nachdem die katastrophalen Ereignisse hinter ihm lagen. Eine naheliegende

Wahl wäre Yad Vashem. Aber der Gedanke behagte ihm nicht. Blieben noch das Gartengrab oder die Klagemauer.

»Wenn Sie an meiner Stelle wären«, fragte Jakob Wahid, »würden Sie zum Gartengrab fahren oder an die Westmauer?«

»Die Frage ist nicht fair«, entgegnete der Fahrer und warf einen Blick in den Rückspiegel. »Wenn ich Sie zum Gartengrab fahre, verdiene ich mehr, denn das ist weiter weg.«

»Ich zahle für beide Ziele dasselbe, dann haben wir Chancengleichheit«, gab Jakob zurück.

»Sie sind Jude, es muss also die Kotel sein«, antwortete Wahid.

»Dann los.«

Wahid bog aus dem Parkplatz in den laufenden Verkehr ein.

»Wussten Sie, dass Jesus Jude war?«, fragte Jakob.

»Natürlich. Lassen Sie uns nach Bethlehem fahren. Es ist eine gute Tour für einen halben Tag, und ich weiß, wo man die besten Olivenholzprodukte bekommt.«

»Lassen wir es für heute bei der Kotel.«

Jakob sah aus dem Wagenfenster, während sein Fahrer den Wagen durch die Straßen in Richtung Altstadt manövrierte. Die massiven Steinbauten waren in der Tat einmalig. Wahid hielt am Bordstein. »Wann soll ich Sie wieder abholen?«

»Weiß ich noch nicht.«

»Schicken Sie mir eine Nachricht. Es kann dann aber ein bisschen dauern, falls ich gerade eine andere Fahrt habe.«

»In Ordnung.«

Bis zur Sicherheitsschleuse am Eingang zum Tempelberg waren es nur ein paar Meter. Heute nahm Jakob bewusster wahr, wie viele unterschiedliche Menschen hier herumliefen. Da waren die ultraorthodoxen Juden, die vermutlich jeden Tag kamen, Touristen aus aller Herren Länder, die vermutlich nur einmal im Leben hierherkamen, und Araber, die im muslimischen Viertel wohnten. Jakob passierte den Checkpoint zusammen mit einer Gruppe malaysischer Touristen.

Er überquerte den weiten Vorplatz und ging zu der Stelle direkt an der Tempelmauer, wo er das Gebet in russischer Sprache gehört hatte. Mit jedem Schritt wuchs sein Empfinden, dass er auf etwas Bedeutsames zuging. Dass er gerade jetzt an diesem Ort war, war kein Zufall, sondern Bestimmung. Sein Herz begann ein wenig schneller zu schlagen.

Mit der Pappkippa auf dem Kopf ging er weiter bis zur Mauer. Er erkannte den massiven Stein, vor dem er vor wenigen Tagen schon einmal gestanden hatte. Diesmal ging er ein paar Schritte weiter zu der Stelle, wo der Unbekannte sein Gebet gesprochen hatte. Jakob betrachtete den enormen Stein für ein paar Sekunden, dann neigte er den Kopf und schloss die Augen. Um ihn herum wimmelte es von Menschen, aber Jakob fühlte sich eingehüllt wie in eine Decke des Alleinseins.

Ein paar Worte, die er bei seinem ersten Besuch gehört hatte, gingen ihm durch den Kopf:

Himmlischer Vater ... höre meine Bitte an diesem heiligen Ort. Sprich zu den russischen Juden und offenbare ihnen die gute Nachricht, dass Jesus Christus ihr Messias ist ... Vielleicht ringen sie mit dir, wie Jakob es getan hat ... Aber sie werden aus diesem Ringen mit dir verwandelt herausgehen ... Lass sie glauben und deinen Segen empfangen!

Wieder einmal stellten sich Jakobs Nackenhaare auf. Diesmal ließ er das Gebet des Mannes ganz an sich heran; er war nicht länger Zuschauer, sondern stand dort mit einem offenen Herzen, das bereit war, jedes einzelne Wort aufzunehmen. Und indem er das tat, veränderte sich etwas: Ein innerer Kampf, der so zu ihm gehört hatte, dass Jakob ihn als unabänderlichen Teil seines Lebens akzeptiert hatte, endete an diesem Ort. Eine Last wurde ihm abgenommen; Frieden kehrte ein.

Jakob schloss die Augen wieder und erinnerte sich daran, was er am Gartengrab gehört und wahrgenommen hatte – das Geheimnis des Opfers und die Kraft der Auferstehung. Ein Jude namens Jesus war in dieser Stadt gestorben, in der Jakob sich jetzt befand, und von den Toten auferstanden.

Diese überwältigende Erkenntnis erfüllte ihn, und an dem verborgenen Ort im menschlichen Herzen, der so einzigartig darauf vorbereitet ist, das göttliche Leben zu empfangen, wurde Jakob Brodsky neu geboren. Jesus Christus war sein Messias, und Jakob war einer der von Gott zweifach Auserwählten. Er öffnete die Augen und sah sich um, beinahe in der Erwartung, alle anderen im Umkreis von fünf Metern müssten ebenso ergriffen sein wie er. Aber niemand sonst schien ähnlich berührt zu sein. Er atmete tief ein und aus und tat seinen ersten Schritt in eine neue Realität. Er war ein Jude, der nach Hause gefunden hatte, ein Mann im Land seiner Vorfahren, und sein Herz war nun der Wohnort des Sohnes Gottes. Und mit dieser Erkenntnis stiegen ihm Tränen der Freude und Dankbarkeit in die Augen und rollten seine Wange hinab.

✡

Es war neun Uhr abends, als Hana und Daud in Reineh aufbrachen. Es war ein voller Tag gewesen, angefangen mit den Begrüßungen und Vorstellungen bis zum Bankett am Abend. Sie passierten das letzte Gebäude im Ort und fuhren nach Süden Richtung Jerusalem. Hana war müde, aber zufrieden und erfüllt.

»Du hast eine wunderbare Familie«, sagte Daud. Die Scheinwerfer beleuchteten die Straße vor ihnen. »Ich wusste nicht, was mich erwartete. Hast du gemerkt, wie nervös ich war?«

»Ja, aber nur in den ersten fünf Minuten. Als Onkel Anwar dir die Hand auf den Kopf gelegt und dich gesegnet hat, hat sich alles verändert. Seine Worte über den Ruf Gottes in deinem Leben haben alle berührt, die dabei waren.«

»Und ganz besonders mich. So etwas habe ich noch nie erlebt.«

»Nachdem Anwar gebetet hatte, hat sich auch mein Vater entspannt. Er hat dich akzeptiert. Ich konnte es in seinem Gesicht lesen. Meine Mutter hat dich vom ersten Moment an gemocht, und meine Cousins waren eifersüchtig – im guten Sinn.«

»Fabia hat mich zu fassen gekriegt und mich ausgefragt, als arbeite sie für die Schin Bet.«

»Ich hab's gesehen.«

»Warum hast du mich nicht gerettet?«

»Sie musste erst alle ihre Fragen beantwortet haben. Es wird vielleicht ein Weilchen dauern, bis sie auf deiner Seite ist, aber wenn du erst einmal mit meinem Vater genauer über die Zukunft gesprochen hast, dann ist sie bestimmt für uns.«

Daud warf ihr einen Blick zu. »Wie lange muss ich warten? Ich möchte nicht gern einen Vermittler einsetzen müssen.«

»Überlass das mir. Wenn ich zu meinem Geburtstag zurückkomme, wird es meine Aufgabe sein, die Lage auszukundschaften, wie bei den Spionen, die Mose ausgesandt hat.«

»Bring bitte gute Nachrichten mit zurück. Ich möchte nicht vierzig Jahre durch die Wüste wandern müssen.«

Hana streckte die Hand aus und legte sie leicht auf Dauds. Die Erfahrung war noch immer so neu für sie, dass ihr ein Kribbeln durch den ganzen Körper lief.

»Vertrau mir«, sagte sie. »Ich bin Anwältin und weiß, wie man einen Fall präsentieren muss.«

Daud lächelte. »Ich brauche eine gute Anwältin.«

»Ja, allerdings. Dein Arbeitsvertrag muss gründlich überarbeitet werden, aber ich mache dir dafür einen Sonderpreis.«

»Die Hälfte vom üblichen Honorar?«

»Oder weniger.«

Sie erreichten die Autobahn, die den Norden mit dem Rest des Landes verband.

»Was hat sich bei unserem ersten Treffen in dem Steakrestaurant abgespielt, wovon du mir nichts gesagt hast?«, fragte Hana.

»Alles, was ich gesagt habe, stimmte, aber es war nicht die ganze Wahrheit. Ich habe mich wegen Ibrahim an dich erinnert, und als ich das erste Mal dein Bild auf der Webseite deiner Kanzlei gesehen habe, wusste ich, dass ich dich kennenlernen wollte.« Daud schwieg einen Moment. »Und ich wäre am Boden zerstört gewesen, wenn du einen anderen Ermittler engagiert hättest.«

»Du wusstest von Anfang an, was du empfindest?«

»Noch bevor wir uns an diesem ersten Abend in Westjerusalem im Restaurant an den Tisch gesetzt haben.«

Sie fuhren ein paar Minuten lang schweigend weiter. Hana dachte an Daud, Jakob und sie selbst. »Ich glaube, Gott hat dich, mich und Jakob zusammengeführt.«

Daud warf ihr einen Seitenblick zu. »Jakob mit in diesem Satz zu haben, ist okay. Aber ich bin froh, dass er gerade jetzt nicht bei uns ist.«

✡

Am nächsten Morgen saß Jakob bei einem letzten Frühstück im Hof, als Hana aus ihrem Zimmer kam. Während sie sich am Büfett bediente, erschien Daud. Er nahm sich eine Tasse Kaffee und setzte sich zu Jakob.

»Wie war's in Reineh?«, fragte Jakob.

Daud warf einen Blick in Hanas Richtung und lächelte. Jakob hob die Hand und grinste: »Ich glaube, das beantwortet meine Frage.«

Hana gesellte sich zu ihnen. Der Blick, den sie Daud zuwarf, löschte jeglichen Zweifel aus.

»Guten Morgen«, sagte Hana. »Was macht dein Bein?«

»Steif, aber es funktioniert.«

»Was hast du gestern gemacht?«

Nun war es an Jakob, jedem der beiden anderen tief in die Augen zu sehen. »Ich glaube, es war etwas Gutes«, sagte Hana.

»Ja«, antwortete Jakob. »Mehr als gut.«

Als Jakob von seiner Begegnung mit Gott an der Tempelmauer erzählte, kamen Hana die Tränen. Er sah, wie sie etwas vor sich hin flüsterte.

»Was sagst du?«, fragte er.

»Ich bin Gott so dankbar, dass ich es nicht einfach nur in Gedanken bewegen kann«, sagte sie. »Ich muss es aussprechen.« Sie nahm ein Taschentuch aus der Handtasche und wischte sich die Augen.

Jakob wandte sich an Daud. »Warum weinst du nicht?«, fragte er.

»Weißt du noch, was ich dir an unserem ersten Abend in Jerusalem beim Essen gesagt habe?«, erwiderte Daud.

Jakob zögerte kurz. Sie hatten über viele Dinge geredet. »Oh, jetzt«, sagte er nickend. »Dass Gott die Juden nach Israel zurückbringt, weil er seine Versprechen hält.«

»Genau. Und eines dieser Versprechen lautet beim Propheten Sacharja, dass eines Tages das ganze Volk Jesus als seinen Messias erkennen wird. Du kannst dich glücklich schätzen, dass du zu den Ersten gehörst. Wir haben Grund zu jubeln, nicht zu trauern.«

Jakob wandte sich an Hana. »Ich war im ganzen Leben noch nicht so dankbar.«

»Gott hat die Dankbarkeit in dich hineingelegt. Sieh zu, dass du sie nie verlierst.«

Hana und Daud boten an, dass Jakob den Tag mit ihnen verbringen sollte, aber er lehnte ab.

»Ihr braucht Zeit für euch«, sagte er. »Und ich möchte auch gern für mich sein und verarbeiten, was mit mir geschehen ist.«

Nach dem Frühstück verließen Hana und Daud den Hof. Jakob schrieb an Wahid, der antwortete, er könne erst in anderthalb Stunden da sein. Während er wartete, suchte Jakob auf seinem Handy nach einer Bibel-App und las das Buch Sacharja ganz durch. Die Sprache und die verwendeten Bilder waren oft etwas eigentümlich, und vieles schien metaphorisch gemeint, aber manche Aussagen über Gottes liebevolle Absichten mit dem jüdischen Volk berührten Jakobs Herz. In Kapitel 12,10 erkannte er sofort, welchen Abschnitt Daud bei ihrem Frühstücksgespräch gemeint hatte: »Dann gieße ich einen Geist der Gnade und des Gebets über die Nachkommen Davids und die Bewohner Jerusalems aus. Sie werden auf den schauen, den sie durchbohrt haben, und um ihn trauern wie um einen einzigen Sohn.«

Wahid kam und entschuldigte sich: »Ich hatte eine spontane Fahrt nach Bethlehem mit einem japanischen Paar. Sie wollten unbedingt noch alles unterbringen, bevor die Reisegruppe zum Toten Meer aufbrach.«

»Kein Problem. Ich möchte heute ins jüdische Viertel und zum Hurva Square.«

»Und nicht zur Westmauer? Sie ist ganz in der Nähe.«

»Nein.« Jakob schüttelte den Kopf. »Und ich bleibe auch nicht sehr lange. Ich habe noch etwas zu erledigen.«

Wahid warf ihm einen fragenden Blick zu, bevor er losfuhr. Die Fahrt bis zum Eingang ins jüdische Viertel war kurz.

»Ich bleibe in der Nähe der Altstadt«, sagte Wahid. »Hier gibt es immer viele Gelegenheiten für Fahrten.«

Die Route führte durch die Straßen, die Jakob inzwischen vertraut waren. Am Hurva Square blieb er stehen. Wie zuvor eilten die meisten Leute auf dem Weg zu einem anderen Ziel vorbei, nur wenige verweilten für einen Einkauf, einen Snack oder saßen einfach zusammen und redeten. Langsam ging er um die Ecke der kleinen Plaza. Vor einem Schaufenster blieb er stehen. Darin ausgestellt war ein Schild mit der Aufschrift: *Betet für Jerusalem um Frieden.*

Bei dem Kiosk, vor dem Gloria Neumann ermordet worden war, blieb er stehen. Ein einzelner leerer Stuhl stand davor, und er setzte sich. Heute war der Platz der Gewalt ein friedlicher Ort. Aber Jakob wusste, das konnte sich von einem Moment auf den anderen ändern. Ein einziger Mensch, den Hass und Rachegedanken antrieben, konnte der Bote von Tod und Zerstörung sein. Mit wachem Blick nahm Jakob das Bild des Platzes in sich auf, und in seiner Vorstellung erweiterte er seine Vision, bis sie die ganze Stadt umfasste - und er betete um Frieden für Jerusalem.

Kapitel 45

Sie näherten sich dem Ben-Gurion-Airport, und Hana empfand eine schmerzhafte Einsamkeit, obwohl Daud direkt neben ihr saß. Sie wusste, sie würde sich an dieses Gefühl gewöhnen müssen, zumindest für die nächste Zeit.

»Ich werde mich sehr schnell um einen Job in den USA bemühen«, sagte Daud, als könne er ihre Gedanken lesen.

»Du wirst keine Probleme haben, etwas zu finden«, kommentierte Jakob vom Rücksitz. »Ich möchte wetten, dass du von etlichen Agenturen Angebote bekommen wirst.«

»Aber du nimmst keinen Job, der dich monatelang auf irgendein Kommando wer weiß wohin schickt, sodass du nicht nach Hause kommen kannst«, warf Hana ein.

»Glaubst du, so was würde ich annehmen?«, erwiderte Daud.

»Nein«, erwiderten Hana und Jakob einstimmig.

Daud lachte.

An der Einfahrt zum Terminal passierten sie den Sicherheitscheck, und Daud parkte am Bordstein. Jakob holte seinen Koffer aus dem Kofferraum, schüttelte Daud die Hand, und entfernte sich. Daud hob Hanas schwere Tasche aus dem Wagen und stellte sie auf den Gehweg. Sie umarmten und küssten sich. Als sie sich voneinander lösten, legte Hana für ein paar Sekunden ihre Hand auf Dauds Wange. Er wandte leicht den Kopf und küsste ihre Hand. Sie drückte sie an ihre Lippen.

»Vergiss das nicht«, flüsterte sie.

Daud nickte und legte die Hand aufs Herz. »Und du vergiss nicht, dass ich dich immer hier bei mir trage.«

Hana und Jakob betraten das Terminal. Zwei Stunden später saßen sie im Flieger und warteten auf die Starterlaubnis. Hanas Herz war erfüllt und schwer zugleich.

Jakob holte seine Kopfhörer heraus. »Bevor ich ohnmächtig werde und solange wir rein technisch noch auf israelischem Boden sind, möchte ich dir für das danken, was du für mich getan hast.«

»Sehr gern.«

»Und mach dir keine Sorgen darüber, wie Mr Lowenstein mit mir umspringt, wenn wir wieder in den Staaten sind. Wer eine Begegnung mit Anzor Varayev überlebt hat, kann auch mit allem umgehen, was dein Chef ihm an den Kopf wirft.«

Elf Stunden später landeten sie in Newark, und nach einem zweistündigen Zwischenaufenthalt bestiegen sie das Flugzeug nach Atlanta. Inzwischen war Hana müde genug, um schlafen zu können. Es war 22.35 Uhr, als sie am Flughafen Atlanta an der Gepäckabfertigung standen. Jakob war deutlich munterer als sie.

»Da ist deine Tasche«, sagte er, als eine neue Ladung Gepäckstücke auf dem Fließband erschien. »Ich hole sie für dich.«

»Ich muss nach Hause und ins Bett«, sagte Hana. »Hast du irgendwas von Emily gehört?«

»Nicht, seit ich ihr unsere Ankunftszeit mitgeteilt habe. Sie kommt nie zu spät.«

»Jakob!«, rief eine weibliche Stimme.

Hana und Jakob wandten sich um und sahen Emily Johnson atemlos auf sich zulaufen. Sie schlang die Arme um Jakobs Hals und schmiegte sich an ihn. Zögernd legte Jakob die Arme um sie.

»Alles okay?«, fragte er nach ein paar Sekunden.

Emily trat zurück und lächelte ihn an. »Ja, alles okay. Ich bin nur so erleichtert, dass du heil und gesund zurück bist, und froh, dass auf dieser Reise nichts Dramatisches passiert ist.«

Hana und Jakob wechselten Blicke. »Nun ja, es gab schon ein paar Kratzer«, gestand Jakob.

Sie hatten das Gepäck geholt und verließen die Gepäckabfertigung. Nach ein paar Schritten sah Emily Jakob an. »Was ist mit deinem Bein?«, fragte sie. »Hast du dir das Knie verrenkt?«

»Nein, nein. Es kommt bald wieder in Ordnung.«

✡

Hana holte ihr Auto aus der Parkgarage. Sie war kaum zu Hause, als sie nach einer kurzen Dusche, um den Reisestaub abzuspülen, auch schon ins Bett fiel. Sie erwartete nicht, dass sie in dieser Nacht aufwachen würde, aber um 3.33 Uhr drehte sie sich um und öffnete die Augen. Sie schloss sie für ein paar Minuten, aber sie wusste, der Himmel hatte an die Tür ihres Herzens geklopft. Sie schlüpfte aus dem Bett. Da Leon nicht im Haus war, musste sie keine Rücksicht darauf nehmen, den Hund nicht zu wecken, und so ging sie eine Weile herum und dankte Gott für die Bewahrung in der tödlichen Gefahr und für die Hoffnung auf Liebe und Freude in der Zukunft.

Schließlich setzte sie sich auf die Couch. Sie dachte an den Segen, den Anwar ihr zugesprochen hatte, und las die Stellen im Alten Testament über Hanna, die Mutter des Propheten Samuel, und im Neuen Testament über Hanna, die greise Prophetin, die beim Anblick von Jesus die Erlösung Israels verkündet hatte. Das Beispiel und Zeugnis dieser beiden Frauen stärkte Hanas Seele und regte ihren Geist an. Sie betete, dass der Glaube, die Vision und die Entschlusskraft, die ihnen eigen gewesen waren, auch sie erfüllen möge. Sie spürte nichts, aber sie war überzeugt, im Gehorsam gehandelt zu haben, als ein innerer Impuls sie stoppte. Sie verharrte in der Stille vor Gott.

Und im erwartungsvollen Schweigen begann etwas in ihr zu wachsen wie Wasser, das langsam ansteigt. Es war eine Kraft, eine Bewusstheit, eine Wirklichkeit. Sie stieg höher und höher und füllte sie ganz aus. Es war eine Quelle, ein Brunnen, ein Kraftvorrat, der, das wusste sie, nach einem göttlichen Zeitplan und in Momenten, die Gott bestimmte, in ihrem Leben strömen würde.

Im Bruchteil einer Sekunde sah Hana Dutzende Situationen, in denen dies geschehen würde. Die Bilder verschwanden so rasch, wie sie gekommen waren, und hinterließen in ihr eine große Erwartung, aber keine Erinnerung an Einzelheiten. Und das reichte aus. Sie senkte den Kopf und voll Freude und mit gestärkter Bereitschaft erneuerte sie ihre Hingabe an Gottes Absichten mit ihr, die er durch seine Gnade verwirklichen würde.

Am Morgen fuhr Hana zur Hundebetreuung, um Leon abzuholen. Sie war schockiert, wie sehr er gewachsen war. Als er sie mit ausgiebigem Schwanzwedeln begrüßte, schien sehr viel mehr Körpermasse in Bewegung zu geraten.

»Was hat er gefressen?«, fragte sie den jungen Mann, der den Hund zu ihr brachte.

»Alles, was wir ihm vorgesetzt haben. Er hat gerade einen ordentlichen Wachstumsschub.«

Das Fell des Hundes mit den Fingern zu durchkämmen, war überraschend wohltuend. Auf der Fahrt nach Hause ließ Hana die Hand auf dem Kopf des Hundes liegen und streichelte ihn sanft. Kontakt zu einem Lebewesen, das so voller Liebe war, tröstete ihre eigene Seele. Sie war kaum zu Hause und hatte Leons Napf mit frischem Wasser gefüllt, als ihr Handy klingelte. Es war Daud.

»Ich habe mit Yosef gesprochen«, sagte Daud. »Es hat weitere Verhaftungen gegeben, und die tschetschenische Terrorzelle in der Westbank wurde ausgeschaltet. Wenn du oder Jakob jetzt darüber sprechen wollt, was in Beit Hanina passiert ist, ist das okay, solange ihr weder Colonel Tarif noch die Namen der anderen Soldaten erwähnt, die ihr vielleicht mitbekommen habt.«

Sie redeten eine ganze Stunde lang. Mit jedem weiteren Gespräch heilte etwas in Hanas Seele. Sie überlegte, ob sie ihm von ihrer nächtlichen Begegnung mit Gott erzählen sollte, hatte aber das Gefühl, das sei etwas für eine spätere Gelegenheit.

»Es ist wunderbar, deine Stimme zu hören«, sagte sie, als das Gespräch sich dem Ende näherte.

Daud antwortete mit einigen Zeilen aus einem berühmten arabischen Liebesgedicht.

»Das reicht«, erwiderte sie mit einem Lächeln. »Du musst dir noch was für die Zukunft aufheben.«

»Oh, aus dieser Quelle gibt es noch sehr viel mehr. Und außerdem schreibe ich ein eigenes Gedicht.«

✡

Jakob und Ben saßen im Empfangsbereich von Collins, Lowenstein und Capella.

»Wie geht es Sadie?«, fragte Jakob.

»Immer, wenn ich glaube, ich hätte nun alle ihre Fragen beantwortet, kommt sie mit einer ganzen Reihe neuer.«

»Vielleicht sollte sie Anwältin werden«, sagte Jakob.

»Die Entscheidung überlasse ich ihr.«

»Hat sie schon mit Hana gesprochen, seit wir zurück sind?«

»Nein, aber Hana kommt uns morgen Abend besuchen.«

Die Tür ging auf, und Janet Dean trat ein. »Bitte, folgen Sie mir«, sagte sie. »Ms Abboud und Mr Lowenstein erwarten Sie.«

Janet begleitete sie zu dem Konferenzraum, in dem Jakob den Neumann-Fall vorgestellt hatte. Das Hinken hatte nachgelassen, und es gab keine Anzeichen einer Infektion. Seine Kopfverletzung schien weit in der Vergangenheit zu liegen.

Mr Lowenstein schüttelte Jakob mit aufrichtigem Mitgefühl die Hand. Ein Tablett mit Kaffee und Gebäck stand auf dem Tisch. Der Seniorpartner dirigierte Hana und Jakob zum Kopfende des Tisches und setzte sich Ben gegenüber.

»Hana, warum machen Sie nicht den Anfang? Jakob kann sich jederzeit einschalten«, sagte Lowenstein. »Ben, wir haben heute nichts Schriftliches für Sie, bis auf ein kurzes Memo für die Akte. Wenn Sie erst einmal die ganze Geschichte gehört haben, werden Sie verstehen, warum die Klärung dieser Angelegenheit einige Zeit in Anspruch nehmen wird.«

In den folgenden anderthalb Stunden berichteten Hana und Jakob abwechselnd, was sie ihrem Mandanten noch nicht gesagt hatten. Der Kaffee in Bens Tasse wurde kalt, denn er vergaß, ihn zu trinken. Hier, in dem behaglichen Konferenzraum im Zentrum einer amerikanischen Großstadt, fühlte Jakob sich von dem Mann, der in Daud Hasans Wohnung gefesselt, geknebelt und mit dem Tod bedroht worden war, weit entfernt. Als Jakob Dauds auf Russisch geführtes Gespräch mit Anzor wiedergab, unterbrach Ben ihn.

»Der Ermittler hat für die Terroristen gearbeitet?«, fragte er schockiert.

»Letzten Endes nein, aber bis wir gerettet wurden, sah es so aus.«

Hana wurde mehrfach von intensiven Gefühlen überwältigt, während sie sprach, und Jakob füllte die Lücken aus, wenn er konnte. Schließlich war Hana imstande, die dramatische Situation zu beschreiben, und Jakob fuhr fort mit der Enthüllung über John Caldwell alias Latif Al-Fasi und Simi Valley Productions. Lowenstein schob einen Stapel Papiere, die vor ihm auf dem Tisch lagen, in Bens Richtung.

»Das ist die Klageschrift gegen die Produktionsfirma, die wir einreichen werden. Unser Prozessteam hat bis spät in die Nacht gearbeitet, um sie aufzusetzen. Der erste Schritt wird sein, einen Bundesrichter in Kalifornien zu bitten, eine einstweilige Verfügung zu erlassen, die es der Firma verbietet, ihre Bankkonten zu leeren und Unterlagen zu vernichten.« Lowenstein machte eine Pause. »Was vielleicht nicht nötig ist, weil das FBI eine Razzia in den Firmenbüros durchführt, während wir dieses Gespräch führen. Sie werden alles unter Verschluss nehmen.«

Das waren die jüngsten Entwicklungen, von denen Jakob noch nichts gehört hatte. »Heißt das, das FBI wird uns auch ausschließen?«

»Hana arbeitet derzeit mit oberster Priorität mit Sylvia Armstrong zusammen, um das zu verhindern.«

»Ich fliege morgen früh nach New York, um mich mit ihr zu treffen«, sagte Hana und wandte sich an Ben. »Ich muss also mein Treffen mit Sadie leider verschieben.«

»Sie kommt schon damit klar«, sagte Ben.

Jakob berichtete von der Rettungsaktion und den folgenden Gesprächen mit Daud und Yosef.

»Ich bin froh, dass Sie mit den Israelis kooperiert haben«, sagte Ben. »Es war genau das Richtige.«

»Zwei Männer mit Wohnsitz in Atlanta wurden zum Verhör einbestellt«, sagte Jakob. »Detective Freeman ist nicht sicher, ob man sie anklagen wird, aber zumindest hat die Regierung sie auf dem Schirm.«

»Die tschetschenische Terrorzelle in Israel wurde dezimiert«, sagte Hana. »Tawfik Zadan, Anzor Varayev und die anderen, die in Dauds Wohnung eingebrochen sind und uns als Geiseln nahmen, werden angeklagt und wandern vermutlich für lange Zeit ins Gefängnis. Ich persönlich fühle mich jetzt sicherer als in der ganzen Zeit seit dem Angriff auf Jakob hier in Atlanta. Aber das liegt nicht nur an diesen Festnahmen.«

»Was meinst du?«, fragte Jakob.

»Daud rief an, als ich gerade zu diesem Meeting hier gehen wollte«, erklärte sie. »Das FBI hat Latif Al-Fasi heute Morgen in der Nähe von Phoenix festgenommen.«

»Ja!«, rief Jakob.

»Auch das gehört zu den Dingen, die ich mit Sylvia Armstrong besprechen werde«, sagte Hana. »Ich bin sehr zuversichtlich, dass Al-Fasis nächster Aufenthaltsort eine Gefängniszelle in New York City sein wird.«

»Hoffentlich werden die Informationen, die bei Simi Valley Productions sichergestellt werden, auch noch zu anderen Beklagten führen«, sagte Lowenstein. »Wir werden jedenfalls sorgfältig und offensiv vorgehen. Darauf können Sie sich verlassen.«

»Ich danke Ihnen für alles, was Sie tun«, erwiderte Ben. »Es fällt mir nicht ganz leicht, allem zu folgen.«

»Habe ich etwas vergessen?«, fragte Hana Jakob. »Ich möchte nichts Wichtiges an den Ereignissen in Israel auslassen.«

»Nur eine Sache«, sagte Jakob. »Du hast vergessen, das Datum deiner Hochzeit mit Daud Hasan zu erwähnen.«

»Ist das wahr?« Lowenstein zog erstaunt die Augenbrauen hoch. »Sie haben kein Wort gesagt.«

Hana warf Jakob einen drohenden Blick zu. »Ich war der Meinung, mein Privatleben hätte in meinem Bericht nichts zu suchen. Daud und ich haben noch keinen Termin festgelegt, aber wenn es so weit ist, weiß ich nicht, ob Jakob zur Hochzeit eingeladen wird.«

»Ich schicke trotzdem ein Geschenk«, erwiderte er mit einem Lächeln.

Jakob und Ben fuhren gemeinsam im Fahrstuhl nach unten. »Was tun Sie jetzt als Nächstes?«, fragte Ben, als sie auf der Parkhausebene ankamen. »Fliegen Sie nach Kalifornien, wenn der Prozess anläuft und es eine richterliche Anhörung gibt?«

»Ich weiß noch nicht. Ich weiß, Hana wird mich auf dem Laufenden halten, und ich werde den richtigen Moment abpassen, um mich wieder einzuschalten.«

Jakob arbeitete ein paar Stunden, dann schickte er Emily eine Nachricht, sie solle ihn nach ihrem Abendkurs abholen, denn er wolle sie zum Abendessen in einem Restaurant ihrer Wahl einladen. Er war jetzt bereit, ihr zu erzählen, was mit seiner Seele in Israel geschehen war. Emily antwortete fast umgehend und schickte den Link zu einem Restaurant mit der Bemerkung:

Von diesem Inder habe ich Gutes gehört und würde mich gern selbst überzeugen.

Jakob grinste. Diesmal würde etwas anderes wählen als Chilli-Paneer.

Kapitel 46

Hana holte Leon aus der Hundebetreuung und fuhr von dort direkt zum Haus der Neumanns. Leon zog aufgeregt an der Leine, während sie darauf warteten, dass jemand die Tür öffnete. Ben in Jeans und Freizeithemd ließ sie eintreten.

»Wie war's in New York?«, fragte er.

»Weitere Schritte in die richtige Richtung«, antwortete Hana und blickte über Bens Schulter. »Wo ist Sadie?«

»Sie putzt sich die Zähne.«

»Also dann rasch ein Kurzüberblick.« Hana sprach schnell. »Die US-Staatsanwaltschaft wird Latif Al-Fasi unter den Antiterrorgesetzen wegen Verschwörung zum Mord an Gloria Neumann anklagen. Sylvia Armstrong glaubt, dass sie einen starken Fall präsentieren können, der ihn mit den Zadan-Brüdern und der tschetschenischen Terrorzelle in Verbindung bringt.«

Ben nickte langsam. Sadie tauchte hinter ihrem Vater auf.

»Du siehst schön aus«, rief das Mädchen, als sie Hana erblickte.

Hana beugte sich vor, und Sadie umarmte sie und gab ihr einen Kuss auf die Wange.

»Und du riechst auch gut«, fuhr Sadie fort und überschlug sich fast beim Sprechen. »Nimmst du immer dasselbe Parfüm? Granny sagt, wenn man eines findet, das man wirklich mag, dann kann man es auch jeden Tag verwenden. Es ist anders als mit Kleidung. Niemand will jeden Tag dieselben Sachen anziehen, außer in der Schule, da gehört es zu den Regeln.« Sie hielt inne, um nach Luft zu schnappen.

Leon zog an der Leine. Das Mädchen nahm Hanas Hand. »Ich zeige dir mein Zimmer. Es war sehr unordentlich, aber ich habe aufgeräumt.«

»Wir müssen Leon im Garten spielen lassen«, erwiderte Hana.

Sadie ging ihr voraus in die Küche. »Wir haben eine neue Tür«, sagte sie. »Die hat jetzt kleine Drähte, die sie stärker machen. Stimmt doch, Daddy, oder?«

»Ja«, nickte Ben. »Und ein neues Alarmsystem, obwohl ich ja jetzt hoffe, dass wir es nicht brauchen werden.«

Sadie beugte sich vor und kraulte den Hund hinter den Ohren. Er wedelte entzückt mit dem Schwanz. »Ich komme gleich und spiele mit dir«, sagte sie.

Ben ließ den Hund in den Garten. Sadie nahm Hanas Hand und führte sie durch den Flur und am Schlafzimmer mit dem Foto von Gloria in ihrem Hochzeitskleid vorbei. Auf dem Himmelbett, das in der Mitte von Sadies Zimmer stand, lag eine blau-weiß gemusterte Tagesdecke. Jede Menge Plüschtiere drängten sich vor den Kissen.

»Wo ist Fabia?«, fragte Hana und sah sich um.

»Wir haben Verstecken gespielt, und ich habe sie noch nicht gefunden«, antwortete Sadie. »Hilfst du mir suchen?«

Hana sah sich rasch im Raum um.

»Oh, sie kann gut Verstecken spielen«, sagte Sadie. »Sie versteckt sich nirgends, wo man sie findet, ohne sich Mühe zu geben.«

»Okay«, sagte Hana. »Kann sie sich auch woanders verstecken als in diesem Zimmer?«

»Jetzt nicht mehr«, sagte Sadie und schüttelte den Kopf. »Daddy hat gesagt, ich solle aufhören, Sachen in seiner Sockenschublade zu verstecken.«

»Hilfst du mir?«

»Nein, Fabia hat gesagt, das wäre nicht fair. Wenn es zu schwer für dich ist, können wir *Heiß und Kalt* machen.«

»Wie geht das?«

»Das weißt du nicht?« Sadie war offensichtlich überrascht.

»Nein, deshalb musst du es mir erklären.«

Hana hörte Sadies Erklärung zu. Dieses Spiel war ihr neu, und sie speicherte es ab, um es bei nächster Gelegenheit mit ihren Nichten und Neffen zu spielen.

»Ich werde zuerst mal unter dem Bett nachsehen«, sagte Hana. Sie streifte die Schuhe ab und kniete sich hin, um unter das Bett schauen zu können. Sie entdeckte einen rosa Ballettschuh, eine einsame grüne Socke und einen Haarreif, aber keine Spur von Fabia.

»Hier sehe ich sie nicht«, sagte Hana und richtete sich auf.

»Sie versteckt sich nicht gern unter dem Bett«, sagte Sadie. »Da hat sie Angst.«

»Darf ich in deiner Kommode nachsehen?«

»Ja. Da bin ich nicht so pingelig wie Daddy.«

Sadie besaß eine Menge Socken, Haarreifen und Pyjamas, so viel stand fest.

»Um die Schubladen aufzuräumen, hatte ich keine Zeit mehr«, sagte Sadie, während Hana die Kleiderstapel durchstöberte.

Hanas Hand stieß an etwas, das sich wie das Bein einer Puppe anfühlte. Sie zog die Figur heraus. Es war nicht Fabia.

»Das ist die Prinzessin aus *Die Schneekönigin*«, sagte Sadie. »Alle meine Freundinnen haben so eine. Aber seit ich Fabia habe, habe ich nicht mehr oft mit ihr gespielt. Eine Puppe, die Fabia heißt, hat niemand.«

Oben auf der Kommode stand eine winzige israelische Flagge auf einem goldenen Halter. Hana nahm sie in die Hand. »Die hat Mama für mich gekauft, an dem Tag, bevor sie gestorben ist«, sagte Sadie in sachlichem Ton. »Es ist das letzte Geschenk von ihr. Es ist die Flagge von Israel. Jedes Land hat eine andere Flagge.«

Hana stellte die Flagge zurück und streckte die Hand zum Knauf der Schranktür aus.

»Sei vorsichtig«, sagte Sadie. »Der ist ziemlich voll.«

Langsam öffnete Hana die Tür. Ein bunter Schirm fiel heraus, gefolgt von einem großen Bündel Kleidungsstücke.

»Sind die sauber?«, fragte Hana.

»Ich weiß nicht«, antwortete Sadie unsicher. »Ich glaube, Daddy sollte sie besser noch mal waschen, um sicher zu sein.«

Der kleine Schrank war ein einziges Chaos. Hana zögerte, in den Kleidungs- und Spielzeugbergen herumzustöbern. Sie sah ein paar Chips- und Fischlikrümel auf dem Teppich.

»Es wird kälter«, sagte Sadie.

Hana wandte sich vom Schrank ab und trat an den Nachttisch neben dem Bett des Mädchens.

»Jetzt wird es wärmer.«

Hana sah unter den Nachtschrank. Keine Puppe. Sie legte die Finger um den Messinggriff an der einzigen Schublade.

»Jetzt ist es richtig heiß«, sagte Sadie.

Hana öffnete die Schublade. Darin fand sie Fabia auf einer weichen Puppendecke. Handtasche und ein kleiner grüner Hut lagen neben ihr. Sie trug das Outfit, das Hana Sadie zum Geburtstag geschenkt hatte.

»Sie sieht aus, als gefiele es ihr da«, sagte Hana.

»Ja, sie mag es dort. Dann kann sie nämlich leicht zu mir ins Bett kommen.«

»Versteckt sie sich immer in der Schublade?«

»Nein, das wäre zu einfach.«

»Versteckst du dich auch manchmal vor ihr?«

»Ja, ich krieche unter die Bettdecke. Aber ich kann da nicht so lange bleiben.«

»Warum kannst du dort nicht lange bleiben?«

»Ich fürchte mich im Dunkeln.«

Hana setzte sich auf den Fußboden, streckte die Beine lang aus und lehnte sich ans Bett. Das Mädchen lehnte den Kopf an Hanas Schulter.

»Kannst du mich nicht mal abends ins Bett bringen?«, fragte Sadie leise.

»Ich weiß nicht. Dein Daddy macht das sicher ganz großartig.«

»Aber würdest du es gern machen?«

Hanas Herz sagte Ja, aber sie wollte mit Rücksicht auf ihre Rolle nicht zu weit gehen. »Vielleicht, wir werden sehen.«

»Wenn Erwachsene das sagen, heißt das meistens Nein«, sagte Sadie mit einem Schmollmund.

»Wenn ich dich ins Bett bringe, singst du dann ein Lied für mich?«, fragte Hana.

»Ja.« Sadies Gesicht hellte sich auf. »Wenn du auch noch mal für mich singst.«

»Redest du von dem Mal, als du in meinem Büro eingeschlafen bist?«, fragte Hana überrascht.

»Ich hab nur so getan«, sagte Sadie mit einem Lächeln. »Ich wollte zuhören und hatte Angst, du hörst auf, wenn ich die Augen aufmache. Singst du jetzt ein Lied? Ich bin nicht müde. Ich habe geschlafen, als ich aus der Schule kam. Und ich muss nicht so tun, als ob ich schlafe.«

»Okay.«

Sadie kuschelte sich enger an Hana.

»Vielleicht mache ich meine Augen zu«, sagte Hana. »Dann kann ich in mir hören, was ich singen soll.«

Sadie nickte. Hana schloss die Augen und begann zu summen.

In der Seele der arabischen Musik gibt es einen sehnsuchtsvollen, melancholischen Klang, den Ruf nach einer ewigen Oase inmitten der häufigen Dürre. Aber die Musik hat ihre Wurzeln auch in einer dreitausendjährigen Existenz in den Weiten einer Welt, in der die Sterne am Mitternachtshimmel explodieren und die Sonne den Mittag mit unbarmherzigem Gleißen beherrscht. Manchmal steigt der Klang in Höhen auf, die nur die Psalmisten kennen, deren Lobgesang in langen Nächten auf einsamen Hügeln geformt wurde.

Hana ließ Worte aus ihrer arabischen Herzenssprache aus ihrem Inneren aufsteigen. Zuerst waren es Worte des Trostes, durchsetzt mit Formulierungen aus den biblischen Psalmen. Hana wiederholte sie wieder und wieder mit kleinen Variationen in der Melodie, bis sie zufrieden war, dass sie den Boden bearbeitet, einen guten Samen gelegt und ihn gegossen hatte. Es war nicht nur ein Lied für einen Nachmittag; es war eine Deklaration für das Leben dieses Kindes, das ihr so kostbar war.

Und so ging Hana über zu Worten der Verheißung für die Zukunft. Sie sang, dass Sadie eine Überwinderin sein möge, dass sie nicht vom Weg

Gottes abweichen und eine Frau werden möge, die von Gottes Gnade erfüllt ist; dass sie wahre Liebe kennen möge; dass sie im Licht wandeln möge, nicht in der Dunkelheit. Hana hielt inne. Sie wusste, wohin ihr Herz sie als Nächstes führen wollte, aber religiöse und kulturelle Grenzen hielten sie zurück.

»Bitte nicht aufhören«, sagte Sadie. »Es ist, als ob du eine Geschichte erzählst, aber sie ist noch nicht zu Ende.«

Alle Beschränkungen und Fesseln hinter sich lassend, sang Hana mit hebräischen Worten die Botschaft, die dem jüdischen Volk in der Sprache der Vorfahren verkündet worden war. Ein Messias würde kommen, der dieses Volk und die ganze Welt verwandeln würde. Sie sang von schmerzlicher Sehnsucht und unerschütterlicher Liebe. Sie versuchte nicht, ihre Gedanken in logische Sätze zu pressen, sondern wählte Worte, die von einer opferbereiten Liebe sprachen, die tiefer reichte als menschliche Bosheit, einer Liebe, die die Kluft zwischen Himmel und Erde zu überwinden vermochte, einer Liebe, die wiederbrachte, was verloren war, und alles herrlich neu machte. Ihr Lied endete auf einem Ton siegreichen Triumphs.

Für eine Weile schwiegen die beiden.

»Das war schön«, sagte Sadie schließlich und setzte sich auf. »Hat deine Mama dir das vorgesungen?«

Hana küsste Sadie sanft auf den Scheitel. »Nein, Sadie«, sagte sie. »Dieses Lied habe ich mir nur für dich ausgedacht.«

Danksagungen

Schon seit mehr als fünfzehn Jahren wollte ich ein Buch wie dieses veröffentlichen. Doch ohne die wahre Geschichte meiner Frau Kathy und die Ermutigung vieler Menschen, die vor und während des Schreibens für mich gebetet haben, würde es das Buch nicht geben. Die zuverlässige Unterstützung für meine Romane, die ich von Allen Arnold, Daisy Hutton und Amanda Bostic bei Thomas Nelson Publishing erfahre, bedeutet mir sehr viel. Wie wertvoll die Anregungen und Ratschläge meiner Lektoren Becky Monds, Jacob Whitlow und Deborah Wiseman für die Geschichte waren, ist mit Worten nicht auszudrücken. Ihr wisst, wie sehr ich euch schätze.

Randy Singer

Die Präsidentin

Für das SEAL-Team von Patrick Quillen ist es ein Routineeinsatz: Zwei Geiseln sollen aus einem Gefängnis der Huthi-Rebellen befreit werden.
Als die junge Anwältin Paige Chambers auf Geheiminformationen zu dem Einsatz stößt, bringt sie einen Fall ins Rollen, der das Land spaltet.

Gebunden, 13,5 x 21,5 cm, 480 S.
Nr. 395.977, ISBN: 978-3-7751-5977-7
Auch als E-Book

SCM
Hänssler

Nancy Mehl

Die Ankündigung

FBI-Agentin Kaely ist die Tochter eines Serienmörders und versuchte ihrer Vergangenheit den Rücken zu kehren, indem sie ihren Namen änderte. Als sie jedoch ein Gedicht erhält, das neben ihrem noch den Mord an sechs weiteren Menschen ankündigt, beginnt ein Wettlauf auf Leben und Tod.

Gebunden, 13,5 x 21,5 cm, 320 S.
Nr. 396.053, ISBN: 978-3-7751-6053-7
Auch als E-Book e

SCM
Hänssler